KB239148

동물들의 신

THE GOD OF ANIMALS
by Aryn Kyle

Copyright © Aryn Kyle, 2007
Korean Translation Copyright © MUNHAKDONGNE Publishing Corp., 2011

This Korean edition is published by arrangement with
Aryn Kyle c/o Denise Shanon Literary Agency, Inc., through KCC.
All Rights Reserved.

이 책의 한국어판 저작권은 KCC를 통해
Aryn Kyle c/o Denise Shanon Literary Agency, Inc.와 독점 계약한 (주)문학동네에 있습니다.
저작권법에 의해 한국 내에서 보호를 받는 저작물이므로
무단 전재 및 무단 복제를 금합니다.

이 도서의 국립중앙도서관 출판시도서목록(CIP)은
e-CIP 홈페이지(http://www.nl.go.kr/ecip)와
국가자료공동목록시스템(http://www.nl.go.kr/kolisnet)에서 이용하실 수 있습니다.
(CIP제어번호: CIP2011002429)

동물들의 신

The God of Animals

아이린 카일 장편소설 | 김정아 옮김

문학동네

어머니에게

차례

1

폴리 케인이 운하에 빠져 죽기 여섯 달 전, 우리 언니 노나는 집을 뛰쳐나가 카우보이와 결혼했다. 아빠는 그런 일을 막을 수 있는 시절이 있었다고 했다. 그 시절이 언니가 아빠 말을 듣던 어릴 때를 말하는 것인지, 아니면 데저트밸리 보안대가 횃불을 밝혀 들고 언니를 쫓아가서 언니의 노란 머리채를 끌고 우리집에 데려오는 것이 가능했던 옛날을 말하는 것인지는 확실치 않았다. 아빠는 내가 태어나기 전부터 보안대원이었는데, 아빠 얘기로는 처녀를 제물로 바치지 않는 것 외에는 보안대가 프리메이슨과 거의 똑같다고 했다. 보안대원들은 고생하는 만큼 존경받았고, 일렬로 말을 타고 다녔고, 로데오에서 교통정리를 했다. 언니가 카우보이 남편을 만난 바로 그 로데오에서. 보안대원들이 정말 중요한 일, 예컨대 사냥꾼이 다니는 오솔길에 쓰러져 있는 나무를 치운다든가 운하에서 죽은 애를 건지는 일에 불려 나가는 건 아주 가끔뿐이었다.

폴리 케인이 수요일 오후에 사라졌을 때, 처음에 사람들은 유괴라고 했다. 열한 살은 가출하기에는 너무 어린 나이라며 분명 누군가가 그애를 납치했을 거라고들 했다. 하지만 그애의 배낭이 운하 옆 흙길에서 발견되자, 아빠는 불려 나가 이틀 동안 운하를 수색했다. 하얀 턱시도 셔츠와 검은 펠트 스테트슨 모자를 팔아 겨드랑이까지 올라오는 고무장화를 사 신은 보안대원들이 어깨를 맞대고 갈색 운하 속을 걸어갔다. 나는 하굣길에 보안대를 지나쳤다. 아직 4월이었지만 하루살이들은 벌써 물 위에서 알을 까기 시작했고, 아빠는 얼굴에 달려드는 하루살이들을 손으로 쫓고 있었다. 나는 운하 옆에 서서 아빠를 부르며 손을 흔들었지만, 아빠는 입을 굳게 다물고 나를 외면했다.

"오늘 그애를 찾았다." 다음 날 오후 집으로 돌아온 아빠가 말했다. 나는 플라스틱 피처에 쿨에이드를 만들고 있었다. 아빠는 피처에 손가락을 넣었다 뺀 뒤 쪽쪽 빨며 덧붙였다. "배수구에 걸려 있더라."

"죽었어요?" 내가 묻자 아빠는 나를 빤히 쳐다보았다.

"집에 올 때 운하 근처로는 가지 마라, 앨리스." 아빠가 말했다.

"장례식을 할까요?" 나는 영화에 나오는 여자처럼 검은 옷을 입고 두꺼운 선글라스를 쓰고 무덤 옆에 서 있는 내 모습을 상상했다. 너무 슬퍼서 울음도 안 나오는 그런 모습을.

"그게 너랑 무슨 상관인데?"

"그애랑 실과시간에 짝이었어요. 그애랑 전등을 만드는 중이었다구요." 솔직히 말하면, 폴리는 전등을 만들었고 나는 폴리가 전등 만드는 것을 구경했다. 폴리는 성격도 좋아서, 맥클러스키 선생님이 지나갈 때 나한테 전등을 잡고 있게 해주었다. 덕분에 나도 뭔가 하고 있는 모습을 보여줄 수 있었다.

"너 데리고 장례식 갈 시간 없다, 앨리스." 아빠는 이렇게 말하면서 내 머리에 손을 올렸다. "일이 너무 많아. 벌써 이틀이나 날렸잖니."

나는 고개를 끄덕이며 나무 숟가락으로 쿨에이드를 휘저었다. 늘 일이 너무 많았다. 아빠는 말 조련장을 경영했다. 보안대 모임이 없을 때 아빠는 승마 교습을 하고 말을 키워 팔았다. 아빠한테 말을 사는 사람들은 말에게 사과 조각을 먹이는 사람들, 말을 '아기'라고 부르는 사람들이었다. 매일 아침 아빠와 나는 동이 트기 전에 말에게 먹이를 주었고, 나는 등굣길에 머리와 옷에 붙어 있는 건초를 털고 셔츠 앞에 묻은 부스러기들을 긁어내야 했다. 매일 오후 아빠와 나는 축사를 청소하고 말을 솔질해주고 운동을 시켰다. 말이 새끼를 낳는 철이었다. 아빠는 어느 말이 새끼를 낳을지 모른다며 축사를 떠나지 않으려고 했다. 상관없었다. 나는 검은 옷도 없었다.

"그동안 잘했다, 우리 막내." 아빠가 말했다. "네 언니만 돌아오면, 이렇게 바쁘진 않을 거다."

아빠는 언제나 그랬다. 언니가 집에 오면 모든 것이 옛날로 돌아갈 것처럼 말했다. 처음에는 아빠 말이 맞을지도 모른다고 생각했다. 모든 일이 너무 순식간에 일어났으니까. 노나 언니는 일요일에 제리를 만났고, 목요일에 상자 네 개랑 배낭 한 개를 꾸려 제리의 트럭에 싣고 떠났다. 제리는 야생마를 전문으로 타는 로데오 선수였다. 두 사람은 캔자스 주 법원에서 결혼했다. 아빠가 그랬다.

제리는 야생마를 타다 등뼈가 부러질 거라고. 언니는 남은 평생 제리의 휠체어를 밀며 살게 될 거라고. 제리는 언니가 컵을 입에 대주지 않으면 물 한 모금 마시지 못할 거라고. 노나는 결혼할 타입이 아니라고 아빠가 그랬다. 노나는 평생 경기장 밖에서 남의 시합이나 응원하고 있을 애가 아니라고.

하지만 여러 달 뒤에도, 언니의 편지는 여전히 웃는 얼굴 그림과 느낌표로 가득했다. 노나는 로데오가 마술(馬術) 대회와는 비교도 안 되게 멋지다고 했다. 노나와 제리는 스테이크 만찬을 먹었고, 모텔에서 잠을 잤다. 마술 대회 때 영양바와 사이다를 먹고, 말을 도둑 맞을까봐 밤새 축사에서 말들이랑 자던 것에 비하면 대단한 발전이었다.

언니는 편지를 언제나 나한테 보냈다. '우리 아기 앨리스'로 시작해서 '엄마 아빠한테 안부 전해주렴'으로 끝나는 편지였다. 나는 편지를 읽고 아빠더러 읽으라고 카운터에 올려놓았다가(하지만 아빠는 거의 읽지 않았다), 며칠 지난 다음 엄마 방에 가지고 올라가 읽어주었다.

엄마는 내가 태어난 뒤로 거의 침실에서 나오지 않았다. 노나 언니 얘기로는, 우리가 이렇게 살기 전에 엄마는 마술계(馬術界)의 스타였고, 어딜 가나 항상 우승했고, 신문에 사진도 실렸다고 했다. 그런데 어느 날, 내가 아직 아기였을 때, 엄마는 나를 노나 언니한테 맡기더니 피곤해서 쉬어야겠다며 위층으로 올라가버렸다. 그러고는 두 번 다시 내려오지 않았다. 아빠는 엄마에게 방해되지 않게 손님방으로 옮겼고, 우리는 엄마 방문 앞을 지날 때는 꼭 신발을 벗었다. 엄마는 우리를 별로 힘들게 하지 않았다. 담요를 더 갖다달라고 하지도 않았고, 얼음을 갈아서 가지고 오라고 하지도 않았고, 조용히 하라고 하지도 않았다. 엄마는 그냥 커튼을 쳐놓고 침대에서 말없이 텔레비전을 보았다. 엄마의 존재를 잊는 것은 쉬웠다.

내가 엄마 침대에 앉아 텔레비전 스크린을 푸른 조명 삼아 언니의 편지를 읽어주면, 엄마는 내 다리를 쓰다듬으면서 이렇게 말했다. "정말 좋겠다. 정말 좋겠지, 앨리스?"

나는 엄마의 누런 살과 기름 낀 머리에서 풍기는 시큼하고 축축한 냄새를 걸러내기 위해 입으로 숨을 쉬었다. 엄마는 내가 편지를 읽어줄 때마다 그 편지가 어느 도시에서 왔느냐고, 그 도시가 어떻게 생겼을 것 같냐고 물었다. 로데오가 열리는 도시라고 하면 먼지가 날리는 건조한 곳, 더러운 모텔과 줄지어 늘어선 패스트푸드 식당이 있는 곳이 떠올랐지만, 나는 애써 창의력을 발휘했다. 네브래스카 주의 맥쿡은 거리마다 참나무 가로수가 늘어서 있을 것 같다고, 일리노이 주의 매리언은 보라색 노을이 질 것 같다고, 미주리 주의 시케스턴은 공원 한가운데 연못이 있어서 사람들이 오리에게 먹이를 던져줄 것 같다고. 그러다 더는 떠오르는 것이 없으면, 화장실에 가야 한다거나 축사에 가서 아빠를 도와야 한다면서 그 자리를 빠져나와 방문을 닫았다.

노나 언니가 떠난 뒤 실라 올트먼을 만나다니, 우리가 운이 좋았다고 아빠가 그랬다. 실라 올트먼은 데저트밸리 건너편에 살았고, 컴퓨터와 에어컨이 있는 새 학교에 다녔다. 실라 올트먼은 눈동자가 파랗고 목소리가 부드러운 아이였다. 실라 올트먼은 "미안한테"와 "괜찮으면"을 입에 달고 살았고, "부탁해"와 "고마워"를 잊는 법이 없었다. 나는 아기처럼 가느다란 그애의 머리칼을 쥐어 뜯어놓고 싶었다. 그애는 자기 엄마가 운전하는 차를 타고 우리집에 왔고, 오자마자 축사에 뛰어 들어가 말에게 입을 맞추고는 자기네 집에서 가져온 당근을 먹였다. 올트먼 부인은 카메라와 수표책을 들고 차에서 내려 자기 딸이 축사 안으로 뛰어 들어가는 것을 쳐다보곤 했다. 그리고 아빠에게 이렇게 말했다. "자, 오늘은 일이 줄었네요, 윈스턴 씨."

올트먼 부인은 우리 아빠에게 실라를 승마 캠프에 보내느라 몇 년째 수천 달러를 썼는데 거기에서는 일주일 동안 말 한 마리를 배정해 먹이를 먹이고 털을 솔질하고 축사를 청소하며 마치 자기 말인 듯 보살피게 해준다고 이야기했다. 그러자 아빠는 농담 삼아 실라만 좋다면 승마 캠프에 드는 돈의 반값으로 축사를 청소하게 해주겠다고 했는데, 올트먼 부인이 놀라며 "정말요?" 하고 물었고, 아빠는 농담이라고 하지 않았다.

"다른 애면 몰라도, 이애라면 좋습니다." 아빠는 그렇게 말했다. 그날 이후 올트먼 부인은 날마다 학교가 끝나면 실라를 태우고 데저트밸리를 건너와 아빠에게 돈을 냈고, 실라는 그 대신 우리집 말들을 솔질하고 축사를 청소했다. 실라가 와 있으면 아빠는 명랑하고 쾌활했다. 실라더러 열심히 한다고 칭찬했고, 지금껏 실라 없이 어떻게 꾸려왔는지 모르겠다고도 했다. 실라가 간 뒤에 아빠는 내 등을 쓰다듬으면서 말했다. "저애가 갖고 싶어하면 뭐든 줘야 한다, 앨리스. 저애한테 잘해줘라. 실라 올트먼은 우리 밥줄이야. 저애는 네 언니처럼 투덜거리지도 않잖니."

아빠는 늘 노나 언니가 말버릇이 고약하고 은혜를 모르는 애라고 했지만, 그런 말을 할 때 아빠 얼굴에는 보통 웃음이 어려 있었다. 언니가 화났을 땐 아무도 못 말렸다. 언니는 목이 마르면 고함을 질렀고 더우면 엉엉 울었다. 아빠한테 덤빌 때면 얼굴이 얼마나 팽팽해지는지 양미간이 둘로 쪼개질 것 같았다.

아빠는 내가 시합에 맞는 성격이 아니라고 했다. 나를 배려해서 하는 말로, 나한테 재능이 없다는 뜻이었다. 미소를 띠면서, 발꿈치를 내리면서, 발가락을 안쪽으로 넣으면서, 팔꿈치에 힘을 실으면서 등을 곧게 펴는 것을 나는 계속 잊어버렸다. 미소에 집중하다보면 고삐가 풀렸고, 등을 펴고 똑바로 앉는 데 신경 쓰다보면 발이 등자에서 빠졌다. 아빠는 내가 경기장 밖에서 더 도움이 된다고 했지만, 나는 그 말을 곧이들을 만큼 바보는 아니었다. 남들의 이목이 있었고, 승마를 배울 학생도 필요했다. 한마디로 나는 아빠 사업에 누가 되었다.

노나 언니만으로도 충분했다. 언니는 미소를 띠었고, 호탕하게 웃었고, 심판들에게 윙크를 보냈다. 경기장 밖에 나가면 스탠드에 있는 어린아이들을 불러 자기 말에 태워주었다. 아이들에게 고삐는 어떻게 잡는지, 발은 어디에 올리는지 가르쳐주면서 아이들 부모 귀에 들리게 말했다. "타고났네!" 그런 다음에는 말을 타고 있는 아이 엄마에게 미소를 날리며 이렇게 말했다. "우리 아빠가 승마 선생님이에요. 시간 되면 와보세요."

옐로캡은 아빠가 언니에게 마지막으로 사준 말이었다. 팔로미노*였는데, 경기장에서 가장 눈부시고 가장 크고 가장 멋진 놈이

---

* 미국 서남부산 황갈색 말.

었다. 녀석을 처음 보았을 때 나는 언니가 녀석을 타다가 죽을 줄
알았다. 하지만 언니는 가뿐하게 올라탔다. 언니는 고삐를 쥐었다
풀었다 하면서 말했다. "착하지." 옐로캡이 활처럼 휘고 몸통이 단
단해졌다. 언니와 옐로캡은 마치 시합 때처럼 경기장을 한 바퀴 질
주했다.

아빠는 승마를 배울 아이들을 둔 부모들과 같이 옆줄 밖에 서서
구경하며 말했다. "저 말은 우리 애가 물 위를 걸으라고 해도 들을
겁니다."

폴리가 운하에서 발견된 다음 날, 학교에서는 실과 수업을 하지
않았다. 대신 6학년 전체를 체육관에 모아놓고, 기도하고 싶은 사
람은 기도하게 했다. 그런 다음 집에 가서 자기가 어떤 심정인지
부모님과 이야기를 나누라고 했다.

집에 오니 올트먼 부인과 아빠가 실라를 둘러싸고 서 있었고,
실라는 언니의 마술쇼 의상을 입고 있었다.

"그러게요." 올트먼 부인이 말했다. "색깔이 좀 그렇네요."

"저도요." 아빠가 대답했다. "저도 색깔이 좀 그렇다고 생각했
습니다."

"우리 애는 빨간색이 더 잘 어울린답니다." 올트먼 부인이 손가
락으로 원을 그리자, 실라는 엄마가 자기 등을 볼 수 있게 돌아서
며 나에게 수줍은 미소를 보냈다.

"우리집에 빨간색 셔츠가 있습니다." 아빠가 말했다. "앨리스,
노나 방에 가서 빨간색 셔츠 좀 내와라." 실라는 눈을 내리깔고 진

입로 자갈을 내려다보았고, 나는 배낭을 털썩 내려놓고 집 안으로 들어갔다.

산더미처럼 쌓여 있는 메달과 트로피를 뚫고 옷장 앞에 도착했다. 그리고 옷장 문을 열었다. 옷에서 언니의 냄새가 안 났다. 나는 이 옷 저 옷에 코를 묻고 언니의 흔적을 찾으려 애썼다. 땀 냄새, 탈취용 파우더 냄새, 과일 향이 나는 로션 냄새를 맡으려고 코를 킁킁댔다. 하지만 냄새가 안 났다.

나는 빨간색 셔츠를 옷걸이째 들고 엄마 방 앞을 지나갔다. 방문이 아주 조금 열려 있었다.

"앨리스, 너니?"

방문을 여는데 삐걱 소리가 났다. 훅 끼쳐오는 퀴퀴한 공기에 마음을 단단히 먹었다. 엄마는 베개 세 개를 포개놓고 그 위에 기대듯 누워 있었는데, 얼굴에는 텔레비전 불빛이 어른거렸다. 나는 복도 카펫에서 침실 카펫으로 넘어가는 선을 넘지 않으려고 조심하며 문 앞에서 발을 꼼지락거렸다.

"우리 딸, 창문 좀 닫아줄래." 엄마는 축 늘어진 창백한 손목을 흔들며 한숨을 쉬었다. "저기 하얀 작은 벌레들이 들어오는구나. 잠잘 때 물까봐 무섭다."

"하루살이들은 안 물어요, 엄마." 말은 그렇게 하면서도 나는 창가로 다가가 창문을 닫았다.

"나는 저 벌레들이 싫어." 엄마가 말했다. "더러워. 그 끔찍한 물에서 생기잖니."

텔레비전 불빛에 비친 하루살이들은 회색이었고 힘이 없어 보였다. 나는 하루살이들을 창밖으로 쫓아버리려고 손을 휘휘 저었다. "여기 좀 앉을래? 오늘은 학교에서 뭘 배웠니?" 엄마가 침대 위를 톡톡 쳤다.

나는 빨간색 셔츠를 쳐들었다. "아빠한테 이거 갖다줘야 해요."

엄마는 잠시 나를 보며 눈을 끔뻑거리더니 텔레비전으로 시선을 돌렸다. "그럼 빨리 가렴."

실라는 정말 빨간색이 더 잘 어울렸다. 아빠는 언니의 셔츠를 원래 샀던 값의 두 배에 올트먼 부인에게 팔았다.

실과시간이 왔다. 나는 만들다 만 전등을 어찌해야 할지 난감했다. 용접할 용기도 없었고, 테이프로 이어 붙일 자신도 없었다. 하지만 용접이라는 말에 남자애들이 몰려들었고, 그중 몇몇이 자기가 하겠다며 값을 제시했다. 결국 나는 3달러에 콜라 한 병을 얹어주겠다는 애들한테 전등을 넘기고 용접하는 것을 구경했다.

맥클러스키 선생님은 내게 전등을 폴리 어머니께 가져다드리면 좋아하실 거라고 말했다. 방과 후에 나는 폴리네 집 초인종을 누른 다음 무슨 말을 할지 연습해보았다. 나는 폴리를 잘 몰랐고, 걔네 엄마는 한 번도 본 적이 없었다. 하지만 폴리 엄마도 이렇게 진심 어린 위로에는 아마 울음을 터뜨리겠지. 어쩌면 나더러 집에 들어왔다 가라고 할지도 몰라. 차와 생강쿠키를 대접하면서 손가락으로 내 머리칼을 빗겨주겠지. "언제든 또 놀러오렴." 그러겠지. "너만 괜찮으면 와서 자고 가렴."

전등을 주면서 할 말을 연습하다가 전등에서 물감이 얼룩진 데를 발견했다. 물감이 말랐나 보려고 만졌다가 더러워진 부분이었다. 폴리는 지난 몇 년 동안 완벽한 작품들을 만들어서 자기 엄마한테 갖다주었을 테니, 폴리네 집은 폴리의 작품으로 가득 차 있겠지. 가정시간에는 깔끔하게 꿰맨 콩 주머니를 만들었을 거고, 미술시간에는 균형 잡힌 점토 연필꽂이를 만들었을 거야. 내가 만들면 항상 삐뚤빼뚤하고 울퉁불퉁한데. 이렇게 엉성한 전등을 받으면 폴리 엄마가 이상하다고 생각할 거야. 나는 전등을 폴리네 집으로 가져가지 않고, 공책 종이로 싸서 배낭에 집어넣었다. 집에 갈 때 운하 옆 흙길로 걸었고, 콜라를 홀짝홀짝 마시면서 남자애들한테 색칠도 시킬 걸 그랬다고 생각했다.

집에 오니, 아빠는 축사 앞에 앉아 노나의 안장을 반들반들하게 닦고 있었다. 얼굴은 빨갛고 입가는 일그러져 있었다. "네 엄마가 하루 종일 울고 있다." 나를 보자마자 아빠가 말했다. "어디 갔다 오니?"

"학교 갔다 오지 어디 갔다 와요."

"아빠한테 말버릇이 그게 뭐냐."

나는 발끝을 내려다보았다.

"위층에 가서 엄마 마음 좀 풀어봐라. 엄마를 사랑한다고. 엄마는 소중한 사람이라고. 그리고 바로 내려와서 일 좀 거들어. 일이 얼마나 많은지, 나 혼자 다 하려니 죽을 지경이야."

나는 아빠를 쳐다보았다. 노나 언니는 돌아오지 않고 있었다. 돌아올 리가 없었다. "실라 올트먼이 오면 시키세요."

그러자 아빠가 자리에서 일어났다. 아빠는 세상에서 가장 큰 거인처럼 보였다. 순간 나는 아빠한테 맞을지도 모른다고 생각하며 집까지 거리가 얼마나 되는지 계산해보았다. 빨리 뛰면 아빠를 따돌릴 수 있을 것 같았다. 하지만 아빠는 양손으로 얼굴을 감싸더니 어깨를 늘어뜨렸다. "앨리스." 아빠가 얼굴을 손으로 감싼 채 말했다. "부탁한다."

위층에 갔더니, 엄마의 얼굴은 눈물 자국으로 얼룩덜룩했고, 뭉친 머리카락들이 눈물로 얼룩진 뺨 여기저기에 붙어 있었다.

"왜 울어요, 엄마?" 나는 방문 앞에 서서 물었다. 다정하게 말할 생각이었는데 입에서 나온 건 지친 말투였다. "아파요?"

엄마는 나를 보자 소리 지르듯 말했다. "엄마한테 오렴." 나는 온몸이 굳는 것 같았지만, 양손으로 얼굴을 감싼 아빠를 떠올리며 숨을 참고 방 안으로 들어갔다. 내가 다가가자 엄마는 나를 침대에 끌어다 앉히고는 내 머리를 어깨 쪽으로 끌어안았다.

"아빠가 너더러 올라가보라고 그랬지? 네 아빠, 오늘 나 때문에 귀찮았을 거야."

"아빠는 엄마가 어떤지 걱정하세요." 내가 대답했다.

엄마 머리칼이 내 얼굴에 닿았다. 나는 숨을 쉬기 위해 머리를 들려고 안간힘을 썼다. "옛날에는 내가 손 하나만 까딱해도 네 아빠가 미소를 지었지." 엄마가 속삭였다. "네 아빠가 나를 볼 때는 영화배우 쳐다보듯 했어. 거짓말 같니?" 엄마는 한숨을 내쉬며 몸을 똑바로 일으켰다. 그러고는 입술을 깨물면서 자기 손을 내려다보았다. "똑똑한 년." 엄마가 나직이 말했다. "그때 집을 나가다니. 똑똑한 년."

나는 무슨 말을 해야 할지 난감했다.

"여기 있었으면 죽어라 일만 했을 거야. 일만 하다 금방 늙어버렸겠지. 하지만 집을 나갔으니 새로운 곳으로 여행도 다니고 새로운 사람도 만나고." 엄마는 고개를 돌려 나를 외면했다.

엄마의 잠옷은 구겨져 있었고, 텔레비전 불빛 때문인지 피부가 칙칙하고 무거워 보였다. "엄마한테 줄 게 있어요." 내가 말했다. "학교에서 만들었어요."

"그래?" 엄마는 입을 벌리고 한 손을 가슴에 갖다 댔다. "정말, 정말이니?"

나는 배낭을 뒤졌다. "전등이에요. 볼래요? 여기에다 초를 올려놓고 매달아놓으면 방이 훨씬 환해질 거예요."

엄마는 놀라며 전등을 받았다. 그리고는 용접한 옆선과 물감이 얼룩진 갓 부분을 손끝으로 쓰다듬었다. "이걸 네가 만들었어? 나한테 주려고?"

"으음, 네."

"아, 우리 아기." 엄마는 이렇게 말하며 나를 껴안았다. "엄마랑 오래오래 같이 살 거지, 응?"

나는 자리에서 일어나 문 쪽으로 뒷걸음쳤다. "이제 축사에 가서 아빠 일을 거들어야 해요. 아빠가 내려오라고 했어요."

밖에 나갔더니 올트먼 부인이 아빠에게 수표를 써주고 있었다. 내가 다가가자 아빠는 나를 보며 눈썹을 치켜세웠고, 나는 고개를 끄덕였다. "이제 괜찮아졌어요." 내가 말하니 아빠는 한숨을 쉬었다.

"누가요?" 올트먼 부인이 환하게 미소를 지으며 물었다. "윈스턴 부인이요?" 아빠와 나는 잠시 시선을 교환했다. "뵙고 인사라도 하면 좋겠네요."

"아내가 밖에를 나오지 않아서." 아빠는 수표에서 눈을 떼지 않고 어색하게 대답했다.

"아파요." 내가 말하자 아빠와 올트먼 부인 둘 다 나를 쳐다보았다.

"어디가?" 올트먼 부인이 슬쩍 아빠 쪽을 보았다.

"햇빛 알레르기예요." 내가 대답했다. "바람 알레르기하고." 아빠 입이 살짝 벌어졌다.

"어머나 세상에!" 올트먼 부인이 말했다. "그럼 어떻게 되니?"

"얼굴이 부어요." 내가 대답했다. 아빠랑 올트먼 부인 둘 다 눈을 동그랗게 떴다. "두드러기도 나요. 열도 나고. 기절할 때도 있어요." 아빠가 팔꿈치로 내 옆구리를 찔렀다.

올트먼 부인이 양손을 마주 잡으면서 말했다. "끔찍해라. 안됐구나!"

올트먼 부인이 수표를 건네주고 자기 딸을 따라 축사에 들어가자, 아빠는 나에게 따가운 시선을 던졌다. "거짓말도 고약하게 하는구나, 앨리스 윈스턴, 못된 녀석." 아빠가 말했다. 하지만 이렇게 말하면서도 얼굴은 웃고 있었다.

우리는 어미 말들을 위해 축사에 있던 시합용 말들을 끌어냈다. 말은 새끼를 낳을 때는 안에 있어야 했다. 실라 올트먼도 한몫 거들었다. 새끼를 밴 말들을 풀밭에서 끌고 와 축사에 넣는 동안 실라는 소리를 지르고 손뼉을 치며 난리였다.

"우리 아기들을 빨리 보고 싶어!" 실라가 내게 말했다. 우리가 키우는 어미 말들의 이름은 미스티, 루시, 진저, 샐리처럼 단순했다. 어미 말들은 느릿하고, 조용하고, 머리통이 길고, 갈기가 푸석하고, 배가 불룩했다. 실라가 불룩한 배에 손을 갖다 대더니 망아지가 움직이는 것이 느껴진다고 했다.

"발로 차네!" 실라가 말했다. "정말이야. 발길질을 했어."

실라가 돌아간 뒤, 나는 옐로캡을 끌고 나와 갈기와 꼬리를 정성 들여 빗질했다. 아빠가 보고 있었다. 내가 솔에 붙은 털을 떼어 땅에 버리는데, 아빠가 헛기침을 했다.

"올트먼 부인이 옐로캡을 사서 실라에게 주고 싶단다." 아빠가 말했다.

손끝이 차갑게 식었다. 나는 계속 솔에 붙은 털을 떼어내는 척했다. "개는 이 녀석 못 타요."

아빠는 셔츠에서 있지도 않은 실밥을 떼었다. "네가 올해 시합에 나갈래?"

나는 눈을 동그랗게 뜨고 아빠를 보았다.

"그러니까 입 다물고 가만히 있어."

폴리 케인의 장례식은 목요일 오후 다섯시였다. 묘지는 운하 건너편이었다. 나는 방과 후에 집으로 돌아와 거울을 보면서 슬프고 한스러운 표정을 연습했다. 어쩌면 아빠가 마음이 바뀌어 장례식에 데려가줄지도 모른다. 그러면 폴리 엄마가 폴리랑 친한 친구였던 나를 알아보고 가까이 오라고 할지도 모른다. 그러면 폴리 엄마를 향해 천천히 걸어가야지. 폴리 엄마가 나를 끌어안으려고 하면 그냥 안겨야지. 나는 거울 속의 나를 들여다보면서 낮에 폴리네 집에 놀러가서 폴리 엄마와 시간을 보내는 장면을 상상했다. 폴리 엄마와 나란히 부엌 식탁 앞에 앉아 앨범을 넘긴다. 폴리 엄마는 폴리 사진을 하나하나 짚어가며 보여준다. 핼러윈 의상을 입고 있는 폴리. 피아노 발표회에 나간 폴리. "봐라." 폴리 엄마가 말한다. "너, 폴리랑 참 많이 닮았구나." 나는 폴리 엄마의 어깨에 머리를 기댄다. 폴리 엄마의 머리칼에서는 딸기와 레몬 향이 난다. 나는 폴리 엄마에게 폴리가 너무 보고 싶다고, 폴리가 없는 세상은 너무 쓸쓸하다고 말한다. 폴리 엄마는 내 눈꺼풀과 손가락에 입을 맞추고 내 양손에 얼굴을 묻고 엉엉 운다. "폴리는 이 세상에 둘도 없는 친구였어요." 내가 말한다. 거짓말이라고 하기는 어렵다. 폴리가 나랑 둘도 없는 친구가 아니라고 할 사람이 누가 있겠는가. 폴리는 죽고 없는데.

하지만 아빠에게 장례식에 데려가달라는 말을 꺼내기도 전에 어미 말 루시가 올해 처음으로 새끼를 낳았다. 장례식에 가서 조의를 표하기는 글렀다. 아빠와 나는 망아지가 어미 말 꼬리에 엉키지 않도록 루시의 꼬리에 에이스* 붕대를 감았다. 그러고는 무릎걸음으로 어미 말 주위를 돌면서, 망아지 콧구멍이 막히지 않도록 어미 말 다리에 묻은 톱밥을 털어냈다. 망아지가 태낭을 찢으며 야위고 축축한 몸뚱이를 드러냈다.

"수놈이다." 아빠는 이렇게 말하며 씩 웃었다. "이놈 좀 봐라." 아빠가 탯줄을 자르는 동안 나는 망아지가 움직이지 못하도록 내 몸을 망아지 몸통에 바짝 갖다 댔다. 그런 다음 녀석이 자그마하고 뾰족한 네 발로 서려고 애쓰는 모습을 아빠하고 같이 구경했다.

아빠는 내 뒤통수를 쓰다듬으며 말했다. "잘했다, 앨리스. 프로

---

* 신축성이 있는 붕대. 상표명.

구나." 우리는 망아지가 네 다리를 후들후들 떨며 균형을 잡을 때까지 칸막이 앞에서 기다렸다. 우리가 뭔가 대단한 일을 해낸 기분이었다. 올트먼네 미니밴이 진입로에 정차하는 소리가 들리자 아빠는 눈을 감고 말했다. "제길, 오늘은 참아줄 여력이 없는데."

차에서 내린 올트먼 부인은 자동차 그릴을 살펴보기 시작했다. "사방이 하얀색 날벌레 천지네요." 올트먼 부인이 우리 쪽에 대고 소리쳤다. "죽은 날벌레들이 우리 차에 온통 들러붙는데요."

아빠는 나를 보고 머리를 저은 다음 올트먼 부인에게 갔다. "하루살이예요." 아빠가 말했다. "운하에서 알을 까죠. 우리가 그애를 물에서 건져냈을 때도 수백 마리가 그애 머리칼에 붙어 있었어요."

"세상에, 앨리스. 무슨 일이니?"

내가 티셔츠를 슬쩍 내려다봤더니 망아지 몸통에 닿았던 부분이 피로 얼룩져 있었다.

"오늘 낮에 첫 망아지가 태어났어요." 아빠가 이렇게 말하며 축사를 가리켰다.

"어떡해. 놓쳤어." 실라가 울먹였다. "우리를 안 부르시면 어떡해요!"

아빠는 나를 돌아보며 눈알을 굴리더니 대답했다. "앞으로 많이 태어날 테니 걱정 마라."

루시의 마방에 몰려간 실라와 올트먼 부인은 칸막이 앞에 서서 망아지를 보고 도리도리 까꿍 하며 난리였다. 루시는 이빨을 드러내고 양쪽 귀를 머리에 납작 붙였다. 아빠가 실라를 팔꿈치로 밀어내며 말했다. "쟤들에게 시간을 좀 주자꾸나. 어미들은 누가 제 새끼를 어떻게 할까봐 신경이 날카로워지거든."

"이런, 카메라를 두고 왔네." 올트먼 부인이 말했다. "하필 오늘 같은 날 잊어버리다니."

"오늘밤에 또 태어날지도 몰라요." 내가 말했다. "하나가 나오면 연달아 나와요."

"엄마, 나 오늘밤에 여기 있어도 되죠? 제발이요." 실라는 양손을 마주 잡아 자기 엄마 가슴에 대며 까치발을 했다. 그러고는 아빠를 슬쩍 돌아보며 덧붙였다. "괜찮죠?"

나는 안 된다고 말하라고 아빠한데 열심히 텔레파시를 보냈지만, 아빠는 나를 쳐다보지도 않고 올트먼 부인에게 말했다. "괜찮아요. 어차피 앨리스랑 나랑 밤새 말들을 지켜야 하니까."

"아, 제발이요, 엄마!" 실라가 말했다. "파자마 파티는 하게 해주시잖아요."

올트먼 부인은 옷깃 뒤를 매만졌다 "내일은 학교 가는 날인데…… 하지만 이런 일은…… 인생 공부니까, 더 중요할 것 같구나. 그럼 새 생명이 탄생하는 기적을 보고 오렴. 세상에서 가장 아름다운 일이니까. 정말 아름다운 일이지, 앨리스?"

나는 어미 말이 망아지를 몸 밖으로 내보내며 살이 찢어질 때 어떻게 피를 흘리는지, 어떤 냄새를 풍기는지, 어떤 소리를 내는지 올트먼 부인에게 말해주고 싶었다. 몇 년 전에 우리가 키우던 어미 말 이야기를 해주고 싶었다. 몸통은 적갈색, 갈기랑 꼬리는 검은색 말이었다. 새끼를 낳을 때 자루 같은 자궁이 밖으로 빠져나와 젤리처럼 덜렁거렸다. 자궁이 빠질 때 사람과 똑같은 소리로 비명을 질렀지만, 망아지가 젖을 빠는 동안에는 다리를 부들부들 떨면서도 제자리에 꼼짝 않고 서 있었다. 수의사가 말을 안락사시키러 왔을 때 언니가 내 눈을 가려주었지만, 말이 바닥으로 쓰러지는 순간 뼈가 부러지는 소리가 들렸다. 망아지는 그날부터 사흘 낮 사흘 밤을 히잉히잉 울고 또 울었다. 나는 올트먼 부인에게 이 망아지 이야기도 해주고 싶었다. 하지만 미소를 지으며 말했다. "네. 아름다운 일이에요."

올트먼 부인은 우리에게 피자를 시켜 먹으라고 돈을 준 뒤, 아침에 실라를 데리러 오겠다고 하고 돌아갔다. 미니밴에 올라탈 때 올트먼 부인은 내게 실라가 입을 옷을 좀 빌려줄 수 없겠느냐고 했다. 나는 지금 막 마을 저편에서 시작했을 폴리의 장례식을 생각했다. 폴리 엄마는 벌써 도착해서 자리를 잡았겠지. 사람들은 차를 주차시킨 다음 풀밭으로 들어서며 서로 엄숙하게 목례를 하겠지. 장례식에 가본 적은 없지만 장례식 장면은 상상할 수 있었다. 모두 조용하고 근엄하고 정중하다. 검은색 드레스와 뻣뻣한 양복을 입고 있다. 처음에는 고통 앞에 무너지지 않기 위해 꼿꼿하게 버티지만, 장례식이 진행되는 동안 항복한다. 폴리가 땅속으로 내려지는 순간 꼿꼿했던 몸이 풀리면서 서로의 어깨에 기대고 서로의 허리와 어깨를 감싸고 서로의 손가락을 깍지 낀다.

우리는 마구실에서 종이 냅킨에 싼 피자를 먹으며 진러미*를 했고, 교대로 축사를 왔다 갔다 하며 말들의 상태를 살폈다. 새벽 두시에 실라가 마구실로 뛰어 들어오며 비명을 질렀다. "진저가 새끼를 낳나봐! 땀을 뻘뻘 흘려!"

"출동." 아빠가 말했고, 우리는 아빠 뒤를 엄숙하게 따라갔다.

---

* 카드놀이의 일종.

아빠는 나에게 에이스 붕대를 던져주며 진저의 꼬리를 가리켰다. 나는 진저의 엉덩이 뒤에 무릎을 꿇었다. 꼬리는 핏덩어리와 점액들로 벌써 축축했다. 온몸의 근육이 물결 모양으로 흔들렸고 양쪽 뒷다리가 톱밥 속을 파고들었다.

"너한테 발길질을 할 것 같아." 실라가 손으로 얼굴을 감싸고 속삭였다.

"새끼 낳을 때는 발길질을 못 해, 바보." 내가 대답했다. 아빠가 내 팔등을 꼬집었고, 내가 덧붙였다. "그러니까 걱정 안 해도 돼." 나는 진저의 축축한 꼬리털을 한데 모아 붕대로 둘둘 말고 안전핀으로 고정시켰다.

실라가 한 발짝 물러나며 속삭였다. "빨리 좀 해, 앨리스."

아빠가 진저의 머리 옆에 무릎을 꿇고는 양손으로 진저의 목을 안았다. 그리고 진저의 갈기를 쓰다듬으며 나지막하게 말했다. "착하지. 힘내라, 우리 아기." 평상시에 아빠는 어미 말을 나쁜 년 아니면 몹쓸 년이라고 불렀다. 하지만 어미 말이 새끼를 낳을 때는 어린아이 대하듯 어르고 달랬다. "옳지, 우리 귀염둥이. 잘한다."

실라는 아빠 옆으로 기어가더니 텔레비전에서 여자들이 애기를 낳을 때 그러는 것처럼 짧은 숨을 몰아쉬기 시작했다.

"진저한테 말 좀 걸어주렴." 아빠가 말하자, 실라는 고개를 숙이고 진저의 입을 만졌다. 아빠는 실라의 어깨를 톡톡 두드리며 말했다. "진저가 머리를 들어올릴지도 모르니까 조심해야 한다. 부딪치면 이가 부러질 수도 있어."

바깥에서 다른 말들이 이리저리 왔다 갔다 하며 앞발로 땅을 차는 소리가 들렸다. 울타리가 덜컹거렸고, 아빠는 나더러 나가보라고 했다. 진저가 끙끙거리기 시작하자 실라는 양손으로 입을 막고 마방 바깥으로 뒷걸음치며 속삭였다. "같이 가."

시합용 암말들이 울타리 주위로 몰려들었고, 하루살이떼가 구름처럼 빽빽했다. 말들은 바닥에 누울 듯 몸을 비틀고 눈알을 희번덕거리며 온몸에서 비지땀을 흘렸다. 고개를 들어올렸다 털썩 내렸다 하며 신음소리를 내고 콧김을 뿜고 근육을 실룩실룩하고 꼬리를 흔들어 끊임없이 몰려드는 벌레들을 후려쳤다.

"말들이 왜 저래?" 실라가 물었다.

"새끼 낳겠다고 저러는 거야." 나는 이렇게 대답하면서 잠시 정말 그럴 수도 있겠다고 생각했다.

실라의 입술이 떨렸다. "하지만 새끼도 안 뱄잖아."

"냄새가 나니까." 내가 대답했다. "망아지 냄새가 나니까 자기 새끼인 줄 알고 저러는 거야."

나는 실라가 내 말을 믿는지 슬쩍 쳐다보았다. 시합에 나가는 암말들은 한 달 안에 다시 축사를 차지할 것이다. 깨끗하게 씻고 털을 깎고 시합을 준비할 것이다. 그때쯤엔 실라가 말에 싫증이 나서 취미를 피아노나 체조나 스케이트로 바꿀지도 모른다. 실라 올트먼에게 언니 옷을 입히거나 언니 말을 팔아넘길 수 있을지는 모르지만, 그런다고 해서 실라 올트먼이 세상의 이치를 이해할 수 있을까? 너무 갖고 싶은데 가질 수 없다는 게 어떤 건지 이해할 수 있을까?

실라의 표정이 얼어붙었다. 실라는 양손으로 귀를 틀어막았다. 내 뱃속에서 심술이 스멀스멀 기어올라왔다. "정말 아름답지 않니?"

실라는 몸서리를 치더니 고개를 돌렸다. "말들을 못 쳐다보겠어."

진입로 한쪽에서 거세된 수말들이 발을 구르며 가슴으로 울타리를 들이받고 있었다. 고개를 쳐들었고, 눈동자의 흰자위가 달빛에 빛났다. 역시 하루살이떼가 모여 있었다. 옐로캡이 히잉거렸다. 나는 실라의 시선을 느끼며 옐로캡 우리로 달려가 말했다. "괜찮아, 옐로캡."

"옐로캡이 이상해." 실라가 안절부절못하며 말했다. "다들 이상해."

"옐로캡은 괜찮아." 나는 그렇게 대꾸하며 옐로캡을 쓰다듬어주려고 손을 뻗었다. 하지만 옐로캡은 움찔 놀라더니 멀찌감치 물러났다. "이리 와, 이 녀석." 나는 옐로캡을 부르면서 울타리 빗장을 열었다. 옐로캡 곁에 있어줄 생각이었다.

빗장이 열리자 옐로캡이 앞발을 공중에 들어올리면서 어깨로 내 얼굴을 쳤고, 나는 땅바닥에 나동그라졌다. 빗장이 울타리에 부딪히는 소리가 들렸고, 말굽이 자갈에 부딪는 소리도 들렸다. 옐로캡이 도로를 향해 달리고 있다는 뜻이었다.

"잡아!" 내가 실라에게 소리쳤다. 하지만 실라는 눈을 동그랗게 뜨고 옐로캡의 뒷모습만 바라볼 뿐이었다. 나는 간신히 몸을 일으켜 울타리에 기대섰다. 엉덩이와 다리에 힘이 하나도 없고, 양손은 덜덜 떨렸다. "내가 잡아와야겠어." 내가 말했다.

"앨리스, 너, 얼굴에서 피 나." 실라가 말했다. 잇새에서 피와 흙 맛이 느껴졌다. 손을 입에 갖다 대보았다. 피가 나는 곳을 찾을 수 없었다. 얼굴에 감각이 하나도 없었다.

"차에 치일지도 몰라." 내가 말했다.

"운하 쪽으로 갔어. 너희 아빠 불러오자."

나는 실라를 밀치고 걸었다. 실라는 내 손을 붙잡았다. "너네 아빠한테 내가 옐로캡을 내보냈다고 하자. 나한테 화를 내시지는 않을 거야. 아니면 너네 엄마 불러오자." 나는 실라를 쳐다보았다. "밤이니까, 밖에 나와도 괜찮으실 거야. 앨리스, 너, 피 정말 많이 나. 자, 같이 가자."

나에게 옐로캡을 잃어버리는 것보다 더 큰 일이 있다면 그것은 실라 올트먼을 잃는 일이었다. 실라의 입술은 금방이라도 울음을 터트릴 것처럼 일그러졌다. 나는 실라에게 잡혀 있던 손을 잡아뺐다. "금방 갔다 올게, 실라. 애들처럼 아빠한테 얘기하고 그러지 마."

나는 달리고 또 달렸다. 허파가 목을 지나 입으로 튀어나오는 느낌이었다. 달리다가 두 번 넘어졌다. 너무 숨이 차서 속도를 줄이지 않을 수 없었다. 옐로캡을 부르면서 츳츳 헛소리를 냈다. 콧물이 줄줄 흘렀다. 내가 내는 거친 숨소리에 맞춰 걸음을 옮겼다. 손등으로 코를 훔쳤다. 넘어질 때 까졌는지 팔꿈치가 쓰라렸고, 나는 아픈 데를 계속 문질렀다. 눈앞에서 하루살이떼가 날아다녔고, 나는 하루살이떼를 쫓으려고 양팔을 휘저었다. 그러다가 운하까지 왔다. 하지만 자욱한 물안개 때문에 수면은 보이지 않았다. 눈에 보이는 것은 운하 위를 날아오르는 수백만 마리의 벌레들뿐이었다. 눈송이 같은 몸통에 종이 같은 날개가 달린 벌레들은 물 위의 눈보라 같았다. 흙길을 따라 걸으려고 했지만, 벌레 폭풍 때문에 몇 발짝 못 가고 멈춰 서서 손으로 눈을 가렸다.

목구멍과 양쪽 귀에서 심장박동이 느껴졌다. 물이 보이지는 않았지만 사방에서 운하의 냉기가 느껴졌다. 나는 최대한 도로 쪽에 붙었다. 양손을 아무리 휘저어도 벌레들은 연기처럼 부풀어오르기만 했다. 나는 벌레들이 입안으로 들어오지 못하도록 입을 꼭 다물고 있는 힘껏 머리를 흔들었다. 그러고는 도로 쪽인 듯한 길을 따라 더듬더듬 걸음을 옮겼다. 여차하면 풀을 붙잡자고 생각하며 허리를 숙이고 걸었다.

"여기야, 옐로캡! 여기야, 아기야!" 높고 거친 목소리였지만, 우글우글하는 벌레들 때문에 희미하게 들릴 뿐이었다. 양팔을 얼굴 앞에서 정신없이 휘저었지만, 하루살이들은 계속 콧구멍과 귓구멍에 달라붙었다. 벌레들을 떼어내기 위해서는 수시로 걸음을 멈추어야 했다. 문득 옐로캡의 몸통이 어렴풋이 눈에 들어왔다. 신기루일 거라고 생각하면서도 비틀비틀 달려갔다.

녀석의 옆구리에 양손을 올리고 녀석의 머리까지 쓰다듬어갔다. 옐로캡은 전혀 움직이지 않고 가만히 서 있었다. 무릎은 자물쇠를 단 듯했고, 근육은 실룩거렸다. 눈을 크게 뜨고, 콧구멍을 벌름대며 구름 같은 벌레들을 향해 콧김을 내뿜고 있었다. 내가 말했다. "착하지." 녀석은 고개를 흔들며 나를 뒤로 밀어냈다. 고삐나 밧줄을 가져올 생각을 못 했기 때문에 갈기와 양쪽 귀를 붙잡아 끌고 가는 수밖에 없었다. 하지만 옐로캡의 두 눈은 두려움으로 얼어붙어 있었다. 네 다리는 바닥에 붙어 움직일 줄을 몰랐다. 우리가 있는 곳이 도로 어디쯤인지도 가늠할 수 없었다. 폴리 케인이 빠져 죽은 물 기운이 사방에서 느껴졌다. 그애는 그냥 잘못하다 넘어져 떨어졌는지도 몰랐다. 떨어뜨린 것을 주우려고 했는지도 몰랐다. 전에 잘못해서 풀장 물을 들이마셨던 생각이 났다. 물이 눈 뒤를 쿡쿡 찌르는 것처럼 아팠고, 구역질이 나서 온몸이 들썩거렸는데. 근처에는 집이 한 채도 없었다. 듣는 사람 하나 없는 그곳에서 그 애는 비명을 질렀을 것이다.

나는 옐로캡의 다리를 걷어찼고, 옐로캡은 털을 곤두세웠다. "왜 그래!" 내가 소리쳤다. "왜 그래, 이 바보야. 걸어!" 나는 있는 힘껏 녀석을 끌었다. 녀석을 끌기 위해 녀석의 양쪽 귀를 손가락으로 비틀고 양팔로 녀석의 목을 껴안았다. 하지만 내 몸은 하얀 벌레들 속에서 힘없이 버둥거릴 뿐이었다. 녀석을 데려갈 수 없을 것 같았다. 녀석이 갑자기 물속으로 뛰어들 것 같았다. 녀석의 발굽이 배수구에 걸릴 것 같았다. 녀석의 다리가 툭 부러질 것 같았다. 녀석의 허파에 물이 차오를 것 같았다. 그래도 나는 아무것도 할 수 없을 것 같았다. 녀석이 죽어가는 것이 보이지도 않을 것 같았다. 소리만 들릴 것 같았다. "제발!" 나는 소리를 질렀다. "바보야, 바보야. 제발!" 나는 녀석의 앞발 하나를 들어올려 한 발 앞에 내려 놓으려고 했다. 하지만 어느 쪽이 안전한 쪽인지 그것도 확실치 않았다.

어디선가 아빠 목소리가 들렸다. 나는 환청일 거라고 생각했다. 그런데 또 들렸다. "앨리스!"

"아빠, 여기예요! 잡았어요. 우리 여기 있어요!"

"제길, 하나도 안 보여!"

"여기요!" 나는 목구멍을 타고 올라오는 흐느낌을 간신히 참으며 다시 소리쳤다.

아빠 손이 내 어깨에 닿았다. "세상에! 대체 뭐 하는 짓이야?"

"옐로캡이 뛰쳐나갔어요. 차에 치일까봐. 길을 잃을 수도 있고 물에 빠질 수도 있으니까." 내 손가락이 녀석의 갈기에 친친 감겨 있었다. 나는 손가락을 비틀며 갈기를 풀려고 애썼다.

아빠가 나를 세게 밀었다. 그러고는 내가 넘어지기 전에 팔을 잡아주었다. "죽을래? 이렇게 바보짓 하면 너 나한테 죽는다." 팔을 빼려던 나는 희뿌연 안개 같은 벌레들 때문에 비틀거리다 아빠 바지 주머니를 잡고 겨우 중심을 잡았다.

아빠는 셔츠를 벗어 옐로캡 목에 감았다. 아빠가 있는 힘껏 잡아당기자 옐로캡은 끌려왔다. 우리는 녀석의 머리에 달라붙는 벌레들을 쫓으면서 녀석을 도로까지 끌고 갔다. 아빠는 내 팔을 잡고 앞장섰고, 나는 옐로캡이 걸음을 멈추지 않도록 계속 츳츳 혓소리를 냈다. 하루살이들이 따뜻하고 메마른 눈보라처럼 우리 주위에서 소용돌이쳤다. 위를 쳐다보니 벌레들이 검은 하늘 위로 날아오르고 있었다.

벌레들이 뜸해졌고 우리는 도로로 나가는 길을 찾을 수 있었다. 우리는 걸음을 멈추고 숨을 몰아쉬었다. 아빠한테 잡힌 팔이 아파왔다. 아빠는 내가 움찔거리는 것을 보고 팔을 놓아주었다. 나는 팔을 문지르며 말했다. "아빠에게 말하지 말라고 실라한테 그랬는데. 혼자 할 수 있었는데."

"혼자 좋아하네." 아빠가 말했다. 하지만 목소리는 나직했다. 아빠는 옐로캡이 풀을 뜯을 수 있도록 셔츠를 풀어주었다. 그리고 안개 자욱한 운하를 돌아보며 고개를 저었다.

벌레들이 운하에서 소용돌이처럼 올라왔고, 나는 가냘픈 벌레의 몸통과 침대 시트처럼 하얀 벌레의 날개에 손바닥을 대보았다. 꽃잎 같은 날개들이 손바닥을 스쳐 어둠 속으로 사라졌다. 달빛을 받은 아빠의 가슴은 거칠게 그을린 팔에 비해 희고 부드러워 보였다.

"어미 말들은요?" 내가 물었다. "자리를 지켜야 하는데."

"앨리스, 말은 항상 새끼를 낳는다. 말이 새끼를 낳을 때마다 사람이 옆에 있어야 했다면, 말은 몇 백 년 전에 멸종했을 거야."

우리는 개처럼 고개를 숙인 옐로캡을 사이에 두고 나란히 도로를 걸었다.

"실라 올트먼은 오늘밤에 돈 낸 만큼 보람 있는 시간을 보내는구나." 아빠가 한참 만에 입을 뗐다.

"나는 그애가 싫어요." 이제 이판사판이었다.

"안다." 아빠는 미소를 지으며 옐로캡을 잡아끌었다.

"아빠가 그애한테 언니 말을 주는 것도 싫어요."

아빠는 잠시 말이 없었다. "이 말이 얼마나 비싼지 모르지, 앨리스. 너는 이해 못 해." 아빠는 한숨을 쉬었다. "이 말을 팔면, 일꾼을 쓸 수 있어."

나는 걸음을 멈췄다. "실라가 있잖아요." 내가 이렇게 말하자 아빠는 껄껄 웃었다. 나는 옐로캡의 목을 어루만졌다. "나도 있구요."

아빠는 다시 속도를 냈고, 나는 보조를 맞추기 위해 뛰어야 했다. 차 한 대가 우리 앞을 지나갔다. 차를 쫓던 하루살이떼가 사체로 변해 바닥으로 쏟아졌다.

진입로에 이르자 아빠는 우리집을 올려다보았다. "엄마 방에 불이 켜져 있구나." 나도 엄마 방 창문을 올려다보았다. 작고 노란 불빛. 촛불이었다. 하루살이떼가 불빛 위를 맴돌면서 유리창에 부딪혔다.

"내가 엄마한테 만들어준 전등이에요."

"네가 엄마한테 전등을 만들어줬어?"

"네, 뭐." 폴리 케인의 재주 많은 손은 마른 흙 속 어딘가에 말없이 묻혀 있었다. 나는 전등에 색칠만 했다.

"왜 그랬니?"

나는 창문을 올려다보았다. "엄마한테 뭔가 줘야 할 것 같았어요. 줄 게 그것밖에 없었어요."

아빠는 엄지손가락으로 내 입술을 닦아주고 손바닥으로 내 얼굴에 묻은 피를 닦아주었다. "이제 가서 자라." 나는 아빠 손 쪽으로 고개를 돌리고 턱을 아빠 손바닥 위에 올렸다. 아빠에게서는 땀 냄새, 건초 냄새, 가죽 냄새가 났다. "녹초가 된 아이는 도움이 안 돼. 좀 자둬." 아빠는 옐로캡의 목을 감은 셔츠를 끌면서 우리로 향했다.

"피곤하지 않아요." 나는 말했다. "정말로, 하나도 안 피곤해요. 계속 있을래요." 아빠는 우리 안에 들어가 옐로캡의 양쪽 귀 사이를 문질러주고 옐로캡의 목을 쓰다듬어주었고, 우리 밖으로 나와 울타리 문짝을 소리 나게 닫았다. 그러고는 내 앞을 지나가며 고개를 저었다. "보통 애였으면 자러 올라갔을 텐데." 아빠는 한 손으로 내 팔뚝을 붙잡아 지그시 눌렀다. "다른 애들보다 강한 건가."

운하에서 아빠에게 붙잡혔던 팔이 아직 얼얼했다. 하지만 나는 근육을 단단하게 만들려고 팔에 잔뜩 힘을 주었다. 그러면서 아빠가 무슨 말을 더 해주기를 기다렸다. 그때 실라가 양팔을 머리 위로 흔들면서 축사에서 뛰어나왔다. "낳았어요." 실라가 깡충깡충 뛰면서 소리쳤다. "아, 어쩌면. 얼마나 예쁜지. 어서, 어서!"

그 망아지도 여느 망아지나 다름없이 작고 축축했다. 우리 셋은 칸막이 앞에서 몸을 웅크리고 망아지를 구경했다. 망아지는 희미하고 노란 축사 불빛 아래 가늘고 긴 다리를 모으고 누워 있었다. 어미는 새끼를 지키고 있었다. 새끼의 냄새를 맡으려고 고개를 숙일 때는 눈을 반쯤 감았다. 하늘은 은박지 색으로 바뀌고 있었고, 바람은 한층 차가워졌다. 건초 부스러기와 먼지 때문에 사방이 안개가 낀 것처럼 뿌옜다. 우리는 말없이 서서 피와 땅과 밤 냄새를 맡았다. 피와 땅과 밤이 머리를 맞대는 모습을 본 것은 그때가 처음이었다.

2

　아빠가 노나 언니에게 옐로캡을 사준 것은 내가 일곱 살 때였
다. 목둘레가 나무통 같은 남자 둘이 옐로캡을 캔터키에서부터 데
려왔다. 두 남자가 옐로캡을 트레일러에서 끌어내리려는 순간, 옐
로캡이 갑자기 고개를 홱 쳐들었고 두 남자는 바닥에 고꾸라질 뻔
했다. 하지만 열두 살도 안 된 언니는 곧장 옐로캡 앞으로 달려가
손을 내밀었다. 옐로캡은 가슴 근육을 부들부들 떨며 한쪽 발을 굴
렀고, 언니의 다리에 잔돌이 튀었다. "조심해라." 목둘레가 나무통
같은 남자 중 하나가 말했다. 하지만 언니는 피하지 않았다.
　잠시 후 옐로캡은 고개를 숙였다. 옆에 있던 우리는 노나가 한
손으로 옐로캡의 코를 쓸어주는 것을 구경했다. 노나는 아이를 어
르듯 혀를 츳츳 찼고, 옐로캡의 앞갈기를 손가락에 감고 돌돌 말아
두 눈 사이에 늘어뜨렸다.
　옐로캡이 실라의 것이 된 순간은 그런 잊지 못할 순간과는 거리

가 멀었다. 올트먼 부인은 아빠에게 수표를 건넸고 아빠는 올트먼 부인에게 등록증을 건넸다. 말은 그냥 울타리 안에 있었다. 나중에 아빠는 나를 데리고 나가 치즈버거를 사주면서 올해는 대단한 한 해가 될 거라고 했다. 예감이 팍 온다고. 아빠는 미소를 띠면서 식탁 아래에서 다리를 떨었다. "디저트 먹어라." 아빠는 치즈버거를 가득 물고 말했다. "먹고 싶은 거 다 먹어."

아빠는 우리 조련장에 교습생들이 쏟아져 들어올 거라고 말했다. 실라가 말을 타는 모습을 보려고 실라 친구들이 찾아올 거라고. 새로 산 멋진 말에 올라탄 실라의 당당하고 우아한 모습을 구경하고 나면, 실라 친구들도 교습을 받고 싶어할 거라고. 그러다보면 자기 말을 갖고 싶어할 거라고. 또 아빠는 말했다. 실라 친구들도 실라 같은 애들일 거라고. 부잣집 애들일 거라고. 중요한 건 그거라고.

"노나는 싫증을 냈어, 게을러빠져서." 아빠는 빈 소다수 잔을 계속 츱츱 빨다가 내 잔으로 손을 뻗었다. "하지만 실라는 이제 초보니까. 열심이고. **독종**이야."

실라는 당연히 초보였다. 실라가 열심이라는 말도 틀린 말은 아니었다. 말을 타고 그렇게 날뛰는 사람은 처음 봤으니까. 하지만 **독종**이란 말은 노나처럼 평생을 대회에서 보낸 애들, 이를 악문 애들, 눈에 힘이 들어가 있는 애들, 팔뚝이 밧줄 매듭 같은 애들에게나 어울리는 말이었다. 독종인 애들은 경기장 밖에서는 등이 구부정했고, 쉬는 시간에는 방송실 뒤에서 몰래 담배를 피웠다. 독종인 애들은 말에서 떨어져 발굽에 밟히고 실려 나간 적이 있는 애들, 말과 같이 넘어져서 뒹굴거나 말한테 깔린 적이 있는 애들이었다.

독종인 애들은 열세 살쯤 되면 다들 모험담이 하나씩 생겼다. 서툰 말이 반항하며 날뛰는 바람에 쇄골이 부러졌다거나, 암말이 옆걸음질 치다 울타리 기둥을 들이받는 바람에 무릎뼈가 부러졌다거나, 말이 쓰러져서 구르는 바람에 말에 깔려 골반이 산산조각 났다거나 하는. 실라 올트먼은 피부가 보드랍고 두 뺨은 분홍색이다. 그런 애를 보고 감탄할 사람은 아무도 없다.

"뭐라고?" 아빠는 이렇게 물으며 한쪽 눈썹을 치켜세웠다. 질문이라기보다는 경고였다.

"아무 말도 안 했어요." 나는 대답했다. "그냥 디저트가 먹기 싫다고요."

학교에서는 수위 아저씨들이 폴리의 책상을 깨끗이 치웠고 폴리의 사물함에 붙어 있던 스티커를 긁어냈다. 교장 선생님은 확성기로 일장 연설을 했다. 6학년생들이 장례식에 많이들 참석해줘서 고맙다는 말이었다. 교장 선생님은 날씨가 좀 풀리면 6학년생들이 단체로 폴리의 묘에 기념수를 심자고 했다. 그때까지 모두 지금까지처럼 지내자고 했다. 공부하고 웃고 숙제는 제때에 내자고. 폴리도 그러길 바랄 거라고.

폴리 케인은 죽은 뒤에 인기가 엄청나게 올라갔다. 살아 있을 때는 이렇게 인기가 많은 적이 없었다. 애들은 학교에 올 때 검은색 옷을 입었다. 검은색 옷이 없는 애들은 짙은 감색 옷을 입었다. 조금이라도 관계가 있었던 애들은 다른 애들에게 할 말이 있었다. 폴리가 받아쓰기 시간에 연필을 빌려줬어, 폴리가 콜라 자판기 앞에서 동전을 꿔줬어. 폴리는 수업시간에 꼭 손을 들고 말을 했어. 폴리가 교실 바닥에 떨어진 휴지를 줍는 것도 봤어. 폴리가 나쁜 말을 쓴 적이 있을까. 애들 발을 걸어 넘어뜨린 적이 있을까. 애들한테 욕을 했던 적이 있을까. 그야 모를 일이지만, 어쨌든 그런 것을 기억하는 아이는 아무도 없었다. 폴리는 죽었다. 이 세상 사람이 아니다. 왜? 이유는 하나밖에 없다. 폴리는 아낌없이 남을 도와주는 아이, 정이 많은 아이, 지구의 환경을 걱정하는 아이였다. 이세상에 살기에는 너무 착한 아이였다.

폴리랑 친했던 애들은 순식간에 유명인사가 되었다. 장례식이 끝나고 며칠 동안, 폴리 친구들이 복도에 있으면 애들이 주변을 얼쩡댔다. 괜찮은지 물어보는 아이도 있었고, 슬픔에 빠져서 숙제를 못 했을 테니 도와주겠다고 나서는 아이도 있었다. 폴리 친구들은 평범하고 조용한 아이들이었고 이러한 관심이 익숙지 않았다. 나는 폴리 친구들이 어깨를 움츠리고 고개를 숙인 채 복도를 걸어다니는 모습을 지켜보았다. 세상이 지금과 좀 달랐다면 나도 저 아이들과 함께 있었을 것이다.

나는 장례식에서 있었던 시시콜콜한 이야기들을 열심히 주워들었다. 화장실에서 손을 씻으면서, 폴리의 관이 분홍색이었다는 이야기를 들었다. 체육복을 갈아입으면서, 장례식을 시작할 때 시를 낭독했다는 이야기를 들었다. 나는 신발 끈을 묶는 척하면서 이야기를 엿들었다. 하지만 가장 많은 이야기를 얻어듣는 것은 점심시간에 카페테리아에서 줄을 서 있을 때였다.

여느 때였다면 나도 다른 애들처럼 재니스 리어던을 피했을 것이다. 안색이 나쁘고 얼굴은 둥글넓적하고 어깨가 퉁퉁하고 이마는 여드름투성이였다. 평일에도 코스튬을 입고 등교했고, 무생물과 대화를 나눴다. 오늘은 플라스틱 왕관을 쓰고 온 재니스는 나한테 폴리의 장례식 이야기를 들려주면서 짬짬이 식판 위의 물건 하나하나에게 인사를 건넸다. "안녕, 작은 포크. 너, 오늘은 별로 반짝반짝하지 않다." 하지만 재니스는 장례식에 갔고, 나는 가지 않았다. 그 때문에 나는 미소를 짓고 고개를 끄덕이며 재니스가 식기들과 대화하는 것을 못 본 척했다.

재니스의 이야기를 들어보니, 장례식을 시작할 때 시를 낭독한 사람은 폴리 삼촌이었다. 시는 꽃에 관한 것이었다. 폴리 엄마는 연두색 드레스를 입고 하얀색 장미 한 송이를 들고 있었다. 해가 질 무렵, 폴리의 성장 과정을 담은 사진들이 영사됐고, 사람들이 사진을 보는 동안 6학년 합창단이 〈Candle in the Wind〉을 불렀다.

"처절했어." 재니스가 말했다. 나는 식판을 들고 서 있었고, 재니스가 빈 식탁을 향해 고갯짓을 했다. "같이 앉을래?" 왕관에서는 플라스틱 보석 몇 개가 떨어져 나갔고, 이마의 여드름에는 빨간색 매직펜이 칠해져 있었다. 나는 누가 우리를 보고 있지 않나 싶어 흘깃 뒤를 돌아보았지만, 재니스가 내 얼굴을 쳐다보고 있을 뿐이었다. "아직 안 한 얘기가 많아." 재니스가 말했다. "지금까지는 그냥 맛보기였어."

나는 고개를 끄덕이고 재니스를 따라갔다.

폴리는 외동딸이었고, 폴리 아빠는 폴리가 네 살 때 죽었대. 재니스는 종이냅킨을 무릎 위에 올려놓고 판판하게 폈다. 그러면서 장례식에서 들은 이야기를 해주었고, 장례식 때 보았던 폴리의 사진을 일일이 설명해주었다. 크리스마스 아침에 빨간색 리본을 머리 꼭대기에 묶은 폴리, 스케이트를 타는 폴리, 구부러진 빨대로 밀크코코아를 마시는 폴리.

"폴리 엄마는 울었어?" 내가 묻자 재니스는 핫도그를 입에 넣으려다 멈칫했다.

"당연하지." 재니스가 말했다. "자기 딸 장례식인데."

"폴리 엄마는 어떤 사람 같아?" 내가 묻자 재니스는 어깨를 으쓱했다.

"글쎄." 재니스가 말했다. "비슷해. 다른 엄마들이랑 똑같아."

나는 고개를 끄덕이며 우리 엄마를 생각했다. 가끔 아무 이유 없이 우는 우리 엄마.

"모두 울더라." 재니스가 말을 이어갔다. "장례식이 끝나고 델마 선생님이 차 안에 있는 걸 봤는데, 우는 것 같더라."

델마 선생님은 7학년 영어를 가르쳤다. 나는 델마 선생님의 모습을 상상해보려고 애썼다. 다 큰 어른이 혼자 차에 앉아 손에 얼굴을 묻고 소리 없이 우는 모습을. "폴리는 델마 선생님한테 배운 적도 없어." 내가 말했다.

"폴리는 테니스부였거든." 재니스가 대답했다. "델마 선생님이 코치야."

"테니스부가 있어?" 학교에 코트가 있긴 했지만, 블록 사이에서 잡초가 자랐고 네트도 없었다.

"클럽 같은 거야." 재니스가 말했다. "그렇게 자주 모이지는 않을 거야."

"그런데 델마 선생님이 그렇게 슬퍼했어?"

재니스가 대답을 하려고 입을 벌린 순간, 재니스의 혓바닥에 반쯤 씹힌 핫도그 덩어리 몇 개가 올라가 있는 게 보였다.

"엄청나게 슬퍼하더라."

나는 내 식판을 물끄러미 내려다보았다. 음식에 손이 가지 않았다. 어쩌다가 한번 보는 선생님까지도 더는 폴리를 볼 수 없다는 생각에 괴로워하는데 지난 몇 년 동안 폴리와 나는 집이 같은 방향이라 같이 걸어다녔지만, 나는 폴리가 테니스를 치는 줄도 모르고 있었다. 나는 카페테리아를 둘러보았다. 폴리가 앉았던 식탁, 폴리가 앉았던 빈 의자가 눈에 들어왔다. 재니스는 장례식에서 누가 무슨 옷을 입고 왔다느니 누가 어디 앉아 있었다느니 하는 이야기를 계속 늘어놓고 있었지만, 나는 폴리 친구들을 곁눈질하면서 그애들이 나를 알아봐주기를 바랐다. 샌드위치를 우물거리다가, 우유를 홀짝거리다가, 문득 나를 쳐다봐주기를 바랐다. 내 마음을 알아채주기를 바랐다. 너희는 혼자가 아니야. 너희가 느끼는 상실의 무게를 잘은 모르지만, 내가 같이 짊어질게. 이제 한 명이 모자라잖아. 내가 너희 이야기를 들어줄게. 너희의 고통을 나한테 털어놔. 다들 알겠지만 세 명이면 친구 하기 힘들잖아. 내가 균형을 맞춰줄게.

"이제 갈래." 내가 혼잣말처럼 중얼거리자 재니스가 무슨 말인가를 하다 멈칫했다.

나는 카페테리아 안을 한 바퀴 돌아서 그애들에게 갔다. 그애들이 있는 식탁으로 다가가는 동안, 나는 카페테리아를 가득 메운 아이들이 내 앞에서 홍해처럼 양쪽으로 갈라지는 것을 느낄 수 있을 것 같았다. 폴리의 영혼이 나의 손을 잡고 자기 친구들 곁으로 데려가는 것을 느낄 수 있을 것 같았다. 나와 그애들은 서로를 마주보겠지. 우리가 하나의 끈으로 이어져 있음을 느끼겠지. 이 만남의 의미를 느끼겠지. 그애들이 내게 같이 앉자고 하겠지. 그 순간부터 나는 항상 그애들과 함께하겠지. 반 애들이 그애들을 자꾸 성가시게 하면 내가 막아줄 거야. 폴리가 남기고 간 빈자리를 내가 채워줄 거야.

하지만 내가 식탁 앞에 멈춰 서자, 폴리 친구들은 셋 다 멍한 표정으로 나를 쳐다보며 아무 말도 하지 않았다.

"나는 앨리스야."

"그건 우리도 알아." 샤론 힐이 말하며 감자 튀김에 케첩을 찍었다. "근데 왜?"

나는 식판을 오른손에서 왼손으로 옮겨 들면서, 솔직하고 진실한 표정을 지으려고 노력했다. 내 진심을 보여주려고 노력했다. "그냥 너희한테 할 말이 있어서. 내가 많이 슬펐다는 말을 해주려고. 지금도 많이 슬프다는 말을. 그러니까 그게, 폴리 일로, 폴리가 죽어서, 내 마음이 아프다는 말을 해주려고."

콜린 머피는 턱을 괴었고, 애비게일 윌슨은 손거스러미를 잡아뜯었다. 나는 폴리에 대해서 무슨 말이라도 해보려고 머리를 쥐어짰다. 실과시간에 같이 전등을 만들 때 나한테만 살짝 말한 비밀이 있을 수도 있었다. 폴리가 들려준 우스갯소리가 있을 수도 있었다. 폴리한테 특별한 재능, 나밖에 모르는 재능이 있을 수도 있었다. 폴리가 죽지 않았다면 내가 처음으로 발견했던 폴리의 재능이 폴리의 인생을 좌우할 수도 있었다. 그러나 오후 실과시간마다 나란히 앉아서 같은 연장을 쓰고 같은 부품을 이어 붙였지만, 폴리는 나한테 사용설명서를 읽어주거나 무엇을 어디에 붙여야 하는지 알려준 것 말고는 아무 말도 해주지 않았다. 나는 폴리 친구들이 있는 식탁에서 물러나 혼자 카페테리아를 빠져나왔다.

재니스 리어던이 따라 나오면서 내 팔뚝을 꼬집었다. "너 개네들한테 말 걸더라?"

"그래서?"

"못되게 구는 게 당연해, 개네들." 재니스는 이렇게 말하며 나와 같이 걸으려고 발걸음을 재촉했다. "상처 입은 애들이야."

"모르면 가만 있어." 나는 대답했다. "그냥 인사한 거야."

"어쨌든 개들은 아무것도 몰라."

나는 걸음을 멈추었다. 재니스는 씩 웃으며 나를 향해 통통한 검지를 구부렸다 폈다 했다. 비밀을 말해줄 테니까 가까이 오라는 시늉이었다.

"사람들이 봤대." 재니스가 속삭였다. "운하에서. 물 위에서 하얀 그림자를 봤대."

"누가?" 나는 되물었다. "누가 봤대?"

재니스는 입술을 길게 늘인 다음, 입술 앞에 손가락을 가져갔다. 그러고는 있지도 않은 열쇠로 입술을 잠근 뒤 있지도 않은 열쇠를 어깨 너머로 던졌다. 재니스 리어던이라면 그럴 만도 했다. 4학년 때 재니스는 자기가 편도선 수술을 받을 때 캐런 카펜터*가 자기를 데리고 천국을 구경시켜주었다고 떠들고 다녔다. 그로부터 몇 주 뒤에 재니스는 쉬는 시간에 아이들에게 둥글게 앉자고 사정했다. 서로 손을 마주 잡고 〈Close to You〉**를 부르면 캐런이 다시 찾아와줄 거라면서. 자기가 본 것을 다른 사람들도 볼 수 있

---

* 남매 듀엣 카펜터스의 보컬. 1960년대 말부터 활동하여 큰 인기를 끌었지만, 1983년 거식증으로 돌연 사망했다.
** 카펜터스의 노래.

을 거라면서.

"멍청한 소리 하지 마." 내가 이렇게 말하자 재니스는 침울한 표정이 되었다.

타닥타닥 발소리가 들려왔다. 고개를 돌리니 애비게일, 콜린, 샤론이 카페테리아를 나오고 있었다. 나는 재니스와 함께가 아니라는 것을 보여주기 위해 한 발짝 뒤로 물러섰다.

폴리 친구들은 땅바닥만 내려다보며 지나갔다. 그애들이 지나간 뒤 재니스는 가슴 위에 팔짱을 꼈다. "네가 그러는 것도 당연해." 재니스가 결국 입을 뗐다. "너는 내가 아무리 말해줘도 몰라. 장례식도 못 본 네가 어떻게 알겠니."

나는 방과 후에 운하 옆을 걸으면서 수면을 곁눈질했다. 여자애 얼굴이 어른거리지는 않는지, 속삭이는 듯한 하얀 그림자가 어른거리지는 않는지. 그러나 물은 잔잔하고 결백했다. 그냥 사람들이 만든 운하였다. 가장자리 쪽에서는 퉁퉁 불은 하루살이 시체들이 배수구 틈새를 흘러다니다가 잡초에 들러붙었다. 죽는다는 것은 이런 것이다. 작은 조각, 추한 조각으로 변하는 것. 사람들은 엉엉 울 수도 있다. 물에 빠져 죽을 수도 있다. 날마다 자기들끼리 모여서 점심을 먹을 수도 있다. 그러거나 말거나 세상은 신경 쓰지 않는다. 인간의 심장처럼 고동치며 어디론가 달려갈 뿐이다. 규칙도, 단서도, 대답도 없다. 그저 슬픔뿐이다. 하지만 그중에 내 슬픔은 없다.

엘로캡을 구입한 올트먼 부부는 갖가지 마구를 사들였고, 각각의 마구에 별도의 비용을 들여서 옐로캡의 이름을 수놓거나 스텐실로 장식했다. 새 고삐의 코 부분에는 금박으로 이름을 찍었고, 고삐와 한 쌍인 덮개에는 'YC'라는 이니셜을 새겼다. 실라는 말을 손질하는 솔과 빗에 유성펜으로 **옐로캡**이라고 썼다. 이름에 밑줄을 긋기도 했고, 이름 뒤에 느낌표를 여러 개씩 붙이기도 했고, 이름 옆에 별을 그리기도 했다.

"앨리스, 솔직하게 말해줘." 실라가 말했다. 우리는 방과 후에 축사를 청소하는 중이었다. "너, 옐로캡보다 잘생긴 말 본 적 있어?"

"없을걸."

"옐로캡보다 똑똑한 말도 본 적 없지?" 실라가 말했다. "내가 울타리로 갈 때마다 옐로캡이 나한테 오더라. 자기가 내 말이 된 줄 아는 것 같아."

"네가 오면 특별한 먹이를 먹을 수 있다는 걸 아는 거야." 내가 이렇게 말하자, 마구실에 있던 아빠가 헛기침을 했다. 나는 덧붙였다. "자기가 네 말이 된 줄도 물론 알겠지."

실라는 옐로캡에게 샌드위치 가장자리나 오레오 쿠키, 사과 속대 같은 것을 먹여주었지만, 승마장을 장악하는 것은 옐로캡이었고 실라는 꼼짝도 못했다. "누가 대장인지 보여줘야 한다!" 아빠는 교습시간마다 소리쳤다.

그러면 실라는 안장 끝을 붙잡으며 "캡이 오늘 약간 짜증 나나 봐요"라고 하거나 "캡이 몸이 안 좋은 것 같은데요"라고 했다.

선생님들은 핑계 대는 것은 나쁘다고 했다. 하지만 뭔가 나쁜 일이 생길 때만 그런 말을 했다. 어떤 애의 아빠가 감옥에 갔을 때, 아니면 어떤 애가 집에 가는 길에 죽었을 때, 선생님들은 핑계 대는 것은 나쁘다고 했다. 실라네 학교가 신문에 나는 것은 학교 성적이 높았을 때, 아니면 어떤 애가 '전국 철자 경연 대회' 결승전에 나갔을 때였다. 실라 올트먼에게 핑계 대는 것이 나쁘다고 말해준 사람은 아무도 없었을 것이다.

옐로캡을 팔고 나서 두 주 동안 아빠는 축사와 울타리 전체를 빨간색과 하얀색으로 칠했다. 승마장 전체가 빨간색과 하얀색으로 번쩍번쩍했다. 아빠는 색깔을 맞춘다면서 트럭과 말을 싣는 트레일러까지 선홍색으로 다시 칠했고, 트럭 양옆에 '윈스턴 조련장'이라는 하얀색 글자를 등사했다. "이것 좀 봐라." 학교에서 돌아오니 아빠가 말했다. 새 안장 세 개가 마구실에 진열돼 있었다. 안장에는 은으로 장식한 등자가 매달려 있었다.

"번쩍거리네요." 내가 말하자 아빠가 씩 웃었다. "누가 쓸 건데요?"

"새 교습생들이지!" 아빠가 대답했다. "두고 봐라, 앨리스. 이제 싹 변할 테니."

하지만 페인트칠 말고는 별로 변한 게 없는 것 같았다. 우리는 어미 말과 갓 태어난 망아지 들을 축사에서 내보내고 시합용 말들을 들여놓았다. 옐로캡은 축사에서 가장 넓은 첫번째 마방을 차지했다. 원래 옐로캡의 마방이었다. 옐로캡은 여전히 우리가 주는 건초를 먹고 우리가 주는 물을 마셨다. 옐로캡은 여전히 축사에서 제일 좋은 말이었다. 변한 것은 옐로캡이 이제 우리 말이 아니라는 것뿐이었다.

우리집 거실 벽에는 언니의 사진을 끼운 액자들이 줄줄이 걸려 있었다. 언니가 마술쇼에 나가 상금과 메달과 트로피를 거머쥐는 사진들이었다. 다섯 살 때의 노나, 여섯 살 때의 노나, 일곱 살 때의 노나. 노나 언니가 타고 있는 말은 기억나지 않았지만, 언니가 입고 있는 옷은 낯익었다. 언니가 입었던 모습이 기억나는 것은 아니었다. 내가 기억하는 것은 몇 년 후 언니한테 작아져서 교습생들에게 입힌 옷이었다. 좀더 최근 사진에서 언니는 옐로캡을 타고 있었다. 허리를 곧게 펴고 어깨를 젖히고 이를 악물고 있었다. 파란 메달이나 트로피는 들러리에 불과했다. 언니가 1등이라는 것, 언니가 최고라는 것은 언니의 표정만 봐도 금방 알 수 있었다.

교습생들은 들락날락했다. 이사를 가기도 했고 싫증을 내기도 했고 더 재미있는 일로 옮겨가기도 했다..실라 올트먼은 다를 것 같기도 했다. 말을 환상적으로 잘 타게 돼서 교습생들을 무더기로 끌어올 것 같기도 했다. 하지만 지금 실라 올트먼이 말을 타는 것을 보면 꿔다놓은 보릿자루 꼴이었다. 시간과 훈련만으로 되는 일이 아니었다. 아빠에게 그저 그런 애를 챔피언으로 바꿔놓을 수 있는 비법 같은 건 없었다. 아빠에게 그런 비법이 있었다면, 나한테 가르쳐주었을 것이다.

폴리가 살아 있을 적에 어땠는지 이러쿵저러쿵 떠들던 아이들은 할 얘기가 떨어지자 폴리의 죽음을 가지고 왈가왈부하기 시작했다. 사람이 그냥 운하로 추락하는 것이 가능할까? 폴리를 덤벙대는 아이로 기억하는 사람은 아무도 없었다. 폴리를 수영을 좋아하는 아이로 기억하는 사람은 아무도 없었다. 그래서 6학년생들은 기억을 더듬었다. 폴리가 슬퍼 보였나? 말이 없었나? 사람들과 어울리지 못했나? 외롭다고 말했었나? 살이 빠졌었나? 아이들은 폴리 친구들에게 더이상 조심스럽게 이야기하지 않았다. 폴리 친구들이 복도를 지나가면 아이들은 쿵쿵거리며 다가가 폴리 친구들을 구석에 몰아넣고 묻는 말에 대답하라고 다그쳤다. 알고 있으면서 우리에게 하지 않은 이야기가 뭐니? 왜 폴리 곁에 있어주지 않았니? 왜 눈치채지 못했니?

폭력이 유혈사태로 발전하기 직전이었다. 콜린 머피는 지리 시험 시간에 몰래 화장실로 갔고, 손톱으로 팔목과 목을 파서 죽으려고 했다. 제대로 되지는 않았다. 목과 팔목 위에 자그마한 반달 같은 자국들이 부풀어올랐다. 피도 거의 나지 않았다. 하지만 사태를 종결하기에는 충분했다.

교장 선생님은 다시 한번 일장 연설을 했다. 이번에는 우리의 조문이 고마웠다거나 우리의 슬픔에 감동받았다는 말이 아니었다. 교장 선생님은 우리에게 앞으로는 검은 옷을 입는 것과 복도에서 우는 것을 금한다고 했다. 자기 귀에 폴리 케인 이야기가 한마디라도 더 들어오면, 학년 말 워터파크 소풍을 취소하고, 6학년한테는 방학식 날 하루 종일 책상 청소를 시키겠다고 했다. 그리고 덧붙였다. 이제는 앞으로 나아갈 때라고. 이제 작작 좀 하라고.

"어떤 애가 오늘 학교에서 자살하려고 했어요." 내가 아빠에게 말했다. "손톱으로 목이랑 팔목을 이렇게 찔러서." 나는 혀를 옆으로 내밀고, 손가락으로 목을 찌르는 흉내를 냈다. "911을 불렀어요. 그애 부모님이 와서 구급차로 실어 갔어요."

아빠는 옐로캡에 안장을 올리고 뱃대끈을 조이면서 흘끗 내 쪽을 보았다. "그애는 바보냐."

나는 아빠가 옐로캡의 발굽 안쪽에서 흙을 긁어내는 것을 구경하는 척하면서 아빠 옆에 쭈그려 앉았다. "아빠는 장례식에 가본 적 있어요?" 내가 물었다. 하지만 아빠가 뭐라고 대답할 새도 없이 자갈 깔린 진입로 쪽에서 덜컹 하는 소리가 들렸다. 아빠는 자리에서 일어서며 올트먼 부인과 실라에게 손을 흔들었다.

"잠시 실라 옆에 좀 붙어 있어라." 아빠가 일렀다. "나는 실라 엄마하고 할 얘기가 있으니까."

실라가 차에서 내리면서 갓 태어난 망아지들한테 주려고 가져온 미니 당근 봉지를 흔들어 보였다. 나는 자갈 위로 발을 질질 끌며 실라를 따라 우리로 갔다. 망아지들이 실라가 주는 것에 관심을 보일 리 없었지만, 주겠다는 걸 굳이 막을 이유는 없었다. 실라와 대화를 나누는 것보다는 쉬운 일이었다. "이것 봐라, 아가들아." 실라는 울타리에 매달려 소리쳤다. 어미 말들이 고개를 쳐들고 잠시 우리를 보다가 다시 풀을 뜯었다. 망아지들은 우리를 본체만체하고 어미 말들 옆을 왔다 갔다 했다. 실라는 봉지에서 미니 당근 하나를 꺼내 우리 안으로 획 던졌다. 주황색 덩어리가 안에 떨어졌다. "아가들아!" 실라가 다시 외쳤지만 망아지들은 꼼짝도 하지 않았다. 실라의 표정이 시무룩해졌다. "이름이 있어야겠어." 실라가 말했다. "이름을 부르면 분명히 올 거야."

"등록 전까지는 이름이 없어." 나는 이렇게 말하면서 어깨 너머로 흘깃 아빠를 보았다. 아빠는 미소를 지은 채 올트먼 부인이 열어놓은 차창에 구부정히 기대고 있었다. 손짓 발짓 해가면서 무슨 말을 하는 중이었다.

"그러면 우리가 이름을 생각해놓자." 실라가 말했다. "미리 생각해놓으면 등록할 때 훨씬 편할 거야." 나는 실라를 보면서 눈을 치켜떴다. 누가 실라 올트먼을 우리에 끼워준대?

실라가 망아지 하나를 가리켰다. "쟤는 브라우니가 어때?" 실라가 말했다. "그리고 쟤는 래스컬*이 좋겠다. 저렇게 장난을 좋아하니까."

"아무 이름이나 붙인다고 되는 게 아니야." 내가 대꾸했다. "종마의 이름을 따서 짓는 거야." 실라가 나를 보며 눈을 끔뻑였다. "아빠 이름." 내가 설명했다. "아빠 이름을 따서 지어야 사람들이 혈통을 알 수 있지."

실라가 생각에 잠겼다. "어느 쪽 말들이 아빠야?"

"아빠는 하나야." 내가 말했다. "우리 종마 바트가 망아지들 아빠였어. 작년에 복통이 심해서 안락사시켰어."

"그럼 고아들이구나." 실라는 한숨을 내쉬며 망아지들 쪽으로 고개를 돌렸다. "가여운 아가들."

바트는 육 년 동안 승마장 옆 원형 우리의 터줏대감이었는데, 아빠는 언니와 내가 바트 옆에 가지 못하게 했다. 종마들은 원래 거칠고 어디로 튈지 모르는 데다, 여차하면 차거나 물었다. 우리는 바트에게 거의 신경 쓰지 않았다. 아빠가 바트를 암말과 교배시킬 때를 빼면 우리는 바트 곁에 얼씬도 하지 않았다. "가여울 것 없어." 내가 대꾸했다. "어차피 따로 지내는데 뭘."

올트먼 부인이 떠나고 아빠가 승마장에서 실라를 연습시키는 동안 나는 혼자서 축사를 청소했다. 시합 철이 코앞으로 다가왔고,

---

* 장난꾸러기라는 뜻.

주 1회 하던 교습을 이제는 매일 했다. 나는 아빠가 알아주기만을 기다렸다. 내가 혼자 모든 일을 해낸 것을 보고 아빠가 깜짝 놀라 아무 말도 못하기를, 아빠가 고개를 가로저으면서 도대체 비결이 뭐냐고 묻기를 나는 기다리고 또 기다렸다. 날이면 날마다, 나는 신선한 건초를 갈퀴로 긁어서 마방에 넣었고, 축사 바닥을 쓸어낸 다음 호스를 끌어와 구석구석 물청소를 했다. 하지만 날이면 날마다, 아빠는 아무 말이 없었다.

밤이 되면, 나는 일을 모두 마친 다음 언니의 골방으로 가서 언니의 분홍색 전화기를 무릎 위에 올려놓고 방바닥에 앉아 있곤 했다. 언니가 집에 전화했던 것은 거의 두 달 전이었다. 매일 저녁, 나는 언니에게 전화가 오면 무슨 말을 할까 생각했다. 갓 태어난 망아지 이야기를 해야지. 실라 올트먼 이야기를 해야지. 그애가 언니 말을 샀어. 그런데 말을 탈 줄 몰라. 폴리 케인 이야기도 해야지. 그애가 죽었어. 콜린 머피 이야기를 해야지. 그애가 죽으려고 했는데 못 죽었어. 내가 일이 얼마나 많은지도 이야기해야지. "일이 많아 죽을 지경이야." 이렇게 말해야지. "내가 엄청 늙지, 늙어." 이래야지.

방학이 얼마 남지 않았다. 언니가 나더러 자기 있는 데로 놀러 오라고 할지도 몰랐다. 버스표를 사줄 테니 오라고 할지도 몰랐다. 그러면 곤란하다고 말해야지. 아빠가 나 없이는 하루도 못 산다고. "아빠한테는 나밖에 없잖아." 이렇게 이야기해야지. 일단 말로 얘기해놓으면 언젠가 현실이 될지도 모르니까.

"우리 1등한테 연락 없니?" 엄마가 물었다. 눈을 감고 있어서 자는 줄 알았는데 아니었다.

"없어요." 내가 대답했다. "전화가 안 와요."

엄마가 이마를 찡그렸다. "편지는?"

"요새는 안 왔어요."

눈을 뜬 엄마는 나를 보고 눈을 끔뻑였다. 내가 어디서 온 아이인지 모르겠다는 표정이었다. "그럼 언제 왔었니?"

나는 기억을 더듬었다. "몇 주 전인 거 같아요."

"무슨 일이 생긴 건 아닌지."

나는 엄마 방 앞에서 안절부절못했다. "엄마한테 뭐 필요한 게 없는지 아빠가 보고 오래요." 내가 말했다.

엄마가 침대 위를 톡톡 쳤다. "있다 갈래?"

커튼이 쳐져 있었고, 방 안에는 그림자처럼 바닥을 기어다니는 텔레비전 불빛뿐이었다. 나는 침대가 흔들리지 않게 조심하며 침대 끝에 걸터앉았다. "배 안 고파요? 계란 프라이 해올까요?" 내가 물었다.

엄마는 자기 머리칼을 하얀 손가락에 돌돌 말면서 침대 커버를 내려다보았다. "내가 꿈 이야기 해줄까?"

식은땀이 등줄기를 타고 내려갔다. "네."

"내가 택시에 타고 있었는데," 엄마가 말했다. "좋은 옷을 입고 있었어. 스타킹에, 하이힐에, 예쁜 드레스에. 핸드백에는 아주 조그만 새끼 고양이 두 마리가 들어 있었고. 그런데 택시가 자꾸 방향을 바꾸는 바람에 핸드백이 계속 무릎에서 떨어지는 거야. 핸드백을 열어볼 때마다 고양이들이 죽어 있었고. 그때마다 나는 고양이를 이렇게 흔들어야 했어." 엄마는 양손을 올려 주먹을 쥐고 흔들었다. "고양이가 너무 조그매서, 무슨 막대 버터 같았어."

"고양이를 흔드니까 어떻게 됐어요?" 내가 물었다.

"살아나더라." 엄마가 말했다. "하지만 내가 또 핸드백 속에 넣으면 도로 죽는 거야. 그래서 계속 흔들어야 했어. 흔드는 시간이 점점 길어지더라. 핸드백에서 꺼낼수록 더 죽는 거야." 엄마는 주먹을 무릎 위로 떨어뜨리고는 텅 빈 손바닥을 내려다보았다. "무슨 꿈인 거 같니?"

무슨 뜻이 있는 꿈은 아닌 것 같았다. 왜 꿈에 무슨 뜻이 있어야 하는지 모르겠다.

"어디 가고 싶다는 뜻이 아닐까요." 내가 대답했다.

엄마는 입을 한쪽으로 찌그러뜨렸다. "아니야." 엄마가 말했다. "그런 게 아니야."

"엄마가 고양이를 갖고 싶다는 뜻일지도."

엄마는 한숨을 내쉬며 자기 손을 내 손 쪽으로 슬쩍 미끄러뜨렸다. 엄마의 손끝이 내 손끝을 스쳤다. "너희 아빠 얼굴 본 지도 오래구나. 나를 잊어버렸나봐."

"아빠는 많이 바빠요." 내가 대답했다.

엄마는 고개를 끄덕였다. "망아지들이 태어났으니까."

"봤어요?" 내가 묻자 엄마는 눈을 가늘게 떴다.

"보고 싶지 않아. 이름도 알고 싶지 않고." 엄마가 얕은 숨을 몰아쉬는데, 가슴이 오르락내리락하고 아랫입술이 떨렸다.

"그래요." 나는 다정해지려고 애쓰면서 대답했다. "엄마는 볼 필요 없어요."

내가 엄마 어깨에 손을 대려고 하자, 엄마는 불에 덴 듯 소스라쳤다. 나도 뒷걸음쳤다. 벽들이 까마득해졌다. 숨이 막혀왔다. 내가 또 말을 잘못 했구나.

"아빠한테 들었는데, 망아지 하나가 바트를 빼다 박았다면서?" 엄마가 말했다. "정말이니?"

바트를 안락사시킨 뒤 아빠는 엄마한테 바트를 미드웨스트에 사는 부자한테 팔았다고 했다. 바트는 네브래스카에 있는 농장에서 뚱뚱하고 행복하게 지내고 있다고. "좀 닮은 거 같아요." 내가 말했다.

"너희 아빠가 나더러 망아지들을 보라고 하더라. 나랑 같이 아래층에 내려가서 창문 밖에 있는 망아지들을 보여주고 싶대. 도대체 왜?" 엄마는 나를 사납게 바라보았고, 나는 한 걸음 더 뒤로 물러섰다. "내가 계단에서 굴러떨어지면 좋겠지. 망아지들을 아무한테나 팔아버리고 싶겠지." 엄마는 입술을 깨물었다. 엄마의 눈가에 눈물이 고였다.

"그건 그냥 사업이에요, 엄마." 내가 속삭였다. "엄마를 슬프게 하려고 말을 파는 게 아니라."

"알아." 엄마가 톡 쏘아붙였다. "내가 그걸 모르겠니?" 엄마는 잠옷 소매로 눈가의 눈물을 살짝 눌러 닦았고, 나는 창가로 가서 커튼을 아주 조금 열었다. 가는 빛 한 줄기가 카펫 위로 떨어졌다. 창문으로 내다보니 실라는 승마장 중앙에 서 있고 아빠는 옐로캡을 타고 실라 옆을 돌며 시범을 보이고 있었다.

커튼을 좀더 젖히니 창틀 위에 폴리 케인의 전등이 있었다. 나는 손끝으로 전등갓을 쓰다듬다가 엄마가 촛대에 꽂아놓은 몽당

초를 살짝 건드렸다. 장례식 며칠 뒤, 맥클러스키 선생님이 물었다. 전등을 갖다드리니까 폴리 엄마가 뭐라고 하시던. 맥클러스키 선생님은 덩치가 크고 둔해 보이는 사람이었다. 귀에 털이 났고 얼굴은 고릴라 같았다. 남자애들한테는 헐렁하고 만만한 선생님이었다. 남자애들 등짝을 철썩 때렸고, 애들 농담에 껄껄 웃었고, 자기를 '코딱지'라는 별명으로 불러주면 좋아했다. 하지만 여자애들 앞에서는 불안해하고 거북해했다. 여자애들한테 말할 때는 조금씩 뒷걸음쳤다. 나에게 물을 때도 그랬다. 폴리 엄마는 어떻게 지내시던. 죽은 딸이 내 수업시간에 만든 전등을 보고 뭐라고 하시던. 말을 하는 동안 맥클러스키 선생님은 양손을 쥐었다 폈다 하며 마치 누가 자기를 부르는 것처럼 어깨 너머를 쳐다보았다. "좋아하셨어요." 나는 대답했다. "계속 우셨어요." 그날 이후, 맥클러스키 선생님은 나에게 한마디도 하지 않았다.

폴리 엄마가 집 안에 혼자 앉아 있을 것만 같았다. 남편도 없고 아이도 없이. 혼자서 저녁을 차리고 혼자서 저녁을 먹겠지. 혼자서 그릇을 헹구고 혼자서 물기를 닦겠지. 잠을 자고 일어나고 세수하고 울음을 터뜨리겠지. 그런데 전등은 우리 엄마 방 창가에 있었다. 여기 있을 물건이 아니었다. 그렇다고 다른 곳에 있을 만한 것도 아니었다.

"너 일하러 가야지." 나가라는 말을 들으니 팔다리가 잠에서 깨어난 듯 부르르 떨렸다.

방을 나가는데 엄마가 내 이름을 불렀다. 너무 작은 소리여서 나를 부른 것인지도 확실하지 않았지만, 어쨌든 나는 방문을 닫으려다 말고 멈춰 섰다. "뭐라고 했었지?" 엄마가 속삭였다. 나는 방

문을 아주 조금 더 열었다.

"누가요?"

"네 아빠." 엄마가 말했다. "노나가 어렸을 때 아빠가 말을 팔았다고 엉엉 울었잖아? 그때 네 아빠가 노나한테 뭐라고 했었는지 기억이 안 나네."

방문에서 보니 큰 침대에 누워 있는 엄마가 작아 보였다. 세상이 엄마를 잊은 것 같았다. 이상해 보이고 외로워 보였다. 우리는 항상 좋게 말하려고 노력했다. 아빠랑 언니랑 나는 항상 현실을 좀 더 좋게 만들려고 노력했고, 세상에 대해서 말할 때는 실제보다 좀 더 좋게 말하려고 노력했다. 하지만 얼른 엄마 방을 나와야 한다는 생각에 내 머릿속은 솔직한 대답으로 가득 차버렸고, 도저히 더 좋은 대답이 생각나지 않았다. "말은 다시 사면 된다."

엄마는 천장을 보면서 웃음을 터뜨렸다. 그리고 말했다. "아멘."

아빠가 절대로 팔지 않는 말이 두 가지 있었다. 하나는 어미 말이었다. 어미 말은 쓸모가 있었고 해마다 망아지를 낳아주었다. 하지만 나이가 들면서 푸석푸석해지고 다리가 약해졌다. 나이 든 어미 말을 사려는 사람은 아무도 없었다. 아빠가 뒤쪽 우리 안에 풀어놓은 거세한 수말들도 절대로 팔지 않는 말이었다. 아빠가 수년간 경매장에 다니면서 고른 말이었다. 어떤 경매인지 교습생들에게는 말하지 않았다.

'폐마 경매'는 시 외곽에 있는 먼지 쌓인 주차장에서 이루어졌다. 말을 사러 몰려오는 사람들은 널빤지를 덕지덕지 붙여 밧줄과

강력 테이프로 친친 감은 물건을 트레일러라며 끌고 왔다. 말들은
꼬리와 갈기가 푸석푸석했고, 다리와 배에는 진흙이 말라붙어 있
었고, 영양 부족으로 털이 군데군데 빠져 있었다. 아빠는 낡아빠진
울타리 사이를 지나다니면서 옆구리에 주황색 페인트로 X표가 칠
해진 말들을 노렸다. 완전히 못 쓰게 된 말, 사람 잡는 말, 말고기
나 학생용 아교로 쓰일 뿐 그 밖에는 쓸모없는 말이라는 뜻이었다.
　말들은 파운드 단위로 경매가 붙었고, 거의 공짜나 다름없었다.
아빠는 그런 말을 집으로 데려와 길들였다. 망가진 자동차를 수리
하는 것과 비슷했다. 아빠는 시합용 말을 훈련시킬 때는 조금만 잘
못해도 심하게 벌을 주었다. 하지만 폐마를 대할 때는 부드럽고 너
그러웠으며, 말에게 무언의 경의를 표했다. 아빠는 그렇게 길든 말
을 할아범이라고 불렀고, 에이스, 애드머럴, 치프, 찰리 같은 이름
을 붙여주었다. 아빠가 그런 말을 길들이는 때는 교습생이 모두 집
으로 돌아간 저녁이었다. 언니와 나는 그 모습을 자주 구경했지만,
아빠와 말 사이에 정확히 무엇이 오가고 있는지, 아빠와 말이 어떻
게 소통하는지 알지는 못했다.
　그런 말을 길들이는 데는 몇 달, 때로 몇 년이 걸렸지만, 한번 길
든 말은 믿을 수 있었다. 전혀 흔들리지 않는 말이었다. 아빠는 길
든 폐마들을 뒤쪽 우리 안에 풀어놓았다. 그러면 말들은 살이 쪘
고, 술통처럼 살찐 배를 출렁거리면서 약하고 휘어진 다리로 어슬
렁거렸다.
　"저런 말을 왜 데리고 있어요?" 언니는 묻곤 했다. "하는 일도
없잖아요."
　"하는 일이 없다고?" 아빠가 말했다. "저놈들이? 에이스 할아범

을 봐라. 이 승마장에 저놈만큼 믿음직한 말도 없다. 머리에 대포
를 쏴도 눈 하나 깜짝 안 할 거야.”

“죽은 거나 마찬가지니까 그렇죠, 아빠. 나이가 백만 살도 넘은
것 같아요.”

하지만 아빠는 폐마를 버리지 않았다. 아빠는 폐마 이야기를 하
는 것을 좋아했고, 누가 듣겠다고 하면 곧장 이야기를 시작했다.
치프는 달리는 트럭에 매달려 끌려가다가 발굽이 뭉툭하게 떨어
져나갔다. 아빠는 마치 멸종 위기에 처한 식물을 보살피듯 치프의
발굽을 붕대로 감아서 치료해주었고, 발굽은 새로 자랐다. 찰리는
미칠 만큼 굶주린 상태로 사막 한복판에 버려졌다. 굶겨 죽이려고
했던 것이었다. 에이스 할아범은 망치로 두들겨 맞아서 두개골이
찌그러지고 엉치뼈가 내려앉았다. 아빠는 할아범 말들이 이토록 믿
음직한 이유는 나이가 많아서가 아니라고 했다. 지옥 끝까지 내려
갔다가 살아서 돌아온 말이라고, 일단 죽었다가 살아나면 아무리
놀랄 일이 있어도 눈 하나 꿈쩍하지 않는다고 아빠는 말했다.

그래서 아빠가 이런 말에 태우는 사람들은 어린애들, 말을 처음
타는 노인들, 승마 체험 증서를 받으려고 달랑 한 번 찾아오는 걸
스카우트 애들이 전부였다. 보통 때 아빠는 할아범 말들을 편하게
내버려두었다. 이것들은 뭐냐고 누가 물으면 아빠는 은퇴한 말들
이라고 대답했다.

에이스는 실라 올트먼이 처음 교습 받을 때 탔던 말이었다. 그
래서 실라와 실라 엄마는 처음에 실라의 재능을 확신했다. 실라는
타고난 기수라고 실라와 실라 엄마는 확신했다. 곧 마술계에 돌풍
을 일으킬 주인공이 될 거라고. 시합에 데리고 나갈 수 있는 완벽

한 말만 있으면 실라는 완벽한 기수가 될 거라고.

나는 승마장 울타리에 기대 서서 실라가 교습 받는 것을 구경했다. 실라는 옐로캡을 타고 총총걸음으로 승마장 가운데로 향했다. 아빠가 멈추라고 하자 실라는 고삐가 어깨에 닿도록 홱 잡아당겼다. 옐로캡의 턱이 가슴까지 당겨지고 입이 비틀렸다. 옐로캡이 몸을 움찔했고, 실라는 안장 위로 튀어오르면서 상체가 앞으로 쏠렸다. 실라는 가만 있으라고 "워"를 외쳤다. 옐로캡은 이미 가만 있었는데. 아빠는 실라가 말에서 내리는 것을 도와주었고, 실라는 잠깐 발목을 절다가 곧 옐로캡의 목을 쓰다듬었다. "우리 어땠어?" 실라가 물었다. 나는 엄지손가락을 들어 보였다.

실라가 에이스를 타고 교습 받을 때는 모든 것이 순조롭고 수월했다. 여느 할아범처럼 에이스도 아빠가 하는 말을 알아듣고 아빠의 지시를 따랐다. 아빠가 교습생에게 멈추라고 하면 에이스가 알아서 멈추었다. 에이스는 늙고 다리에 힘이 없어서 빨리 달릴 수도 없었다. 목마를 탈 줄 아는 사람이면 에이스를 탈 수 있었다.

"이제 친구들한테 구경 오라고 해도 될 것 같구나." 아빠가 실라와 승마장을 나오면서 말했다.

"여기로요?" 실라가 물었다.

"그럼." 아빠가 말했다. "말 샀다고 자랑하고. 지금까지 배운 것도 보여주고."

실라의 양쪽 귀가 발그레해졌다. "아직은 그럴 때가 아닌 것 같아서요. 정말 잘 타게 되기 전까지는 보여주고 싶지 않아요."

아빠는 한쪽 눈이 씰룩거렸지만, 미소를 잃지 않았다. 마구실 선반에는 새로 산 안장들이 그대로 있었다. 아빠가 사다 놓은 이후 아무도 손댄 적이 없었다.

"그렇구나." 아빠가 말했다. "그럼 계속 열심히 연습해야겠다."

실라 엄마가 실라를 데려간 뒤, 나는 아빠를 도와 어미 말들에게 먹일 곡물을 날랐다. 아빠는 곡물을 가득 담은 들통을 양팔에 하나씩 걸치고 앞장서서 걸어갔다. 어깨가 아프고 금속 손잡이가 손바닥을 파고들었지만 나는 뒤처지지 않으려고 발걸음을 재촉했다. "그애 그러다가 다칠걸요." 내가 아빠에게 말했다.

"다들 다쳐." 아빠가 말했다.

우리가 울타리 안으로 들어가자 어미 말들이 모여들었다. 아빠는 어미 말들이 먹이에 정신이 팔린 사이 망아지들한테 사람 손을 타게 해보려고 했다. "이놈 머리 봐라." 아빠가 이렇게 말하며 진저가 낳은 새끼의 엉덩이를 쓰다듬으려고 했다. "비싼 값에 팔릴 거야." 망아지는 히힝거리면서 아빠 손을 피해 부리나케 도망쳤다.

"실라가 시합에 나가서 등수에 못 들면 올트먼 부인이 뭐라고 할 거예요."

"이런 일은 시간이 걸린다." 아빠는 그렇게 말하고 옆에 있는 망아지의 작고 삐죽삐죽한 갈기를 쓰다듬으려 했다. 하지만 망아지는 몸을 빼고 도망쳤다.

"처음부터 1등 하는 사람이 어디 있니?"

"노나 언니 있잖아요." 내가 대답했다.

"그건 경우가 달라." 아빠가 말했다.

"알아요."

아빠는 장화코로 울타리 기둥을 찼다. "금방 여름이야." 아빠가 말했다. "실라한테 시간을 더 써야겠다."

어깨 위에 돌덩이를 올려놓은 것 같았다. 여름이었다. 이제 실라 올트먼은 우리집에서 살다시피 할 것이다.

역시 자기 생각이 옳다는 듯 아빠는 바닥을 내려다보며 고개를 끄덕였다.

"시간이 걸리는 것뿐이야." 아빠는 아까 했던 말을 또 하면서 옆에 있는 어미 말의 귀 뒤를 긁었다. 어미 말은 얼룩덜룩한 입술 사이로 이빨을 드러내며 아빠 옆구리를 깨물려고 했다. "하룻밤 사이에 바뀔 수는 없잖니?"

아빠는 내 머리를 쓰다듬었고 나는 가만히 있었다. 이 울타리 안에서 아빠의 손길을 겁내지 않는 동물은 나밖에 없었다. "그래요."

알고 보면 뭔가를 이루는 데 필요한 것은 시간이나 노력이 아니었다. 돈이었다. 아빠는 거실에 있는 서랍 하나에 하얀색 봉투를 가득 넣어두었는데, 봉투에는 각각 고양이가 할퀸 자국 같은 글씨체로 난방, 수도, 보험, 식비라고 써 있었다. 저녁이면 나는 거실 바닥에서 숙제를 했고, 아빠는 봉투들을 식탁 위에 늘어놓은 다음 종이에 숫자를 쓰면서 셈을 하다 낮은 목소리로 욕을 했다.

"잠시만 와봐라." 아빠는 발가락으로 의자를 끌어다놓으며 나를 불렀다. "머리 좀 빌리자."

내가 자리에 앉으면 아빠는 종이를 건넸다.

"내가 하면 자꾸 틀려." 아빠가 의자 등받이에 기대 앉아 눈을 감고 엄지로 관자놀이를 문지르는 동안, 나는 새 종이에 숫자를 옮겨 쓰고 덧셈과 뺄셈에 열중했다. 모공에서 땀이 났고, 머릿속은 맹렬하게 돌아갔다. 중요한 일이 맡겨졌으니까.

"모자라지 않니?" 내가 펜을 내려놓으면 아빠가 물었다.

"모자라요."

"대체 다 어디 간 거야?" 아빠가 물었다.

창밖에는 반들반들하게 새로 칠한 축사가 있었고, 조명 속에 빛나는 트럭과 트레일러가 있었다. "몰라요."

아빠는 늘 우리집 조련장은 남의 말을 맡아주는 여느 조련장과는 차원이 다르다고 했었다. 우리는 진정한 승마인이고 우리가 키우는 말들은 챔피언이라고. 부자들의 애완동물 때문에 우리집 말들을 축사 바깥으로 몰아내는 일은 절대로 없을 거라고. 진입로 끝에는 조련장 간판이 있었고, 간판 밑에 드리워진 사슬에는 조련장을 소개하는 작은 간판 세 개가 매달려 있었다.

윈스턴 조련장

기초 훈련

승마

종마

바트가 죽었을 때 아빠는 세번째 간판을 내릴 때가 되었다고 했다. 허위 광고라고 욕을 먹는 일은 없어야 한다고 아빠는 말했다. 그리고 이제 아빠는 '축사 대여'라는 새 간판을 달았다. "타협이야." 아빠는 나에게 말했다. "사업하다보면 어쩔 수가 없어. 싫더라도 참아야지."

첫번째 손님은 패티 조 아줌마였다. 결혼기념일 선물로 남편에게 서러브레드* 한 마리를 받았다고 했다. 머리칼에 윤기가 흐르고 속눈썹이 짙은 여자였다. 몸집은 작았다. 기껏해야 나보다 몇 인치 큰 정도였다. 초록색 스웨이드 재킷에 앞축이 뾰족한 구두를 신고 있었다. 자기 말을 끌고 축사로 들어간 아줌마는 바닥을 내려다보면서 코를 찡그렸다. "지푸라기?"

"그게 왜요?" 아빠가 키를 맞추려고 무릎을 구부린 채 물었다.

패티 조 아줌마는 아빠를 보면서 자그마한 턱을 쳐들었다. "내가 전화로 말 안 했나요?" 아줌마는 기억을 더듬는 듯 눈을 가늘게 떴다. "내가 분명히 말했어요. 토이보이는 지푸라기 바닥은 안 돼요. 톱밥이 아니면 안 된다구요."

아빠는 혀로 아랫입술을 적셨다. "아, 그러세요?" 아빠의 목 근육에서 인내심이 한계에 도달하는 소리가 들렸고 아빠의 가슴 근육에서 경멸이 치밀어오르는 소리가 들렸다.

하지만 아빠는 미소를 지으며 말했다. "알겠습니다."

"아, 다행이다." 패티 조 아줌마가 말했다. "이애를 데리고 온 도시를 헤매고 다녔어요. 사람들은 참 이상해요. 간단한 거 몇 가지만 바꾸면 되는데 그게 뭐가 힘들다고."

"톱밥을 안 깔면 어떻게 되나요?" 내가 물었다.

패티 조 아줌마는 목소리를 낮추면서 대답했다. "볼일을 안 봐."

"내일까지 톱밥을 깔아놓겠습니다." 아빠가 이렇게 말하자 패티 조 아줌마는 완벽한 하얀 이를 드러내며 아빠에게 미소를 지었다. "비용이 좀 들 겁니다." 아빠가 덧붙였다.

"아, 그건 걱정 마세요." 패티 조 아줌마가 말했다.

패티 조 아줌마가 돌아간 뒤 아빠와 나는 토이보이의 마방 앞에

---

* 대표적인 경주마의 한 종.

서서 윤기가 자르르 흐르는 갈기와 가지런히 손질되어 있는 털을
바라보았다. 말이 마방 문짝 위로 머리를 내밀자 아빠는 손끝으로
말의 코를 찔렀다. "그러니까 싸구려에다가는 싸기 싫으시다?"

아빠는 나더러 패티 조 아줌마가 축사에 있을 때는 예절을 지키
라고 했다.

"실례합니다, 감사합니다, 알지?" 아빠가 말했다. "잊지 마라.
침 뱉는 거 금지. 욕하는 거 금지. 우리도 교양 있게 보이자."

나는 침 뱉고 욕하는 아이는 아니었지만, 알아들었다는 표시로
고개를 끄덕였다. "그 여자 자주 올까요?" 내가 물었다.

"오고 싶은 만큼 오겠지." 아빠가 대답했다. "우리한테 운이 따
른다면 친구들도 데리고 올 거고."

우리한테 운이 따랐는지 패티 조 아줌마는 친구가 많았다. 패티
조 아줌마가 오고 나서 두 주 만에 우리 말이 전부 축사에서 쫓겨
나고 아줌마 친구들의 말이 들어왔다. 시합용 말들을 위해 아빠는
승마장 옆에 사각형 모양의 작은 우리들을 이어 붙였다. 내가 학교
를 마치고 집에 돌아오면, 아빠는 얼굴은 시뻘겋고 머리털은 땀이
흥건했다.

"언제까지 이렇게 살아요?" 내가 묻자, 아빠는 티셔츠 밑단을
잡아당겨 땀으로 번들대는 이마를 닦아냈다.

"실라가 시합에 나가서 등수에 들기 시작하면 교습생들이 들어
올 거야." 아빠가 약속했다. "그때는 이 여자들을 다 내보내자."

그러니 모든 것이 실라 올트먼에게 달려 있었다. 실라 올트먼이
자기가 스타라는 것을 증명할 때까지 아빠와 나는 하기 싫은 일을
해야 했다. 공과금은 내야 했고, 그러려면 고상한 척해야 했다. 타

협이란 이런 것이었다. 사업이란 이런 건가보다, 나는 생각했다.

"저애는 누구니?" 엄마가 물었다. 오랫만에 온 언니의 편지를
가지고 엄마한테 올라갔을 때였다. 엄마는 무릎을 끌어안고 창틀
에 앉아 있었다.

"실라라는 아이예요." 나는 이렇게 말하며 언니의 편지를 침대
옆 탁자에 올려놓았다.

"그애 엄마가 방과 후에 데려왔다 어둑어둑할 때 데려가요." 창
밖에 보이는 승마장에서는 실라가 옐로캡을 타고 일렬로 늘어선
주황색 원뿔 장애물을 통과하는 중이었다. 아빠는 실라 옆을 달리
면서 큰 소리로 어떻게 하라고 말하고 있었다.

엄마는 창문에 동그란 입김을 불었다. "저애는 등수에 드니?"
엄마가 물었다.

마술쇼 시즌이 시작되고 가장 먼저 열리는 지역 경기는 규모가
작았다. 겨울을 갓 넘긴 말들은 털이 푸석푸석했고, 아이들은 새벽
부터 늦게까지 계속되는 고된 연습으로 기진맥진했다. 실라가 속
한 조에는 참가자가 네 명 뿐이었다. 기수들이 경기장 밖에서 대기
할 때, 나머지 세 명은 지겨워 보이고 마음이 딴 데 있는 것 같았
다. 실라만 활기가 넘쳤다. 실라가 두 손으로 얼굴에 부채질을 하
는 동안 올트먼 부인은 실라 옆을 부산하게 왔다 갔다 하며 물을
마시라고 권하기도 하고 근사하게 잘할 테니 걱정하지 말라고 말하
기도 했다. 경기장에 들어서자 실라는 얼굴이 달아올랐고, 새 옷
때문에 어색해했고, 새 안장 때문에 불편해했다. 실라는 4등으로

들어왔다.

"아직이요." 내가 말하자 엄마는 동그란 입김 위에 손가락으로 줄을 그었다.

"언젠가는 들겠지." 엄마가 말했다.

마술쇼 시즌이 시작되고 나서 아빠는 전에 없이 실라에게 관심을 쏟았다. 연습이 끝나면 둘이 같이 축사에 들어가 기술과 연습에 대해서 상의했다. 그러니 실라가 등수에 들지 못한 것이 주변의 성원이 부족했기 때문은 아니었다.

"노나 언니한테 편지 왔어요." 내가 말했다. "아이다호에 있대요." 엄마는 창문에서 눈을 떼지 않고 고개만 끄덕였다. "언니는 빵을 화분에 넣고 굽는 레스토랑에서 식사를 한대요."

엄마가 대답이 없어 나는 나가려고 일어났다. "저거 꺼라." 엄마는 텔레비전 쪽으로 손가락을 튕겼다. 내가 스위치를 끄자 방 안에 정적이 흘렀다. 엄마는 검지로 창문을 소리 나지 않게 톡톡 쳤다. "저애, 고삐를 너무 높게 잡았어." 엄마가 낮은 목소리로 말했다. 목소리가 너무 작아 나한테 하는 말인지는 알 수 없었다. "노나는 고삐를 늦춰서 머리를 움직일 공간을 주었는데."

실라의 교습이 끝난 것은 해가 뉘엿뉘엿 질 무렵이었다. 나는 승마장을 나오는 실라와 마주쳤다. 머리를 말꼬리 모양으로 묶은 실라를 주황색 하늘이 후광처럼 비추고 있었다. "옐로캡은 어두워지면 잘 안 보이나봐." 실라가 말했다. "아직 오후인데 벌써 어둡잖아. 옐로캡한테 혹시 야맹증 같은 거 있어?"

나는 엄마 방 창문을 올려다보았다. 엄마의 모습은 보이지 않았다. "그럴지도." 나는 대답했다.

실라가 옐로캡을 끌고 가기 위해 혀를 츳츳 차자 옐로캡이 머리를 홱 쳐들었다. 그 바람에 실라가 공중에 매달릴 뻔했다. "괜찮아, 친구야." 실라가 이렇게 말하며 옐로캡의 목을 톡톡 두드렸다. "내가 너의 눈이 되어줄게."

아빠는 승마장 안에 있었다. "잘 왔다." 내가 울타리 쪽으로 다가가자 아빠가 말했다. "이거 좀 거들어라." 주황색 원뿔 장애물들이 우그러진 모양으로 여기저기 널려 있었다. 승마장 절반이 전쟁터 같았다.

"왜 이 모양이에요?" 내가 물었다.

"장애물 훈련을 좀 했다." 아빠가 대답했다. 아빠가 장애물을 줍느라 허리를 굽혔다. 아빠의 티셔츠 등판에 땀이 흥건했다. 아빠는 원뿔 안에 팔을 집어넣어 우그러진 부분을 내리쳤다. "장애물 훈련은 한참 걸리겠어."

"뭔들 한참 안 걸리겠어요." 내가 대답했다.

"계속할 거야." 아빠가 말했다. "좋아질 거다."

나는 장애물을 발로 차서 똑바로 세웠다. "좋아지지 않으면요?"

아빠는 나를 곁눈질하더니 쓰러진 장애물을 향해 양팔을 벌렸다. "좋아져야지."

올트먼 부인이 실라를 데리러 왔을 때, 아빠는 콜라캔으로 뒷목을 문지르면서 차고에 기대고 있었다. 올트먼 부인은 아빠에게 손을 흔들면서 자갈 깔린 진입로를 하이힐로 뒤뚱뒤뚱 지나 축사 안으로 들어갔다. 아빠는 땀이 맺힌 이마를 팔뚝으로 문질러 닦고는 축사 쪽으로 걸음을 옮겼다. 그런데 진입로를 가로질러 가다 말고 올트먼 부인의 미니밴 뒤에서 차를 응시했다. 뒷창에 범퍼스티커가 붙어 있었는데, '팔로미노 보호 차량'이라고 써 있었다.

"거참, 다행이네." 내가 이렇게 말하자 아빠가 나를 쳐다보았다. "옐로캡이 실라를 매달고 승마장을 뛰쳐나가 도로 위를 달려가도, 올트먼 부인 차에 치여 죽을 걱정은 없잖아요."

아빠가 숨을 깊이 들이마시는 것을 보고 나는 몸을 움츠렸다. 아빠가 고함을 지를 것만 같았다. 입 좀 닥치라고. 그렇게 비딱하게 굴다가는 될 일도 안 된다고. 그런데 아빠는 그냥 눈을 감고 고개를 떨궜다. "어쩔 때는," 아빠가 말했다. "그냥 내 머리를 탕 쏴버리고 싶다."

학기가 끝나는 날, 워터파크에서 학생연보를 나누어주었다. 내가 깜빡 잊고 수영복을 집에 두고 왔다고 했더니, 사회 선생님이 동전을 빌려줄 테니 집에 전화를 하라고 했다. 엄마한테 전화해서 수영복 좀 갖다달라고 부탁하려무나. 나는 고맙지만 엄마는 일하러 갔다고, 중요한 회의가 있다고, 그러니까 절대로 자리를 비울 수 없을 거라고 했다. "아, 그래," 사회 선생님은 내 어깨를 토닥이며 말했다. "내년이 있단다."

아이들이 수영하는 동안 나는 체인링크 담장*에 기대 앉아 학생연보를 무릎 위에 펼쳐놓았다. 언니 고등학교의 학생연보는 두툼했고 사진은 반짝반짝하는 컬러였고, 표지에는 언니의 이름이 은박으로 찍혀 있었다. 이에 비해 중학교 학생연보는 복사한 인쇄물

---

* 굵은 철사를 다이아몬드형의 고리로 엮은 울타리.

을 스테이플러로 찍은 실망스러운 것이었다. 사진은 작고 흐릿했고, 사진 밑에 있는 글자는 너무 잘아서 눈을 가늘게 떠야 겨우 읽을 수 있었다. 나는 학생연보 안에 폴리 케인 이야기가 있을 줄 알았다. 작년에 언니가 다니던 학교에서 남자애 하나가 사냥 사고로 죽자 학생연보 마지막 장은 그애의 이야기로 꾸며졌다. 그애의 사진이 가득했고, 그애의 여자친구가 쓴 시가 실렸다. 하지만 우리 학교 학생연보 마지막 장에는 미식축구 팀 셔츠를 입은 판다 그림(우리 학교 마스코트)과 급식 신청자에게만 지급되는 아이스크림 샌드위치 공짜 쿠폰이 있었다.

수영장에서는 반 아이들이 물장구를 치고 소리를 지르고 난리였다. 높은 다이빙대에서 뛰어내려보라고 소리 지르기도 하고, 무릎을 안고 뛰어내리기도 했다. 수영장 중앙에서는 6학년생 치어리더 애들이 번갈아가면서 서로의 어깨에 오르고 있었다. 아직 6월 초였지만, 치어리더 애들의 피부는 선탠으로 번들번들했다. 하나같이 젖은 머리칼이 어깨 위에서 찰랑거렸다. 한 애가 공중에서 정해진 동작을 마치면 나머지 애들이 일제히 박수를 보냈다.

안녕, 내 이름은 켈리, 내기해도 좋아.
나의 새 차 코르벳이 최고라고 내기해도 좋아.

나는 학생연보를 뒤에서 앞으로 넘기며 깨알 같은 글자들을 하나하나 들여다보았다. 하지만 폴리 케인이 하늘나라에서 영원한 생명을 얻을 것이라는 시 하나, 기도문 하나, 성경 구절 하나 없었다. 우리 학년에는 그애의 사진도 없었다.

"앨리스 윈스턴." 나는 급히 학생연보를 덮고 고개를 들었다. 재니스 리어딘이 물을 뚝뚝 흘리며 서 있었다. 한 손에는 타월, 한 손에는 학생연보를 들고 있었는데, 머리카락에서 흘러내리는 물이 표지 위로 뚝뚝 떨어졌다. "서명할래?"

재니스는 내가 입도 떼기 전에 내 학생연보를 낚아챘고, 제 것을 내 무릎 위로 떨어뜨렸다. 그러고는 풀밭에 타월을 펼치고 내 옆에 앉아서 우윳빛 소시지 같은 다리를 쭉 폈다. 재니스가 내 학생연보 위로 고개를 숙이자, 재니스의 배가 자주색 수영복 밑에서 세 겹으로 접혔다. 나는 당황하며 외면했다. 무슨 애가 이렇게 지각이 없는지. 창피한 줄도 모르고.

나는 재니스의 학생연보에서 내 사진이 있는 페이지를 찾아냈다. 한 페이지에 사진이 여러 줄 있어서 모든 사진들이 작고 흐릿했다. 나는 내 얼굴을 알아보기 위해 상체를 숙였다. 사진 속의 나는 안경을 쓰지도 않았고 머리를 묶지도 않았고 이가 드러나게 활짝 웃지도 않았다. 반 애들 절반이 갈색 생머리인데, 그런 애들하고 분간이 되지 않았다. 하지만 사진 밑에 이름이 있었다. 나는 내 사진 옆에 서명을 하고 재니스에게 돌려주었다.

"서명만 하면 어떡해." 재니스가 불평했다. "뭔가 특별한 말을 써야지. 그게 예의 아냐?"

수영장 중앙에서는 치어리더 애들이 서로를 물속에 빠뜨렸다 끌어냈다 하면서 비명을 지르고 있었다. 수영장 가장자리에서 남자애들 몇이 작게 휘파람을 불며 구경했다.

안녕, 내 이름은 레이철, 내가 알려줄게,

나의 새 차 트랜스앰이 최고라고 내가 알려줄게.

나는 서명 위에 '여름방학 재밌게 보내길'이라고 적었다. 재니스는 내 학생연보를 돌려준 뒤, 배를 대고 엎드려 팔에 턱을 괴고 수영장 쪽을 쳐다보았다.

"내 사촌은 텍사스에서 치어리더거든." 재니스가 말했다. "다른 사람 어깨 위에 올라갔다 공중에서 2회전도 한다."

"좋겠네." 내가 말했다.

"우리 학교 치어리더 애들은 꽝이야." 재니스가 말을 이어갔다. "재주넘기도 못해. 우리 같은 애들도 쉽게 들어갈 수 있을 거야."

나는 생각에 빠져서 대화가 재미없는 척했다. 그날 카페테리아에서의 일을 빼면 나는 한 번도 재니스 리어던한테 말을 건 적이 없었다. 내가 자기를 참아줄 거라고 생각할 빌미를 준 적이 없었다. 우리는 우리가 아니었다.

재니스는 몸을 굴려 옆으로 눕더니 한 손으로 햇빛을 가리면서 나를 쳐다봤다. "너 콜린 얘기 못 들었지." 재니스가 말했다.

"못 들은 사람이 어딨어."

"그거 말고." 재니스가 대답했다. "화장실 일 말고. 그다음 말이야."

콜린은 화장실에서 자기 살을 손톱으로 팠던 날 이후로 학교에 나오지 않았다. 콜린 부모님이 콜린에게 학교에 안 가도 된다고 허락했나보다. 콜린이 스트레스를 많이 받았다고 생각하고 콜린에게 소파에서 텔레비전을 보며 쉬라고 했나보다. 콜린이 텔레비전을 보면서 감자칩을 봉지째 먹어도 콜린 부모님은 야단치지 않나보다. "무슨 얘기?" 내가 물었다.

주위에는 아무도 없었지만, 재니스는 일어나 앉더니 손을 둥글게 모아 내 귀에 대고 속삭였다. "걔네 부모님이, 걔를 센터로 보냈어."

"무슨 센터?"

"애리조나 센터. 그런 애들이 가는 데 말이야…… 알잖아." 재니스는 엄지로 목을 긋는 시늉을 했다.

햇볕은 밝고 따뜻했지만 살갗에 소름이 돋았다. 머릿속에 건물의 모습이 떠올랐다. 벽이 하얗고 창문이 없는 건물. 그런 곳이 있는 줄은 모르고 있었다. 죽으려다 못 죽은 아이들이 가는 곳. "그렇게 심하게 한 것도 아닌데." 내가 말했다.

"좀 시시했지." 재니스가 동의를 표했다. "그러니까, 내 말은, 진짜로 하려고 했으면 칼이나 가위로 했어야지. 하지만 어쨌든 거기 갔어."

"네가 그걸 어떻게 알아?"

재니스가 어깨를 으쓱했다. "샤론이랑 애비게일이 말해줬어."

"걔네들이 너랑 말해?"

재니스는 눈을 가늘게 떴다. "만날 하지."

재니스가 일어나서 허리를 숙이고 젖은 머리칼을 한 줄로 꼬았다. 잔디 위로 물이 뚝뚝 떨어졌다.

"거짓말." 내가 말했다.

"마음대로 생각해."

선생님들이 수영장 주위로 다가와 아이들에게 손을 흔들었다. 학교로 돌아갈 버스가 도착하기 전에 옷을 갈아입어야 하니 빨리 나오라는 뜻이었다. 물에서 놀던 애들은 십 분만, 오 분만, 이 분만

더 있게 해달라며 끙끙거리고 징징거렸다.

재니스는 허연 발가락으로 내 무릎을 건드렸다. 나는 재니스를 올려다보았다. "네가 모르는 것 같아서 말인데," 재니스가 말했다. "샤론하고 애비게일은 요새 나랑 제일 친해. 그애들은 울면서 기댈 수 있는 친구가 필요한데 내가 바로 그런 친구거든. 그애들은 나한테 숨기는 게 없어."

나는 내 학생연보를 펼쳐놓고 열심히 들여다보는 척했다. 그러면 재니스도 내가 관심이 없다는 것을 알고 사라져주겠지. 하지만 재니스는 양손을 넓적한 엉덩이에 올려놓고 꿈쩍도 하지 않았다.

"가끔 그애 이야기도 해." 재니스가 속삭였고, 나는 고개를 들었다. 햇빛이 재니스의 뒤통수를 비추고 있어서 나는 눈을 가늘게 떠야 했다. 하지만 고개를 돌릴 수가 없었다. 그애에 대해서 무슨 이야기가 나왔는지 관심 없는 척할 수가 없었다. "이런 말 들으면 네 기분이 좀 풀릴지 모르겠는데," 재니스의 말이 이어졌다. "폴리는 그렇게 특별한 애는 아니었어. 그저 그런 애였어."

수영장 쪽을 보니 반 아이들이 물 밖으로 나오고 있었다. 수영장을 나온 아이들은 서로의 얼굴에 젖은 머리칼을 흔들면서 탈의실로 갔다.

재니스를 둘러싼 공간이 뿌옇게 흐려지고 내가 앉아 있는 땅이 흔들리는 느낌이었다. "너는 그애를 알지도 못했잖아." 내가 말했다.

"나는 사람들을 직관으로 알아." 재니스는 어깨를 으쓱했다. "독심술을 하거든. 척 보면 알지."

나는 반 아이들 쪽으로 가려고 일어섰다. "그럼 내가 네 말에 관심 없는 것도 알겠구나." 내가 대꾸했다. "나는 그런 헛소리엔 관심 없어. 척 보면 안다며?"

"그래 알아. 그게 너희 아빠였지?" 재니스의 말에 나는 걸음을 멈췄다. "그애를 물어서 건져낸 사람이 너희 아빠였잖아."

속이 메스꺼웠지만 나는 미소를 지으려고, 웃기지 말라는 표정을 지으려고 애썼다. "그걸 독심술로 알아냈니?"

"아니." 재니스는 내 시선을 피하지 않았다. 깜빡이지 않는 눈이 흐리멍덩했다. "새아빠한테 들어서 알았어. 새아빠가 보안대원이야."

학교에 돌아온 뒤 반 아이들은 여기저기 모여 서로의 학생연보에 서명을 해주고, 전화번호를 교환하고, 계속 연락하자고 약속했다. 유치원 때부터 아는 사이면서. 누군가의 부모님이 다른 곳으로 이사를 가는 것도 아니면서.

나는 학교가 끝나면 빨리 집으로 돌아가 축사를 청소하고 엄마의 상태를 확인해야 했다. 하지만 나는 그냥 서서 애들이 줄지어 버스에 타거나 자기 부모 차에 올라타는 모습을 구경했다. 몇 분이 지나자 주차장이 텅 비었다. 한 학년이 끝났다.

학교 복도에는 아무도 없었다. 나는 여기저기 떨어진 종이들 사이로 발을 질질 끌고 다니면서, 텅 빈 사물함 너머를 응시했다. 가을이면 6학년은 처음 보는 얼굴들로 채워지겠지만, 그애들도 우리랑 비슷하겠지. 똑같은 교과서를 보고 똑같은 시험을 치겠지. 우리가 졸업을 하고 몇 년이 지나도 학교는 지금과 거의 비슷하겠지. 벽에서는 계속 페인트가 벗겨질 테고, 풀밭은 계속 말라붙어 보기 흉할 테지. 오는 사람이 있고 가는 사람이 있다. 끌려가는 사람도 있고, 죽는 사람도 있고, 자기 발로 떠나는 사람도 있다. 누구냐는 중요하지 않다. 무슨 말을 했느냐, 무슨 일을 했느냐도 중요하지 않다. 끝에 가면 기억해주는 사람도 기억에 남는 이야기도 없다.

폴리를 위해 나무를 심으려던 계획은 없던 일이 되었지만, 차라리 그 편이 나은 것 같았다. 사막의 나무는 뒤틀리고 앙상했다. 타고 올라가기에는 너무 약했고, 그늘을 만들기에는 너무 가늘었다. 과학시간에 들은 이야기인데, 어떤 곳에 사는 나무들은 나무 테에 시간이 기록된다고 한다. 살랑살랑하는 나뭇잎이 촉촉한 대지 위에 천장처럼 펼쳐져 있다고 한다. 어떤 곳에서는 나무들이 영원히 산다고 한다. 하지만 여기는 그런 곳이 아니었다.

7학년 건물에서 나는 눈을 감고 석 달 뒤의 나를 상상해보려고 했다. 육 년 동안 다닌 학교에서 또다시 새 학년을 시작하는 나. 그런데 눈을 감자 아빠의 모습이 보였다. 물이 허리까지 차는 운하에서 폴리의 차게 식은 몸을 팔에 안고 물을 뚝뚝 흘리면서 강가로 끌어내는 아빠. 그애의 몸은 차갑고 미끌미끌했겠지. 그애의 입술은 파랬겠지. 그애의 밤색 머리칼에서 갈색 물이 떨어져 아빠 티셔츠를 흠뻑 적셨겠지. 그때 아빠는 나를 생각했을까. 나도 매일 그길을 걸어다닌다는 것을 생각했을까. 내가 곧잘 하는 상상과 똑같은 상상을 했을까. 내 배낭이 운하 옆에서 발견되는 상상, 내 몸이 배수로에 걸리는 상상. 아빠는 내가 없는 인생이 어떨까를 상상했을까. 폴리가 발견된 날, 아빠는 폴리를 만졌고, 폴리를 건졌고, 죽은 폴리의 축축한 몸을 들어올려 강가까지 운반했다. 그리고 내가 있는 집으로 돌아왔다. 그렇지만 폴리에 대해서 아무 말도 하지 않았다.

그다음에 나는 차 안에서 울었다던 선생님을 생각했다. 폴리 케인은 특별한 애가 아니었다. 그저 그런 애였다. 하지만 그 선생님은 폴리를 위해 울어주었다. 나는 영어라고 쓰여 있는 문 앞으로 갔다. 안을 들여다보니, 여느 교실과 다름없었다. 칠판에는 허옇게 지우개 자국이 있었고, 책상들은 학생들이 몇 년간 후벼 판 상처로 뒤덮여 있었다. 교실 뒤를 보니 선생님이 교사용 책상에 앉아 뭔가를 쓰고 있었다. "델마 선생님이세요?" 내가 물었다.

선생님이 고개를 들었다. "그래."

마르고 단단해 보이는 남자였다. 금발머리는 헝클어져 있고, 울대뼈가 튀어나와 있었다. 특별하거나 흥미로운 데라고는 전혀 없었다. 델마 선생님이 나를 쳐다보았을 때, 등줄기가 살짝 떨려왔다. 나는 선생님이 내 이름을 알고 있기를 바랐다. 내가 아무 말도 하지 않자 델마 선생님은 뒤에 있는 시계를 힐끗 보았다. "네시 반이구나." 선생님이 말했다. "지금쯤은 다들 뛰쳐나간 줄 알았는데."

"앨리스 윈스턴인데요." 내가 결국 입을 뗐다. 모기만 한 목소리가 목구멍에서 떨려 나왔다. "6학년이에요."

선생님은 미소를 짓더니 책상을 내려다보았다. "그래, 6학년 앨리스 윈스턴. 무슨 일로 왔니?"

나는 뭐라고 대답해야 할지 난감했다. 나는 묻고 싶었다. 학생 연보 보셨나요? 폴리의 사진이 없다는 걸 아셨어요? 나는 알고 싶었다. 콜린 머피가 화장실에서 자기 몸을 찔렀다는 이야기는 들으셨어요? 보안대가 운하를 수색한 이야기는 들어보셨어요?

"내년에 선생님께서 7학년 고급 영어를 가르치시나요?" 나는 말을 꺼냈다. "혹시 독서 목록을 받을 수 있을까 해서요. 미리 읽어보고 싶어서요."

델마 선생님은 자세를 고쳐 앉았다. "세상에." 선생님이 말했다. "정말이니?"

나는 입술을 깨물었다. "음, 그런데요?"

"흠, 훌륭한 학생이로구나." 선생님은 손끝으로 북을 치듯 가볍게 책상을 두드렸다. "앉아라. 내가 몇 권 적어줄 테니까."

선생님은 책 제목을 적기 시작했고, 나는 옆에 있는 책상 모서리에 불편하게 자리를 잡았다. "지금까지 읽은 책 중에 뭐가 재밌었니?" 선생님이 물었다.

너무 당황해서 양쪽 귀가 불에 덴 듯 뜨거웠다. 나는 책 이름을 기억해내려고 애썼다. 한 권만이라도. 무슨 책이든지. "그러니까," 내가 말했다. "수업시간에 읽은 책인데, 여자애가 장님이 되거든요. 그래서 개를 데리고 다녀야 되는데, 앞이 안 보이는 것도 너무 힘들고 개를 키우기도 너무 힘들다는 얘기예요."

선생님은 미소를 지었다. "나는 아직 못 본 책인 것 같구나."

"괜찮아요." 내가 말했다. "다른 책도 읽었는데, 남자애가 가출해서 나무둥치 속에 들어가서 사는 얘기예요. 좀 바보 같은 이야기 같아요."

선생님이 책 이름을 적는 동안 나는 선생님 책상을 둘러보았다. 종이가 쌓여 있었고, 책들과 포스트잇 뭉치가 있었고, 금발의 여자가 폭포 앞에서 웃고 있는 사진이 있었다. "테니스부 코치 하시죠?" 내가 물었다.

"그래." 선생님이 대답했다. "테니스부에 들어오려고?"

"선생님도 폴리 아시죠?" 머리가 입을 막기 전에 말이 먼저 튀어나왔다.

델마 선생님은 책 제목을 적다 말고 나를 올려다보았다. "너, 그 애 친구였니?"

선생님의 얼굴이 어딘가 바뀌어 있었다. 더 나이 들어 보이고, 더 조용해 보이고, 더 슬퍼 보였다. 몇 분 전에 선생님의 얼굴이 어땠는지 기억이 나지 않았다. 선생님도 나도 그애 때문에 힘들었다는 것, 그것은 진실이었다. 다른 것은 중요치 않았다. "제일 친한 친구였어요." 내가 말했다.

"그랬구나." 선생님이 속삭였다.

델마 선생님은 자기 손을 내려다보았다. 선생님이 쥐고 있는 펜이 떨리고 있었다. 교실 벽이 아득해지는 것 같았다. 나는 선생님 책상의 모서리를 짚고 균형을 잡았다. 다시는 되돌릴 수 없는 어떤 것의 무게가 현기증을 일으켰다.

"너에겐 힘든 한 해였겠구나." 선생님이 드디어 입을 열었다.

"네."

"외로웠고."

"네."

델마 선생님은 펜 끝을 입으로 가져가 잘근잘근 씹으며 나를 쳐다보았다. "독서 목록 때문에 온 게 아니구나."

"네," 나는 대답했다. "아니에요."

선생님은 고개를 들었다. 선생님의 시선이 나를 꿰뚫어보는 것 같았다. "그애가 내 이야기를 했구나."

"가끔이요." 내가 말했다.

"나한테 친구들 이야기는 안 했는데." 선생님이 대답했다. 선생

님은 목소리가 갈라지고 얼굴이 붉어졌다. 그러고는 몇 번 눈을 끔
벅이며 내게서 시선을 돌렸다.

"그애는 한번 전화하면, 몇 시간씩 이야기를 했어." 선생님이 말
했다. "할 말이 있는 건 아니었지만." 선생님은 양손을 내려다보며
고개를 저었다. 슬픔이 허파를 조이고 목을 조르는 느낌이었다.

"그애가 선생님한테 전화했었어요?"

"그래."

그랬다. 생생하게 살아 있는 진짜 과거가 내 앞에 앉아 있었다.
그애는 선생님한테 전화를 걸었고, 몇 시간씩 이야기를 했다.

"그애는 선생님을 좋아했어요." 내가 속삭였다.

"안다."

나는 선생님의 어수선한 책상을 내려다보았다. 나는 선생님에
게 더 이야기하고 싶었다. 콜린 부모님이 콜린을 보내버렸어요. 재
니스 리어던이 애들한테 폴리의 유령이 물 위를 떠돈다고 떠들고
다녀요. 나는 말하고 싶었다. 다른 애들은 그런 일을 그냥 서커스
처럼 생각하다가 결국 싫증내고 잊어버렸어요. 그런 일의 진정한
아픔을 이해하는 사람은 이 세상에서 선생님과 나뿐이에요. 교실
안의 분위기가 아슬아슬하게 바뀌는 것이 느껴졌다. 무슨 말을 더
하면 안 될 것 같았다.

"독서 목록은 가져갈게요." 내가 말했다. "선생님이 힘들게 써
주신 거니까요."

선생님은 미소를 지었다. "재미있는 녀석이구나."

나는 종이를 배낭에 넣고 돌아섰다. "앨리스 윈스턴," 선생님의
말에 나는 멈춰 섰다. "너 그애랑 닮았구나."

그 순간 선생님과 나 사이의 공기가 짙어지는 것을 느낄 수 있었다. 나를 둘러싼 세상이 녹아 없어지는 것 같았다. 역사도 미래도 진실도 모조리 녹아 없어지는 것 같았다. "알아요." 나는 대답했다. "다들 그런 말을 해요."

나는 요동치는 심장을 끌어안고 운하를 따라 집까지 뛰어갔다. 갑자기 내 온몸 구석구석이 살아 숨쉬는 것 같았다. 무릎뼈도, 손톱도, 발바닥도. 귓가가 윙윙거리고 가슴이 쿵쾅거렸다. 갈비뼈가 터져 나갈 것만 같았다. 폴리 케인에게는 비밀이 있었다. 이제 나에게도 비밀이 생겼다.

3

말을 맡긴 아줌마들은 시도 때도 없이 나타났고, 우리는 잠시도 마음 편히 쉬지를 못했다. 아줌마들 말은 하나같이 토이보이만큼 까다로웠다. 아빠는 각각의 말들에 대한 주의사항 목록을 돌돌 말아 주머니에 항상 넣고 다녔다. 제이시 셰리든 아줌마는 시에라가 정수물이 아니면 마시지 않는다고 했다. 제이시 아줌마의 시에라는 아라비아 종이었다. 비치 로언 아줌마는 히스클리프가 민감성 비강이므로 향이 있는 로션이나 샴푸, 특히 향수를 사용하면 안 된다는 게시물을 축사 여기저기에 붙여놓았다. 비치 아줌마의 히스클리프는 새들브레드 종이었다.

"이 여자들은 대체 누구예요?" 나와 실라가 아빠를 도와 트럭에서 톱밥을 퍼내릴 때, 실라가 물었다. 패티 조 아줌마와 친구들이 승마장을 쓸 수 있게 실라의 교습을 중간에 끝낸 것이 사흘 동안 벌써 세번째였다.

"손님들." 아빠의 설명은 그것으로 끝이었다.

"후우." 실라는 가지런히 자른 앞머리를 입김으로 후 불며 말했다. "저 사람들 짜증나네."

"그래도 네 말은 축사에 있잖아." 내가 말했다. 우리집 시합용 말들은 새로 만든 작은 울타리 안에서 답답하게 왔다 갔다 했다. 말들이 발을 구르면 무더운 오후의 대기 속으로 먼지구름이 솟아올랐다.

"참을 만해." 아빠가 말했다. "좀 수선스럽지만. 그래도 그런 것쯤은 우리가 감당할 수 있지." 실라는 고개를 끄덕였다. 아빠가 시키는 일이니 기꺼이 감당하겠다는 뜻이었다.

하루 중 제일 더운 시간이면 실라와 나는 호스를 가지고 새로 만든 울타리로 가서 물통에 물을 채워주었고, 말 잔등에 물을 뿌려 열기를 식혀주었다. 말들은 눈을 감고 등 근육을 실룩이며 조용해졌다. "저 사람들은 금방 갈 거야." 내가 말들에게 약속했다.

"그게 언제야?" 실라가 물었다. 아빠가 근처에 있을 때 실라는 낙천적이고 긍정적이고 불평이 없었다. 하지만 실라가 톱밥 푸는 일이나 정수물을 주전자로 나르는 일에 지쳐가고 있다는 걸, 교습이 자꾸만 중간에 끊기는 것에도 지쳐가고 있다는 걸 나는 알 수 있었다.

"글쎄." 실라한테 부담감을 안겨주어봤자 소용없는 일이었다. 실라가 등수 안에 드는 것을 보고 교습생이 몰려올 때까지는 손님들을 내보낼 수 없다고 말해봤자 소용없는 일이었다. "언젠가는 나가겠지."

실라는 한숨을 쉬었다. "시합에 나갈 것도 아니면서 저렇게 비싼 말을 왜 샀을까? 말을 사서 뭐 하려고?"

그건 나도 궁금했다. 손님들은 허구한 날 나타났다. 하지만 승마 교습을 받는 것도 아니었고 시합에 관심이 있는 것 같지도 않았다.

"남편들은 어디 갔어?" 실라가 물었다. "남편들 얘기는 하나도 없던데."

"남자를 버리고 말한테 돌아선 여자들이라고 아빠가 그랬어."

실라는 잠시 생각에 잠겼다. "그게 무슨 뜻이야?" 실라가 물었고 나는 어깨를 으쓱했다.

나는 실라가 자기네 아빠를 떠올리고 있는지도 모른다고 생각했다. 올트먼 씨는 토요일이면 가끔 실라가 말 타는 모습을 보러 왔다. 하지만 먼지를 마시면 기침이 난다며 늘 금방 돌아갔다. 올트먼 씨는 옐로캡이 멋진 말이라고 했다. 하지만 나는 올트먼 씨가 옐로캡 옆에 조금이라도 가까이 가는 것을 한 번도 본 적이 없었다. 올트먼 씨는 어떤 말이 가까이 온다 싶으면·펄쩍 뛰어 물러나며 "워워!" 하고 소리쳤다.

실라는 호스 위로 고개를 숙이고 물을 마시면서 계속 나를 주시했다. 내 대답을 기다리는 것이었다. "나도 몰라." 내가 결국 대답했다. "하지만 저 여자들이 남편을 데리고 온 적은 한 번도 없었어. 그런 일은 절대 없을 거라고 아빠가 그랬어."

"후우, 빨리 좀 갔으면 좋겠다." 실라는 몸을 펴고 손등으로 입을 닦으면서 말했다. "저 비치라는 여자는 나만 보면 자꾸 코를 갖다 대고 킁킁대서 지겨워 죽겠어."

오후에는 아줌마들이 언 포도가 가득 담긴 아이스박스와 샴페인이나 오렌지주스가 담긴 보온병을 들고 둘씩 셋씩 짝을 지어 나타났다. 제이시 아줌마는 녹음기를 사오더니 전기 기사를 불러 축사에 스피커를 설치했다. 말을 빗질하면서 친구들과 음악을 듣겠다는 것이었다. 아빠가 승마장에서 실라를 가르치는 동안 나는 축사를 청소하며 아줌마들이 떠드는 소리를 들었다. 한 시간, 두 시간이 지나고 보온병이 비기 시작하면, 아줌마들의 목소리가 점점 높아졌고 도저히 못 참겠다는 듯한 웃음소리가 터져 나왔다.

그런 날에 나는 파스타와 감자를 먹으면 살이 찐다는 것과 헤어드라이어를 쓰면 머릿결이 거칠어지고 손상된다는 것과 아기를 둘 이상 낳으면 뱃살이 바람 빠진 타이어처럼 늘어진다는 것을 배웠다.

"너는 볼 때마다 일을 하고 있구나." 내가 히스클리프의 마방에서 똥을 치우는데 비치 아줌마가 말했다. "이리 와서 잠깐 쉬렴. 우리랑 수다 떨자."

아빠는 쉬는 것을 싫어했다. 한번 쉬게 되면 다시 일하기가 훨씬 힘들다고 했다. 하지만 나더러 예의를 차리라고 한 것도 아빠였다. 손님들이 해달라고 하면 뭐든 해주라고 한 것도 아빠였다. 그래서 나는 아이스박스 위에 걸터앉아 포도를 뜯어 먹었다. 아줌마들은 종이컵으로 입을 가리고 킬킬거리면서 이것저것 묻기 시작했다.

"너희 아빠 몇 살이니?" 제이시 아줌마가 물었다.

"서른아홉 살이요."

비치 아줌마가 휘파람 소리를 냈다. "팔뚝이 정말 근사해."

"그럼 엄마는 돌아가셨니?" 제이시 아줌마가 이렇게 물었고, 나는 등뼈가 나무토막처럼 굳었다.

"집에 있는데요." 내가 대답했다.

"가끔 밖에 나와 바람 좀 쐬셔야 할 텐데?" 패티 조 아줌마가 말했다.

"우리랑 한잔하러 나오시면 좋을 텐데." 비치 아줌마도 거들었다. "너희 엄마 한번 보고 싶다."

"거의 방에 누워 계세요." 내가 이렇게 말하자 여자들은 서로 쳐다보며 내가 해독할 수 없는 눈빛을 교환했다.

"편찮으시니?" 패티 조 아줌마가 물었다.

나는 어떻게 대답해야 할지 난감했다. 아줌마들의 남편들은 대부분 의사였다. 거짓말을 하면 눈치챌지도 몰랐다. 내가 아무 말도 안 했더니 패티 조 아줌마가 헛기침을 하며 양손으로 자기 승마바지를 쓸어내렸다. "아함." 패티 조 아줌마가 다른 아줌마들에게 말했다. "하품 난다."

"이제 저는 일하러 갈게요." 나는 이렇게 말하며 일어났다. "잘 먹었습니다."

모두 돌아간 다음 아빠가 호스를 축사로 가지고 들어와 물통에 물을 채웠다. "저 여자들 때문에 미치겠다." 아빠가 말했다.

"보통 술에 취해 있던데요." 내가 말했다.

"그래서 그랬군." 아빠가 말했다. 시에라의 마방 옆에 생수 병이 쌓여 있는데도 아빠는 시에라의 물통에 호스로 물을 채웠다. "너 왜 그러냐?" 아빠가 말에게 호스로 물을 뿌리면서 물었다. "귀하신 몸이라 이런 물은 못 마시냐?"

시에라는 물을 피하려고 머리를 흔들며 옆걸음질 쳤다. 하지만 아빠는 호스를 조준해 시에라를 구석으로 몰았다. 시에라는 히힝거리며 한쪽 발을 구르다 몸을 웅크리고 고개를 숙였다. "거봐." 아빠가 말했다. "똑같은 물이야."

두번째 대회는 첫번째 대회보다 사람이 많았다. 아침 여섯시 삼십분이 되자 벌써 트레일러 스무 대가 보안대 승마장에 늘어서 있었다. 실라가 내 옆에서 운동복 차림으로 부들부들 떠는 동안 아빠는 옐로캡을 트레일러에서 내려 경기장 쪽으로 데려갔다. 우리는 아빠 뒤를 따라가며 시린 손가락에 호호 입김을 불었다.

말 등에는 계속 담요가 덮여 있었고, 발에도 덮개가 씌워져 있었다. 심사가 시작되기 전까지 때가 묻지 않게 하는 방법이었다. 경기장에서 빈 구석을 발견한 아빠는 옐로캡의 고삐에 런지라인* 고리를 건 다음, 밧줄을 잡아당기면서 승마용 채찍으로 자기 발을 톡톡 쳤다. 옐로캡은 원을 그리며 돌기 시작했다.

머리를 하나로 땋아내린 실라는 나와 함께 울타리 옆에서 그 모습을 지켜보며 머리끝만 잘근잘근 씹어댔다.

"내가 할 일인데." 실라가 말했다. 다른 말은 모두 기수가 준비운동을 시키고 있었다.

"잘못하면 옐로캡한테 질질 끌려갈걸." 내가 대답했다.

"그러게 말이야." 실라가 말했다.

나는 갑자기 마음이 약해져 실라가 입고 있는 운동복 소매를 만졌다. "다른 아이들은 옛날부터 했으니까." 내가 위로의 말을 건네

---

* 고리와 밧줄로 이루어진 20피트 정도의 긴 끈으로, 말을 훈련시킬 때 사용한다.

자, 실라는 나를 보지도 않고 고개만 끄덕였다.

올트먼 부인이 겨드랑이에 핸드백을 끼우고 우리 뒤를 따라왔다. "춥니?" 올트먼 부인이 실라에게 물었다. "매점에서 뜨거운 코코아 좀 사다줄까?"

실라는 경기장에서 눈을 떼지 않았다. "토할 것 같아." 실라가 말했다. 올트먼 부인은 잠시 아무 말 없이 서 있다가 스웨터를 어깨 위로 잡아당겼다. "앨리스," 올트먼 부인이 경기장을 가리키며 물었다. "꼭 저래야 하는 거니?"

"말을 안정시키는 데 도움이 돼요. 저래야 말이 경기장에 익숙해지거든요."

"저렇게까지 해야 해?" 올트먼 부인이 물었다. 실라가 눈을 깜박였다.

"말도 사람이랑 비슷해요. 흥분하면 위험하거든요."

"글쎄다." 올트먼 부인은 몸을 곧추세우며 말했다. "나는 채찍이 영 마음에 걸려서."

실라가 숨을 깊이 들이쉬었고, 나는 실라가 정말 토할까봐 한발 물러섰다. "그냥 채찍이 아니라 승마용이야, 엄마." 실라가 말했다. "조 아저씨는 그냥 소리만 내는 거야."

나는 실라 쪽을 돌아보며 방금 우리 아빠가 윈스턴 선생님에서 조 아저씨로 바뀌었다는 눈빛을 쏘려고 애썼다. 하지만 실라는 멍하고 굳은 표정으로 승마장을 응시했다. 승마장이 자기를 통째로 잡아먹을 괴물이라는 듯.

새벽이 느릿느릿 흘러갔고, 주차장은 트레일러와 이동주택 들로 가득 찼다. 대형 승마 훈련장의 기수들은 첫번째 대회에 나오지 않았다. 이상한 일은 아니었다. 첫번째 대회는 예전부터 비공식 대회, 곧 연습 경기였다. 메달을 따더라도 나중에 종합 성적에 포함되지 않았고, 우승 후보들은 출전하지 않았다. 하지만 두번째 대회에는 모두 출전했다.

우리가 주차한 자리는 버드 포프 아저씨 옆이었다. '포프 승마 센터'를 운영하는 버드 아저씨는 학생 여덟 명과 트레일러 두 대를 끌고 왔다. 단추 달린 하얀색 셔츠에 검은색 펠트 모자 차림이었다. "트레일러 한번 멋지군, 조." 버드 아저씨의 말에 아빠는 그냥 굳은 표정으로 손을 흔들었다.

"자네가 키우는 그애는 컨디션이 어때?" 버드 아저씨가 물었다.

아빠가 몸을 곧추세웠다. "괜찮아. 덕분에."

첫번째 조가 경기장 옆으로 모여들기 시작했다. 엄마들은 딸들 주변에서 머리핀을 좀더 꽂아준다 뺨에 연지를 발라준다 장화의 얼룩을 닦아준다 법석을 떨었다. 올트먼 부인도 실라 옆을 맴돌며 뭐든 해주려고 했다. 하지만 올트먼 부인은 말 옆에만 가면 어쩔 줄 몰라했다. 안장을 올리는 방법도 승마 헬멧 턱 끈을 조이는 방법도 몰랐다. "저쪽으로 가면 관람석이 있는데요." 내가 올트먼 부인에게 말했다. "저랑 거기 가서 구경하실래요?"

"아!" 올트먼 부인은 이렇게 말하며 실라를 쳐다보았지만, 실라는 끝까지 엄마를 외면했다. "그게 좋겠구나."

올트먼 부인은 나에게 뜨거운 코코아를 사주었고, 우리는 관람석으로 올라갔다. 실라보다 어린 기수들이 심판을 가운데 두고 둥그렇게 원을 그리며 도는 중이었다.

"정말 어리구나." 올트먼 부인이 경기장을 내려다보며 나직이 말했다. "앨리스, 저런 어린 아이들이 말을 타면 위험하지 않니?" 젊은 남녀 한 쌍이 우리를 흘긋 쳐다보았다. 나는 어린아이를 둔 부부가 아니기를 바라면서 미소를 지어 보였다. 이래서는 교습생이 모일 수가 없었다.

"평보랑 속보까지니까 괜찮아요." 내가 대답했다. "구보는 없어요."

올트먼 부인에게 말하지는 않았지만 아빠는 첫번째 대회가 열리기 전 몇 주 동안 실라를 10세 이하 조에 넣으려고 동분서주했다. "열한 살이었으면 됐을 텐데." 아빠는 계속 아쉬워했다.

"걘 열두 살이에요." 내가 대답했다. "나이에 비해서 작은 편도 아니고요."

하루에 끝나는 대회에 경기가 서른 개가 넘었다. 대부분의 기수들은 의상이나 안장을 바꾸거나 물을 마시려면 쉬는 시간 동안 뛰어다녀야 했다. ("오늘 나갈 경기가 열여섯 개야." 버드 포프 아저씨네 교습생이면서 노나 언니와 숨어서 담배를 피우던 애들 중 하나였던 밸러리 헤이스가 툴툴거렸다.) "졸라 피곤하다." 아빠는 실라를 영국식 승마와 웨스턴 승마 두 경기에만 출전시켰다. 한 경기는 오전이고 또 한 경기는 오후여서, 아빠는 실라가 두번째 경기를 준비할 시간이 넉넉할 거라고 생각했다. 처음에 아빠는 실라를 웨스턴에만 내보낼 생각이었다. 실라는 웨스턴을 그나마 잘했다. 안장 뿔 덕분에 덜 불안해했으니까. 하지만 아빠가 실라를 웨스턴에만 내보내자고 하자 올트먼 부인은 어리둥절해하며 물었다. 영국식과 웨스턴의 유일한 차이는 안장과 의상 아니냐고. 실라는 이미 두 종류의 안장과 두 종류의 의상이 있는데, 한 경기에만 출전한다면 낭비가 아니겠느냐고.

실라가 포함된 10세~13세 조가 경기장 밖에 줄을 서 있었다. 올트먼 부인이 내 팔을 꽉 잡으며 속삭였다. "저기 있구나." 아빠는 옐로캡 옆에 서서 실라에게 무슨 말을 했고, 실라는 고개를 끄덕이며 고삐를 감아쥐었다.

"너희 아빠가 실라한테 뭐라고 하는 것 같니?" 올트먼 부인이 물었다. 나는 눈을 가늘게 뜨고 아빠의 입술을 유심히 살폈다.

"떨어지면 안 된다고 하는 것 같아요." 내가 대답했다. 올트먼 부인은 겁에 질린 듯 입을 동그랗게 오므렸다. "웃으라고 하는 것 같기도 하고요."

아빠는 뒤로 물러났고, 실라는 옐로캡을 경기장 안으로 데리고 들어가기 위해 팔꿈치로 조금씩 밀며 숨을 들이쉬었다. 실라 뒤로 포프 아저씨네 쌍둥이가 들어갔다. 잭과 앤디 형제는 심사가 시작되는 순간까지 허리를 펴는 법이 없었다. "애들이 많구나." 올트먼 부인은 이렇게 말하며 실라 조의 기수들이 몇 명인지 셌다. "다들 어디 애들이니?"

교습생 부모가 듣는 데서 다른 승마 훈련장을 입에 올리는 것은 언니와 나에게는 금기였다. 버드 포프 아저씨네 훈련장에 학생들이 몰린다는 것, 다이애나 번스 아줌마는 장애물 넘기와 마차 몰기를 가르쳐주고 승마용 채찍 같은 것은 장화에서 꺼내지도 않는다는 것을 올트먼 부인에게 이야기해줄 수는 없었다. 실라 뒤로 기수들이 줄줄이 들어왔고, 나는 발끝을 내려다보았다. "잘 모르겠는데요."

잭 포프와 앤디 포프가 관람석 앞을 통과하면서 나를 보고 양손을 쳐들었다. 앤디는 눈을 가운데로 모으더니 하하하 웃었다.

"친구들이니?" 올트먼 부인이 물었다. 쌍둥이는 불량한 자세로 흐느적거리며 지나갔다. 머리는 텁수룩했고, 과일펀치를 마신 것처럼 입술이 갈라져 있었다.

"아니에요." 나는 이렇게 말하며 손을 흔들었다.

경기장 입구가 닫힌 순간, 실라에게 가망이 없다는 것이 분명해졌다. 첫번째 대회 때와 달리 보풀이 일어난 코트나 잠이 덜 깬 눈은 하나도 보이지 않았다. 장화는 다 반짝반짝했고, 허리는 다 꼿꼿했다. "잘하고 있는 거니?" 올트먼 부인은 계속 물었다.

옐로캡은 몸을 비틀었고, 실라는 고삐를 세게 잡아당겼다. 팔꿈치는 옆구리에서 떨어졌고, 두 발은 앞뒤로 흔들렸다. "잘하고 있어요."

옐로캡이 갑자기 걸음을 멈추자 실라가 옐로캡을 발로 차서 움직이게 했다. "어머, 저런!" 올트먼 부인이 놀라며 말했다. "방금 어떻게 된 거니?"

"옐로캡의 걸음걸이가 흔들렸어요." 내가 대답했다. "심사위원이 봤어요."

"나쁜 거니?" 올트먼 부인이 물었다.

"좋은 건 아니에요."

기수들이 말과 함께 경기장 중앙에 도열했고, 심사위원이 왔다 갔다 하며 제일 잘한 여섯 팀을 뽑아냈다. 실라는 얼굴이 빨개지고 입꼬리가 실룩거렸다. 하지만 실라가 울음을 터뜨린 것은 등수 발표 후 경기장을 빠져나온 다음이었다.

올트먼 부인이 자리에서 일어났다. "가봐야겠다."

아빠는 벌써 옐로캡의 어깨 옆에 가 있었다. 실라를 올려다보면서 무슨 말인가 해주고 있었다. 한 손으로는 고삐를 붙잡고 다른 손으로는 실라의 무릎을 둥글게 문질러주면서.

"실라는 좀처럼 우는 애가 아닌데." 올트먼 부인은 실라에게서 눈을 떼지 않고 말했다. "내가 옆에 있어줘야겠어."

하지만 아빠가 한참 무슨 말인가를 하자 실라는 턱을 쳐들고 어깨를 쫙 폈다. 그리고 실라가 무슨 말인가를 하자 아빠는 몸을 한껏 뒤로 젖히면서 껄껄 웃었다. 그러고는 실라의 허벅지를 톡톡 두드리며 실라가 말에서 내리게 부축해주었다. 아빠와 실라는 우리 쪽으로는 눈길 한 번 주지 않고 트레일러 쪽으로 가버렸다.

점심시간에 우리 트럭 옆을 어슬렁거리다가 밸러리 헤이스와 마주쳤다. "도대체 어디 있었니?" 밸러리가 말했다. "열라 찾았잖아."

노나와 동갑인 밸러리는 빨강 머리에 주근깨투성이여서 멀리서 보면 얼굴이 분홍색이었다. 밸러리와 마주쳤던 적은 많았지만 내 기억에 밸러리가 나를 알은체한 적은 한 번도 없었다. 나는 누가 내 뒤에 서 있나 싶어 어깨 너머를 돌아보았다.

"나 옷 갈아입어야 돼. 따라와." 밸러리가 내 팔꿈치를 잡고 버드 포프 아저씨네 트레일러 쪽으로 끌고 갔다. "좀더 일찍 부르려고 했는데," 밸러리가 말했다. "오늘 졸라 바빴어. 시간이 일 분도 안 나더라."

나는 밸러리를 따라 트레일러 위로 올라갔다. 밸러리의 오후 경기 의상이 접이의자 등받이에 걸려 있었다. "여기서라도 이야기하자.” 밸러리는 이렇게 말하며 트레일러 문을 닫았다. 안은 어둡고 시원했다. 햇빛이 종잇장같이 얇은 틈으로 새어 들어왔다. “나 시합하는 거 봤니?” 밸러리는 이렇게 물으며 장화를 발로 밀었다. “온종일 시합만 한 것 같아.”

“잘하던데.” 나는 이렇게 대답하며 바닥을 내려다보았다. 밸러리는 엉덩이를 흔들면서 승마바지를 벗고 있었다. “파랑 두 개, 빨강 한 개.”

“맞아.” 밸러리가 말했다. “이제 바비 아가씨도 없으니까, 그치?” 밸러리는 엉덩이를 꿈틀꿈틀 움직였다. 한 줄기 햇살에 호박색 주근깨투성이 속살 위로 자주색 속옷 레이스가 보였다.

“그건 그렇고,” 밸러리가 말했다. “노나는 잘 지내니? 소식 좀 들었어?”

중요한 질문인 것 같았고, 중요한 대답을 해주고 싶었다. 노나의 편지를 머릿속에 몽땅 꺼내 밸러리 헤이스가 관심 있을 만한 것은 뭐든 찾으려고 했다. “노나 언니는 아이다호에 있어.” 나는 한참 만에 입을 뗐다. “아니, 전에 거기 있었는데, 지금은 어디에 있는지 잘 몰라. 제리랑. 언니 남편 말이야.”

“빌어먹을.” 밸러리가 말했다. “걔가 그럴 줄 몰랐어.”

“아무도 몰랐어.” 내가 말했다.

“완전 스캔들이었어.”

“그랬어?” 내가 물었다.

“너도 봤어야 하는데.” 밸러리는 이렇게 말하며 단숨에 셔츠를 벗었다. 한 줄기 햇살이 밸러리의 분홍색 배를 어른어른 비추었다. 밸러리는 새 셔츠를 집어들면서 말했다. “애들이 전부, 뭐라고? 결혼을 했다고? 이랬어."

"어떤 애들?" 내가 묻자, 밸러리는 고개를 들고 나를 보았다.

"학교 애들."

노나 언니는 학교 이야기를 길게 한 적이 한 번도 없었다.

언니에게도 선생님들이 있고, 사물함 짝이 있었을 텐데. 내가 전혀 본 적 없는 사람들과 날마다 이야기를 나누었을 텐데. 나와 마찬가지였을 텐데. 그게 새삼 이상하게 느껴졌다. 밸러리 헤이스는 어두운 트레일러 안에서 더듬더듬 셔츠의 단추를 채우고 있었다. 나는 문득 궁금했다. 밸러리는 언니에 대해서 또 무엇을 알고 있을까? 밸러리와 언니는 자기들끼리 있을 때는 어떤 애들이었을까?

밸러리는 손바닥으로 머리를 매만지면서 트레일러 문을 열었다. 햇빛이 트레일러 바닥으로 쏟아졌다. "너는 별일 없니?" 밸러리가 물었다.

"우리 학교에서 어떤 애가 죽었어." 내가 말했다. "운하에 빠져서."

"우와." 밸러리가 말했다. "장난 아닌데." 밸러리는 트레일러에서 뛰어내리면서 두 팔을 벌렸다. 햇살이 밸러리의 의상을 비추었다. 청바지는 잘록한 허리를 감싸고 있었고, 셔츠는 봉긋한 가슴을 살짝 조이고 있었다. "행운을 빌어줘." 밸러리가 말했다.

나는 노나 언니의 기억이 희미해진다고 말하고 싶었다. 언니의 몸매가 어땠는지, 언니의 피부가 어땠는지 잘 기억나지 않는다고. 밸러리에게 말하고 싶었다. 언니가 전화를 안 한다고. 편지를 잘 안 쓴다고. 밤에 몇 시간씩 어두운 침묵 속에서 나는 언니에게 무슨 일이 벌어지고 있을까를 상상해본다고. 대체 무슨 재미나고 중요한 일이 생겼기에 우리를 다 잊었는지 모르겠다고. 언니 없는 세상을 우리끼리 어떻게 헤쳐나가라는 건지 모르겠다고.

"행운을 빌어." 내가 말했다. 하지만 밸러리는 벌써 트레일러를 돌아 내 목소리가 닿지 않는 곳으로 간 뒤였다.

오후도 오전과 별로 다르지 않았다. 나는 올트먼 부인과 관람석에 앉아, 올트먼 부인이 프로그램으로 부채질을 하는 동안 경기장 상황을 설명해주었다. 두번째 경기에서 실라는 큰 실수는 없었지만 그것만으로는 등수에 들 수가 없었다. 실라가 참가한 첫번째 경기에서처럼 잭 포프와 앤디 포프가 1, 2등을 차지했다. 수상자들이 줄줄이 경기장을 빠져나왔고, 실라가 그 뒤를 따랐다. 올트먼 부인과 나는 아빠가 서 있는 출입구 쪽으로 내려갔다.

"좋아졌다." 아빠가 이렇게 말하자 실라는 미소를 지었다.

곁눈질로 보니, 울타리에 기대 우리 쪽을 쳐다보던 버드 포프 아저씨가 우리 옆을 지나가는 척하고 있었다. 아저씨는 카우보이 모자 위에 살짝 손을 대고 실라에게 인사를 건넸다. "말이 참 좋구나." 아저씨가 말했다.

실라의 얼굴이 환해졌다. "이름이 옐로캡이에요." 실라가 말했다. "세상에서 제일 좋은 말이에요."

"공주님한테 딱 어울리는 말이구나." 버드 아저씨는 실라에게 윙크를 보냈고, 아빠는 입가가 굳어졌다.

"좋은 말을 가졌으니 좋은 결과 있기를 바란다."

"잘돼가고 있어, 덕분에." 아빠가 말했다.

"배우다 힘들면 연락하렴." 버드 아저씨가 실라에게 말했다. "기술 몇 가지는 가르쳐줄 수 있으니까."

버드 아저씨가 지나간 뒤 올트먼 부인이 어깨 너머로 돌아보았다. "참 친절하기도 하지." 올트먼 부인이 말했다.

실라가 시합용 의상을 갈아입고 나와 함께 멀뚱히 서 있는 동안에, 올트먼 부인과 아빠는 다음주 교습비를 상의했다. 실라는 트레일러에 기대면서 일자로 자른 앞머리를 훅 불어 올렸다.

"아이 참, 죽겠네." 실라가 말했다. "정말 더워지면 어떡하지?"

"땀이 더 나겠지." 내가 대답했다.

아빠가 올트먼 부인에게 손짓 발짓 해가면서 말하고 있었다. 나는 어깨를 들어서 귀 뒤로 흐르는 땀을 닦았다. 아빠의 판촉용 허풍이 주변 소음 속에 파묻혔다. 시간을 조금 더 늘리고 교습비를 조금 더 올리면 실라의 미래가 1등 트로피와 파란색 1등 메달로 바뀝니다.

올트먼 부인이 수표책을 꺼내 액수를 적었다.

"안녕, 공주님." 앤디가 실라에게 말했다. "아까 정말 예쁘더라."

실라가 얼굴을 붉히며 땅바닥을 내려다보면서 말했다. "고마워."

"승마한 지 얼마나 됐어?" 잭이 손목에 묻은 나초 치즈를 핥으며 물었다.

"얼마 안 됐어." 실라가 대답했다. "시합에 나간 것도 두 번밖에 안 돼."

"말도 안 돼." 앤디가 말했다. "그런 줄은 정말 몰랐는데."

"우리 그만 갈게." 내가 이렇게 말했지만 쌍둥이들은 계속 버티고 서서 실라를 쳐다보았다.

"우리랑 같이 말 타고 싶으면 언제든 전화해." 앤디가 말했다. "우리 훈련장은 이 동네 최고야."

실라는 멀어지는 쌍둥이 형제에게 손을 흔든 다음 내 팔뚝을 꼬집었다. "저애들 귀엽다."

"멍청이들." 내가 대답했다. 내게 제일 달갑잖은 일은 실라가 포프네 쌍둥이를 목을 빼고 처다보는 것이었다.

실라와 내가 뒤로 돌아서니 아빠가 있었다. 아빠는 고개를 빳빳하게 들고 턱을 움찔대며 우리를 주시하고 있었다. "너희들 누구랑 이야기했니?" 아빠가 물었다. 나는 내 잘못이 아니라는 것을 보여주기 위해 실라 뒤로 한발 물러섰다.

"시합에서 이긴 애들이었어요." 실라가 말했다. "정말 친절하던데요."

"내 말 잘 들어라." 아빠가 말했다. 낮고 걱정스러운 목소리였다.

올트먼 부인은 눈을 동그랗게 뜨고 난처한 표정으로 나를 바라보았고, 나는 고개를 가로저었다. 어쩔 수 없었다.

"친구를 사귀고 싶으냐?" 아빠가 물었다. "아니면 시합에 나가서 이기고 싶으냐?"

얼굴이 빨개진 실라는 아빠를 올려다보면서 입을 뗐다. 실라의 목소리는 가늘고 약했다. "이기고 싶어요."

"안 들린다." 아빠가 말했다.

"윈스턴 선생님," 올트먼 부인이 끼어들었다. "아이한테 이러시면……" 하지만 아빠는 올트먼 부인 쪽으로 손을 들어올렸고, 올트먼 부인은 입을 다물었다.

"나랑 같이 있는 동안 네가 할 일은 하나뿐이야." 아빠가 말했다. "네가 열심히 할 생각이 아니라면, 나도 시간 낭비하고 싶지 않구나."

아빠가 모든 교습생에게 한 번씩 하는 연설이었다. 이런 방법으로 아빠는 교습생이 딴생각을 못 하게 만들었다. 버드 포프 아저씨 같은 사람이 우리 교습생을 꾀어내지 못하도록 하는 보호책이었다. 하지만 실라를 빤히 쳐다보는 아빠의 눈을 보자 꺼림칙한 느낌이 들었다.

"저 이기고 싶어요, 조 아저씨." 실라가 다시 말했다. 이번에는 낮고 침착한 목소리, 위험한 목소리였다. 아빠는 미소를 지었다.

"이길 거다." 아빠는 실라에게 대답했다. "내가 약속하마."

올트먼 부인은 손을 깍지 껴서 턱 밑으로 가져갔다. "좀 심한 것 같아요." 올트먼 부인이 조용히 말했다. "그냥 애들이었는데. 애들 아버지도 친절하고 좋은 사람 같았고요."

나는 밸러리 헤이스를 생각하면서 궁금해졌다. 밸러리는 노나 언니하고 얼마나 친한 사이였을까? 언니가 아빠한테 말하지 않은 친구들은 몇 명이나 되었을까? 하지만 실라 올트먼의 초롱초롱한 눈빛과 희망찬 얼굴을 본 순간, 그런 것은 이제 아무 상관 없는 일이라는 것을 깨달았다. 물론 언니라면 데저트밸리에 사는 동안 다른 훈련장으로 옮겨버리는 일은 없었겠지만. 올트먼 부인은 나름대로 누가 괜찮고 누가 별로인지 알게 되었지만, 올트먼 부인이 모르는 것이 있었다. 무엇이 어떻게 돌아가는지, 우리한테 자기 딸이 얼마나 필요한지, 우리한테 자기 돈이 얼마나 필요한지, 올트먼 부인은 몰랐다.

"지난번에 보니까 버드 아저씨가 말을 때리던데." 내가 말하자

세 사람 모두 나를 쳐다보았다. "승마용 채찍으로요."

"어쩜, 그럴 수가." 올트먼 부인이 말했다.

"얼굴을 내리치던데요." 내가 말했다. "그것도 세게요. 소리가 크게 났어요."

아빠가 머리를 갸우뚱하며 나를 쳐다보았다. 아빠는 버드 포프 아저씨를 아주 싫어했다. 버드 포프 아저씨를 사기꾼이라고 했다. 버드 포프 같은 놈은 제 자식과 고객이 한 경기에 출전하면 자식더러 져주라고 하는 놈이라고 했다. 하지만 나는 버드 아저씨가 말을 때리는 것은 본 적이 없었고, 아빠도 그걸 알고 있었다.

"흠," 올트먼 부인이 말했다. "그런 사람과 가까이 지내면 안 되겠네."

차를 타고 집에 오는 길에 나는 차창에 등을 대고 다리를 좌석 위로 뻗었다. 머리에서는 모래가 서걱거렸고, 햇빛의 뜨거운 열기에 얼굴과 양팔이 달아올랐다. 집에 거의 도착할 즈음에 아빠는 핸들을 잡고 있던 손을 내 발등에 올려놓으며 물었다. "저녁은 나가서 스테이크 먹을까?"

하루 종일 올트먼 부인에게 버거 여러 개와 핫초코와 소다수를 얻어먹어 배가 빵빵했다. 나는 조금도 배가 고프지 않았다. 만약 배가 고팠다 해도 우리가 스테이크를 사 먹을 형편은 아니었다. "좋아요." 내가 대답했다.

그로부터 이틀 뒤 실라가 말에서 떨어졌다. 교습시간 중에 일어난 일이었다. 실라가 옐로캡을 구보로 가게 하려고 팔꿈치로 살짝 밀었는데, 옐로캡이 갑자기 걸음을 멈추고 앞발을 들어올렸고 실라는 심장에 총을 맞은 것처럼 옆으로 굴러 떨어졌다.

아빠는 승마장을 가로질러 부리나케 뛰어갔다. 내가 갔을 때는 이미 아빠가 실라를 일으켜주고 있었다. 실라는 양손이 까지고 턱에 흙이 좀 묻었다. "괜찮다, 괜찮다, 괜찮다, 괜찮다." 아빠는 한 손으로 실라를 부축하고 다른 손으로 실라의 팔다리를 주무르며 계속 되뇌었다.

실라는 얼굴이 하얗게 질렸고 입술을 덜덜 떨었다. "옐로캡은 괜찮아요?" 실라가 물었다.

승마장 반대편에서 옐로캡은 불안정한 걸음으로 왔다 갔다 하며 콧김을 내뿜고 머리를 흔들고 있었다. "괜찮다." 아빠가 대답했다. "그냥 너를 걱정하고 있는 거야."

아빠는 실라의 팔을 내 어깨에 올리고 내 손을 실라의 허리에 감았다. "앨리스가 안으로 데려다줄 거야." 아빠는 이렇게 말했고, 나는 실라의 무게를 지탱하기 위해 무릎을 굽혔다.

"안이요?" 내가 물었다. "집 안이요?" 화장실은 축사에도 있었고 냉장고는 마구실에도 있었다. 실라 올트먼이 우리집에 들어온 적은 한 번도 없었다.

아빠가 옐로캡 쪽으로 몇 발자국 다가가자 녀석은 재빨리 반대 방향으로 달아났다. 고삐가 바닥에 끌렸다. "편한 곳에 앉혀줘라." 아빠는 옐로캡에게서 눈을 떼지 않은 채 말했다. "햇빛도 가려주고."

나는 느릿느릿 좁은 보폭으로 훈련장을 빠져나와 마구실을 통과했다. 실라가 갑자기 몸을 털고 괜찮다고 해주기를 바라는 마음

뿐이었다. 하지만 내가 걸음을 옮기는 동안 실라는 손끝으로 입술을 만지작거리면서 비틀비틀 나한테 무게를 실었다. "느낌이 정말 이상해." 실라가 말했다. "입술이 계속 떨려."

집 안은 어둡고 조용했다. 낮에도 커튼을 쳐놓고 있으니 전날 저녁으로 먹은 느글느글한 패스트푸드 냄새가 진동했다. 나는 더듬더듬 소파까지 가서 실라를 앉혔다. "다리가 이상해." 실라가 말했다.

"아프니?" 나는 전등 스위치 쪽으로 가다가 아빠의 장화에 발이 걸려 비틀거리면서 물었다.

"아니." 실라가 말했다. "그냥 느낌이 이상해."

소파 양쪽에서 짝이 맞지 않는 전등이 깜박거리다 켜졌고, 실라는 눈을 몇 번 끔뻑거리더니 자기 손을 내려다보았다.

"너는 내가 애기처럼 징징거린다고 생각하지?" 실라가 물었다.

"네가 언제 징징거렸다고." 내가 대답했다.

실라는 소파에 기대고 방 안을 둘러보았다. 나는 몸이 오그라드는 것 같았다. 층계 아래에는 빨래가 쌓여 있었고, 카펫은 얼룩져 있었고, 식탁에는 아침에 먹은 시리얼 그릇이 그대로 있었다. "우와," 실라가 말했다. "저게 너희 언니야?"

실라가 보고 있는 것은 거실 벽에 일렬로 걸어놓은 사진들이었다. "맞아." 내가 대답했다. "노나 언니야."

"이야, 어쩜." 실라가 한숨을 쉬었다. "무슨 영화배우 같아."

"고마워." 내가 대답했다.

소파에서 일어난 실라는 엉덩이를 문지르며 절뚝절뚝 벽 쪽으로 갔다. "이거 좀 봐!" 실라가 사진 하나를 가리켰다. "옐로캡이야!" 실라는 손가락 끝으로 사진 밑에 있는 캡션에 밑줄을 그었다. "옐로캡을 타고 있는 위노나 윈스턴." 실라는 캡션을 소리 내어 읽었다. "전국 점수 6점. 이게 무슨 뜻이야?"

"등수에 들면 점수를 받아." 실라가 뭔가에 걸려 넘어져 머리를 찧지나 않을까 걱정스러웠던 나는 실라가 소파로 돌아와주기를 바라면서 대꾸했다. 하지만 실라는 눈썹을 치켜세운 채 나를 쳐다보았다. 설명을 기다리는 것이었다. "여러 번 등수에 들면, 점수가 올라가. 지역 대회에서는 지역 점수를 받고, 전국 대회에서는 전국 점수를 받고, 세계 대회에서는 세계 점수를 받고. 알겠어?"

"점수는 누가 받아?" 실라가 물었다. "말이 받아, 사람이 받아?"

"그때그때 달라." 내가 대답했다. "말이 점수를 많이 받는 종목도 있고, 사람이 점수를 많이 받는 종목도 있어. 하지만 어쨌든 사람이랑 말이 같이 받는 거야."

실라는 다시 사진으로 고개를 돌렸다. "그럼 옐로캡은 **전국** 점수 받았어?"

"옐로캡은 세계 점수까지 받았어. 언니도 받았고. 둘이 같이 받았어."

실라는 벽에서 한발 물러나 사진들을 쭉 훑어본 뒤 조심조심 소파로 돌아갔다. 그러고는 양손에 얼굴을 묻고 울기 시작했다.

"괜찮니?" 내가 물었다.

실라는 고개를 저었다. 나는 실라의 얼굴에 물을 뿌려주는 것이 좋을 것 같아 살며시 부엌으로 걸음을 옮겼다.

"앨리스, 솔직히 말해줘." 실라가 속삭였다. 나는 걸음을 멈췄다. 실라는 고개를 들고 양손을 조금 내렸다. 눈물이 얼굴을 타고 손으로 훌러내렸다. "나 같은 애가 타기에는 옐로캡이 너무 아깝지 않니?"

올트먼 부인이 실라를 데리러 왔을 때는 이미 실라를 깨끗이 씻기고 난 뒤였다. 턱에 희미하게 멍이 들기 시작했고, 손바닥이 약간 까졌지만, 걷거나 말하는 데는 문제가 없었다.

올트먼 부인은 실라를 가슴에 꼭 끌어안았다가 한발 물러서서 실라를 살폈다. "응급실에 가야겠어요." 올트먼 부인이 말했다.

"안 그러셔도 됩니다." 아빠가 대꾸했다. "제가 장담합니다. 그럴 필요 없어요."

"그냥 괜찮은지 보려고요." 올트먼 부인은 이렇게 말하며 축사를 향해 눈을 가늘게 떴다. "그 말이!"

"옐로캡 잘못이 아니야." 실라가 말했다. 올트먼 부인은 실라를 차로 데려갔다. "벌에 물렸나봐. 앨리스가 그런 것 같댔어."

나는 아빠의 시선을 끌기 위해 애썼지만 아빠는 실라에게 차 문을 열어주러 달려가는 중이었다. 올트먼 부인이 차에 오른 뒤 아빠는 올트먼 부인의 어깨에 손을 올려놓았다. "실라는 괜찮습니다." 아빠가 말했다. "보기보다 훨씬 강한 아이에요."

올트먼 부인은 눈을 감았다. "알아요." 올트먼 부인이 속삭였다. "그냥 확실하게 하려고요."

올트먼 모녀가 돌아간 뒤 아빠는 옐로캡에 다시 안장을 올려 훈련장으로 끌고 갔다. 그리고 전속력으로 달리기 시작했다. 나는 집 안으로 들어가 커튼을 젖혔다. 창문으로 내다보니 옐로캡의 털 색깔이 땀에 젖어 진하게 변했다. 옐로캡이 고개를 떨어뜨렸다. 지쳤다는 신호였다. 하지만 아빠는 박차를 가했다. 나는 아빠가 그만

하고 들어오기를 기다리면서 빨래를 개고, 아침 설거지를 하고, 사과파이 향이 난다는 초를 켰다. 그리고 촛불을 들고 거실 안을 왔다 갔다 했다. 버거 기름 냄새와 말 땀 냄새를 없애기 위해서였다. 하지만 사과파이 냄새에 현기증이 나서 촛불을 꺼버릴 수밖에 없었다.

다시 창가로 갔을 때는 해가 뉘엿뉘엿 지는 중이었다. 아빠가 말에게 먹이 주는 것을 거들라며 축사 앞에서 나에게 손을 흔들어야 할 때였다.

하지만 아빠는 아직 훈련장에 있었다. 옐로캡의 목덜미와 다리에서 비지땀이 흘렀고 입가에서는 게거품이 솟았다. 나는 눈을 질끈 감고 온몸에 힘을 넣으며 아빠에게 텔레파시를 보냈다. 그만, 그만, 그만. 나는 주먹 쥔 손이 덜덜 떨리고 이를 악문 턱이 아파올 때까지 빌고 또 빌었다. 아빠에게 온 신경을 집중했다. 눈을 뜨니, 마지막 분홍색 놀까지 어둠 속에 사라진 후였다. 아빠와 옐로캡은 여전히 달리고 있었다.

나는 노나 언니 방에 올라가 불을 켜고 문을 닫았다. 언니가 떠난 뒤 우리는 언니 방에 잡동사니를 들여놓았다. 그중에는 크리스마스트리 장식 상자도 있었고, 엄마가 자기 방에 둘 수도 없고 버릴 수도 없다는 옷들도 있었다. 그것들만 빼면 언니가 있을 때와 똑같았다. 화장대 옆에는 더러운 옷이 잔뜩 쌓여 있었고, 침대 옆 탁자에는 소설책 한 권이 거꾸로 펼쳐진 채 자리를 지키고 있었다.

바깥 멀리에서부터 옐로캡의 움직임이 느껴졌다. 발굽이 땅에 닿을 때마다 쿵쿵 흔들림이 느껴졌다. 발밑이 흔들리는 것 같았다. 옐로캡을 벌주느라 땅이 춤을 추는 것 같았다. 나는 언니의 분홍색 전화기를 집어들고 전화선을 잡아당겨 골방으로 들어갔다.

나는 바닥에 주저앉았다. 한쪽에는 언니의 침실용 털 슬리퍼가 있었고, 또다른 쪽에는 언니가 언제 신었는지 기억나지 않는 은색 샌들이 있었다. 언니의 치맛단이 머리에 살짝 닿았다. 바닥을 흔드는 쿵쿵 소리가 가슴에서 울리다가 팔을 타고 손바닥까지 전해졌다. 아빠는 그만둘 것 같지 않았다. 땅이 꺼지고, 집이 무너질 것 같았다. 그럼 나는 집에 깔려 갈기갈기 찢기겠지. 내 안 어딘가에서는 정말로 그런 일이 일어날 거라고 믿었다. 내 안 어딘가에서는 정말로 그런 일이 일어나주기를 바랐다.

나는 전화기를 들고 만지작거렸다. 지난 몇 주 동안, 나는 전화번호부를 백 번쯤 훔쳐보았고 머릿속에 있는 번호를 천 번쯤 되뇌었다. 온몸에 가득 찬 굉음이 허파를 부풀리고 손끝 발끝으로 퍼져갔다. 손가락이 물속을 휘젓듯이 전화 버튼을 눌렀다. 온몸이 심장 박동 소리에 잠겼다. 숨이 막힐 것 같았다. 전화벨이 다섯 번 울렸을 때 저편에서 수화기를 들었다.

"델마 선생님이세요?" 내가 물었다.

저편에서는 한동안 말이 없었다. 뜻을 알 수 없는, 하늘처럼 깊은 침묵이 흘렀다. 온몸이 꽁꽁 얼어붙었다. "앨리스 윈스턴이구나." 말소리가 들려왔다.

4

텔레비전에서 기상캐스터가 올여름 데저트밸리에 십오 년 만의 무더위가 찾아왔다고 했다. 초봄부터 비가 내린 날이 하루도 없었고, 밖으로 나가면 햇살이 살갗에 상처를 내듯 아프게 내리꽂히면서 나무 울타리를 변색시키고 나무들을 시들게 했다. 시에서는 관개 금지령을 내렸고, 7월 초부터는 땅 색깔이 뼈처럼 허옇게 변했다. 비는 언제 오는 거야? 비가 오긴 오는 거야? 비가 어디 갔어? 이런 말밖에는 할 말이 없었다.

데저트밸리의 역사는 날씨의 역사였다. 나는 어릴 때부터 그런 이야기를 들으며 자랐다. 70년대 초반, 비가 계속 오는 이상기후가 나타났는데 그때는 모기들 크기가 땅벌만 했다는 이야기. 그로부터 오 년 전에 바람이 심하게 분 때가 있었는데, 그때는 나뭇잎이 몽땅 떨어지고 땅은 온통 깨끗하게 닦은 메인 코스용 접시처럼 반들반들했다는 이야기.

운하를 중심으로 시내 저쪽에서는 주택과 쇼핑몰이 열대식물처럼 쑥쑥 올라왔는데, 번쩍이는 신축 건물들은 따뜻한 날씨와 온화한 겨울을 좋아하는 사람들을 유혹했다. 말을 맡긴 아줌마들은 핸드백에 로션을 넣고 다니면서 손가락에 짜서 팔에 문질렀다. 아줌마들이 오는 것을 싫어하는 실라 올트먼도 크림 한번 얻어 바르려고 줄을 섰다. "우리 엄마는 나더러 엄마의 작은 꽃이래." 실라는 나에게 변명하듯 말했다. "크림을 꾸준히 바르지 않으면, 살갗이 쭈글쭈글해질 거야."

시내 이쪽 사람들은 이곳에서 태어나 이곳에서 살았다. 부모 대(代)도 마찬가지였다. 시내 이쪽에는 레스토랑도 없었고 깨끗한 하얀색 건물도 없었다. 피부가 건조하다느니 하는 사람도 없었다. 데저트밸리가 변해감에 따라, 이쪽 사람들은 날씨의 역사를 아느냐 모르느냐 기준으로 믿을 만한 사람과 그렇지 않은 사람을 구분했다. 우리는 조합 식량을 구매했는데, 아빠보다 나이 많은 사람들은 조합에 모여 요즘 날씨와 옛날 날씨를 비교했다. 40년대 초반에는 여름이 반년 넘게 지속되던 해도 있었다고 했다. "가을이 없었어." 사람들은 서로의 기억을 되살렸다. "겨울도 없었지. 아홉 달 내내 빌어먹을 햇빛만 그냥 쏟아지는 거야."

1966년에도 지독한 무더위가 있었다. 가축들은 마실 물과 먹을 풀이 없어 죽어갔고, 사람들은 파산했다. 설상가상 가뭄 뒤에 화재가 잇달아 농장들은 불타고 농가들은 망했다. "그때 기억나지, 조?" 사람들이 뒤에서 물으면 아빠는 얼굴을 돌리고 고개를 끄덕였다.

"그때는 그냥 그렇게 죽는 줄 알았는데." 아빠가 이렇게 말하면,

사람들은 아빠 팔을 잡아 자기네 자리로 데려갔다.

옛날부터 우리 집안 사람들은 사회부적응자들이었다. 지금 우리가 사는 집을 짓고 집안을 일으킨 것은 조부모님이었는데, 나중에는 딸들이 다 가출했다. 할아버지 할머니는 아빠가 엄마와 결혼한 뒤 이동주택을 샀고, 집과 승마장을 아빠 엄마한테 물려준 뒤 가출한 딸들을 찾아 전국 방방곡곡을 헤맸다.

얼굴도 모르는 고모들 그리고 고모들을 찾기 위해 모든 것을 버린 할아버지 할머니 때문에 언니와 나는 어릴 때부터 상처를 받았다. 할아버지는 듬직하고 모두에게 사랑받는, 말하자면 동네 영웅 같은 존재였다. 그런데 그런 할아버지가 훌쩍 집을 떠난 것을 보고 동네 사람들은 우리 가족이 어딘가 정상이 아니라고 생각했다. 못 믿을 사람들이라고 생각한 것이다. 동네 사람들은 데저트밸리로 이사 오는 사람들을 못 믿을 사람들이라고 생각했지만, 그에 못지않게, 아니 그 이상으로 데저트밸리를 떠나는 사람들을 못 믿을 사람들이라고 생각했다.

제리가 노나 언니를 데려가고 나서 일주일 뒤, 아빠는 나를 보안대 소풍에 데려갔다. 햇빛을 받은 고기 접시에 기름기가 배는 동안 나는 축축하고 몸에 자꾸 달라붙는 여름 드레스를 입고 아빠 옆에 서 있었다. 우리집에 무슨 일이 생겼다는 소문이 동네에 퍼지고 동네 사람들이 언니가 사라진 것을 눈치채는 데는 일주일로 충분했다. 아빠는 사람들 등쌀에 못 이겨 간단하고 건조하게 설명했다.

"십대잖아."

사람들은 고개를 끄덕였다. "호르몬" 어쩌고저쩌고하면서 동의를 표했다. "자기밖에 모를 때지." 십대들은 제멋대로이고 어디로 튈지 모르고 고집불통이라고 사람들은 말했다. 맞장구를 치고 문제를 일반화했다. 하지만 자기 자식들을 흘깃 쳐다볼 때, 사람들의 속마음이 드러냈다. 사람들은 생각했다. 아빠가 무언가 잘못했을 거라고. 언니를 키울 때 무언가 끔찍한 실수를 저질렀을 거라고. 그래서 이런 일을 당했을 거라고.

우리 옆에 모여 있던 사람들은 자리를 뜨면서 자기들끼리 속닥거렸고, 우리 쪽을 힐끔힐끔 돌아보며 결론을 내렸다. "엄마가 그러고 있으니 당연하지." 나는 고개를 숙이고 못 들은 척했다. 다른 사람에게는 없는 뭔가 특별한 것이 우리 식구에게는 있었다. 나는 눈을 감고 나를 들여다보면서 그게 무엇일까 생각해보았다. 나는 노나의 동생이었고, 노나가 살았던 곳에 살고 있었다. 생각하다보니 손끝 발끝까지 소름이 끼쳤다. 언니와 나는 남들과 달랐다. 언니에게 이상이 있다면, 나도 마찬가지였다. 언니가 어딘가 잘못되었다면, 나도 마찬가지였다.

하지만 어쨌든 아빠는 이곳의 화재와 가뭄을 기억하는 사람이고, 모기떼를 이겨내고 살아남은 사람이었다. 그리고 언니를 지금의 언니로 만든 사람이었다. 당분간 언니가 동네에 해를 끼칠 것도 아니었고, 어쨌든 언니는 트로피를 받고 타이틀을 얻고 상품을 탄 사람이었다. 아무리 나이를 따지는 노인도 언니를 만나면 모자에 손을 대며 인사를 건넸다. 하지만 언니는 떠났다. 언니는 카우보이하고 도망쳤고, 가혹한 날씨가 다시 한번 덮쳐왔다. 언니가 돌아온다 해도 올해의 날씨에 대해서 이야기하지는 못하게 되었다. 이제 언니는 우리 중 하나가 아니었다.

"이상해." 실라가 말했다. "너희 가족을 몰랐다면 날씨 같은 것에 이렇게 신경을 쓰지는 않았을 것 같아. 보통 사람들은 아무리 덥거나 추워도 별로 상관이 없지만, 이렇게 밖에서 살게 되면……"

"우리는 밖에서 살지 않아." 내가 끼어들었다. 실라는 침울한 표정을 지었다.

"너희 집 말들이 밖에서 산다는 뜻이야." 실라가 말했다. "그렇게 예민하게 굴지 마."

매일 오후, 뜨겁고 메마른 바람이 우리집 풀밭에 먼지구름을 일으키면서 말들을 구석으로 몰아넣었다. 건초가 떨어지는 것은 시간문제였다. 피해갈 방법이 없었다. 사람들은 벌써 겨울철 사료를 사재기하려고 멀리 덴버까지 손을 뻗쳤다. 낮이면 아빠가 축사 뒤에서 건초 뭉치들을 세며 나직하게 욕을 내뱉는 것이 눈에 띄었다.

물론 실라 말이 맞았다. 우리집 말들이 먹고사는 데는 날씨, 특히 강수량과 일조량의 적절한 균형이 아주 중요했다. 그리고 우리가 먹고사는 데는 말들이 아주 중요했다. 아빠는 걱정 때문에 얼굴에 주름이 생기고 어깨가 처지고 표정이 험악해졌다. 나는 아빠의 걱정이 당연히 나한테도 전해질 거라고 생각했다. 하지만 땅이 메마른 먼지로 바뀌는 것을 보면서도 나는 아무 느낌이 없었다.

매일 밤, 꿈에 물이 나왔다. 하늘에서 물이 쏟아졌고, 땅에서 물이 솟았다. 집이 물로 가득 찼고 가구가 물속에 잠겼다. 한번은 욕조 배수구에서 물이 솟아오르는 꿈을 꾸었다. 또 한번은 물이 입안에서 조금씩 솟아오르는 꿈을 꾸었다. 결국은 도저히 삼키지 못하게 되었다. 밤이면 밤마다 물은 천 개의 차가운 손가락처럼 내 발목을 붙잡고 내 손목을 붙들고 내 목을 조였다.

"너무 가물어서 걱정되세요?" 내가 델마 선생님에게 물었다.

다섯번째 통화였다. 나는 닷새 동안 다섯 번 전화를 걸었고, 선생님은 왜 전화했느냐고 묻거나 전화하지 말라고 말하지 않았다.

"이제 좀 시원해졌으면 좋겠구나." 선생님이 대답했다. 전화선을 타고, 얼음 조각들이 이에 부딪히는 소리가 들렸다. 선생님은 뭔가를 천천히 입에 넣었다가 삼키고 있었다. "하지만 걱정되는 정도는 아니야."

"운하 수위가 정말 낮아요." 내가 말했다. "어제 신문에, 어린애들 둘이 운하를 걸어서 지나가는 사진이 났던데요."

"나도 봤어." 선생님은 이렇게 말하며 한 모금 더 홀짝였다.

"너는 가물어서 걱정되니?"

"전혀요."

내가 처음 전화했던 날로부터 삼 주가 지났다. 우리는 폴리 이야기를 했다. 나는 폴리가 보고 싶다고, 폴리 없는 세상에서 어떻게 살아가야 할지 모르겠다고 했다. 선생님은 내 말을 이해해주었다. 어쨌든 이해한다고 말해주었다. 떠들기는 어렵지 않았다. 나는 있지도 않았던 생일 파티 이야기, 폴리한테 들은 적도 없는 이야기를 떠들었다. 우리의 통화를 통해서 폴리 케인은 나의 가장 친한 친구로 다시 태어났다. 폴리는 롤러스케이트를 배우면서 내 손을 꼭 잡던 친구였고, 파자마 파티에서 내 머리를 땋아주던 친구였고, 받아쓰기에서 낙제점을 받았을 때 내 손에 얼굴을 묻고 울던 친구였다. 서서히 폴리는 내 인생의 일부가 되었다.

몹쓸 짓이었다. 나도 알고 있었다. 선생님에게 전화를 건다고 생각하면, 내 몸은 죄의식에 전율했다. 선생님의 목소리가 전화선을 타고 들려오리라고 생각하면, 내 몸은 어찔어찔한 부끄러움으로 가득 찼다. 전화를 끊을 때마다 나는 이번이 마지막이라고, 다시는 전화하지 않겠다고 다짐했다. 하지만 해가 지기 시작하면 나는 어김없이 언니의 골방에 쭈그리고 앉아 언니의 전화기를 시한폭탄처럼 조심조심 무릎에 올려놓았다. 나는 선생님이 전화를 받아주지 않을 날을 기다렸다. 전화벨이 울리고 또 울리면, 이제 끝이라는 것을 알 수 있으리라 생각했다. 그러나 전화 거는 횟수가 늘수록 전화벨이 울리는 횟수는 줄었고 선생님은 수화기를 들자마자 내 이름을 불렀다. 나라는 것을 알았다.

내가 처음 전화했을 때, 선생님은 자기가 적어준 책들은 많이 읽었느냐고 물었다. 나는 시작도 안 했다고 고백할 수밖에 없었다. 우리집엔 돈이 없다, 아빠는 딸의 예습을 위해 서점에 데려가 책을 사줄 사람이 아니다, 이렇게 말할 수는 없었다. 나는 선생님이 적어준 종이를 쳐다보지도 않았다.

"나는 네가 『호빗』이 네 인생을 바꾸어놓았다고 말하려고 전화 걸었는 줄 알았는데." 선생님은 말했었다.

"『호빗』을 읽으면 인생이 바뀌나요?" 내가 물었다.

"그렇진 않을걸."

잡담으로 시간을 보낼 때도 있었다. 옛날 영화와 새로 나온 음악, 사막의 노을, 저녁 바람 소리 같은 것들. 폴리 이야기를 전혀 안 할 때도 있었다.

하지만 폴리는 언제나 거기에 있었다. 언제나. 전화선 사이를 흐르는 숨처럼, 폴리는 우리 이야기에 귀를 기울이며 거기에 있었다. 선생님과 나 사이에 폴리가 있었다. 폴리 덕분이었다. 폴리는 나와 선생님을 이어주는 존재였다. 폴리에게 고마웠다. 폴리가 가여웠다. 내 안에서 온갖 생각들이 솟구쳤다. 하지만 그중에 후회는 없었다. 어쨌든 폴리 케인은 그저 그런 아이였다. 갈색 생머리의 아이. 별 볼 일 없는 아이. 별 볼 일 없는 어른이 됐을 아이. 그런 아이 하나가 사라진 것뿐이었다. 델마 선생님의 말에 귀를 기울이고 델마 선생님에게 이것저것 묻고 델마 선생님을 위해 이런저런 이야기를 하는 동안, 내 머릿속에서는 긁힌 레코드판처럼 똑같은 질문이 되풀이되었다. 그애도 선생님에게 이렇게 말했나요? 선생님은 그애한테도 이런 말을 했나요?

"여행 가고 싶다." 선생님이 말했다. "더위가 좀 식을 때까지만."

"저도요."

"너는 어디 가고 싶니?" 선생님이 물었다. 나는 이국적인 곳을 생각해내려고 애썼다. 내가 얼마나 상상력이 풍부한지, 얼마나 열렬히 떠나고 싶어하는지 선생님이 알 수 있도록.

"모르겠어요." 나는 결국 입을 뗐다. "선생님은 어디 가고 싶으세요?"

"어디든. 바다가 있는 데라면."

나는 태어나서 바다를 딱 한 번 보았다. 일곱 살 때였다. 언니가 시합이 있어서 네바다에 갔었는데, 집으로 돌아오는 길에 아빠는 여섯 시간 동안 길을 돌아 샌디에이고까지 갔다. 우리는 두 시간 동안 바닷가에 서 있기만 했다. 해는 지고 바닷물은 어둡고 소란한 소리 속으로 사라져갔다. 언니와 나는 물에서 멀찌감치 떨어져 있었다. 하지만 아빠는 신발을 벗고 바짓단을 무릎까지 접어 올렸다. 파도가 아빠의 하얀 발에 넘실거렸다. "여기가 태평양이야." 아빠가 말했다. "태평한 바다."

결국 노나 언니까지 살금살금 바다로 들어갔다. 나중에 언니는 바다에서는 산 채로 잡아먹히는 기분이라고 나한테 말했다. 물은 이쪽으로 떠미는데, 바닥은 저쪽에서 잡아당긴다고. 두 사람은 바다에 들어가 나한테 외쳤다. 들어오라고. 안 들어오면 나중에 후회할 거라고. 바다까지 와서 물 한 번 못 만지고 돌아가면 영원히 후회할 거라고.

물론 나는 전에 영화 같은 데서 바다를 본 적이 있었고, 내가 상상하는 바다가 있었다. 판다는 이럴 것 같다, 자유의 여신상은 이럴 것 같다, 그런 상상과 비슷했다. 하지만 바다 바로 앞에 가니 온몸이 마비된 것 같았다. 물이 그렇게 모여 있으니 물이 아닌 것 같았다. 강철 같은, 뭐든 잡아먹는, 살아 있는 생명체 같았다. 허파로 숨 쉬는, 이빨로 물어뜯는, 천 가지 비밀을 간직한 생명체. 나는 마른 모래 위에 그대로 있었다.

이제 내가 상상하는 바다는 다른 바다였다. 델마 선생님과 함께 여행하는 바다. 선생님이 나를 태우러 오겠지. 나와 함께 내 가방들을 뒷좌석에 싣겠지. 나와 선생님은 시골길을 달리겠지. 낯선 작은 식당 앞에 차를 대고, 내가 난생처음 보는 요리를 먹겠지. 우리가 찾아간 바다는 거울처럼 잔잔하고, 모래는 눈처럼 하얗겠지. 우리는 화려한 색깔의 비치타월 위에 나란히 앉아 코코넛에 담긴 이국의 음료를 홀짝홀짝 마시겠지. 선생님은 책을 소리 내어 읽고, 나는 언니와 엄마에게 장문의 편지를 쓰겠지. 내가 가본 모든 곳에 대해, 언니와 엄마가 보고 싶어하는 모든 아름다운 것에 대해.

"지금 당장 가요." 나는 언니의 목욕가운 허리띠를 손가락에 감으며 말했다.

선생님은 껄껄 웃으며 말했다. "며칠 더 이렇게 더우면 같이 가자."

승마장은 어느 정도 자리가 잡혀가는 것 같았다. 실라는 시합에 나가서 두 번인가 세 번인가 6등을 차지했다. 아빠는 실력이 는다며 흡족해하는 것 같았고, 올트먼 부인은 자기 딸이 메달을 걸치고 경기장을 빠져나올 때마다 심장마비라도 걸린 듯 호들갑이었다. 버드 포프 아저씨는 계속 실라에게 인사를 건넸고, 아들들을 보내 실라에게 수작을 걸었다. 하지만 아빠의 최후통첩이 있은 뒤로 실라는 쌍둥이를 최대한 피했다. 그애들이 말을 걸어오면 눈을 마주치지 않기 위해 고개를 숙였다. 항상 예의 바른 미소를 잃지 않았지만 대화가 이어지기 전에 핑계를 만들어 자리를 피했다.

실라 친구 가운데 실라가 말 타는 모습을 보러 온 아이는 아직 단 한 명도 없었지만, 아줌마들은 계속 축사 대여료를 냈다. 아빠는 일주일에 한 번 목재소에 가서 토이보이에게 깔아줄 톱밥을 트럭에 가득 실어왔다. 그러고는 패티 조 아줌마에게 톱밥 값의 세 배를 청구했다. "그런 여자들은 톱밥 값이 얼마인지 평생 모를 거다." 아빠의 말이었다. 밤이 깊어지면 우리는 가게에서 사온 시에라의 생수 병에 호스 물을 채웠는데, 제이시 아줌마도 시에라도 눈치채지 못하는 것 같았다. 여분의 돈으로 아빠는 시합에 나가는 우리집 말들을 위해 울타리에 처마를 만들었다.

나는 몸이 갑자기 자라는 바람에 몇 주 만에 옷이 너무 작아졌다. 신발이 끼어서 발이 아프다고, 청바지가 작아져 허리에서 피가 돌지 않는다고 아빠에게 말하려던 참이었다. 그런데 때마침 우리 에어컨이 발정 난 고양이 소리를 내기 시작했다. 아빠는 하루 종일 지붕에서 뚝딱거리고 쾅쾅 치고 욕을 했다. 아빠가 일하고 욕하는 소리가 축사에서도 들렸다. 아빠는 지붕에서 내려와 구두코로 사다리를 걸어찼다. "망가졌나보다." 아빠는 이렇게 말하며 땅바닥에 털썩 주저앉았다. 아빠 옆에 앉은 나는 청바지가 살을 파고들지 않게 숨을 한껏 들이마셨다. "언제 좀 편해지는 날이 올까 싶지?" 아빠가 물었다.

"네."

그렇게 잠시 앉아 있던 아빠는 자리에서 일어서며 청바지에 묻은 풀을 털어냈다. "흠, 오늘이 그날은 아니구나." 아빠는 이렇게 말하고 집 안으로 들어갔다.

우리는 할인점에 가서 선풍기를 몇 개 사와 창문 여기저기에 설치했다. 선풍기를 틀어도 뜨거운 공기만 나왔다. 선풍기 앞에 있으면 헤어드라이어 앞에 있는 것 같았다. 엄마 방이 있는 2층은 얼마나 더운지 오후에는 속이 울렁거릴 정도였다. 아빠와 나는 교대로 얼음을 행주에 말아서 엄마한테 가져갔다.

"얼굴이 녹아내리는 느낌이야." 엄마가 말했다.

"아래층으로 내려오실래요?" 내가 물으니 엄마는 힘없는 손으로 부채질을 했다.

"아래층은 훨씬 낫니?" 엄마가 물었다.

"별로 그렇지도 않아요."

엄마는 희미한 미소를 지어 보이고는 다시 베개를 베고 눈을 감았다. "새로 온 아이는 잘하니?"

"실라요?" 내가 물으니 엄마는 눈을 감은 채 고개를 끄덕였다. "그럭저럭요. 지난주에 웨스턴 종목에서 6등 했어요."

"잘됐구나." 엄마는 얼음 행주를 이마에 올려놓고 눈을 떴다. "우리 딸, 옷이 너무 작구나."

"에어컨이 먼저예요." 내가 대답했다. "새 옷은 나중이고."

아래층에서는 아빠가 식탁 위에 신문을 펼치고 사각팬티 바람으로 앉아 있었다. "엄마가 상태가 안 좋아 보여요." 내가 말하니 아빠가 나를 손짓해 불렀다.

"이것 좀 봐라." 아빠가 검지로 신문을 톡톡 쳤다.

"에어컨 판다는 사람이 있어요?"

아빠가 나를 보며 씩 웃었다. "이번주에 경매가 있다."

"우리 지금 말을 살 형편이 아니잖아요." 내가 이렇게 말하자 아빠는 이마를 찡그렸다.

"그래도 구경은 할 수 있지." 아빠는 식탁 밑에서 다리를 떨고 있었다. 내가 무슨 말을 하건 소용없는 일이라는 뜻이었다. 아빠의 마음은 이미 경매장에 가 있었다. 늘어선 울타리 사이를 걸으며 가장 좋은 말을 찾고 있었다. 우리한테 말 살 돈이 있기라도 한 것처럼.

"우리는 종마가 없잖니." 아빠는 자기가 생각해도 옳은 말이라는 듯 고개를 끄덕였다. "실라도 데려가자. 좋은 경험이 될 거야."

"실라는 좋아하지 않을 텐데." 내가 말했지만, 아빠는 경매 기사 위에 손가락으로 동그라미를 그렸다.

"큰 경매야." 아빠가 말했다. "온갖 곳의 사람들이 말을 팔러 오지. 우리가 가면 승마장 홍보도 되잖아." 내가 대답이 없자, 아빠는 손가락을 뻗어 식탁을 톡톡 쳤다. "그뿐이 아니야. 경매장이 클로버시티란다. 한 시간 거리야. 게다가 트럭은 에어컨도 되고."

보아하니 아빠는 그냥 홍보하러 가는 것이 아니었다. 경매 당일 아침 올트먼 부인이 실라를 데려오기를 기다리는 동안, 아빠는 트럭 뒤에 빈 트레일러를 연결했다. 내가 지켜보는 것을 눈치챈 아빠는 가슴을 내밀며 말했다. "뭐?"

나는 지붕을 힐끗 보았다. 안이 드러난 에어컨이 죽은 진드기처럼 늘어져 있었다. "아무것도 아니에요." 나는 말했다.

클로버시티로 가는 차 안에서 실라는 가운데 앉아 아빠와 다음 시합을 의논했다. 나는 차창에 이마를 대고 창밖으로 지나쳐 가는 사막을 내다보았다. 세이지, 모래, 세이지, 모래였다. 아빠는 실라에게 이제 기본 종목에서 등수 안에 들기 시작했으니 트레일이나 레이닝이나 쇼맨십 같은 전문 종목도 연습하자고 했다. "할 수 있을까요?" 실라가 물었다. 아빠가 실라의 무릎을 톡톡 두드렸고, 나는 날카롭게 곁눈질을 했다.

"일단 시작해보자." 아빠가 말했다. "너는 눈썰미가 있으니 금방 배울 거야."

경매장에서 아빠는 울타리 안을 유심히 살폈고, 실라와 나는 아빠 뒤를 졸졸 따라다녔다. 아빠는 말의 귀를 쫑긋 세우려고 혀를 츳츳 차보고, 목덜미와 주둥이를 쓸어보고, 외형을 한눈에 보기 위해 한발 물러섰다.

울타리 끝 쪽에 사람들이 모여 있었다. 아빠는 사람들을 헤치고 앞으로 나아갔고, 실라와 나는 아빠를 놓치지 않으려고 바짝 뒤쫓았다. 사람들이 구경하고 있는 말은 페인트 종 암말이었다. 몸통은 순백색이었고 얼굴과 등에 갈색 점이 있었다. 울타리 안에서 왔다 갔다 하던 말은 눈처럼 하얀 갈기를 흔들고, 고개를 꼿꼿이 세우고, 콧김을 내뿜고, 발로 바닥을 굴렀다.

말이 사람들 쪽으로 고개를 돌리자, 지켜보던 사람들이 숨을 들이마셨다. 오른쪽 눈은 부드럽고 깊고 완벽한, 불에 녹인 초콜릿색이었고, 왼쪽 눈은 겨울 얼음 같은 연한 하늘색이었다. "기분 나빠." 실라가 속삭였다.

버드 아저씨도 감탄하는 사람 중에 하나였다. 울타리에 양손을 걸치고 구경하던 버드 아저씨는 우리를 보더니 아빠에게 얼른 고개를 끄덕인 뒤 실라에게 윙크를 보냈다. "공주님, 안녕." 실라는 못 들은 것처럼 가만 있었다. 버드 아저씨가 고개를 돌리고 나서야 실라는 얼굴을 어깨에 묻고 미소를 지었다.

잭과 앤디는 버드 아저씨 양쪽에 호위병처럼 버티고 있었다. 땀투성이였고 지루해 보였다. "앨리스으, 잘 있었스으?" 앤디가 인사를 건넸다. 잭은 손가락을 입 양쪽에 걸고 잡아당기더니 갈라져서 터진 입술 사이로 도마뱀처럼 혀를 쭉 내밀었다. 나는 못 본 척하면서 말에서 눈을 떼지 않았다.

"어떤 말인가요?" 아빠가 말 장수에게 물었다.

"팔팔해요." 말 장수가 말했다. "좀 별스럽고."

"자네가 좋아하는 여자들하고 똑같은데, 조?" 버드 아저씨의 말에 옆에 있던 사람들이 웃음을 터뜨렸다. 아빠의 얼굴이 목덜미까지 시뻘게졌다.

"꺾었나요?" 아빠가 물었다.

"아뇨." 말 장수가 말했다. "아직 안장을 올린 적도 없어요." 아빠는 고개를 끄덕였고, 말 장수는 머리로 말 쪽으로 고갯짓을 했다. "그래도 혈통 있는 말이에요. 어미가 대단한 말이었어요. 켄터키 더비에 나간 적도 있고. 애비는, 흠, 척 보면 알 거예요. 어디 가서 저런 색 본 적 있어요?"

점이 어딘가 특별해 보이는 건 사실이었다. 방금 내린 눈처럼 순수하고 완벽한 하얀색 캔버스에 찍힌 갈색 점은 누가 일부러 그려놓은 것처럼 너무나 선명했다. 거장의 작품 같았다. 하지만 아빠는 그리 대단해 보이지는 않는다는 듯 어깨를 으쓱했다. "아직 꺾이지도 않았다니……" 아빠는 이렇게 말하고는 자기가 얼마나 관심이 없는지 다른 사람에게도 보여주기 위해 어깨 너머를 힐끗 돌아보았다.

"다른 바보들도 당신과 똑같은 말을 하더군요." 말 장수가 말했다.

실라가 팔꿈치로 내 옆구리를 찔렀다. "꺾이는 게 뭐야?"

나는 손을 동그랗게 말아 실라 귀에 댔다. "탈 수 있게 되는 거야." 나도 작은 소리로 속삭였다.

"그럼 이 말은 탈 수 없는 거야?" 실라 이마에 주름이 잡히고 금발의 눈썹이 가운데로 모였다.

실라가 트레이닝을 모르는 것도 당연했다. 실라가 승마 교습을 시작한 뒤로 아빠는 어린 말을 조련시킨 적이 한 번도 없었다. 온 시간을 실라에게 쏟았으니까.

"우리가 꺾어야 한다는 뜻이야." 나는 실라에게 이렇게 말하며 아빠를 힐끗 보았다. "만약에 사게 되면 말이야."

우리는 트럭을 세워둔 곳으로 돌아왔다. 아빠는 경매가 붙기 전에 생각할 시간이 필요했다. 실라는 트럭에 기대고 서서 한 손으로 목에 부채질을 했고, 아빠는 트럭 앞좌석에 앉아 지갑을 열었다. 그러고는 지폐 한 다발을 엄지로 한 장 한 장 셌다. 돈을 세는 아빠 입이 소리 없이 움직였다.

"우와," 실라는 아빠를 보면서 말했다. "부자시네요."

"어디서 났어요?" 내가 물었다.

아빠는 나에게 눈을 찡긋하며 지폐 뭉치를 도로 지갑에 넣었다. "톱밥 값, 고급 물 값."

옆구리를 죄고 윗배를 누르는 청바지 때문에 나는 튜브 속의 치약 같은 느낌이었다. "아줌마들한테 받은 거요?" 내가 물었다. "공과금이랑 옷이랑 겨울용 사료는 어쩌고요?"

아빠는 실라를 흘깃 본 다음 내게 인상을 썼다. 고객 앞에서는 돈 받을 때 말고는 돈 이야기를 하면 안 되었다. "에어컨은 어떡해요?" 내가 또 말했다.

아빠는 헛기침을 하며 트럭에서 내린 다음 무릎으로 차 문을 닫았다. "실라," 아빠가 불렀다. "뒤에 가서 트레일러 안에 고삐가 있는지 보고 올래?" 실라는 씩 웃더니 손뼉을 치면서 트럭 뒤로 달려갔다.

"말을 사네…… 말을 사네." 실라는 저 혼자 노래를 불렀다.

"생각 좀 해봐." 실라가 자리를 떴을 때 아빠가 말했다. "지금 싸게 사서 훈련을 독하게 시키면 값이 세 배가 돼." 아빠는 손가락 마디로 내 이마를 톡톡 쳤다. "이게 바로 **투자**라는 거야."

"안장 새로 샀던 것도 투자였잖아요?"

아빠의 인상이 험악하게 바뀌었다. 하지만 실라가 트레일러 안을 확인하고 와서 고삐가 있다고 보고하자, 아빠는 하려던 말은 그냥 삼켜버렸다. 아빠는 구부린 엄지로 내 턱을 밀어올렸다. 내 눈이 아빠 눈과 마주쳤다. "말조심해." 이렇게 속삭인 아빠는 실라에게 고개를 돌리며 미소를 지었다.

말 이름은 달링 피치 앤 크림*이었다. 이름부터 불길했다. 사람 잡는 말은 하나같이 이름들이 귀여웠다. 대회에서 경기 중에 아이를 밟아 반쯤 죽여놓는 말들의 이름은 돌베이비** 아니면 허니번치***였다.

하지만 경매가 시작되자 사람들은 이 중요한 사실을 모르거나 잊어버린 것 같았다.

말을 트레일러 위에 싣는 데는 네 사람의 손이 필요했다. 말을 싣고 나니 트레일러가 계속 요란하게 흔들렸다. 트레일러가 부서지겠다 싶었다. "대단해, 조." 버드 아저씨가 지나가다 카우보이모자에 살짝 손을 대고 말했다. "자네는 다른 건 몰라도 도전 정신 하나는 끝내줘." 그러고는 실라에게 눈을 찡긋하며 자기 차 쪽으로 갔다. 쌍둥이는 발을 질질 끌며 버드 아저씨를 따라갔다.

"안뇽, 공뇽!" 앤디가 나에게 말했다. "모르는 남자랑 가출하고 결혼하고 그럼 안 돼."

집에 오는 동안 트럭은 계속 요동치고 트레일러는 계속 생선 꼬리처럼 왔다 갔다 했다. 말이 발길질을 하고 발을 구른다는 뜻이었다. 트럭이 진입로로 접어들자, 패티 조 아줌마와 제이시 아줌마가

---

* '귀여운 핑크빛'이라는 뜻의 애칭.
** '인형처럼 예쁜 아이'라는 뜻의 애칭.
*** '꿀송이'라는 뜻의 애칭.

축사에서 나와 아빠가 말 내리는 것을 구경했다. 아빠가 트레일러 문을 열었다. 달링은 트레일러 안에 꼿꼿하게 서 있었다. 콧구멍은 있는 대로 커져 있었고 양쪽 귀는 머리에 착 달라붙어 있었다. 발 길질을 하다 트레일러 가로대에 발이 끼었는지 한쪽 뒷다리를 어 색한 각도로 굽히고 있었다.

실라가 까치발을 하고 들여다보았다. "어머나! 다리에서 피가 나요!"

아빠는 좀더 자세히 살펴보기 위해 트레일러 위로 올라갔다. 아 빠의 턱 근육이 움찔했다. 달링은 이빨을 드러냈고, 아빠는 한쪽 손을 내밀었다. "물기만 해봐라." 아빠는 차분하게 경고했다. "눈 알을 빼버릴 테니까."

아빠는 말 머리에서 눈을 떼지 않은 채 말 뒷다리를 쓸어내렸 다. 말은 피하려 했지만 아빠는 말 몸통을 옆으로 밀어붙였다. 트 레일러 판에 옆구리를 눌린 말은 발길질을 할 수가 없었다.

"많이 다쳤어요?" 실라가 물었다.

"죽진 않을 거다." 아빠가 말했다.

나는 트레일러 뒤에 서서 아빠가 말을 내리는 것을 지켜보았다. 아빠는 목줄을 느슨하게 해서 한 손에 건 다음 말이 뒷걸음질하도 록 혀를 츳츳 찼다. 발굽을 질질 끌며 버티던 말은 머리를 세게 흔 들다가 트레일러 천장을 들이받았다. 뼈가 쇠에 부딪히자 모든 것 이 한꺼번에 굉음을 내면서 흔들렸다. 달링은 몸통을 틀면서 머리 를 저었고, 아빠는 목줄을 손목에 감아쥐었다.

"말이 뒷걸음질하는 걸 싫어하나봐요." 실라가 아빠에게 소리 쳤다. 나는 조용히 하라는 뜻으로 실라의 팔을 건드렸다. "조 아저씨가 다칠 것 같아서." 실라가 속삭였다.

"다들 다쳐." 내가 대답했다. 말은 몸통을 틀려고 했지만 아빠가 고삐로 말 머리를 단단히 고정했다. 말 머리가 뒤쪽을 향했다. 아빠는 목줄을 손목에 감아쥔 채 말의 가슴 쪽을 툭툭 쳤고, 말은 순식간에 트레일러에서 뛰어내려 아빠를 진입로까지 끌고 갔다. 자갈들이 말발굽에 차여 흩날렸다.

패티 조 아줌마와 제이시 아줌마는 안전하게 멀찌감치 물러서서 구경했다. "거참 잘생겼네." 제이시 아줌마의 말에 아빠는 윗입술로 흘러내린 땀을 어깨로 쓱 훔쳤다.

"다리를 싸매야겠다." 아빠는 이렇게 말하며 축사 쪽으로 고갯짓을 했다. "앨리스, 붕대랑 트위치 좀 가져와라."

나는 마구실 상자 세 개를 뒤진 끝에 겨우 트위치를 찾아냈다. 그러고는 내가 찾은 것을 양손으로 들고 잠시 서 있었다. 트위치는 호두 까는 기구같이 쇳조각 두 개의 양끝을 이어 붙인 기구였다. 쇳조각 사이에 호두 대신 말의 코 중에서 가장 약하고 예민한 부분을 끼우고 누르게 돼 있었다. 말을 움직이지 못하게 하는 데 가장 효과적인 방법이자 가장 못된 방법이었다. 트위치를 사용해야 했던 때가 언제였는지 기억도 안 났다. 축사를 통과해 돌아오는 동안 서늘한 공포가 손바닥으로 스멀스멀 기어다녔다. 아빠가 말 다리를 동여매는 동안 누군가는 트위치를 잡고 있어야 했다.

내가 돌아오니 패티 조 아줌마와 제이시 아줌마는 입을 가리고 킬킬 웃고 있었고, 실라는 존경 어린 눈빛으로 아빠를 바라보고 있었다. 아빠는 트위치를 달링의 코에 걸었고, 달링은 양쪽 귀를 머리에 납작 붙였다. 코에 압박을 느낀 달링은 몸을 뒤로 빼려고 했지만, 아빠가 더 압박을 가하자 고개를 떨어뜨렸다. 아빠는 트위치를 쥐지 않은 손으로 나를 불렀다. "할 수 있겠니?"

내가 할 수 있느냐 없느냐는 중요한 문제가 아니었다. 말한테 짓밟혀 산산조각 나더라도 아빠를 고소하지 못할 사람은 여기서 나밖에 없었다. 손가락이 부들부들 떨렸지만, 나는 양손으로 트위치 양끝을 붙잡았다.

"이제 됐다." 아빠는 이렇게 말하며 내 어깨를 툭툭 쳤다. "제법인데."

아빠는 달링의 뒷다리 쪽으로 자리를 옮겼다. 나는 말이 내뿜는 축축한 콧김을 이마로 느꼈다. 아빠는 자리에 쭈그리고 앉았고, 나는 고개를 쳐들고 숨을 토해내기 위해 안간힘을 썼다. 아빠가 뒷다리를 만지자 달링이 고개를 쳐들었다. 나는 트위치에 대롱대롱 매달렸다. "꽉 잡아!" 아빠가 날카롭게 소리쳤고, 나는 젖 먹던 힘까지 다해 손잡이를 붙잡았다.

말은 양쪽 귀를 뒤로 휙 넘기고 콧구멍을 넓게 벌렸다. 말이 뿜어내는 찝찔한 습기가 내 얼굴 위로 쏟아졌다. "으으." 실라가 신음했다. 하지만 나는 눈을 질끈 감고 더욱 세게 붙잡았다.

말이 순식간에 내달리기 시작해서 나를 진입로 자갈 위로 질질 끌고 다닐지도 모른다는 생각, 이러다가 죽을지도 모른다는 생각만은 하지 않으려고 안간힘을 썼다. 아이다호에 있는 노나 언니가 화분에 담긴 빵을 먹는 모습을 생각해보려고 안간힘을 썼다. 델마 선생님과 그림 같은 백사장에서 작은 파라솔을 꽂은 음료수를 시켜 마시며 석양을 바라보는 모습을 생각해보려고 안간힘을 썼다. 말들은 공포의 냄새를 맡을 줄 알았다. 나는 얼굴에 잔뜩 힘을 주고 달링의 유리 같고 하늘 같은 파란 눈을 들여다보면서, 나도 자기 못지않게 성깔 있는 년이라는 것을 보여주기 위해 안간힘을 썼다. "나 너 안 무서워." 나는 속삭였다.

금속 손잡이를 잡고 있는 손바닥이 쓰라렸다. 넘어지지 않기 위해 안간힘을 쓰는 동안 등 근육은 딱딱하게 굳고 다리 근육은 불이 붙은 듯 뜨거워졌다. 말이 눈을 희번덕거렸고, 나는 손잡이를 더 꽉 쥐었다. 아빠가 뒤에 서 있는 줄도 몰랐다. 아빠가 내 손을 트위치로부터 떼어내는 순간 나는 아빠 몸에 기대 쓰러졌다. 나의 두 다리는 팽팽히 당겼다 놓아버린 헐렁한 고무줄 같았다.

아빠는 달링의 코에서 트위치를 풀고 붉게 까진 곳을 손바닥으로 문질러주었다. 코 옆에 길게 팬 자국이 보였다. 아빠 손바닥에 검은 핏자국이 묻어났다. 아빠는 손바닥에 묻은 피를 물끄러미 내려다보았다. 그러고는 표정 없는 얼굴로 나를 돌아보았다. "아귀 힘이 대단하구나." 드디어 아빠가 입을 열었다.

패티 조 아줌마와 제이시 아줌마는 입을 쩍 벌리고 구경했다. 아치 모양으로 올라간 눈썹이 그대로 굳은 것 같았다. "윈스턴 씨," 제이시 아줌마가 불렀다. "그게 대체 무슨 기계예요?"

"우리는 이거 안 씁니다." 아빠는 트위치를 뒷주머니에 집어넣으며 급히 대답했다. "하지만 이 말은 앨리스한테는 벅차서 다른 수가 없었어요." 패티 조 아줌마랑 제이시 아줌마는 어색한 미소를 지으며 시선을 돌렸다.

"나 때문에 다쳤어요?" 내가 속삭였다. 손바닥이 불에 덴 것처럼 따끔따끔했고, 손에서 피가 나 손가락 사이가 축축했다.

"심장에서 먼 데니까 괜찮다." 아빠가 말했다. 나는 손바닥을 청바지에 문질러 닦으며 고개를 푹 숙였다. 패티 조 아줌마와 제이시 아줌마와 실라의 경악한 표정을 보고 싶지 않았다.

아빠는 달링을 데리고 축사를 지나 승마장으로 갔고, 우리는 모두 아빠 뒤를 따라갔다. 나는 걸음을 늦추고 뒷짐을 졌다. 나를 돌아보는 사람은 아무도 없었다. 입을 여는 사람도 없었다. 혼자 뒤처져서 축사를 지나는 동안 내 몸이 작아지고 작아져서 그림자로 변하는 것 같았다. 손바닥의 불 같은 열기가 팔 안쪽을 타고 어깨와 목까지 올라왔다. 양쪽 귀 사이에서 연기가 나는 것 같았다. 만약 언니였다면 간단히 해냈을 것이다. 목소리로, 손길로, 내면 깊은 곳에서 솟아나는 이름 모를 그 어떤 힘으로 해냈을 것이다. 하지만 나는 트위치 없이는 해낼 수 없었다. 말은 나보다 더 고통을 느꼈다. 내가 말을 붙잡고 있을 수 있었던 이유는 그것뿐이었다.

"오늘밤은 그냥 밖에 둬야겠다." 아빠는 이렇게 말하며 달링을 훈련장에 풀어놓았다. 나는 한구석에 멀뚱하게 서 있었고, 달링은 꼬리를 쳐들고 훈련장을 구보로 달렸다. 트위치의 고통을 털어내기 위해 고개를 내저으면서.

"말이 정말 멋지네요." 패티 조 아줌마는 아빠에게 다가가서 팔꿈치를 울타리에 올려놓으면서 나직이 말했다.

"어미가 경주마였어요." 아빠가 말했다. "움직이는 모습 좀 보세요."

달링은 전속력으로 달리기 시작했다. 달리는 말 뒤로 먼지구름이 솟아올랐다. 달링의 갈기와 꼬리는 하얀 리본처럼 하늘하늘 반짝였다. 훈련장 끝까지 달려간 달링은 방향을 바꾸어 우리를 마주보았다. 그리고 그 날씬한 다리로 바닥을 굴렀다. 한순간, 달링의 시선이 나와 마주쳤다. 달링이 나를 알아본다는 것을 느낄 수 있었다. 미안해. 나는 입을 움직였다. 물론 달링은 알아듣지 못했다. 변하는 것도 없었다.

"저런 걸로 대체 어쩌시려고요?" 제이시 아줌마가 물었지만 아빠는 대답하지 않았다. 아빠는 말에서 눈을 떼지 않았다. 말이 가져다줄 미래에 시선을 고정했다. 전에도 아빠 얼굴에서 이런 표정을 본 적이 있었다. 가능성으로 가득한 표정. 부와 명예로 가득한 표정. 그 순간 다른 것은 모두 사라졌다.

"머리 쳐든 것 좀 봐." 아빠가 말하자, 아빠 옆에 있던 실라가 울타리에 매달렸다. 아빠는 껄껄 웃으면서 손가락 끝으로 달링의 목선을 그렸고, 나는 시선으로 아빠의 손끝을 좇았다. "백만 달러짜리야." 아빠가 속삭였다. "하느님이 만든 완벽한 작품이야."

불길이 양팔에서부터 맥박쳐 올라와 목 뒤쪽을 타고 목구멍과 가슴으로 쏟아져내렸다. 모두가 말에게 눈길을 빼앗기고 있었다. 내가 집 안으로 들어가는 것을 본 사람은 아무도 없었다. 내가 우는 것을 본 사람은 아무도 없었다.

"선생님은 하느님을 믿으세요?" 내가 물었다. 저녁 내내 언니의 골방에 틀어박혀 부드러운 언니의 목욕가운에 얼굴을 파묻고 엉엉 울고 난 뒤였다. 뱃속을 몽땅 파낸 느낌이 들 때까지. 목구멍이 쓰라릴 때까지.

"잠깐 기다려라." 델마 설생님이 대답했다. "그런 얘기라면 한잔 더 해야겠다."

선생님이 얼음 트레이를 털어 크리스털 전구 같은 얼음들을 술잔 속에 빠뜨리는 소리가 들렸다. 나는 귀를 쫑긋 세운 채 벽에 기대 앉아 끈적끈적한 손바닥에 손가락을 갖다 댔다. "됐다." 잠시 후 선생님이 말했다. "질문이 뭐였지?" 전화선을 타고 칙 소리가 들려왔고, 이어 종이가 천천히 타들어가는 소리가 들려왔다. 담배였다.

"하느님이요." 내가 말했다. "선생님은 그거 믿으세요?"

"그거?"

"그분이요." 내가 말했다. "그분들이요. 성부, 성자, 성령, 뭐든 간에. 선생님은 믿으세요?"

"내가 하느님을 믿느냐고?" 잠시 침묵이 흘렀다. 술잔을 기울일 때 얼음 덩어리가 이에 딸깍 부딪히는 소리뿐이었다. "안 믿어."

나는 전화기를 귀와 어깨 사이에 끼운 다음 손가락으로 눈물과 열기가 스며 있는 손금을 만졌다. "나도 안 믿어요."

선생님은 담배 한 모금을 길게 빨아들였다가 내뿜었다. 나는 선생님이 마당에 앉아 있는 모습을 상상했다. 연기가 사막 하늘의 검은 허무 속으로 피어오르는 모습을.

"나는 거룩한 존재를 믿어." 선생님이 대답했다. "은총을 믿지."

"넘어지지 않게 붙잡아주시는 분, 같은 그런 거요?"

"사람들 사이에 계시면서 역사하시는 분, 같은 그런 거." 선생님의 말꼬리가 둥글게 말렸다. 선생님은 미소를 짓고 있었다.

"그러면 지옥은 안 믿으세요?"

"믿고 말고 할 게 뭐가 있니?" 선생님이 되물었다. "우리가 지옥에 대해서 상상하는 모든 것이 이미 여기 이렇게 있는데. 모든 고통과 악행이, 모든 괴로움과 외로움이 이미 여기 이렇게 있는데. 지옥이 항상 우리 옆에 있는데."

"그러면 천국은요? 천국도 여기, 우리 옆에 있나요?"

"너는 천국이 우리 옆에 있는 것 같니?"

나는 대답을 못하고 입술만 깨물었다. "그러면 동물들은요?" 한참 만에 내가 또 물었다.

"동물들이라니?"

선생님에게 전화 걸기 전에 나는 눈물이 그치기를 기다렸었다. 온몸이 텅 비기를, 온몸에서 물기가 마르기를, 온몸이 말아쥔 주먹처럼 단단해지기를 기다렸었다. 하지만 또다시 가슴 저 밑에서 슬픔이 솟아오르는 느낌이 들었다.

"그냥 해본 생각인데요, 저기 위에, 누가 됐든, 뭐가 됐든, 있어줘야 할 것 같아서요. 동물들에게 관심을 가져줘야 할 것 같아서요. 동물들이 살아 있었다는 것을 알아줘야 할 것 같아서요. 동물들이 고통받지 않았는지……" 울음을 참느라 말꼬리가 흐려지고 눈 뒤가 먹먹했다. "저기 어디 무언가가 동물들을 지켜줘야 할 것 같아서요."

잠시 침묵이 흘렀다. 나는 주먹을 꽉 쥐고 손톱을 세워서 손바닥 상처를 후볐다. 아파서 숨이 막힐 것 같았다. 불처럼 뜨거운 기운이 순식간에 팔목 안쪽을 타고 어깨까지 올라왔다. 하지만 나는 주먹을 더 꽉 쥐었다. 이게 아픔이란 거야, 나는 생각했다. 이게 진짜야.

"앨리스," 델마 선생님이 부드럽게 내 이름을 불렀다. 선생님이 불러주는 내 이름은 발랄하고 활기차게 느껴졌다. 가능성으로 충

만한 존재, 이제 갓 살아 움직이는 존재처럼 느껴졌다. "내가 뭘 좀 읽어줄게."

전화선을 타고 종이가 부스럭거리는 소리, 서랍이 열렸다 닫히는 소리, 선생님이 카펫 위를 걷는 소리가 들려왔다. "눈 감아라." 선생님이 말했다.

나는 머리를 살짝 젖혀 언니 옷에 뒤통수를 댔다. 그리고 눈을 감았다. "자, 들어봐."

전화선을 타고 문이 열리고 닫히는 소리, 선생님이 의자에 앉는 소리가 들려왔다. 선생님의 목소리에 밤공기가 흔들렸다. "'아, 이 동물은 이제껏 없었던 것이다……'"

언니의 골방이 사라졌다. 집이 사라지고, 세상이 사라졌다. 선생님의 목소리는 나를 어딘가 새로운 곳으로 데려갔다. 폴리 케인은 가본 적이 없는 곳, 오직 나만 가본 곳이었다. "'이제껏 존재했던 적이 없었다. 그러나 이 동물은 그들을 위해서 온전한 순수함으로 현현했다……'"

오늘 하루 그리고 길고도 외롭던 어제까지의 하루하루, 이런 것은 진짜가 아니었다. 내가 꾸는 악몽, 물의 악몽, 싸움과 공포의 악몽, 이런 것은 모두 실체 없는 상상일 뿐이었다. "'그들이 이 동물을 길렀다. 곡물이 아니라, 다만 존재 가능성을 먹여 길렀다. 그리하여 이 동물은 엄청난 힘을 얻었으며, 드디어 이마에서 뿔이 솟았다……'"

선생님의 목소리, 이건 진짜였다. 플라스틱 수화기에 고였다가 귓바퀴로 흘러들어가는 땀, 이건 진짜였다. 이 순간, 온 세상이 눈꺼풀 뒤로 사라지는 이 순간은 진짜였다. 내가 여기 있다는 것. 선생님이 말하고 있다는 것. 이건 진짜였다.

"'……하나의 뿔……'"

그리고 어둠 속에서 선생님이 보였다. 입안에서 선생님이 들려주는 단어들의 맛이 느껴졌다.

"'……그 동물은 한 처녀에게, 하얗고 빛나는 처녀에게 다가갔고…… 거울 안에, 그리고 그 처녀 안에 있었다.'"

한순간, 마지막 단어가 허공에 떠 있었다. 완전하고 순수하게, 아무 흔들림도 없이 떠 있었다. 이윽고 또다른 속삭임이 들려왔다. 종이 타는 소리, 하얀 재가 눈처럼 내려앉는 소리, 선생님의 동그란 입술이 연기를 허파로 빨아들여 잠시 머금었다 내뿜는 소리였다.

아래층에 내려오니 아빠가 맨발에 사각팬티 차림으로 거실에 서 있었다. "한참 찾았다." 아빠 말을 듣는 순간, 깜짝 놀라 등줄기가 움찔했다.

"위층에 있었어요."

"가서 수영복 입어라."

"왜요?"

"입으라면 입어." 아빠는 한쪽 손을 내 귀 옆에 대고 딱 소리를 냈다. "다 입으면 축사 뒤로 와라."

수영복은 서랍 맨 뒤쪽에 있었는데, 입어보니 어깨끈이 살을 파고들었다. 나는 조금이라도 작아지려고 몸을 움츠렸다. 밖은 어두웠지만 더위는 전혀 식지 않았다. 맨발로 나갔더니 진입로에 깔린 자갈들이 불에 달궈진 듯 뜨거웠다. 나는 축사를 지나가며 생각했다. 대체 얼마나 지독하게 더러운 일이길래 수영복까지 입으라는 걸까. 나는 축사 뒷문 앞에 서서 어둠 속을 열심히 살펴보았다. 물이 튀는 소리가 들려왔다. 아빠가 휘파람으로 신호를 보냈다. "여기다." 아빠가 불렀다.

나는 소리가 들리는 쪽으로 가다가 멈춰 섰다. 훈련장 옆에 둥그런 물통이 있었다. 우리집에서 가장 큰 물통 중 하나였다. 그런데 아빠가 그 물통 위로 머리를 내밀고 있었다. 젖은 머리털이 뒤로 반듯하게 넘어가 있었다. "봐." 아빠는 이렇게 말하며 양손을 물통 가장자리에 올려놓았다. "우리집 수영장이다!"

"폐마들이 물 마시는 데잖아요." 나는 어리둥절해서 말했다.

"깨끗이 닦았어." 아빠가 대답했다. "들어와봐." 무더위 때문에 뇌졸중에 걸린 사람이 있다고들 했다. 나는 어둠 속에서 아빠의 얼굴을 살펴보려고 애썼다. 힘없이 늘어져 있지는 않은지, 한쪽이 비뚤어지지는 않았는지, 다른 이상은 없는지.

"물 금지령에 걸리는 거 아니에요?"

"그건 관개 금지령이야." 아빠가 대답했다. "이건 관개하고 상관없어."

나는 물통으로 들어가 금속 바닥 위에 무릎을 꿇었다. 물이 어깨까지 닿았다. "시원하지?" 아빠가 물었다.

"시원해요." 내가 이렇게 말하자 아빠는 자세를 바꿔 얕은 물에 누웠다.

하늘은 잉크처럼 까맸고, 수천 개의 별들이 반짝였다. "동부 사람들은 자기네가 우리보다 꽤나 행복한 척하지만," 아빠가 말했다. "동부 사람들은 이런 하늘 절대 못 봐."

나는 아빠 옆에 앉아 우리가 아는 사람 중에 동부 사람이 있는지 생각해보았다.

"너희 엄마, 사막을 좋아하는 사람은 아니었지. 그렇지만 이건 좋아했어." 아빠는 물 밑에서 두 손을 휘저었다. 부드러운 잔물결이 물통 가장자리까지 밀려갔다.

나는 숨을 죽였다. 아빠는 지금껏 엄마에 대해 이야기한 적이 한 번도 없었다. 단 한 번도. "이게 뭔데요?" 내가 속삭였다.

"하늘." 아빠가 말했다. "네 엄마는 미드웨스트 출신이잖니?" 어둠 속에서 나는 열심히 고개를 끄덕였다. 턱이 수면에서 찰랑찰랑했다. 옛날에 엄마가 처음 승마장에 왔던 때의 이야기를 노나 언니한테 들은 적이 있었다. 그때는 이 집이 할아버지 할머니 집이었고, 할아버지가 주말마다 승마 교습을 했다. 엄마는 할아버지에게 교습을 받다가 승마 선생님 아들하고 결혼했다. 엄마 아빠가 결혼하자 할아버지 할머니는 은퇴했고 사막을 떠나며 집이랑 승마장이랑 말들까지 전부 엄마 아빠한테 물려주고 새살림을 시작하게 해주었다. 내가 우리 엄마 아빠 사이의 이야기에 대해 아는 것은 이게 전부였다.

내 무릎이 아빠 팔꿈치에 닿을락 말락 했다. 아빠의 시선은 하늘에 가 있었고, 내 몸은 잔뜩 긴장했다. 자칫 내 허파 속 공기의 움직임이 지금 이 순간을 깨뜨릴까 두려웠다. 마법에 걸린 듯 옛날 이야기를 들려주던 아빠가 정신을 차리고 침묵에 빠져버릴까봐 두려웠다. 갑자기 피부 속이 가벼워진 느낌, 무중력 공간을 떠도는 느낌이 들었다. 나는 눈을 감고 내가 있는 곳을 가늠해보려고 애썼다. 나는 아직 언니의 골방에 앉아 델마 선생님의 숨소리를 듣고 있는지도 몰라. 이 모든 것이 꿈일지도 몰라. 내 몸, 내 숨, 내 모든 삶이 전부 그저 거짓말일지도 몰라.

멀리서 윙 하는 축사 조명음이 들려왔다. 귀뚜라미의 합창 소리도 들려왔다. "너희 엄마, 처음 여기 왔을 때는 정말 괴짜였어." 아빠가 말했다. 목소리는 나른했고, 시선은 아직 머리 위 하늘에 있었다. "이토록 이상한 작은 꽃. 너희 엄마는 사막 때문에 피부가 건조해진다느니 공기 때문에 머릿결이 상한다느니 그런 소릴 했지." 아빠는 큰 소리로 웃었고, 나는 느리고 조심스럽게 숨을 들이쉬고 가슴속에 머금었다.

"한번은," 아빠가 말했다. "내가 머리에 마요네즈를 발라보라고 했어. 말꼬리에 발라주면 윤이 반질반질 난다고 하면서. 그랬더니 네 엄마가 정말 그걸 바른 거야! 덕지덕지 발랐더라. 나중에 머리를 아무리 감아도 냄새가 빠지지 않았지. 며칠 동안 머리칼이 축축하고 번들번들하더라고. 머리칼 사이사이에 기름이 끼어서 썩은 샐러드 냄새가 진동을 하더라. 내가 네 엄마 옆에서 코를 킁킁대며 '이게 무슨 냄새야?' 이러면, 네 엄마는 나를 때리면서 '조 윈스턴 미워!' 이렇게 소리를 질렀지."

아빠는 온몸을 흔들면서 웃어댔다. 물이 동심원을 그리면서 내 목까지 퍼져왔다. "거참," 아빠는 별을 보며 말했다. "웃기는 사람이었어."

나는 다음 말을 기다렸다. 엄마에 대해서, 엄마 아빠가 다정했던 시절에는 어떤 사람들이었는지에 대해서 이야기해주기를 기다렸다. 하지만 들려오는 것은 물결 소리뿐이었다. 아빠가 물 밑으로 손을 젓는 소리였다.

나는 어깨가 물에 잠기도록 몸을 낮추었다. 양팔이 어두운 물 밑으로 가라앉았다. 물이 손바닥 위로 흘렀다. 손가락 사이로 아픔이 밀려왔다. 이건 진짜였다.

검은 하늘의 불완전한 별자리를 바라보면서 나는 별들의 끝없는 자취를 마음속에 그려보았다. 훈련장에서 달링의 발굽이 바닥에 부딪히는 소리가 들려왔다. 어둠 속을 질주하는 소리였다. 나는 아빠에게 물어보고 싶었다. 달링을 어떻게 할 거냐고. 달링을 길들일 시간이 있겠느냐고. 훈련장을 사용할 때 달링을 어디에 넣어둘 거냐고. 하지만 달링을 바라보던 아빠의 표정이 떠올랐다. 달링은 아직 온전한 약속이었고, 완벽한 신비였다. 오늘 하루, 아빠는 달링이 모든 기도의 응답인 듯, 모든 걱정의 해결인 듯 바라보았다. 얼마 전에 아빠는 실라 올트먼을 그렇게 바라보았다. 그 전에는 언니를 그렇게 바라보았다. 그리고 그 전에, 내가 기억도 언어도 지능도 없었던 그 옛날에는 나를 그렇게 바라보았겠지.

내일이면, 해가 떠오르고 땅은 무심한 햇빛에 짓눌리겠지. 내일이면, 아빠는 건초가 없다는 것을, 작은 서랍 안의 텅 빈 하얀 봉투들을, 에어컨을 기억하겠지. 내일이면, 새로 사온 말은 발길질을 하거나 물거나 뼈를 부러뜨리겠지. 전에 샀던 예쁘장한 말들과 다름없다는 것이 밝혀지겠지. 내일이면, 정직한 햇빛 아래 우리집 수영장은 가축용 녹슨 양철 물통으로 밝혀지겠지.

위층 노나 언니의 골방에서, 나는 눈을 감고, 존재하는 줄도 몰랐던 세계를 보았다. 분노도, 외로움도, 내 몸속을 갉아먹는 얼음 톱날 같은 두려움도 없는 곳이었다. 그 세계가 나에게 찾아온 그 순간 머릿속 소음이 사라졌다. 고요뿐이었다. 지옥이 우리를 둘러 싼 현실이라면 천국도 마찬가지였다. 그래서 나는 아무 말도 하지 않았다. 아빠에게 찾아온 이 순간을 나는 방해하지 않았다. 아빠에 게 찾아온 이 순간이 끝날 때까지 나는 그냥 그렇게 있었다.

5

기온이 40도 가까이 올라간 어느 오후, 아빠는 마침내 백기를 들었다. 아빠는 이렇게 더울 때 일하는 건 바보짓이라고 했다. 아빠는 게으름을 싫어하는 것 이상으로 바보짓을 싫어했다. 그날부터 우리는 오후 승마를 중단했다. 아침에 더 일찍 일어나야 했고, 저녁에 더 늦게까지 일해야 했다. 한창 뜨거운 때를 피해 앞뒤의 시간을 십분 활용해야 했다.

아빠는 하루 중 가장 더울 때라도 할 수 있는 일은 많다고 했다. 탈수나 사망의 위험 없이 할 수 있는 일들이. 오후에 우리는 축사에 선풍기와 접이의자를 놓고 안장을 반질반질하게 닦았다. 안장을 다 닦은 뒤에는 마구와 구급함을 정리하고 마구실 냉장고를 청소했다. 그러고 나면 할 일이 없었다. 쓸모없이 길게 펼쳐진 열기 속에 죽치고 앉아 시간이 가기를 기다리는 것밖에는.

오후 한시가 되면 축사의 모든 물건이 비현실적으로 끈적끈적하게 느껴졌다. 우리는 접이의자 위에 구부정하게 앉아 아빠가 마구실에 놓아둔 때 묻은 카드로 러미를 하며 냉장고에서 사이다를 꺼내 마셨다.

주중에는 축사에 들어가 더위를 피할 수 있었지만, 주말에는 그렇게 할 수도 없었다. 마술 경기는 온도와 상관없이 하루 종일 계속되었다. 올트먼 부인과 나는 햇볕이 내리쬐는 관람석에 앉아 매점에서 사온 찬 음료수를 마시면서 손으로 해를 가렸다. 챙 넓은 모자로 머리를 가리고 두꺼운 선글라스로 얼굴을 가린 올트먼 부인은 핸드백에 있는 선크림을 두세 시간마다 꺼내 내 팔과 얼굴에 문질렀다. 아무리 싫다고 해도 막무가내였다. "나한테 고마워할 날이 올 거야." 올트먼 부인은 장담했다. "네가 내 나이가 되었을 때 피부가 지금처럼 곱고 보드라우면, 예전에 실라네 이상한 엄마가 자외선 차단제를 발라준 덕이라고 생각하게 될걸."

우리는 실라의 경기에 출전하는 선수들이 경기장에 나오기를 기다리는 중이었다. 올트먼 부인은 손목시계를 힐긋 보다가 눈을 가늘게 뜨고 주차장 쪽을 보았다.

"오늘 미첼이 올지도 모르거든." 올트먼 부인이 설명했다.

"실라 아빠요?" 내가 묻자 올트먼 부인이 고개를 끄덕였다. 올트먼 씨는 단 한 번도 경기를 보러 오지 않았지만, 그때까지 나는 그걸 당연하게 생각했다. 올트먼 부인은 매주 엄청난 양의 사진을 찍었다. 굳이 남편까지 보러 올 필요는 없을 것 같았다.

선수들이 줄을 지어 경기장에 입장했다. 잭 포프는 내 앞을 지나가면서 드라마에 나오는 것 같은 키스를 날리더니, 고개를 숙이고는 킬킬거렸다. "저 집 애들이 너를 좋아하나보다." 올트먼 부인이 미소를 지으며 말했다.

"그냥 놀리는 거예요." 나는 대답했다.

"좋아하니까 놀리는 거야." 올트먼 부인이 말했다.

"저 집 애들은 실라를 좋아해요." 나는 공손하게 대답했다. "계속 실라한테 집적대요."

"아빠가 시키니까 그렇지." 올트먼 부인이 말했다. "저 집 아빠가 실라를 데려가서 자기한테 배우게 하려고 하잖아."

내가 고개를 돌리고 쳐다보자, 올트먼 부인은 한쪽 눈을 치켜떠 보이며 씁쓸한 미소를 지었다. "내가 모를 줄 알았니?"

기수들이 경기장 중앙에 정렬했고, 올트먼 부인은 몸을 비스듬히 기울이며 손가락을 입에 대고 속삭였다. "실라가 4등은 노려볼 만할 것 같은데, 어떨 것 같니?"

"최소 5등은 할 것 같아요." 내가 대답했다. 이 경기는 선수가 적었고 실라보다 훨씬 못한 기수도 여럿 있었다.

실라의 이름이 5등으로 발표되었을 때 올트먼 부인과 나는 자리에서 일어나 양손을 쳐들고 환호와 박수를 보냈다. 실라는 씩 웃으며 우리에게 손을 흔들었다. 경기장 밖에서 아빠는 실라를 크게 포옹했고, 두 사람은 트레일러로 돌아갔다.

두 사람이 시야에서 사라진 뒤 우리는 자리에 앉았다. 올트먼 부인은 주차장 쪽으로 고개를 돌리면서 인상을 찌푸렸다. 하지만 내가 쳐다보는 것을 보고 표정을 풀었다. "일 때문에 못 오나보다."

"뭐 하시는 분이에요?" 내가 물었다.

올트먼 부인은 팔꿈치를 무릎 위에 올려놓고 종이컵을 빙빙 돌려 얼음을 녹이며 컵에 한쪽 눈을 댔다. "대학교수란다. 천문학교수."

지금껏 실라는 자기 아빠가 대학교수라는 말을 한 적이 한 번도 없었다.

"우와." 내가 말했다. "정말 똑똑하신가봐요."

올트먼 부인은 컵을 들여다보면서 미소를 지었다. "똑똑하지."

올트먼 부인은 생각에 잠긴 것 같았다. 그 순간 나는 올트먼 부인에게 델마 선생님에 대해 이야기해주고 싶었다. 선생님은 내가 아는 사람 중에 제일 똑똑하다고. 선생님은 세상에서 안 읽은 책이 없다고. 선생님은 세상에서 안 본 영화가 없다고. 선생님은 내가 어떤 걸 물어도 대답해준다고. 하지만 그때 문득 아까 올트먼 부인이 했던 말이 떠올랐다. 포프네 쌍둥이가 나를 놀리는 것은 나를 좋아하기 때문이라는 말.

나는 델마 선생님과 나눈 이야기를 모두 떠올려보았다. 선생님이 내가 하는 말을 듣고 웃은 적은 있었지만, 나를 놀린 적은 한 번도 없었다. 올트먼 부인에게 물어보고 싶었다. 아저씨를 처음 만났을 때 아저씨가 아줌마를 놀렸나요? 내가 결혼할 사람이 이 사람이라는 걸 그래서 알았나요?

내가 막 질문을 하려는데 올트먼 부인이 갑자기 표정이 환해지며 나에게 고개를 돌렸다. "지금 우리에게 필요한 게 뭔지 아니?" 나는 고개를 저었다. "아이스크림 샌드위치! 천국이 따로 없겠지?"

바지가 조여서 허리가 아프고 엉덩이가 답답하고 허벅지가 따끔거렸다. 여기서 더 먹으면 살이 터져 나갈 게 분명했다. 하지만 올트먼 부인은 신이 난 듯했다. 아이스크림 샌드위치 생각에 온갖 어두운 생각이 말끔히 걷힌 것 같았다. "맛있겠는데요." 내가 대답하자 올트먼 부인은 손뼉을 쳤다.

올트먼 부인이 매점에 간 사이 나는 햇빛 속에 혼자 앉아 14~18세 경기에 나가는 선수들이 경기장을 빙글빙글 질주하는 것을 구경했다. 언니가 나갔을 경기, 언니가 나갔다면 뒷짐 지고서도 우승했을 경기였다. 아이다호에서 온 편지 뒤로 언니에게서는 편지가 없었다. 아빠는 걱정할 것 없다고, 바빠서 그런 거라고 했다. 하지만 나는 하루하루 불안감이 더해갔다. 언니는 집을 떠날 때 제리에 대해 아무 말도 해주지 않았다.

언니가 없으니, 제리가 똑똑한지, 제리가 언니를 놀리는지, 제리는 언니와 만나기로 약속하면 꼭 지키는지 물어볼 방법이 없었다. 나는 언니와 제리가 아이다호에서 스테이크 만찬을 먹고 있는 모습을 떠올려보려고 애썼다. 언니는 별 탈 없이 잘 지낸다고 했다. 처음으로 나는 문득 언니 말이 정말일까, 정말 별 탈 없이 잘 지내는 걸까 궁금했다.

"사랑해본 적 있으세요?" 내가 물었다.

델마 선생님은 대답이 없었다. 나는 전화선을 손가락에 감으며 생각했다. 내가 말을 잘못했나? 질문하면 안 되는 걸 질문했나? 드디어, 넘어서는 안 될 선을 넘은 건가?

"있어." 잠시 후 선생님이 대답했다.

"선생님은 어떻게 아셨어요?" 내가 물었다. "처음 사랑하게 되었을 때, 그게 사랑인 줄 어떻게 아셨어요?"

전화선을 타고 자동차 시동이 꺼지는 소리, 선생님을 스쳐가는 부드러운 바람 소리가 들려왔다. 분명 밖이었다.

"그냥 알았어." 선생님이 한참 만에 대답했다.

"어떤 느낌이에요?" 내가 물었다. "어떻게 아셨어요?"

"알았다, 알았어." 선생님이 말했다. "생각 좀 해보자."

언니의 골방은 참을 수 없을 만큼 무더웠고 후텁지근한 공기 때문에 꼭 물속에서 숨 쉬는 것 같았다. 손바닥에 땀이 나 전화기가 자꾸 미끄러졌다. 전화기를 계속 바꿔 잡으면서 손바닥을 치맛단에 문질러야 했다.

"살이 많이 빠졌어." 델마 선생님이 말했다. "거울 앞에 서면 셔츠 위로 갈비뼈가 보일 정도였어."

"그것 때문에 사랑인 줄 아셨어요?" 내가 물었다.

"설명하기 어렵지만," 선생님이 말했다. "일단 사랑하게 되면, 그게 전부가 돼. 다른 건 아무것도 필요 없어지지. 먹고 싶지도 않고, 자고 싶지도 않고, 돈도 필요 없고, 친구도 필요 없고, 심지어는 가족도 필요 없고. 머리가 어찔어찔하고 가슴이 울렁울렁했어. 바보가 된 것 같았어."

"바보요?"

"대학에서 퇴학당할 뻔했어. 강의실에 가도 도무지 집중을 할 수가 없었지. 내 옆에서 세상이 끝나버렸대도 나는 전혀 몰랐을 거야."

나는 델마 선생님이 대학에서 시험을 보는 모습, 과제를 하는 모습, 사랑으로 방황하는 모습을 그려보려고 애썼다.

"거짓말이 아니야." 선생님이 말했다. "정말 그랬어."

"믿어요." 나는 대답했다. "하지만……" 나는 그 여자가 누구였느냐고 물어보고 싶었다. 어떤 여자가 선생님을 야위게 만들었느냐고. 어떤 여자가 선생님을 대학에서 퇴학당할 뻔하게 만들었느냐고. 하마터면 선생님은 졸업을 못 할 뻔했다. 하마터면 선생님은 영어 선생님이 되지 못할 뻔했다. 하마터면 나는 선생님을 만나지 못할 뻔했다.

"그냥 속이 울렁거리고 어지러운 느낌이요? 살이 빠지고요? 회충 아니었을까요?"

델마 선생님이 껄껄 웃었다. 나는 당황해서 얼굴이 화끈거렸다. "왜요?" 내가 물었다.

"넌 참 재밌는 애구나." 델마 선생님이 말했다. 심장이 폭발할 것 같았다. 무슨 말을 해야 할지 몰라 답답했다. 사방에서 빛이 점점 사라지고, 허파 속에 숨이 차올랐다. "선생님은 똑똑한 사람치고는 좀 바보 같아요."

아빠는 새로 사온 말을 일주일 이상 내버려두었다. 다리가 회복될 시간을 주는 것이었다. 우리는 녀석을 승마장에서 데리고 나와 바트가 살았던 원형 우리 안에 넣었다. 훈련이 끝나면 축사에 넣어둘 거라고 아빠는 말했다. 그러면 녀석은 사각형 마방 안을 맴돌면서 중요한 사람이 나타나 자기를 사가기를 기다릴 거라고.

아빠는 녀석과 함께 아침을 시작했다. 훈련은 태양이 시뻘건 분노로 하늘을 가득 채우면서 살아 있는 모든 것을 그늘로 쫓아내기 전에 시작됐다. 아빠가 하는 일은 녀석을 몇 시간씩 뛰게 하는 것이었다. 아빠는 원형 우리 중앙에서 승마용 채찍을 휘둘러 자기 발을 내리치며 녀석을 빙글빙글 돌게 만들었다. 어린 말을 길들이려면 기운을 완전히 빼놓아야 했다. 땀으로 범벅이 될 때까지 기진맥진하게 만들어놓으면 안장이 올라가도 무거운 줄 몰랐고 사람이 올라타도 무거운 줄 몰랐다.

하지만 달링은 아무리 녹초가 되어도 감각이 무뎌지지 않는 듯했다. 아빠가 안장을 올리면 달링은 번번이 앞발을 들어올리며 날뛰었다. 공중에서 몸을 비틀거나 울타리를 들이받거나 바닥에 쓰러져 나뒹굴었다. 그렇게 부서진 안장은 내버릴 수밖에 없었다.

그래서 아빠는 '플랜 B'로 변경했다. 하루 중 가장 더울 때 아빠는 달링을 텅 빈 훈련장으로 끌고 가 고삐를 단단히 잡고는 뱃대끈을 꽉 조였다. 그리고 한쪽 고삐를 안장 옆쪽에 묶어 머리가 옆으로 꺾이고 몸통이 C자로 굽어지게 만들었다. 이런 각도로는 날뛸 수도 없었고, 구를 수도 없었고, 한 발짝도 걸을 수 없었다. 달링은 훈련장 중앙에 얼어붙은 듯 서 있었다. 물건처럼, 무력하게. 아빠는 훈련장을 나와 울타리 문을 닫고 달링을 햇빛 속에 내버려두었다. 달링이 꼼짝도 못하고 땀을 흘리면서 서 있도록. "이렇게 며칠만 지나면, 내 손바닥에서 먹이를 받아먹을 거다." 아빠가 말했다.

패티 조 아줌마는 축사에서 토이보이를 빗질하다 말고 달링이 있는 훈련장을 내다보았다. 몸통은 뒤틀리고, 고개는 내려오고, 다리는 뻣뻣했다. 햇빛이 연하늘색 왼쪽 눈에 꽂혔다. 눈동자가 불꽃처럼 타올랐다. 멀리서 보아도, 달링이 더위에 항복하지 않는 것은 분명했다. 더위를 견디고 있을 뿐이었다.

패티 조 아줌마는 몸을 부르르 떨었고, 옆에 있던 나는 패티 조 아줌마가 한마디 하기를 기다렸다. 너무 심한 방법이다, 잔인하다, 그러겠지. 하지만 아빠가 축사를 지나갈 때 패티 조 아줌마는 길을 비켜주며 놀라운 듯 고개를 내저었다. "어린 말을 훈련시키기가 이렇게 어려운 줄 몰랐어요." 패티 조 아줌마가 말했다

"다 이렇게 어려운 건 아니에요." 아빠가 대답했다. "쉽게 길들일 수 있는 말도 있어요. 하지만 어떤 말은……" 아빠는 한 손을 들어올리면서 승마장 쪽으로 어깨를 으쓱해 보였다. "뭐, 이런 말도 있고, 저런 말도 있죠."

"대단한 일을 하시는 것 같아요." 패티 조 아줌마가 이렇게 말했고, 아빠와 나는 패티 조 아줌마를 쳐다보았다. 패티 조 아줌마는 말을 맡긴 아줌마들 중에 유일하게 혼자서도 말을 보러 왔다. 샴페인을 갖고 오지 않을 때도 있었고, 다른 아줌마들에 비해 덜 시끄럽고 덜 까다롭고 그나마 정상적인 여자로 보였다.

"나 같은 사람들이 말을 탈 수 있는 것도, 다 당신 같은 분들 덕이네요." 패티 조 아줌마가 말했다.

아빠의 목이 시뻘게졌고, 아빠의 시선은 축사 바닥으로 향했다가 장화 끝에 부딪혀 벽에 튀었다. "일이니까 하는 거죠." 잠시 후 아빠가 말했다. "만약에 말들이 자기가 얼마나 덩치가 큰지, 얼마나 힘이 센지 알게 되면 말을 길들이는 일은 불가능할걸요. 말이 사람을 잡고도 남죠."

아빠는 언니랑 나를 폐마 경매장에 데려갈 때마다 말들을 저렇게 만든 건 사람들이라고 했다. 말들이 미치고 괴물이 되는 건 누군가로부터 몹쓸 짓을 당했기 때문이라는 것이었다. 사람들은 한 번 미친 말은 고칠 수 없다고 생각했다. 하지만 아빠는 사람들의

생각이 틀렸음을 계속 증명해 보였다. 폐마 경매에서 데려온 말들을 훈련시킬 때만큼은 아빠도 말들을 녹초가 되도록 굴리거나 억지로 다루지 않았다. 아빠의 한결같은 목소리와 손길 덕에 말들은 드디어 누구라도 다룰 수 있는 순한 말이 되었다. 나는 달링이 땀을 흘리면서 햇빛 아래 서 있는 모습을 지켜보며, 달링이 다른 말과 어디가 다른지 궁금했다. 나는 모르고 아빠는 아는 그게 무엇일까? 아빠는 달링의 무엇을 보고서 목소리와 손길만으로는 달링을 길들이기에 충분치 않다는 것을 알았을까?

"흠, 대단한 것 같아요." 패티 조 아줌마가 말했다. 아줌마의 목소리가 낮은 속삭임으로 바뀌었다. "정말 능력 있으세요."

패티 조 아줌마는 미소를 지었고, 아빠는 입술을 깨물었다. 아줌마의 칭찬에 아빠의 얼굴이 붉어졌다. 언제 어디서나 흔히 있을 수 있는 일이었다. 하지만 하필 그때, 하필 그곳에서 생긴 일이었다. 내가 보아버린 일이었다.

"패티 조 아줌마는 몇 살일까?" 아빠가 톱밥을 사러 목재소로 갔을 때 내가 실라에게 물었다. 우리는 축사에서 사이다 캔으로 목과 얼굴을 식히면서 카드를 하고 있었다.

실라는 손에 있는 패를 보며 얼굴을 찌푸렸다. "아줌마가 바라는 나이보다 많겠지." 나는 웃음을 터뜨렸고, 실라는 고개를 들었다. 뭔가 웃긴 말을 했다는 게 뿌듯한 것 같았다. "너무 심한 말을 했나?" 실라는 이렇게 묻더니 어깨에 얼굴을 묻고 웃었다. "그 아줌마만 그런 게 아니라…… 다들 그렇잖아, 자꾸 킬킬 웃을 때도 그렇고, 자기들끼리 떠들 때도 그렇고. 자기들이 우리처럼 애들인 줄 아나봐."

아줌마들이 귓속말을 하고 킬킬거릴 때는 정말 어린애들이랑 비슷했다. 자기들끼리 말할 때는 서로를 얘라고 불렀다. "얘들아, 요만큼만 더 마시자" 그러거나 "나한테 죽이는 생각이 있어, 얘들아" 그러거나. 오랜 선탠으로 피부에 기미가 있었고 눈가와 입가에 잔주름이 있었지만, 아담하고 균형 잡힌 몸매, 젊은 옷차림, 가볍고 통통 튀는 말투였다. 나는 아줌마들한테 신경 쓰고 싶지 않았다. 아줌마들한테 눈이 가는 것을 인정하고 싶지 않았다. 아줌마들은 언제 봐도 어느 누구보다 즐거워 보였다. 나는 나도 모르게 자꾸만 아줌마들을 쳐다보았다.

"좀 이상한 사람들이기는 해." 나는 인정했다.

실라는 앞머리를 훅 불어 올렸다. "엄마가 싫어해."

"정말?" 올트먼 부인이 누군가를 싫어하는 모습은 상상하기 어려웠다.

실라는 카드를 버린 뒤, 미색 깃털 같은 속눈썹 너머로 나를 올려다보았다. "엄마가 그러는데, 저런 여자들은 조심해야 된대."

"어떻게 조심해?" 내가 물었다.

"엄마가 그러는데, 저런 여자들은 마치 너를 걱정해주는 척하면서 이것저것 물어본대. 하지만 그건 너를 걱정해서 그러는 게 아니라 그냥 너를 잡아먹으려고 그러는 거래. 네 것을 몽땅 빼앗으려고 그러는 거래." 실라는 목소리를 낮추고 눈을 치켜떴다.

"엄마는 저 여자들이 메기 같대."

내가 축사를 청소하러 들어가면 아줌마들은 항상 나에게 이것저것 물었고, 나는 아무 생각 없이 묻는 말에 대답했다. 엄마는 몇 살이냐(서른여섯 살이요), 고향은 어디냐(여기요), 아빠는 언제부터 말을 키웠느냐(옛날부터요). 아줌마들은 가끔 아빠한테 말 손질 용구나 마구에 대해 물었다. 아줌마들이 이것저것 물어보는 이유가 우리를 걱정해서라는 생각은 한 번도 한 적이 없었다. 그저 나는 아줌마들이 예의상 말을 걸어준다고 생각했다. 그런데 이제 그게 아닐지도 모른다는 생각이 들었다. 아줌마들의 궁금증 뒤에는 뭔가 다른 꿍꿍이가 있나? 우리를 통째로 잡아먹고 우리 것을 몽땅 빼앗으려고? 아줌마들은 다 부자고, 예쁘고, 크고 좋은 집에 살고, 웃을 때는 완벽하게 순수해 보이는 미소를 짓는데. 우리가 가진 것 중에 그런 아줌마들이 탐낼 만한 것이 대체 뭘까?

아빠는 아침에 말 먹이를 주면서 나더러 보안대 파티에 갈 테니 드레스를 입으라고 했다. 보안대에서는 해마다 여름에 한 번씩 파티를 열었는데, 우리에게는 하루 종일 불편한 날이었다. 사실 파티라기보다는 소풍이나 회식에 가까웠다. 사람들은 트럭을 타고 왔고, 기름진 음식 접시들을 셀로판지로 싸서 가져왔고, 승마장에서 말똥 걱정 없이 춤을 추기 위해 카우보이 장화를 신었다.

"나는 안 가도 되잖아요." 나도 거들면서 대답했다. 옛날에는 노나 언니랑 따로 핫도그를 먹으면서 술에 취해 춤을 추는 보안대원들 춤추는 모습을 구경했고, 귓속말을 하며 킬킬댔다. 언니는 "카우보이들이 약에 취한 모습"이라고 말하기도 했고 "셸던 아저씨는 한 바퀴 돌겠다는 건지, 발작을 하는 건지"라고 말하기도 했다. 언니가 없으니 나는 저녁 내내 혼자 있어야 했다.

"나는 가야 해. 그러니까 너도 가자." 아빠가 말했다.

"몸이 안 좋아요." 내가 대답했다. "배탈 날 것 같아요."

"그럼 토할 통을 가져가자."

이야기는 그것으로 끝이었다. 나는 그날 해가 질 때까지 아빠에게 한마디도 하지 않는 걸로 복수했다. 아빠는 그날 해가 질 때까지 내가 복수하고 있는 줄 모르는 것 같았다. 드디어 해가 졌다. 나는 작년에 입었던 드레스로 갈아입고 거울 앞에 섰다. 옷이 너무 작았다. 무릎은 꽃무늬 치맛단 밑으로 너무 크게 너무 훤히 드러났고, 팽팽한 가슴판 때문에 어깨가 저절로 굽었다.

아이 옷을 입은 거인 꼴이었다. 나는 생각했다. 아빠도 알겠지. 내가 왜 안 간다고 했는지. 나한테 미안해하겠지. 이런 꼴로 갔다가는 살아 돌아오지 못한다는 것 정도는 내가 굳이 말하지 않아도 알겠지. 하지만 아래층으로 내려가니 아빠는 파티에 가져갈 음식을 찾기 위해 선반을 뒤지고 있었다. 고를 것이 마땅치 않았다. 한참 후에 아빠는 개봉한 감자칩과 절반이 빈 여섯 개들이 맥주 팩을 골랐다. "가자." 아빠가 불렀다.

밖으로 나가니 패티 조 아줌마가 진입로에서 자동차 트렁크에 안장을 싣다가 우리를 보고 휘파람을 불었다. "흠, 부녀가 보기 좋네요." 아빠의 새로 감은 머리 아래에서 양쪽 귀가 벌게졌다. 나는 아무 대꾸 없이 트럭에 구부정하게 기댔다. "저녁에 특별한 약속이 있으신가봐요."

"그게 아니라," 아빠는 이렇게 말하며 단추 달린 셔츠 앞을 어색하게 매만졌다. "보안대 모임이 있어서요. 파티 같은 거예요. 별건 아니고요."

패티 조 아줌마는 두 손을 마주 잡으면서 자동차 앞에서 춤을 추듯 허리를 돌렸다. "파티!" 하며 아줌마는 한숨을 쉬었다. "나는 이 세상에서 파티가 제일 좋더라."

아빠가 입을 떼기도 전에 나는 아빠가 무슨 말을 할지 알 수 있었다. 나는 고개를 돌렸다. 아빠를 노려보기 위해서. 내 의지력으로 아빠 입을 막기 위해서. 하지만 아빠는 내 쪽으로는 고개도 돌리지 않았다. "같이 가실래요?"

패티 조 아줌마는 씩 웃더니 두 손을 허리에 올리고 우리 앞을 천천히 한 바퀴 돌았다. "옷차림이 이래서요."

패티 조 아줌마는 아담한 엉덩이 곡선이 드러나는 딱 달라붙는 청바지에, 주근깨가 있는 가슴골이 언뜻 드러나는, 조금 깊이 파인 브이넥 티셔츠 차림이었다.

보안대 파티 장소까지 가는 픽업트럭 안은 조용하고 불편했다. 패티 조 아줌마는 달링 일은 잘되고 있느냐고 물었고, 아빠는 그렇다고 대답했다. 아줌마는 우리 승마장에서 말을 타는 것이 얼마나 좋은지 모른다고 했고 아빠는 다행이라고 했다. 아줌마와 아빠 사이에 끼어 앉은 나는 드레스 밑단을 끌어당겨 무릎을 가리면서 온몸에 잔뜩 힘을 주었다. 그래야 커브에서 패티 조 아줌마한테 기대지 않을 수 있었다.

파티장에 도착하자 아빠는 패티 조 아줌마와 나란히 음식이 차려진 식탁으로 걸어갔고, 나는 그 뒤를 따라갔다. 승마장 중앙에 작은 무대가 있었다. 밴드는 아직 나오기 전이었지만, 사람들은 벌써 웬만큼 모여 있었다. 맥주는 병째 들고 마셨고 인사를 나눌 때는 카우보이모자에 손을 갖다 댔다. 어린아이들은 아이스박스에 담긴 얼음을 눈싸움 하듯 집어던지면서 소리를 지르고 울타리 주변을 뛰어다녔다. 어른들은 가만히 안 있으면 혼난다고 건성건성 야단쳤다.

아빠가 가져온 맥주는 세 병뿐이었지만, 맥주가 모자라는 것 같지는 않았다. 음악이 시작될 때 아빠와 패티 조 아줌마는 각각 세 병째를 마시고 있었다. 나는 식탁 옆을 왔다 갔다 하면서 나초를 종이냅킨으로 싸서 깨작거리거나 아빠와 아줌마를 쳐다보았다. 아빠가 무슨 말만 하면 아줌마는 고개를 젖히면서 웃음을 터뜨렸다.

아빠와 아줌마의 이야기가 들릴 만큼 가까운 거리는 아니었다. 하지만 나는 두 사람 쪽으로 귀를 쫑긋 세우고 두 사람의 입 모양을 읽기 위해 눈을 가늘게 떴다. 저런 여자들은 마치 너를 걱정해주는 척하면서 이것저것 물어본다, 라는 말이 생각났다. 올트먼 부인은 자기 딸에게 패티 조 아줌마 같은 여자들을 조심하라고 했다. 나는 메기라는 말을 되뇌면서 단어의 느낌을 음미했다. 저런 여자들은 너를 통째로 잡아먹으려는 거야.

"앨리스 윈스턴."

뒤를 돌아보니 재니스 리어던이 하드를 빨고 있었다. 꽃무늬 드레스 차림에 등에는 지저분한 분홍색 요정 날개를 달고 있었다. 재니스가 내게 다가오는 동안 날개가 계속 사람들과 부딪쳤다. 하드가 녹아 손으로 흘러내리자 재니스는 팔을 돌려 손목 안쪽을 핥았다. 그러면서 계속 나를 위아래로 훑어보았다.

"드레스가 너무 작은데."

재니스가 입은 옷은 가슴 쪽 단추들 사이가 타원으로 벌어져 있어서 여기저기 희멀건 속살이 보였다.

"너 올 줄 알았어." 재니스가 말했다.

"우와." 나는 딴생각을 하는 사람처럼 보이려고 애쓰면서 대답했다. "독심술이 대단하네."

재니스는 입을 비쭉거리면서 힐끗 먼 곳을 쳐다보았다. 내 더러운 성깔을 그냥 넘어가줄까 말까 고민하는 중이었다. "너는 이 사람들 다 알겠구나." 결국 재니스는 입을 뗐다.

승마장 중앙에서는 밴드 멤버들이 악기를 때리며 무대에서 방방 뛰고 있었다. "자, 소리 질러!" 리드싱어가 마이크에 대고 소리쳤고, 사람들은 맥주병을 들어올려 건배하며 외마디 소리를 질렀다.

"그럴걸." 내가 말했다.

"나는 새아빠를 따라왔어." 재니스는 승마장 한쪽을 가리키며 말했다.

카우보이모자를 쓴 땅딸막한 남자가 똑같이 땅딸막한 여자와 어색한 투스텝 댄스를 추고 있었다.

"진짜 아빠는 아이오와에 살아. 다음주에 만나러 갈 거야. 아빠가 오디오를 새로 사준댔어."

"좋겠네." 내가 말했다. 재니스의 턱은 하드 녹은 물로 축축했고 입술은 하드처럼 주황색이었다. "콜린이 돌아왔어." 재니스가 말했고, 나는 나도 모르게 몸을 기울이고 귀를 기울였다. "지난주에 집에 돌아왔어."

나는 또다시 창문 없는 하얀색 건물을 떠올렸다. 자살하려다 실패한 콜린 같은 애들이 가는 곳. 나는 그애들이 빙 둘러앉아 있는 장면을 상상했다. 접이의자에 앉아 서로 손을 잡고 자기의 사연을 들려주는 장면. "봤어?" 내가 물었다.

"아니." 재니스가 말했다. "하지만 샤론이 봤어. 샤론이 그러는데, 콜린이 살이 빠졌대. 그리고 예수님 얘기를 많이 한대."

애들을 그렇게 치료하는구나. 나는 아까 상상했던 장면을 바로 잡았다. 애들은 그냥 손을 잡고 얘기하는 하는 것이 아니었다. 애들은 밥을 굶고, 기도하고, 예수님에 대해 이야기를 한다. 예수님은 우리를 사랑하셔. 예수님은 우리 죄 때문에 돌아가셨어. 예수님은 우리가 죽지 않기를 바라셔.

"너희 엄마니?"

재니스의 시선이 패티 조 아줌마를 가리켰다. 아줌마는 아빠와 함께 접이의자에 앉아 입을 벌리고 웃고 있었다. "아니."

"그럴 줄 알았어." 재니스가 말했다. "너랑 전혀 안 닮았어."

파티장에서 아빠는 맥주병 두 개를 무릎 사이에 넣고 뚜껑을 땄고, 그중 하나를 패티 조 아줌마에게 건넸다. 아줌마는 품위 있게 한 모금을 마신 다음 상체를 옆으로 기울여 아빠 귀에 대고 무슨 말인가를 속삭였다. 아줌마의 손가락이 아빠의 팔꿈치 안쪽에 올라가 있었다. "엄마는 집에 있어." 내가 말했다. "암이야."

재니스의 얼굴이 굳어졌다. 재니스의 끈적끈적한 입술이 깜짝 놀라 동그래졌다. "아, 앨리스."

"아이오와에 잘 다녀와." 나는 이렇게 말하며 종이냅킨을 동그랗게 말아 나초 접시 옆에 놓고는 자리를 옮겼다.

한 시간이 지나고 두 시간이 지나고 세 시간이 지났지만, 아빠는 패티 조 아줌마와 함께 접이의자에 앉아 있었다. 밴드는 땀을 흘렸고, 카우보이들은 불안정한 스텝으로 자기 아내들을 빙빙 돌리며 먼지를 피워올렸다. 춤을 추지 않을 때는 끝없이 제공되는 맥주를 들이켰다. 나는 혼자 울타리에 걸터앉아 아빠가 자리에서 일어나 열쇠를 찾기 위해 바지 주머니를 뒤지기를 기다렸다. 그것은, 시간이 되었다, 이제 우리 할 일은 끝났다, 집에 갈 수 있다, 라는 신호였다. 하지만 과거의 보안대 파티 때와 달리 아빠는 시간을 완전히 잊은 것 같았다.

사실 아빠는 자기가 보안대원이라는 것을 그다지 중요하게 생각하지 않았다. 모임이 있으면 나갔고, 로데오에서는 교통정리를 했다. 얼마 전에 보안대에 불려 나갔을 때는, 운하에서 죽은 여자아이를 건져냈다. 다들 꺼리는 일이었다. 할아버지 할머니가 고모들을 찾으려고 이동주택을 사서 전국을 돌아다니기 전에는 할아버지도 보안대원이었다. 그전에는 증조할아버지도 보안대원이었다. 보안대에 들어가는 것은 사실 실속이 없었다. 데저트밸리 이편에 사는 남자라면 그냥 하게 되는 일이었다.

예전부터 아빠는 언니와 나를 회식이나 소풍에 끌고 다니면서, 자기가 어렸을 때부터 알던 사람들과 의무적으로 두 시간씩 이야기를 나누었다. 말한테 무엇을 먹이는지, 병든 말을 고치는 데 얼마가 드는지 따위의 이야기였다. 아빠는 항상 예의를 지켰고, 필요할 때마다 고개를 끄덕였고, 사람들이 말 훈련법과 조련장 관리법에 대해 저마다 다양한 철학을 펼치면 동의의 뜻으로 어깨를 으쓱해 보였다. 하지만 집으로 돌아오면, 그 집은 곡물을 오래 보관하기 위해 톱밥을 섞는다, 그놈은 다리 저는 말한테 약을 먹여 시합에 내보낸다, 라며 입을 비죽였다. 아빠는 언니와 나에게 두 가지를 단단히 일렀다. 하나는 보안대 모임에 가서는 예의를 차리고 싹싹하게 굴어야 한다는 것, 우리 조련장의 이름에 먹칠을 해서는 안 된다는 것이었다. 그리고 또하나는 우리는 다른 사람들과는 다

르다는 것, 다른 사람들은 사기꾼이라는 것, 친구가 아니라는 것
이었다.

그런데 지금 아빠는 파티장에 앉아 웃고 떠들고 있었다. 패티
조 아줌마가 하는 말을 듣기 위해 한쪽 귀를 막고 몸을 기울이기까
지 했다. 머리 위의 하늘색이 짙어졌다. 나는 델마 선생님이 내가
본 적 없는 집에 혼자 앉아 전화벨이 울리기를 기다리는 모습을 상
상했다. 나는 언니가 어딘가 머나먼 곳에서 내가 모르는 남자와 침
대에 오르는 모습을 상상했다. 집에 있을 때 잠옷으로 입던 티셔츠
와 사각팬티 차림으로 침대에서 제리를 끌어안고 있는 모습. 오늘
밤이 보안대 파티라는 것도 모르고. 내가 혼자 우두커니 앉아 외로
운 시간을 보내고 있는 줄도 모르고.

파티장에서 보안대원들은 마시고, 춤추고, 밴드가 소리를 지르
라고 하면 일제히 소리를 질렀다. 패티 조 아줌마는 접이의자에 앉
아 어깨를 흔들며 머리를 까딱까딱했고, 아빠는 드디어 맥주를 땅
에 내려놓고 아줌마를 향해 손을 내밀었다. 아줌마는 씩 웃으며 아
빠 손가락 사이에 자기 손가락을 끼웠다. 나는 허벅지가 쓰라릴 정
도로 차가운 울타리 가로대에 걸터앉아 두 사람이 무대를 무너뜨
릴 듯이 웃고 땀 흘리고 숨 가쁘게 움직이는 사람들 무리에 섞여
들어가는 것을 바라보았다. 아빠가 춤을 출 줄 안다는 걸 나는 그
때까지 모르고 있었다.

아빠는 패티 조 아줌마를 이쪽으로 돌렸다 저쪽으로 돌렸다 했
다. 아빠의 붉은 얼굴은 땀으로 번들거렸다. 패티 조 아줌마는 웃
음을 그치지 않았다. 이따금 자기의 허리를 양팔로 감싸고 고개를
숙이며 숨을 헐떡거렸지만, 매번 다시 몸을 일으켜 아빠의 손을 잡

았다. 두 사람의 손가락이 얽혔고, 두 사람의 발이 먼지와 말똥 사이를 한 몸처럼 움직였다. 춤추는 사람들이 이리저리 자리를 바꾸었고, 두 사람은 시야에서 사라졌다.

"앨리스으, 잘 있었스으?"

포프네 쌍둥이가 내 양옆으로 와서 울타리 가로대에 양팔을 걸쳤다. 두 아이의 팔꿈치가 내 허벅지를 스쳤다. "안녕." 나는 살이 닿지 않게 똑바로 앉으며 말했다.

"아까 너," 오른쪽에서 앤디가 입을 열었다. "그 뚱뚱한 애랑 같이 있더라."

"맞아." 왼쪽에서 잭이 거들었다. "그 날개 단 애."

"그냥 같은 학교 애야." 내가 대답했다. "하나도 안 친해."

쌍둥이가 울타리를 올라왔고, 나는 꼼짝없이 샌드위치 신세가 되었다. 양파 냄새 같은 땀 냄새가 났고, 축축하고 까칠까칠한 살갗이 닿았다. 나는 무릎을 덮으려고 드레스 밑단을 당겼다. 둘 다 반쯤 마신 맥주병을 들고 있었는데, 잭이 맥주병 주둥이로 내 허벅지를 툭툭 쳤다.

"그거 어디서 났어?" 내가 물었다.

"슬쩍했지." 앤디가 씩 웃었다. "부럽냐?"

나는 턱을 쳐들었다. 대답하지 않겠다는 뜻이었다.

"마셔볼래?" 잭이 맥주병을 내 얼굴 앞에 대고 흔들었다.

"앨리스가 마시겠냐?" 앤디가 코웃음을 쳤다. "이런 착한 애가."

아빠는 패티 조 아줌마와 빙글빙글 돌아가는 중이었다. 얼굴은 벌겋게 달아오르고 머리털은 땀에 젖어 번들거렸다. 재니스 리어던네 식구는 한 시간도 전에 돌아갔다. 재니스는 지금쯤 집에 도착해 자기 방에서 오하이오에 가져갈 가방을 싸고 있겠지. 콜린 머피는 부모님이 있는 따뜻하고 안전한 집으로 돌아와 예수님께 또 하루를 살아갈 힘을 달라고 기도하고 있겠지. 노나 언니는 아이다호든 캔자스든 어디든 내가 가본 적도 없는 곳에서 카우보이 남편과 뒤엉켜 잠들어 있겠지. 데저트밸리 저편에서는 델마 선생님이 담배를 피우고 얼음 넣은 술을 마시면서 왜 내게서 전화가 없는지 궁금해하겠지.

나는 손을 뻗어 잭의 맥주병을 빼앗은 다음 머리를 젖히고 벌컥벌컥 들이켰다. 목구멍에 차가운 거품이 차올랐고, 마지막 한 방울을 들이켜자 이마가 환해지는 것 같았다. 나는 빈 병을 잭에게 돌려주었다. 잭은 할 말을 잊은 듯 잠시 병을 멀뚱멀뚱 바라보았다. "이야, 대단한데." 잭이 말했다. 앤디는 턱을 들어올려 하늘을 보면서 들개처럼 울부짖었다.

"자," 앤디는 이렇게 말하며 나에게 자기 병을 건넸다. "우리는 두 병씩 마셨으니까, 따라잡으려면 너도 빨리 마셔." 뱃속이 바람 빠진 풍선 같았다. 액체가 뱃속을 휘저으며 꾸르륵거렸다. 하지만 나는 다시 검은 하늘 위로 턱을 쳐든 다음 목구멍을 열고 단숨에 앤디의 맥주를 비웠다.

"제길." 내가 병을 비웠을 때 앤디가 속삭였다. "역시 노나 동생답다." 앤디가 나를 팔꿈치로 쳤고, 나의 몸이 잭 쪽으로 쓰러졌다. 잭은 울타리 가로대 위에서 위태롭게 흔들렸고, 떨어지지 않으려고 내 허벅지를 후벼 파듯 붙잡았다. 허벅지 살이 일그러졌다. 아파야 정상이었다. 그런데 아무 느낌이 없었다. 나는 내 허벅지 위에 놓인 잭의 분홍색 손마디와 꼬질꼬질한 손톱을 멀뚱히 내려다보았다.

파티장을 보니, 밴드 멤버들이 똑같이 고개를 까딱까딱 흔들고 있었다. 몇 시간째 노래하고 소리 지른 탓에 목소리가 쉿소리 같았다. 무대 주위로 빙빙 돌고 들쑥날쑥하고 맥주병을 머리 위로 들어 올리는 보안대원들이 먼지구름 속에 어른거렸다. 누가 아빠인지 누가 패티 조 아줌마인지 알아볼 수 없었다.

앤디가 트림을 하더니 시원한 맥주를 세 병 더 훔쳐오겠다고 자청했다. 앤디가 뛰어내리자 나와 잭이 앉아 있는 울타리가 흔들렸다. 잭은 균형을 잡기 위해 내 다리를 더 꽉 붙잡았다. "금방 갔다 올게. 윈스턴 집안의 여자라면 그사이에 넘어올걸."

잭과 나는 잠시 말없이 앉아 있었다. 천천히, 잭이 힘을 풀었다. 하지만 손을 치우지는 않았다. "맥주 훔치기 어렵니?" 결국 내가 입을 뗐다.

"아무도 신경 안 쓰는데 뭐." 잭이 어깨를 으쓱했다.

파티장에서는 버드 아저씨가 밸러리 헤이스와 춤을 추고 있었다. 밸러리가 빙글 돌자 빨간 머리카락이 불꽃처럼 펼쳐졌다. 밸러리는 버드 아저씨의 목을 양팔로 감싸 안았고, 버드 아저씨의 손은 밸러리의 허리를 쓸어내리면서 청바지 뒷주머니까지 내려갔다. "너는 너희 아빠가 좋니?" 내가 물었다.

잭의 손에 눌린 드레스가 축축하고 따뜻했다. 내 땀인지 잭의 땀인지 확실치 않았다. "네가 알지 모르겠지만," 잭이 말했다. "우리 아빠, 꼴통이야."

나는 잭 쪽으로 고개를 돌렸다. 잭의 얼굴이 바로 앞에 있었다. 잭의 입에서 뜨거운 숨결이 느껴졌고, 잭의 혀에서 시큼한 맥주 냄새가 났다. 바로 그때, 잭이 제 얼굴을 들이댔다. 세상이 멈춘 것 같았다.

영화에서 키스는 달콤하고 부드러웠다. 입이 닿았고, 눈이 감겼고, 고개가 옆으로 기울면 가늘고 흰 여자의 목선이 보였다. 하지만 잭이 내 얼굴에 자기의 얼굴을 갖다 댔을 때는 코가 부딪치며 짓눌렸다. 잭의 갈라진 입술이 사포처럼 거칠거칠하게 벌어졌다 다물렸다. 잭의 혀끝이 내 혀끝을 찾아냈다. 메마르고 고무처럼 질긴 두 개의 근육이 치아 안쪽 잇몸에서 레슬링을 하듯 부딪쳤다. 트럼펫 연주도 없었고, 가늘게 떨리는 한숨도 없었고, 미친 듯이 뛰는 심장의 고동도 없었다. 얼굴을 뗀 잭은 서너 번 눈을 끔뻑끔뻑한 뒤 내 허벅지에 있던 손을 자기 얼굴에 가져갔다. 그러고는 이게 누구 건지 모르겠다는 듯 손가락 끝으로 자기의 입술을 만졌다.

"재미 좋았어?" 앤디는 이렇게 말하며 우리에게 시원한 맥주를 한 병씩 건넸다. 자세를 바로한 잭은 내 허벅지에 올렸던 손으로 맥주를 받았다. 그러고는 멍한 눈으로 춤추는 무리를 응시하며 맥주를 단번에 꿀꺽꿀꺽 들이켰다. "아니."

밴드가 악기를 밴 뒷좌석에 싣기 시작할 때, 아빠와 패티 조 아줌마가 드디어 트럭으로 비틀비틀 걸어왔다. 두 사람은 팔짱을 끼고 있었고, 두 사람의 웃음소리가 검은 하늘 위로 퍼지고 있었다. 두 사람을 따라가는 동안 내 심장은 목구멍으로 튀어나올 듯 방망이질쳤다. 맥주 네 병을 마신 직후였다. 내 입에서 술 냄새가 날 텐데. 차에 올라타는 내 다리가 얼마나 후들거리는지 보일 텐데. 하지만 아빠는 시동을 거느라 정신이 없었다. 열쇠를 두 번이나 떨어뜨렸다. 내가 있는 쪽은 쳐다보지도 않았다.

우리는 시골 길을 달려 집으로 향했다. 창문은 활짝 열었고, 라디오 볼륨은 최대한 높였다. 아빠는 등받이에 기댄 채 트럭을 몰면서, 양쪽 팔을 운전대에 올려놓고 한쪽 눈을 찡그렸다. 집에 오는 내내 아빠와 패티 조 아줌마는 라디오에서 흘러나오는 음악을 따라 불렀다. 음이 맞지 않는 노래가 양쪽에서 끊임없이 이어졌다.

트럭이 앞뒤로 덜컹거렸고, 내 몸은 물처럼 풀어지는 것 같았다. "내 생애 최고의 밤이야!" 패티 조 아줌마는 음악 소리보다 크게 소리를 지르며 한쪽 팔을 창밖으로 내밀었다. 아줌마 손가락 사이로 바람이 지나갔다. 트럭이 도로 위를 비틀대며 왔다 갔다 했고, 내 몸이 아줌마에게로 쓰러졌다. 몸을 일으키고 싶었지만 머리가 너무 무거웠다. 눈을 뜨고 있고 싶었지만, 눈꺼풀이 자꾸 내려왔다.

패티 조 아줌마는 한쪽 팔로 내 어깨를 끌어안았다. 패티 조 아줌마와 아빠는 닐 다이아몬드의 노래를 부르고 있었다.

아픔은 등 뒤로 사라지네요.
그대를 안고 있는데 어떻게 아플 수 있나요.

내 몸에 닿은 패티 조 아줌마의 몸이 축축하고 따뜻했다. 맥주 냄새, 땀 냄새, 독한 향수 냄새가 났다. 머릿속에서 온갖 생각이 소용돌이쳤다. 설익은 생각들, 축축하게 젖은 생각들, 이름 붙일 수 없는 생각들이었다. 하지만 그 끈끈한 덩어리 속 어딘가에서 패티 조 아줌마의 몸이 느껴졌다. 진짜 몸, 온전한 하나의 몸, 살아 있는 몸이었다. 아줌마가 누구인지, 아까 누구였는지, 내일 누구일지,

그런 건 아무래도 좋았다. 오늘밤은 가짜가 판치는 밤이었다. 온 세상이 가식 속에 뒤섞였다. 그래서 나는 그냥 아줌마 품에 안겨 있었다. 눈을 감은 채, 아줌마가 나를 사랑한다는 착각 속에 그냥 잠겨 있었다.

6

"저렇게 밖에 세워둔 지 며칠이나 됐니?"

텔레비전은 꺼져 있었고, 엄마는 한쪽 무릎을 안고 창틀에 앉아 있었다. 무릎께가 접힌 잠옷 아래로 막대기 같은 정강이와 가늘고 하얀 복사뼈가 드러나 있었다. 훈련장에는 달링이 혼자 서 있었다. 머리가 옆으로 꺾인 채, 땀에 젖어 회색으로 번들거리면서.

"엿새째예요." 나는 이렇게 말하며 새로 만든 얼음주머니를 내밀었다.

엄마는 얼음을 쳐다보더니, 받으려고 손을 내미는 대신 다시 창밖으로 고개를 돌렸다.

"저렇게 한다고 될 것 같니?"

청바지 허리에 살이 짓눌렸고, 얼음주머니를 들고 있는 손은 얼얼했다. 묵직한 아픔이 손목과 팔뚝으로 퍼져 나갔다. "잘 모르겠어요." 내가 대답했다. "말이 좀 미친 것 같아요."

엄마가 목을 빼고 턱을 당기면서 어깨를 바로 세웠다. 목선의 힘줄이 이리저리 움직였다. "얼마 주고 샀니?" 엄마가 물었다.

3750. 최종 낙찰 가격이었다. 입찰자는 버드 아저씨까지 총 여섯 명이었다. 하지만 아빠 턱은 무쇠 턱이었고, 아빠의 시선은 팽팽하게 한곳만을 응시했다. 나머지 입찰자들은 결국 나가떨어졌다. 경매가 끝났을 때 아빠는 현금 1347달러를 내고, 나머지를 신용카드 두 장으로 나누어 지불했다. "모르겠는데요." 나는 말했다.

"네가 모른다고?" 엄마가 물었다.

"기억이 안 나요."

엄마가 눈을 가늘게 떴고, 우리는 잠시 서로를 마주 보았다. 칼날 같은 엄마의 시선에 몸이 얼어붙고 머리가 텅 비었다. "이런 착한 딸이 있나." 엄마가 속삭였다. 두 뺨이 달아오르는 것 같았다. 엄마 방의 열기 때문인지, 가슴속에 묵직하게 쌓여가는 비밀들이 온몸에 퍼지는 느낌 때문인지 그것은 알 수가 없었다. 아빠하고 나는 보안대 파티에 대해 이야기한 적이 한 번도 없었다. 우리가 파티에 다녀왔다는 말조차 입에 올린 적이 없었다. 다음 날 토이보이를 빗질하러 온 패티 조 아줌마도 춤에 대해, 맥주에 대해, 집으로 오던 길에 대해 아무 말도 하지 않았다. 그렇게 그날 밤은 뭔가 다른 것이 되었다. 이제 그날 밤은 아무도 입에 담지 않는 어떤 것, 어쩌면 존재하지 않았을지 모를 어떤 것이었다.

엄마는 마치 꿈에서 깬 듯 온몸을 부르르 떨며 고개를 저었다. "미안하다." 엄마는 이렇게 말하며 나에게서 얼음주머니를 가져갔다. "덥구나." 엄마는 얼음을 뒷목에 갖다 댔다. "신경이 곤두서."

"더워서 다들 좀 이상해요."

"그러게 말이야." 엄마는 훈련장 쪽을 보며 고개를 끄덕였다. 말을 두고 하는 말인지 아빠를 두고 하는 말인지 그것은 알 수가 없었다.

"아빠가 꼭 길들일 거예요." 내가 장담했다.

"어느 세월에." 엄마가 말했다.

아빠가 달링에 처음 올라탔을 때, 실라와 나는 훈련장 울타리에 매달려 있었고, 메기 아줌마들은 우리 옆에 한 줄로 서서 언 포도 가방을 빙빙 돌리면서 종이컵을 홀짝이고 있었다. "달링이 가만 있을까?" 실라가 속삭였고, 나는 어깨를 으쓱했다. 아빠는 한 발을 등자에 걸치고 고삐를 단단히 쥐었다. 달링이 가만 있느냐 아니냐는 중요한 문제가 아니었다.

달링은 훈련장 중앙에 꼼짝 않고 서서 콧김을 뿜으며 등을 활처럼 말았다. 귀는 머리에 납작 붙었고 목은 휘어졌다. "원래 저런 거야?" 비치 아줌마가 물었다. 달링은 숨을 들이쉬어 가슴께를 부풀리고 꼬리를 다리 사이에 집어넣었다. 아빠는 기다렸다. 하지만 달링은 그대로 있었다. 천천히, 아빠는 달링의 등에서 자세를 고친 다음, 발꿈치로 달링의 허리를 건드렸다. 발꿈치가 닿는 순간, 지옥문이 열렸다.

달링이 몸부림치면서 날뛰었다. 공중으로 뛰어올랐다가 몸을 비틀면서 땅으로 곤두박질쳤다. 발굽이 바람을 갈랐다. 뒷발로 섰다가 껑충 뛰어올랐다가 공중에서 허리를 뒤틀며 내려왔다. 바닥이 울리고 아빠의 머리가 흔들렸다. 아빠는 다리에 힘을 주고 상체에서는 힘을 뺐다. 아빠의 상체가 고무처럼 탄력 있게 움직였다. 긴장한 메기 아줌마들은 숨을 들이쉬었고, 실라는 두 손으로 얼굴을 가렸다. "저러다 죽는 거 아냐." 패티 조 아줌마가 속삭였다.

먼지구름 사이로 아빠가 보였다. 머리는 앞으로 숙여져 있었고, 두 손은 고삐를 조종하고 있었다. 달링이 한쪽으로 몸을 비틀었고, 아빠는 반대쪽으로 고삐를 잡아당겼다. 달링이 옆구리로 나무 울타리를 쳤다. 아빠의 다리가 나무에 긁혔다. 하지만 아빠는 버텼다.

더이상 어떻게 해볼 도리가 없자 달링은 달리기 시작했다. 훈련장을 위험한 각도로 내달렸고, 울타리가 나타나면 갑자기 미끄러지듯 섰다가 방향을 틀었다. 하지만, 서서히, 달링은 훈련장 울타리를 따라 돌기 시작했다. 어느새 달링은 매끄러운 타원을 그리며 질주하고 있었다. 가슴과 복부에 거품 같은 땀이 맺히고, 다리는 흠뻑 젖고, 재갈을 문 입가에는 침방울이 부글부글했다. "저것 좀 봐." 패티 조 아줌마가 속삭였다. 아빠가 죽지 않으리라는 것, 아빠가 달링을 제대로 탔다는 것이 분명해졌다. "세상에!"

아빠는 달링을 훈련장 중앙으로 몰았다. 그러고는 고삐를 당겨 달링을 천천히 세웠다. 땀에 흠뻑 젖은 달링이 온몸으로 숨을 몰아쉬며 우리 앞에 서 있었다. 잠시 그대로 있던 아빠는 무게를 옆으로 실으며 부드럽게 내려왔다.

관중은 열광했다.

일렬로 늘어선 메기 아줌마들은 치어리더 댄스 같은 손동작 발동작에 함성에 휘파람에 요란을 떨었고, 실라는 옆에서 깡충깡충 뛰었다.

"와아, 조 아저씨!" 실라가 외쳤다. "굉장해요!"

"정말 놀라워요." 패티 조 아줌마가 말하자 아빠는 씩 웃었다.

아빠가 달링을 훈련장 밖으로 데리고 나올 때, 실라가 울타리 문에 올라탔다. 울타리 문이 실라의 무게로 열렸고, 메기 아줌마들이 모여들었다. 이제 끝이라고 생각했다고, 저러다가 죽겠다고 생각했다고, 하며 저마다 숨 가쁘게 떠들었다. 아빠의 얼굴에 화색이 돌았다. "항상 하는 일인데요, 뭐." 아빠가 말했다.

"항상 하는 일!" 비치 아줌마가 놀라움을 표했다. "당신, 진짜, 완전, 신이네요!"

메기 아줌마들은 아이스박스에 있던 술로 자기들의 잔을 채운 다음, 아빠에게도 잔 하나를 건넸다.

"진짜, 완전, 신을 위하여!" 아줌마들이 건배했다. 아빠는 고개를 젖히고 단숨에 들이켰다.

잔이 채워지고 또 채워졌고, 용기를 위해, 속도를 위해, 길들지 않은 말에 올라타는 인간의 무모함을 위해 건배하고 또 건배했다. 나는 계속 기다렸다. 아빠가 정색하기만을, 이런 바보 같은 쇼는 이제 끝났으니 다들 하던 일이나 하라고 말하기를 기다렸다. 하지만 아빠는 메기 아줌마들 사이에서 껄껄 웃고 건배하고 들이켰다. 실라는 아빠 옆에 붙어 촐랑댔고, 아빠는 실라를 번쩍 들어올려 빙글빙글 돌렸다. 실라가 소리를 지를 때까지 계속.

"앨리스," 내가 아직 울타리에 앉아 있는 것을 보고 비치 아줌마가 말했다. "너희 아빠 정말 굉장하지 않니?"

아빠는 나를 쳐다보았다. 처음으로, 아빠의 얼굴에 뭔가 익숙한 것이 스쳐 지나갔다. 현실의 그림자가 짧게. "어," 아빠가 말했다.

"이런 일을 앨리스는 천 번은 봤어요. 특별할 거 없다고 생각할 거예요." 아빠는 메기 아줌마들 사이로 돌아갔고, 메기 아줌마들은 아빠에게 미소를 지어 보이면서 아빠 잔을 또 채우고 또 건배했다.

아빠 옆에 달링이 있었다. 갈비뼈가 오르락내리락 하고, 입가에는 분홍색 거품이 맺혀 있었다. 피와 침이었다. 내가 트위치로 달링을 피 나게 했을 때, 모두들 얼마나 경악하고 얼마나 혐오했었는데.

아빠 말은 틀렸다. 나는 특별할 거 없다고 생각하는 것이 아니었다. 내가 생각하는 것은 다른 것이었다. 승마장에 사는 사람이면 알겠지만, 마음 내킬 때 놀러오는 사람 말고 정말 승마장에 사는 사람이면 알겠지만, 말이 사람 한 번 태웠다고 길이 드는 것은 아니었다. 달링은 지금 상처 입고 피 흘리며 기진맥진해서 아빠 옆에 서 있지만, 두어 시간 전과 달라진 것은 아무것도 없었다. 변한 것은 아무것도 없었다. 아빠가 달링 등에 올라타고 버텼다고 해서, 아빠처럼 할 수 있는 사람이 이 세상에 또 있다는 뜻은 아니었다.

"제길." 모두 돌아간 뒤 아빠가 말했다. 아빠는 소파에 털썩 주저앉았다. 양말에 구멍이 나서 커다란 발가락이 튀어나와 있었다. 얼굴은 여전히 상기돼 있었고, 머리털은 완전히 젖어 있었다. 아빠는 눈을 감은 채 음악을 듣는 듯 손가락을 세워 가슴 위를 두드렸다. "부드럽더라." 아빠가 나에게 말했다. "정말이야. 믿기지 않을 만큼 부드럽더라. 방향을 바꿀 때는 철로를 달리는 것 같았어. 녀석이 날뛰고 몸부림칠 때도 물 위에서 흔들리는 것 같더라. 휘핑크림 위에 앉아 있는 느낌이었어. 녀석은 챔피언 감이야, 앨리스. 농담이 아니야."

아빠는 물때 낀 천장을 올려다보면서 씩 웃었다. 나는 아빠를 쳐다보면서 식탁 끝에 등을 대고 섰다. 그리고 달링을 생각했다. 달링은 바트가 있던 원형 우리 안에 혼자 있었다. 안장이 놓였던 등은 땀으로 흥건하고 섬세한 입매는 까지고 부어오른 채.

"올라앉으니까," 아빠가 말을 이었다. "이렇게 바람이 몰아치고, 이렇게 불길이 타오르고, 이렇게 폭풍우가 몰려오고. 어떤 느낌이냐 하면, 이런 제길, 말로는 못 하겠다."

"진짜 완전 신?" 내가 묻자 아빠 눈이 번쩍 뜨였다.

"야," 아빠가 말했다. "말조심해."

나는 입술을 깨물며 잘못을 빌려고 했는데, 아빠는 여전히 미소를 짓고 있었다. 손가락은 흥분으로 움찔움찔했고, 울타리에 긁혀 피가 나는 무릎은 찢어진 청바지 속에서 들썩들썩했다.

전화벨이 울렸고, 아빠는 한걸음에 거실 반대편에 있는 전화기로 갔다. "방송국일 거야." 아빠는 농담을 했다.

"왜요?" 내가 물었다. "돈 내래요?"

"안녕하세요." 아빠는 호들갑스럽게 전화를 받았다. "윈스턴 조련장입니다. 최고의 조련사 조 윈스턴입니다."

나는 소파에 스르르 앉으면서 양손으로 턱을 괬다. 그러면서 웃기지 말라는 표정을 짓고 싶은 충동을 억눌렀다. 잠시 귀를 기울이던 아빠는 나에게 등을 돌리고 손가락으로 한쪽 귀를 막았다. "뭐라고요?" 아빠가 속삭였다. 거실 안은 숨이 막히도록 더웠는데, 온몸에 소름이 끼쳤다.

아빠는 전화기에 대고 말없이 고개를 끄덕이면서 호흡을 고르고 어깨를 둥글게 숙였다. 통화가 끝났지만 아빠는 멀뚱히 수화기만 내려다보았다.

"뭐예요?" 내가 물었다.

낯빛이 변한 아빠는 대답 없이 고개를 가로저었다. 위장이 뒤집혀 목구멍으로 솟구쳐 오르는 것 같았다. "무슨 일이 생겼대요?" 내가 속삭였다. "노나 언니예요?" 아빠는 수화기를 내려놓고 다시 소파 있는 데로 와서 털썩 주저앉았다.

"아빠," 나는 노나 언니처럼 속삭였다. '아빠'는 언니가 잘 쓰는 말이었다. "아빠, 무슨 일이에요?"

아빠는 고개를 들고 나를 쳐다보았다. 하얗게 질린 무표정한 얼굴이었다. "할아버지 할머니야." 아빠가 드디어 입을 열었다. "오신대."

잭 할아버지와 루비 할머니는 아빠의 부모님이었다. 우리집과 우리 조련장은 한때 할아버지 할머니 것이었지만, 두 분이 우리집에 오는 일은 거의 없었다. 할아버지는 은퇴하기 전에 지압 일도 했었는데, 그때 사무실로 사용하던 집 앞의 작은 건물은 이제는 창고가 되었다. 할아버지 할머니를 마지막으로 본 것이 언제였는지 기억이 가물가물했다.

"언제요?" 내가 물었다.

"지금." 아빠는 손목시계를 힐긋 내려다보더니 식탁으로 갔다. "오늘밤에. 서둘러야겠다." 아빠는 널려 있는 신문들을 한쪽 팔로 밀어 치운 다음, 식탁 위를 엄지손톱으로 긁어냈다. 말라붙은 우유에 박혀 있는 치리오 부스러기였다.

"어느 방을 내드려요?" 내가 물었다. 손님방은 아빠가 쓰고 있었다. 아뿔싸, 할아버지 할머니가 언니 방을 쓰게 되면 골방도 전화도 끝이었다.

아빠는 나를 노려보았다. "그만 떠들고, 움직여."

나는 진공청소기를 돌렸고, 아빠는 등잔과 깔개의 위치를 바꾸어 카펫의 얼룩을 가렸다. 그렇게 청소를 끝낸 다음, 나는 쓰레기 봉투의 입구를 잡았고, 아빠는 옛날 신문들을 쑤셔 넣었다. 전부 괜한 짓인 것 같았다. 할아버지 할머니는 이동주택에 살고 있었다. 집이 어질러진 것을 그렇게 낯설어하지는 않을 것 같았다.

아빠는 팔등으로 이마를 닦으면서 거실을 빙 둘러보았다. "좋아, 좋아." 아빠가 말했다. "그럼 이제 부엌만 남았는데……" 아빠의 시선이 층계를 향했다. "제길." 아빠가 속삭였다.

"왜요?"

아빠의 시선이 층계 꼭대기에서 멈추었고, 아빠의 어깨가 밑으로 처졌다. "엄마한테 말해야지."

내가 부엌을 치우는 동안 아빠가 위층에 올라가 엄마와 이야기를 나누는 것은 공평하지 않은 것 같았다. 이야기해봐야 무슨 소용인가? 엄마가 달려 내려와 빗자루를 집어들 리도 없는데. 아빠는 할아버지 할머니가 온다고 말할 테고, 엄마는 할아버지 할머니가 올 때까지 이 생각 저 생각 하면서 방에 앉아 있을 텐데. "나중에 깜짝 놀래주면 안 될까요?" 내가 말했다.

아빠가 엄마에게 올라가 있는 동안 나는 부엌 바닥을 쓸고 레몬 냄새와 소독용 알코올 냄새가 나는 스프레이로 조리대 전체를 닦았다. 그런 다음 선반 안을 정리하고 접시는 접시끼리 유리잔은 유리잔끼리 정리해놓았다. 패스트푸드점에서 가져온 대형 플라스틱 컵은 한데 모아 식료품 저장실 뒤편에 숨겼다. 그렇게 컵들은 한 번도 먹어본 적이 없는 채소 통조림과 한 번도 사용해본 기억이 없는 아이스크림 메이커에 가려졌다.

드디어 아빠가 계단을 내려왔다. 발걸음이 무거워 보였고, 고개를 숙이고 있었다. 아빠는 첫번째 계단에 주저앉아 머리를 손으로 받치고 머리 아래쪽을 엄지로 눌렀다.

"그런데," 내가 말했다. "어느 방을 내드릴 거예요?"

루비 할머니는 내가 현실 세계에서 본 사람 가운데 가장 뚱뚱했다. 나는 이동주택의 작은 사각형 문을 통해 할머니를 올려다보았다. 과연 저 사람이 이 문으로 나올 수 있을까 의심스러웠다. 할머니는 계단을 내려설 때 양손을 이용해 허릿살을 위아래로 분산시키면서 겨우 문을 빠져나왔다. 그러고는 내 쪽으로 다가왔다. 할머니의 갈라진 분홍색 발뒤꿈치가 나무 샌들 바깥으로 덜렁덜렁했다. "주여," 할머니는 나를 끌어안으면서 숨을 헐떡였다. "엄청나게 자랐구나."

루비 할머니는 나의 몸이 할머니의 마시멜로 같은 몸통에 파묻힐 정도로 나를 끌어안고 앞뒤로 흔들어댔다. 그러고는 나를 옆으로 집어던진 다음 아빠에게 다가갔다. "어쩜, 조디," 할머니는 헉 하고 놀랐다. "어쩜, 조디, 어쩜, 주여!"

아빠 등이 굳어졌고, 아빠의 몸통이 할머니의 넘실대는 비계에 싸였다. 아빠가 한발 물러서자 할머니는 아빠 얼굴 양옆에 양손을 올리고 손바닥 군살로 아빠의 양 볼을 짓눌러 아빠 입을 비쭉하게 만들었다.

"안녕하셨어요, 어머니." 아빠가 웅얼웅얼 인사했다.

잭 할아버지는 키가 크고 단정했다. 머리는 은발이었고, 다림질된 하얀 셔츠 소매 아래로 부드러운 구릿빛 팔이 빛났다. 할아버지는 내 어깨를 토닥이더니 내 몸을 옆구리 쪽으로 잡아당겨 덥석 끌어안았다. "안녕, 꼬마."

세번째 일행은 돼지같이 생긴 작은 개였다. 턱은 뾰족하고, 털은 때에 절은 파우더퍼프 같았다. 루비 할머니가 식구들을 소개시켜주겠다며 개를 들어올렸는데 개가 으르렁거렸다. "폼폼은 아기야." 할머니가 말했다. "아기라고 어리광을 부리잖니." 할머니가 폼폼의 앞다리를 쥐고 우리 앞에 내밀자, 폼폼은 발톱을 세우고 허공을 허우적거렸다.

아빠와 나는 청소하느라 후줄근해진 채로 나란히 앉았다. 손님 맞을 준비를 하면서 아빠도 나도 샤워를 하거나 옷을 갈아입을 생각을 미처 못 했다. 아빠 머리칼은 땀에 젖어 뻣뻣했고, 티셔츠는 목과 겨드랑이 쪽이 누렇게 얼룩져 있었다. 내 옷에서는 축사 냄새가 났다. 톱밥과 건초에서 나는 단내였다. 내 머리칼은 헝클어졌고, 내 손톱에는 때가 꼬질꼬질했다. 아빠와 나를 번갈아보던 할머니에게서 미소가 조금 사라졌다. "없는 사람이 있네." 할머니가 말했다.

나는 아빠를 돌아보았다. 아빠가 할아버지 할머니한테 노나 언니 이야기를 안 했을 리 없는데. "메리언은 안에 있어요." 아빠가 말했다.

할머니는 폼폼을 팔에 끼고 뒷문을 열어젖혔다. 할머니의 몸은 또 한번의 흥분으로 물결처럼 흔들렸다. "메리언, 우리 아가, 이게 대체 얼마 만이냐!" 나는 몸을 옆으로 기울여 할머니의 몸 뒤쪽을 보았다. 계단에, 엄마가, 옷을 차려입고 서 있었다.

난간 옆에 서 있는 엄마는 참새처럼 작아 보였다. 옷은 옷걸이 같은 어깨에 걸려 있었고, 신발은 가느다란 발에 크고 헐렁했다. 할머니는 엄마에게 다가가 끌어안으려고 했고, 나는 몸이 오싹했다. 할머니의 육중한 팔 사이에서 엄마가 먼지처럼 사라져버릴 것 같았다.

아빠는 한 발 걸어 나가 한쪽 팔로 엄마의 허리를 안았다. 아빠가 엄마를 소파까지 부축하는 동안 엄마는 손가락으로 아빠의 티셔츠 등판을 붙잡고 있었다. "메리언이 감기에 걸렸어요." 아빠가 설명했다. "회복되는 중인데 아직 좀 기운이 없어서요."

할아버지와 할머니가 눈빛을 교환했다. 내가 할아버지 할머니 사이에 끼어들며 물었다. "얼마나 계실 거예요?"

할머니의 시선이 엄마에게 머물렀다. "금방 갈 거다." 할머니가 말했다. "너도 할아버지 성격 알지? 서부에서 살아야지, 안 그러면 머리통이 터져버릴 사람이야." 할아버지는 가슴 앞에 팔짱을 낀 채 현관에 기대어 축사를 내다보고 있었다. 어디 살더라도 머리통이 터져버릴 사람 같지는 않았다.

아빠는 상체를 숙이고 엄마의 어깨를 가볍게 만졌다. "괜찮아?" 아빠가 물었다.

엄마가 눈을 들었다. 하얀 광대뼈 위로 눈가가 퀭했다. "피곤해요." 엄마가 말했다.

할머니가 폼폼을 반대 팔에 옮겨 끼고 분홍색 손으로 부채질을 했다. "하느님 맙소사, 조디, 여기는 오븐 속 같구나." 할머니가 한 손으로 얼굴을 부치는 동안 할머니의 몸 전체가 출렁거렸고, 할머니의 붉은 뺨이 물결처럼 흔들렸다. 할머니의 이마에서 땀 한 줄기가 흘러내렸다.

"에어컨이 망가져서요." 아빠가 말했다.

할아버지의 눈이 천장을 향했다. "아, 그래? 어디가 잘못됐냐?"

"망가졌어요." 아빠가 같은 대답을 했다.

"내가 내일 올라가서 보마." 할아버지가 말했고, 아빠는 입술을 일자로 꾹 다물었다.

할머니가 부엌에서 저녁을 준비하는 동안 아빠와 할아버지는 딱딱한 대화를 나누었다. 도로, 날씨, 무더위가 화제에 올랐다. 나는 식탁을 차렸고, 엄마는 소파에 앉아 꺼진 텔레비전 화면을 열심히 들여다보았다. 나는 곁눈질로 엄마를 보았다. 위층에서 아빠가 엄마에게 뭐라고 한 건지, 대체 무슨 협상이 이루어진 건지 알고 싶었다. 지난번에 할아버지와 할머니가 우리집에 왔을 때를 기억해보려고 애썼다. 그때도 엄마가 옷을 갈아입고 내려왔었나? 그때도 엄마가 연기를 했었나? 감기에 걸렸던 행복한 보통 여자인 척했었나? 하지만 할아버지 할머니의 지난번 방문에서 유일하게 기억나는 것은 할머니가 언니에게 자기의 소싯적 모습을 빼다 박았다는 말을 계속했던 것과 그 뒤로 얼마간 언니가 밥만 먹고 나면 토했다는 것뿐이었다.

할머니가 부엌에서 음식을 내오자 아빠는 엄마의 허리를 팔로 감아 자리에서 일으키고 식탁까지 부축해주었다. 할머니는 으깬 감자 접시 위로 엄마를 흘겨보았다. "지난번에 왔을 때도 아프더니, 메리언." 할머니가 말했고, 엄마는 눈을 끔뻑끔뻑했다.

"제가요?" 엄마가 물었다. "이상하네요. 평소에는 말처럼 튼튼한데."

저녁 먹는 동안 폼폼은 식탁 밑을 왔다 갔다 했다. 낑낑 울고 앞발을 쳐들며 먹이를 달라고 난리였다. 아빠는 폼폼을 내려다보면서 못마땅하다는 듯 입을 비죽였다.

"저 개, 말들 옆에 못 가게 하세요." 아빠가 말했다. "머리가 터지면 청소하기 힘들어요."

"그럴 리 없다." 할아버지가 대답했다. "개는 뇌가 없잖니."

할머니의 입이 말린 자두처럼 오므라들었다. 할머니는 자기 접시에서 빵 조각을 집어 고기소스에 적시더니, 젖은 빵 조각을 폼폼에게 빨아먹게 했다. 식탁 맞은편에서는 엄마가 머리를 숙이고 소리 없이 구역질을 했다. "그런데 앨리스," 할머니가 말했다. "이제 몇 살이냐?"

"열두 살이에요." 내가 대답했다.

"남자친구 있니?"

나는 시선을 떨구고 없다는 뜻으로 고개를 저었다.

"너희 사촌 키시도 열두 살인데, 남자친구가 셋이란다."

아빠가 식탁 밑에 있던 폼폼에게 살짝 발길질을 했고, 폼폼은 돼지처럼 꿍꿍댔다. "헤퍼 못쓰겠네." 아빠가 말했다.

식탁 맞은편에서 엄마가 나를 쳐다보았다. 엄마는 양손을 무릎 위에 포개고 있었다. 접시는 손도 대지 않은 상태였다. "네가 몇 살이라고?" 엄마가 물었다.

"열두 살이에요." 나는 했던 말을 반복했다.

"그럴 리가." 엄마가 얼굴을 찌푸렸다. 엄마의 입술이 떨리기 시작했다. 의자에 앉은 엄마는 작아 보였다. 어깨는 옷을 걸어놓은 옷걸이처럼 앙상했고, 두 팔은 국수 가락처럼 가늘었다. 엄마는 모서리, 천장, 벽을 한 바퀴 둘러보았다. 갑자기 낯선 곳에서 잠이 깬 사람 같았다.

할아버지와 할머니는 말없이 엄마를 지켜보았고, 아빠의 시선은 할아버지와 할머니 사이를 분주히 오갔다. "메리언." 아빠가 마침내 입을 열었다. 속삭이는 듯한 아주 작은 목소리였지만 엄마는 아빠를 돌아보았고, 둘 사이에 무언의 대화가 오갔다. 엄마의 머릿속 혼돈이 구름처럼 흩어졌다. 엄마는 할아버지 할머니를 돌아보았고, 엄마의 입매에 눈물을 머금은 미소가 감돌았다.

"시간이 어찌나 빠른지," 엄마는 속삭였다. "어떻게 지나가는지 모르겠어요."

"누가 아니라니." 할머니는 이렇게 말하며 포크로 아빠를 가리켰다. "이 녀석이 기저귀 차던 때가 엊그제 같은데. 아이고 주여, 조디처럼 예쁜 아기도 없었다. 곱슬곱슬한 금발에 속눈썹은 또 어찌나 길던지. 내가 지나가면 항상 사람들이 붙잡고 '아, 정말 예쁜 여자애네요!' 이랬단다." 할머니는 식탁을 치면서 입을 벌리고 크게 웃었다. 아빠는 손가락을 세워 허벅지를 톡톡 두드리며 시계를 보았다.

"우리 바트가 안 보이더라." 잠시 후 할아버지가 접시 위의 고기를 먹기 좋게 썰면서 말했다. "축사로 옮겼니?"

"죽었어요." 엄마가 말했다. 당황한 그 순간, 식탁을 사이에 두고 아빠와 나의 눈이 마주쳤다. 우리는 엄마에게 바트가 네브라스카에 가서 잘 먹고 잘 산다고 했었는데.

"병이 나서 안락사시켰어요."

할아버지는 의자에 기대앉으며, 잠시 이 새로운 소식을 곱씹었
다. "이런," 잭 할아버지가 말했다. "언제?"

"작년에요." 엄마가 대답했다.

할아버지는 천장을 보며 한숨을 내쉰 다음, 고개를 끄덕이고는
음식으로 돌아갔다. "그럼 종마는 새로 구했니?"

아빠는 엄마를 곁눈질하면서 입안의 음식을 이리저리 돌려가며
천천히 씹었다. "찾는 중이에요."

"승마장에는 종마가 있어야 한다." 잭 할아버지가 말했다. "종
마가 없으면 아무것도 아니야."

모두들 밥을 먹고 있는데 엄마가 층계에 시선을 던지며 일어났
다. "올라가서 쉬어야겠어요."

"그게 좋겠어." 아빠는 이렇게 대답하며 일어났다. "하루 종일
힘들었을 거야." 아빠는 한 손으로 엄마의 팔꿈치를 잡고 계단까
지 부축했고, 상체를 기울여 엄마의 옆머리에 입을 맞추었다. 이상
해 보였다. 엄마가 올라간 뒤 모두들 잠시 말이 없었다. 엄마의 접
시에는 음식이 고스란히 남아 있었고, 식기는 깨끗했고, 냅킨은 그
대로 접혀 있었다. 아빠는 식탁을 치우기 시작했고, 나도 거들려고
벌떡 일어났다.

"감기가 심했나보구나." 잭 할아버지가 말했다.

저녁을 먹은 뒤, 현관 층계에서 나는 할아버지의 무릎 사이에
앉았다. 할아버지는 엄지손가락으로 내 등 근육을 풀어줬고, 폼폼

은 쿵쿵거리면서 마당을 돌아다니다가 바위나 덤불이 나오면 다리를 들어 영역 표시를 했다. 할아버지는 불이 붙은 시가를 물고 있었다. 할아버지가 내 머리를 양손으로 잡고 앞뒤로 흔드는 동안 내 머리 위로 동그란 연기가 피어올랐다.

집이 아직 할아버지 할머니 소유이던 시절에 할아버지는 목장 일꾼들의 등을 지압해주며 돈을 벌었다. 말은 인간의 척추에 무리를 준다는 것이 할아버지의 지론이었다. 사람들이 현금을 들고 오면 할아버지는 뼈를 맞춰주고 목 근육과 어깨 근육을 엄지손가락으로 눌러주었다. 세월이 흘렀지만 시합장에서나 조합에서나 노인들은 아직도 머리를 좌우로 돌리고 뒷목을 문지르며 아빠에게 다가오곤 했다. "잭이 지압해준다면 돈은 얼마든지 낼 텐데." 사람들의 말에 아빠는 미안한 듯 고개를 끄덕이곤 했다. 잭 할아버지가 사람의 몸에 대해 무엇을 알고 있는지는 모르지만, 다른 사람에게 알려주지 않은 것은 확실했다.

"어떤 느낌인지 알겠니?" 할아버지가 내게 물었다. "등이 어떤 모양인지 알겠어?" 나는 고개를 끄덕였다. "똑바로 앉아 있을 때는 이런 느낌이야."

담배에 불을 붙인 할머니는 아빠가 앉아 있는 현관 그네에 간신이 엉덩이를 밀어넣었다. 할머니의 몸무게 때문에 그네의 체인이 삐걱거렸다.

"저녁 먹고 축사를 둘러보았다." 할아버지가 아빠에게 말했다. "처음 보는 놈들이 많더구나."

"맡아준 거예요." 아빠가 말했다.

"그래?" 할아버지가 온화한 목소리로 물었다. "이제 그런 것도 하니?”

아빠는 할머니의 담뱃갑에서 담배 한 개비를 꺼내 불을 붙이지 않고 입에 물었다. “그냥 잠깐 동안이에요.”

할아버지의 손가락이 내 목 근육을 좀더 깊숙이 눌렀다. 시가 연기가 코와 눈을 찔렀다. 머리가 빙글빙글 돌았다.

“그런데,” 잠시 침묵이 흐른 뒤, 할머니가 말했다. “메리언 앞에서는 물어보고 싶지 않아서…… 메리언은 정신을 놨더구나. 이제 우리끼리니까, 노나 이야기 좀 해보렴.”

“별 얘기 없어요.” 아빠가 웅얼웅얼 대답했다. 불이 붙지 않은 담배가 입술 사이에서 까딱까딱 움직였다. “떠났어요, 결혼해서.”

“아는 놈이냐?”

“아니요.”

할머니는 현관 그네 팔걸이에 담배를 비벼 끄고, 다시 담배에 불을 붙였다. “그게 다는 아니겠지, 조디. 자세히 이야기 좀 해봐.”

“짐 정리 도와드릴까요?” 아빠가 말했다. “손님방 치워놨어요.”

“나중에.” 할머니가 대답했다. 나는 할아버지 무릎 사이에서 고개를 돌리고 아빠를 보았다. 그리고 아빠가 이야기하기를 기다렸다.

자세히 이야기하자면 이렇다. 제리의 트럭은 청록색이었고 양쪽에 하얀색 줄무늬가 있었다. 노나 언니가 제리를 맞으러 밖으로 나갔을 때 언니의 머리칼은 젖어 있었다. 맨발의 언니가 제리의 허리를 다리로 감싸고 자기 입술을 제리의 입술에 포갤 때 캔디핑크로 칠한 발톱이 햇빛에 반짝반짝 빛났다. 제리는 열아홉 살이었고, 흐느적흐느적 걸었고, 네모나고 두툼한 양손이 모루처럼 양팔에 매달려 흔들흔들했다. 제리가 언니를 거들어 트럭 뒤에 짐을 실을 때 보니 제리의 말라빠진 두 다리는 안짱다리였고, 청바지 구멍으로 무릎이 비죽 튀어나왔다. "맙소사." 아빠는 낮게 말했었다. "말이라면 거세시킬 텐데."

아빠는 언니를 설득해 정신을 차리게 하려고 했다. 언니가 아빠에게 작별의 뽀뽀를 하려고 까치발을 들었을 때 아빠는 한 손을 언니의 목 뒤에 갖다 대고 젖은 머리채를 잡았다. "바보같이 굴지 마라." 아빠는 말했다. "생각 좀 해."

하지만 언니의 얼굴은 차분하고 진지했다. 언니의 들국화 같은 눈동자는 아빠와 마주 보면서도 아무 동요가 없었다. "작별 뽀뽀 해주세요, 아빠." 아빠가 움직이지 않자 언니는 손을 머리 뒤로 가져가 아빠 손을 풀었다. 언니는 아빠 손을 잠시 잡고 있다가 아빠 손등에 스치듯 입을 맞추었다. 그러고는 잡았던 손을 내려놓았다.

할머니는 담배를 빨아들인 다음 길고 크게 숨을 내쉬었다. 기다리는 것이었다. 아빠가 내 쪽으로 헛기침을 하자 할아버지가 알아들었다. "갓 태어난 망아지들 구경시켜줄래?" 할아버지는 팔꿈치로 내 옆구리를 쳐 일으켜 세우면서 물었다.

더이상 남아 있을 방법이 없었기 때문에 나는 할아버지의 체리색 시가 불빛을 따라가지 않을 수 없었다. 하지만 수시로 걸음을 늦추고 귀를 쫑긋 세우며 현관에서 들려오는 아빠 목소리에 귀를 기울였다. 우리가 집 모퉁이를 도는 순간 할머니가 손을 뻗어 아빠 담배에 불을 붙였다. "됐다." 할머니가 아빠에게 말했다. "이제 얘기해봐."

달빛 아래, 검은 얼룩 같은 풀밭 위로, 망아지들은 새로 그린 그림처럼 선명했다. 울타리에 기댄 할아버지는 시가의 마지막 한 모금을 들이마시면서 망아지들의 실루엣을 쳐다보았다. "태어날 때 너도 있었니?" 할아버지가 물었다.

"한 마리만 빼고요." 나는 대답하며 몸을 움츠렸다. 그때의 기억이 덮쳐왔다. 바보짓을 했던 기억, 보잘것없이, 쓸모없이 애를 쓰던 기억, 눈물 흘린 기억. 진저의 새끼가 태어날 때 옆에 있던 것은 실라 올트먼뿐이었다. 지금, 어둠 속에서, 망아지들은 이름 없는 그림자 조각들, 바뀌어도 상관없는 조각들이었다. 하지만, 내일, 햇빛이 비치면 할아버지는 아빠와 내가 옐로캡을 운하에서 데려오던 그날 밤에 봤던 바로 그 망아지, 진저의 새끼를 보겠지. 코밑에 하얀 불꽃을 얹고, 왼쪽 뒷다리에 하얀 양말을 신은, 가을처럼 붉은 망아지를 보겠지. 바트를 닮은 망아지를 보겠지.

할아버지는 시가를 땅에 버리고 신발 코로 비벼 껐다. "우리끼리 얘기지만," 할아버지가 말했다. "여기 일은 잘돼가니?"

나는 어떤 대답이 적당할까 고심했다. "축사를 새로 칠했어요. 트레일러도요."

"나도 봤다." 할아버지가 말했다. "전부 반짝반짝하는구나, 좋아."

"그러니까 잘돼가요."

할아버지는 머리를 가로저으며 어둠을 향해 미소 지었다. "너도 네 아빠를 아는구나." 할아버지가 말했다.

아빠. 불과 몇 시간 전에 아빠는 메기 아줌마들에게 둘러싸여 입이 찢어져라 웃으면서 종이컵을 들어 건배를 했었다. 그리고 지금, 아빠는 할머니 옆에 양처럼 순하게 앉아 언니가 낯선 놈의 차를 타고 떠난 뒤 다시 돌아오지 않은 날에 대한 자세한 이야기를 게워내는 중이었다. 아빠가 할 수 있는 이야기 중에 내가 모르는 것은 없었다. 아빠가 본 것 중에 내가 보지 못한 것은 없었다. 할머니에게 이야기하려고 나를 쫓아내다니, 이해가 안 갔다.

그때 문득 폴리 케인이 떠올랐다. 아빠가 그애를 발견했고, 아빠가 그애의 시체를 물에서 건졌다. 그런데 아빠는 아무 말도 없었다. 우리는 계속 같이 있었는데, 끝없이 이어진 뜨겁고 끔찍한 낮에도 같이 있었고, 길고 조용한 저녁에도 같이 있었는데, 아빠가 내게 말하지 않은 것이 있었고, 내가 모르는 것이 있었다. 오늘밤, 할아버지 할머니는 손님방에서 잘 것이다. 아빠는 엄마 방으로 올라가 엄마 옆에 누울 것이다. 같은 공기를 마시고, 같은 공간을 쓰고, 같이 잠을 잘 것이다. 마치 매일 밤 그랬던 것처럼. 여느 부모처럼.

다음 날 아침, 아빠와 내가 말 먹이를 주려고 나왔을 때 할아버지는 벌써 지붕 위에 올라가 있었다. 처마 위에 걸터앉은 할아버지는 다리도 편해 보이고 어깨도 편해 보였다. 완전히 분해된 에어컨 옆에서 할아버지는 휘파람을 불며 부품 하나를 들고 이리저리 살피고 있었다. 우리를 본 할아버지는 씩 웃으면서 손을 흔들었다. "저놈 어때?" 할아버지는 울타리 안에 있는 진저의 새끼를 가리키며 소리쳤다. "그 애비에 그 아들이다." 열두시가 되자 에어컨이 돌아갔다.

그러고 나서 할아버지는 축사 옆 우리 안에 있던 망가진 펌프를 고쳤고, 잘 닫히지 않는 문짝을 고쳤다. 엄마는 아침 먹을 때도 점심 먹을 때도 내려오지 않았다. 할머니는 오전 내내 부엌에서 쿠키와 캐서롤을 만들고 냉장고 채소 칸에 묻은 더러운 갈색 얼룩을 지웠고, 정오에는 시원한 과일펀치 주전자와 햄 샌드위치 쟁반을 축사로 가져와 카드테이블 위에 차려놓았다. 패티 조 아줌마와 비치 아줌마는 각각 자기 말을 빗질하고 있었는데, 할머니는 아줌마들까지 오라고 불렀다. "넉넉하게 만들었어." 할머니가 말했다.

우리는 카드테이블 주위에 모여 종이냅킨에 싼 샌드위치를 먹었고, 실라는 폼폼을 쓰다듬어보겠다며 바닥에 앉았다. 할머니는 밖에서 일하는 할아버지에게 당장 햇빛을 피하지 않으면 일사병에 걸린다며 소리를 질렀다. 하지만 더위도 할아버지를 말릴 수는 없었다. 할아버지는 일손을 멈추지 않았고, 뒷주머니에 넣어둔 파란색 손수건으로 이마를 닦으며 셔츠의 첫번째 단추를 풀었다. 땀에 젖은 은색 털 뭉치가 햇빛에 빛났다. "저거 좀 봐." 할머니가 축사 문 앞에서 말했다. "온 지 하루도 안 됐는데, 벌써 자기가 존 웨인인 줄 안다니까."

"흠." 패티 조 아줌마가 샌드위치를 오물거리며 말했다. "조가 누굴 닮았는지 알겠네요."

아빠는 발밑을 내려다보면서 얼굴을 붉혔고, 할머니는 예의 바른 미소를 지으면서도 눈꺼풀 주름 틈으로 패티 조 아줌마를 향해 살짝 실눈을 떴다. 메기 아줌마들이 각자 자기 말들에게 돌아간 뒤 할머니는 아빠에게 머리를 갸웃해 보이며 목소리를 낮추었다. "조심해라, 조디."

초저녁이 되자, 밖의 일을 끝낸 할아버지가 축사에 들어와 말 먹이 주는 일을 거들었다. 실라와 나는 둘이서 건초 한 뭉치를 겨우 끌었지만, 아빠와 할아버지는 각자 한 뭉치씩 번쩍 들어 건너편 마방까지 집어던졌다. 마방마다 곡물을 들통째 부어주면서도 힘 하나 들이지 않는 것 같았다.

"우와." 할아버지가 잠시 일손을 멈추고 시가에 불을 붙일 때 실라가 속삭였다. "말보로 맨* 같아."

"너 아직 저거 계속하는구나." 할아버지가 축사 뒤쪽 폐마 울타리 쪽으로 고갯짓을 하며 아빠에게 말했다.

"에이스 할아범은 올해로 서른이에요." 아빠가 말했다. 할아버지가 고개를 옆으로 돌리고 잠시 아빠와 눈을 맞췄다.

"에이스는 내가 여기 와서 처음 탔던 말이에요." 실라가 환하게 말했다. 실라는 울타리에 매달려 에이스를 향해 키스를 날렸다. 하지만 에이스는 고개 한 번 들지 않고 풀만 뜯었다.

"너랑 옐로캡은 지금 뭐 배우니?" 할아버지가 물었다.

"레이닝을 배우고 있어요." 실라가 대답했다. "곧 쇼맨십을 시작할 거예요." 실라는 얼굴을 붉히더니 고개를 옆으로 숙이고 미소를 지었다. "아니, 저만 배우고 있어요. 옐로캡은 벌써 다 아니까."

"녀석은 정말 좋은 말이다." 할아버지가 진지하게 말했다. "너도 열심히 해야 한다."

"저도 열심히 하고 있어요." 실라가 대답했다. "날마다, 열심히 연습해요." 실라의 얼굴 위로 자기 불신의 그림자가 스쳐갔다. 하지만 할아버지가 솔직하게 옐로캡의 우월함을 인정하는 것을 실라는 고맙게 받아들였다.

---

* 말보로 담배 광고에 등장하는 캐릭터. 거친 남성미를 과시하는 카우보이.

할머니는 저녁 메뉴로 라자냐를 만들었다. 아래층에 내려온 엄마는 멍한 표정, 퀭한 시선으로 우리를 보면서 눈을 끔뻑였다. "공기가." 엄마는 이렇게 말하며 통풍구 쪽으로 손을 내밀었다. "계속 잤어. 잠을 잔 게 백 년 만인 것 같아."

"할아버지가 에어컨을 고쳤어요." 내가 대답했다. "하루 종일 틀었어요."

할아버지가 엄마에게 눈을 찡긋했고, 엄마는 할아버지 앞으로 다가와 할아버지의 양 볼에 양손을 갖다 댔다. 창백하고 가는 엄마 손이 할아버지의 얼굴과 나란히 있으니, 마치 두 장의 화장지 같았다. "오, 아버님." 엄마는 이렇게 속삭이며 할아버지의 가슴에 머리를 기댔다. "아버님을 좋아하게 될 것 같아요."

저녁을 먹은 다음 할머니는 설거지를 하고 나는 그릇을 말렸다. 그동안 엄마는 부엌 식탁에 앉아 창밖을 내다보았다. 할머니는 콧노래를 부르면서 떡 벌어진 어깨를 춤추듯 가볍게 흔들었고, 이따금씩 일손을 멈추고 접시에 남은 음식을 폼폼의 입에 넣어주었다. 나는 그릇을 말리며 엄마를 곁눈질했다. 엄마는 다리를 꼬고 눈을 반쯤 감은 모습이었다. 에어컨 바람에 엄마의 머리칼이 살짝 흩날렸다. 저녁밥을 몇 술 뜨지 않은 엄마는 할머니가 따라준 우유를 홀짝홀짝 들이켰다. "몸집이 작은 여자는 칼슘을 많이 섭취해야 해." 할머니가 말했다. "안 그러면 뼈가 가루처럼 변한다." 엄마는 한 손을 옆으로 늘어뜨리고 창밖을 내다보았다. 특별히 쳐다보는 것은 없었다. 손가락 끝으로 자기의 치마를 소리 없이 톡톡 두드리며 할머니의 콧노래에 박자를 맞추고 있었다.

"계속 있었으면 좋겠어요." 내가 아빠에게 말했다. 아빠는 현관에서 담배를 피우며 축사 앞쪽 울타리를 바라보는 중이었다.

"뭐가?" 아빠가 물었다.

"할아버지 할머니요. 좀더 계시라고 하면 안 돼요? 방도 있잖아요."

하지만 아빠는 대답이 없었다. 아빠는 내게 등을 돌리고 서 있었다. 나는 현관으로 나왔다. 아빠가 보고 있는 것을 나도 보고 싶었다. 해가 진 뒤였고, 하늘에는 아주 연한 자줏빛만 남아 있었다. 축사 앞쪽 울타리 안에서 할아버지가 혼자 시가를 피우고 있었다. 어미 말들은 할아버지 옆에서 풀을 뜯었고 망아지들은 할아버지를 쳐다보았다. 귀를 쫑긋 세운 망아지들은 여차하면 도망치기 위해 다리에 힘을 주고 있었다. 두 팔을 편안하게 늘어뜨린 할아버지는 불이 붙은 시가를 입에 물고 있었다. 어둠 속에서 망아지들의 실루엣이 한데 뒤섞였다. 망아지들은 가까이 다가왔다가 멀리 달아났다. 마지막 분홍빛 한 점이 하늘에서 사라지는 순간, 망아지 하나가 앞으로 나와서 목을 길게 빼고 입을 내밀었다. 할아버지는 한 팔을 내밀었다. 아주 짧은 망설임의 순간 뒤에, 망아지의 코와 할아버지의 손이 마주쳤고, 하늘은 까맣게 변했다.

"선생님은 잠 안 자요?" 내가 물었다.

새벽 두시였다. 사막은 잠들고, 온 세상이 고요했다. 하지만 선생님은 벨이 울리자 바로 전화를 받았다. "낮에 잔다." 델마 선생님이 대답했다. "다른 사람들이 안 자고 있으면, 잠이 더 잘 와."

벽 너머에선 아빠 엄마가 이틀째 한 침대에서 자고 있었다. 아빠가 자러 들어간 뒤, 나는 숨소리가 날까 조심하며 벽에 귀를 대고 기다렸다. 아빠는 온 집 안이 조용해질 때까지 방에 앉아 기다리다 살금살금 아래층으로 내려가 소파에서 잘 것만 같았다. 하지만 몇 분 만에 벽 너머에서 아빠의 낮고 질척질척한 코 고는 소리가 들렸다. 아빠 엄마가 잠들기 전에 무슨 말을 주고받았는지 모르지만, 어쨌든 나는 듣지 못했다.

"저는 나쁜 꿈을 꿔요." 내가 말했다.

"무슨 꿈인데?" 선생님이 물었다.

잠을 자는 사이 방 안으로 물이 들어오는 꿈, 물이 창문으로 새어 들어오고 문틈으로 흘러 들어오는 꿈이라고 말하고 싶었다. 하지만 그렇게 말하는 건 그애의 이름을 크게 부르는 것과 다름없었다. "모르겠어요."

"꿈을 겁내서는 안 돼." 선생님이 말했다. "꿈은 진짜가 아니거든."

"알아요." 내가 대답했다. 그렇게 뻔한 말을 하다니 실망스러웠다. 어른이 아이를 달래는 것 같았다. 내가 여섯 살 때, 폭풍우 때문에 겁에 질려 있던 나에게 아빠는 천둥은 바람 두 덩어리가 부딪치는 것일 뿐이라며 양손을 부딪쳐 보였다. 핵심을 완전히 벗어난 설명이었다.

"달래는 게 아니야." 델마 선생님이 말했다. "꿈은 기회 같은 거야. 위험과 마주치면서도 정말로 위험에 빠지지는 않을 기회."

"아." 내가 말했다. 기회를 얻는 것은 좋은 일이었다. 밤이면 밤마다 물에 빠져 죽으면서 진짜로 죽지는 않는 것은 좋은 일이었다.

"현실은 꿈보다 훨씬 더 무섭거든." 선생님은 말을 이어갔다.

"네가 잠을 자는 동안 네 머릿속에서 만들어지는 것들보다는 진짜 사람들이 훨씬 더 위험하지."

"은행 강도 아니면 연쇄살인범 같은 사람들요?"

"그래." 선생님이 대답했다. "그런 사람들도 나쁘다고 할 수 있지."

나는 메기 아줌마들을 떠올렸다. 할머니와 올트먼 부인은 그 아줌마들에게서 보이지 않는 위험을 감지하고 각자 자기 자식에게 조심하라고 경고했다. "믿을 수 없는 사람들이요?"

"맞아." 선생님의 목소리가 더 낮아졌다. "그런 사람들이 제일 위험하지."

"그런 사람인지 어떻게 알아요?" 나는 물었다.

"알기 쉬워." 선생님은 이렇게 말하며 천천히 담배를 빨았다. "아무리 피해도 계속 달라붙는 것을 보면 알지."

토요일이었다. 할머니는 시합장에 가져갈 샌드위치와 소다수를 아이스박스에 한가득 채웠다. 할아버지는 트레일러 옆에서 아빠가 옐로캡을 빗질하고 안장 올리는 것을 거들었고, 올트먼 부인과 나는 할머니를 따라 관람석으로 갔다. 폼폼에게 분홍색 망토와 분홍색 챙모자를 한 벌로 입혀놓은 할머니는 폼폼을 팔에 끼고 관람석을 올라가다 두어 걸음마다 한 번씩 걸음을 멈추고 숨을 골랐다. "아," 할머니는 숨을 몰아쉬며 말했다. "시합 구경하려고 얼마나 별렀는지 몰라!" 우리가 지나갈 때 사람들은 자리에 앉은 채 몸을 피하면서 할머니가 지나갈 수 있게 길을 내주었다.

나는 뒤를 따라가면서 어깨를 움츠리고 무릎을 구부렸다. 바지는 너무 짧고 셔츠는 허리 위로 올라갔다. 허연 배를 드러내지 않으려면 신발 안쪽에서 발가락을 꼬부리고 등을 구부려야 했다. "허리 펴라." 할아버지는 집에서 계속 일렀다. "늙어서 꼬부랑 할망구 되고 싶어?"

할머니는 우리를 이끌고 관람석 꼭대기 층까지 가서야 걸음을 멈추었다. "나는 저기 앉고 싶구나." 할머니는 이렇게 말하며 자기가 옛날에 앉았던 자리를 가리켰다. 올트먼 부인은 미소를 지으면서도, 사람들이 루비 할머니를 자꾸 쳐다보는 것이 불편한지 관중석에 시선을 두었다.

"조디가 1등으로 들어오지 못하면 난 고래고래 소리를 질렀지. '침 뱉어라, 조디! 심판한테 침 뱉어!' 그러면 심판들이 결과를 바꿨어."

"세상에." 올트먼 부인이 말했다.

경기장 쪽을 내려다보니 버드 아저씨가 할아버지에게 다가가고 있었다. 할아버지는 양팔을 내밀고 큰 소리로 웃으면서 버드 아저씨의 손을 잡고 흔들었다. 아침 내내, 보안대원들이 할아버지에게 다가갔다. 할아버지를 보고 소리를 지르고, 입이 찢어져라 웃고, 어깨를 가볍게 쳤다. 아빠는 옆으로 물러나 있었다. 실라가 나오는 경기도 아닌데 아빠는 경기장에서 시선을 떼지 않았다.

"남편분이 아직 아는 분이 많으신가봐요." 올트먼 부인은 잭 할아버지를 내려다보면서 말했다.

"떠나기 싫어했다우." 할머니가 대답했다.

"왜 떠나셨어요?" 올트먼 부인이 물었다.

"나이가 드니 이런 생활이 힘들더라고." 할머니가 말했다. "조디도 결혼해서 자기 집이 필요했고. 게다가 딸들은 다 떠났고. 엄마는 딸들 옆에 있어야 하잖수."

"그랬군요." 올트먼 부인이 말했다.

실라는 아빠 옆에 서서 아빠 팔에 머리를 기대고 경기를 구경하고 있었다. 아빠가 실라를 레이닝 종목에 출전시킨 것은 이번이 처음이었다. 관람석에서 내려다보니 실라의 입술은 계속 같은 말을 되풀이하고 있었다. 내가 정말 할 수 있을까요? 내가 정말 할 수 있을까요?

"저," 올트먼 부인이 말했다. "아드님이 일을 정말 잘하세요."

할머니는 아빠를 내려다보면서 부드럽게 미소를 지었다. "그런 말 들으니 기분 좋네그려."

"실라에게 훌륭한 선생님이에요." 올트먼 부인이 말을 이어갔다. "실라는 아드님이라면 죽고 못 살아요."

"조디는 좋은 녀석이지." 할머니가 맞장구를 쳤다. "알고 보면 신사라오. 그야, 평생 여자들 틈에서 살았으니까. 누이가 셋에, 딸이 둘이잖우. 녀석만큼 여자 잘 다루는 남자도 드물 거야."

"말도 잘 다루시고요." 올트먼 부인이 말했다.

할머니가 크게 웃었다. "그게 같은 거라우."

고객들이 가장 감탄하는 때는 아빠가 말을 조련하는 모습을 구경할 때인 것 같았다. 하지만 정작 실라 올트먼의 승마 실력은 좀처럼 늘지 않았다. 어쨌든 실라 엄마는 딸의 실력이 느는 것을 느끼지 못했다. 하지만 달링의 경우는 달랐다. 아빠는 날마다 달링의 등에 안장을 올리고 승마장에 끌고 왔다. 처음에는 항상 로데오로

시작했다. 달링이 미친 듯이 사방으로 날뛰어도 아빠는 악착같이
매달렸다. 메기 아줌마들과 올트먼 모녀는 감탄사를 연발했다. 한
달 전만 해도 아빠는 달링의 등에 안장을 올리기도 버거워했는데,
이제는 거짓말처럼 달링의 등에 올라타고 버티면서 돌리고 세우
고 방향을 조종했다. 루비 할머니도 승마장에 뒤뚱뒤뚱 걸어나와
아빠가 달링을 조련하는 것을 구경했다. 할머니는 메기 아줌마들
이 떠드는 소리를 들으면서 아빠를 향해 경고와 격려의 말을 외쳤
다. 아빠는 대부분 들은 척도 하지 않았다. "말 머리 조심해라, 조
디!" 할머니는 소리치곤 했다. "옳지, 옳지, 왼쪽으로 당겨!"

  같이 흥분하지 않는 것은 잭 할아버지뿐인 것 같았다. 여자들이
승마장 울타리 밖에서 응원하는 동안 할아버지는 나와 함께 축사
에 기대 서서 시가 연기를 뿜었다. "그냥 우리끼리 얘기지만," 할
아버지는 이렇게 말하며 승마장 쪽으로 고개를 끄덕끄덕했다. "네
아빠, 저러면 못쓰지."

  메기 아줌마들이 환호성을 터뜨리고 있었다. 아빠가 달링과 한
바탕 격렬한 로데오를 끝낸 뒤였다. "타고 버틴다고 되나." 할아버
지가 말을 이었다. "길을 들여야지."

  "아빠는 항상 저렇게 해요." 내가 대답했다. "저러다가 결국 길
이 들거든요."

  "네 아빠처럼 말 잘 타는 사람도 없단다." 할아버지가 대답했
다. "저 말도 바보가 아니고. 자기가 당해낼 수 없다는 건 본능으
로 알지. 하지만 그렇다고 길이 드는 것은 아냐. 그저 기회를 엿보
고 있지."

  나는 아니라고 말하고 싶었다. 아빠의 방법이 옳다고 말하고 싶

었다. 하지만 울타리 앞에서 호들갑을 떠는 여자들과 여자들에 둘러싸여 귀까지 빨개진 아빠를 보면서 나는 할아버지 말이 옳다는 것을 알았다. 그것은 배신이 아니라 진실이었다.

"선이 잘 빠졌어." 할아버지는 달링이 움직이는 것을 보며 말했다. "얼마 줬니?"

"그냥 우리끼리 얘기죠?" 내가 묻자 할아버지가 고개를 끄덕끄덕했다. "3천."

"더한 값을 해낼 녀석이야. 훨씬 더한 값을 해낼 거다."

"아빠도 그렇게 말했어요."

할아버지는 잠시 말이 없었다. "네 아빠는 안목이 있어." 할아버지가 말했다. "그건 내가 인정한다."

아빠의 안목을 인정한 사람이 할아버지만은 아니었다. 그날 아침, 아빠는 달링을 옐로캡과 함께 트레일러에 실었다. 녀석들을 시합장에 데려가서 다른 말들, 구경꾼들, 확성기 같은 것을 구경시키는 게 좋겠다는 것이었다. 아침나절 내내 트레일러에 묶여 있던 달링은 어린아이 하나라도 다가오면 발을 구르고 콧김을 뿜고 양쪽 귀를 납작 붙였다. 할아버지를 보고 몰려들었던 남자들이 정오가 되니까 달링을 보려고 몰려들었다. 사람들은 잇새로 휘파람을 불었고, 바닥을 보면서 고개를 저었다. "정말 잘생겼네." 사람들은 다들 동의했다. "힘이 넘쳐."

"새끼를 낳게 해라." 사람들이 흩어진 뒤 할아버지가 말했다.

실라의 레이닝 경기를 위해 옐로캡에 안장을 올리던 아빠는 어깨 너머로 달링을 돌아보면서 생각에 잠겼다.

"슬슬 길이 들어가요." 아빠가 말했다. "그리고 아직 너무 어려요. 어미가 어리면 좋은 망아지가 나올 수 없어요."

할아버지는 그런 건 아무 상관 없다는 듯 고개를 저었다. "망아지를 얻으려고 그러는 게 아니잖니." 할아버지가 말했다. "벌써 길이 들었어야 하는데 늦었어. 앞으로 일 년은 계속 이럴 거다. 포프네로 싣고 가서 해결해버리자."

아빠는 옐로캡의 뱃대끈을 노려보았고, 할아버지는 손가락을 아빠 얼굴 앞에 대고 딱 하고 튀겼다. "생각해봐, 조디. 지금 새끼를 배면, 내년에 제일 더울 때 배가 불러 있을 거야. 장담하는데, 그다음에는 아이를 앉혀도 끄덕없을 거다."

오후 늦게 할머니와 올트먼 부인과 나는 실라의 레이닝 경기를 보기 위해 다시 관람석에 자리를 잡았다. "실라가 얼마나 무서워하는지 몰라요." 올트먼 부인이 말했다. "간밤에 한숨도 못 잤을 거예요."

"걱정할 거 없수." 할머니는 올트먼 부인의 무릎을 토닥이며 말했다. "할 수 있으니까 시켰겠지."

나는 할머니와 올트먼 부인 옆에 말없이 앉아 있었다. 레이닝은 그날의 마지막 종목이었고, 다른 종목과는 달리 한 사람씩 경기장에 들어갔다. 다른 종목에서 기수들은 말을 천천히 가게 하면서 정확성과 매끄럽고 부드러운 걸음걸이에 집중했다. 반면에 레이닝 종목에서 가장 중요한 것은 속도였다. 패턴을 연기하는 속도가 빠를수록 극적인 효과를 얻을 수 있었다. 원을 그리면서 달릴 때도, 제자리 회전 때도, 마지막으로 슬라이딩하며 정지할 때도 마찬가지였다. 실라는 경기장 밖에 앉아 차례를 기다리는 중이었다. 완전히 얼어 있었다.

아빠는 실라에게 얼마든지 천천히 하라고 말했다. "등수에 연연하지 말고, 그냥 하던 대로 하면 된다. 실수하지 말고." 시합 전 방송실 벽에 오늘의 패턴이 붙었을 때 나는 실라 옆에 서서 실라가 패턴 외우는 것을 도왔다. 드디어 경기장 문이 열렸고, 실라가 옐로캡을 몰고 들어갔다. 실라의 얼굴은 하얗게 질려 있었고, 눈에는 잔뜩 힘이 들어가 있었다. 심판과 조수는 경기장 한쪽에 접이의자를 놓고 앉아 있었다. 심판과 조수가 실라에게 모자를 살짝 숙여 보이면서 시작해도 좋다는 신호를 보냈지만, 실라는 넓고 텅 빈 경기장만 쳐다볼 뿐 꼼짝도 하지 않았다. 나는 마음속으로 속삭였다. 경기장 반대편까지 직진이야. 오른쪽으로 두 바퀴 반 회전이야.

아빠가 실라에게 천천히 하라고 했든 말든, 옐로캡은 레이닝을 잊지 않고 있었고, 자기가 어떻게 해야 하는지 알고 있었다. 드디어 실라가 발꿈치로 옐로캡의 옆구리를 건드리자 옐로캡은 경기장을 가로질러 질주했다. 먼지구름이 피어올랐고, 실라의 몸이 안장 위에서 이리저리 흔들렸다. 먼저, 회전이었다. 말이 한쪽 뒷발로 서서 팽이처럼 도는 회전은 탄력과 균형이 중요했다. 하지만 급정지로 몸의 균형을 잃은 실라는 고삐를 잡아당기며 옆으로 기울어졌고, 당황한 옐로캡은 회전 중에 비틀거렸다. 그다음은 경기장을 원을 그리면서 질주해야 하는 순서였다. 그런데 바로 그 순간 실라가 허둥거렸다. 공포심이 실라의 머릿속을 얼어붙게 하여 실라를 바보로 만들어버렸다는 것을 스탠드에서도 알 수 있었다. 실라는 안장 한쪽으로 쓰러질 듯했고 카우보이모자에 눈이 덮여 앞을 볼 수 없는 상태가 되었다.

옐로캡은 원을 그리면서 질주하기 시작했고, 올트먼 부인은 양손으로 얼굴을 가렸다. 원은 점점 넓어졌고, 경기장 가장자리에 접이의자를 놓고 앉아 있던 심판과 조수는 원이 계속 넓어지리라는 것을 깨달았다. 그렇게 벌떡 일어난 심판과 조수는 클립보드를 어깨 뒤로 내던지며 경기장을 가로질러 헐레벌떡 도망갔다. 실라와 옐로캡은 패턴을 끝내야 하는 지점에서 꽤 멀리 떨어진 곳에서 털컥 정지했다.

경기를 마친 실라는 한 손을 가슴에 올리고 숨을 고른 다음 카우보이모자 챙을 살짝 들어올리고 경기장 안을 내다보았다. 접이의자들이 옆으로 쓰러져 있었고, 심판과 조수는 경기장 반대편에서 숨을 고르고 있었다.

"이렇게 생각해봐요." 할머니는 이렇게 말하며 올트먼 부인의 허벅지를 토닥였다. "이제 올라갈 일만 남은 거야."

7

　내 사촌들은 예쁜 어린이 선발 대회 같은 데에 나가는 아이들이었다. 루비 할머니가 만든 스크랩북은 한 명당 여러 권이었다. 스크랩북을 보면 그 아이가 지금껏 무슨 왕관과 무슨 깃발을 받았는지 알 수 있었다. 할머니는 스크랩북을 집 안으로 가지고 들어와 엄마와 내가 볼 수 있게 부엌 식탁 위에 펴놓았다.

　"너희 가족이다." 할머니가 우리에게 말했다. "그런데 길에서 마주쳐도 모르고 지나갈 거 아니냐. 생각만 해도 마음이 아프구나."

　보통 때 같으면 내가 낮에 집 안에서 쉬는 것은 생각도 못 할 일이었다. 하지만 실라 올트먼은 레이닝 경기에서 완전히 깨진 후 당분간 레슨을 쉬는 중이었다. 또 기온이 40도를 웃돌자 아줌마들이 나오는 횟수도 점점 줄었다. 할아버지와 아빠는 일손을 놓지 않았지만, 내가 살짝 자리를 비우고 집 안으로 들어와도 모르는 것 같았다.

할머니가 스크랩북을 휙휙 넘겼다. 나의 사촌들이었다. 내가 잘 알지도 못하는 애들이 반짝이와 깃털을 주렁주렁 달고, 화장품을 떡칠하고, 완벽한 사진용 미소를 짓고 있었다. 할머니의 말은 틀린 말이 아니었다. 길에서 마주쳤다면 친척인 줄 몰랐을 것이다. 솔직히 이런 애들이랑 길에서 마주치면 길 건너로 피해 갈 것이다.

"어렸을 때부터 시키는 게 좋아." 할머니는 스크랩북을 넘기면서 말했다. 감자칩을 봉지째 펼쳐놓고 집어먹던 할머니는 이따금 기름 묻은 손가락을 바지에 문질러 닦은 뒤 사진 위로 가져갔다. "이거 봐라." 할머니가 말했다. "키시가 고작 육 주 됐을 때였는데. 그때 1등 했어."

사진 속의 아기는 자고 있었다. 하얀 주름 장식 옷에 싸인 작은 난쟁이 노인처럼 쭈글쭈글했다. 완벽한 금발의 웨이브 사이로 아주 작은 왕관이 보였다. "아기인데 머리숱이 많았네요." 내가 말했다.

"가발이야." 할머니가 대답했다. "아기 가발. 작은 민둥 머리에 그냥 붙이기만 하면, 짠, 머리털이 나는 거야."

"부정행위 아니에요?" 내가 묻자 할머니는 고개를 저었다.

"모두들 똑같이 하니까."

창밖을 보니 할아버지와 아빠가 축사 뒤편 풀밭 한구석에 울타리를 만들고 있었다. 망아지들이 젖을 떼게 해야 한다고 할아버지는 말했다. 망아지들을 넣을 곳이 필요했다.

"저기 좀 봐라." 할머니가 실눈으로 창밖을 바라보며 숨을 내쉬었다. "주님이 만드신 세상에 저렇게 잘생긴 사내들이 또 있겠니?"

늦은 오후였지만 태양은 여전히 바짝 마른 대지를 사정없이 달구고 있었다. 무더위 속에서 울타리 가로대를 허벅지로 떠받치면서도 할아버지는 여유 있고 편안해 보였다. 아빠는 그냥 아빠 같아 보였다. "없을걸요." 내가 이렇게 말하자 할머니는 소리 내어 웃었다.

"너는 아직 어리지만," 할머니가 나에게 말했다. "곧 알게 될 거야. 안 그러냐, 메리언?"

엄마는 대답이 없었다. 의자에 앉아 다리를 끌어안은 자세로 창밖을 내다볼 뿐이었다. 할머니는 엄마에게 특별한 관심을 쏟았다. 엄마가 음식을 얼마나 먹는지 유심히 살폈고, 기회만 있으면 아무 때나 엄마 입속에 음식을 집어넣었다. "여기 있는 동안 네 살 좀 찌워야겠다." 할머니는 엄마에게 수시로 말했다. 엄마는 늦게 일어나고 일찍 자러 가면서도 할머니의 노력에 부응하는 것 같았다. 할머니가 "우유 마셔라" 하면, 엄마는 얼핏 잠이 깬 듯 정신을 차리고 말 잘 듣는 아이처럼 우유잔을 들고 홀짝홀짝 들이켰다.

할머니는 스크랩북 사진에 가짜가 등장할 때마다 금방 이건 가짜라고 했다. 이건 붙임머리, 이건 인조 속눈썹, 이건 젖니 빠진 곳을 가려주는 가짜 치아. "얼마나 손이 많이 가는 일인지 알겠지?" 할머니가 말했다. "그러니 여기 자주 올 수가 없었지. 다른 이유도 있었지만. 일단 너희 고모들이 하는 미용 일을 도와줘야 하고."

사진으로는 사촌들의 나이를 짐작하기 어려웠다. 레이스 치맛단 밑으로 비쩍 마른 다리가 비쭉 나와 있는 사진도 있었고, 마이크를 잡은 손에 아기처럼 옴폭한 보조개가 파인 사진도 있었다. 하지만 얼굴은 어른이었다. 진지하고 관능적인 표정, 내가 아직 상상 못할 비밀로 가득한 눈빛이었다. 엄마는 감자칩 하나를 집어 엄지와 검지로 살짝 쥐었다. 과연 입에 넣을 수 있을까를 생각하는 중이었다. 폼폼이 엄마 발밑에서 춤을 추자 엄마는 상체를 숙이고 폼폼에게 감자칩을 내밀었다. 폼폼이 엄마 손가락을 핥자 엄마는 킥킥 웃었다.

할머니는 거대한 배 위에 깍지 낀 손을 올려놓고 엄마를 보고 있었다. "개를 잘 다루는구나, 메리언." 할머니가 말했다.

"개가 좋아요." 엄마가 말했다.

"하나 키우지그러니."

"키운 적 있어요." 엄마가 말했다. "이름이 코디였어요."

"어렸을 때였니?" 할머니가 물었다.

엄마는 폼폼에게 두번째 감자칩을 먹이면서 고개를 저었다. "어렸을 때는 개를 갖는 것이 소원이었어요." 엄마가 대답했다. "하지만 집이 작아서 마당도 없었고…… 그래서 한 번도 키우지 못했어요."

엄마에게 이 집에서 살기 전의 이야기를 들은 것은 그때가 처음이었다. 나는 의자에서 몸을 바로 세우고 식탁 맞은편의 할머니를 흘깃 쳐다보았다. 엄마가 이런 이야기 하는 것이 얼마나 드문 일인지 할머니도 알까 궁금했다. 하지만 할머니는 그저 미소를 띠고 고개를 끄덕였다. 눈으로는 스크랩북을 내려다보고 손으로는 좀더 친한 손녀들 사진을 매만지는 것이 고작이었다.

"조랑 결혼하고 얼마 뒤였어요." 엄마는 말을 이었다. "누가 코디를 사막에 갖다 버렸는데, 코디가 여기로 찾아온 거예요. 우리한테요. 완전히 엉망이었어요. 머리 한쪽은 움푹 파이고, 난쟁이 노인처럼 다리를 절뚝거렸어요. 하지만 세상에서 제일 사랑스러운 개었어요. 노나를 임신했을 때였는데, 코디는 내 무릎에 머리를 올려놓고 내 배에 귀를 찰싹 붙이곤 했죠. 그러면 내가 그랬어요. '아기가 뭐라고 하는지 들리니, 코디?' 그러면 코디는 꼬리로 내 다리를 탁, 탁, 탁 쳤어요." 엄마는 추억에 잠긴 눈으로 내 쪽으로 고개를 돌렸다. "기억나니, 앨리스?"

엄마는 나를 향해 눈을 깜빡이며 미소를 지었다. 눈물 어린 미소, 금방이라도 부서질 것 같은 미소였다. 엄마가 나를 쳐다봐준 때가 언제였는지, 엄마가 나에게 뭔가 물어봐준 때가 언제였는지 기억도 나지 않았다. 그래서 나는 아무 말도 하지 않았다. 그런 개를 모른다고 말하지 않았다. 언니가 태어나기 전의 일을 내가 무슨 수로 기억하겠느냐고 말하지 않았다. 이날 이때까지 코디라는 개가 있는 줄도 몰랐다고 말하지 않았다.

"귀여워했나보구나." 결국 할머니가 입을 뗐다.

"귀여워했어요." 엄마는 말했다. 추억의 안개가 걷히면서 미소도 사라졌다. "정말 귀여웠거든요. 그런데 말한테 머리를 차여 죽었어요."

엄마는 창밖으로 고개를 돌렸다. 추억과 옛날 이야기와 행복의 순간이 그림자 속으로 사라지도록. "피곤해요." 엄마는 자리에서 일어나며 말했다. "이제 좀 누워야겠어요."

할머니와 나는 엄마의 작은 몸이 어색하게 계단을 올라가는 것을 지켜보았다. 엄마의 모습이 사라지자 할머니는 엄마가 마시던 우유잔을 집어들고 단번에 비웠다. 잔을 내려놓은 할머니는 나를 바라보다 주머니를 뒤져 담배를 꺼냈다. "너희 엄마는 남들과는 좀 다르다, 앨리스."

"알아요." 내가 말했다. 할머니는 담배에 불을 붙였고, 나는 계속 아래를 내려다보았다. 겁이 났다. 누가 엄마 이야기를 할 때마다 나는 그 사람이 나 때문에 이야기를 멈출까봐 겁이 났다. 엄마 이야기를 하던 사람들은 나를 보면, 내가 누군지를 알면, 이야기를 하다 입을 다물었다.

"메리언이 처음 여기 왔을 때는 아직 아이였어." 할머니가 말했다. "아주 자그마한 아이였지. 그때는 조디도 어렸단다. 할아버지가 메리언을 가르치고 있었는데, 조디가 메리언을 보고 그냥 푹 빠져버렸지. 하긴 반할 만도 했어. 메리언은 기분 좋을 때는 온몸에서 태양처럼 빛이 났으니까. 도저히 눈을 뗄 수 없었지."

"하지만 할머니는 엄마를 좋아하지 않았죠?" 내가 물었다.

할머니는 어깨를 으쓱했다. "메리언은 제멋대로였어. 처음부터 그랬지." 할머니는 나를 향해 눈을 치켜떴고, 나는 할머니가 무슨 말을 하려고 하는지 안다는 뜻으로 고개를 끄덕여 보였다. "메리언은 이런 생활에는 전혀 맞지 않는 아이였어. 뻔할 뻔자였지. 조디를 붙잡고 백만 번은 말했다."

"하지만 사랑했으니까." 내가 말했다.

"하지만 사랑했으니까." 할머니가 한숨을 쉬었다. "누군가를 사랑하게 되면 사람은 그렇게 이기적이 되고 외골수가 되는 거다."

"그래서 아빠를 미워하셨어요?" 내가 물었다.

할머니가 크게 웃었고, 손가락 사이의 담배가 흔들려 식탁보에 하얀 재가 떨어졌다. "이제 와서 어쩌겠니." 할머니는 이렇게 말하며 담뱃재를 손바닥으로 쓸어냈다. "조디는 결혼했고, 이렇게 네가 태어났잖니. 네가 없었으면 어쩔 뻔했어?"

나는 아무 대답도 하지 않았다. 내가 없었어도 별일 없었겠지.

사랑. 바로 이 단어 때문에 모든 것이 바뀌었다. 누군가가 사랑에 빠질 때, 그 사람의 소망은, 그 사람이 기대했던 미래는 산산조각 난다. 아빠가 그랬고, 언니가 그랬다. 폴리 케인이 그랬다.

폴리 이야기가 내 머릿속에서 달라졌다. 그애에게 무슨 일이 닥쳤는지, 그애가 어떻게 죽었는지, 나는 다르게 생각하게 되었다. 전에는 그애가 그냥 발을 헛디딘 것이다, 수명이 다했던 것이다, 나고 죽는 많은 사람 가운데 하나일 뿐이다, 이렇게 생각하려고 했었다. 하지만 이제 나는 폴리의 마지막 날들과 델마 선생님을 떼어놓고 생각할 수 없었다. 사랑에 빠지면 발밑을 보지 못하는 것도, 균형을 잃는 것도, 정신을 차리지 못하는 것도 당연했다. 사랑이 그런 거라면, 갖고 싶은데 가질 수 없어서 몸 안에 어두운 구멍이 생기는 거라면, 가질 수 없다는 안타까움이 철창 같은 갈비뼈를 밤새도록 쾅쾅 두드리며 울부짖는 것이 당연했다. 사랑에 빠지면, 갑자기 걷는 법을 잊는 것도 당연했다. 땅이 물로 바뀌는 경계를 자기도 모르게 넘어가는 것도 당연했다.

나는 점점 말이 많아졌다. 언니의 골방에 들어가 다이얼을 돌리기 전까지의 낮 시간은 기다림으로 흘려보냈다. 내 삶의 나머지 부분은 점점 희미해졌다. 선생님을 알기 전의 나는 과거의 삶이 되었고, 과거의 삶은 현실이 아니라 꿈결처럼 느껴졌다. 어느새 나는 시간을 재고 있었다. 우리가 대화를 나눌 수 있는 그때까지 어떻게 시간을 보낼까를 생각했다. 더위도, 사막도, 잘 모르는 사람들이 왔다 갔다 하는 축사도 모두 가짜였다. 내가 반쯤 잠이 들었을 때 누군가가 들려주는 이야기일 뿐이었다. 밤이면 나머지 세상은 어둠 속에 사라지고, 나만의 은밀한 세계가 깨어났다.

내가 아무리 늦게 전화를 걸어도 선생님은 항상 전화를 받았다. "오늘 뭘 좀 읽었는데," 지난번에 전화를 걸었을 때 선생님이 말했다. "네 생각이 나더라."

"'……우리는 적색과 갈색의 해초 화환에 감긴 인어 아이들 사이에서 바다 속 실내를 어슬렁거렸다. 그러다 사람들 소리가 우리를 깨우자, 우리는 물에 빠져 죽었다.'"

선생님이 책을 읽어주는 일이 점점 많아졌다. 소설도 있었고, 잡지도 있었고, 시집도 있었다. 나는 제목이나 작가를 묻지 않았고, 선생님도 먼저 말해주지 않았다. 나는 그냥 눈을 감았고, 단어들은 구름처럼 물결치며 머릿속을 떠다녔다. 그곳은 나만의 바다였다. 나는 선생님의 목소리에, 선생님의 숨소리에, 선생님을 둘러싼 공기를 살랑살랑 흔드는 부드러운 밤바람 소리에 내 몸을 묶었다. 나머지 세계는 칠흑처럼 까만 완벽한 어둠 뒤로 사라졌고, 남는 것은 우리 둘뿐이었다. 틀림없이, 사랑이었다. 사랑이 아닐 수가 없었다.

저녁 드시라고 하러 나와보니 아빠와 할아버지는 울타리 작업을 정리한 뒤였다. 할아버지는 축사 앞쪽 우리 안에 들어가 있었고, 할아버지 주위에 망아지들이 모여 있었다. 내가 울타리를 넘어 다가가자 망아지들이 순식간에 도망쳤다.

할아버지는 내게 손을 흔들었고, 나는 걸음을 늦췄다. 할아버지는 망아지들을 가까이 오게 하는 이상한 비법을 아는 것 같았고,

나는 내가 그걸 방해했을까봐 걱정스러웠다. 하지만 할아버지는 한쪽 손을 흔들면서 다른 손을 망아지들에게 내밀었다. 그러면서 망아지들에게 도망가지 말라고 속삭였다. 망아지들은 나를 곁눈 질하더니 할아버지에게 다가가 작은 코를 갖다 댔다. 할아버지가 손을 주머니에 넣었다 빼자 망아지들이 할아버지 손에 코를 디밀 었다. 내가 몇 걸음만 더 뒤에 있었다면 할아버지 손바닥에 놓인 하얀 각설탕을 보지 못했을 것이다. 할아버지는 진저의 새끼에게 각설탕을 내밀고 있었다.

매일 오후 아빠는 현관에서 할아버지를 바라보면서 나지막히 욕을 했다. 그런데 아빠가 그렇게 궁금해하던 비밀을 내가 이제 알 아낸 것이다. 할아버지는 망아지들에게 뇌물을 먹이고 있었다. "너무해요." 나의 말에 할아버지는 짓궂은 미소를 지었다. 내가 덧 붙였다. "버릇 나빠지잖아요. 사람 무는 말이 되잖아요. 아빠가 알 면 엄청 화낼걸요."

할아버지는 양손을 어깨 위로 들어올린 채 내 쪽으로 다가오더 니 곤혹스러운 듯 어깨를 으쓱했다. "나는 할애비 아니냐." 할아버 지가 말했다. "버릇 망치는 게 내가 할 일이지." 할아버지는 주머 니에서 각설탕을 꺼내 엄지와 검지로 쥐고, 나머지 손으로 내 턱을 살짝 밀고 내 혀 위에 각설탕을 올려놓았다. "비밀로 해줄 거지?"

각설탕이 녹으면서 입안에 따뜻하고 달콤한 단물이 감돌았다. 나는 꿀떡 삼킨 다음 할아버지에게 눈을 끔벅였다. 항복한다는 뜻 이었다.

"좋아," 할아버지는 내 어깨에 팔을 올려놓으며 말했다. "이제 어깨 펴라."

축사 뒤의 울타리가 완성된 뒤 할아버지는 원형 우리를 짓기 시작했다. "원형 우리라면 더는 필요 없잖아요." 할아버지가 트럭에 목재를 가득 싣고 돌아왔을 때 아빠가 말했다.

"있어서 나쁠 거 없다." 할아버지는 이렇게 말한 다음 나를 쳐다보았다. "앨리스, 네가 설명해라."

"조련시킬 때도 쓰고," 내가 아빠에게 말했다. "승마 연습할 때도 쓰고." 나무는 벌써 사왔고, 할아버지 머릿속에서는 벌써 구상이 끝나 있었다. 원래 있던 원형 우리 바로 맞은편에 공간이 있었다. 아빠도 그러자고 했다. 싫다고 해봤자 별수 없었다. 이렇게 해서 새로운 계획이 세워졌다. 아빠와 할아버지는 며칠 동안 톱질, 망치질, 치수 계산, 말뚝 박기로 바쁘게 보냈다.

실라 올트먼이 드디어 다시 나왔다. 실라와 나는 마방에서 말똥을 치우고 있었고, 망치질 소리가 축사 가득 울리고 있었다. "나 그만둘까 생각 중이야." 실라가 말했고, 나는 일손을 멈췄다. 갈퀴 잡은 손이 땀투성이였다. 잠시, 망치질 소리가 시끄러워서 못 알아들은 척할까도 생각했다. 하지만 실라는 하얀 깃털 같은 속눈썹 사이로 나를 건너다보았다. 내가 아주 잘 알아들었다는 것을 실라도 잘 알고 있었다.

"왜?" 내가 속삭였다.

실라는 일손을 멈추지 않았다. 삽질하고, 토이보이 마방의 톱밥을 갈퀴로 평평하게 하고, 말똥을 수레에 실었다. "알잖아." 실라가 말했다. "다들 그만두는 거."

물론 나는 오랫동안 실라 올트먼이 현실을 직시하고 포기하길 바랐다. 하지만 이제는 실라가 없으면 안 될 것 같았다. 실라의 교습이 없는 오후는 얼마나 허전할까. 당장은 잭 할아버지와 루비 할머니가 와서 고치고 만들고 요리하고 엄마에게 우유를 먹이지만, 여기 계속 사는 것은 아니었다. 실라 올트먼은 우리 승마장의 유일한 교습생이었다. 그만두게 할 수는 없었다. "지난번 시합 때문에?" 내가 실라에게 물었다. "고작 그거 때문이야?"

실라는 고개를 들었고, 나와 눈이 마주쳤다. "나 때문에 심판이 죽을 뻔했어."

"아니야." 나는 일손을 늦추지 않고 대답했다. 지금의 대화가 여느 때와 다름없는 대화인 듯. 옐로캡이 멋지게 생겼다, 메기 아줌마들 웃음소리가 짜증스럽다, 오후의 열기가 못 견디게 길다, 그런 대화인 듯. "심판은 일찌감치 피했어. 접이의자가 쓰러지기도 전에 심판은 우리 주(州) 반대쪽에 가 있었어."

실라는 나를 한참 쳐다보았다. 호락호락하지 않았다. "나는 소질이 없어." 실라가 말했다. "너도 알잖아. 너희 아빠도 알고. 심판도 알고, 조수도 알고, 온 세상이 다 알아. 나 때문에 다들 시간 낭비하는 거야."

"바보야, 아니야." 내가 말했다. 실라는 눈을 동그랗게 뜨고 나를 쳐다보았다. 날카로운 눈빛, 아부는 사양하겠다는 눈빛, 거짓은 사양하겠다는 눈빛이었다.

"한 명만 대봐." 실라가 나한테 말했다. "소질이 없는데 노력으로 잘하게 된 사람이 있으면 한 명만 대봐."

머리가 텅 빈 듯 아무 생각이 나지 않았다. 실라는 이름을 하나만 대라고 말하고 있었다. 아무 이름이나 가져다 붙이면 되는데. "거짓말은 안 돼." 실라가 말했다. 실라는 나를 알고 있었다. 실라

는 축사에서 나랑 갈퀴질을 하고 쓰레질을 하고 삽질을 하면서 수
많은 시간을 보냈지만, 그때까지 나는 실라가 그렇게 많이 알고 있
는 줄은 모르고 있었다.

바로 그때 나에게…… 미래가 보였다. 잭 할아버지 말은 틀린
말이 아니었다. 달링이 길드는 속도는 아빠가 생각했던 것보다 한
참 느렸다. 지금 우리 축사는 메기 아줌마들에게 넘어갔다. 팔자가
늘어진 깔깔깔 소리가 현관까지 들려왔다. 우리가 자유를 얻기 위
해서는 실라가 필요했다. 실라는 우리의 비상구였다. 어쩌면 나는
실라가 해낼 수 있다고 믿지 않는지도 몰랐다. 실라가 해낼 수 있
다고 믿지 않기 때문에 실라를 미워하고 있는지도 몰랐다. 하지만
그 순간 그런 것은 상관없었다. 실라는 우리의 희망이었다. 그러니
순순히 포기할 수는 없었다. "우리 엄마." 내가 말했다.

실라가 나를 보며 눈을 끔뻑였다. 반신반의하는 눈치였다. "너
희 엄마가 뭐?"

"소질이 없었어." 내가 대답했다.

실라는 갈퀴 자루에 기대고 나의 말을 기다렸다.

"엄마는 여기로 교습을 받으러 왔었어. 너보다 나이가 많았어.
열다섯 살이었을 거야. 엄마는 승마에 대해 전혀 몰랐어. 하지만
배웠어. 결국 1등 했고." 실라는 숨을 흡 하고 들이마셨다. 이야기
를 듣는 실라의 두 눈에 촉촉하게 이슬이 맺혔다. "엄마는 연습을
많이 했어." 나는 말했다. 아무에게서도 듣지 못한 이야기를 지어
내고 또 지어냈다. "몸이 다 부서질 때까지 연습했어. 너무 힘들어
서 그냥 땅바닥에 주저앉고 싶을 때도 있었지만, 엄마는 그러지 않
았어. 그냥 계속 연습하고 또 연습했어. 그래서 결국 1등이 됐어.

그때부터 계속, 계속, 계속, 계속, 1등이었어. 스타가 되었고. 한 번은 신문에도 났어."

실라의 먼지투성이 뺨 위로 눈물 한 줄기가 흘러내리면서 실라의 완벽한 복숭아 크림색 얼굴살이 드러났다. "그래서 너희 아빠가 너희 엄마한테 반했구나." 실라가 속삭였다.

"그래서 엄마하고 결혼했던 거야."

버드 포프 아저씨네 승마장은 굉장히 넓었다. 우리는 축사를 지나고 실내 승마장을 지나고 에어컨이 설치된 마방들을 지나고 자동급수장치를 지났다. 달링의 목줄을 잡은 할아버지는 버드 아저씨와 잡담을 나누며 앞장서서 걸어갔고, 아빠와 나는 그 뒤를 따라갔다.

'포프 승마 센터'까지 오는 트럭 안에서는 거의 말이 없었다. 할아버지가 운전을 했고, 나는 할아버지와 아빠 사이에 끼어 앉아 있었다. 차가 덜컹거리거나 모퉁이를 돌 때마다 내 몸이 할아버지 쪽 아니면 아빠 쪽으로 흔들렸다. "돈 낭비 같은데." 아빠는 축 늘어진 자세로 밖을 내다보며 웅얼거렸다.

"낭비는 너밖에 못 타는 말을 3000이나 주고 사오는 게 낭비다." 할아버지가 침착하게 대꾸하자 아빠 몸이 잔뜩 굳었다.

"다른 사람이 상관할 일은 아닌 것 같은데요." 아빠가 말했다.

"보안대 녀석들이 수군대더라." 할아버지는 이렇게 말하며 내게 곁눈질로 윙크를 보냈다. 자기는 비밀을 지켰다는 표시였다. 나는 의자 깊숙이 몸을 파묻었다. 그날 경매장에는 보안대 사람들 절반이 있었다. 할아버지한테 달링의 경매가를 말해준 사람이 없으리라는 법도 없었다.

"자기 일이나 신경 쓰라고 해요." 아빠가 웅얼거렸다.

"그러게 말이다." 할아버지가 동의했다. "하지만 네 집 일에 관심이 많은 걸 어째."

내 몸 때문에 시야가 가려진 아빠는 상체를 앞으로 숙이고 할아버지를 쳐다보았다. "무슨 말을 들으셨는데요?" 아빠가 물었다.

할아버지는 어깨를 으쓱했다. "네가 돈 때문에 힘들어한다고 다들 그러더라, 조디."

머리가 열기로 어질어질했고, 다리는 비닐 좌석에 달라붙었다. 사람들이 우리 이야기를 수군대고 있었구나. 우리 등 뒤에서 우리가 돈이 없다고 속닥이고 있었구나. 여름 내내, 나는 작은 옷을 입고 구부정하게 돌아다녔다. 나에게 새 옷이 필요하다는 것을 아빠가 알아보기를 기다리면서 아빠가 알아보지 못한 것을 얼마나 많은 사람들이 알아보았을까? "동네가 작으니 말이 돈다." 할아버지가 말을 이었다. "노나가 집을 나갔을 때 동네에 말이 도니 좋더냐?"

아빠가 칼날 같은 시선으로 할아버지에게 경고를 보냈다. 하지만 할아버지는 운전하느라고 아빠를 쳐다보지도 않았다. "말이 나면 사업에도 좋지 않아." 할아버지가 말했다. "자기 자식 하나 건사 못 하는 사람한테 누가 배우러 오겠냐."

차 안에서 공기가 완전히 사라진 것 같았다. 허파가 쪼그라들어 나도 모르게 입이 벌어졌다. 나 여기 있어요, 바로 이 사이에 있다구요, 하고 속삭이고 싶었다. 하지만 너무 숨이 차서 입술이 마음대로 움직이지 않았다. 아빠와 할아버지는 나를 한 번 힐끗 쳐다봐주지도 않았다.

"내가 장담한다, 조디." 할아버지가 말했다. 자기가 방금 넘어서는 안 될 선을 넘었다는 것을 전혀 모르는 듯 할아버지 목소리는 차분하고 온화했다. "이 암말은 교배를 시키자. 망아지들은 젖을 떼게 하고 거세시킨 다음 등록을 해야지. 옛날에 했어야 할 일이야. 승마장이 제대로 돌아가기 시작하면 너도 새사람이 된 기분이 들 거다."

"승마장은 지금도 잘 돌아가요." 아빠는 대꾸했다. 하지만 속삭이는 듯한 가늘고 쉰 소리였다. 할아버지는 대답이 없었다. 이야기는 그것으로 끝이었다.

트럭에서 아빠가 무슨 말을 했느냐는 중요하지 않았다. 버드 아저씨 승마장에 대면 우리 승마장은 작고 누추해 보였다. 부정해도 소용없는 일이었다. 하지만 승마장을 걸어가는 동안 아빠 얼굴에는 아무런 변화도 없었다. 사실 나는 길게 뻗은 깨끗한 울타리 가로대와 가지런히 놓여 있는 먹이통과 준비운동용 연습장과 빈틈없이 정리된 마구 선반을 자세히 구경하고 싶었다. 하지만 계속 아빠 옆에 붙어 아빠와 똑같은 표정을 지었다.

트럭에서 할아버지가 했던 말은 틀린 말이었다. 나는 아빠에게 그렇게 말해주고 싶었다. 아빠의 팔꿈치 안쪽에 손을 올려놓고 아빠의 어깨에 머리를 기대며 말하고 싶었다. 할아버지는 여기 있지 않았으니 모른다고, 아빠가 불평 한마디 없이 얼마나 힘들게 일했는지 할아버지는 모른다고 말하고 싶었다. 나는 아는데. 까치발로 서서 아빠 귀에 대고 말하고 싶었다. 각설탕이었어요. 할아버지는 사기꾼이에요. 우리가 잘해나가고 있다고 말하고 싶었다. 우리는 어쨌든 그럭저럭 해나가고 있었다.

버드 아저씨는 우리를 데리고 방목장으로 갔다. 적갈색 종마가 고삐에 매인 채 울타리에 묶여 있었다. 종마는 달링의 냄새를 맡자 머리를 쳐들고 한 발로 땅을 굴렀다. 허리가 활처럼 팽팽히 구부러지고 몸통에서 잔물결이 일었다. 달링은 히잉거리면서 옆쪽으로 몸을 뺐다.

쌍둥이가 울타리 옆에 서 있었다. "앨리스으, 잘 있었스으?" 잭이 나를 보고 소리쳤다. 나는 어정쩡하게 아빠 옆에 붙었다.

"또 하고 싶었스으!" 앤디가 이어서 소리쳤다.

앤디는 양손으로 자기 몸을 감싸며 눈을 질끈 감더니 허공에 대고 뽀뽀를 했다. 내 피에 불이 붙은 것 같았고, 늘어진 내 양손에 감각이 없어졌다. 쌍둥이는 크게 코웃음을 쳤다.

아빠를 올려다본 나는 고개를 젓기 시작했다. 아빠에게 말하고 싶었다. 나는 아빠 편이에요. 나는 이런 돈 낭비에 반대해요. 내가 아빠를 지켜줄게요. 그런데 아빠의 얼굴이 딱딱하게 굳었다. 살이 벌게지고 화가 치밀어오르는 표정이었다. 아빠는 쌍둥이를 바라보다 나를 내려다보았다. 아빠가 왜 그러는지, 무슨 일 때문인지 내가 막 물으려는 참이었는데, 내가 미처 입을 떼기 전에 아빠가 내 옆목을 붙잡았다. 아빠의 손가락이 어깨를 파고 들어갔고, 나는 결국 아파서 소리를 질렀다. 내가 몸을 비틀어 빠져나가려고 하자 아빠는 나를 더 꽉 쥐었다. 하얗고 뜨거운 격통의 불길이 등줄기와 팔을 타고 내려갔다. 불같은 아픔에 머릿속이 아득했다.

나는 다시 몸을 빼려고 했지만, 머리가 옆으로 비틀렸다. 아빠가 내 옆 얼굴에 다른 손을 갖다 대고 내 머리를 똑바로 세웠다. 나의 눈이 아빠 눈과 마주쳤다. 아빠에게 잡힌 나의 몸은 거의 공중에서 버둥댔다. 아픈 와중에도 나는 똑바로 보려고 애썼다. 대체 무슨 일이 벌어지고 있는 건지, 내가 무슨 짓을 했던 건지 이해해보려고 애썼다. 하지만 아빠의 눈에서 분노가 불길처럼 타올랐다. 분노는 아빠의 온몸을 뒤덮고 내 살 속을 파고들어갔다. "저 녀석들하고 어울리지 마라." 아빠가 으르렁거렸다. "절대로 가까이 가지 마."

아빠가 나를 놓아주었고, 나는 휘청거리면서 뒷걸음쳤다. 목과 어깨가 얼얼했다. 입을 벌렸지만 소리가 나오지 않았다. 아빠의 얼굴을 올려다보았다. 화가 풀리지 않아 여전히 벌겠다. 가슴속에서 눈물이 차오르기 시작했다. 흐느낌이 올라왔다. 하지만 울음은 목구멍 안에서 얼어붙어 혀 뒤에서 멈추었다. 입안 가득 차오르는 것은 둔탁하고 허허로운 통증뿐이었다. 불과 몇 분 전만 해도 내 갈비뼈 안에서는 따뜻함이 솟아올랐는데, 달콤하고 부드러운 사랑이 솟아올랐는데, 그런 것은 이제 상처 입고 부서지고 타버렸다. 내 안에는 한 줌의 재만 남았다. 아무 느낌이 없었다. 당장 울지 않으면 죽인다고 해도 울 수가 없었다.

"걱정 마세요." 내가 말했다. 아빠 눈을 쳐다보자 내 입술이 일그러졌다. 나는 뒤로 빙글 돌아서서 다른 사람들이 있는 데로 휘청휘청 걸어갔다. 아빠를 혼자 남겨두고.

방목장에서 버드 아저씨는 달링을 묶어놓고 달링 뒤에 쭈그리고 앉아 달링의 뒷발을 가죽 끈을 이용하여 8자로 감쌌다. 할아버지와 쌍둥이는 내게 등을 돌린 채로 구경하는 중이었다. 본 사람은 아무도 없었다.

나는 포프네 쌍둥이 사이에 자리를 잡았다. 잡으러 올 테면 잡으러 오라고. 잡으러 오지 않을 줄은 알고 있었지만. 방목장에서 달링은 몸을 비틀면서 버티려고 안간힘을 썼다. 하지만 버드 아저씨가 가죽 끈을 잡아매자 달링은 휘청거리다 얼어붙은 듯 멈춰 섰다. "저게 뭐야?" 내가 묻자 잭은 나를 보며 씩 웃었다.

"움직이지 못하게 하는 거야." 잭이 대답했다. "다리를 묶어서."

태양이 이글이글 내리쬐고 있었지만, 나는 춥고 어질어질했다. 배는 느글거리고, 이는 덜덜 떨렸다. 나는 양팔로 몸을 감싸고, 살갗을 스멀스멀 기어올라오는 냉기를 가라앉히려고 애썼다. 묵직한 통증이 목을 타고 맥박쳤다. 하지만 나는 계속 앞만 바라보았다.

"왜?" 내가 물었다.

"알잖아." 앤디가 말했다. "돈줄 걷어차면 어떡하냐." 잭이 상체를 숙이더니 온몸을 흔들며 웃었다. 나는 무슨 말인지 모르는 척했다. 교배를 지켜보는 것은 이상하고 어색했다. 추하고, 서툴고, 기계적이었다. 하지만 수백 번 보았던 광경이었다. 내가 모르는 것은 하나도 없었다. 나를 놀라게 할 만한 것은 하나도 없었다. 포프네 쌍둥이가 했던 말 중에서 내 얼굴을 붉힐 수 있는 말은 하나도 없었다.

"훈련이 잘 안 되나봐, 조?" 버드 아저씨는 종마의 목줄을 풀면서 어깨 너머로 소리쳤다. 아빠가 대답이 없자 할아버지가 끼어들었다. "너무 팔팔해서 기운 좀 빼려고." 할아버지가 설명하자 버드 아저씨는 고개를 끄덕였다.

"흠, 이거면 될 거야. 잘될 거야." 버드 아저씨는 고삐 줄을 풀고 종마를 방목장에 풀어놓았다.

입김과 콧김을 내뿜던 종마는 달링 뒤로 급히 달려가더니 발을 구르며 온몸을 부들부들 떨었다. 달링은 양쪽 귀가 뒤로 젖혀지고 콧구멍은 벌렁거리고 다리는 뻣뻣하게 굳었다. 옆으로 피하려 했지만 가죽 끈 때문에 움직일 수 없었다. 종마가 앞발을 들어 달링 옆구리에 올렸다. 달링은 계속 앞만 쳐다보았다.

뒷발로 선 종마는 끙끙거리면서 몸통을 들썩들썩 움직였다. 종마의 앞발굽이 달링의 순백의 엉덩이를 더럽혔다. 달링은 갈비뼈가 오르락내리락했고, 콧구멍이 흐느끼듯 작게 흔들렸고, 뒷다리가 가죽 끈 사이에서 움찔움찔했다. 저만치 등 뒤로 아빠의 시선이 느껴졌다. 나는 달링의 눈을 들여다보았다. 불쌍하다는 느낌은 없었다. 아무 느낌도 없었다. 머릿속이 터널 속 같았다. 차가운 바람이 지나가는 휑한 터널. 아주 짧은 순간, 달링의 두 눈에 뭔가가 스쳐 지나갔다. 그리고 그 한마디가 내 살 속을 파고들어왔다. 그 한마디는 달링과 나 사이를 연결하는 광선처럼 나를 찌르는 듯했다. 죽여버려.

소리가 먼저 들렸다. 나무 부서지는 소리, 가죽 끈 끊어지는 소리, 살점 찢어지는 소리였다. 달링의 몸통이 팽창하는 것 같았다. 달링의 머리가 울타리 가로대를 내리쳐서 부수어버렸고, 달링의 발굽이 뒤로 뻗어 가죽 끈을 갈가리 찢었다. 종마는 구멍 난 타이어 같은 괴성을 지르며 뒷다리를 접더니 씨근대고 비틀거리다 넘어졌다.

잭 할아버지와 버드 아저씨는 소리를 지르며 종마를 쫓다가 암말을 쫓다가 난리였다. 쌍둥이는 입이 쩍 벌어지고 양손은 죽은 동

물처럼 축 늘어졌다. 고삐와 가죽 끈과 종마를 벗어난 달링은 유유
자적하게 방목장을 이리저리 달리다가 걸음을 멈추고 돌아서서
크리스털 같은 차가운 파란색 눈동자로 아둔한 우리를 태연자약
하게 응시했다.

　집에 돌아온 할아버지는 벌겋게 상기된 얼굴로 달링을 원형 우
리 안에 데려다놓았다. 할아버지는 버드 아저씨에게 수표를 써주
고 왔는데, 거기에는 교배 비용, 부서진 울타리 값, 끊어진 가죽 끈
값, 종마 치료비가 포함돼 있었다. 종마가 그런 심한 발길질을 당
했으니 털고 일어나기까지 여러 주가 걸릴 것이라고 버드 아저씨
는 예상했다. 집에 돌아오는 길에 아빠는 계속 내 쪽을 곁눈질했
다. 하지만 나는 모르는 척 앞만 봤다. 우리 셋 다 한마디도 하지
않았다.
　집에 들어오니, 에어컨이 제일 세게 가동되는 중이었다. 거실
안의 가짜 겨울. "잘됐니?" 아빠와 내가 뒷문으로 들어오자 할머
니가 물었다. 엄마는 소파에 파묻혀 있었다. 엄마 어깨에는 털 담
요가 걸쳐져 있었고, 소파 앞 탁자에는 우유잔이 놓여 있었다.
　"걷어찼어." 나의 말에 엄마는 무릎으로 일어났다.
　"설마."
　"가죽 끈을 끊고." 아빠가 대답했다. "다리를 쫙 벌려서 가죽 끈
을 무슨 감초 줄기처럼 끊어버리던데. 그런 일은 난생처음 봤네."
　엄마가 한 손으로 입을 가리고 킬킬 웃었다. "어머나, 아버님이
화나셨겠네." 할머니는 아빠에게 무슨 일이 있었는지 자세히 이야

기해보라며 난리였다. 아빠는 이야기를 하면서도 나를 바라보았다. 몰래 거실을 빠져나오는 나를 아빠는 시선으로 뒤쫓았다. 밖으로 나오니 태양이 오후 하늘 위에 작고 하얗게 떠 있었다. 나는 현관 계단에 앉아 목에 손가락을 갖다 댔다. 멍이 생긴 곳을 건드리자 몸이 움찔했다.

할 일이 있었다. 마방 청소. 말 운동 시키기. 나는 진입로 너머를 한참 쳐다보았다. 하루가 어서 가버리기를 기다리면서. 오늘이 끝나기 전까지 벌어져야 하는 일들, 지나가야 하는 시간들을 생각하면서. 햇빛이 맨다리 위로 내리쬐었지만 덥다는 느낌이 없었다. 나는 현관 난간에 머리를 기댔다. 몸에 감각이 없고 천근만근 무거웠다. 버드 아저씨네 승마장에서 나는 차오르는 흐느낌을 밖으로 나오지 못하게 가두어두었다. 가슴속에 갇혀 있던 흐느낌은 이제 젖은 빵 조각처럼 목구멍에 걸려 있었다. 하지만 슬프다는 느낌은 없었다. 아무 느낌이 없었다.

등 뒤에서 문이 열렸다 닫혔고, 발소리가 다가왔다. 아빠는 잠시 서 있다 말없이 내 옆에 앉았다. 아빠는 내 침묵을 가늠하려고 애쓰고 있었다. "별일도 다 있다, 그치?" 한참 후에 아빠가 입을 열었다. "머리가 터졌으면 큰일 날 뻔했어." 아빠가 말을 이었다. "죽었으면 큰일 날 뻔했다."

아빠가 헛기침을 했다. 지금 아빠는 자기와 나 사이의 깨져나간 빈자리를 채울 만한 말을 찾기 위해 머릿속을 뒤지고 있었다. 나는 현관 난간에 몸을 딱 붙이고 있었다. 움직일 수도, 돌아볼 수도 없었다. 아빠의 셔츠 소매가 부스럭거리는 소리가 들렸다. 아빠 손이 나의 어깨 위로 올라왔고, 내 머리칼을 들어올려 아빠 손자국을 들쳐냈다.

아빠는 거칠게 숨을 들이마셨다. 내 허파가 가슴속에서 파닥거렸다. 목 뒤쪽을 꽉 막고 있던 차가운 대리석이 녹아서 따뜻한 액체가 되었다. 액체는 뱃속으로 스며들었고 근육을 타고 솟아올랐고 눈을 타고 흘러내렸다.

"그놈이 노나를 데리러 온 날," 아빠가 내 머리칼을 내려놓으면서 나직이 말했다. "노나가 떠나던 날." 나는 아빠를 돌아보고, 아빠 말을 기다렸다. 눈물이 입술 위로, 목덜미로, 티셔츠 속으로 흘렀지만, 나는 조금도 움직이지 않았다. "못 가게 막을 수가 없었다."

"알아요." 내가 대답했다.

아빠는 양손을 내려다보면서 고개를 끄덕였다. 괴로워하는 얼굴이었다. "솔직히," 아빠가 귀를 쫑긋 세워야 할 만큼 작은 소리로 말했다. "그런 일이 생길 줄 몰랐다."

"이제는 편지도 안 와요." 내가 속삭였다. "전화도 안 오구요." 콧물이 줄줄 흘렀다. 눈물 젖은 입술은 축축하고 짭짤했다.

"무슨 일이 있는 건지." 아빠가 말했다. 아빠는 고개를 떨구고 눈을 가늘게 떴다. "얼마나 솔직한 애였는데. 얼마나 분명한 애였는데."

그 순간 언니의 모습이 눈에 선했다. 언니는 웃을 때면 온몸을 들썩이고 입을 크게 벌리고 고개를 뒤로 젖혔다. 울 때면 무릎으로 쓰러졌고, 화가 나면 아무거나 걷어찼다. 언니는 어릴 때 누가 번쩍 안아주는 것을 좋아했고, 아빠 무릎 위에 앉는 것을 좋아했다. 좀더 자라서는 아빠 옆에 서 있을 때 아빠 팔에 머리를 기대고, 엄지손가락을 아빠 바지 주머니에 걸고, 아빠 어깨를 턱으로 눌렀다.

언니는 아빠의 귀염둥이, 아빠의 아기, 아빠의 강아지였다. 그러던 어느 날, 언니는 작별인사도 제대로 하지 않고 떠나버렸다. 아빠가 그런 일이 생길 줄 몰랐던 것은 당연했다.

"나는요?" 내가 물었다.

"너는," 아빠는 고개를 숙이고 미소를 지었다. "네 머릿속에 뭐가 들었는지 아무도 몰랐지." 햇빛이 내 얼굴 위로 쏟아졌다. 눈물이 마르고 살갗이 뻣뻣해졌다. "네가 아주 어린 아기였을 때부터 그랬어. 우리는 너를 어떻게 해야 할지 몰랐어. 안으려고 하면 너는 등을 잔뜩 구부리고 빠져나가려고 발버둥을 쳤어." 아빠는 고개를 돌리고 나를 마주 보았다. 진지함으로 부드러워진 눈빛, 완벽한 진실의 순간이었다. "너는 나를 닮았어."

우리는 눈부시게 쏟아지는 햇빛 사이로 서로를 보았다. 이것은 아빠 입에서 나올 수 있는 말 중에서 '내가 잘못했다'와 가장 가까운 말이었다. 내가 들을 수 있는 말 중에서 사과와 가장 가까운 말이었다. 나는 눈물이 허옇게 말라붙은 입술로 아빠에게 미소를 지어 보이려고 애썼다. 이제 괜찮다는 것을 보여주려고 애썼다.

"달링이 어떤지 보러 가야겠다." 아빠는 이렇게 말하면서 일어났다. 그리고 잠시 그대로 서서 땅에 대고 하하하 웃었다. "미친 년."

아빠가 간 다음 나는 혼자 계단에 앉아 있었다. 올해 달링은 임신하지 않겠구나. 내년 여름, 늘어진 복부로 잔인한 여름 태양 아래 서 있지는 않겠구나. 나는 아빠를 생각했다. 아빠의 빗나간 분노가 폭발하던 순간을 생각했고, 며칠 동안 내 살 위에 남아 있을 상처를 생각했다. 아빠는 우리가 닮았다고 했는데. 사건이 끝난 지금 나는 아빠가 달링을 나처럼 유심히 지켜보았는지 궁금했다. 종마가 올라탈 때 달링의 얼굴에 떠오른 표정을 아빠도 보았는지 궁금했다. 다리가 묶여 있지 않았다면 달링이 발길질 따위는 하지 않았으리라는 것을 아빠도 나처럼 분명히 깨달았는지 나는 그게 궁금했다.

8

망아지가 젖을 떼던 날, 미니밴을 타고 온 실라 올트먼은 나에게 분홍색 봉투를 흔들어 보이며 차에서 내렸다. 실라는 말했다. 최고의 파자마 파티가 될 거야. 성인 영화를 빌려 볼 거야. 피자를 시킬 거야. 아이스크림을 토할 때까지 먹을 거야.

초대장에는 내 이름이 반짝이로 크게 적혀 있었고, 봉투 가장자리에는 파스텔 톤의 말 그림 스티커가 빽빽하게 붙어 있었다. 나는 봉투를 한참 내려다보았다. 봉투를 열려고 하지도 않았다. "꼭 와야 해." 실라가 말했다. "너는 나랑 단짝이나 마찬가지잖아."

"갈 거야." 아빠가 말했다. 나는 아빠를 쏘아보았다. "무슨 일이 있어도 가야지, 그렇지?" 아빠는 나에게 대답할 시간도 주지 않고 내가 들고 있던 봉투를 채갔다. 그러고는 봉투를 뜯더니 초대장을 읽어내려갔다. "금요일 여섯시구나." 아빠가 말했다.

"침낭이랑 베개 챙겨야 해." 실라가 덧붙였다.

"앨리스는 갈 거야." 아빠가 실라에게 말했다.

실라는 손뼉을 치며 축사로 달려 들어갔다. 발바닥에 스프링이라도 달린 것 같았다.

"못 갈지도 몰라요." 내가 아빠에게 말했다.

"파티잖아." 아빠가 대답했다. "그동안 열심히 일했잖아. 좀 놀아도 돼."

"별로 가고 싶지 않아요." 나는 다시 한번 말했다.

"재미있을 거다." 아빠가 대답했다. 그렇게 해서 내게 파티 약속이 생겼다.

우리는 망아지들을 어미들에게서 떼어놓은 다음, 망아지들이 괴로워하는 모습을 지켜보았다. 망아지들은 비명을 지르고, 울타리를 가슴으로 들이받고, 좁은 우리 안을 빙빙 돌다 서로 부딪쳤다. 먼지구름이 피어올랐다. 고개를 치켜든 망아지들은 괴로움에 지쳐 약한 울음소리를 냈다. 신음이 하늘을 갈랐다. 그 모습을 바라보던 실라의 두 눈에 눈물이 고였다. 실라는 가로대 너머로 손을 뻗어 달래주려고 했지만, 고통과 공포에 휩싸인 망아지들에게는 아무것도 보이지 않았다. 실라가 해줄 수 있는 일은 아무것도 없었다.

"그냥 엄마 말들이랑 같이 있게 하면 안 되나요?" 실라가 물었다.

"훈련시켜야지." 할아버지가 대답했다. "엄마 옆에 붙어 있는 말은 훈련을 못 시켜. 어른이 돼야지."

실라는 망아지들을 지켜보면서 몸을 떨었고, 아빠는 실라의 등 뒤로 다가가 실라의 어깨를 토닥여주었다. "지금은 심한 것 같지만, 금방 괜찮아져." 아빠가 말했다. "두어 달 지나면 어미들과 섞어놔도 서로 알아보지도 못해."

"정말이야?" 실라가 나를 돌아보며 속삭였다. 눈가는 벌겋고, 턱은 금방이라도 울음을 터뜨릴 것처럼 일그러졌다.

이렇게 해보는 것은 우리도 이번이 처음이었다. 하지만 나는 실라를 보면서 고개를 끄덕였다. "그럼."

눈물이 실라의 두 뺨을 타고 흘러내렸다. 실라는 턱을 가슴에 묻었다. "이런 슬픈 이야기는 처음이야."

그후로 며칠 동안, 젖을 짜지 못한 어미들의 젖통이 부풀어올랐다. 젖 무게 때문에 살이 갈라지고 피가 났다. 그러면서도 어미들은 울타리 앞에 서 있었다. 새끼들이 발광하며 비명을 지르는 소리를 가장 가깝게 들을 수 있는 곳이었기 때문이다. 어미들은 천천히 왔다 갔다 하고 발을 세게 구르고 소리를 질렀다. 목은 길게 빼고 입은 벌린 채로.

"그 소리는 뭐니?" 내가 전화했을 때 델마 선생님이 물었다.

신경을 거슬리는 소리가 골방 안까지 들려왔다. 어미와 새끼 들이 불과 몇 야드를 사이에 두고 서로에게 다가가지 못하고 있었다. "그냥 텔레비전 소리예요." 내가 대답했다. "엄마가 옆방에서 쇼프로를 보나봐요."

"세상에," 델마 선생님이 말했다. "토끼 고문하는 소리 같구나."

결국 젖 무게를 이겨내지 못한 어미들은 하나둘씩 고통에 무릎을 꿇었다. 시든 잔디 위에 드러누워 고통과 슬픔에 몸을 내맡겼다.

"우리가 젖을 짜주면 안 되나요?" 실라가 조심스레 물었다. "조금만요."

울타리 안에서 어미들은 눈알을 굴리며 텅 빈 하늘을 향해 신음했다. 쓸모없는 젖이 갈색 잔디 위로 찔끔찔끔 새어나왔다.

잭 할아버지가 고개를 저었다. "그러면 고통의 시간만 연장될 뿐이야. 지금 젖을 짜주면 젖이 또 생기니까. 괴로워해도 그냥 내버려두는 게 도와주는 거다." 할아버지는 턱을 들고 하늘을 올려다보면서 미간을 찡그렸다. "원래 가뭄 때 젖 떼기가 제일 힘들지."

어미들이 흐리멍덩한 눈으로 잔디에 누워 신음했다. 이제 새끼들은 조용했다. 이틀 내내 비명을 지른 뒤라 목에서는 울음소리 대신 쉿소리가 났다. 바람의 방향이 바뀌면서 어미들은 새끼들 냄새를 맡을 수 없었다. 남은 일은 고통이 끝나기를 기다리는 것뿐이었다.

"끝났니?" 내가 집 안으로 들어가자 엄마가 물었다. 엄마와 루비 할머니는 부엌 식탁에 앉아 있었고, 식탁에는 카드 한 벌이 펼쳐져 있었다. 폼폼은 엄마 무릎 위에 앉아 있었고, 엄마는 폼폼 머리 위로 오레오 쿠키를 달랑달랑 흔들고 있었다.

"그래도 조용해졌어요." 내가 대답했다.

"다행이다." 엄마는 이렇게 말하며 온몸을 떨었다. "그 소리 때문에 악몽을 꾸게 돼."

할머니가 패를 놓고 일어나며 물었다. "배고프니?" 나는 고개를 저었고, 할머니는 부엌일을 시작했다.

"저는 먹을 수 있을 것 같은데요." 엄마가 할머니 등에 대고 소리쳤다. "샌드위치 먹을래요." 엄마는 이렇게 말하며, 오레오를 폼폼의 입에 쏙 넣었다. "땅콩버터랑 바나나 넣은 걸로요. 식빵 가장자리는 빼주세요."

할머니는 부엌으로 사라졌고, 엄마는 폼폼을 무릎에서 휙 내려놓고 자리에서 일어나 창가로 다가갔다. "포커를 배우는 중이야."

엄마가 내게 말했다. "지금까지 쿠키 여섯 개를 땄어."

"우와." 나는 대답했다.

엄마는 창문 앞에 서서 몸을 흔들었다. 자기의 귀에만 들리는 음악에 맞추어 엉덩이를 움직였다. 엄마가 말했다. "라스베이거스로 가버릴까?" 엄마의 목소리는 아찔했고, 어깨춤은 선정적이었다. "그러면 머리에 깃털을 꽂을 수도 있고, 턱시도를 차려입은 남자들이 주사위를 던질 적에 키스를 날릴 수도 있을 텐데. 행운의 여신이 될 수도 있을 텐데."

초저녁이었고, 진입로 건너편에서는 미니밴에서 내린 올트먼 부인이 지갑을 뒤지고 있었다. 엄마는 춤을 멈추고, 밖을 내다보기 위해 무릎을 창문에 붙였다. 올트먼 부인이 열쇠를 떨어뜨렸고, 떨어뜨린 열쇠를 집으려고 허리를 굽혔다 펴면서 누군가의 시선을 의식한 듯 고개를 돌렸다. 엄마와 올트먼 부인의 눈이 마주쳤고, 두 여자는 두 마리 고양이처럼 얼어붙은 채 창문을 통해 상대방을 응시했다. 그리고 그렇게 잠시 서 있었다. 이윽고 올트먼 부인이 손을 들어 어색하게 흔들었다. 엄마도 답례로 한 손을 올렸다. 올트먼 부인은 미소를 지으며 실눈을 뜨더니, 수줍은 듯 양손으로 머리를 부풀리며 축사로 발길을 돌렸다.

"저 사람이 여자애 엄마구나." 엄마는 이렇게 속삭이면서 창문 한쪽으로 피해 커튼을 가슴에 감았다. 그러고는 상체를 옆으로 숙이고 올트먼 부인의 멀어지는 뒷모습을 조심스럽게 내다보았다.

"실라 엄마," 내가 대답했다. "맞아요."

"예쁘구나." 엄마는 이렇게 말하며 내 쪽을 보았다. "안 그러니?"

"그래요." 내가 대답했다. "그리고 아주 친절해요."

"이름이 뭐더라, 그애랑 똑같이 생겼구나." 엄마가 말했다.

"실라요." 내가 또 말했다. 엄마는 고개를 끄덕이며 실라의 이름을 소리 없이 되뇌었다. "실라 생일이 이번주예요. 아빠가 나더러 생일 파티에 가래요."

엄마가 고개를 돌렸다. 엄마의 시선이 내 살 위에 면도날처럼 박혔다. "당연히 가야지." 엄마가 말했다. 엄마는 상체를 내밀고 손가락을 까딱까딱하며 나를 불렀다. "갔다 와라." 엄마가 속삭였다. "갔다 와서 어떻게 생겼는지 말해주렴."

"뭐가 어떻게 생겨요?"

엄마는 목을 쭉 늘리더니 내 머리칼을 들어올리면서 귓속말을 했다. "저 사람들 집."

"선물 가져가야 해요." 내가 아빠에게 말했다.

잠시 생각하던 아빠는 마구실 선반에서 상자 하나를 꺼내주었다. "옜다. 어차피 실라 엄마한테 팔려고 했던 거야." 나는 상자를 열었다. 박차 세트였다.

"파자마 파티라서 박차는 안 돼요." 내가 대답했다.

"왜 안 돼?" 아빠가 물었다. "그럼 뭐가 되니?"

나는 한 손을 들어올렸다. "생일 선물이요." 내가 말했다. "귀걸이나 머리핀이나 하얀색 스케이트 같은 거요."

아빠가 이마를 찡그렸다. "귀걸이나 머리핀이나 하얀색 스케이트 같은 것은 실라한테 필요 없어." 아빠가 말했다. "실라한테 필요한 건 새 박차야. 다행히 우리한테 박차가 있고. 이제 예쁜 종이에 잘 싸면, 선물하기 좋을 거다."

나는 아빠를 보면서 입을 쩍 벌렸다. 안 그래도 내키지 않는데, 이런 걸 선물이라고 가져간다면…… 그때 우리 등 뒤에서 여자 웃음소리가 들렸다. 뒤를 돌아보니 패티 조 아줌마가 문턱에 서 있었다.

"이보세요." 패티 조 아줌마가 미소를 지었다. "파자마 파티가 얼마나 중요한데, 어쩌면 그렇게 모를 수가 있어요, 조?" 아빠는 얼굴을 붉혔고, 패티 조 아줌마는 나와 한패라도 되는 듯 내게 눈을 찡긋했다.

"괜찮다면," 패티 조 아줌마가 아빠에게 말했다. "내가 앨리스를 데리고 나가서 좀더 적당한 선물을 고르게 도와줄게요."

아빠는 미소를 지었다. 아빠의 양쪽 귀가 분홍색 사탕 같은 색깔로 변했다. 내 몸은 두 사람 사이에서 쪼그라드는 것 같았고, 박차 상자는 내 두 손 사이에서 점점 커지는 것 같았다. "괜찮아요." 내가 두 사람에게 대꾸했다. "이거면 될 거예요."

하지만 아빠는 패티 조 아줌마에게 한 발 다가서며 내 손에서 상자를 가져갔다. "정말 친절하시네요." 아빠는 이렇게 말하며 지갑에서 20달러짜리 지폐를 꺼냈다. 아빠가 지폐를 건네려고 하자, 패티 조 아줌마는 아빠 손에 자기 손을 올리면서 돈을 밀어냈다.

"이러지 마세요." 패티 조 아줌마가 말했다. "우리가 늘 신세를 지는데, 이런 걸로라도 보답을 해야죠."

나는 두 사람 사이에 우두커니 서서 기다렸다. 두 사람의 손이 닿았던 시간은 일 초도 안 됐다. 순식간이었다. 하지만 분위기는 계속 야릇했고, 나는 눈이 침침했다. 스멀스멀 구역질이 올라왔다.

여기 말고 다른 곳에 가 있고 싶었다. 눈을 감고 아무것도 안 보고 싶었다. 이런 일이 있었다는 것을 모르고 싶었다.

패티 조 아줌마의 안목은 인정하지 않을 수 없었다. 패티 조 아줌마가 고른 것은 반짝이는 목걸이였다. 상자 안은 검은 벨벳이었고, 목걸이에 달린 편자에는 분홍색 크리스털 알들이 가득 박혀 있었다. 백만 년이 지나도 내가 목걸이를 고를 일은 없겠지만, 패티 조 아줌마가 목걸이를 가리키는 순간 나는 실라에게 더없이 어울리는 선물임을 직감했다. 실라가 여기 있었다면 틀림없이 이것을 골랐을 것 같았다. 패티 조 아줌마가 점원에게 분홍색과 하얀색 종이로 포장해달라고 하면서 포장 비용까지 지불하는 동안 나는 한쪽 옆에 우두커니 서 있었다. 어떻게 패티 조 아줌마는 실라가 좋아하는 것을 저렇게 잘 알까. 나는 누구보다 실라와 많은 시간을 보냈지만, 나 혼자 골라야 했다면 무엇을 고를지 막막했을 텐데.

아빠는 도시 반대편에 있는 파티 장소까지 태워다주었다. 나는 선물을 무릎에 올려놓고 섬세한 하얀색 리본을 손가락 끝으로 만지작거렸다. 실라가 사는 동네의 집들은 커다랗고 하얀색이었다. 앞뜰은 완만한 잔디밭이었고, 울타리를 따라 꽃들이 활짝 피어 있었다. 주소를 더듬어 골목으로 접어들자 사방이 초록색이었다. "가뭄 아니었나?" 내가 말했다.

"이쪽은 가뭄이 아니었나보다." 아빠가 대답했다. 진입로 안으로 들어선 아빠는 트럭을 진입로 중간에 세운 다음, 운전대 위로 몸을 내밀어 앞유리 너머로 집을 구경했다. "세상에." 아빠가 속삭였다.

우리는 잠시 말없이 앉아, 베이윈도, 현관의 하얀 기둥, 프렌치

도어를 올려다보았다. "자," 아빠가 결국 입을 열었다. "그럼 내일 보자."

"같이 안 들어가요?"

아빠가 손가락 끝으로 운전대를 톡톡 쳤다. "할아버지 할머니가 기다리셔. 손님은 너잖아. 나까지 들어갈 필요 없다."

"집을 잘못 찾았으면 어떡해요." 내가 이렇게 말하자 아빠는 우체통을 가리켰다. 우체통에는 분홍색과 하얀색 풍선들이 마치 부케처럼 은색 리본으로 묶여 있었다.

나는 지저분한 초록색 침낭과 색 바랜 베갯잇을 내려다보았다. 그날 아침 나는 눈에 불을 켜고 노나 언니의 골방을 뒤졌다. 나한 테 맞는 옷을 찾기 위해서였다. 하지만 내 옷은 너무 작은 반면, 언니 옷은 너무 컸다. 나는 두 가지를 혼합해서 옷을 마련했다. 내 몸의 절반은 헐렁한 언니 셔츠 속에서 허우적거렸고, 나머지 절반은 내 바지 속에 갇혀 갑갑해했다. "생일 축하 인사라도 하고 가면 고마워할 텐데." 내가 모기만 한 소리로 말했다.

아빠는 내 몸 위로 손을 뻗어 차 문을 열었다. "네가 아빠 몫까지 축하해줘."

내가 현관까지 갔을 때는 이미 아빠가 떠난 다음이었다. 초인종을 눌렀더니 실라는 비명을 지르며 달려나와 양팔로 내 목을 감았다. "앨리스, 세상에! 네가 와서 너무 좋아!"

"생일 축하해." 나는 선물을 내밀며 말했다. 뒤쪽 어디선가 여자 애들의 웃음소리, 비명소리가 들려왔다. 낯선 아이들이 파티에 취해가는 중이었다.

"선물은 부엌에 두면 돼." 실라는 이렇게 말하며 부엌 쪽을 가리켰다. 얼굴이 빨갛게 상기된 실라는 숨을 헐떡이며 한 손을 가슴에 올리고 과장된 태도로 숨을 가다듬으려고 애썼다.

"지금 막 크리스털이 코로 닥터 페퍼를 뿜었어." 실라는 헉헉댔다. "타월 가지러 가는 중이야."

실라는 사라졌고, 나는 잠시 현관에 서 있었다. 집은 사방으로 뻗어 있었다. 연한 복숭아색 벽은 높은 아치 천장으로 이어져 있었고, 발밑의 카펫은 하얀색 플러시 천이었다. 나는 실라가 가리킨 쪽으로 걸음을 옮겼다. 하지만 방 하나를 지나면 또다른 방이 나왔다. 목구멍을 타고 공포감이 솟구쳤다. 좋게 끝날 리가 없어. 길을 잃고 헤매거나 엎지르거나 깨뜨리거나, 무슨 일이 생길 거야. 실라네 집은 모든 것이 반짝반짝하고 깨끗했다. 어디서도 먼지 하나 찾을 수 없었다. 벽에는 실라 사진이 줄줄이 걸려 있었다. 스키 타는 실라. 바닷가에서 수영복을 입은 실라. 크리스마스트리 옆에 앉은 실라. 정글짐에 무릎으로 대롱대롱 매달려 있는 실라. 올트먼 부인의 인생 목표는 실라가 가는 데마다 카메라를 들고 쫓아다니면서 실라의 깨끗하고 예쁜 삶을 매순간 남기는 것인 듯했다.

실라를 부를까. 굽이굽이 돌아가는 복도 끝을 향해 길을 잃었으니 와달라고 소리를 지를까. 하지만 모퉁이를 도니 마침 부엌이 나왔고, 내 키보다 높은 냉장고가 우뚝 서 있었다. 은색 냉장고는 윙윙 소리를 냈다. 부엌 중앙에는 아일랜드 식탁이 있었는데, 식탁 위쪽에는 구리 냄비들과 프라이팬들이 매달려 있었고, 식탁에는 화려하게 포장된 선물들이 쌓여 있었다. 올트먼 씨와 올트먼 부인이 뒷문 쪽에 서서 낮은 목소리로 이야기를 나누고 있었다. "이제 와서 그러면 어떡해요." 올트먼 부인이 남편에게 말했다.

실라 아빠는 곤혹스럽다는 듯 양손을 들어올렸다. "야간 실험이
야." 실라의 아빠가 말했다. "당신한테 말한 줄 알았는데."

나는 잠시 가만히 있었다. 부엌을 나가야 할지 인기척을 내야
할지 난감했다. 하지만 목이 너무 말랐고, 선물은 땀투성이였다.
나는 대리석 카운터 앞에 서서 두 사람이 나를 봐주기를 기다렸다.

"실라 생일이잖아요." 올트먼 부인이 속삭였다. 올트먼 부인은
넓은 부엌 건너편에 있었지만, 올트먼 부인의 떨리는 입술이 눈앞
에 보이는 듯했다.

올트먼 씨는 이마를 찡그렸다. 하지만 무슨 말을 하기 직전, 뒤
에 있는 나를 발견하고 눈을 치켜떴다.

"거기, 애니구나." 올트먼 씨는 내게 손을 흔들며 말했다.

올트먼 부인이 곁눈질로 남편을 무섭게 노려보았다. 나는 부엌
에서 뒷걸음쳐 나오려고 했다. 하지만 등 뒤에서 실라가 뛰어 들어
왔다. 분홍색 양말로 타일 바닥 위를 미끄러지면서. "선물은 저기
로." 실라는 이렇게 말하며 식탁을 가리켰다.

나는 고개를 숙이고 부엌 건너편에 있는 식탁으로 가서 패티 조
아줌마가 고른 선물을 다른 선물들 위에 올려놓았다. 올트먼 부인
은 남편을 쳐다보고 있었다. 입술은 굳게 닫혀 있었고 두 눈은 급
히 깜빡거렸다.

"있잖아," 올트먼 씨가 실라에게 말했다. "재미없는 아빠가 잠
깐 자리를 비운다고 파티가 재미없어지지는 않겠지?"

"다녀오세요, 아빠." 실라는 숨을 헐떡이며 대답했다. 그러고
는 내 팔장을 끼며 나를 부엌에서 끌고 나갔다. "내 방 구경시켜
줄게."

실라 방에 모여 있는 실라 친구들은 하나같이 실라와 비슷했다. 하나같이 멋있었고, 미소 지을 때는 하나같이 가지런한 하얀 이를 드러내며 양볼을 분홍색으로 물들였다. 웃을 때는 입을 크게 벌렸고 소리 지를 때는 손으로 입을 가렸다. 실라의 물건이 자기 물건이라도 되는 듯 실라 침대 위를 기어다니고 실라 옷장 서랍을 뒤졌다. 실라는 깡충깡충 뛰면서 친구들 뒤를 쫓아다녔다. 나는 서랍에 구부정히 기댄 채 양팔로 내 몸을 감싸고 재미있어 보이려고 노력했다.

애들 옆에 있는 것은 어렵지 않았다. 그애들은 내가 모르는 사람들에 대해서, 내가 가보지 못한 곳들에 대해서 이야기했다. 음식이 나오면, 나도 먹었다. 비디오를 틀면, 나도 봤다. 애들이 미소를 지으면 나도 미소를 지었고, 애들이 크게 웃으면 나도 크게 웃었다. 내 옆에서 파티가 진행 중이었으니, 나도 그 파티를 즐기는 사람인 듯했다.

한밤중이 되자 실라와 실라의 친구들은 그 모든 흥분과 전율에도 불구하고 모두 깊이 잠들었다. 캄캄한 방에서 애들 옆에 누운 나는 모든 애들의 숨이 느리고 길어질 때까지 기다렸다. 그런 다음 소리 나지 않게 조심조심 팔꿈치로 몸을 일으키고, VCR의 디지털 시계를 들여다보았다. 1:30. 델마 선생님은 아직 깨어 있을 시간이었다.

나는 침낭들 사이를 까치발로 지나갔다. 내 심장박동 소리가 애들을 다 깨울까봐 걱정스러웠다. 하지만 어둠 속에 한 시간 반 동안 누워 있으면서, 걸리면 무슨 말을 할지 이미 생각해놓았다. 누가 일어나면, 화장실에 가야겠다고 말해야지. 토할 것 같다고. 피자를 너무 많이 먹은 것 같다고. 아니면 〈플래시 댄스〉에 나오는 제니퍼 빌스의 연기에 너무 감동을 받아 도무지 잠이 오지 않는다고.

나는 내가 낮에 지나갔던 길을 되짚으며 전화를 찾으러 다녔다. 오른쪽으로 두 번 돌고 왼쪽으로 한 번 돌면 거실이었다. 오른쪽으로 한 번 돌고 왼쪽으로 두 번 돌면 화장실이었다. 나는 벽에 손가락을 대고 어두운 복도를 걸었다. 발자국을 셌고 그늘진 문턱이 나오면 들여다보았다. 모퉁이를 도니 컴컴한 부엌이 나왔다. 불빛은 싱크대 위쪽의 흐릿한 조명 세 개뿐이었다. 조명 밑에 올트먼 부인이 목욕가운 차림으로 서 있었다. 담배를 피우고 레드 와인을 홀짝이며 창밖의 거리를 내다보는 중이었다.

나는 순간 멈춰 섰다. 이게 모두, 파티를 하고 비디오를 봤던 일과 패티 조 아줌마와 쇼핑몰에 갔던 일이 모두 그저 꿈이었을까봐 문득 겁이 났다. 올트먼 부인은 담배를 피울 사람이 아니었다. 술을 마실 사람이 아니었다. 낡은 목욕가운을 입고 어두운 부엌에 서 있을 사람이 아니었다. 이제 금방 수도관이 터지든지 비구름이 터지든지 해서 온 세상이 물에 잠기겠지. 오늘밤도 다른 밤과 마찬가지겠지.

바로 그때 올트먼 부인이 유리창에 비친 자기 그림자를 향해 눈을 치켜떴다. 그러고는 나를 보며 고개를 갸우뚱했다. "앨리스?" 탁하고 졸린 목소리였다. 화장을 지운 얼굴과 노란 머리칼이 꼭 껍질을 벗긴 날감자 같았다. "무슨 일 있니?"

내가 대답할 질문이 아닌 것 같았다. 무슨 일이 있는 것은 올트먼 부인이었다. 올트먼 부인은 목욕가운 차림이었고 머리는 엉망이었다. 게다가 담배를 피우고 있었다. 무슨 일이 있는 것이 분명했다.

"화장실에 갔다가요." 내가 말했다. "실라 방을 찾는 중이에요."

담배 연기가 올트먼 부인의 머리 위를 맴돌며 푸른 후광처럼 부인의 얼굴을 어둠 속에서 감쌌다. 내가 부엌에서 나가려고 하자 올트먼 부인이 식탁으로 걸어오더니 같이 앉자는 듯 식탁 위를 톡톡 두드렸다. "아이스크림 먹을래?" 올트먼 부인이 물었다.

나는 어깨 너머를 힐긋 돌아보았다. 실라가 갑자기 숨을 헐떡이며 나타나 자기 친구가 내 발톱에 매니큐어를 발라야 하니 빨리 오라면서 나를 자기 방에 끌고 가주기를 바라면서. 하지만 집 안은 쥐 죽은 듯 조용했다. 올트먼 부인과 나 말고는 모두 잠들어 있었다. "잘 먹겠습니다." 나는 이렇게 말하며 의자 위로 올라갔다.

올트먼 부인은 냉장고로 가서 페퍼민트 아이스크림 한 스쿱을 그릇에 담았다. 그러고는 나에게 아이스크림을 건네준 뒤 카운터에 기대 담배를 빨면서 내가 먹는 모습을 지켜보았다. "파티는 재미있었니?" 올트먼 부인이 물었다.

나는 고개를 끄덕였다. 올트먼 부인의 등 뒤에서 윙윙 하는 소리가 들리더니 갑자기 창밖에서 물줄기가 솟아올랐다. 스프링클러 시스템이었다. "집이 정말 예뻐요." 내가 이렇게 말하자 올트먼 부인은 와인잔을 들여다보며 미소를 지었다.

"우리가 직접 설계한 집이란다." 올트먼 부인이 말했다. "정확히 말하면, 설계한 사람은 나야. 내가 설계했어." 올트먼 부인은 부엌을 둘러보았다. 천장은 높은 아치형이었고 벽은 깨끗한 하얀색이었다. "저기 찬장 있지?" 올트먼 부인이 나에게 말했다. "내 키에 정확히 맞춘 거야. 뒤꿈치를 올리지 않아도 가장 높은 선반까지 닿는단다."

나는 숟가락을 빨았고, 올트먼 부인은 집을 통째로 내주겠다는 듯 양손을 벌렸다. "미첼을 따라 이 도시에 살기로 마음먹은 것도 이 집 때문이었단다. 생활비가 아주 싼 곳이라 집을 직접 지을 수도 있고 갖고 싶은 것은 다 가질 수 있었지. 캘리포니아에서는 불가능한 일이거든."

"바닷가에 사셨어요?" 내가 물었다.

"우리는 버클리에 살았어." 올트먼 부인이 대답했다. "거기서 실라가 태어났고."

나는 버클리가 어디인지 전혀 몰랐지만, 그것으로 답이 되었다는 듯 고개를 끄덕끄덕했다.

창밖 골목으로 헤드라이트 한 쌍이 지나갔고, 올트먼 부인은 어깨 너머로 창문을 쳐다보았다. 차는 집 앞을 지나서 어디론가 사라졌고, 올트먼 부인은 다시 나를 돌아보며 와인 한 모금을 홀짝였다.

"나는 가끔 생각해본단다. 만약 우리가 계속 거기 살았으면 어땠을까." 올트먼 부인이 말했다. "그냥 남들처럼 살았으면 어땠을까."

올트먼 부인이 말할 때 보니, 앞니가 와인빛으로 물들어 있었고, 입술 안도 보라색이었다. "저도 가끔 그런 생각 해요." 내가 대답했다.

올트먼 부인이 눈을 치켜뜨며 나를 쳐다보았다. 올트먼 부인의 표정에서 몽롱함이 사라졌다. 갑자기 올트먼 부인과 나 사이에서 가식의 벽이 무너지는 느낌이 들었다. "앨리스?" 올트먼 부인이 속삭였다. 올트먼 부인의 눈을 들여다본 나는 올트먼 부인이 입을 열기도 전에 무슨 말이 나올지를 알아챘다. "너희 엄마, 어쩌다 그렇게 되셨니?"

올트먼 부인과 내 옆에서 부엌이 숨 쉬고 있었다. 식기세척기는 김을 뿜어 올리고, 냉장고는 거대한 강철 허파로 윙윙거렸다. 집 안 모든 것이 활기차고 편리하고 깨끗하고 멋있었다. 집 안 모든 것이 제 기능을 다하고 있었다. 모든 것이 제자리에 놓여 있었다. "슬퍼서요." 내가 대답했다.

나는 올트먼 부인의 말을 기다렸다. 내 질문은 그게 아니었다고, 그것으로는 부족하다고, 이유가 있어야 한다고 말하기를 기다렸다. 하지만 올트먼 부인은 턱을 가슴에 묻고, 술잔을 들여다보면서 고개를 끄덕였다. "가엾어라." 올트먼 부인이 말했다.

"한번 울기 시작하면 그치질 못해요. 너무 오래 울다 몸을 움직이지 못할 때도 있고요. 그러면 일어나지도 못하고, 아빠가 안아서 옮겨야 해요."

올트먼 부인은 담뱃불을 싱크대에 비벼 껐다. "원래부터 그랬었니?"

"내가 태어날 때부터 그랬대요." 아빠가 요전 날에 현관 계단에서 했던 말이 생각났다. 아빠가 내 목에 난 상처를 보려고 내 머리칼을 들어올린 날, 달링을 버드 아저씨네 종마랑 교배시키는 데 실패한 날, 아빠는 내가 안기기를 싫어하는 아기였다고 했는데. 아마도 그래서 엄마는 나를 언니한테 넘겨주고 위층으로 올라갔나보다. 그리고는 할아버지와 할머니가 이동주택을 몰고 우리 진입로로 들어올 때까지 아래층에 내려오지 않았다.

올트먼 부인은 입을 꽉 다물었다. 내가 한 말에 대해 생각하는 것 같았다. "그런 여자들이 있어." 잠시 후 올트먼 부인이 입을 열었다. "때로 여자들은 아이가 생기면 슬퍼진단다."

"왜요?" 내가 물었다.

"아이가 생기면," 올트먼 부인이 대답했다. "내 안에 있는 무언가가 열리는데, 그건 세상이 두 쪽으로 갈라지는 느낌이랑 비슷하거든. 내가 완전히 열리니까 그럴 때는 무엇이든 내 안으로 들어올 수 있어. 나는 그것으로 가득 차게 되고. 어떤 여자들은 슬픔으로 가득 차는 거지."

"아줌마도 그랬어요?" 내가 묻자 올트먼 부인은 미소를 지었다.

"설명하기 어렵구나." 올트먼 부인은 말했다. "뭔가를 엄청나게 사랑하는 일인데…… 나는 아직 준비가 안 됐고. 너무 큰 사랑, 너무 오래된 사랑, 너무 동물 같은 사랑. 무섭지." 올트먼 부인은 주먹을 가슴에 올리고 무서움을 몸으로 보여주었다. "무서워서 미쳐 버릴 것 같을 때도 있어."

나는 엄마를 생각했다. 엄마는 소리를, 빛을, 사람들을 무서워했다. 엄마는 죽은 새끼 고양이 꿈을 꾸었다.

"내가 실라를 낳을 때," 올트먼 부인이 말했다. "마치 내가 딴사람이 된 것 같았어. 얼마나 아팠는지 몰라." 올트먼 부인은 마지막 한 모금을 마신 다음 빈 잔을 카운터에 놓았다. "분만실에 있을 때 한번은 너무 죽고 싶어져서 자살할 도구가 없는지 한참 찾았다."

나는 숟가락을 접시에 놓았다. "나중에는 어떻게 됐어요?" 내가 물었다. "아줌마도 슬픔으로 가득 찼었나요?"

올트먼 부인의 시선이 나에게서 떠나 그때 그 순간으로 돌아갔다. "나중에는, 잔뜩 흥분했었단다." 올트먼 부인이 말했다. "침대에 가만히 있을 수가 없었어. 계속 뛰쳐나와 전화를 걸었지." 올트먼 부인은 와인이 묻은 입을 손으로 가리며 웃었다. "한밤중이었는데, 나는 내가 아는 모든 사람에게 전화를 걸어서 이랬어. '나, 아기 낳았어요! 나, 아기 낳았다구요!' 간호사는 계속 말리더라. '올트먼 부인, 침대에 누워 계세요.' 하지만 가만 있을 수가 없더라." 올트먼 부인은 미소를 짓고 있었다. 나는 올트먼 부인의 얼굴을 보면서 올트먼 부인이 내 존재를 기억해주기를 기다렸다. 하지만 올트먼 부인은 다른 곳에 가 있었다. 내가 가본 적이 없는 곳을 떠올리며 행복에 잠겨 있었다.

다시 창밖으로 헤드라이트 한 쌍이 지나갔다. 창밖을 돌아본 올트먼 부인은 목욕가운 주머니에서 또 담배를 꺼내 자그마한 은제 라이터로 불을 붙였다.

"담배 피우시는 줄 몰랐어요." 올트먼 부인이 담배 연기를 들이마시기 시작할 때 내가 말했다. 올트먼 부인이 창문에서 내 얼굴로 시선을 돌렸다.

"부끄러운 비밀이야." 올트먼 부인이 말했다. "비밀 지켜줄 거지?"

나는 고개를 끄덕였다. "자주 피우지는 않아." 올트먼 부인이 말했다. "하지만 그래도 실라가 알면 걱정할 테니까."

자동차 한 대가 골목으로 지나갔고, 올트먼 부인의 두 눈이 헤드라이트처럼 번쩍이며 창문을 비췄다. 오늘밤에 전화하기는 틀렸구나. 선생님은 아마 지금 나를 생각하고 있겠지. 내가 어디에 있는지, 왜 전화를 안 하는지 궁금해하겠지. 어쨌거나 나쁜 일은 일어나게 마련이다. 사람들은 발을 헛디뎌서 굴러떨어지고, 슬퍼서 정신이 나가고, 자기들이 손수 지은 완벽한 저택의 뒷문으로 도망친다. 아내와 자식을 버려두고. 집에 남은 아내는 창문을 보면서 남편이 돌아오기만을 기다린다. 이게 바로 누군가에게 익숙해지는 것의 문제였다. 없으면 그리워진다는 것.

내가 올트먼 부인을 부엌에 남겨두고 의자에서 내려와 침대로 돌아왔을 때는 거의 새벽 두시였다. 혼자 남은 올트먼 부인은 싱크대의 희미한 조명 아래서 외로이 담배를 피우며 내가 먹은 아이스크림 접시를 닦았다.

새끼들을 어미들과 떼어놓은 지 닷새가 지나자, 젖이 마른 어미들은 젖통이 처지고 젖통 살갗이 딱딱해졌다. 복부는 아직 보기 흉했다. 이제 어미들은 네 발로 서서 햇볕에 시든 풀잎을 뜯었다. 하지만 바람의 방향이 바뀔 때면 고개를 쳐들고 코를 킁킁대며 빼앗긴 새끼의 흔적을 좇았다. 축사 반대쪽에 있는 새끼들은 한데 모여 서로의 갈기에 기대 히잉히잉 울었다. 건초는 건드리지도 않았다.

"계속 안 먹으면 어떡해요?" 실라가 울타리 앞에서 물었다. 실라는 새끼들에게 위로의 말을 속삭이며 가로대 사이로 손을 집어넣어 새끼들을 자기 옆에 오게 만들려고 했다. 새끼들은 반대쪽 구석에 그대로 있었다. 두려움에 지치고 서러움에 굳은 것이었다.

"시간을 좀 주렴." 아빠가 실라에게 말했다. "괴로움을 이겨내면 먹이를 먹을 거야."

실라는 울타리 너머로 새끼들을 바라보며, 괴로움을 덜어주지

못해 안타까워했다. "정말요?" 실라가 속삭였고, 아빠는 고개를
끄덕였다.

"자연의 이치가 원래 그런 거야."

할아버지와 아빠가 두번째 원형 우리를 완성한 뒤였다. 또다른
계획이 없었던 할아버지는 망아지들에게 관심을 돌렸다. 그리고
등록 서류 작성하는 일을 시작했다. 축사 안을 걸어다니면서 망아
지들 이름을 고민했고, 아무한테나 어떤 이름으로 할까 물어보았
다. 실라는 이 일을 특히 마음에 들어했다. 밤마다 집에서 망아지
이름 목록을 만들었고, 다음 날 축사에 가지고 와 할아버지에게 어
떤지 물어보았다. 실라는 어이없는 이름들을 가지고 왔지만, 할아
버지는 진지하게 귀를 기울였다. 고개를 끄덕이며 생각에 잠겼고,
안 되는 이유를 하나하나 설명해주었다.

"스키피." 실라가 목록을 읽었다.

"심심해." 할아버지가 대답했고, 실라는 이름 위에 가위표를
쳤다.

"엔젤 드림."

"요란해."

"시크리테리엇."

"일단 접수."

"할아버지에게 망아지 이름을 지으라고 해도 돼요?" 아빠와 트
럭에서 톱밥을 긁어내리면서 내가 물었다.

"어때서?" 아빠가 말했다. "할아버지에게도 일이 있어야 해."

"프랭크 시나트라," 축사에서 실라의 목소리가 흘러나왔다. "우
리 아빠가 제일 좋아하는 가수예요."

"멍청한 이름을 고르면 어떡해요?" 내가 물었다.

아빠는 어깨를 으쓱했다. "할아버지가 등록비를 낸다." 아빠가 대답했다. "휴이, 루이, 스크루이라고 짓거나 말거나 나는 상관없어."

할아버지는 아빠에게 지금이 망아지들을 거세할 적기라고 했다. 아직 젖 뗀 상처에서 벗어나지 못했으니 거세하는 줄도 모를 것이라고 할아버지는 말했다. 아빠는 망설였다. 거세하려면 수의사가 필요했고, 수의사를 부르려면 돈이 필요했다. 한두 달 더 있어도 되는데, 라고 아빠가 말했다. 하지만 할아버지는 단호했다. 수의사는 토요일에 부르자고 했다. 토요일은 다들 경기장에 가는 날이었다. 할아버지는 혼자 남겠다고 했다.

"진심이세요?" 아빠가 물었다.

"험한 일이잖아, 거세는." 할아버지가 말했다. "여자들이 옆에 없는 편이 좋아."

엄마는 늦게 일어나는 데다 집안에서 나오지도 않을 테고. 할아버지는 혼자 지켜보고 일이 끝난 뒤에 수표를 써주겠다고 했다. "아무렴 어때요." 아빠가 대답했다. "알아서 하세요."

토요일에 경기장에 갔다. 점심시간에 실라와 나는 트럭 안에서 은박지로 포장된 햄 샌드위치를 먹었다. 루비 할머니가 싸준 도시락이었다. 실라는 상체를 숙이고 망아지 이름 목록을 읽었다. 혀끝을 입 옆으로 쏙 내밀고 있었다. "번개돌이."

"시시해." 내가 이렇게 말하자 실라는 인상을 쓰더니 지우개로 이름을 지웠다.

"집에서는 어떻게 돼가는지 궁금해." 실라가 말했다. "망아지들이 너무 가여워."

"할아버지가 계시잖아." 내가 말했다. "잘 보살펴주실 거야."

"너희 할아버지 할머니는 너무 좋은 분들인 거 같아, 그치?" 실라가 말했다. "두 분 오신 뒤로 승마장이 완전히 변했어."

"메리 포핀스 같지?"

"맞아." 실라는 이렇게 대답하며 앞머리를 훅 불었다. "이동주택을 몰고 다니고 줄담배를 피우는 메리 포핀스가 있는지는 모르겠지만." 실라가 입술을 약간 비죽이면서 담배에 대한 혐오감을 드러냈다. 목욕가운을 입은 올트먼 부인의 모습이 머릿속을 스쳐갔다. 나는 샌드위치에 집중하는 척하면서 고개를 숙였다. 실라가 내 표정에서 뭔가를 읽을 것에 대비해서.

"너희 아빠 대학교수라며?" 내가 물었다. 실라는 한 손으로 이마에 흐른 땀을 닦았다. 이마에 손자국이 남았다. "어어." 실라가 대답했다. "별에 대해 연구하셔."

"밤에 일할 때가 많으시겠구나." 내가 이렇게 말하자, 실라는 나를 보면서 묘한 표정을 지었다.

"어, 맞아." 실라가 대답했다. "옛날부터 그랬어. 별이 밤에 나오니까."

"아빠가 그렇게 아는 게 많으면 좋을 거 같아." 내가 말했다.

"그렇지 뭐." 실라는 목록을 두 번 접은 다음 트럭에서 뛰어내렸다. 나는 재빨리 몸을 옆으로 움직여 실라 뒤를 따라갔다. "덕분에 여행도 다니고." 실라가 대답했다. "하지만 싫을 때도 있어." 실라는 옐로캡에게 다가가면서 샌드위치 가장자리를 잘게 부수었다. 옐로캡은 실라 손바닥에 있는 빵 조각을 입으로 쳐서 떨어뜨렸다. "한번은 아빠가 다른 사람들 앞에서 엄마랑 나한테 일식을 재연해보라고 시켰어. 터퍼웨어 뚜껑으로. 너무 창피했어. 죽고 싶을 만큼."

"너희 아빠는 왜 너 말 타는 거 보러 안 오셔?" 내가 물었다.

"모르겠어." 실라는 어깨를 으쓱했다. 대화가 지루하다는 투였다. "아빠는 엄마하고 내가 좋아하는 일에 별로 관심이 없어. 하지만 상관없어. 아빠는 엄마하고 내가 하고 싶은 일을 하며 행복하게 살길 바라니까. 엄마하고 내가 행복하면, 아빠도 아무 걱정 안 해."

"아하." 내가 말했다. 나는 올트먼 부인을 생각했다. 시선은 창문에 가 있고, 손가락 사이에서는 담배가 타고 있고, 작은 와인잔이 가슴께에 들려 있는 모습. "그럼 정말 그래?" 내가 물었다.

실라는 어깨 너머로 나를 돌아보았다. "뭐가 정말 그래?" 실라가 물었다. 나는 뭔가 재치 있고 못된 말을 해주고 싶었다. 실라의 마음을 상하게 만들고 싶었다. 실라의 기분을 잡치게 만들고 싶었다. 하지만 대답을 듣고 싶은 마음이 더 컸다. "그럼 정말 행복하냐고." 내가 말했다. "너랑 너희 엄마, 행복하냐고."

실라는 눈을 깜박이며 나를 쳐다보았다. "너 바보냐?"

나는 잠시 기다렸다. 하지만 실라는 안장 위에 상체를 숙이고 있었다. 오후 경기 준비였다. 더는 이야기해주지 않을 모양이었다. 나는 행복하다는 뜻으로 받아들였다.

그날 저녁 우리가 집에 도착했을 때 수의사의 트럭은 이미 떠나고 없었다. 해는 하늘에 낮게 걸려 있었고, 공기는 여전히 열기로 어른어른했다. 할머니는 저녁밥을 준비하고 엄마의 상태를 확인하러 집 안으로 들어갔다. 나는 할머니를 따라 들어가고 싶었다. 찬물로 샤워하고, 깨끗하게 감은 젖은 머리칼을 목에 늘어뜨리고,

찬바람이 나오는 거실 에어컨 앞에 앉아 있고 싶었다. 엄마는 우리가 돌아오는 소리를 들었을 것 같았다. 차가운 공기에 취하고 긴 낮잠에 취한 엄마가 계단을 비틀비틀 내려올 것 같았다. 할머니는 요리를 하고 엄마는 식탁에 앉을 것 같았다. 엄마는 졸린 눈을 하고, 양손으로 머리를 받치고, 하얀 거미처럼 의자 위에 몸을 꼬고 있을 것 같았다. 나는 저녁밥 냄새를 맡으며, 할머니가 달그락달그락 요리하는 소리를 들으며, 엄마 옆에 앉아 있고 싶었다. 하지만 말들은 먹이가 필요했다. 나는 자갈 위로 발을 질질 끌며 아빠를 따라 축사로 갔다.

밖에 나오니 할아버지가 망아지 우리 옆에 서 있었다. 배다른 누이들 사이에 서 있는 수망아지들은 고통 탓에 조용하고 멍청했다. 아빠가 갑자기 걸음을 멈췄다. "또 한 놈은 어떻게 됐어요?"

나는 까치발을 하고 수망아지 수를 헤아렸다. 한 마리가 모자랐다. 나는 아빠를 올려다보았다. 뭔가 잘못되었구나. 수망아지 하나가 병이 났던 것을 우리가 미처 몰랐구나. 너무 몸이 약해져 있을 때 거세를 했으니 자기보다 강한 형제들 틈에서 피 흘리며 신음하다 죽어버렸구나.

하지만 우리를 돌아보는 할아버지 얼굴에는 미소가 어려 있었다. 할아버지는 우리 어깨 뒤를 가리켰고, 아빠하고 나는 고개를 돌렸다. 우리가 없는 사이에, 할아버지는 달링을 옛날에 바트가 있던 원형 우리에서 새로 지은 원형 우리로 옮겨 넣었다. 달링이 있던 자리에는 진저의 새끼가 들어가 있었다. "앨리스, 조디, 새 종마랑 인사해라."

옆에 있던 아빠의 몸에서 긴장이 풀렸다. "뭐라구요?"

울타리에 몸을 기댄 할아버지는 양쪽 엄지를 주머니에 넣은 채 우리를 보며 씩 웃었다. "지금껏 바트를 대신할 놈을 찾으려고 온 사방을 뒤지고 다녔거든." 할아버지는 진저의 새끼를 가리켜보이며 말했다. "그런데 어젯밤에 꿈속에서 이 녀석 생각이 나더라. 대를 잇는 거야! 굉장해!"

아빠는 할아버지 말을 곱씹으며 고개를 끄덕였다. 아빠와 나는 할아버지를 따라 원형 우리로 갔다. 진저의 새끼는 형제자매들과 떨어져 있어서 그런지 빈약하고 불쌍해 보였다. 고개를 숙이고 있었고, 양쪽 귀는 늘어져 있었다. "종마가 되기에는 좀 어린데." 내가 말했다.

할아버지는 손마디로 내 정수리를 톡톡 쳤다. "자라겠지. 안 그러냐?"

아빠는 손마디가 하얘질 때까지 울타리 가로대를 짓누르며 입만 달싹였다.

"너, 기분이 안 좋아 보이는구나." 할아버지가 말했다.

"대체 무슨 말씀인지," 아빠가 대답했다. "저도 알았으면 좋겠네요."

"바트는 보통 말이 아니었다, 조디." 할아버지가 말했다. "십 년을 찾아도 그보다 좋은 말은 찾기 힘들 거다. 바트를 사려고 일곱 집에 신세를 졌었지. 네 엄마는 바트 값을 알고나서 그냥 베개를 쳐서 터뜨리더라."

"얼마였는데요?" 내가 물었다.

"너무 비쌌어." 아빠가 말하자 할아버지는 믿을 수 없다는 듯 아빠를 쳐다보았다.

"바트의 혈통은 이클립스까지 거슬러 올라간다." 할아버지가 말했다. "똑똑히 봐라, 조디. 이 녀석은 대를 이을 거다. 제대로 키우면 한 번 쏠 때 최소한 1000은 받을 수 있어."

"아버지는 바트를 너무 비싼 값에 사셨어요." 아빠가 말했다. "여기 사람들은 교배에 그만 한 돈 안 들여요. 바트라고 해도 마찬가지예요. 바트랑 똑같이 생긴 놈이라고 해도 마찬가지고요. 우리가 경주마 사업을 하는 것도 아니잖아요."

"흠, 너는 그게 문제인 것 같다." 할아버지가 말했다. "포프네 승마장을 봐라." 아빠가 눈을 가늘게 떴다. "포프는 노력을 하잖아. 포프처럼 평판을 쌓으면 나머지는 저절로 따라오는 거야. 조디, 너는 사소한 일에 너무 집착하느라 큰 그림을 보지 못하고 있어. 너는 항상 그게 문제야."

"버드 포프는 집안에 돈이 많아요." 아빠가 말했다. "버드가 자기 인생에서 저절로 얻은 것은 돈밖에 없어요. 저절로 얻은 것 말고는 다 훔친 것들이라고요. 누구나 다 그렇지만."

할아버지가 양손을 들어올렸다. "이제 그만하자. 나는 그냥 도우려는 거야. 내가 종마 등록 서류도 보냈고, 종마 등록비도 냈어. 너는 나한테 고마워해야 해."

순간 아빠가 머리를 획 쳐들었다. 할아버지는 서류를 보냈다. 그렇다면 이미 끝난 일이었다. 진저의 새끼가 우리 새 종마가 되었다.

"이름은 뭘로 지었어요?" 내가 물었다.

할아버지가 미소 띤 얼굴로 내 등을 두드리면서 말했다. "흠, 제대로 된 질문을 할 줄 아는 사람이 하나는 있구나." 할아버지는 울타리 가로대에 상체를 기대며 말했다. "앨리스 윈스턴 양, 로열 레드 리처드를 소개해올립죠."

대를 잇는 이름이었다. 바트의 정식 이름이 로열 레드 바트였다. 하지만 진저의 새끼는 아직 작고 비쩍 마른 놈이었다. 다리는 가늘었고 무릎은 넓적하고 울퉁불퉁했다. 이런 이름을 붙이는 것은 너무 큰 스웨터를 입히는 것 같았다. "부를 때는 뭐라고 불러요?" 내가 물었다. 그냥 리처드라고 부르면 안 될 것 같았다.

"녀석은 종마야." 아빠가 말했다. 녀석이 종마라는 사실을 받아들여야 하는 퉁명스러운 목소리였다. "종마를 부를 일이 뭐가 있니."

바트는 덩치가 컸다. 가슴은 우람하게 빛났고, 머리는 근육으로 단단했다. 바트가 움직이면 온몸이 활시위처럼 팽팽해졌고, 바트가 발을 구르면 땅이 흔들렸고, 바트가 고개를 쳐들고 암말을 부르면 바트 주위에서 바람이 불었다. 그런데 이 망아지는 원형 우리 구석에서 오들오들 떨며 자그맣고 뾰족한 코로 약하게 히잉히잉 울고 있었다. 종마로는 보이지 않았다.

"그래도," 내가 말했다. "부르는 이름이 있어야 하는데."

"정 부르고 싶으면, 그냥 딕이라고 해라." 아빠는 이렇게 말하며 축사로 발길을 돌렸다.

"녀석을 탄다면 이름을 불러야 할 거다." 할아버지가 말했다.

"종마를 타지는 않아요." 내가 대답했고, 할아버지는 믿을 수 없다는 듯 나를 쳐다보았다.

"흠, 그건 정말 낭비인데." 할아버지가 말했다. "세상에 쓸모없는 동물보다 나쁜 것도 없지." 아빠가 할아버지를 돌아보았다. "바트는 승마장에 있을 때가 제일 멋졌단다."

250

할아버지가 뭔가 잘못 기억하고 있는 거야, 라고 나는 생각했다. 지금껏 우리 승마장에서 바트를 다룰 만한 능력이 있었던 사람은 언니뿐이었다. 하지만 언니가 바트를 타는 것은 금지였다. 아빠는 언니와 내가 종마 곁에 다가가는 것을 금지했다. 아빠가 집에 없을 때 가끔 언니하고 나는 누가 바트 곁에 좀더 가까이 가는지 겨루곤 했는데, 바트가 돌아서 콧김을 뿜으며 돌아서면 우리는 비명을 지르며 도망쳤다. 언니가 바트를 탄 적은 없었다. 언니가 바트를 탔다면 내가 모를 리 없었다.

"바트를 탄 사람은 아무도 없어요." 내가 할아버지에게 말했다.

"있었어." 할아버지가 말했고, 아빠의 머리가 곤추섰다. "메리언이 바트를 탔었다."

"설마." 나는 아빠를 쳐다보았다.

아빠는 헛갈리는 듯 기억을 더듬었다. 아빠는 울타리 앞에서 걸음을 멈췄다. 기억이 아빠 머릿속을 왔다 갔다 하는 중이었다. 기억이 살아나는 중이었다. 아빠는 천천히 고개를 끄덕였다. 정말이었다. "시합에 나갔어요?"

할아버지는 고개를 저으며 말했다. "시합에서 종마를 타려면 열여덟 살이 넘어야 하는데, 메리언은 너무 어렸지. 하지만 바로 저기서 탔어. 정말 끔찍하게 멋있었다. 기억나니, 조디?" 나는 아빠가 화를 낼 거라고 예상하며 돌아보았는데, 아빠는 땅을 내려다보며 미소를 짓고 있었다. 기억을 떠올리고 있었다.

"근사했어요." 아빠가 말했다.

나는 갑자기 두 사람 사이에 잘못 끼어든 느낌이 들었다. 이게 모두 농담이고 장난인 것 같았다. 내가 얼마나 믿는지 시험해보려는 것 같았다. 엄마는 층계를 내려오면서도 비틀거리는데. 하얀 실 같은 엄마 목은 머리의 무게도 힘겨워하는데. 대화를 처음부터 끝까지 따라가는 것도 힘들어하는데. 지금 이런 이야기를 믿으라니. 엄마가 옛날에 종마―젊은 종마―위에 올라탈 수 있었다니. 어디로 튈지 모르는 종마의 거친 등에 올라타고 승마장을 달릴 수 있었다니. 그냥 올라타고 버티는 정도가 아니라, 정말정말 잘 탔었다니. 끔찍하게 멋있었다니. 근사했었다니. 그리고 그런 일을 자기가 좋아서 했었다니. "왜요?" 내가 물었다. "왜 탔어요?"

할아버지는 어깨를 으쓱했다. "내가 타라고 했어."

순간 아빠의 얼굴이 다시 굳어지고, 아빠의 두 눈이 가늘어졌다. 행복의 기억, 근사했던 기억이 걷히고 있었다. 여기가 아빠와 할아버지가 갈라지는 대목, 아빠와 할아버지가 합의하지 않는 과거였다.

"할아버지가 타라고 했어요?"

"너는 네 엄마를 약하고 작다고 생각하겠지만," 할아버지가 대답했다. "네 엄마는 멋진 기수였어. 정말 멋졌단다. 누가 시키기만 하면 메리언은 뭐든지 해냈어."

아빠의 턱이 움찔댔고, 아빠의 입술은 분필처럼 하얘졌다. "아버지는 메리언을 잘 몰라요." 아빠가 말했고, 할아버지는 웃음을 터트렸다.

"네놈이 메리언과 결혼을 했는지는 몰라도, 메리언에게 말 타는 법을 가르친 사람은 나야."

아빠의 얼굴은 점점 벌게졌고 아빠의 양손은 무겁게 처졌다. 아빠가 곧 폭발하겠다고 생각하면서 나는 뒤로 한발 물러섰다. 할아버지는 아빠의 기분을 눈치채지 못한 것 같았다. 어쨌든 눈치챈 내색은 없었다. "저녁밥이 거의 다 됐겠다." 할아버지는 손뼉을 치면서 우리에게 말했다. "이제 좀 씻자."

할아버지가 자리를 뜨자 아빠는 나를 돌아보았다. 나는 기다렸다. 아빠가 바트에 대해서, 엄마에 대해서, 할아버지가 방금 이야기한 것들에 대해서 뭐든 설명해주기를 기다렸다. "종마 수칙 기억나니?" 아빠가 한참 만에 물었다. 고개를 옆으로 돌리고 땅을 쳐다보면서.

"가까이 가지 말 것." 내가 말했고, 아빠는 고개를 주억거렸다. 아빠는 할아버지를 따라 축사로 들어갔고, 나는 잠시 혼자 우두커니 서 있었다. 원형 우리 안에서는 진저의 새끼가 구슬픈 히잉히잉 소리를 내고 있었고, 건너편 원형 우리 안에서는 달링이 울타리에 바짝 다가서서 목을 길게 빼고 히잉히잉 소리를 내고 있었다. 며칠 전만 해도 진저의 새끼는 다른 망아지들과 함께 할아버지에게 몰려들었는데. 망아지들에게 가까이 가면 안 될 이유도, 망아지들을 무서워할 이유도 없었는데. 하지만 이제 녀석은 이름이 생겼고, 할 일이 생겼고, 지위가 생겼다. 녀석의 미래가 결정되었다. 녀석은 종마였다. 녀석은 이 우리 안에 혼자 있어야 할 말이었다. 녀석은 내가 무서워해야 할 말이었다.

나는 아빠와 할아버지를 따라 축사로 향했다. 엄마를 찾으며 울먹이는 새 종마를 원형 우리 안에 홀로 남겨두고.

"말에 대해 좀 아세요?" 내가 묻자 델마 선생님은 큰 소리로 웃음을 터뜨렸다.

"아니." 선생님은 말했다. "너는 좀 아니?"

"잘은 모르지만," 나는 대답했다. "아는 이야기가 하나 있어요. 이클립스라는 말이 있었는데, 경주마 중에서 제일 유명했었대요. 이백 년쯤 전에요. 아직도 그 말의 혈통을 이어받은 말들이 있대요."

"불가능한 이야기는 아니구나. 이백 년이 그리 긴 시간은 아니니까."

"더 옛날 일일지도 몰라요." 내가 말했다. "하지만 사람들이 그동안 쭉 기록을 남겼대요. 아버지, 또 아버지를 찾아 거슬러 올라갈 수 있게."

"그런 걸 다 알다니, 별나구나." 선생님이 말했다. "하지만 재미있는걸. 말 이름치고는 이상한데. 이클립스라니."

"일식 때인가 월식 때인가에 태어났대요."

"정말?"

"확실치는 않은데요." 내가 대답했다. "어디서 읽은 것 같아요."

"흠, 어쨌든 재미있는 얘기구나."

"선생님은 일식이나 월식 본 적 있어요?"

"둘 중에 어느 쪽?"

"글쎄요." 내가 대답했다. "뭐가 다른데요?"

"일식은 훨씬 드물어. 달이 태양 앞을 지나가서 태양이 가려지는 게 일식이야."

"어두워지나요?"

"아주 잠깐." 선생님이 말했다.

나는 실라 올트먼과 올트먼 부인을 생각했다. 올트먼 모녀가 손님들 앞에서 터퍼웨어 뚜껑으로 일식인지 월식인지를 연기하는 모습. "한번 보고 싶어요."

"인생은 길어." 선생님이 대답했다. "언젠가는 보게 되겠지."

할아버지 할머니는 갑자기 왔던 것처럼 갑자기 떠났다. 간다, 그러고는 갔다. 저녁이었고—할아버지는 밤에 운전하는 것을 좋아했다—축사는 비어 있었다. 고객들은 모두 멋진 집에서 편히 쉬고 있을 시간이었다. 엄마, 아빠, 나는 현관에 나와서 작별인사를 했다. 작별의 포옹을 하는 동안, 할머니는 울었고 할아버지는 헛기침을 했다. 폼폼은 엄마 발밑에서 앞발을 들고 재롱을 부렸다.

엄마를 돌아본 할머니는 양손으로 엄마의 얼굴을 감싸고 한참 동안 엄마의 눈을 들여다보았다. "너, 이제 괜찮다." 할머니는 속삭였고, 엄마는 눈을 감으면서 말없이 고개를 끄덕였다. 나는 아무 말도 하지 않고 지켜보았다. 가슴께가 뻐근하고 목구멍이 따끔거렸다.

할아버지 할머니가 가고 나서, 아빠는 현관 계단을 내려가다 걸음을 멈추고 엄마를 돌아보았다. 아빠는 잠시 엄마를 바라보더니 엄마 손을 가볍게 쥐었다. 엄마 눈은 벌겋고 물기로 번들거렸지만, 눈물을 흘리고 있지는 않았다. 그렇게 두 사람은 손가락을 마주 대고 서 있었다. "고마웠어." 아빠가 말했고 엄마는 고개를 끄덕였다. 아빠는 엄마 손을 놓아주더니 계단을 지나고 진입로를 지나 축사로 들어가버렸다.

엄마는 심호흡을 하며 집 밖을 둘러보았다. 엄마가 문밖에 나온 것이 얼마 만인지! 엄마가 집 밖에 나온 것이 얼마 만인지! 그렇게 엄마는 잠시 서서 흙을 보고 바깥 공기를 마셨다. 그러고는 돌아서서 들어가려고 했다. 오늘밤 아빠는 다시 손님방으로 돌아간다. 오늘밤부터 아빠는 내가 태어나기 전에 엄마와 함께 썼던 침대, 내가 만들어진 침대에 눕지 않는다. 아빠와 나는 다시 침묵 속에 저녁밥을 먹을 테고, 우리가 식사를 위층으로 날라다 놓으면, 엄마는 손도 대지 않고 쳐다보기만 할 것이다. 모든 것이 예전으로 돌아갈 것이다. "더 있다 들어가요." 내가 엄마에게 말했다. "잠시만 더 있다 들어가요."

그런 삶이 가식적인 삶이라는 것은 나도 알고 있었다. 하지만 진실을 말하고 사는 것, 있는 그대로의 삶을 사는 것보다는 차라리 가식이 나았다. 엄마가 나를 본다면, 나를 그냥 한 번 보기만 한다면, 엄마도 그렇게 생각할 줄 알았다. 그런 삶이 더 낫다는 것, 그렇게 산다면 모두가 더 행복하리라는 것을 엄마가 알아줄 줄 알았다. "들어가지 마요." 내가 속삭였다.

하지만 내 눈을 물끄러미 바라보는 엄마의 두 눈에는 슬픔 말고는 아무것도 없었다. "안 돼." 엄마는 상체를 숙이고 입술을 내 정수리에 대면서 말했다. "미안하다, 아가, 나는 안 돼."

9

　개학을 삼 주 앞두고 아빠의 다리가 부러졌다. 굉장한 사고를 당한 것도 아니었고 대단한 일을 하다 그런 것도 아니었다. 축사 천장 서까래를 고치다 미끄러진 것뿐이었다. 천 번에 한 번꼴로 일어나는 사고라는 것이 의사들의 말이었다. 조금만 다르게 떨어졌더라면 다리가 부러지는 일은 없었을 거라고. 의사들은 아빠의 다리를 발가락부터 엉덩이까지 깁스에 집어넣은 다음 목발을 짚으라고 했다. 다리가 정말로 그렇게 심하게 부러진 것인지, 아니면 아빠가 제대로 쉬지 않은 탓인지, 아빠는 두 번 다시 예전의 다리를 되찾지 못했다. 그때부터 아빠는 무릎으로 날씨를 느낄 수 있었다. 그때부터 아빠는 걸을 때면 항상 다리를 절었다.

　그날 아침 일이 기억난다. 작은 기억, 불과 몇 초간의 기억. 아빠는 손가락으로 망치를 빙빙 돌리며 축사를 통과하고 있다. 축사 고양이가 아빠 앞으로 온다. 아빠는 잠시 걸음을 멈춘다. 허리를 굽히고 꼬리 밑을 긁어준다. 고양이는 아빠 정강이에 몸을 비벼댄다. 오전의 끈끈한 햇빛에 눈을 가늘게 뜨며 아빠 얼굴을 올려다본다. 아빠는 츳츳 소리를 내며 배를 문질러준다. 고양이는 바닥에 벌렁 드러눕는다. 잠시 후 아빠는 몸을 일으키고 사다리를 가지러 간다. 오랜 시간이 흐른 지금, 정말 그런 일이 있었는지 아니면 내가 만들어낸 기억인지 나도 잘 모르겠다. 하지만 어쨌든 나는 이 장면을 실제라고 기억하고 있다. 그러니까 이 장면은 아빠가 아무 불편 없이 걸었던 마지막 순간이었다.

아빠는 목발을 짚고도 걸음이 빠르고 보폭이 넓었다. 아빠와 보조를 맞추려면 뛰어다녀야 할 정도였다. 하지만 아빠는 몹시 갑갑해했고, 손을 사용하기 위해 목발을 내던지고 절름거리며 돌아다닐 때도 많았다. 그때마다 목발은 건초 더미에 세워지거나 마구실 바닥에 팽개쳐졌으며, 실라와 나는 아빠가 보이지 않으면 번갈아가면서 목발을 가지고 축사로 들어가 목발을 짚고 발을 바닥에서 들어올리면서 놀았다.

"너희 아빠 대단하다." 패티 조 아줌마가 말했다. 오후에 패티 조 아줌마는 아빠가 한 손으로 건초 가마니를 끌거나 부러진 다리를 절름거리며 톱밥이 수북하게 쌓인 바퀴수레를 미는 것을 축사 뒤에 서서 구경했다. "쉬는 법이 없어."

통증과 깁스와 인정사정없는 더위에도 아빠는 가만히 앉아 있지를 못했고, 실라의 교습시간에는 지시 사항을 소리치면서 연습장 안을 한 발로 뛰어다녔다. 실라와 옐로캡은 최근 두 번의 시합에 나가 살아남았으며, 레이닝에서 심판의 생명을 위협하지도 않았다. 이것을 성공으로 간주한 아빠는 쇼맨십 종목에 도전하기로 마음먹었다.

쇼맨십 종목은 누워서 떡먹기, 라고 실라는 첫번째 레슨을 앞두고 말했다. 말에 탈 필요도 없는데 어떻게 어려울 수 있겠어? 나는 미소를 지으며 고개를 끄덕인 뒤, 연습장 울타리 위에 걸터앉았다. 일요일이었다. 실라가 레슨을 앞두고 옐로캡에 고삐를 매는 동안, 올트먼 부인은 실라 옆에 서서 실라의 어깨에 선크림을 발랐다. 그냥 말을 자랑하는 거야, 라고 실라가 올트먼 부인에게 설명했다. 가만히 있어도 옐로캡은 경기장에서 가장 멋진 말이니까. 기수가 해야 하는 일은 그저 털을 빗겨주고 경기장에 데리고 들어가, 짜잔. 그러면 파란색 메달을 받는 거야.

레슨 삼십 분 만에 올트먼 부인은 고개를 숙였다. 노란색 머리털이 올트먼 부인의 입가로 흘러내려왔다. 올트먼 부인이 내게 속삭였다. "저렇게 어려운 거니?" 연습장 안에서 실라는 얼굴이 빨개진 채 옐로캡 옆에 서 있었다. 양손은 너무 힘이 들어가서 부들부들 떨렸고, 혀끝이 옆으로 삐져나왔다. 나는 손으로 입을 가리고 속삭였다. "보기보다 어려워요. 말이 똑바로 서 있게 해야 해요. 움직이지 않게." 아빠는 한 발로 옐로캡 주위를 뛰면서 옐로캡의 발굽을 하나씩 들어올렸다가 내려놓았다. 아빠가 발굽을 다 내려놓았을 때 내가 말했다. "보이세요? 옐로캡의 발굽이 이제 줄이 맞잖아요. 줄이 틀리면 안 돼요. 그리고 줄을 맞출 때 옐로캡의 몸에 손을 대면 안 돼요."

"그게 가능하니?" 올트먼 부인이 속삭였다.

실라는 안장 위에 올라가 있을 때보다 땅에 내려와 있을 때 더 속수무책이었다. 실라가 옐로캡을 속보로 걷게 하려고 하자 옐로캡은 다리에 힘을 주고 꼼짝도 하지 않았다. 실라가 자기 몸무게를 모두 실어 고삐를 당겼지만 옐로캡은 실라의 얼굴을 멀뚱하게 쳐다볼 뿐이었다. 실라가 옐로캡을 한 바퀴 돌게 만들려고 하자 옐로캡은 실라의 발을 밟았다. 실라가 옐로캡을 똑바로 세우려고 하자 옐로캡은 중심을 바꾸고 눈알을 굴리며 앞다리를 벌리더니 오줌 줄기를 뿜어내 실라의 부츠와 청바지를 적셨다. "씨발!" 실라가 소리를 질렀다. 나는 사레들린 척하면서 허둥지둥 울타리를 내려왔다. 웃음이 터진 것을 들키지 않기 위해서였다.

"실라," 올트먼 부인이 깜짝 놀라며 말했다. "윈스턴 선생님한테 사과해라." 하지만 엉엉 우는 실라에게는 그 말이 들리지 않았다.

"정말 죄송해요." 올트먼 부인이 아빠에게 말했다. "저런 말을 어디서 배웠는지 모르겠네요."

아빠가 실라 옆으로 가려고 걸음을 옮길 때, 깁스가 이상한 각도로 비틀려버렸다. 울타리에 기댄 아빠는 인상을 쓰면서 하늘을 올려다보았다. "괜찮아요." 통증이 가라앉은 다음 아빠가 대답했다. "아마 여기 와서 배웠을 겁니다."

올트먼 부인은 실라가 갑자기 폭발한 것과 실라의 비싼 의상이 망가진 것이 낭패스러웠는지 연습장 옆에서 자기 손을 비틀었다. 아빠의 이마에 주름이 잡혔다. 실라에게 위로가 될 말이 없을까 궁리하는 것이었다. 다른 교습생도 그런 일을 당했는데 나중에 시합에 나가서 1등을 했다는 일화는 없는지. 하지만 그런 일화는 없었다. 실라는 우리 승마장에서 레슨 도중 말에게 오줌 벼락을 맞은 첫번째 교습생이었다. "자," 아빠는 목발을 집어들면서 말했다. "오늘은 여기까지 하자."

그리고 이틀 동안, 아빠는 고심하는 표정으로 승마장을 절름절름 왔다 갔다 했다. 시즌이 끝날 때까지 남은 시합은 두세 번뿐이었다. 아빠는 실라가 불쾌한 기분으로 시즌을 끝내기를 바라지 않았다. "이 시점에서 실라한테 시합에 나가라고 하면 자존심이 상할 거야." 저녁을 먹으면서 아빠가 나에게 말했다.

"말 오줌을 뒤집어쓴 시점이요?" 내가 말하자 아빠는 무섭게 노려보았다. "하지만 시합에 나가지 말라고 하면 의기소침해질 거야." 아빠는 생각에 잠긴 채 고기를 썰었다.

아빠는 밤에 해결책을 찾아냈다. 다음 날 아침 아빠는 에이스에게 고삐를 매 우리에서 데리고 나왔다. "시합에 내보내려고요?" 내가 말했다. "에이스를 내보낼 수는 없잖아요."

"없긴 왜 없어." 아빠가 말했다. "그냥 지역 대회잖아. 서 있는 것 봐라! 실라는 가만히 있어도 되겠어." 에이스는 네 발을 완벽하게 디디고 있었다. 하지만 발굽은 길고 울퉁불퉁하고, 갈기와 꼬리는 푸석푸석하고, 눈에는 눈곱이 끼어 있었다. "실라가 자신감을 갖게 될 거야." 아빠가 말했다. "이 시점에서 실라에게 중요한 건 멋있게 보이는 게 아니라 잘할 수 있다는 자신감을 갖는 거 아니겠니."

아빠가 실라에게 자기의 계획을 설명하는 동안 실라는 뭐가 뭔지 모르겠다는 듯 고개를 갸우뚱하면서 귀를 기울였다. "그저 시합 두 번이야." 아빠가 약속했다. "감이 생길 때까지만."

실라는 에이스를 쳐다보며 코를 찡그렸다. 말의 눈은 반쯤 감겨 있고, 늘어진 아랫입술 때문에 얼룩덜룩한 갈색 이빨이 드러나 있었다. "별로 시합용 같지는 않네요." 실라가 한참 만에 말했다.

"어, 그건 걱정 마라." 아빠는 이렇게 말하며 에이스의 엉덩이를 툭툭 쳤다. 털에서 먼지구름이 일었다. "앨리스랑 내가 말쑥하고 깨끗하게 단장해놓을 테니. 내가 장담하는데, 경기장에 들어갈 때쯤에는 몰라보게 변해 있을 거야."

이렇게 해서 에이스는 은퇴 생활에서 벗어났다. 매일 아침 햇빛이 너무 강해지기 전에 실라는 옐로캡의 고삐를 에이스에게 매고 연습장으로 끌고 들어가 레슨을 받았다. 실라가 에이스 주위를 왔다 갔다 하며 위치 잡는 법을 배우는 동안 에이스는 전혀 움직이지 않고 얌전하게 서 있었다. 에이스의 발굽은 언제나 가지런했다. 실라가 할 일은 에이스의 고삐를 살짝 치는 것이 전부였다. "봤니?" 아빠가 실라에게 물었다. "너는 타고났어."

에이스의 눈꺼풀이 내려와 감겼다. 에이스의 입술 사이로 아주 작게 코 고는 소리가 새어나왔다. "자는 것 같아요." 옆에 있던 실라가 말했다.

아빠가 앞으로 뛰어와 살폈다. "아," 아빠는 별것 아니라는 듯 말했다. "경기장에서도 저러면, 심판이 안 볼 때 살짝 찔러."

우리 축사에서 갑자기 지위가 바뀐 말은 에이스뿐이 아니었다. 깁스 때문에 말을 탈 수 없게 된 아빠는 달링의 훈련이 중단되는 것을 우려해 새로운 계획을 세웠다. "버드 포프네 종마가 완전히 실패했으니, 이제는 암컷들이 나설 때가 왔다."

아빠가 달링을 울타리 안으로 끌고 들어가자 어미 말들은 숙였던 머리를 쳐들었다. 어미 말들은 모두 달링보다 굼떴고, 발이 무거웠고, 노화와 계속된 임신으로 몸이 망가져 있었다. 하지만 울타리 밖에서 이미 달링은 자기의 위치를 감지했다. 이곳은 달링을 환영하는 곳이 아니었다. 울타리 문 앞에서 달링은 몸을 옆으로 빼며 히힝댔다.

보통 때 어미 말들은 활기가 있다고 말하기는 어려웠다. 목장 안을 느릿느릿 돌아다니거나 마른 풀을 뜯거나 귀찮은 듯 꼬리로 파리를 쫓는 것이 전부였다. 하지만 달링이 나타난 순간 어미 말들은 아빠와 내 눈앞에서 생기를 되찾았다. 어미 말들이 공격을 개시했다. 혼자서 아니면 둘이서, 아니면 모두 한꺼번에 공격했다. 귀를 납작하게 눕히고 이빨을 드러내고 달링을 구석으로 몰았다. 어미 말들이 뒷발로 차면 달링은 몸을 잔뜩 움츠릴 뿐 대항할 생각도 못 했다.

아빠는 울타리에 서서 진저와 샐리가 달링의 가슴과 어깨에 연속으로 발길질하는 것을 구경했다. "저런." 아빠는 킬킬 웃었다. "할망구들이 꽤 날쌔네."

"왜 저렇게 못되게 굴어요?" 실라가 물었고, 나는 고개를 저었다. 두 주 전만 해도 어미 말들은 고통을 이기지 못하고 바닥에 엎드려 있었다. 슬픔에 울부짖고 있었다. 자식을 잃고 기가 꺾여 있었다. 그런데 이제는 달링을 쫓아서 우리 안을 내달렸다. 꼬리를 치켜들고 귀를 쫑긋 세웠다. 한 살배기 말들처럼 민첩하고 팔팔했다.

"말들은 자기네 집단에 익숙해져 있으니까," 아빠가 설명했다. "자기네 집단에 속하지 않는 말이 들어오면 별로 좋아하지 않아. 안 그래도 몸이 근질근질했을 텐데, 이제 화풀이 상대가 생긴 거야." 실라는 내 옆에서 덜덜 떨었고, 아빠는 목발을 고쳐 짚고 실라의 어깨를 토닥였다. "걱정 마라." 아빠가 말했다. "정말로 해를 끼치지는 못할 거야. 하지만 좋은 훈련이 될 거다. 선배 공경하는 법을 배우겠지."

매일 아침 아빠는 달링에게 고삐를 맨 다음 한쪽 목발로 몸을 지탱하면서 달링을 원형 우리에서 끌어냈다. 달링이 지나가면 진저의 새끼는 앞발을 허우적거리고 히잉히잉 울며 자기의 유일한 친구가 떠날까봐 진땀을 흘렸다. 며칠 동안 진저의 새끼가 원형 우리에서 연필 같은 다리로 혼자 왔다 갔다 하며 쇳소리로 슬피 우는 동안, 축사 건너편에서 엄마인 진저는 달링을 구석에 몰아넣고 괴롭혔다.

달링을 밤새도록 어미 말들 옆에 두면 안 된다고 아빠는 말했다. 달링이 계속 있으면, 어미 말들은 달링에게 익숙해지고 달링의 존재를 받아들일 것이었다. 하지만 달링은 매일 저녁 사라지는 낯선 존재였고, 매일 아침 낯선 모습으로 나타났다. 밤이면 아빠는 망신창이가 된 달링을 원형 우리로 데려왔고, 진저의 새끼는 달링을 보자마자 귀를 쫑긋 세우고 작은 콧구멍을 가늘게 떨었다. 망아지의 형제자매들은 축사 뒤에 새로 만든 우리에서 서로 몸을 부비면서 하루하루 망아지를 잊어갔지만, 달링은 밤이 되면 어김없이 돌아왔다. 망아지는 달링을 향해서 목을 길게 뺐다. 닿기에는 너무 멀었지만. 그렇게 두 동물은 함께 밤을 보냈다. 양쪽 원형 우리에서 울부짖으며, 고통을 나누고 고독을 나누며, 기나긴 어둠의 시간을 보냈다. 해가 솟을 때까지. 하늘이 밝아올 때까지. 아빠가 달링을 망아지로부터 떼어놓을 때까지.

어미 말들 사이에서 달링은 풀을 뜯는 것을 포기했다. 어미 말들이 달려들면 그저 고개를 숙였다. 물면 물리고 차면 맞았다. 상황을 지켜보던 아빠는 이제 나아졌다고 했다. 사람이 말을 이렇게 때리면 학대였겠지만 말이 말을 때리면 그건 그저 자연의 섭리라고 아빠는 말했다.

실라와 나는 고개를 끄덕이면서, 달링의 처지가 이편이 차라리 낫다고 말했다. 에이스의 움푹 꺼진 한쪽 얼굴과 한쪽으로 기울어진 엉덩이를 바라보면서, 이 세상에는 못된 어미 말들에게 시달리는 것보다 더 혹독한 불행도 있다고 말했다. 총에 맞을 수도 있고, 칼에 찔릴 수도 있고, 망치 든 인간을 만날 수도 있잖아. 분쇄기를 만날 수도 있잖아. 우리는 그렇게 말하면서도 아빠를 슬슬 피해 울타리 앞으로 갔다. 그리고 달링이 걷어차이고 물어뜯기고 쫓겨다닐 때마다 몸을 움츠렸다. 어미 말들의 숫자와 분노 그리고 어미 말들이 갑자기 획득한 권력과 지위 앞에서 달링은 언제나 보잘것없는 존재가 되어 무방비로 내몰렸다.

실라는 달링을 바라보면서 머리끝을 잘근잘근 씹었다. "너는 개학하는 게 신나니?" 실라가 물었다.

7학년이 될 때까지 일주일도 안 남았다. 델마 선생님을 보겠구나. 매일 보겠구나. "응." 내가 말했다.

"너는 학교에 친구 많니?"

"많아." 내가 대답했다.

진저의 발굽이 달링의 어깨를 찢었고 달링은 신음 소리를 냈다. "좋겠다." 잠시 후 실라가 말했다. "나는 별로 없는데."

나는 고개를 돌려 실라를 보았다. 하지만 실라는 달링에게서 눈을 떼지 않았다. "생일 파티에 왔던 애들은?" 내가 물었다.

"나한테 항상 그렇게 잘해주지는 않아." 실라가 말했다. "못되게 굴 때도 있어."

실라 올트먼은 피부색도 완벽하고 머리칼도 완벽했다. 실라 올트먼은 으리으리한 집에서 완벽한 부자 부모랑 살았다. 실라 올트먼의 완벽한 인생에 어떤 어려움이나 불편함이 있을지도 모른다는 것은 상상조차 할 수 없는 일이었다. "너한테 어떻게 하는데?" 내가 물었다.

실라는 심호흡을 했다. "나를 왕따시켜. 내가 자기들 말대로 안 하면 나만 빼고 영화관에 가고, 교실에서 옆에 못 앉게 하고. 그러면 점심도 혼자 먹어야 해." 실라의 목에서 근육이 당기는 소리가 들렸다. 눈물을 삼키는 소리였다. "작년에는 그애들이 나한테 화가 나서 애들 전부한테 쪽지를 돌렸어. 나하고 말하지 말라고."

나는 학교에 친구가 하나도 없고, 점심은 매일 혼자 먹었다. 내 유일한 친구는 죽었다. 설상가상으로 그애랑 친구라는 것도 거짓말이었다. 하지만 나한테 굳이 못되게 구는 애는 없었다. 나랑 놀지 말라고 쓴 쪽지를 돌리는 애는 없었다.

"그렇구나." 내가 말했다. 달리 무슨 말을 해야 할지 난감했다.

"그래도 결국은 잘됐어." 실라가 말을 이었다. "쪽지 일이 있고 나서 여기서 승마를 배우기 시작했으니까. 엄마는 내가 뭐든 하는 편이 좋겠다고 생각했어. 친구들하고는 아무 상관 없는, 내가 혼자 할 수 있는 일을 하라고 엄마가 그랬어."

나는 고개를 끄덕였다. 그랬구나. 실라 올트먼이 시합에서 이기든 못 이기든, 아빠가 실라 올트먼을 위해 평생을 바친다고 해도, 실라 올트먼과 아빠가 꼬부랑 노인이 될 때까지 연습을 계속한다 해도, 아빠가 꿈꾸는 부자 친구들은 결코 나타나지 않겠구나. 실라 친구들이 등록하러 오는 일은 없겠구나. 실라 친구들의 부모들이 여름 내내 마구실 선반에서 먼지를 뒤집어쓴 안장을 사겠다고 하는 일도 없겠구나. 처음부터 실라 올트먼은 우리를 구해줄 아이가 아니었구나.

"다음주가 개학이야." 실라는 서글프게 말했다. "계속 여름방학이면 얼마나 좋을까."

햇빛은 여전히 가차 없이 내리쬐었다. 비가 올 기색도, 더위가 누그러질 기색도 없었다. 그래도 해가 좀 늦게 뜨고 좀 일찍 지기 시작했다. 곧 개학이고, 마술쇼 시즌은 끝이었다. 그러면 여름도 끝이었다. 실라 올트먼이 여름이 가는 것을 막을 수는 없었다.

실라가 나를 돌아보았다. 엄하고 위험한 표정이었다. "조 아저씨가 저 말한테 저러는 건 죄악이야." 실라가 말했다. 파란 눈의 서릿발이 내 눈을 찔렀다. 처음이었다. 실라가 아빠에 대해 조금이라도 나쁘게 말하는 것은 이번이 처음이었다. 아빠와 아빠가 하는 일이라면 덮어놓고 숭배하던 아이였다.

"길을 들여야 해." 내가 대답했다. "달리 방법이 없어." 실라는 내 눈을 무표정하게 쳐다보았다. 실라의 생각은 단호했다. "더 나쁜 일을 당할 수도 있잖아." 내가 실라의 기억을 일깨웠다. "채찍에 사슬에 망치에. 이건 그냥 자연의 섭리야."

달링은 무릎을 휘청거리다가 떨리는 다리로 애써 몸을 일으켰다. 새 상처에서 난 피 한 줄기가 하얀색 엉덩이를 타고 흘러내렸다. 하지만 실라는 몸을 움찔하지도 않고 계속 쳐다보았다. "고통은 고통일 뿐이야." 실라가 말했다. "누가 고통을 주느냐는 중요하지 않아."

그날 밤 아빠는 하얀 봉투들을 식탁 위에 늘어놓았다. 아빠의 깁스는 옆에 있는 의자에 세워져 있었다. 아빠는 연신 손끝으로 식탁을 두드렸고, 여러 장의 종이 위에 숫자를 휘갈겨 쓰면서 낮은 목소리로 욕을 했다. 달링은 길들지 않았고, 실라는 등수 안에 들지 못했다. 시즌은 끝나가는데 아빠는 다리가 부러졌으니 풋내기 말들을 훈련시킬 방법이 없었다. 차가운 공포가 내 뱃속을 철썩 치고 지나갔다. 하지만 내가 쳐다보는 것을 눈치챈 아빠는 아무렇지 않은 표정을 지으며 빈 봉투들을 팔로 쓸어 모았다.

"어제 어떤 남자가 전화를 했더라." 아빠가 말했다. "자기 딸애한테 승마 레슨을 시키고 싶대. 내일 둘러보러 온다더라."

"여기서 레슨을 받을까요?" 내가 물었다. 또 실라 올트먼 같은 애가 들어오는구나. 시작할 무렵의 그애는 우승에 대한 희망으로 가득하다. 부모가 돈을 주고 아빠가 희망과 약속을 쏟아붓는 덕에 반짝반짝 빛이 난다. 그런데 훈련을 못 따라온다. 시합에 나가서 등수에 들지 못한다. 그러다 어느 날 그애는 아빠 쪽을 돌아보며 죄악이라는 말을 입에 담는다. 그때부터는 시간문제다. 그러다 어느 날 그애는 이곳의 거짓과 모순을 모두 깨달을 것이다. 우리의 실체를 꿰뚫어볼 것이다. 우리가 도둑에 거짓말쟁이라는 것을 알게 될 것이다. 그러다 어느 날, 그리 멀지 않은 어느 날, 그애는 다른 곳으로 가는 것이 낫겠다고 생각할 것이다. 그리고 다른 곳으로 갈 것이다.

아빠는 빈 봉투들을 도로 집어넣은 다음 서랍을 쾅 닫았다. 그와 함께 아빠의 문제들도 사라졌다. "오면 난리 날걸." 아빠가 말했다. "진짜 들뜬 목소리더라고."

다음 날 그 집 식구들의 은색 차가 우리 진입로에 들어섰다. 아무에게서도 들뜬 기색이라고는 보이지 않았다. 아이의 아빠는 차 앞을 빙 돌아 아이의 엄마가 내릴 수 있도록 차 문을 열어주었다. 아이 엄마는 목을 길게 빼고 스모키 선글라스 너머로 승마장을 쭉 둘러보았다. 아이의 부모는 잠시 차 옆에서 우리집 마당의 죽은 잔디들과 울타리 안에서 달링에게 맹공을 퍼붓는 어미 말들과 내 바짓단 아래로 비죽 나온 복사뼈를 차례로 살피며 미심쩍은 시선을 교환했다. 그 집 딸은 일고여덟 살쯤 먹은 어린아이였다. 뒷좌석에서 나온 아이는 자기 부모 쪽을 보며 코를 찡그렸다. "여기 말똥 냄새 나."

그 집 사람들은 가슴 앞에 팔짱을 낀 채 나를 따라 축사를 가로질렀다. 뭐가 닿을까봐 겁이라도 나는 듯 셋이 꼭 붙어 다녔다. 훈련장에서는 실라와 에이스가 쇼맨십을 연습 중이었다. 아빠는 목발을 짚고 성큼성큼 울타리 쪽으로 다가와서 울타리 너머로 상체를 숙이고 그 집 부모 손을 쥐고 흔들었다.

"조 윈스턴입니다." 아빠가 씩 웃었고, 그 집 부부도 자기들을 소개했다.

"말을 탄다니까 우리 케이티가 얼마나 신나하는지 몰라요." 아이 아빠가 말했다. 아이는 자기 아빠 옆에 뒷짐을 지고 서서 망아지들을 보고 있었다. 아직 뼈만 길고 비쩍 마른 새끼들이지만, 더이상 귀여운 아기는 아니었다. 케이티 같은 어린애가 한달음에 가서 어르고 싶어질 정도로 귀여웠던 것은 벌써 한 달 전이었다. 아이는 어깨 너머로 원형 우리를 힐긋 쳐다보았다. 땀과 먼지로 범벅이 된 진저의 새끼가 히잉히잉 구슬피 울고 있었다.

"저 작은 말은 왜 혼자 있어요?" 아이가 물었고, 아빠의 미소가 굳어졌다.

"저," 아빠가 잠시 후에 말했다. "찾아주셔서 정말 감사합니다."

일 년 전이라면 바로 이때 언니가 옐로캡을 끌고 훈련장에 들어갔을 텐데. 옐로캡을 타고 훈련장을 천천히 돌고, 장애물을 넘고, 머리를 가볍게 흔들어 머리칼을 뒤로 넘겼을 텐데. 언니의 벌꿀색 머리칼이 햇빛에 반짝였을 텐데. 부모는 한 걸음 물러서서 구경하고, 아이는 입을 헤 벌리고 울타리에 기어 올라갔을 텐데. 언니처럼 되고 싶어하지 않는 애는 아무도 없었을 테니까.

하지만 지금 훈련장에 있는 것은 실라 올트먼이었다. 실라는 에이스의 앞발을 장화코로 톡톡 쳐서 똑바로 세우고 있었다. 이 집 부모는 에이스의 벼룩투성이 털과 내려앉은 엉덩이와 한쪽이 움푹 파인 머리를 보고는 얼굴이 굳어졌다.

"제 딸내미는 태어날 때부터 지금까지 말과 함께 살았는데," 아빠는 한참 만에 목발 끝에 붙인 고무로 나를 가리키면서 말했다. "공부를 정말 잘해요."

이제 갈 데까지 갔다. 내가 공부 잘하는 것이 우리가 내세울 수 있는 유일한 자랑거리였고, 아빠가 시큰둥하게라도 내놓을 수 있는 유일한 약속이었다. 그 집 부모가 나를 내려다보았고, 나는 아빠 말이 맞다는 표시로 고개를 끄덕였다. "전부 A예요." 내가 도움이 될까 싶어 덧붙였다. 그 집 부모는 예의에 어긋나지 않게 미소를 지었다.

"어떻게 할까, 케이티?" 아이 아빠가 딸에게 물었다.

케이티는 제자리를 한 바퀴 돌면서 축사와 할아범들 우리와 아빠의 더러운 깁스와 실라 올트먼의 땀에 젖은 티셔츠를 차례로 살폈다. "아까 거기가 더 좋아."

그것으로 끝이었다. 그 집 식구들은 도로 은색 차에 올라탔다. 이번에는 시작도 하기 전에 끝났다.

"독서 목록 읽는 것은 시작도 못 했어요." 나는 고백했다.

그날 밤 전화 걸기 전에 나는 그걸 찾으려고 배낭 안에 있는 것을 다 꺼냈다. 선생님의 글씨가 쓰여 있는 노란 종이. 내가 읽지 않은 책들. 전화 통화와 마술쇼 시합과 끝도 없이 계속되는 무더위 사이에서 지켜지지 못한 결심. "읽을 생각이었어요." 내가 말했다. "정말 읽으려고 했어요."

"신경 쓰지 마라." 델마 선생님이 말했다. 잇새로 담배를 내뿜는 소리가 들렸다. "독서 목록, 다 뻥이야." 내 몸에 전기가 찌릿찌릿했다. 뻥. 며칠만 있으면 새 학기가 시작된다. 그러면 무슨 일이 생길까? 우리 사이는 어떻게 될까? 나는 선생님이 욕하는 것도 들었고, 선생님이 담배 피우고 술 마시는 소리도 들었고, 선생님이 하느님에 대해 이야기하는 것도 들었다. 나는 반의 다른 애들과는 다를 거다. 여름방학 내내 수영하고 선탠하고 식구들과 휴가를 다녀온 애들과는 다를 거다. 작은 책상 앞에 앉아 있는 다른 어린애들과는 다를 거다. 나는 특별할 거다.

"저는 시가 좋았어요." 내가 말했다. 아주 거짓말은 아니었다. 선생님이 읽어주는 시를 정말로 귀담아들은 것도 아니었고, 열심히 이해해보려고 애쓴 것도 아니었다. 다만 시를 읽어주는 선생님의 목소리가 좋았고, 말과 말 사이의 공간이 좋았다. 여기도 아닌 곳. 저기도 아닌 곳. 그러나 어딘가 아득한 곳, 남들은 모르는 곳, 은밀한 곳. 선생님만의 공간. 선생님이 나를 들어가게 해준 공간.

"그런데 말이다." 선생님이 말했다. "중학교 독서 목록에는 그런 시가 안 나와." 나는 내가 들은 모든 영어 수업들을 생각했다. 단어 시험, 받아쓰기, 하룻밤에 한 장씩 읽어가야 했던 책들. 나무 안에 사는 눈 먼 아이들 이야기.

"학교에서 읽는 책은 솔직히 이해가 잘 안 가요." 내가 실토했다. "좀 말이 안 되는 것 같아요."

"그런 책은 다 시간 낭비야." 선생님이 대답했다. 선생님 목소리가 탁했다. 나는 문득 궁금했다. 나 때문에 잠이 깼나. 내 전화를 받으려고 침대에서 내려왔나. 내 목소리를 들으려고. 나랑 이야기하려고.

"그럼 왜 읽으라고 해요?"

"자기들도 어렸을 때 누가 읽으라고 해서 읽었거든." 선생님이 말했다. "그래서 이제는 너희한테 읽으라고 하는 거야." 선생님은 코웃음을 쳤다. "미국은 상상력이 전혀 없는 나라거든."

"선생님은 사막에서 너무 오래 사셨나봐요." 내가 대답했다. 몇 주 전 내가 선생님의 고향이 어디냐고 묻자 선생님은 미시간 주라고 대답했다. 그때부터 나는 미시간 주를 꽃 피는 녹색 나무와 달콤한 향기가 나는 풀잎들로 가득한 주라고 상상했다. 지도에서도 찾아보았다. 미시간 주는 미국 꼭대기에 자리 잡은 주, 캐나다로 손가락을 뻗은 주, 물이 많은 주였다.

"어디나 똑같아." 선생님이 말했다.

"거짓말 마세요." 내가 말했다.

"문화가 지금 어떻게 됐니?" 선생님이 물었다. "고귀함은 지금 어떻게 됐지?" 전화선을 타고 쨍그랑 소리가 들려왔다. 유리잔이 바닥에 떨어져 깨지는 소리였다. 하지만 선생님은 말을 멈추지 않았고, 무슨 일이 생겼는지 설명해주지도 않았다. 소리가 난 것도 모르는 것 같았다. "존 웨인은 지금 어디 있지?" 선생님이 말했다. "엘비스는?"

우리가 무슨 말을 하고 있는 건지, 이런 말이 상상력이나 독서 목록과 무슨 상관인지 이해가 되지 않았다. "죽었어요." 내가 대답했다.

"아멘." 선생님이 말했다.

존 웨인, 엘비스, 선생님이 내게 읽어준 여러 시를 썼던 여러 사람들. 그런 사람들은 내가 태어나기도 전에 모두 죽었다. 어쩌면 고귀함도 다 죽었을 것이고, 어쩌면 이 나라 전체가 그저 텅 빈 망각의 무덤일지도 모른다. 평생 동안 그런 열린 무덤에서 살았다면, 그게 나쁘다는 것도 모를 것이다. 그것 말고 다른 것이 있는 줄은 상상도 못할 것이다.

"세상이 망했어." 선생님이 말했다. "그런데 걱정하는 사람이 아무도 없구나."

갑자기 위험한 느낌이 들었다. 해서는 안 되는 이야기를 하고 있는 것 같았다. 선생님이 책을 읽어줄 때는, 몸의 가운데부터 고요해졌고, 머릿속은 부드럽고 나른해졌다. 하지만 지금은 불안이 뒷목을 쿡쿡 찔렀고, 차갑고 끈끈한 액체가 뱃속을 훑고 지나갔다. 나는 너무 늦게 태어났고, 너무 많은 것을 보지 못했다. 세상이 망했다. 그런데 나는 이 세상 말고는 몰랐다. "저는 걱정하는데요."

내가 속삭였다.

전화선 저편에서 선생님은 말이 없었다. "그렇다면 희망이 있을지도 몰라." 선생님은 한참 만에 입을 열었다.

나는 말없이 고개를 끄덕였다. 걱정하는 것으로는 부족했다. 한참 부족했다. 세상은 변하지 않았다. 축사 앞쪽 우리 안에서는 어미 말들이 시합 나갈 말을 공격해서 완전히 다른 말로 만들어버린다. 잔인해서가 아니다. 화가 나서가 아니다. 욕심이 많아서가 아니다. 공격할 수 있으니까, 짐승이니까, 공격성을 타고났으니까 공격하는 거다. 우리는 그들의 공격을 허용하고, 그들의 공격을 부추기고, 그들의 공격을 이용해 우리 몫을 챙긴다. 그런데 실라 올트먼이 때 묻지 않은 순수한 눈으로, 완벽하게 파란 눈동자로, 그것을 목격하고 그것을 명명했다. 그것은 죄악이었다.

"그걸로는 부족해요." 내가 대답했다.

"그거라니?" 선생님이 물었다.

"걱정하는 걸로는 부족하다구요." 내가 말했다. "은총만으로는 부족해요. 너무 부족해요."

"이런. 너, 내가 하는 말을 다 알아듣는구나. 앞으로는 말할 때 조심해야겠다."

"만약에 기대할 게 은총밖에 없다면요, 걱정하는 사람이 하나도 없다면요, 세상이 망해도 괜찮지 않나요?" 내가 선생님에게 물었다. "그냥 망하라고 하면 안 되나요?"

"답을 알아내면 나한테 제일 먼저 알려주렴."

"선생님 말고는 알려줄 사람도 없어요."

다음 날, 아빠가 스쿨버스를 몰고 집으로 왔다. 축사 앞에 차를 세운 아빠는 한쪽 발로 계단을 풀쩍 뛰어내리면서 양팔을 뒤로 뻗어 목발을 짚었다. "뭐예요?" 내가 묻자, 아빠는 너 바보냐 하는 얼굴로 나를 쳐다보았다.

"스쿨버스잖아."

"그게 왜 여기에 있어요?"

"새 일이야." 아빠가 대답했다. "당분간만."

몸속의 심장이 딸꾹질을 했다. 스쿨버스는 크기가 광고판만 했다. 우리집 정면에 버티고 선 거대하고 흉측한 덩어리. 감출 방법이 없었다. 거짓말로 얼버무릴 방법도 없었다. 아빠는 이놈을 몰고 온 도시를 돌아다닐 텐데. 이놈을 학교 주차장에 세워놓고 운전대를 지킬 텐데. 아빠가 재미 삼아 그런다고 생각할 사람은 아무도 없었다. 우리를 아는 사람들은 모두 우리가 돈이 없다는 것을 알게 될 것이다.

아빠는 축사로 걸음을 옮겼고, 나는 종종걸음으로 겨우 따라갔다. "부러진 다리로 버스를 몰아도 괜찮아요?" 내가 물었다.

"그럼." 아빠가 말했다.

"아빠더러 하래요?"

"아," 아빠가 말했다. "아는 사람이야. 나한테 신세 진 게 있어."

"그게 누군데요?"

아빠는 나를 돌아보며 고개를 비딱하게 세웠다. "보안대 사람." 아빠가 대답했다. "더 물어볼 거 있니? 없으면 아빤 일하러 간다."

나는 고개를 저었다. 더는 물어볼 게 없었다. 더는 할 말이 없었

다. 아빠가 스쿨버스 운전하는 일을 얻었다는 것을 보안대원 하나
가 알고 있다. 주말이면 모든 보안대원들이 알게 될 것이다. 보안
대원들은 자기 아내에게 얘기할 것이다. 여자들은 자기 자식에게
얘기할 것이다. 포프네 쌍둥이가 짓궂게 히죽거릴 것을 생각하니
뱃속이 돌처럼 쪼그라들었다. 머릿속에서 포프네 쌍둥이의 코맹
맹이 웃음소리가 들렸다. 포프네 쌍둥이가 한심한 머리로 무슨 못
된 우스갯소리를 꾸밀지 불 보듯 뻔했다. 버스는 바퀴가 하루종일 빙
글빙글……

"난 그거 안 탈 거예요!" 나는 아빠 등 뒤로 소리를 질렀고, 아
빠는 어깨를 으쓱할 뿐 뒤돌아보지도 않았다.

"그러든지."

나는 다시 축사로 돌아와 히스클리프 마방의 더러운 짚 더미에
내키지 않는 갈퀴질을 했다. 아빠가 반 애들을 가득 태운 버스를
운전하는 모습이 눈에 선했다. 너무 천천히 가는 차가 있으면 추월
하고, 다른 차가 끼어들면 창밖으로 욕을 해댈 것이 분명했다. 학
교가 지금껏 그런대로 견딜 만했던 것은 나한테 신경 쓰는 사람이
없어서였다. 내가 누구인지 아무도 몰랐다. 하지만 이제 아빠가 스
쿨버스를 운전하면서 우리집 트럭을 몰 때처럼 기름을 끝까지 안
넣는다면, 그러다가 차가 서버리기 전에 주유소를 찾으려고 과속
으로 달린다면, 커브 길에서도 속도를 줄이지 않고 빨간불에서도
차를 세우지 않고 그냥 달리다가 결국 버스가 홀랑 뒤집힌다면, 타
고 있던 아이들이 다 죽는다면. 그럼 다들 나를 알게 될 것이다. 앨
리스 윈스턴, 중학교 애들을 다 죽인 남자의 딸. 앨리스 윈스턴, 스
쿨버스 운전사의 딸.

패티 조 아줌마의 차가 덜컹덜컹 진입로로 들어서는 소리가 들렸고, 히스클리프의 마방 안에 있던 나는 고개를 홱 숙였다. 아줌마가 버스에 대해서 물을 텐데, 말하고 싶지가 않았다. 아줌마의 장화 소리가 축사 바닥 여기저기에서 울렸다. 아줌마는 마방 문 앞에서 걸음을 멈추고 말했다. "오늘 승마장에 야유회가 있나?"

나는 숨을 죽였다. 아줌마가 나에게 물어보았는지 승마장 전체에 물어보았는지 확실치 않았다. 뭐라 대답할까 궁리하는데 아빠가 대신 대답했다. "새로 시작한 일이에요." 나는 몸을 더욱 낮게 웅크렸다. 갑자기 두 사람 눈에 띄면 왜 그렇게 숨어 있었는지 설명해야 할 테니까.

"맙소사." 아줌마가 웃으면서 말했다. "도대체 왜 그런 일을 해요?"

아빠가 대답하기까지 잠시 침묵이 흘렀다. 마방 문 틈새로 두 사람의 발과 아빠의 때 탄 깁스와 아줌마의 뾰족한 카우보이부츠와 수놓인 바짓단과 완벽한 청바지 주름이 보였다.

"시합 철이 거의 끝났는데," 아빠가 한참 만에 입을 열었다. "다리는 망가졌고, 외상도 밀렸고요." 나에게 말할 때는 그게 없었는데, 패티 조 아줌마 앞에서 말할 때는 그게 있었다. 아빠의 낮은 속삭임 속에는 깊고 쓰린 그것이 있었다. 부끄러움이었다.

아빠는 목발을 고쳐 짚었고, 아줌마는 아주 조금 뒤로 물러섰다. "이런," 아줌마가 말했다. "나, 참 못됐네요."

"아니에요." 아빠가 급히 말했다. "재미 삼아 해보는 거예요. 벌어봤자 얼마 안 되고. 당장 급하니까 한두 달만, 임시로요."

"우리가 내는 회비가 너무 적어요." 아줌마가 말했다. "말을 맡

긴 다른 사람들이랑 나랑…… 당신은 이렇게 힘든데. 하는 일이
이렇게 많은데. 회비를 올려야겠어요."

숨이 가슴속에서 얼어붙었다. 이게 답이었고 해결책이었고 출
구였다. 하지만 아빠는 아줌마의 말을 환영하는 대신 체념의 한숨
을 쉬었다. "사업이 원래 그래요. 배 터지게 먹을 수도 있고 쫄쫄
굶을 수도 있죠. 흠, 어쨌든, 덜 굶을 수도 있고 더 굶을 수도 있으
니까."

아줌마는 발꿈치를 들고 몸을 살짝 내밀었다. "떠나버리자는 생
각, 해본 적 없어요?" 아줌마가 속삭였다.

"여기를 팔고요?" 아빠가 물었다. 패티 조 아줌마는 대답이 없
었다. 아빠는 목발로 게걸음질쳐서 접이의자까지 갔다. 그러고는
털썩 주저앉아 양손을 무릎 사이로 늘어뜨렸다. 아빠가 주먹을 쥐
는 것이 보였다. "평생 이 일 말고는 해본 게 없어요." 아빠가 말했
다. "이 일 말고는 잘하는 것도 없고."

"부럽네요." 아줌마가 말하자 아빠는 껄껄 웃었다.

"나더러 부럽다는 사람은 처음 봤습니다."

"진심으로 하는 말이에요." 아줌마가 말했다. 아빠는 웃음을 그
쳤다. "자기가 잘하는 게 있다는 걸 안다면, 그게 정말 능력이죠.
나는 평생 잘하는 게 없었어요."

"말 잘 타시던데." 아빠는 이렇게 말하며 두 다리를 앞으로 뻗
었다. 아빠의 다리와 아줌마의 구두코 사이의 간격이 불과 몇 인치
로 좁혀졌다.

"우리 식구들이 여름마다 가던 곳이 있었어요." 패티 조 아줌마
가 말했다. "거기에서 말을 키웠는데, 거기 가면 나는 딴 건 안 했

어요. 날마다 온종일 말만 탔어요. 나는 장애물 넘기가 제일 좋았어요."

"설마." 아빠가 말했다. "장애물 넘기를 즐길 사람으로 보이지는 않는데요."

"나는 어렸을 때부터 키가 작았어요." 패티 조 아줌마가 설명했다. "어렸을 때 사귄 남자애들은 나를 무릎 위에 앉히거나 안고 다니기를 좋아했어요. 부모님은 항상 나를 걱정했고, 항상 나를 작은 인형처럼 가둬놓았어요. 하지만 장애물을 넘을 때 그 기분은……하늘을 나는 기분, 자유로운 기분이에요. 평생 내가 갖고 싶어했던 게 말이었어요. 처음에는 부모님한테 졸랐어요. 나중에는 남편한테 졸랐고요. 남편은 내가 미쳤다고 생각해요." 패티 조 아줌마는 호호 웃었다. "미쳤는지도 몰라요. 정말 미친 것 같죠?"

히스클리프의 마방에서 나는 아빠가 실례하겠다고 말하며 자리에서 일어나기를 기다렸다. 아빠가 아줌마로부터 떨어지기를 기다렸다. 키가 작은 것과 가난한 것은 천지 차이였다. 나는 아빠가 더이상 못 참고 키가 작은 것과 가난한 것은 천지 차이라고 말하기를 기다렸다. 패티 조 아줌마는 챔피언이 되고도 남을 말을 갖고 있으면서 시합에는 관심도 없는 사람이었다. 아빠는 스쿨버스 운전사였다. 두 사람은 서로 다른 별에서 사는 거나 마찬가지였다.

"아내도 똑같았어요." 아빠가 말했다. 내 양손은 죽은 듯 축 늘어졌다. 고객들과 대화할 때 금지된 화제가 있었다. 외부인들, 우리 집안 성을 쓰지 않는 모든 사람들 그리고 우리 집안 성을 쓰는 많은 사람들과 대화할 때 금지된 화제가 있었다. 그건 엄마였다. "사람들은 항상 아내를 쓰다듬어주거나 안고 다니고 싶어했어요.

하지만 말에 올라타면 아내는 크고 강한 사람으로 변했어요. 기운이 넘치는 사람이었어요."

"왜 이제는 안 타세요?" 패티 조 아줌마가 물었다.

긴 침묵이 이어졌다. 비밀의 세계, 아무도 나에게 열어주지 않은 세계였다. 나는 두 사람의 발밖에 볼 수 없었지만 두 사람 사이의 교감을 느낄 수 있었다. 내가 두 사람의 얼굴을 보았다면 두 사람 사이의 교감을 확인할 수 있었을 것이다. 두 사람이 생각한 것, 두 사람이 말하지 않은 것을 이해할 수 있었을 것이다.

"당신 탓이 아니에요." 패티 조 아줌마가 나직이 말했다. "누가 실망했다고 해서 그게 전부 자기 책임은 아니에요." 아줌마의 말이 축사 안의 공기를 다 빨아들여 사방이 따뜻하고 숨 막히는 진공으로 변한 것 같았다. 허파 속의 숨이 탁해졌다. 나는 마방 문 틈새로 패티 조 아줌마의 발이 앞으로 미끄러지는 것을 바라보았다. 반들반들한 삼각형 부츠 코가 아빠의 지저분한 깁스 발꿈치에 닿기 직전에 멈췄다.

그리고 아무 일도 없었다. 나는 계속 바라보며 기다렸다. 두 사람은 마방 문 바로 뒤에 있었다. 말없이. 손끝 하나 닿지 않고. 그러다 그 순간은 지나갔고, 두 사람은 각자 하던 일로 돌아갔다.

다음 날 아침 아빠는 일찍 일어나서 잭 할아버지가 한때 환자들을 받던 정문 앞 창고에서 장애물 더미를 꺼냈다. 내가 나왔을 때 아빠는 이미 훈련장에서 한쪽 발로 껑충껑충 장애물을 끌어다가 순환로에 군데군데 설치하는 중이었다. 노나 언니가 떠난 뒤로 우리는 장애물을 꺼낸 적이 없었다. 실라가 옐로캡을 구슬려서 장애물을 넘으려면 영겁의 시간이 필요했다. 도대체가 쓸데없는 짓이었다.

하지만 그날 패티 조 아줌마는 훈련장을 들여다보면서 남몰래 미소를 지었다. "묘한 우연이네요." 아줌마가 말했다. 아빠는 어깨를 으쓱했다.

"당신 말이 준비운동을 좀 지루해하는 것 같아서요." 아빠가 패티 조 아줌마에게 말했다.

레슨 중에 다른 사람들이 훈련장 안에서 말을 타는 것은 금지였다. 하지만 실라가 에이스와 쇼맨십을 연습하는 동안 패티 조 아줌마는 토이보이와 장애물 넘기를 연습했다. 아빠는 말리지 않았다. 서서히 아빠는 아줌마에게 이것저것 알려주기 시작했다. 실라는 한쪽에 제쳐두고, 이렇게 저렇게 하라고 가르쳐주었다. 고삐 잡는 법이 어떻게 틀렸는지, 토이보이에게 박차를 가하는 방법이 어떻게 틀렸는지 설명해주었다.

곧 아빠는 실라를 완전히 방치했다. "그 말, 장애물 넘기는 완전 타고났네요!" 아빠는 눈여겨보다가 환성을 질렀고, 패티 조 아줌마는 기쁨의 미소를 지었다.

맞는 말이었다. 토이보이는 통통하고 근육질이었다. 장애물이 나타나면 등을 활처럼 말고 아무렇지 않게 타 넘었다. 아줌마도 동선이 깨끗하고 자세가 좋았지만, 말이 가진 능력은 분명 한 수 위였다. "말을 믿어야 해요." 아빠가 이렇게 말하며 한 손을 아줌마 무릎에 올리자 아줌마의 얼굴이 분홍빛이 되었다. "눈 감아요. 도약할 때마다 고개를 옆으로 돌리고." 아빠 손이 아줌마의 허벅지를 미끄러져 올라갔다. "그냥 말이 밑에 있는 것을 느끼면서. 말이 뛰어넘어주겠거니 믿으면서."

나는 울타리에 걸터앉아 구경했다. 패티 조 아줌마와 실라는 번 갈아가면서 아빠가 자기에게 오기를 기다렸다. 아빠가 무슨 말을 하건 공손하게 고개를 끄덕였고, 태양을 맴도는 두 개의 행성처럼 아빠 곁을 맴돌았다.

"패티 조 아줌마가 레슨을 시작한 거예요?" 저녁식사 시간에 내가 아빠에게 물었다.

"좀 거들어주는 거야." 아빠가 말했다.

"하지만 레슨비도 안 내는데."

"그냥 두어 가지 가르쳐주는 것뿐이야."

나는 천장을 올려다보면서 뭔가를 생각하는 척했다.

"뭐?" 아빠가 물었다.

"아, 그냥 실라 기분이 어떨까 싶어서요. 자기는 사소한 것 하나 하나까지 다 돈을 내야 하는데, 패티 조 아줌마는 공짜로 배우니 까. 자기 엄마한테 일러바치지는 않겠지만."

사실을 말하면, 실라는 패티 조 아줌마를 성가시게 생각하는 것 은 고사하고 패티 조 아줌마가 순환로에 있는 줄도 모르는 것 같았 다. 실라의 신경은 온통 에이스에게 쏠려 있었다. 집중하느라 이마 에 주름이 잡히고 두 뺨이 빨개질 정도였다. 실라의 머릿속에 결코 떠오르지 않을 것이 바로 돈이었다. 누가 무슨 돈을 얼마나 내는지 따위는 실라가 알 바 아니었다.

아빠가 식탁 맞은편에서 나를 훑어보았다. 내 입안에 들어 있던 치즈 샌드위치가 시멘트로 변했다. "사업은 게임 같은 거다, 앨리 스." 아빠가 말했다. 피로에 짓눌린 아빠는 고개가 숙여져 있고 허 리가 굽어 있었다. "다들 나름의 규칙이 있어."

고급영어 과목은 학생이 적었다. 모두 열세 명이었다. 첫날 콜린 머피가 재니스 리어던 옆에 앉아 상체를 숙이고 손으로 입을 가렸다. 귓속말을 하려는 모양이었지만 "잘 지냈니?"라고 묻는 목소리는 교실 반대편에 있는 내 귀에도 들릴 만큼 우렁찼다.

나는 실눈을 뜨고, 교실 반대편에 앉은 콜린의 목과 손목에서 흉터를 찾으려고 애썼다. 하지만 상처 자국 같은 것은 전혀 눈에 띄지 않았다. 자살을 기도한 아이였는데 멍든 자국 하나 남지 않았다.

나는 시작종이 울리기를 기다리면서 교실 안을 둘러보았다. 선생님의 책상 위에 놓여 있던 사진(폭포 옆의 여자)이 보이지 않았다. 선생님이 교실에 들어올 때 나는 눈을 내리깔고 머리칼이 얼굴 위로 내려오게 했다. 그날 아침 나는 내 옷과 언니 옷을 섞어 입었는데 책상 앞에 앉으니 몸이 일그러지는 느낌이었다. 몸의 어떤 쪽은 자루 속의 막대 같았고 어떤 쪽은 솔기를 찢으며 터져 나올 것 같았다.

선생님이 출석을 불렀다. 선생님은 내 이름을 다른 사람 이름인 양 불렀고, 나는 눈을 계속 내리깐 채 대답했다. 이제 무슨 일이 일어날지 확실치 않았다. 우리는 비밀이 있었다. 우리는 남들이 모르는 것을 알고 있었다. 아닌 척하자니 심장이 목구멍에서 뛰었고 피가 얼어붙었다. 개학을 했으니 모든 것이 달라질 것이다. 선생님이 밤에 늦게까지 깨어 있지 못할 것은 분명했다. 선생님의 나른한 목소리, 선생님의 느긋한 웃음소리도 이제 끝이었다. 따라야 할 시간

표가 있었다. 지켜야 할 규칙이 있었다.

하지만 그날 밤 내가 전화를 했을 때 선생님은 아무 일도 없었다는 듯 전화를 받았다.

학교에 있을 때, 우리는 서로 떨어져 상대의 시선을 피했다. 하지만 앞머리를 눈 위로 내리고 있어도 나는 선생님이 이따금씩 교실에서 나를 쳐다보고 있는 것을 느낄 수 있었다. 카페테리아에서 선생님의 시선이 사람들 틈에서 나를 찾고 있는 것을 느낄 수 있었다. 나는 선생님의 휘파람 소리를 알고 있었으니, 교실에 있을 때 선생님이 교실 밖 모퉁이를 돌거나 복도를 지나는 소리를 들을 수 있었다.

나는 영어 과제를 매번 열심히 해갔다. 선생님이 숙제를 돌려주면 나는 조금 참았다가 밖으로 나가서 선생님이 써준 평을 확인했다. 빨간 펜 자국을 볼 때마다 칼날이 목을 긋는 것 같았다. 나는 선생님이 점수를 매기는 장면을 상상했다. 선생님은 틀린 데를 발견하고 나를 바보 같은 애라고 생각한다. 철자법을 틀리는 애, 문법을 모르는 애라고 생각한다. 그런 것을 상상하다보면 콱 죽어버리고 싶었다.

하지만 통화할 때 우리는 한 번도 학교 이야기를 꺼내지 않았다. 우리가 불과 몇 시간 전에 만났다는 사실, 선생님이 셔츠에 커피를 쏟은 사실, 내가 읽을 차례에서 하이퍼볼리(hyperbole)의 발음을 더듬거린 사실을 우리는 절대로 말하지 않았다. 이런 방식으로 우리는 조금씩 또 조금씩 나아갔다. 나는 계속 전화를 걸었다. 선생님은 계속 전화를 받았다. 나의 머릿속은 우리가 나쁜 짓을 저지르고 있다고 생각하지 않았지만, 내 안 깊은 곳 어딘가는 검은 두려움에 짓눌린 느낌이었다. 내가 설명할 수 없는 어떤 방식으로, 우리는 규칙을 어기고 있었다. 나중에, 대가를 치르게 될 것만 같았다.

방과 후에 걸어오다 보니, 길옆 운하가 가뭄 탓에 뼈다귀처럼 말라붙어서 바닥이 드러나 있었다. 물 없는 운하의 황량함은 충격적이었다. 모래와 풀과 완만한 경사뿐이었다. 바람이 불 때마다 잡초들이 사방에서 부스럭거리면서 사막의 공기를 허파처럼 들이마시고 운하 둑을 따라오며 속삭였다. 허연 그림자나, 외로운 유령은 없었다. 하지만 그애가 나를 쳐다보고 있는 것이 느껴졌다. 그애는 나를 심판하고 있었다. 내가 그애 허락 없이 그애의 자리를 차지했다는 걸 그애는 알고 있었다. "저리 가." 나는 걸으면서 속삭였다. "여기에 네 것은 아무것도 없어."

"너는 그 여자가 예쁜 것 같니?" 엄마가 물었다.

"그 여자가 누군데요?" 엄마가 시장하지는 않은지, 달리 필요한 게 있는지 알아보라면서 아빠가 나를 위층으로 올려보냈다. 그런데 나는 우두커니 서서 엄마가 창가에 앉아 있는 것을 바라보았다. 할머니 할아버지가 떠난 뒤로 엄마는 위층에서 내려오지 않았다. 아빠는 다시 손님방으로 옮겼고, 엄마는 다시 자기만의 세계에 빠졌다. 침묵의 세계, 아무 일도 일어나지 않는 세계, 모든 것이 그대로인 세계였다. 하지만 그 세계도 안전한 것은 아니었다. 엄마한테는 창문이 있었다. 엄마가 창문 앞에 가지 않는 것은 불가능한 일인 것 같았다.

"돈 많은 여자." 엄마는 창문에서 눈을 떼지 않고 말했다. "너희 아빠한테 장애물 넘기를 배우는 여자 말야."

창문으로 흘러드는 햇빛이 엄마의 머리칼을 비추었다. 머리칼이 불에 녹인 초콜릿색으로 반짝였다. 나는 패티 조 아줌마가 예쁘다고 생각했다. 얼굴은 밝고 활기찼고, 옷은 노나 언니가 이따금씩 치과 사무실에서 훔쳐오던 여성 잡지 냄새를 풍겼다. 나이는 엄마가 젊었다. 엄마는 피부가 희고 부드러웠다. 엄마는 턱선이 고왔다. 하지만 한 꺼풀만 걷어내면 엄마의 나약함과 고독함이 드러났다. 엄마는 서서히 시들고 있었다. 엄마에 비하면 패티 조 아줌마는 타오르는 불꽃 같은 여자였다. 내면에서 생명력이 솟구쳤고, 웃으면 음악 소리가 났다. 예쁜 것하고는 상관이 없었다.

"뭐 괜찮아 보여요." 내가 말했다. "돈을 많이 내요."

"네 아빠가 그 여자랑 보내는 시간이 점점 많아지더라."

창밖으로 내다보니 패티 조 아줌마는 아빠가 가르쳐준 대로 고개를 옆으로 돌렸고, 토이보이는 장애물을 쉽게 뛰어넘었다. 아빠는 환호했고, 패티 조 아줌마는 승리의 세러모니로 토이보이와 연습장 한 바퀴를 천천히 달리며 미인대회 여왕처럼 손을 흔들었다.

"그냥 게임이에요." 내가 속삭였다. 엄마는 창문에서 눈을 떼고 나를 돌아보았다. 엄마의 시선은 내가 알려줄 수 없는 것을 알아내기 위해 내 시선을 살폈다. 옛날에 엄마는 강해지고 싶어했었다고 아빠는 말했다. 엄마는 말을 탔고 시합에 나갔고 우승을 했다고, 그러다 어느 날 모든 것을 그만두었다고.

갑자기 엄마를 기억에 남기고 싶었다. 지금 이 순간 엄마의 모습을. 엄마 머리칼을 비추는 반짝이는 햇살을. 엄마의 부드러운 목선을. 엄마의 모습을 머릿속에 새기고 싶었다. 몇 년이 흘러도 떠올릴 수 있게. 그때도 지금처럼 엄마를, 약하고 덧없는 엄마의 미모를 그려볼 수 있게. 엄마가 어떤 사람이었는지 기억할 수 있게. 엄마가 이런 세상 말고 다른 세상에서 살았다면 어떤 사람이었을지 기억할 수 있게.

끝에서 두번째 시합 날, 우리 트레일러에는 말이 그득했다. 아빠는 관중의 시선을 끌기 위해 매주 옐로캡과 함께 달링을 시합장에 데리고 갔는데, 그날 아침에는 에이스와 토이보이까지 트레일러에 실었던 것이다.

토이보이는 챔피언이다, 패티 조 아줌마가 토이보이를 시합에 내보내지 않는 것은 토이보이의 기본권을 박탈하는 것이다, 라고 아빠는 말했다. 당신이 장애물 종목에 나가면 눈 감고도 이길 수 있다는 게 아빠가 아줌마를 설득했던 말이었다. 나는 아줌마가 아빠 말을 들을 줄은 몰랐는데, 아줌마는 시합에 나가는 것도 재미있겠다고 했다. 어렸을 때 두어 번 시합에 나간 적이 있었다고. 싼 티가 줄줄 흐르는 시합이었다고 아줌마는 말했다.

메기 아줌마들 모두 패티 조 아줌마를 응원하러 경기장에 왔다. 그리고 올트먼 부인과 나를 따라 관람석에 자리를 잡았다. 작은 아이스박스와 종이컵도 빠지지 않았다. 아줌마들이 올트먼 부인에게 잔을 권하자 올트먼 부인은 등을 뻣뻣이 세우며 "고맙지만, 괜찮아요"라고 했다.

관람석에서 메기 아줌마들은 호호 웃고, 술 마시고, 싼 티 나는 것이 눈에 띌 때마다 서로의 어깨에 얼굴을 기대고 귓속말을 했다. "볼레로 목걸이," 제이시 아줌마가 비치 아줌마 어깨에 기대고 킬킬대며 우리 옆에 앉아 있는 한 쌍의 남자를 가리켰다. "완전 웃겨."

올트먼 부인은 아줌마들의 말투에 얼굴을 붉히면서 아줌마들과 반대쪽으로 몸을 기울이고는 실라와 에이스가 있는 경기장 옆선에 정신을 집중했다. 실라에게는 첫번째 쇼맨십 도전이었다.

지난 며칠 동안 아빠와 나는 에이스를 빗질했다. 얼마나 빗질을 했는지 나중에는 에이스의 가죽이 떨어져나가는 줄 알았다. 갈기와 꼬리에 윤을 내고, 수염을 다듬고, 옆구리의 반점들에 베이비파우더를 두드려 발라 칙칙한 회색을 흰색으로 만들려고 했다. 하지만 우리의 온갖 노력에도 에이스는 에이스였다. 늙은 말. 망치로 죽도록 얻어맞았던 말.

그날 아침 실라는 에이스의 갈기를 땋아주고 갈기 끝에 분홍색 리본을 매준 다음, 올트먼 씨 내외가 옐로캡을 위해 구입했던 고삐를 에이스의 목에 매주었다. 진한 색의 번쩍이는 가죽 위에 은색 징이 박혀 있어 햇빛을 받으면 보석처럼 반짝이는 고삐였다. 하지만 에이스의 찌그러진 머리에 고삐줄은 축 늘어졌고, 에이스의 벼룩투성이 회색 털에 은색 징은 잘못 놓인 것처럼 우스꽝스러웠다.

경기장에 들어선 에이스는 실라 옆을 얌전하게 따라가며 타가닥타가닥 걸음을 옮겼고, 시키지 않아도 자세를 잡았고, 기수가 연기하는 동안에도 자세를 완벽하게 유지했다. "저런." 비치 아줌마가 내 옆에서 낮게 속삭였다. "말이 참 흉하네."

에이스가 경기장 안에서 가장 흉한 말이라고 해도, 에이스가 세상에서 가장 흉한 말이라고 해도, 에이스는 어느 베테랑 못지않게 자세를 잡았다. 실라가 걷기 패턴에서 에이스를 리드하는 동안 에이스는 실수 한 번 없이 실라 옆을 따라갔다. 심사 결과 실라가 2등이었다. 잭 포프와 앤디 포프 사이였다. 자기들 사이에 실라가 끼어들었다는 것을 깨달은 쌍둥이는 서로 마주 보며 입을 쩍 벌렸다.

스탠드에 나란히 서 있던 올트먼 부인과 나는 행복할 때 그렇듯이 자기도 모르게 춤을 추며 환호하고, 박수 치고, 머리를 까딱까딱했다. 그때껏 실라의 최고 등수는 5등이었다. 물론 실라는 울음을 터뜨렸다.

경기장 밖에서 아빠가 실라를 안아주자 실라는 아빠의 셔츠에 얼굴을 파묻고 울었다. 자기 엄마 손에 얼굴을 파묻고 울었고, 자기 셔츠 소매에 얼굴을 파묻고 울었고, 자기가 땋아준 에이스의 갈기에 얼굴을 파묻고 울었다. 내 어깨에 얼굴을 파묻고 울었고, 경기장을 나올 때 받았던 빨간색 메달에 얼굴을 파묻고 울었다. "내 평생 제일 행복한 순간이야." 실라는 흐느껴 울었다. 우리가 옆으로 한발 물러서자 올트먼 부인은 조그만 카메라로 사진을 찍고 또 찍었다. 오지 않은 남편을 위해서 이 순간을 남기려는 것이었다. 이 순간을 영원히.

점심시간에 아빠는 패티 조 아줌마의 장애물 경기를 앞두고 토이보이에 안장을 올렸다. 직접 안장을 올릴 수 없을 만큼 흥분 상태였던 패티 조 아줌마는 관람석에 올라가서 메기 아줌마들과 마지막 한 잔을 즐기고 있었다. "달링은 오늘 꽤 얌전해 보인다." 아빠가 나에게 말했다.

"그러게요." 내가 대답했다. 트레일러에 묶여 있는 달링은 더위 때문에 고개를 숙이고 있었다. 우리는 달링을 씻기거나 빗질해줄 생각도 안 했다. 달링은 추레했고, 피와 땀과 발굽 자국들로 더러웠다.

"네가 달링이랑 레이닝 경기에 나가면 좋을 것 같은데." 아빠가 말했다.

나는 아빠를 한참 바라보았다. 나는 시합에 나간 적이 없었다. 한 번도 없었다. 시합에 나가는 것은 노나 언니였다. 응원하는 것이 나의 몫이었다. 항상 그래왔고, 항상 그러리라 생각했다.

"흠, 안 나갈래요." 내가 대답했다.

"누워서 떡 먹기야." 아빠가 말을 이었다. "내가 장담한다. 대박이 아니면 너한테 하라고 하지도 않는다."

심장이 내려앉았다. 갈비뼈 안에 있는 심장이 쓸모없는 완두콩 꼬투리처럼 작게 쪼그라들었다.

나는 한발 물러섰고, 아빠는 토이보이를 데리고 경기장 쪽으로 향했다. 패티 조 아줌마가 흥분으로 손을 쥐어짜며 기다리는 중이었다. 올트먼 부인이 내 옆으로 다가왔다. 실라의 승리로 기쁨이 가시지 않은 얼굴이었다.

"별일 없지?" 올트먼 부인이 물었다. 나는 입은 열지 않고 고개만 끄덕였다. 입을 여는 것이 두려웠다. 입을 열면 심장이 얼어붙어 돌덩이로 변할까봐. 내가 아주 없어져버릴까봐.

패티 조 아줌마는 경기장에 들어가 있었다. 스탠드에서 내려다보니 아줌마는 장애물을 넘을 때 앞을 보지 않았다. 눈을 감거나 옆을 보면서 토이보이에게 도약을 맡겼다. 아빠가 실라의 레슨 시간에 가르쳐준 대로였다.

아빠 말이 맞았다. 토이보이는 장애물 넘기에 안성맞춤이었다.

유연하고 근력이 좋고 쉽게 도약했다. 실라처럼 패티 조 아줌마도 2등을 차지했다. 이번에는 스탠드에 서 있던 메기 아줌마들이 비명을 지르고 환호를 하고 안무에 맞춰 발차기를 했다. "역시 우리 친구답다." 비치 아줌마가 내 옆에서 고함을 질렀다. "우리 꼬마 기수!"

나는 오후 내내 죽은 사람처럼 돌아다녔다. 시간은 일 분 일 분 끝을 향해 흐르고 있었다. 오후 늦게 올트먼 부인이 나랑 트레일러에 올라가 내가 옷 갈아입는 것을 거들어주었다. 그러고는 내 머리를 하나로 땋아 내린 다음 목 아래쪽을 핀으로 고정해주었고, 잔머리는 매만져서 귀 뒤로 넘겨주었다. 다시 구역질이 목을 타고 올라왔고, 나는 트레일러 벽을 짚어 겨우 균형을 잡았다. "괜찮니?" 올트먼 부인이 물었고, 나는 말없이 고개를 끄덕거렸다. "더워서 그런 거야." 올트먼 부인이 말했다.

내가 트레일러에서 내려가려고 하자 올트먼 부인이 내 손을 잡았다. "앨리스, 하기 싫으면 안 해도 돼." 나는 올트먼 부인을 올려다보았다. 큼직한 두 눈에 어려 있는 엄마 같은 눈빛과 하트형 얼굴을 올려다보면서, 나는 정말 그래도 된다면 어떨까 궁금했다. 하기 싫은 것을 안 해도 되는 세상은 어떨까. 여행과 휴가가 있는 세상, 터퍼웨어 뚜껑으로 일식을 흉내 냈던 일이 가장 큰 상처로 남아 있는 세상, 학교 아이들이 따돌리면 부모님이 말을 사주는 세상. 그런 세상에서 산다면 어떨까. 올트먼 부인이 사는 곳이 그저 도시 반대쪽이라니 믿기 어려웠다. 올트먼 부인이 사는 세상은 내가 사는 세상과는 완전히 달랐다.

"내가 너희 아빠한테 말해줄까?" 올트먼 부인이 물었다. 나는 올트먼 부인의 손을 밀어냈다.

"괜찮아요." 내가 대답했다. "별거 아니에요."

내가 트레일러에서 내렸을 때 아빠와 패티 조 아줌마는 토이보이의 등에서 안장을 내리고 있었다. 두 사람의 손가락이 뱃대끈 위에서 포개졌다. 나는 우두커니 서서 두 사람의 눈에 내가 보이기를 기다렸다. 아빠가 손을 내리기를, 뒤로 물러나기를 기다렸다. 하지만 아빠와 패티 조 아줌마의 눈은 서로에게 고정돼 있었다. 그래서 내가 입을 떼기로 했다. 준비가 끝났으니 얼른 해치우자고 말하려던 참이었다. 그런데 내가 미처 입을 열기 전에 패티 조 아줌마가 아빠 손을 잡아 자기 입에 갖다 댔다. 그러고는 아빠 검지 끝을 살짝 깨물었다.

혈관 속을 돌던 두려움이 갑자기 차갑게 굳었다. 아줌마는 나를 발견하고 그대로 얼어붙었다. 아빠의 손목은 아줌마의 손가락 사이에 가볍게 잡혀 있었고, 아빠의 손끝은 아줌마의 혀에 닿아 있었다. 아빠는 패티 조 아줌마의 시선을 좇았고, 우리 셋은 그렇게 서 있었다. 움직이지 않고. 눈도 깜빡이지 않고.

"앨리스." 아빠는 이렇게 말하며 아줌마가 잡고 있던 손을 빼서 머리칼 사이로 넣었다.

"너희 아빠한테 메달을 보여주는 중이었어." 패티 조 아줌마는 이렇게 말하며 완벽한 치열을 하얗게 빛냈다.

"2등이야." 아빠는 부자연스럽게 밝은 목소리로 말했다. "초짜치곤 괜찮지 않니?"

레이닝 종목이 시작되자 패티 조 아줌마와 올트먼 부인도 메기 아줌마들이 있는 관람석에 자리를 잡았다. 나는 아빠 옆에 있었다.

몸속이 텅 빈 것 같았다. 다리가 휘청거렸다. 그 순간은 지나간 뒤였다. 내 상상이었을지도 몰랐다. 아빠는 나를 쳐다보지 않았다. 변명하려고 하지 않았다. 미안하다고 하지 않았다. 아빠는 내가 달링에 올라타는 것을 도와준 뒤 달링이 움직이지 않도록 고삐를 잡은 채 달링 앞에 서 있었다. 기수들이 하나씩 하나씩 경기장에 들어가서 패턴 동작들을 연기했다. "봤지?" 아빠는 같은 말을 계속했다. "별거 아냐."

나는 계속 지켜보았다. 다른 기수들은 패턴 연기가 완만했다. 마술쇼를 위해 훈련된 말들은 천천히 매끈한 동작을 선보였다. 하지만 나는 달링의 몸을 느낄 수 있었다. 두 다리에 달링의 따뜻한 갈비뼈가 느껴졌다. 나는 패턴에 정신을 집중하려고 애썼다. 회전과 질주, 마지막에 미끄러지면서 정지.

다른 기수들이 연기하는 동안 아빠는 낮은 목소리로 내게 코치했다. 하지만 나는 아빠 말에 집중할 수 없었다. "다들 보면 공중 방향 전환이 아니라 그냥 단순 방향 전환이야." 아빠가 말했다. "그러니까 무슨 화려한 연기를 하겠다고 생각하지 말고." 오른쪽으로 원을 그리면서 짧게 질주, 그리고 방향 전환. "천천히 달리고 싶다고 해도 괜찮아." 왼쪽으로 원을 그리면서 짧게 질주, 그리고 방향 전환. 실라가 밖으로 나왔고, 경기장 문이 열려 있었다. 텅 빈 경기장이 길게 이어져 있었다. "좋아." 아빠가 말했다. "그냥 말을 훈련시킨다고 생각하고. 너는 떨어지지만 않으면 되는 거야."

나는 관람석 쪽으로 고개를 돌렸다. 올트먼 부인이 나를 향해 양쪽 엄지를 들어올렸다. 그 옆에서 패티 조 아줌마가 멍한 표정으로 미소를 지었다. 너희 아빠한테 메달을 보여주는 중이었어. 아빠가 고삐를 놓았다. 달링과 천막 밑을 통과하는 동안 달링의 걸음걸이에서 긴박감이 느껴졌다. 달링의 무릎이 탄력 있게 움직였고, 바닥에 닿는 발굽이 나는 듯 가벼웠다. 등 뒤에서 경기장 문이 닫혔다. 이제 모든 것이 나에게 달려 있었다.

탁 트인 경기장이 우리 앞에 펼쳐지는 순간 말의 몸이 팽팽해지는 것이 느껴졌다. 그때 나는 알았다. 어미 말들도 소용없었다. 발길에 차이고 물리고 날마다 얻어맞은 것도 아무 소용 없었다. 달링은 조금도 약해지지 않았고, 조금도 순해지지 않았다. 달링은 견뎠을 뿐이다. 뙤약볕 아래서 몸이 묶여 있던 날들을 견딘 것처럼. 달링은 누구에게도 길들여지지 않았다. 달링은 속보 따위는 하지 않을 것이다. 달링은 경주마의 딸이었다. 달링은 전력으로 질주할 것이다. 모든 것은 혈통 문제였다.

말이 그렇게 달리면 나는 버티지 못할 것이다. 떨어지고 짓밟혀서 죽을 것이다. 고통스러울 것이다. 나는 잠시 기다려보았다. 두려움이, 무서움이 닥치기를 기다려보았다. 하지만 무섭지 않았다. 때가 된 거라면, 내가 죽을 때가 된 거라면, 죽으면 그만이었다. 세상은 망했다. 그러거나 말거나.

나는 달링에게 박차를 가한 기억이 없다. 고삐를 늦춘 기억도 없다. 나는 그저 머릿속으로, 출발, 하고 생각했다. 그러자 달링의 몸이 솟아올랐다.

엄청난 속도 때문에 나는 제정신이 아니었다. 한순간 달링이 나를 뒤에 남기고 획 달려나간 것 같았다. 달링은 이미 경기장 저편으로 사라진 것 같았다. 안장에서 미끄러져 떨어지는 느낌, 허공에서 허우적거리는 느낌이었다. 엄청난 속도 때문에 숨이 막히고 앞이 보이지 않았다. 내가 조종할 수 있는 것은 하나도 없었다. 모두 사라졌다. 남김없이 사라졌다. 끝장이었다. 나도 끝장이었다. 그러거나 말거나.

바로 그때 점 하나가 눈에 들어왔다. 달링의 양쪽 귀 사이의 점 하나. 세상의 초점. 다른 모든 것은 희미한 덩어리였다. 발굽, 심장, 공포, 속도가 뒤엉킨 덩어리. 발밑에서 먼지가 피어올랐고, 내 다리가 달링의 옆구리와 뒤섞였다. 바로 그 순간 우리는 한 몸이었다. 함께 부서질 운명, 함께 죽을 운명. 우리는 회전했다. 달링이 앞발을 들고 뒷발굽 하나로 빙글빙글 돌았고, 나는 척추가 말리는 느낌이었다. 하늘과 땅과 관람석이 핏빛 얼룩으로 변해갔다. 나는 머릿속에서 하나, 둘, 둘 반, 숫자를 세었다. 바로 다음 순간 우리는 경기장 반대편을 향해 질주했다. 그리고 갑자기 중앙에서 방향을 틀었다. 공중 방향 전환이었다. 달링은 공중에서 몸통을 비틀어 방향을 바꾸고 순식간에 단 한 번의 동작으로 반대 발을 내디뎠고, 나는 위장이 가슴으로 말려 올라가는 느낌이었다. 우리는 경기장을 질주했고, 나는 뱃속이 속도로 차오르는 느낌이었다. 나는 달링을 막지 않았다. 나는 아무것도 막지 않았다. 달링의 양쪽 귀 사이 한 점을 빼고는 모든 것이 사라졌다. 다리 사이에서 느껴지는 달링의 단단한 중심을 빼고는 모든 것이 사라졌다. 흐릿한 먼지와 열기 사이로, 펜스가 가까워지는 것이 보였다. 나는 우리가 펜스와 정면으로 충돌할지 모른다고 생각했다. 우리가 펜스 너머로 날아올라갈지 모른다고 생각했다. 우리가 멀리멀리 날아갈지 모른다고 생각했다. 생명이 끝나고 다른 것이 시작되는 순간으로 들어갈지 모른다고 생각했다.

눈동자 뒤에서 정지, 라는 말이 나타났다. 그리고 우리는 내려앉았다. 썰매 날이 눈 속에서 미끄러지듯 달링의 뒷다리가 먼지를 일으키며 미끄러졌다. 사방에서 먼지구름이 피어올랐다. 그리고 그것으로 끝이었다.

세상이 안쪽에서부터 돌아왔다. 심장박동, 호흡, 먼지, 심판, 관중. 한순간의 침묵 뒤에 우레 같은 환호성이 쏟아졌다. 메기 아줌마들이 관람석에 서서 귀여운 춤을 추었다. 올트먼 부인은 폴짝폴짝 뛰며 머리 위로 박수를 보냈다.

혀에 먼지가 말라붙었고, 입술이 이에 달라붙었다. 나는 턱을 움직여 겨우 입술을 떼고, 달링에 올라탄 채 문 쪽으로 방향을 돌렸다. 포프네 쌍둥이는 울타리에 매달려 멍하니 입을 벌리고 있었다. 그 옆에서 아빠가 멀쩡한 한쪽 발로 펄쩍펄쩍 뛰며, 한 손으로는 목발을 머리 위로 흔들고 남은 손으로는 쇠로 만든 울타리 가로대를 철썩철썩 쳤다. "역시 내 딸답다." 아빠가 함성을 질렀다. "역시 내 새끼다."

그리고 그때부터 완전히 다른 게임이 펼쳐졌다.

10

다음 날, 비가 오기 시작했다. 아침에 바람이 불더니 푸른 산 동쪽에서 하늘 빛이 흐려졌고, 무거운 구름이 깔리면서 구름 그림자의 길고 검은 손가락이 산 밑으로 내려왔다. 정오 무렵 지평선이 회색 구름 덩어리에 가려졌고, 대기는 달콤하고 축축한 냉기에 떨었다. 우리가 축사에 있을 때 빗방울이 자갈처럼 지붕을 때리기 시작했다. 빗소리가 온 세상의 귀를 먹먹하게 했다.

처음에 우리는 축사를 뛰쳐나가 비를 맞았다. 쏟아지는 비 앞에서 모두 충격과 침묵에 휩싸였다. 메기 아줌마들은 종이컵으로 건배를 했고, 실라와 나는 팔짱을 끼고 진입로 주위를 폴짝폴짝 뛰어다녔다. 머리칼이 얼굴에 달라붙었고, 옷이 몽땅 젖었다. 목발 한쪽으로 절름절름 걸어나온 아빠는 하늘을 올려다보면서 얼굴에 쏟아지는 빗물을 양손으로 훔쳐냈다. "멈추지 마." 실라는 춤을 추며 노래를 불렀다. 구름을 향해 손바닥을 펼치고 내 둘레를 빙글빙글 도는 춤이었다. "멈추지 마."

비가 멈추지 않았다. 빗물을 삼키고 또 삼키던 땅은 결국 더 이상 빗물을 머금지 못했다. 땅이 물처럼 변하고 도로가 강처럼 흘렀다. 지하실이 물에 잠겼다. 물이 축사로 흘러들어 곡물 자루들을 적시고 콘크리트 바닥에 고였다. 실라와 내가 웅덩이 속에서 깡충깡충 뛰며 서로의 다리에 갈색 물을 튀기는 동안 아빠는 빗자루와 삽으로 물을 퍼냈다. 축사 밖에 있는 말들은 진흙에 발목이 빠지고 엉덩이에서 물이 뚝뚝 떨어지고 억수 같은 비에 고개를 숙였다.

학교가 물에 잠겼다. 처음에는 체육관, 그다음은 도서관이었다. 물이 계속 들어왔고, 우리는 계속 물을 피해 다녔다. 고급영어 시간에 정전이 되었다. 우리는 촛불을 켜고 바닥에 둘러앉았고, 델마 선생님은 단편소설을 읽어주었다. 항상 비가 오고 햇빛은 칠 년에 한 번밖에 볼 수 없는 별에 관한 얘기였다. 마지막 부분을 읽을 때 재니스 리어던이 울음을 터뜨렸다. "내가 너무 섬세해서 그래." 재니스는 이렇게 말하며 계속 딸꾹질을 했고, 콜린은 개를 쓰다듬듯 재니스의 머리를 쓰다듬었다.

"이렇게 됐으니," 델마 선생님이 말했다. "오늘은 여기까지 하자. 너희들에게 전깃불도 안 들어오는 학교에 있으라고 할 수는 없는 노릇이니까. 해산."

사방에서 책과 숙제를 걷었고, 나는 어둠 속에 서서 기다렸다. 촛불 빛에 모든 것이 형태가 변하고 가짜처럼 느껴졌다. 바닥을 기어다니는 그림자가 그랬고 벽과 칠판에서 명멸하는 유령 같은 형체들이 그랬다. 다른 사람들이 모두 나간 다음 델마 선생님은 어둠 속에서 나를 발견했다. "어이, 안녕." 선생님이 말했다.

우리가 마주 본 것은 그때가 처음이었다. 선생님 교실로 찾아가 독서 목록을 달라고 했던 날 이후로 처음이었다. 나는 선생님에게 물에 대해 말하고 싶었다. 내 꿈에서 세상으로 흘러나와버린 물에 대해. 나는 선생님에게 아빠와 패티 조 아줌마에 대해 말하고 싶었다. 내 눈으로 본 것 같기는 하지만 설명할 수도 없고 잘 기억도 나지 않는 장면에 대해. 나는 선생님에게 파란 메달에 대해 말하고 싶었다. 내가 하루 종일 내 배낭의 지퍼를 열었다 닫았다 하면서 훔쳐보는 잿불처럼 희미하게 반짝이는 메달, 내가 하루 종일 손끝으로 어루만지는 차갑고 보드라운 메달에 대해. 메달을 볼 때마다 머릿속에 어른어른 떠오르는 기억의 조각들에 대해. 속도에 대해, 소리에 대해, 팽팽하게 고동치던 응어리에 대해, 나와 말을 하나로 만든 한순간 세상으로부터 사라졌던 그 응어리에 대해. 그리고 그 합일의 순간에 대해, 그 망각의 순간에 대해, 모든 것을 놓아버린 그 순간에 대해. 나는 선생님에게 내가 그 순간을 이겨내고 살아남 았다고 말하고 싶었고, 내 배낭에서 파란 메달을 꺼내 들고, 내가 이겼어요라고 말하고 싶었다. 그리고 무엇보다 나는 선생님에게 이렇게 말하고 싶었다. 아빠 손이 패티 조 아줌마의 손에 잡힌 것을 보았을 때 느꼈던 두려움 따위는 아무것도 아니에요. 차가운 두려움이 구역질처럼 갑작스럽게 목구멍 뒤쪽을 타고 올라와서 잇새로, 혓속으로, 눈알 뒤로, 손톱으로 파고들었지만 그런 것은 아무것도 아니에요. 그런 것은 잊을 수 있어요. 그런 것은 정말 별거 아니에요. 사람들이 박수치고 환호하던 그때의 느낌에 비하면, 낯선 사람들이 휘파람을 불던 그때의 느낌에 비하면, 모든 사람들이 내 이름을 연호하던 그때 온 세상이 한꺼번에 뒤집히는 것 같던 그 느

꿈에 비하면, 그런 것은 아무것도 아니에요.

하지만 촛불 빛을 받은 유령들이 벽 위에서 명멸했고, 비에 젖은 바람이 길 잃은 아이처럼 유리창에 눈물을 흘렸다. "나는 다섯시면 집에 도착할 거야." 선생님이 말했다. 나는 어둠 속에서 고개를 끄덕인 뒤 교실을 나왔다.

그후 학교는 완전히 휴교했다. 우리집 훈련장은 호수로 변했다. 실라 엄마는 실라를 데려오지 않았다. 실라가 왔어도 레슨을 할 수는 없었을 것이다. 하지만 집에 오니 패티 조 아줌마의 차가 축사 앞에 세워져 있었다. 나는 진입로에서 잠시 망설였다. 두 사람은 내가 어떻게 하기를 바랄지, 내가 집 안으로 들어가야 할지 축사로 들어가야 할지 확실치 않았다. 그날 시합 이후 아빠는 나에게 신경을 썼다. 나를 보면 의기양양하게 씩 웃었다. 하지만 레이닝 경기가 시작되기 전에 생긴 일에 대해서는 입을 다물었다. 내 머릿속에서는 그날 일이 한 덩어리로 뒤섞였다. 에이스와 실라, 아빠와 패티 조 아줌마, 나와 달링이 경기장을 뒤흔든 일, 속도와 침묵, 끝난 뒤의 우레 같은 환호성.

그때부터 아빠는 나한테 말 먹이 주는 일이나 축사 청소하는 일을 시키지도 않았고, 아침에 서둘라고 하지도 않았고, 어두워진 후에 밖에 나오라고 하지도 않았다. "좀 쉬어라." 시합이 끝나고 집으로 돌아왔을 때 아빠가 말했다. "가서 뜨거운 물로 목욕해. 저녁밥은 내가 할 테니까." 나는 가서 뜨거운 물로 목욕했다. 아빠는 말 먹이 주는 일은 신경 쓰지 말라고 했다. 그래서 나는 말에게 먹이를 주지 않았다. 그리고 신경 쓰지 않았다.

하지만 나는 축사로 들어가기로 마음먹었다. 내 축사니까. 패티 조 아줌마의 축사가 아니니까. 지금까지 죽지 않고 살아왔으니까. 겁날 게 없었으니까.

축사에 들어가니 두 사람은 접이의자에 앉아 있었다. 패티 조 아줌마는 머리가 젖어 있었고, 아빠는 쓰레기 봉지를 깁스에 매달고 있었다. "꼬마 스타 왔네." 패티 조 아줌마가 나를 보고 말했다. 나는 문 앞에 서 있었다. 미소를 짓지도 않았고, 인사를 하지도 않았다.

"아줌마랑 나랑 너 오기를 기다렸다." 아빠가 말했다.

"왜요?" 내가 대꾸했다.

만면에 웃음을 띤 패티 조 아줌마가 젖은 머리칼을 쓸어올리면서 자리에서 일어났다. "너는 진짜 재능 있어, 앨리스." 아줌마가 호들갑스럽게 말했다. 나는 지겹다는 듯 문틀에 기댔다. 같이 호들갑을 떨 마음이 나지 않았다. "하지만 재능도 때로는 도움이 필요해." 패티 조 아줌마는 나의 무관심을 눈치채지 못한 척하면서 말을 이어갔다. "정원은 손질이 필요한 거란다. 너희 아빠하고 이야기했는데, 내가 너의 후원자가 되면 어떻겠니? 승낙해주면 고맙겠구나." 아줌마는 눈을 깜빡이며 내 반응을 기다렸다.

"무슨 말인지 모르겠는데요." 내가 말했다.

아빠가 깁스의 무게를 젖은 바닥에 실으면서 자리에서 일어났다. "너, 옷이 너무 작아." 아빠가 말했다. "패티 조 아줌마가 너한테 새 옷을 사주고 싶다는구나."

나는 아빠와 패티 조 아줌마를 번갈아 쳐다보았다. 이것하고 재능이나 정원이 무슨 상관인지, 어떻게 새 옷이 훈련이나 파란 메달에 도움이 되는지 나는 도무지 알 수가 없었다. "언제요?" 내가 물었다.

아줌마가 나를 보며 눈을 깜빡였다. "네가 가고 싶을 때 언제든지."

나는 접이의자에 배낭을 내려놓았다. "지금 가요." 내가 아줌마에게 말했다. "당장 가고 싶어요."

패티 조 아줌마의 차에서는 향수 냄새와 가죽 냄새가 났다. 나는 뒷좌석에 앉아 잠금장치와 차창과 단추들을 만지작거렸다. 좌석을 데우는 단추도 있었고, 머리받침을 조절하는 단추도 있었다. 아빠는 앞에 탔다. 아빠는 아무 말도 하지 않았지만 나는 아빠가 차 안을 둘러보면서 무슨 생각을 하는지 알 수 있었다. 아빠는 백미러에 대롱대롱 매달린 조개 목걸이를 만지작거렸다. "하와이에서 가져온 거예요." 아줌마가 아빠에게 말했고, 아빠는 얼른 손을 무릎에 놓았다. 함부로 만지면 안 되는 귀중한 조개인 양. 예술 작품인 양. 손대지 마시오, 라는 표가 붙어 있는 양.

"하와이에 가봤어요?" 내가 물었다. 패티 조 아줌마는 백미러로 나와 눈을 맞추었다.

"두 번밖에 못 가봤어."

우리는 비에 젖은 머리칼을 흔들면서 쇼핑몰로 들어갔다. 아빠의 젖은 목발이 타일 바닥에서 삐걱거렸다. 나는 아빠 옆에 서 있었다. 옷을 어떻게 사야 하는지 알 수가 없었다. "자," 아빠가 한참 후에 입을 뗐다. "골라봐."

나는 처음에는 조심스러웠다. 가격표를 살펴보고 필요한 것만 골랐다. 하지만 패티 조 아줌마는 걸려 있는 옷을 휙휙 넘겨보다가 이것저것 꺼내 여점원 팔에 쌓아올렸다. 아빠는 어색하고 어울리지 않는 모습으로 한쪽 옆에 서 있었다. 잠시 나는 겁이 났다. 전부 잘못됐구나. 이게 아니었구나. 도가 지나쳤구나. 하지만 아빠는 나와 눈이 마주치자 얼굴빛이 밝아지며 고개를 끄덕였다. "너는 열심히 했으니까," 아빠가 나에게 말했다. "좋은 것 몇 가지 가져도 괜찮아." 그때부터 나는 내 팔에 옷을 쌓아올렸다. 눈이 가는 것은 모조리 꺼냈다. 맞을 만한 것은 모조리 꺼냈다.

나는 탈의실에 들어가서 사방에 옷을 쌓아놓은 다음 입고 있던 옷을 벗고 속옷 차림으로 거울 앞에 섰다. 옆을 보고 서서 숨을 들이마셔 뱃가죽을 당겼더니 갈비뼈가 야윈 손가락처럼 튀어나왔다. 등을 덮은 머리칼이 젖어 엉킨 것을 손가락으로 빗어내렸다. 내가 지금까지 입은 옷은 청바지와 티셔츠, 바지통을 자른 반바지와 카우보이부츠뿐이었다. 버려도 되는 옷들, 때가 묻거나 찢어지거나 무릎이 해져도 되는 옷들, 망가져도 죄책감이 느껴지지 않는 옷들, 입어도 아무 느낌이 없는 옷들이었다. 탈의실에 쌓여 있는 것은 단추와 칼라가 있는 옷들, 소매에 레이스가 달린 옷들, 바짓단에 화려한 색깔의 자잘한 꽃무늬가 수놓인 옷들이었다. 실라 올트먼네 학교 아이들이 입는 옷들, 엎지르거나 넘어지거나 방과 후에 마방 똥을 치운 적이 없는 아이들이 입는 옷들이었다. 나는 그 옷들 속에 미끄러져 들었다. 그 옷들의 가벼움, 옷감의 부드럽고 은은한 광택에 몸이 떨렸다.

나는 거울을 들여다보았다. 거울 안에는 딱 맞는 치수에 예쁜 옷을 입은 내가 있었다. 나는 옷을 갈아입고 다시 나를 바라보았다. 양팔을 허리로 내리고 빙빙 돌며 내 몸을 여러 각도에서 보았다. 쭈그리고 앉았다가 발꿈치를 들고 머리 위로 양팔을 올려보았다. 내가 손을 뻗으면 이렇구나. 노나 언니가 서 있을 때처럼 엉덩이를 한쪽으로 빼고 한 손을 허리에 올려보았다. 탈의실 구석에 있는 작은 의자에 앉아보았다. 내가 앉아 있으면 이렇구나.

나는 돌고 보고 돌고 보았다. 오른쪽에서 보면 이렇고, 왼쪽에서 보면 이렇고, 뒤에서 보면 이렇구나. 한 발로 서 있으면 이렇구나. 나는 델마 선생님이 나를 쳐다보는 장면을 상상했다. 새 옷을 입은 내가 고급영어 시간에 교실로 들어가는 모습, 교실 안을 가로질러가는 모습, 책상 앞에 앉는 모습. 차가운 흥분이 등뼈를 타고 두근두근 퍼졌다. 나의 몸이 내 눈 앞에서 몸서리치며 살아났다. 탈의실에서 나오니 아빠와 패티 조 아줌마가 밖에서 기다리고 있었다. "다 입어봤니?" 아줌마가 물었다.

내 양팔은 옷으로 그득했다. 나는 들고 있던 옷을 전부 아줌마에게 넘겼다. "이거 다 살래요." 내가 아줌마에게 말했다. "그리고 구두랑 귀걸이도 살래요. 집에서 입을 옷도 살래요."

아빠는 옷 더미를 쳐다보다가 내 얼굴을 쳐다보았다. 옷이 너무 많은 게 아닌지 내가 도를 넘은 게 아닌지 아빠의 머리가 복잡하게 움직이는 중이었다. 하지만 아빠가 결론에 도달하기 전에 이미 나는 아빠의 결론을 알고 있었다. 나는 패티 조 아줌마 옆에 서서 아빠가 따라오기를 기다렸다. "또 필요한 거 없니?" 아빠는 눈썹을 치켜세우면서 물었다. 일주일 전의 나였다면 아빠의 표정을 경고라고 생각했을 텐데.

"있어요." 내가 말했다. "머리 자를래요."

미용실에서 아빠는 한쪽 구석에 앉아 있었다. 자세를 바꾸어 깁스의 어색한 각도를 조정하기도 하고, 여성잡지 책장을 펄럭펄럭

넘기기도 했다. 패티 조 아줌마가 우리를 데려온 미용실은 도시 반대편에 있는 곳이었다. 아줌마가 다니는 미용실. "내가 다니는 데가 제일 잘해." 패티 조 아줌마가 장담했다.

거울 속의 아줌마는 내 등 뒤에 서서 내 머리를 어떻게 자를지 미용사와 상의했다. "너무 짧지 않게." 아줌마가 말했고, 미용사가 고개를 끄덕였다.

패티 조 아줌마는 내 머리칼을 손끝으로 훑으면서 길이를 정했다. "손상된 부분은 잘라내고," 패티 조 아줌마가 지시했다. "머리숱은 좀 쳐내요."

내가 의자에 앉아서 거울 속의 나를 바라보는 동안 두 사람은 내 옆을 왔다 갔다 하며 내 머리에 대해 의논했다. 내가 머리가 젖으면 이렇구나. 내가 눈을 찡긋하면 이렇구나. 내가 물을 마시면 이렇구나. 내가 한쪽 눈썹을 치켜세우면 이렇구나.

"층을 좀 넣을까요?" 패티 조 아줌마의 미용사가 물었다. "좀더 찰랑찰랑하게?"

"그리고 얼굴선 따라서 숱이 점점 줄어들게."

"당연하죠."

내 짙은 색 머리카락 사이에서 은색 가윗날이 번쩍이며 손상된 부분을 잘라내고 머리숱을 쳐냈다. "너희 엄마, 스타일 잘 아신다." 미용사가 말했다. 거울 속의 아빠가 머리를 쳐들었다.

패티 조 아줌마의 얼굴이 긴장했다. "아," 패티 조 아줌마는 불안한 듯 호호 웃으며 말했다. "나는 그냥 집안 친구예요."

패티 조 아줌마의 미용사가 손가락 사이로 내 머리칼을 집어들었다가 늘어뜨렸다가 하며 싹둑싹둑 베는 동안 나는 거울 속의 나를 멀거니 쳐다보았다. 미용사는 더는 묻지 않았다. 집안 친구라는 사람이 왜 내가 머리 자른 값을 내는지, 왜 내 머리에 대해 이래라 저래라 하는지, 왜 나를 달콤한 향기가 풍기는 차에 태우고 빗속을 달려왔는지. 나도 물어보지 않았다. 아줌마가 미용사에게 돈을 내는 동안 나는 그냥 아줌마 옆에 서 있었다. 아줌마가 구두 값을 내는 동안에도 나는 그냥 옆에 서 있었다. 아줌마는 반짝반짝 빛나는 작은 보석들을 내 귀와 내 목에 대보면서 어느 것이 내 얼굴색과 어울리나 봐주었다. 아줌마가 보석 값을 계산하는 동안에도 나는 그냥 옆에 서 있었다. 그날 내 옷 값은 아빠하고 나의 한 달 식비보다 비쌌고, 아빠가 하얀색 봉투에 넣었던 어떤 값보다도 비쌌다. 하지만 패티 조 아줌마는 지갑에 일렬로 꽂혀 있는 카드 중 황금색 카드를 뽑았다. 자기가 무슨 카드를 뽑는지 내려다보지도 않았다.

아줌마가 이러는 이유는 내가 시합에서 말을 타는 것을 보고 감명을 받았기 때문이거나, 아빠 손을 자기 입에 넣고 있다 나한테 걸린 것이 켕겼기 때문이었다. 아줌마가 내준 돈은 나에게 주는 상이거나, 나에게 내는 벌금이었다.

그렇다면, 이러면 안 된다고 느꼈어야 했다. 고맙지만 괜찮다고 말했어야 했을지 모른다. 나는 아줌마 돈 필요 없어요, 아줌마의 훌륭한 안목도, 아줌마의 미용사도 필요 없어요, 라고 말했어야 했는지도 모른다. 하지만 나는 생각해보았다. 정말이다. 가만히 앉아서 지금의 상황을 하나부터 열까지 생각해보았다. 그런 다음 결론을 내렸다. 나는 레이닝에서 우승했다. 정정당당하게 싸웠고, 단연 최고였다. 나는 열심히 땀 흘려 일했고, 마방을 치웠고, 패스트푸드를 먹었고, 여름에 제일 더울 때 에어컨도 없는 집에서 살았다.

나는 맞지 않는 옷을 입고 다녔고, 내가 좋아하지 않는 아이들에게
잘해주었다. 나는 좋은 것을 가질 자격이 있었다. 모든 것을 가질
자격이 있었다. 그러니 갖는 게 옳았다.

내가 머리를 자르고 나자 패티 조 아줌마는 우리를 데리고 식당
으로 갔다. 우리 셋은 아늑한 칸막이 좌석에 앉았다. 내가 진짜 체
리로 만든 체리 콜라를 홀짝이는 동안 패티 조 아줌마는 아빠와 자
기를 위해 와인 한 병을 주문했다. 빗줄기가 식당 유리창을 내리쳤
고, 창밖의 도로는 갈색 물에 잠겼다. 그러나 식당 안은 쾌적했다.
하얀색 식탁보 위에는 촛불이 빛나고 있었고, 웨이터들은 검은색
나비넥타이를 매고 있었다. 우리가 주문한 스테이크가 접시 위에
서 지글거리며 나왔다. 얼마나 부드럽고 육즙이 풍부한지 씹지 않
고 그대로 삼켜도 될 것 같았다.

영수증이 나오자 아빠가 눈을 가늘게 뜨고 내려다보았다. "이런
제길." 아빠가 속삭였다. "나는 평생 한 끼에 20달러 이상 쓴 적이
없는데."

패티 조 아줌마는 상체를 내밀며 웃었다. "가여운 조 아저씨."
아줌마는 남은 와인 몇 방울을 자기 잔과 아빠 잔에 나눠 따르면서
말했다. "일은 혼자 다 하면서 재미는 하나도 못 보고." 아줌마는
아빠가 들고 있는 계산서를 집으려고 손을 내밀었다. 아줌마의 손
이 아빠 손 위에서 잠시 맴돌다가 계산서를 잡아 뺐다. 아빠는 자
기 손을 내려다보았다. 패티 조 아줌마의 손이 닿을 뻔한 곳을 내
려다보면서 촛불 빛에 얼굴을 붉혔다. 나는 탁자 건너편에서 머리
를 좌우로 흔들며 목 뒤에서 찰랑찰랑하는 깨끗하고 가볍고 보드
라운 머리칼을 느꼈다. 그리고 두 사람을 못 본 척했다.

집에 돌아온 나는 새 옷을 침대 위에 펼쳐놓고 거울 앞에 서서 하나하나 입어보았다. 머리칼을 쥐고 위로 올려보고 턱 밑으로 내려보고, 머리를 최대한 빨리 돌려 머리칼이 어깨 위로 부채처럼 펼쳐지게 해보았다. 나는 욕실 세면대 밑을 뒤져 언니가 버리고 간 화장품 케이스를 찾아냈다. 탁자 위에 발을 꼬고 앉아 작은 튜브들과 별처럼 빛나는 연한 색 파우더를 이것저것 발라보았다.

하루 만에 나는 우리집 어디에 거울이 있는지 모조리 외우게 되었다. 욕실과 내 방에 거울이 있었다. 창문은 낮에는 밖에서, 밤에는 안에서 거울이 되었다. 식기장 앞유리는 윤곽만 간신히 볼 수 있는 정도였다. 썩 좋지는 않지만 없는 것보다는 나았다.

학교는 한참 만에 문을 열었다. 등교 첫날 나는 새 옷이 가득한 옷장에서 신중하게 옷을 고르면서 학교 갈 준비에 시간을 들였다. 빗발은 약해졌지만 땅은 아직 진흙탕이었다. 나는 낡은 구두 속에 발가락을 밀어넣고 새 구두를 가방에 넣었다. 그러고는 학교 화장실에 가서 신발을 갈아 신은 다음 진흙 묻은 낡은 구두를 로커 밑에 숨겼다.

"우와." 잭 포프가 8학년 남자애들과 떼를 지어 지나가다 감탄했다. 나는 시선을 정면에 고정한 채 대꾸도 하지 않았다. 고급영어 시간이 되었고, 나는 여느 날과 다름없이 교실에 들어가 자리에 앉았다. 그러고는 계속 고개를 숙이고 숙제를 마무리하는 척했다. 하지만 델마 선생님이 출석부에서 내 이름을 불렀을 때 나는 고개를 들고 선생님의 눈을 정면으로 마주 보며 대답했다. 눈치챈 아이는 아무도 없었을 것이다. 하지만 선생님은 잠시 멈칫했다. 선생님과 내 시선이 뒤엉켰고, 선생님의 입꼬리가 살짝 올라갔다. 아무도 알아채지 못할 작은 미소였다. 그러면서 선생님은 눈을 찡긋했다. 한순간, 혹은 한순간보다 짧은 시간이 흐른 다음, 선생님은 다시 출석부를 내려다보면서 다음 사람 이름을 불렀다.

과학시간 내내 재니스 리어던은 자기 실험도구를 내팽개치고 내 분젠버너 앞에서 얼쩡댔다. "나 너 찾아다녔는데." 재니스가 말했다.

"이제 찾았구나." 내가 대답했다. "큰일 했네."

재니스의 머리칼은 지저분하게 하나로 묶여 있었고, 머리칼을 동여맨 끈에는 분홍색과 파란색 방울이 달려 있었다. 재니스의 손톱은 빨간색 마커로 들쭉날쭉 칠해져 있었다. "너 오늘 달라 보인다." 재니스가 말했다.

나는 분젠버너 위로 고개를 숙이고, 실험에 집중하는 사람처럼 보이려고 노력했다. "글쎄, 다를 거 없는데." 나는 웅얼댔다.

재니스는 가슴 앞으로 팔짱을 끼고, 나를 향해 눈을 가늘게 떴다. 재니스가 끼고 있는 보안경은 렌즈가 잔뜩 긁혀 있었다. "나는 알지."

싸한 냉기가 등뼈를 타고 내려왔다. 나는 고개를 휙 돌렸다. 목 뒤에서 찰랑찰랑한 머리칼이 느껴졌다. 가볍게 빛나는 머리칼이었다. 재니스 리어던은 모두에게 웃음거리였다. 재니스 리어던이 뭘 알든 말든 상관 없는 일이었다.

나는 펼쳐놓은 과학책을 펜 끝으로 톡톡 쳤다. "나 이거 끝내야 되거든."

재니스는 시계를 곁눈질하며 내가 과제를 마칠 시간이 있을지 가늠하더니 내 옆에 있는 걸상에 올라앉았다. "내가 내 친구들한테 네 이야기 해놓았어." 재니스가 말했다. 그러고는 의미심장하게 사이를 두었다. "알잖아, 애비게일하고 샤론하고 콜린. 내가 걔들한테 얘기했어. 너희 언니는 가출했고, 너희 엄마는 암에 걸렸고, 너희 아빠는 돈 때문에 스쿨버스 운전한다고. 이제 너도 점심 시간에 우리랑 같이 밥 먹어도 돼. 걔들이 괜찮다고 했어."

재니스는 걸상에 앉은 채 등을 뒤로 젖혔다. 내가 고마워하기를 기다리는 것이었다. 나는 카페테리아로 들어가 폴리의 의자에 앉아서 폴리의 식탁에서 폴리의 친구들과 이야기하는 장면을 상상했다. 그중에 델마 선생님을 아는 애는 아무도 없었다. 폴리 친구들이 폴리가 점심 먹는 동안 옆에 앉아 있었는지 모르지만, 내가 폴리를 아는 만큼 폴리를 아는 애는 아무도 없었다.

더구나 제니스 리어던은 종이클립으로 만든 목걸이를 하고 벨크로가 달린 보라색 구두를 신는 아이였다. 재니스의 자선 따위는 사양이었다.

"고마워. 하지만 괜찮아." 내가 말했다. 나는 재니스가 머리를 굴리며 나를 위한 변명을 찾는 것을 느낄 수 있었다.

언니가 가출한 애니까. 엄마가 암에 걸린 애니까. "안됐다, 앨리스 윈스턴." 재니스가 한참 만에 입을 뗐다. "진심이야."

방과 후에 나는 모두 나가기를 기다렸다 화장실에 가서 다시 헌 신발로 갈아 신었다. 집으로 돌아오는 길에 보니 운하 물이 빠르게 흐르고 있었다. 하늘은 우르릉거렸고, 넘칠 듯 불어난 운하는 둑 너머로 점벙점벙 물을 토해냈다. "태워줄까?" 그날 아침 아빠가 스쿨버스에 올라타면서 물었지만 나는 싫다고 했다. 그래서 이렇게 운하를 주시하면서 잡초들 사이를 기어가듯 지나가야 했다.

매일 밤 텔레비전에서는 데저트밸리가 입은 피해가 어느 정도인지 계산했다. 비가 그친 다음에도 피해를 복구하는 데는 여러 해가 걸릴 것 같았다. 산 위 여기저기 흙더미가 무너져서 콘크리트 섞인 흙탕물이 벼랑에서 쏟아졌다. 흙더미는 나무와 바위 들을 집어삼키면서 모든 것을 초토화시켰다. 도시 전역에서 차들이 부서지고 집들이 무너졌다. 여기저기 도로들이 구간채로 쓸려갔다. 최악의 상황은 지났다고들 했다. 며칠만 지나면 날이 갤 거라고 했다. 집을 다시 짓는다고 했다. 길을 고친다고 했다.

하지만 운하 옆을 걸으면서 보니 나아질 것 같지가 않았다. 사납고 굶주린 물이 세차게 흘러갈 뿐이었다. 나는 물이 불어나서 도시 전체를 뒤덮는 모습을 상상했다. 물에 잠긴 도시가 침몰한 배처럼 밑바닥에 가라앉는 모습을 상상했다. 나는 수면으로 떠오르겠지. 파란 메달이 있으니까. 배낭 속에 닳고 더러워진 파란 메달이 있으니까. 그때 그 시합의 기억이 있으니까. 그때의 내 몸은 가벼웠으니까. 그때의 침묵은 순수하고 완벽했으니까. 물 위에서 나는 물에 잠긴 폐허의 도시를 내려다보겠지. 거기 살 때 어땠는지 기억해내려고 애쓰겠지. 비가 모든 것을 쓸어가기 전에 내가 살던 곳이 어디인지 찾으려고 애쓰겠지.

"선생님은 정말 잘하는 게 있었나요?"
"아니, 별로." 델마 선생님이 대답했다.

"테니스는요?" 내가 물었다.

"잘하지는 않아." 선생님이 대답했다. "대학교 다닐 때 한 번 수강했던 게 다야."

"하지만 코치잖아요." 내가 말했다.

나는 조심스러웠다. 개학한 뒤 처음으로 폴리 케인 이야기를 하는 셈이었다. 갑자기 대화가 아슬아슬하게 느껴졌다. 나는 선을 넘는 짓은 하고 싶지 않았다. 무언가가 깨질까봐 두려웠다.

"그게 규칙 중 하나야." 선생님이 말했다. "교사는 과외활동을 하나씩 맡게 돼 있어. 학교신문이든, 프랑스어 클럽이든, 학생연보든……"

"학생연보는 정말 시시해요." 내가 끼어들었다.

"그리고 일도 아주 많을 거야." 델마 선생님이 말했다. "테니스는 한 달에 두 번만 모이면 돼. 우리 학교에는 코트도 없잖아. 제일 널널해서 맡은 거야."

내가 생각하던 선생님의 모습이 아니었다. 내가 생각하던 어른의 모습이 아니었다. 널널해서 맡았다니. 나는 문득 레스토랑에서 비싼 식사 값을 내던 패티 조 아줌마와 아줌마와 손이 닿는다는 생각만으로도 얼굴을 붉히던 아빠가 생각났다. 가여운 조 아저씨. 일은 혼자 다 하면서 재미는 하나도 못 보고. "하지만 선생님은 가르치는 일을 좋아하는 거 아닌가요?"

"죽을 때까지 하고 싶은 일은 아니야."

선생님이 좀더 하고 싶은 일을 찾을지도 모른다니. 선생님이 떠날지도 모른다니. 알 수 없는 두려움이 내 안으로 기어 들어왔다. "선생님은 정말 좋은 선생님인 것 같아요." 내가 말했다.

"나는 문학을 가르치는 것이 좋아." 선생님이 대답했다. "적어도 문학은 중요한 것이라고 생각해."

선생님을 볼 수 있는 것 말고는 내 인생에서 영어 과목은 있어도 그만 없어도 그만이었다. 수학시간에 배운 것은 가끔 유용할 때가 있었다. 하지만 내가 이런저런 책을 읽었다는 것, 또는 내가 직유법과 은유법의 차이를 안다는 것이 다른 누구에게 뭐가 중요한지 나로서는 알 수 없는 일이었다. "실과 과목보다 중요해요." 내가 말했다. "지금 수업시간에 새장을 만들고 있어요. 새가 있는 애는 아무도 없는데."

"그게 바로 시간 낭비라는 거다." 선생님이 말했다.

"많은 사람들이 평생 같은 일만 하면서 살아요."

"그러게 말이다." 선생님이 대답했다. "정말 불쌍한 사람들이야."

나는 내가 평생 할 수 있는 일을 상상해보려고 애썼다. 내가 잘하는 게 뭔지. 사람들이 내게 돈을 주고 시킬 만큼 잘하는 게 뭔지. 사람들은 종종 내가 글씨를 잘 쓴다고 칭찬해주었다. 남자애처럼 입에 손가락을 넣고 휘파람을 불 때도 사람들은 잘한다고 해주었다. 하지만 나중에 그런 걸로 돈을 벌 수 있을 것 같지는 않았다. 장기적으로 돈이 되는 일은 아닌 것 같았다.

"아빠는 평생 똑같은 일만 하면서 살아요." 내가 말했다.

"무슨 일을 하시는데?" 델마 선생님이 물었다.

언니의 옷장 안에는 언니의 옷들이 기억에서 사라진 유령들처럼 플라스틱 옷걸이에 매달려 있었다. 옛날 옷들. 유행이 지난 옷들. 싸구려들. "교수예요." 내가 말했다. "별을 연구하세요."

"그런 일을 할 정도로 똑똑하면," 선생님이 말했다. "사실 다른 일을 찾을 필요도 없단다."

머리 위를 보면 천장에 홍차색 얼룩이 있었다. 지붕이 새는 곳이었다. 아빠가 교수라면 나는 어떤 집에 살지 상상해보았다. 천장이 높은 집, 살구색 카펫이 깔린 집, 마당에 초록색 잔디가 깔린 집, 진입로 좌우에 장미 덩굴이 우거진 집. "아빠는 평생 그것만 하면서 살아요." 내가 말했다. "아빠가 잘하는 건 그것밖에 없어요."

"너는 운이 좋은 거야. 좋은 핏줄을 타고났으니."

햇빛이 내리쬐었고, 아지랑이가 피어올랐다. 손가락 같은 연기가 차가운 아침 공기를 뚫고 피어오르면서 지평선을 흐릿하게 만들었다. 습기를 가득 머금은 땅은 당황스러운 듯 눈을 뜨기 시작했다. 대지는 초록색과 자주색으로 변했고, 공기는 부드럽고 축축했다. 산들바람에서 꽃향기가 났고, 나무들은 분홍색과 하얀색 새싹을 틔웠다. 10월 중순인데, 봄이었다.

"그러니까 사막이지." 사람들은 양손을 들어올리며 같은 말을 되풀이했다.

그러면 아빠는 입속으로 웅얼댔다. "당신들이 사막에 대해 뭘 알아."

축사 밖 말들은 울타리 안에서 활기를 되찾고 있었다. 바람이 불 때마다 귀를 쫑긋 세우기도 하고 히잉거리기도 했다. 젖을 떼고 계속 시무룩해 있던 망아지들까지 서로 깨물면서 장난을 쳤다.

훈련장은 아직 진흙탕이라서 말을 타기에는 무리였다. 오후는 길고 지루하게 흘러갔다. 땅이 마르기를 기다리는 것 말고는 할 일이 없었다. 그래도 패티 조 아줌마는 날마다 나왔다.

아줌마는 나에게 이것저것 가져다주었다. 머리핀, 자주색 잉크를 넣은 펜, 따뜻한 버터처럼 부드럽고 매끄러운 가죽 배낭. 아줌마는 "너한테 잘 어울릴 것 같아서" 아니면 "지나가다가 꼭 너 같아서"라고 했다. 그러면 나는 그냥 선물을 받은 다음 어깨를 으쓱하는 것으로 감사의 인사를 대신하고 집 안에 던져놓았다. 그리고 나중에 혼자 있게 되면 이리저리 살펴보거나, 손끝으로 솔기를 쓰다듬으면서 가격표를 만져보거나, 거울 앞에 서서 천천히 한 바퀴 돌았다.

아줌마가 두번째로 우리에게 식사를 대접하겠다고 말했을 때 아빠는 잠시 망설였다. 아빠의 노선은 늦게까지 운행했고, 말들은 먹이를 기다리는 중이었다. 목발을 짚은 아빠는 왜소하고 피곤해 보였다. 허리는 구부정하고 머리까지 땀에 젖은 모습이었다. 아빠의 버스를 타고 다니는 여자애 두 명이 자주 차멀미를 했다.

아빠가 망설이자 패티 조 아줌마는 얼굴을 붉혔고, 양손을 올리며 사과를 표했다.

"까짓, 그럽시다." 아줌마가 입을 열기 전에 아빠가 말했다. "나도 기분 좀 내봅시다."

아줌마가 세번째로 식사를 대접하겠다고 말했을 때 아빠는 일말의 망설임도 없었다. "우리집 냉장고에 있는 음식들보다는 낫겠죠."

아줌마는 계속 밥을 샀고, 아빠는 계속 얻어먹었다. 새로운 일상이 시작되었다. 버스 운전이 끝나면 아빠는 샤워를 하고 깨끗한 옷으로 갈아입은 다음 물에 젖은 머리칼과 부드럽게 면도한 얼굴로 집을 나섰다. 식당에서 나는 두 사람 사이에 앉거나 두 사람 맞은편에 앉아 크렘 브륄레를 먹으며 집으로 돌아가면 어떤 새 선물이 기다리고 있을까 생각했다.

식사시간은 수업시간이었다. 아줌마는 밤마다 우리를 새로운 식당으로 데려갔다. 스시 식당, 타이 식당, 프랑스-폴리네시아 식당. 아빠와 나는 아줌마의 식사 에티켓을 흉내 냈다. 냅킨을 무릎 위에 깔았고 식탁에서 팔꿈치를 뗐다. 처음에 와인잔을 손으로 감싸 쥐던 아빠는 이제는 손가락으로 손잡이 부분을 쥐었고, 잔을 입에 대기 전에 일단 쉭쉭 돌렸다. 아빠가 아무리 노력해도 점잔 빼는 것은 아빠에게 어울리지 않았다. 손은 투박했고, 손톱에는 지워지지 않는 기름때가 껴 있었다. 잔을 쉭쉭 돌릴 때나 와인을 삼킬 때는 계속 패티 조 아줌마 쪽을 힐끔거렸다. 아줌마의 표정으로 자기의 매너를 점검하는 것이었다. 보통 때 아빠는 샐러드를 먹는 사람이 아니었다. 달팽이든 뱀장어든 분홍색 음식에 손을 대는 사람이 아니었다. 하지만 패티 조 아줌마가 권하면 아빠는 입에 넣기도 하고 혓바닥 위에서 굴리기도 하고 꿀떡 삼키기도 했다.

식사시간 내내 아줌마는 지금 우리가 먹고 있는 음식이 자기가 다른 도시에서 먹었던 음식과 비교할 때 어떤지를 이야기해주었다. 뉴욕에서 먹었던 스테이크, 파리에서 먹었던 푸아그라, 도쿄에서 먹었던 니기리. 아줌마는 아빠가 한 번도 가보지 못한 곳들과 아빠가 영원히 가지 못할 곳들에 대해 이야기했다. 아줌마가 이야기할 때 아빠는 식사를 멈추고 의자에 기대 아줌마를 바라보았다. 패티 조 아줌마는 아들이 캘리포니아에 있는 대학에 다닌다면서, 거기 갔을 때의 이야기를 해주었다. 다른 가게들, 다른 식당들, 데저트밸리에는 존재하지 않는 모든 것에 대한 이야기를 해주었다.

"우리도 캘리포니아에 갔었어요." 아빠가 패티 조 아줌마와 공통점이 생긴 것에 우쭐해하면서 말했다.

"거기 멋지지 않아요?" 아줌마가 물었고, 아빠가 고개를 끄덕였다. "거기 어디에서 지냈어요?"

"아," 아빠가 말했다. "지내지는 않고. 그냥 차 타고 지나갔었어요."

아줌마는 고개를 갸우뚱하면서 아빠 말을 생각해보더니 웨이터를 불러 와인 한 병을 더 시켰다.

"실라는 캘리포니아에서 왔어요." 내가 말했다. "실라네 아빠가 버는 돈은 똑같지만, 여기서는 좀더 풍족하게 살 수 있어서요."

아줌마는 소리 내어 웃었다. "이런, 애야." 아줌마가 말했다. "실라네 아빠가 무슨 돈이 있니."

"없어요?"

"그럼 없지. 올트먼은 그냥 작은 대학 교수잖아. 진짜 돈을 벌지는 못하지." 아줌마는 굳이 말할 필요도 없는 당연한 얘기라는 듯 내 쪽으로 턱을 들고 한쪽 눈썹을 치켜세웠다. "그 집 돈은 다 마나님 돈이야." 아줌마는 목소리를 낮추었다. "좋은 집안 출신이지."

나는 믿을 수가 없었다. 올트먼 씨는 대학을 나왔고, 별이나 행성이나 일식에 대해서 알고 있었다. 나는 아줌마를 멀뚱히 쳐다보았다. 진짜 돈은 뭔가. 누가 진짜 돈을 버는 건가. 나는 알 수가 없었다.

"아줌마 아들은 대학 졸업하면 뭐 해요?" 내가 물었다.

"의사가 되겠지." 아줌마가 대답했다. 그러면서 아줌마는 아들이 자기 속을 뒤집어놓을 작정으로 의사가 되려고 한다는 듯 눈살을 찌푸렸다. "오해하지 마라. 의사라는 직업은 숭고하고, 어쩌고저쩌고, 다 옳은 말이야. 하지만 의사는 외계인들이야. 쓰는 말부터가 달라. 이제 알렉스는 집에 오면 자기 아버지랑 붙어 앉아 계속 떠드는데, 나는 한마디도 모르겠더라고."

아빠는 자세를 고쳤다. 나는 패티 조 아줌마가 남편 이야기를 해서 그런 줄 알았다. 우리 식사시간에 절대로 화제에 오르지 않는 것이 두 가지 있었다. 하나는 음식 값을 내는 의사이고, 또하나는 우리 엄마였다. 하지만 아빠는 식탁 맞은편에 앉은 나를 가리켰다. "앨리스가 의사가 되는 것도 좋을 텐데." 아빠가 말했다. "머리가 있어요."

패티 조 아줌마가 나를 보며 미소를 지었다. "앨리스 윈스턴," 아줌마가 말했다. "너는 뭐가 될래?"

이 질문을 아줌마의 목소리로 들으니까 내 장래에 꿈이 가득하고 가능성이 가득한 듯했다. 나는 멋진 대답을 하고 싶었다. 뭔가 로맨틱하고 그럴듯한 대답을 하고 싶었다. 지난번에 학교에서 장래의 직업을 결정하게 도와준다면서 설문지를 나누어준 적이 있다. 우리는 오후 내내 아이를 얼마나 좋아하는가, 야외 활동을 얼마나 좋아하는가, 가게에서 일하는 것을 얼마나 좋아하는가를 표시하기 위해 답안지의 동그라미들을 칠했다. 하지만 결국 아무 소용이 없었다. 컴퓨터의 소프트웨어가 고장 나서 결과가 똑같이 나왔다. 컴퓨터는 전교생이 해양생물학자가 된다고 예언했다.

"잘 모르겠는데요." 한참 만에 내가 입을 뗐다. 아줌마는 식탁으로 손을 뻗어 자기 집게손가락 마디로 내 집게손가락 마디를 문질렸다.

"그게 제일 좋아." 아줌마가 대답했다. "천천히 생각해. 너는 뭐든 될 수 있어."

나는 아줌마가 사주는 음식을 먹고 있었다. 나는 아줌마가 사준 옷을 입고 있었다. 내가 아줌마가 하는 말을 믿는 것은 쉬운 일이었다.

우리는 계속 그런 식으로 지냈다. 가짜 가족으로. 날마다 연습장이 조금씩 말라갔다. 실라 올트먼이 오후에 레슨을 받으러 나올 날이 조금씩 가까워졌다. 메기 아줌마들은 그동안 빼먹은 시간을 보충하기 위해 축사를 휘젓고 다닐 것이다. 무한정 연기되었던 시즌 마지막 시합은 이제 일정이 잡힐 것이다. 아빠는 나를 레이닝 종목에 출전시킬 것이다. 나는 다시 출전해야 할 것이다.

하지만 지금 우리 셋은 먹고 마시고 떠들었다. 우리가 누구인지, 우리가 왜 함께 있는지에 대해서만 빼고 모든 것에 대해 이야기를 나누었다. 옆 테이블에 앉은 여자들이 우리 쪽을 보며 눈썹을 치켜세웠고, 웨이터들은 아줌마에게 영수증을 건네주며 애매한 표정을 지었지만, 아줌마에게는 이런 것들이 보이지 않는 것 같았다. 어쨌든 보인다는 티를 내지는 않았다. 나는 린넨 냅킨과 웨이터가 나를 위해 의자를 빼주는 것에 익숙해졌다. 예전부터 이랬던 것 같았다. 앞으로 영원히 이럴 것 같았다.

하지만 그럴 수 없는 것은 당연했다. 내가 언니를 보고 싶지 않게 된 순간에 언니가 돌아오는 것도 당연했다.

11

아빠의 스쿨버스 옆에 낡은 트럭이 서 있었다. 다른 사람 것일 수도 있었다. "저건 누구네 차예요?" 패티 조 아줌마가 진입로로 들어서며 물었다. 아빠는 수선스럽게 차에서 목발을 내리며 고개를 저었다. 아빠에게 대답을 듣지 못한 아줌마는 뒷좌석으로 고개를 돌렸다. "앨리스?"

트럭은 조명을 받아서 환하게 빛나고 있었다. 청록색 바탕에 하얀색 줄무늬. "글쎄요." 나는 아빠를 따라 차에서 내리며 중얼거렸다.

우리는 집 안으로 들어갔다. 두 사람은 우리를 기다리면서 우리집 가구에 앉아 우리집 냉장고에 있는 소다수를 마시고 있었다. 노나 언니는 내 기억보다 키가 작았다. 언니가 양팔로 내 어깨를 안았다. 언니의 쇄골에 나의 목이 짓눌렸고 언니의 탱크톱 아래로 갈비뼈가 느껴졌다. "이야, 많이 컸네." 언니가 말했다.

언니 뒤로 제리가 보였다. 제리는 식탁에 앉아 양손에 소다수 캔을 쥐고 있었다. "제리 기억하지?" 언니가 아빠하고 내게 말했고, 제리는 눈을 들고 머리를 까딱했다.

언니는 양손을 주머니에 넣고 어깨를 내려뜨렸다. 나는 아빠가 언니를 혼내기를 기다렸다. 대체 어디 있었느냐고. 편지는 왜 안 했느냐고. 이제 와서 돌아오면 누가 반겨줄 줄 알았느냐고. 하지만 아빠는 아무 말 없이 목발을 고쳐 짚었다.

"있을 데가 필요해요." 언니가 말했다. 아빠는 아주 잠시 언니와 눈싸움을 하다 승낙의 표시로 눈을 끔벅였다.

"아빠 다리 왜 그런지 안 물어봐?" 내가 물었다. 언니는 나를 돌아보았다.

"떨어졌다면서." 언니가 말했다. "엄마한테 들었어."

"엄마하고 얘기했어?" 모든 일이 너무 빨리 돌아갔다. 모든 일이 잘못 돌아갔다.

"두 사람은 외출했다 오나봐요." 언니가 말했다.

"축사 손님이랑 어디 좀 다녀왔다." 아빠가 말했다. 나는 아빠가 짚은 목발을 걷어차주고 싶었다. 중요한 문제는 우리가 어디 갔다 왔느냐가 아니지 않은가.

"알아요." 언니가 말했다. "엄마한테 들었어요."

제리는 앉은 채로 자세를 바꿨다. 나는 제리가 어디를 다쳤는지 열심히 쳐다보았다. 제리는 로데오에서 척추가 부러질 것이다, 제리는 평생 불구자가 되고 노나는 거지꼴로 집에 돌아올 것이다. 아빠가 수시로 하던 말이었다. 하지만 눈을 내리깔고 소다수를 홀짝이는 제리의 몸에서 부러지거나 불구가 된 곳은 보이지 않았다.

"짐을 들여놔야겠어." 언니가 한참 만에 입을 뗐고, 제리는 무슨 말인지를 알아듣고 자리에서 일어났다.

"앨리스가 도울 거다." 아빠는 나를 외면한 채 말했다. 언니랑 단둘이 있게 되면 아빠도 중요한 이야기를 하겠지. 해야 할 말을 하겠지. 그래서 나는 제리를 따라 밖으로 나갔다.

우리는 인사를 나눈 적도, 말을 해본 적도 없는 사이였다. 나는 제리가 나에게 고개를 끄덕여주기를 기다렸다. 나에게 무슨 말을 해주기를 기다렸다. 네 이야기 많이 들었어. 이러저러해서 돌아오게 되었어. 네 언니가 식구들을 너무 보고 싶어해서 더는 못 가게 할 수가 없었어. 네 언니가 고등학교를 마치고 싶다고 하더라. 네 언니가 다시 시합에 나가고 싶다고 하더라. 하지만 제리는 한마디도 없이 트럭으로 올라갔다.

짐은 많지 않았다. 초라한 더플백 하나와 종이상자 몇 개가 전부였다. 나는 스쿨버스에 기댄 채 제리가 상자들을 바닥으로 던지는 것을 지켜보았다. 도와주겠다는 말은 하지 않았다. 제리가 등을 돌린 틈에 나는 까치발을 하고 차창 안을 들여다보았다. 차 안에는 햄버거 포장지와 빈 담뱃갑이 널려 있었다. 바닥에는 더러운 담요가 둘둘 말려 있었고, 계기반 위에는 구겨진 지도 한 장이 언니 양말 밑에 깔려 있었다.

트럭 짐칸이 비자 제리는 운전석에 들어가서 바닥의 쓰레기 사이에 널려 있는 담뱃갑을 이것저것 흔들다가 드디어 소리 나는 것을 발견했다. 제리의 뒤축이 담요에 걸리면서 색이 바랜 분홍색 담요에 반달 모양으로 진흙이 묻었다. 제리가 손을 뻗어 담요에서 발을 빼자 담요가 옆으로 밀리면서 검은색 막대기가 드러났다. 아주 잠시, 지팡이 같다는 생각이 들었다. 나는 차창 안을 좀더 잘 보려고 양손을 이마 옆에 댔다.

제리가 부상을 당했는지도 몰랐다. 몸 어딘가가 산산조각 나서 한 걸음 뗄 때마다 온몸이 부서질 듯 고통스러운데 안 그런 척 시치미를 떼는 것일 수도 있었다. 하지만 눈을 가늘게 뜨고 트럭 안을 살펴보니 그건 지팡이가 아니었다. 막대기는 팔꿈치처럼 구부러져 있고, 부드러운 곡선의 나무가 막대기를 감싸고 있었다. 발꿈치를 내리는 동안에 머릿속에 그림이 그려졌다.

차창을 사이에 두고 제리와 나의 시선이 마주쳤다. 영화에서 보면 총을 가진 사람은 두 종류였다. 영웅 아니면 범죄자. 차 안에서 제리는 담요를 휙 잡아당긴 다음 차에서 내려 문을 잠갔다. 제리가 고개를 돌리고 나를 보자 내 가슴속에서는 두려움이 얼음물처럼 차올랐다. 제리는 영웅이 아니었다.

나는 제리가 뭔가 말하기를 기다렸다. 네가 본 건 네가 보았다고 생각하는 그게 아니야. 네가 상관할 일이 아니라구. 입만 뻥끗하면 심장을 파내버리겠어. 하지만 제리는 허리를 숙이고 가방과 상자를 양팔 위에 쌓은 다음 집 안으로 걸음을 옮겼다.

안에 들어가니 언니와 아빠는 멀찍이 떨어져 있었다. 서로 쳐다보지도 않았고 입을 열지도 않았다. 그동안 제리는 층계 앞에 상자를 쌓았다. 가슴속에서 심장이 빙글빙글 돌았고, 머릿속에서 생각이 물감 덩어리처럼 엉켰다. 제리와 언니는 잠시 들른 게 아니었다. 살러 온 거였다. 우리 식탁에서 밥을 먹고 우리 욕실에서 샤워를 할 거였다.

"나는 전화가 있어야 해요." 내가 말했다. 세 사람이 한꺼번에 내 쪽으로 고개를 돌렸다.

"뭐?" 아빠는 희미한 거실 조명 밑에서 눈을 끔뻑이며 물었다.

"전화요." 내가 되풀이했다. "내 방에 있어야 해요."

"전화선은 노나 방의 것을 연결하면 되겠지만," 아빠가 말했다.
"전화기는 사야겠구나."

"오늘밤에 필요해요." 내가 아빠에게 말했다. 만약에 아빠가 왜
냐고 물어보았다면, 나는 고급영어 과목이 어렵다고 말했을 것이
다. 숙제를 하려면 하룻밤에도 세 번이고 네 번이고 반 애들에게
전화를 걸어서 물어볼 수밖에 없다고. 통화가 길어질 거라고. 한참
걸리니까 거실 전화로는 안 된다고. 통화에 집중해야 한다고.

하지만 아빠는 내 부탁에 한시름 놓았다는 듯 호주머니에서 열쇠
꾸러미를 꺼내며 문 쪽으로 갔다. "전화기 사는 거 잊지 마요." 내가
아빠 등 뒤에서 소리쳤다. "색깔은 분홍색만 아니면 괜찮아요."

제리는 담배를 피우러 밖으로 나갔고, 언니는 나를 쳐다보면서
가느다란 양팔로 가슴 앞에 팔짱을 꼈다. "너 비밀 있구나?" 언니
가 말했다.

언니는 미소 짓고 있었지만, 두 뺨은 움푹 꺼졌고 눈 밑은 거무
스름했다. "나 비밀 많아." 내가 대답했다.

언니가 눈망울을 굴렸다. "내가 떠난 게 그렇게나 오래됐나?"

어떻게 대답해야 할지 난감했다. 언니가 떠난 뒤로 세상이 변했
다. 말을 사기도 했고 팔기도 했다. 뼈가 부러지기도 했다. 언니가
없을 때 가뭄이 있었고, 언니가 없을 때 홍수가 있었다. 이제 우리
사이에는 시간의 심연이 있었다. 언니가 떠났던 게 얼마나 오래되
었는지 알려줄 방법이 없었다. 설명할 방법이 없었다.

"왜 돌아왔어?" 내가 묻자 언니가 눈을 가늘게 떴다.

"그냥." 언니가 말했다. "돌아오면 안 돼?"

"그런 건 아닌데." 내가 대답했다. "나는 그냥 더 좋은 이유가 있는 줄 알았어."

그날부터 며칠 동안 언니는 잠만 잤다. 아무 때나 일어났고, 방에서 나오면 배를 채우거나 잠이 덜 깬 채로 현관 앞 그네에 앉아 담배를 피우거나 목장 건너편을 멍하니 바라보았다. 아빠는 제리를 데리고 축사를 한 바퀴 돌면서 사료와 마구와 빗질 도구 등을 두는 곳을 가리켰다. 제리는 허리를 구부정하게 숙이고 말없이 따라다녔다. 이따금씩 "네"라고 중얼거릴 때를 빼면 입을 여는 일이 없었다.

"우리는 마술쇼 집안이야." 아빠가 말했다. "로데오 따위는 꿈도 꾸지 마."

"네."

제리는 여자아이처럼 마른 체형이었다. 팔은 밧줄 같고 다리는 안짱다리였다. 어깨가 떡 벌어진 아빠 옆에 서 있으니 영양실조 걸린 곤충 같았다.

"우리 축사 손님들은 교양 있는 사람들이니까," 아빠가 덧붙였다. "깨끗하게 하고 다니고."

"네."

"이제 됐어." 아빠가 한참 만에 입을 열며 제리 쪽을 힐긋 곁눈질했다. 너를 좋아하지도 신뢰하지도 않는다는 것을 보여주는 눈빛이었다. "물어볼 게 있으면 노나한테 물어. 잘 가르쳐줄 거야."

하지만 언니는 승마장에 코빼기도 비치지 않았다. 오후에 일어나 머리도 안 빗고 눈을 비비며 돌아다니다가 엄마 방에 가서 침대 옆 탁자 위에 맨발을 올리고 창밖으로 담배 연기를 내뿜었다. 제리는 낮에는 언니 옆에 가지 않았다. 하지만 밤이 되면 언니 방으로 올라갔다. 나는 말똥말똥한 눈으로 침대에 누워 두 사람의 숨소리에 귀를 기울였다. 괴로운 듯 불규칙한 헐떡임이 벽 뒤에서 파도처럼 높아졌다. 바깥세상에서 대체 무슨 일이 있었기에 두 사람이 여기까지 왔는지 나로서는 도무지 알 길이 없었다.

"얼마나 있겠대요?" 내가 아빠에게 물었다.

"모르겠다." 아빠가 말했다. "잠시겠지. 노나가 있으면 네가 좋아할 줄 알았는데."

머릿속에서 생각이 빙빙 돌았다. 언니가 떠난 다음 세상의 한 조각이 비었다. 하지만 언니가 없어진 것만큼이나 언니가 갑자기 나타난 것도 잘못된 일인 것 같았다. 언니가 남의 자리에 억지로 끼어든 것 같았다. 축사 앞의 스쿨버스처럼.

"왜 왔대요?" 내가 물었다. 아빠는 숨을 깊이 들이마셨다.

"있을 데가 없으니 왔겠지. 내가 뭐라고 하겠니? 안 된다고? 길바닥에서 자라고?"

제리는 트럭이 있었다. 길바닥에서 자지는 않을 것 같았다. "그거 알아요?" 내가 말했다. "저 두 사람이요, 우리집에서 섹스해요."

아빠는 찬물을 뒤집어쓴 듯 펄쩍 뛰었다. "맙소사, 앨리스, 나는 그런 거 신경 쓰고 싶지 않다."

"그건 저도 마찬가지예요." 내가 대답했다. "그러니까 아빠가 저 두 사람한테 딴 데로 가라고 하세요. 제리가 연쇄살인범일지도 모르고요. 그럴 수도 있잖아요. 언니는 패티 허스트*처럼 세뇌당했을지도 몰라요. 그게 아니라면 왜 그렇게 오랫동안 연락을 안 했겠어요?" 다음 질문이 내 머리에 미처 떠오르기도 전에 아빠는 그만하라며 손을 들어올렸다.

"이렇게 왔잖아." 아빠가 말했다. "무슨 일이 있었는지는 모르지만."

무슨 일이 있었는지 알려주는 사람이 아무도 없었다. 나는 무슨 일이 있었는지 상상하기 시작했다. 머릿속에서 영화를 찍으며 온갖 시나리오를 연출했다. 무슨 일이 있었기에 제리와 언니는 후줄근한 트럭에 올라타고 드넓은 광야를 가로질러 우리집 뒷문 앞에 도착한 것일까.

오후에 나는 언니 방을 살짝 열고 언니가 잠자는 모습을 바라보았다. 가슴이 오르락내리락했다. 티셔츠 아래로 뱃살이 홀쭉했다. 배꼽이 하얀 그릇 같은 엉치뼈 사이로 푹 꺼져 있었다. 지독한 잠, 굶주린 잠이었다. 시큼한 방 공기를 맛보듯 입을 헤 벌리고 입술을 핥았다. 잠이 깼을 때의 언니는 힘없이 비틀거렸다. 대답은 굼떴고 금세 멍해졌다. 브래지어 바람으로 어슬렁어슬렁 아래층에 내려와 열린 냉장고 앞에 멍청하게 서 있기도 했다. 하지만 잠잘 때의 언니는 걱정이 많은지 몸을 뒤척이고 입술을 떨었다. 일 년간의 신혼여행에서 돌아온 신부의 잠이 아니었다. 편지 여백에 웃는 얼굴

---

* 미국 언론 재벌의 딸로 열아홉 살에 게릴라 단체에 납치되었다가 납치범들에게 완전히 동화돼 납치 두 달 뒤 샌프란시스코의 한 은행을 털어 세상을 놀라게 했다.

을 그려넣었던 언니가 아니었다.

그래서 나는 상상했다. 언니와 제리가 질 나쁜 로데오 관중과 어울려, 시드 비셔스와 낸시 스펑겐*처럼 밤마다 어두운 방에서 헤로인을 맞고 방탕하게 사는 상상. 아니면 다른 카우보이가 언니에게 홀딱 반했는데 술에 취해 흉악해진 제리가 질투와 분노에 휩싸여 그 남자의 모가지를 부러뜨리는 상상. 아니면 두 사람이 보니와 클라이드**처럼 은행을 털고 도망자가 되는 상상. 엽총을 자기들 분신인 듯 옆에 세워놓고 범죄와 위스키에 취해 있는 상상.

"너희 언니는 왜 그렇게 꼭꼭 숨어 있니? 보고 싶어 죽겠는데." 축사에서 비치 아줌마가 말했다. 메기 아줌마들이 오랜만에 나왔는데, 승마장은 말을 타기에는 아직 축축했다. 아줌마들은 종이컵에 술을 따라 마시면서 무슨 재미있는 일이 없나 기웃거렸다.

"와서 계속 잠만 자요." 내가 말했다.

"흠," 비치 아줌마가 한숨을 내쉬며 축사 뒤쪽으로 감탄의 시선을 보냈다. 비치 아줌마의 시선을 따라가니 제리가 토이보이 마방 안에 톱밥을 퍼 넣고 있었다. "남편 때문에 녹초가 됐나."

제리는 일에 있어서는 기계였다. 내가 학교에서 돌아오면 제리는 벌써 마술쇼 말들을 훈련시켜놓고 마방들을 모두 청소한 후였다. 제리는 키가 작고 말랐지만 힘은 장사였다. 건초 가마니를 양손에 하나씩 번쩍 들어올렸고, 가마니를 던질 때는 베개를 집어던

---

* 〈시드와 낸시〉는 1970년대 영국의 전설적인 펑크밴드 '섹스 피스톨즈'의 베이스 주자 시드 비셔스와 그의 연인 낸시 스펑겐의 비극적 사랑을 다룬 영화이다.
** 영화 〈우리에게 내일은 없다〉의 주인공. 클라이드가 차를 훔치려다 차 주인의 딸 보니를 만나 함께 범죄행각을 벌이는 영화이다.

지듯이 가뿐했다.

"에너지가 넘쳐 보이기는 하네." 제이시 아줌마가 덧붙이자 나머지 아줌마들이 종이컵에 대고 킬킬댔다.

패티 조 아줌마는 대화에 끼지 않고 멍한 표정으로 빗질 도구를 정리하며 축사 문을 통해 도로를 내다보았다. 제리가 말들을 돌보게 되면서, 아빠는 버스 운전 아르바이트를 했다. 운동부 애들을 시합장으로 실어 나르거나 우체국 앞에서 현장 견학 가는 애들을 태워주는 일이었다. 어떤 날은 밤이 늦어서야 돌아왔다.

"돈이 떨어졌으니까 왔겠지." 비치 아줌마가 가볍게 말했다. 나는 자세를 고치며 귀를 쫑긋 세웠다. 비치 아줌마는 왜 그렇게 생각할까. 제리는 그저 그런 카우보이였나. 로데오 상금만으로는 호텔에서 스테이크를 먹으며 살 수가 없었나. 성격이 더럽고 난폭해서 로데오 경기에 못 나가게 됐나.

하지만 비치 아줌마가 미처 말을 잇기 전에 패티 조 아줌마가 우리들 쪽으로 딱딱한 시선을 보냈다. "우리와는 상관없는 일이잖아."

메기 아줌마들이 일순간 잠잠해졌다. 아줌마들 사이에서 무수한 시선과 무언의 대화가 오갔다. "흠, 재미없어!" 비치 아줌마가 부자연스럽게 쾌활한 말투로 말했고, 대화는 자연스럽게 다른 화제로 넘어갔다.

"너희 언니 어디 아프니?" 다음 날 실라가 물었다. 비가 쏟아지기 시작한 날 이후로 실라가 승마장에 나온 것은 처음이었다. 너무 오래 갇혀 있던 탓에 밖에 나와 초조하게 우왕좌왕하는 것이 우리 말들이랑 비슷했다. 옐로캡을 살펴보던 실라는 갈기가 엉킨 것을 보더니 언짢은 얼굴이 되었다. "내가 없을 때는 여기 사람들이 신경을 써야지." 실라가 말했다.

"언니가 어디가 아픈 걸까?" 내가 물었다. 병인 줄은 몰랐는데.

실라는 까치발을 하고 혀를 비스듬히 내밀었다. 옐로캡의 엉클어진 갈기를 손가락으로 푸는 중이었다. "단핵증에 걸리면 잠을 많이 자." 실라가 대답했다. "키스할 때 옮는 병이야."

"어떻게 알았어?" 내가 물었다.

"학교에서 배웠어."

역시. 실라가 다니는 학교는 내가 다니는 학교보다 좋은 학교였다. 내가 학교에서 배운 것은 임신밖에 없었다. "흠, 그럴 리가 없어." 내가 대답했다. "언니한테 병을 옮길 사람은 제리밖에 없는데, 제리는 건강한 편이야."

실라는 일손을 멈추고 말빗을 닦다가 미간을 모으며 생각에 잠겼다. "확실해?"

실라는 아직 언니를 본 적도 없었다. 하지만 실라가 언니를 흉보고 싶어한다는 건 느낄 수 있었다. 옐로캡의 새 주인으로서 언니보다 좋은 주인이고 싶은 것이었다. 내 머릿속에서는 새로운 장면이 스쳐갔다. 언니가 좌우로 늘어선 카우보이들에게 키스하는 장면. 병을 옮는 장면. 집으로 돌아와 잠을 자다 죽는 장면.

"너희 언니도 알지?" 실라가 집 쪽을 쳐다보면서 물었다. "나랑 옐로캡에 대해?"

나는 언니가 돌아오면 제리 트럭에서 내려 곧장 축사로 달려갈 줄 알았다. 집 안으로 들어가기 전에 우선 옐로캡의 마방에 들를 줄 알았다. 하지만 여드레가 지나도 언니는 축사 쪽에는 얼씬도 하지 않았다. 옐로캡이 잘 있느냐고 묻지도 않았다.

"흠, 상관없어." 내가 대답이 없자 실라가 말했다. "어쨌든 네 언니는 옐로캡을 버리고 간 거야. 이제 와서 어떻게 자기 말이라고 우기겠어?"

"선생님은 단핵증에 대해 아세요?"

"키스 병?" 델마 선생님이 물었다.

보안대 파티 때의 일이 떠올랐다. 잭 포프의 혀에서는 흙 맛과 맥주 맛이 났었는데. 그애의 부르튼 입술이 내 입술을 짓누를 때 꺼끌꺼끌했었는데. 병은 이렇게 퍼지는구나. 누군가가 모르는 사람이랑 키스하고 그 사람이 또 모르는 사람한테 키스하고. 그렇게 세상 모든 사람들이 자기 방에 들어가서 문을 닫고 커튼을 치고 잠이 들고. 그렇게 모두 사라지고. 하지만 보안대 파티가 열린 것은 한 달도 넘었고, 평소보다 더 졸리다는 느낌은 없었다. 게다가 잭 포프는 특별히 똑똑한 애도 아니고 특별히 잘생긴 애도 아니었다.

"걸리면 죽기도 하나요?" 내가 물었다.

"그냥 잠이 많아지지." 델마 선생님이 대답했다. "왜?"

어떻게 하면 선생님한테 언니 이야기를 할 수 있을까. 언니가 가출했다가 돌아왔는데, 몸은 쪼그라들었고 계속 잠만 자요. 언니가 남자를 따라서 집을 나갔는데, 이제 그 남자까지 집에 끌어들였어요. 너무 성가셔요. 델마 선생님이라면 이유를 알 텐데. 나 혼자서 알아낼 수 없는 것을 선생님이라면 알 텐데. 나한테 알려줄 수 있을 텐데. 하지만 어떻게 해야 언니 이야기를 꺼낼 수 있을지 난감했다. 내가 선생님을 위해 새로 만든 내 인생에 언니를 끼워 넣으려면 도대체 어떻게 시작해야 할지.

"네가 걸린 것은 아니겠지?" 선생님이 물었다.

"아니에요." 내가 대답했다. 하지만 선생님의 말뜻을 깨닫고는 목덜미부터 달아올랐다. 델마 선생님에게 나는 남자애들이 키스하려고 줄을 서는 그런 아이였다. 아빠가 별을 연구하고 엄마가 회사에서 회의를 주재하는 그런 아이였다면, 비싼 옷을 입고 전문가들에게 머리 손질을 받으면서 자랐겠지. 폴리 케인 집에 놀러 가서 같이 자기도 했겠지. 멋있어 보이는 남자애나 귀여운 남자애나 속눈썹이 진한 남자애 이야기로 밤을 새웠겠지. 손등에 입술을 대면서 키스하는 연습을 했겠지. 우리가 살지 않을 인생을 준비했겠지.

"위험한 세상이니까." 선생님이 말했다. "조심해라."

"선생님은 조심하시나요?" 내가 물었다.

선생님은 말을 멈추었다. 성냥으로 담뱃불 붙이는 소리가 들렸다. "모든 것을 감안할 때 나는 아주 조심성이 없는 사람인 것 같구나."

델마 선생님은 책을 많이 읽었고 애들에게 테니스를 가르쳤다. 내가 무슨 질문을 하든 항상 대답해주었다. 조심성이 없는 사람이 아니었다. 조심성이 없는 사람은 모르는 사람과 결혼하는 사람이었다. 자기 자식 나이를 잊어버리는 사람이었다. 트럭 바닥에 권총이나 권총같이 생긴 것을 떨어뜨리고 더러운 담요로 덮어놓는 사람이었다. 바람 한 점 없는 날 혼자 발을 헛디뎌 물에 빠져 죽는 사람이었다. "거짓말." 내가 말했다.

선생님이 한숨을 내쉬었다. 우리 사이에서 뭔가 들썩이는 것이 느껴졌다. 내 새 전화기로 슬픔이 밀려왔다. "네가 나에 대해 그렇게 잘 아는 건 아니야." 선생님이 한참 만에 입을 뗐다. 순간 내 뱃속에 납덩이가 들어찼다.

"선생님이 똑똑한 사람이라는 건 알아요." 내가 대답했다. "친절하고 재미있는 사람이라는 것도요. 좋은 사람인 것도요."

전화선을 통해 선생님의 숨소리가 들려왔다. 선생님이 들이마신 숨은 입술을 지나고 혓바닥을 지나고 목구멍을 지나서 허파로 들어갔다. 선생님은 허파 속에 숨을 담은 채로 생각에 잠겼고, 그동안 선생님의 숨소리도 멈췄다.

"너는 귀여운 애야." 한참 만에 선생님이 입을 뗐다. 나는 눈을 감았다. 눈 뒤에서 분홍색 글자가 어른댔다. 귀여운 애. "나는 네가 외로운 애인 것도 안다."

머릿속의 글자들이 흔들리며 모양과 색깔이 변했다. 분홍색이 흐려지다 젖은 회색으로 바뀌었다. 귀여운은 **외로운**과 그렇게 다르지 않았다. 둘 다 세 글자고 '운' 자로 끝났다.

"학교에서 너를 보면," 선생님의 말은 조용했다. "혼자 앉아 있더구나. 교실에 들어올 때 보면 혼자 들어오고."

다른 애들은 수업시간에 끼리끼리 앉았다. 책상 위로 상체를 숙이고 쪽지를 전달하거나 서로의 머리에 구슬이나 리본을 달아주었다. 누가 웃긴 말을 하면 입을 크게 벌리고 웃었고, 누군가에게 좋은 일이 있으면 기쁨의 비명을 질렀고, 누군가에게 나쁜 일이 있으면 서로의 어깨에 기대서 울었다. 델마 선생님이 알아채는 것은 당연했다. 내게 몰려다닐 친구들이 없다는 걸 델마 선생님이 알아채는 것은 당연했다.

"봄부터 네가 힘들었을 거야." 선생님이 말했다. 단어 사이에서 말이 되지 않은 무언가의 무게를 느낄 수 있었다. 제일 친한 친구를 잃은 다음부터 힘들었을 거야. 폴리 케인이 너를 혼자 남겨두고 죽었으니 힘들었을 거야. "하지만 너는 특별한 애야. 그렇게 혼자 지내지 마라. 너는 친구가 필요해."

옛날의 앨리스 윈스턴은 친구 같은 것이 필요한 아이가 아니었다. 학교는 직장 같은 곳이었다. 아침에 갔다가 시간을 때우고 집으로 돌아오는 그런 곳이었다. 어린 시절 내 인생은 축사와 아빠와 언니를 중심으로 돌아갔다. 언니가 떠난 빈자리는 언니가 없는 동안 점점 커졌지만, 빈자리의 모양은 바뀌었다. 언니가 돌아왔고, 식구들은 한 번 더 한집에 모였다. 언니도 생활의 세계로 들어오기 시작했다. 잠자는 시간이 줄었고 집 안을 어슬렁거리는 시간이 늘었다. 하지만 언니가 떠나기 전으로 돌아갈 수 없다는 걸 나는 잘 알고 있었다. 설사 돌아갈 수 있다 해도 나는 이제 그때로 돌아가고 싶지 않았다.

델마 선생님이 보기에 내 인생은 이상적인 인생, 잠재력과 가능성으로 가득한 인생이었다. 선생님이 보기에 나는 똑똑한 애였다. 귀여운 애였다. 특별한 애였다. 선생님이 보기에 내게 친구가 필요하다면 나는 친구를 만들어야 했다.

다음 날 켈리와 레이철이 나더러 같이 점심을 먹자고 했다. 나는 그애들을 따라 카페테리아로 갔다. 나를 쫓아오는 재니스 리어던의 묵직한 시선을 외면하며, 머리칼을 찰랑찰랑 흔들었다.

치어리더 애들과 어울리는 것은 뜻밖에도 쉬운 일이었다. 내가 해야 하는 일은 누가 무슨 말을 할 때마다 지겨운 표정을 짓는 것이 전부였다. 그러면 애들은 나를 좋아했다. "신입 부원 선발은 옛날에 끝났지만," 레이철이 나에게 말했다. "네가 들어올 수 있게 임시 규칙 같은 것을 만들면 돼. 너, 옆으로 재주넘기 할 수 있니?"

나는 질척거리는 햄버거를 씹으면서 치어리더가 된 내 모습을 상상해보았다. 빨간색과 하얀색이 들어간 짧은 스커트를 입은 모습, 경기가 있는 날 다른 치어리더 애들처럼 야구부 유니폼을 입은 모습, 치어리더 애들과 몰려다니는 모습, 반 애들을 쳐다볼 때 느리게 전염되는 병균을 보듯이 손가락으로 머리카락을 배배 꼬며 코를 찡그리는 모습. 그리고 야구 경기 때 스탠드에 있을 델마 선생님의 모습을 상상해보았다. 다른 치어리더 애들과 필드에 있는 나를 쳐다보는 모습을.

안녕, 내 이름은 앨리스, 너희들을 몽땅 박살내주겠어.
나의 새 차 롤스로이스로 짓뭉개주겠어!

나는 옆으로 재주넘기 같은 것을 할 줄 아는 애가 아니었다. 하지만 나는 그냥 어깨를 으쓱하면서, 옆으로 재주넘는 것도, 응원단에 들어가는 것도 지겹다는 표정을 지었다.

"상관없어." 켈리가 급히 말했다. "네 머리칼, 정말 반짝거린다."

매일 아침 나는 욕실에서 한 시간 이상씩 시간을 보냈다. 드라이어로 머리를 말리고, 컬링기로 머리끝을 손질했다. 컬링기는 패티 조 아줌마가 자기가 다니는 미용실에서 사다준 것인데, 고급이야, 라고 아줌마는 나한테 말했다. "이봐, 아가씨!" 제리는 나를 부르면서 문을 쾅쾅 두드렸다. "이제 그만 나와. 나 오줌 싸야 돼."

하지만 나는 나가지 않았다. 립글로스를 바르고, 머리 모양을 앞, 뒤, 오른쪽, 왼쪽에서 확인했다. 패티 조 아줌마는 더이상 우리를 식사에 초대하지 못했지만, 나에 대한 선물 공세는 계속되었다. 다른 메기 아줌마들이 딴 데 정신이 팔려 있는 동안 작은 귀걸이 케이스를 몰래 쥐여주기도 하고, 나를 조용히 마구실로 불러내 새 블라우스나 은팔찌나 발목에 레이스가 달린 분홍색 양말을 건네주기도 했다.

"너는 어디 가서 쇼핑하니?" 체육복을 갈아입을 때 레이철이 나에게 물었다.

사실 나는 패티 조 아줌마가 선물 사는 곳이 어디인지 거의 모르고 있었다. 내가 선물에 대해서 아는 것은 옷감이 부드럽다는 것과 돈 많은 여자 냄새가 난다는 것뿐이었다. "엄마가 출장을 많이 다녀." 내가 대답했다. "내 물건은 거의 엄마가 캘리포니아에 가서 사온 거야."

"복도 많은 년!" 레이철이 놀라며 말했다. 나는 얼굴의 근육이 팽팽해지는 느낌이었다. 누가 나를 '년'이라고 부른 것은 처음이었다. 하지만 레이철의 눈빛은 부러움으로 빛났고, 나는 레이철의 질투를 칭찬으로 이해하며 미소를 지었다.

"우리가 지금껏 너를 알아보지 못했다니 너무 이상해." 에이미가 말했다. 다른 치어리더 애들이 고개를 끄덕였다. "너는 누가 봐도 우리랑 너무 잘 맞는데."

자세히 들여다보면 치어리더 애들이 다른 애들하고 크게 다른 것 같지는 않았다. 다른 7학년 애들에 비해 머리 손질을 잘하고 화장을 많이 하지만, 치어리더 애들하고 같이 밥을 먹을 때나 같이 줄을 서 있을 때 보면 멀리서는 보이지 않았던 허술한 구석이 쉽게 눈에 띄었다. 에이미는 눈 사이가 너무 멀고 코가 얼굴에 비해 너무 길었는데, 립스틱을 덕지덕지 발라 사람들의 시선을 다른 데로 돌리려고 했다. 레이철은 파운데이션으로 떡칠을 했는데, 알고 보면 턱과 이마에 작은 여드름이 울긋불긋했다. 켈리는 배에 살이 많아서, 숨을 들이마시는 것을 잊어버리면 청바지 허리 위로 배가 볼록 튀어나왔다. 내가 아는 한, 치어리더 애들과 치어리더 애들이 말도 걸지 않는 애들 간의 유일한 진짜 차이는 점심을 먹을 때 어디 앉느냐는 것이었다.

"흠," 로커룸을 나올 때 레이철이 나에게 팔짱을 끼면서 말했다. "이때껏 너를 못 알아봤지만, 이제라도 알아봐서 다행이야. 그치?"

나는 그애들과 같이 있는 것이 그리 달갑지 않았다. 특별히 재미있지도 않았고 관심이 가지도 않았다. 그렇지만 나는 레이철의 말에 고개를 끄덕였다. 수년 동안 나는 눈에 띄지 않는 아이였다. 머리카락으로 얼굴을 가리고 다니는 아이, 어깨를 구부정하게 숙이고 다니는 아이, 복도에서 발을 질질 끌며 혼자 걸어가는 아이. 그때로 돌아갈 수는 없으니, 그때를 떠올리는 것은 부질없는 짓이었다. 중요한 것은 오늘, 그리고 내일, 그리고 앞으로 다가올 미래였다. 중요한 것은 남들보다 나은 사람이 되는 법을 아는 것이었다. 남들보다 나은 사람이 되기 위해 내가 해야 하는 일은 남들보다 나은 사람인 척하는 것뿐이었다.

금요일 밤, 아빠는 마술쇼 시즌의 마지막 시합이 다음주로 조정

되었다는 통보를 받았다. 그리고 토요일 아침, 아빠는 우리들을 모두 축사로 불러모았다. 준비할 것들을 의논하기 위해서였다. 아빠는 들떠 있었다. 올트먼 부인과 이야기할 때는 턱을 쳐들고 껄껄 웃었고, 비치 아줌마와 제이시 아줌마가 시합 때 우리 기수가 나오거나 등수에 들 때마다 스탠드에서 춤을 추었던 일을 가지고 놀려댔다. "그동안 춤 연습은 많이 하셨죠?" 아빠가 아줌마들에게 말했다. "이번 시합은 느낌이 좋아요."

나는 마구실 문에 기댄 채 아빠를 쳐다보았다. 아빠는 헛간을 목발로 쓸고 다니면서 농담을 하고 미소를 지었다. 당연히 느낌이 좋겠지. 언니가 돌아왔으니까.

메기 아줌마들은 마구와 빗질 도구를 정리하며 게으름을 피우고 있었다. 패티 조 아줌마는 다른 아줌마들 사이에서 고개를 끄덕이기도 하고 웃기도 했다. 하지만 아줌마의 시선은 아빠에게 가 있었다. 아빠는 올트먼 부인과 다음주 레슨비 이야기를 하는 중이었다.

언니가 축사에 들어오자 모두들 조용해졌다. 언니는 번들거리는 쪽 진 머리에 맨발이었다. 언니는 잠시 눈을 가늘게 뜨고 옐로캡의 마방을 들여다보았다. 마방 안에서는 실라가 옐로캡에 바짝 붙어 서서 옐로캡의 갈기 끝을 어루만지고 있었다. 언니는 제이시 아줌마가 축사 벽에 붙여놓은 게시물—히스클리프의 민감성 비강 운운하는 게시물—가운데 하나를 한참 쳐다보더니 담배에 불을 붙였다. "나오라면서요." 언니는 연기 한 줄기를 비스듬히 뿜어내며 아빠에게 말했다.

언니가 축사로 들어선 순간 이상한 침묵이 깔리고 모두의 시선이 언니를 향했지만, 아빠는 남들의 시선을 전혀 의식하지 않는 태도였다. "잘 왔다." 아빠가 씩 웃었다. "이제 다 모였구나." 아빠는 언니를 소개했다. 실라는 갑자기 수줍어하면서, 자기 발을 내려다보다가 언니를 힐긋 쳐다보다가 다시 자기 발을 내려다보았다.

아빠는 실라와 올트먼 부인을 돌아보면서 자기의 새로운 계획을 설명했다. 마지막 시합을 위해 실라가 노나에게 두세 차례 레슨을 받는다는 것이었다. 노나는 옐로캡을 어느 누구보다 잘 아니까 실라의 쇼맨십 훈련에 도움을 줄 거라고 아빠는 말했다. 올트먼 부인은 언니가 담배 피우는 것을 바라보았다. 올트먼 부인의 미소가 부자연스러워졌다. "흠," 올트먼 부인은 잠시 후에 입을 뗐다. "그러면 좋겠네요."

"어때?" 아빠가 언니에게 물었다.

조금 전에 언니는 옐로캡의 이니셜을 새긴 담요, 옐로캡이라는 글자를 금박으로 수놓은 고삐를 한참 쳐다보았었다. 실라는 옐로캡의 마방에서 고개를 숙이고 있었다. 금발머리 정수리에 반짝반짝하는 머리핀이 꽂혀 있었다. "그러든가." 언니는 축사를 나가며 말했다. 사람들이 흩어졌다. 나는 언니 뒤를 따라 현관 계단으로 올라갔다. 언니는 그네에 앉아 피우던 담배로 새 담배에 불을 붙인 다음 꽁초를 잔디 위에 내던졌다. 나는 난간에 기댔다.

"왜 말 이름을 여기저기 써 붙이고 지랄이라니?" 언니가 물었다.

나는 축사 쪽을 힐긋 보았다. 올트먼 부인이 우리 이야기가 들릴 만큼 가까이에 있을까봐 걱정스러웠다. 올트먼 부인은 실라가 **지랄**이라는 말을 쓰는 사람한테 레슨 받는 것을 좋아하지 않을 텐데.

"언니 말은 아빠가 또 사겠지." 언니는 눈을 치켜뜨며 나를 노려보았다. 나는 언니가 소리 내어 울었으면 했다. 소리라도 질렀으면 했다. 그야말로 언니답게 분통을 터뜨렸으면 했다. 언니가 내가 기억하는 그 사람이었으면 했다. 하지만 언니는 그저 나를 멍하니 바라보았다. 무표정한 얼굴에 차가운 시선이었다.

"상관없어." 언니가 말했다. "그딴 것들 몽땅 그만뒀어."

"마술쇼를 그만둔 건 아니잖아."

"몽땅 그만뒀다잖아."

"그럴 거면 집에는 왜 왔어?" 내가 물었다.

언니는 고개를 숙이고 눈을 감았다. 머리를 세우고 있기도 힘든 것 같았다. "거기 일이 힘들어졌어, 앨리스." 언니가 한참 만에 입을 열었다. "정말 힘들어졌어."

"여기 일도 힘들었어." 내가 대꾸하자 언니는 고개를 저었다.

"거기랑 여기는 달라."

나는 아니라고 말하려고 했다. 옐로캡의 등록증에 올트먼의 이름이 적히는 것을 볼 때 어떤 기분이었는지 언니는 몰랐다. 보안대원들이 우리를 어떻게 쳐다보았는지 언니는 몰랐다. 언니가 떠난 다음 사람들이 자기 자식들을 내 옆에 가지도 못하게 했었다는 것도 언니는 몰랐다. 내가 무슨 전염병 환자라도 된다는 듯. 애들이 어른이 되기 전에 집을 나가는 게 다 내 책임이라는 듯. 누군가가 가족에게 고된 일거리와 빚과 채워지지 않는 빈자리를 남겨놓고 가출하는 것이 전부 다 내 책임이라는 듯. 폴리 케인에 대해서도 몰랐다. 언니는 폴리 케인이 죽었는데, 탁한 갈색 물에 빠져 허우적대다가 죽었는데, 내가 옛날부터 매일매일 지나다니던 곳에서 죽었는데 아빠가 그애의 시체를 건졌는데, 사흘만 일찍 건졌더라면 죽지 않을 수도 있었는데, 언니는 아무것도 몰랐다. 하지만 내가 미처 말을 꺼내기 전에 언니가 그만하라고 손짓했다. "너는 이해 못 해." 언니가 말했다. "거기는 여기랑은 달라. 정말 달라."

그것으로 대화는 끝이었다. 패티 조 아줌마와 메기 아줌마들 이야기를 하고 싶었는데. 아줌마들이 우리 축사로 밀고 들어와 아줌마들 인생과 우리 인생이 얽혀버렸다는 이야기를 하고 싶었는데. 이제는 여기 있는 그 무엇도 나를 행복하게 해줄 수 없을 것 같다는 이야기, 여기 있는 것은 하나같이 후져 보인다는 이야기를 하고 싶었는데. 언니 말을 못 믿는 게 아니었다. 나는 언니 말을 철석같이 믿었다. 거기는 여기랑 달라야 했다. 반드시 달라야 했다.

아빠는 달링에 안장을 올리고, 나를 끌어내 말에 태웠다. 연습장은 아직 군데군데 진흙탕이었다. 내가 아빠에게 패티 조 아줌마나 실라가 훈련장에 있을 때는 연습하지 않겠다고 말했더니, 아빠는 아무도 없는 새벽에 나를 깨웠다.

지난번 시합이 끝나고 몇 주 동안 나는 그때의 레이닝 경기를 생각하고 또 생각했다. 그때마다 내 근육은 속도와 합일의 기억, 황홀한 승리의 기억으로 단단하게 힘이 들어갔다. 그렇지만 지금 달링의 다리는 진흙이 묻어서 거무튀튀했고, 달링의 갈기는 비에 젖은 잿빛이었다. 땅은 질척였다. 달링의 머리는 지나치게 들린 상태였고, 달링의 다리는 자꾸 비틀댔다. 훈련장 한 바퀴를 겨우 도는 동안 달링은 내 청바지와 장화에 진흙을 튀겼다. 고삐가 손가락 사이로 미끄러졌고, 발이 등자에서 미끄러졌다. 곁눈질로 보니 제리가 울타리 뒤에서 쳐다보고 있었다. 당혹감이 머릿속을 까맣게 태웠다. 달링의 회전은 엉성했고, 달링의 정지는 거칠었다. 달링이 정지할 때마다 내 몸이 안장 앞으로 튀어나갔다.

"괜찮아, 괜찮아." 아빠는 계속 괜찮다고 했지만 나중에는 목발을 진흙탕에 내던지고 소리를 질렀다. "제기랄, 앨리스, 똑바로 안 할래!"

울지 말아야지. 아빠 앞에서는 울지 말아야지. 제리 앞에서는 울지 말아야지. 나는 이를 악물었다. 경기 때 내가 어떻게 했었는지 기억해내려고 안간힘을 썼다. 경기 때 내 머릿속에 가득했던 공백을 다시 한번 만들어내려고 안간힘을 썼다. 눈을 감고 그날의 기억을 더듬었다. 아빠 손에 닿은 패티 조 아줌마의 입술, 아빠의 표정, 달링의 양쪽 귀 사이로 드넓게 펼쳐진 경기장, 텅 빈 경기장에 부는 바람. 하지만 선물과 좋은 옷과 근사한 식사가 끼어들었고, 그때의 기억은 부서져버렸다. 레스토랑은 따뜻했고, 웨이터들은 나를 아가씨, 숙녀분, 예쁜 학생이라고 불렀다. 나는 눈을 떴다. 땅은 축축했고, 하늘에는 하얀 솜털 구름이 줄무늬를 그리고 있었다. 환호하는 관중 대신 제리가 있었다. 제리의 눈빛은 차분했고, 입은 굳게 다물고 있었다.

나는 제대로 달릴 수가 없었다. 비틀대는 말 등에서 몸을 가누기도 힘들었다. 지난 경기에서는 내가 뭔가를 찾아냈었다. 오랫동안 내 안에 숨어 있던 뭔가를 찾아냈었다. 하지만 이제 그것은 내 뼛속, 내 창자 속 어딘가로 다시 기어 들어갔다. 이제는 찾을 수가 없었다. 나는 이제 다시 쓸모없고 평범하고 아무도 기억해주지 않는 옛날의 나로 돌아가야 했다.

나는 말에서 내렸다. 아빠는 고삐를 받으면서 나를 쳐다보지도 않았다. 나는 아빠가 걱정할 거 없다고 해주기를 기다렸다. 지난번 경기 때도 연습 한 번 안 했는데 결과가 얼마나 좋았냐고 해주기를 기다렸다. 하지만 아빠는 다리를 절면서 연습장을 나가 달링을 축사에 넣을 때까지 한마디도 하지 않았다. 나는 아빠 뒤를 따라가며 고개를 숙였다. 그래야 제리 앞을 지나갈 때 제리의 표정을 보지 않을 수 있었다.

나는 아빠를 몇 걸음 앞질러 걸었다. 아빠 발이 진창에 빠지는 소리가 들렸다. 하지만 나는 아빠가 따라오는 것을 모르는 체했다. 뒤돌아보지도 않았고 걸음을 늦추지도 않았다. 그냥 집 안으로 들어갔다. 언니는 현관에서 잠옷 바람으로 담배를 피우고 있었다. "잘돼가니?" 언니가 물었다.

제리가 나를 앞질러 난간에 팔꿈치를 올렸다. "괜찮았어." 내가 말했다.

맨발의 언니는 한쪽 발을 제리 손 쪽으로 올리면서 다른 발로 균형을 잡았다. 제리는 보일락 말락 한 미소를 지으며 언니 발가락을 꼬집었고, 발을 빼낸 언니는 삐걱거리는 현관 그네에 털썩 주저앉았다. "시합 계획 짰어?" 제리가 물었다.

언니가 기지개를 켰다. 하얀 탱크탑 뒤로 젖꼭지가 팽팽하게 드러났다. 나는 당황해 고개를 돌렸다. "오늘부터 부잣집 여자애를 가르치래." 언니는 하품을 하면서 말했다. "내 애마가 출전하는 시합인데, 너무 죽을 쑤면 안 되니까."

제리는 난간 위로 상체를 숙이며 턱으로 언니의 담배를 가리켰다. 언니는 그네에 앉은 채 앞으로 걸어나와 제리의 입에 담배를 물렸다. 제리는 짧게 세 모금을 빨았고, 언니는 발을 들었다. 그네가 뒤로 갔다.

"네 거 아니잖아." 제리가 말했다. "너희 아빠가 실라한테 팔았잖아."

언니의 시선이 축사를 향했다. "내 거야." 언니가 말했다. "우리 집에 오기 전부터 내 거였어. 영원히 내 거야."

"말은 또 사면 돼." 내가 말하자 언니가 입을 비죽거렸다.

"그렇군요, 아빠."

제리는 계단을 올라가 그네에 앉았다. 언니 옆이었다. 언니는 제리 옆에 바짝 다가앉아 자기 발로 제리의 허벅지를 감쌌다. "게다가," 내가 덧붙였다. "실라는 옐로캡을 죽도록 사랑하고 있어. 절대 도로 팔지 않을 거야."

제리는 언니의 무릎에 손을 올렸다. 언니는 담배를 제리 입에 물렸고, 제리는 담배를 빨면서 언니의 무릎을 천천히 둥그렇게 문질렀다. "등록증에 주인이 누구라고 쓰여 있든 상관없어." 언니가 말했다. "자기 말에 타지도 못하는데 그게 주인이야?"

"타는지 못 타는지 어떻게 알아?" 내가 물었다.

"엄마한테 들었어."

제리의 손이 언니의 다리를 타고 올라갔다. 제리는 엄지로 언니의 허벅지 안쪽을 부드럽게 문질렀다. 언니는 눈을 감고 머리를 젖히며 그네에 기댔다. 나는 두 사람을 똑바로 쳐다보며 기다렸다. 두 사람이 내 존재를 기억해주기를 기다렸다. 여기가 자기네 침실이 아니라는 것을 기억해주기를 기다렸다. 하는 짓을 멈추기를 기다렸다. 하지만 제리는 언니만 바라보았다. 엄지로 언니의 허벅지 안쪽을 문지르면서, 언니가 입술을 벌렸다 닫았다 하면서 조그맣게 소리없이 숨을 들이쉬는 것을 쳐다보았다.

"엄마가 뭘 알아." 내가 말했다. 못된 성질이 천 개의 얼음송곳처럼 온몸을 찌르는 느낌이었다. "아래층에 내려오지도 않는데."

언니는 눈을 감은 채 어깨를 으쓱했다. "할아버지 할머니 왔을 때는 내려왔었잖아?" 언니가 물었다. "좋은 아내인 척하면서. 좋은 엄마인 척하면서. 그치?"

나는 주먹을 말아 쥐었다. 얼굴이 뜨거워졌다. 그랬다. 우리가 밥을 먹는 동안 엄마는 식탁에 앉아 있었다. 우리가 말을 하는 동안 엄마는 멍청하게 고개를 끄덕였다. 좋은 아내 같지는 않았다. 좋은 엄마 같지도 않았다.

왜 갑자기 엄마하고 그렇게 친해졌느냐고 언니한테 따지고 싶었다. 언니가 제리를 따라 가출하기 전에 언니가 엄마와 있는 시간은 내가 엄마와 있는 시간보다 많지 않았다. 언니가 한 일은 음식을 들고 올라가거나 커튼을 치는 것이 전부였다. 아빠나 나처럼 언니도 해야 하는 일만 했다.

하지만 내가 미처 입을 열기 전에 제리가 뭔가 생각난 듯 이마를 찡그렸다. "할아버지 할머니가 너희 엄마네 부모님이시니?" 제리가 물었다. 언니는 고개를 저었다.

"아니, 아빠 쪽."

"우리 엄마는 부모님이 안 계셔." 내가 날카롭게 덧붙였다.

언니가 눈을 떴다. 그러고는 고개를 들고 나를 쳐다보았다.

"엄마가 부모님이 안 계시기는 왜 안 계셔, 앨리스. 너 바보니? 엄마를 나무에서 땄겠니?"

제리가 코웃음을 쳤다. 나는 제리를 노려보았다. "그럼 엄마 부모님이 누군데?" 내가 물었다.

"엄마의 엄마는 선생님이었어." 언니가 말했다.

"그럼 엄마의 아빠는?"

"엄마가 어렸을 때 집을 나갔어. 한밤중에 말 한마디 없이 그냥 훌쩍 떠난 거야. 그것도 엄마가 저렇게 된 이유 중 하나야."

"저런 게 어떤 건데?" 내가 물었다.

언니는 나를 향해 턱을 치켜들었다. "돌아버린 거지."

"엄마는 돌지 않았어." 내가 대꾸했다. 내 목소리가 목구멍을 뚫고 올라왔다. 무턱대고 몰아치는 바람 같은 소리였다. "그냥 슬픈 거야."

"좋아. 그것도 엄마가 슬픈 이유 중 하나야." 언니가 말했다.

나는 눈을 감고 정신을 집중해보려고 안간힘을 썼다. 훈련장에서부터 떨고 있는 손을 진정시키려고 안간힘을 썼다. "아니야."

언니는 양발을 바닥에 내렸다. 제리 손이 언니 다리에서 떨어졌다. "맙소사, 앨리스, 내가 무슨 말만 하면 너는 무조건 다 아니라고 하는구나."

나는 어깨를 으쓱했다. 언니는 앞머리를 훅 불어 올렸다.

"내가 하고 싶은 말은 엄마가 방에서 안 나온다는 거야. 방 밖에서 무슨 일이 벌어져도 엄마는 아무것도 몰라." 내가 대꾸했다.

언니의 입가에 비뚤어진 미소가 떠올랐다. "엄마는 너한테 좋아하는 남자가 생긴 것도 알아." 언니가 말했다. 순간 내 몸속의 피가 모두 얼어붙었다. "엄마는 네가 그 남자랑 매일 밤새 전화하는 것도 알아. 사랑 타령, 시 타령 하는 것도 안다구."

346

"엄마는 미쳤어." 내가 속삭였다.

언니는 못마땅한 척 아랫입술을 비죽하더니 내 머리를 토닥토닥 두드렸다. 어린애 취급이었다. "아니." 언니는 들척지근한 목소리로 말했다. "그냥 슬픈 거야."

나는 언니 손을 피해 몸을 홱 뺐다. "언니가 뭘 알아?" 내가 씩씩댔다. "집에 있지도 않았으면서."

자리에서 일어선 언니는 나를 보며 고개를 저었다. "슬픈 게 뭔지 네가 알아?" 언니가 물었다. "어린애가 뭘 알겠니."

"슬플 때 이유가 필요 없다는 건 알아." 내가 대꾸했다. 하지만 문이 쾅 닫혔다. 언니는 이미 집 안으로 들어간 뒤였다.

언니가 피우던 담배를 제리가 물고 있었다. 제리는 담배를 쥐더니 입안에서 양쪽 뺨을 깨물었다. 웃음을 참고 있었다. 나는 제리 앞에서 발가벗겨진 느낌이었다. 언니가 뱉은 말이 나와 세상 사이에 쳐졌던 커튼을 찢어버린 것 같았다. 내가 어린아이였을 때 언니는 내 보호자였다. 뭔가가 나를 다치게 할 것 같으면, 언니가 나서서 막아주었다. 말을 안락사시켜야 했을 때는 내 눈을 가려주었고, 폭풍우가 몰아쳤을 때는 나를 자기 침대에서 자게 해주었고, 아빠가 나한테 너무 화가 나서 무슨 짓을 할지 모르겠다 싶을 때는(그럴 때는 별로 없었지만) 자기가 나서서 아빠의 주의를 끌었다. 그런데 언니가 집을 나가 있는 동안 뭔가가 사라져버렸다. 뭔가가 들어와버렸다.

"왜요?" 내가 날카롭게 내뱉었다.

제리는 손등으로 입술을 문질러 웃음기를 닦아냈다. "누구 좋아한다며?" 제리가 물었다.

나는 제리에게 달려들어 얼굴을 할퀴고 싶었다. 제리가 비명을 지르고 엉엉 울면서 한 번만 용서해달라고 빌기를 바랐다. 제리가 더러운 트럭에 도로 기어 올라가서 두 번 다시 돌아오지 않았으면 했다.

"궁금해요?" 내가 대꾸했다. "나, 남자친구 있어요. 나보다 나이도 훨씬 많아요."

"정말이니?"

"정말이에요." 내가 말했다.

"내가 부르면, 당장 달려올걸요. 뻐드렁니 빼고 싶으면 말해요. 그 남자한테 몽땅 뽑아주라고 할 테니까."

제리는 미소를 지었다. "너희 아빠는 그 나이 많은 남자에 대해서 뭐라고 하시니?"

"그쪽이 눈치챘는지 모르겠지만," 내가 대꾸했다. "아빠는 내가 하는 일에 별로 관심 없거든요."

"눈치챘다." 제리가 말했다.

온몸이 부글부글 끓고 김이 났다. 제리를 노려보았다. 너 따위가 무슨 생각을 하든 나는 신경 쓰지 않는다고 말하고 싶었다. 네가 언니하고 캔자스의 지저분한 법원에서 결혼을 했거나 말거나, 네가 언니랑 언니 방에서 섹스를 하거나 말거나, 나하고는 상관없는 일이라고 말하고 싶었다. 너는 내 오빠가 아니라고, 우리 가족이 아니라고 말하고 싶었다. 네가 뭘 눈치챘든 말든 나랑은 상관없는 일이라고 말하고 싶었다.

"뭔가를 버리고 떠났다가 다시 찾으려고 돌아오면, 그건 아직 내 건가요?" 나는 목소리를 낮추고 말했다. 엄마가 벽 뒤에서 엿듣지 못하게.

"경우에 따라 다르지." 델마 선생님이 말했다. "좀더 구체적으로 설명해봐."

선생님이 지난 수업시간에 점수를 매겨서 돌려준 작문이 떠올랐다. 순간 몸이 움찔했다. 『앵무새 죽이기』는 아주 좋은 책으로 이 책에서는 여러 가지 재미있는 일이 벌어진다, 나는 이렇게 썼다. 선생님 필체로 된 빨간색 잉크가 여백에 상처를 냈다. "좀더 구체적으로 설명할 것." 멍청한 앨리스 윈스턴. 글도 멍청하고 구체적이지 않군.

"배낭이 하나 있다고 쳐요." 나는 잠시 생각하다 말을 바꾸었다. "초록색 바탕에 자주색 물방울 무늬의 배낭이 있는데, 내가 방학식 날 그 가방을 학교에 두고 왔다고 쳐요. 내가 개학식 날 찾으러 간다면, 그 가방은 아직 내 건가요?"

"가져간 사람이 없다면 네 거겠지." 선생님이 말했다.

"누가 가져갔으면요?" 내가 물었다.

"너 배낭 도둑맞았니?"

"아니에요. 질문에 대답이나 해주세요."

"경우에 따라 다르지." 선생님이 말했다. "그냥 깜빡 잊고 두고 간 거니? 아니면 싫증 나서 버린 거니?"

"그게 중요해요?" 내가 물었다.

"그럴걸. 싫증 나서 버렸다면, 그건 이제 네 것이 아니야. 하지만 잃어버렸다면 그건 영원히 네 거야. 네가 찾든 못 찾든."

그 차이였구나.

"언니하고 언니 남편이 우리랑 같이 살고 있어요." 내가 말했다.

"언니가 있는 줄은 몰랐구나." 선생님이 말했다.

"집에 없었어요." 내가 대답했다. "결혼해서 다른 데 살다가 일 년 만에 온 거예요."

전화선에서 잠시 침묵이 흘렀다. 냉장고 문 열리는 소리가 들렸고, 얼음 트레이가 비틀리는 소리가 들렸다. 선생님이 얼음조각 몇 개를 손바닥에 털어 빈 잔에 집어넣는 중이었다. "왜 그렇게 오래 안 왔니?" 선생님이 물었다.

대답할 수 없는 질문이었다. "언니가 바빴거든요. 집에 올 수 있는 상황이 아니었어요. 전화도 없고 우체국도 없는 숲속에서 고립돼서 살았어요. 언니가 사격의 여왕이거든요. 전국 도시들을 돌며 은행을 털고 알지도 못하는 사람들을 죽였어요. 언니가 섹스하느라고 바빴거든요. 언니 남편이 캘리포니아에서 의대에 다니거든요." 내가 말했다. "바빠서 꼼짝도 못해요."

"와." 선생님은 천천히 술잔을 기울이면서 말했다. 얼음이 이에 딸깍딸깍 부딪히는 소리가 들렸다. "의대라."

"지금은 쉬고 있어요." 내가 말했다. "너무 힘들어서 잠시 그만두었대요."

"충분히 그럴 수 있지."

"저는 언니 남편이 싫어요."

"왜?"

나는 머리를 굴렸다. "제가 뭐만 하면 자꾸 쳐다봐요." 한참 만에 내가 입을 열었다. "나한테 말을 걸지도 않으면서."

"수줍음이 많은 게 아닐까." 델마 선생님이 말했다.

나는 제리가 언니와 나란히 현관 그네에 앉아 있던 것을 떠올렸다. 제리의 손이 언니의 다리를 쓸고 올라가는 장면, 제리의 두껍고 넓적한 손바닥이 언니의 허벅지를 거의 덮는 장면, 제리의 손길에 언니가 머리를 젖히고 눈을 감는 장면. 바로 내 앞에서 벌어졌던 장면들을. "그럴까요." 내가 말했다.

"그런 직업을 가진 사람들은," 선생님이 말했다. "그렇게 일이 고된 사람들은, 자기 일에 몰두하느라 다른 사람들에게 조금 이상하게 보일 수가 있어. 우리한테 관심이 없는 것처럼 보이기도 하고."

제리가 일이 고된 사람인 것만은 분명했다. 온종일 바쁘게 일했고, 일찍 일어나고 늦게 잤다. 이따금 제리가 쉬는 때도 있었는데, 그럴 때 제리는 도로 쪽을 쳐다보았다. 바깥세상에서 무슨 일이 생겨 자기를 어떻게 해주기를 고대하는 것 같았다. 하지만 그런 순간은 아주 짧았고, 아주 가끔이었다. 대부분 제리는 톱밥을 푸거나 보리를 날랐다. 땀을 흘리면서 일만 했고, 주위 사람들은 안중에 없었다.

"나는 아무리 멍청한 사람을 만나도 그 사람에게 배울 게 있다고 생각한단다." 선생님이 말했다. "누구를 만나도, 완전히 시간 낭비는 아니야."

"정말 그렇게 생각하세요?" 내가 물었다.

"글쎄다." 선생님이 껄껄 웃었다. "하지만 그렇게 생각한다고 나쁠 건 없겠지. 네 생각이 틀릴 수도 있으니까, 네가 먼저 마음을 열어봐."

나는 선생님의 말을 되뇌었다. 내 생각이 틀린 적은 많지만, 왜 나만 마음을 열어야 하는데?

"한번 기회를 주지그러니." 델마 선생님이 내 생각을 읽은 사람처럼 말했다. "이것저것 질문도 해보고. 그렇게 나쁜 사람이 아니라는 걸 알게 될지 모르잖아. 뭔가 배울 수도 있고."

나는 그럴 리 없다고 말하고 싶었다. 제리는 안짱다리라고, 웃는 표정이 재수 없다고, 음식을 손으로 집어먹는다고, 술을 마시면 트림을 한다고, 그런 사람에게 배울 게 뭐가 있겠느냐고. 하지만 델마 선생님을 위해 한번 해보기로 했다. 옛날 청바지와 티셔츠를 입고 몇 주 만에 처음으로 쇠스랑을 들기로 했다. 언니 남편 옆에서 마방을 치우기로 했다. 당신은 어떤 사람이냐고 물어보기로 했다. 뭔가 배워보기로 했다.

그리고, 당연히, 델마 선생님의 말은 틀리지 않았다. 알고 보니 제리는 엘비스에 대해 모르는 게 없는 사람이었다.

마방에서 똥을 치우는 처음 삼십 분 동안은 어색한 침묵 속에 긴장감이 감돌았다. 나는 제리의 가족에 대해 물었고, 제리는 가족이 없다고 말했다. 나는 로데오에 대해 물었고, 제리는 로데오는 말 그대로 로데오라고 말했다. 나는 고향이 어디냐고 물었고, 제리는 딱히 고향이 없다고 말했다. 하지만 내가 무슨 책을 읽었느냐고 물은 다음부터 제리는 입을 다물 줄 몰랐다. 내가 그만하라고 사정했어도 제리는 얘기를 끝내지 않았을 것이다.

나는 제리에게 엘비스가 서른세 편의 영화를 만들고 백오십 장이 넘는 앨범과 싱글을 냈다는 사실을 배웠다. 제리는 그레이스랜드에 열두 번이나 가서 황제가 잠을 자고 일어나고 아침밥을 먹던 곳을 보고 왔다고 했다. "거기 가면 엘비스에 대해 알려주겠다고 하는 사람들이 많아." 제리가 말했다. "자기가 엘비스의 온갖 비밀들을 모두 알고 있다면서. 하지만 그런 사람들이 아는 것은 마약이 어쩌고저쩌고 하는 것뿐이야. 그런 사람들은 스캔들 아니면 돈 아니면 마약밖에 몰라." 제리는 고개를 가로저으면서 갈퀴로 축축한 건초를 긁어서 바퀴수레에 담았다. "엘비스는 단순히 그렇게 말할 수 있는 사람이 아니야."

"엘비스는 슈퍼스타였죠?" 내가 한참 만에 덧붙였다. 내가 엘비스 프레슬리에 대해 알고 있는 유일한 사실이었다.

"그냥 슈퍼스타가 아니었어." 제리가 말했다.

제리는 엘비스의 이력만 알고 있는 것이 아니었다. 제리는 엘비스의 인생을 알고 있었다. 제리는 엘비스에 대한 책을 열 권 읽었다고 했다. "열 권." 제리는 쇠스랑을 놓고 열 손가락을 펴면서 말했다.

엘비스는 가난한 집에서 태어났다. 스타였지만 외로웠다. 아무에게도 진심으로 이해받지 못했다. 엄마를 잘 보살폈다. 쌍둥이 형이 있었는데 죽었다.

"노나 언니를 그레이스랜드에 데려갔어요?" 내가 물었다.

"두 번." 제리가 대답했다. "거기서 결혼할까도 생각했는데, 네 언니가 촌스럽다고 해서 그만뒀어. 네 언니 말도 맞아. 관광객들이 얼마나 많은지 몰라."

태어나서 지금까지 언니가 엘비스 프레슬리에 대해 이야기하는 것을 들은 적은 한 번도 없었다. 언니가 엘비스 프레슬리라는 이름을 입에 올리는 것조차 본 적이 없었다. 언니가 엘비스네 집 뒷마당에서 결혼하는 장면은 캔자스 법원에서 결혼하는 장면보다 더 상상이 안 됐다.

"거기는 어때요?" 내가 물었다. 제리는 잠시 말을 끊고 마방 문에 기대 담배에 불을 붙였다.

"놀라워." 제리가 대답했다. "하지만 슬퍼. 거기 가면 느낌이 와. 여기에서 엘비스가 살았구나, 그런 느낌. 그제야 실감이 나는 거야. 이제 볼 수 없는 사람이구나, 그런 실감. 위대한 영웅이…… 이제는 없구나, 그런 실감."

제리는 말을 하는 동안 담배를 엄지와 검지 사이에 쥐고 바닥을 내려다보았다. 토이보이가 히잉거렸고, 제리는 고개를 숙인 채 토이보이의 목을 토닥거렸다.

"내가 알던 애가 죽었어요." 내가 말했다. 제리가 고개를 들었다. "그래?"

"폴리라는 애였어요. 작년에, 운하에 빠져 죽었어요."

"너랑 같은 학년이었니?" 제리가 물었다. 나는 고개를 끄덕였다. "너랑 친구였어?"

"같은 학교 다녔어요. 같은 유치원에도 다녔구요. 매일 같은 길로 걸어다녔어요." 제리는 담배를 뻐끔대며 귀를 기울였다. 지저분한 예전 옷을 입고 머리를 하나로 동여매고 있으니 다시 어린애로 돌아간 느낌이었다. 멍청하고 서투르고 쓸모없는 옛날의 앨리스로 돌아간 게 아니라 그냥 아이, 어디에나 있는 보통 아이로 돌아간 것 같았다. "아니요." 내가 대답했다. "친구는 아니었어요."

제리가 토이보이의 가슴을 긁어주었고, 토이보이는 눈을 반쯤 감았다. 기분이 좋은지 토이보이의 입술 사이로 끽끽거리는 소리가 약하게 새어나왔다.

"그래서 더 슬픈 거 같아. 그치?" 제리가 물었다. 제리가 나를 바라보았을 때, 나는 우리가 덜컥 친해지는 느낌이 들었다. 플러그가 소켓을 만난 느낌이었다.

"왜 우리집에 왔어요?" 내가 속삭였다.

제리는 담배를 건초 위에 떨어뜨리더니 장화 코로 꽁초를 짓눌렀다. "이 세상은 어딜 가나 엉망진창이야, 꼬마 아가씨." 제리가 말했다. "그런데 왜 사람들은 왔다 갔다 하는 걸까?"

아빠는 오후에 버스 운전이 끝나면 패티 조 아줌마의 장애물 넘기를 봐주었고, 그동안 언니는 실라를 봐주었다. 아빠는 다리를 절면서도 레슨 시간에는 팔팔했다. 훈련장 울타리 바깥을 성큼성큼 돌기도 하고 훈련장 가운데를 껑충껑충 뛰어다니기도 했다.

언니의 레슨은 그렇게 빡빡하지 않았다. 언니는 울타리에 앉아 담배를 피우며 지겨운 표정을 지었고, 실라는 그 앞에서 쇼맨십을 연습했다. 언니는 나서서 가르치지도 않았고, 시범을 보여주지도 않았다. 옐로캡에게 손끝 하나 대지 않았다. 하지만 실라는 눈치채지 못하는 것 같았다. 실라는 존경이 가득한 커다란 눈으로 언니를 바라보며 언니의 입에서 나오는 모든 말을 머리에 새겼다. 실라는 금발을 질끈 동여매기 시작했고, 쉬는 시간에는 엉덩이를 한쪽으로 내밀었다. 노나 언니의 거울 같았다.

"말 귀 끝이 뒤로 서 있잖아." 언니가 실라에게 말했다. "너한테 주목하지 않는다는 뜻이야." 그러면 실라는 존경의 눈으로 고개를 끄덕이며, 혀를 츳츳 차서 옐로캡이 다시 자기에게 주목하게 만들려고 했다.

레슨이 끝나면 실라는 번번이 내가 있는 축사로 들어와 언니가 자기에게 했던 말을 그대로 되풀이했다. "옐로캡은 예민해. 옐로캡이 실력을 발휘하게 하려면 우선 흥미를 느끼게 해야 해. 그동안 나는 내가 원하는 것만 생각하고 옐로캡에게 내가 원하는 것만 시키려고 했어. 우리를 한 팀이라고 생각해야 했었는데. 옐로캡이 내게 뭘 원하는지 생각해야 했었는데. 너, 이렇게 멋진 얘기 들어본 적 없지?"

"없어." 내가 말했다.

마지막 시합이 며칠 남지 않았는데 나는 아직 감을 잡지 못하고 있었다. 내가 탈 때마다 달링은 똑바로 달리지 못하고 비틀거렸다. 그때마다 아빠는 소리를 질렀고, 제리는 말없이 지켜보았다. 나는 시합을 대수롭지 않게 생각하려고 애썼다. 시합 따위 별거 아니라고. 결과가 어떻게 나오든 내가 가죽 배낭을 메고 비싼 옷을 입는 것은 마찬가지라고. 내가 윤기 나는 머리칼을 찰랑거리는 것도, 치어리더 애들이 나와 함께 점심을 먹는 것도 마찬가지라고. 하지만 훈련장에서 나는 제리의 얼굴을 똑바로 볼 수가 없었다. 제리가 나를 어떻게 볼까. 욕실에 들어가면 나올 줄 모르는 애. 말을 못 타는 애.

"너희 언니 진짜진짜 대단하다." 실라는 또 떠들었다. "그냥 쳐다보는 것 같은데, 다 꿰뚫어보더라. 너무 잘 알아. 너희 언니 말대로만 하면 잘돼."

훈련장에서는 패티 조 아줌마가 토이보이를 멈춰 세웠다. 그 옆에 아빠가 있었다. 아빠가 아줌마를 올려다보면서 뭔가 이야기를 했고, 아빠의 손끝이 아줌마의 무릎을 스쳤다. 아줌마는 고개를 숙이고 귀를 기울였고, 아줌마의 손이 아빠의 손 쪽으로 갔다.

"노나 같은 사람이 우리 언니라면 얼마나 좋을까?" 실라는 상기된 얼굴로 계속 떠들었다. 옐로캡의 배 밑으로 버클을 바짝 당긴 채 마방으로 가는 길이었다. "노나 언니는 내가 만난 사람 중에 제일 멋진 사람 같아."

훈련장에서는 아줌마의 손끝이 아빠의 손끝에 닿았고, 손바닥과 손바닥이 지그시 만났다.

"그럼 가져." 내가 말했다. 실라는 잠시 아무 말도 없이 엉덩이를 내 쪽으로 내밀었다.

"뭐?" 실라가 물었다.

"가지라고." 내가 대답했다. "우리 아빠도 가져. 내 거 다 가져. 나는 필요 없으니까."

"앨리스," 실라가 말했다. 목소리가 갑자기 기어 들어갔다. "이상하게 그러지 마."

"진짜야. 나는 이제 그딴 것들 필요 없어." 내가 대답했다.

시즌 마지막 시합이었다. 모두들 언니를 쳐다보았다. 손가락질하고 고개를 주억거리고 귓속말을 했다. "야, 저기 좀 봐." 소리 없이 입을 움직였다. "어머나 세상에."

언니는 아무것도 모르는 척 제리 옆에 서 있었다. 쇼맨십 경기가 있기 전에 언니는 실라에게 마지막 지시 사항을 일러주었다. 그러고는 울타리를 돌아 나가 실라 바로 뒤에 자리를 잡더니, 심판이 다른 데로 가자 다시 무슨 말인가를 속삭였다. 올트먼 부인은 메기 아줌마들과 함께 스탠드에 앉아 있었는데, 실라가 1등 하는 것을 보고 너무 열광하다 하마터면 계단에서 굴러떨어질 뻔했다. 경기장을 나온 실라는 언니 목을 끌어안으면서 울음을 터뜨렸다. "언니는 마법사야!" 실라가 소리쳤다. "신이야! 여신이야!"

언니 몸이 뻣뻣하게 굳었다. 하지만 언니는 실라의 등을 토닥여주었다. "잘했어." 언니가 말했다.

장애물 경기에서는 패티 조 아줌마가 1등이었고, 경기가 끝난 뒤 실라와 비슷한 짓을 했다. 경기장을 나온 아줌마가 아빠의 두 뺨에 입을 맞춘 것이었다. "당신 덕분에 내 인생이 바뀌었어." 아줌마가 속삭였다. "하느님께 맹세코 지금처럼 행복했던 적은 한 번도 없었어."

나에게 눈곱만큼이라도 관심을 보이는 사람은 아무도 없었다. 내가 레이닝 의상으로 갈아입고 트레일러에서 내려오는 것을 언니가 쳐다보았다. "내 옷 입었구나." 언니가 말했다.

그날 아침 아빠가 옐로캡과 토이보이와 달링을 트레일러에 싣는 동안 나는 아빠 옆을 서성거렸다. "걱정할 거 없어." 아빠가 나에게 말했다. "아드레날린이 생길 거다. 틀림없어. 관중 앞에 서면 지난번이랑 똑같이 될 거야."

하지만 그것은 아드레날린이 아니었다. 아드레날린일 리가 없었다. 집에서 달링을 탈 때도 아드레날린은 생겼다. 아드레날린이 불타는 강처럼 온몸에서 용솟음쳤다. 그래도 소용이 없었다. 집에서는 별거 아니라고 생각할 수 있었다. 나에게는 학교가 있으니까 괜찮다고 생각할 수 있었다. 델마 선생님이 있으니까 괜찮다고 생각할 수 있었다. 치어리더 애들이 나랑 친해지고 싶어 안달이니 괜찮다고 생각할 수 있었다. 하지만 막상 경기장에 오니 무릎에 힘이 빠지고 다리가 후들거렸다. 달링이 보이고, 스탠드를 가득 메운 관중이 보이고, 보안대원들이 보이고, 조련장 고객들이 보이고, 버드 아저씨네 교습생 부모들이 보였다. 어떻게 하면 여기서 빠져나갈 수 있을까. 꾀병을 부릴까. 발굽 주걱으로 손에 상처를 낼까. 관중석 꼭대기에서 굴러떨어질까. 다리 하나쯤은 부러지겠지만 죽지는 않겠지.

언니는 실라의 프로그램 순서를 지도하면서, 내가 입고 있는 옛날 자기 옷을 말없이 흘깃거렸다. 레이닝 경기를 앞두고 있을 때 언니가 두 손을 주머니에 꽂고 바닥을 내려다보면서 내 쪽으로 다가왔다. "내가 머리 만져줄까." 언니가 말했다.

나는 언니 무릎 사이에 앉았고, 언니는 내 머리를 빗겨주었다. 머리카락을 뒤로 모아 위로 올리고 핀으로 고정시킨 다음, 말린 곳에 손가락을 넣어 느슨하게 했다.

"잘못하면 풀리겠어." 내가 말했다.

"풀리라고 그런 거야." 언니가 말했다. "마지막에 정지할 때 머리를 살짝 흔들어, 사람들 모르게. 머리가 풀리면 사람들은 정지가 너무 격렬해서 머리가 풀린 줄 알 거야. 내 말 믿어. 사람들은 그런 걸 좋아해."

머리가 문제가 아니었다. 언니는 내가 달링을 타는 것을 본 적이 없었다. 달링이랑 내가 훈련장에서 얼마나 엉망이었는지 언니는 몰랐다. 그걸 아는 것은 제리였다. 내가 달링을 끌고 경기장에 들어갈 때 제리가 뒤따라왔다. 아빠는 패티 조 아줌마와 울타리 앞에 있었고, 내게는 관심이 없었다. 제리가 내 어깨에 손을 올려놓았다. 눈빛은 심각했고, 생각에 잠겨 찡그린 표정이었다. 나는 잠시 생각했다. 엘비스에 대해 뭔가 새로운 사실을 알아냈나. 전에 나랑 얘기할 때 엘비스에 대한 뭔가 중요한 이야기를 빠뜨렸나. 그래서 알려주러 온 건가. 나는 짜증 낼 태세로 제리를 노려보았다.

"중요한 건 조종이 아니야." 제리가 속삭였다. "중요한 건 집중이 아니라구."

제리는 내 팔을 쓸어내리고 내 엉덩이에 손끝을 살짝 갖다 댔다. "여기에 힘을 줘." 제리가 말했다. 그러고는 자기 엉덩이를 쓸어내리다가 샅과 배꼽 사이의 허공에 양손으로 틀을 만들었다. "두려움을 모두 여기 담아. 계속 밀어내려. 매듭처럼 될 때까지. 뱃속에서 차갑고 단단한 주먹이 될 때까지."

제리는 주먹을 배에 갖다 대면서 턱에 힘을 주고 이마에 주름을 잡았다. 그러고는 한 발 다가와 손가락 몇 개를 붙여서 내 이마 중앙에 갖다 댔다. "그리고 여기는," 제리가 말했다. "비워." 제리의 살갗이 차고 건조하게 느껴졌다. 나는 눈을 감고 생각을 몰아내려고 애썼다. "말의 귀 사이를 쳐다봐. 딴 데는 보지 마. 생각하지 마. 느끼지 마. 머릿속을 여름 하늘처럼 텅 비워. 알았지?"

바로 그거였다. 제리가 정확하게 설명해주었다. 지난번에 내가 어떤 느낌이었는지, 이길 때 어떤 느낌인지 제리는 정확히 알고 있었다. "알았어요." 내가 말했다. 제리는 내가 말에 올라타는 것을 도와주었다. "말이 알아서 할 테니까," 제리가 나에게 말했다. "너는 그냥 매달려 있으면 돼."

제리 말이 맞았다. 경기장 문이 열렸고, 나는 발작처럼 솟아나는 두려움을 모두 깊은 뱃속으로 밀어내렸다. 요동치던 두려움이 뱃속에서 점차 굳어졌고, 내 마음은 차가운 허공이 되었다. 두번째 였다. 달링과 나는 경기장을 내달렸다. 미끄러지듯 회전하고, 함께 머리를 틀어 방향을 바꾸고, 사방에 먼지구름을 피웠다. 끝날 때, 달링이 몸을 말면서 미끄러졌다. 완벽한 정지였다. 나는 머리를 아주 살짝 흔들었다. 머리가 등 뒤에서 풀렸다. 어리벙벙해진 관중들이 일제히 숨을 들이마셨다. 울타리에서 언니가 환호성을 질렀다. 아빠는 그 옆에 있었다. 패티 조 아줌마는 나를 향해 키스를 날렸다. 메기 아줌마들은 스탠드에서 군무를 추었다.

우리는 경기장을 나왔다. 내가 달링에서 내려올 때 아빠가 달링의 고삐를 잡았다. "내가 뭐랬니?" 아빠가 내 어깨를 흔들면서 언니에게 말했다. "내가 뭐랬니, 응?"

언니는 내 목을 끌어안고 나를 빙빙 돌리며 깡충깡충 뛰었다. "제길!" 언니가 헐떡거렸다. "집안 내력인가!"

올트먼 모녀와 메기 아줌마들이 우리 옆으로 모여들어 내 등을 두드리고 내 뺨에 입을 맞추었다. 세상이 원래의 자리를 찾는 것 같았다. "저애가 어떻게 저렇게 하는지 나는 당최 모르겠네." 아빠가 사람들에게 말했다. "하느님한테 맹세하는데, 나는 모르겠어."

사람들은 환호하고, 흥분하고, 축하하고, 나를 끌어안았다. 하지만 내 뱃속은 아직 팽팽했다. 거대한 허무, 광활한 허무가 아직 귀에 쟁쟁했다. 다른 사람들은 입을 쩍 벌리며 놀라거나, 어떻게 그렇게 했느냐고 묻거나, 대체 무슨 기적 같은 재능을 타고났는지 궁금해했다. 다른 사람들은 나를 쓰다듬고 나에게 입을 맞추고 너처럼 잘하는 사람은 아무도 없다고 했다. 하지만 그런 사람들 사이에서 나는 왠지 어색했다. 사람들의 요란한 기쁨에 장단을 맞출 수가 없었다. 사람들의 질문과 칭찬에 어깨를 으쓱할 수가 없었다. 입을 열 엄두가 나지 않았다. 제리가 있었기 때문이었다. 제리는 나를 쳐다보지도 않았고, 아무 말도 하지 않았다.

시합이 끝난 뒤, 패티 조 아줌마는 우리 모두에게 한턱 내겠다고 했다. 레스토랑에서 식탁 네 개를 붙여 모두 같이 앉았다. 나는 아빠와 패티 조 아줌마 사이에 앉았다. 아빠의 팔과 아줌마의 팔이 내 팔에 닿았다. 아빠와 아줌마는 목을 앞으로 빼고 작고 은밀한 미소를 주고받았다. 다른 사람들이 메뉴판에 정신이 팔린 동안, 아빠는 내 등 뒤로 손을 뻗어 아줌마의 셔츠 깃에서 실밥을 뗐다. 아빠의 팔뚝이 내 머리를 스쳐 내 목에 닿았다. 아줌마는 메뉴판에 코를 박고 얼굴을 붉혔다. 아빠의 손끝이 아줌마의 섬세한 턱선을 스쳐 지나갈 때, 아줌마의 눈꺼풀이 지그시 내려왔다. 웨이트리스가 패티 조 아줌마에게 무엇을 주문하겠느냐고 묻는 순간 아빠의 손끝이 아줌마의 얼굴에서 내 어깨로 떨어졌다. 아빠는 내 어깨를 살짝 쥐었다. 마치 처음부터 내 어깨를 쥐려고 했었던 것처럼.

내가 고개를 들자 제리가 맞은편에서 보고 있었다. 나는 어깨를 펴고, 아빠의 팔을 자연스럽게 보이게 하려고 애썼다. 아빠가 계속 내 어깨를 감싸고 있었다는 듯이. 아빠가 내 어깨에 팔을 올려놓고 있는 것이 전혀 이상하지 않다는 듯이.

제리의 입가에 보일락 말락 미소가 떠올랐다. 잘했어. 제리가 소리 없이 입을 움직였다. 며칠 전만 해도 나는 제리라면 치를 떨었는데, 지금 나는 제리의 칭찬에 목덜미가 따뜻해지는 느낌이었다.

고마워. 나도 소리 없이 입을 움직였다. 아빠는 메뉴판을 들여다보면서 내 어깨에서 팔을 가져갔다.

식사하는 동안 실라는 파란 메달을 넥타이처럼 셔츠 앞에 늘어뜨렸고, 올트먼 부인은 모두를 위해서 샴페인을 주문했다. 모두에게 잔이 돌아갔다. 실라와 내 잔도 있었다. 우리는 건배했다. 여름을 위해서, 마술쇼를 위해서, 홍수를 위해서. 패티 조 아줌마를 위해서, 실라를 위해서, 나를 위해서, 아빠를 위해서, 우리 조련장을 위해서. 우리 동네 최고의 조련장을 위해서.

집으로 돌아와 말들을 내렸다. 아빠는 목발 짚은 발로 날아갈 듯 움직였다. 그러고는 낮게 콧노래를 부르면서 급히 집 안으로 들어갔다. 하지만 제리와 언니는 발을 질질 끌며 꾸물댔다. 나도 두 사람 옆에 남았다. 속도, 승리, 샴페인 때문에 머리가 어찔했다. 두 사람을 따라 축사로 들어갈 때는 뒤축이 비틀비틀했다. 축사 조명 아래에서 언니는 내가 받은 파란 메달을 내 얼굴 옆에 댔다. "네 눈동자 색이랑 어울린다." 언니가 말했다. 그러고는 앞으로 비틀거리다가 내 어깨를 붙잡으며 겨우 균형을 잡았다. "미안." 언니가 킬킬 웃었다. "좀 취했어."

제리가 내 뒤로 오더니 내 허리를 잡고 번쩍 들어 자기 어깨 위에 올렸다. 건초 가마니를 들 때처럼 가뿐했다. 언니는 자리에 앉아서 고개를 숙이고 웃어댔고, 제리는 빙글빙글 돌고, 헛간 안을 이리저리 뛰고, 언니를 향해서 야생마처럼 발길을 했다. 언니는 어둠 속으로 도망갔고, 제리는 언니를 쫓아갔다. 나는 제리의 머리를 움켜잡고 깔깔대며 비명을 질렀다.

축사 밖에서는 진저의 새끼가 원형 우리에서 이리 뛰고 저리 뛰고 난리였다. 귀는 쫑긋 세우고 꼬리는 들고 있었다. 달링을 반기는 환영 인사였다. 맞은편 원형 우리에서는 달링이 히잉히잉 답례

했다. 언니는 울타리에 기대 숨을 몰아쉬었다. 제리는 나를 어깨에서 내려 언니 옆에 세웠다. 우리 셋은 울타리 앞에서 망아지가 달빛을 받으며 달리는 모습을 지켜보았다.

"말이 잘생겼어." 제리가 말했고, 언니가 미소를 지었다.

"죽은 우리 종마를 빼다 박았어." 언니가 말했다.

"이름이 뭐야?" 제리가 물었다. 나는 손으로 얼굴을 가렸다. 뜀박질 때문에 아직 어찔했다.

"리처드." 내가 대답했다. 언니가 웃음을 터뜨렸다.

"무슨 이름이 그래?" 언니가 말했다.

"로열 레드 리처드야." 내가 덧붙였다. 언니는 내 머리에 코를 박고 킬킬댔고, 제리는 고개를 저었다.

"내가 지금껏 들어본 말 이름 중에 제일 별로다." 제리가 말했다. "별로인 말 이름이라면 나도 알 만큼 아는데."

"아빠가 바트의 새끼를 종마로 삼다니 믿을 수가 없어." 언니가 말했다. "바트를 얼마나 싫어했는데."

"부르는 이름은 뭐야?" 제리가 물었다. 나는 어깨를 으쓱했다.

"그냥 종마인걸." 내가 말했다. "종마를 부를 일은 없어."

"아직 꼬마지만, 좀더 크면 굉장한 말이 될 거야." 제리가 말했다. "저 머리 좀 봐." 나는 두 사람 사이에 서서 언니의 팔에 머리를 기댔다. "그래도 좀 괜찮은 이름이 있어야 할 텐데."

진저의 새끼는 달빛을 받으며 원형 우리 안을 종횡무진 달음박질쳤다. 아직 덜 자란 근육이 단단하게 물결쳤고, 발굽의 무게가 흙바닥을 강타했다. "정말 잘생겼네." 내가 말했다. 그때 처음 나는 그 말의 능력과 장점 그리고 완벽한 목선을 보았다. 할아버지는 금방 알아보았는데.

"록스타 감이네." 언니도 인정했다. 제리는 목을 앞으로 빼고 언니를 향해 씩 웃었다.

"킹." 제리가 말했다.

그 순간 공식적인 것은 아무것도 없었다. 문서에 기록하지도 않았다. 서명을 하거나 봉인을 하지도 않았다. 하지만 중요한 것은 그런 것이 아니었다. 제리가 이름을 불렀고, 그것이 이름이 되었다. 의도했던 것은 아니지만 제리가 이름을 지었다. 킹이 살아 있는 동안 킹은 제리 것이었다.

그날 밤 나는 꿈을 꾸었다. 빗방울이 부드럽게 창문을 두드렸고, 비구름 위 하늘은 은빛으로 반짝였다. 허공에 떠 있는 호수였다. 나는 꿈에 젖은 집의 어두운 복도를 맨발로 헤맸다. 축축한 카펫을 밟으며 엄마 방을 지나고, 아빠가 자고 있는 손님방을 지났다. 물의 벽이 두 방을 가로막고 있었다. 물의 벽에서는 반짝이는 빗방울이 뚝뚝 떨어졌다.

꿈속에서 나는 언니 방에 들어갔다. 문은 열려 있었고, 불은 켜져 있었다. 언니의 침대가 바다에 떠 있는 뗏목처럼 흔들렸다. 침대가 기우뚱하더니 한쪽 벽으로 흘러갔고, 다시 기우뚱하더니 반대쪽 벽으로 흘러갔다. 언니는 침대에 다리를 꼬고 앉아서 컵케이크의 분홍색 아이싱을 핥아먹고 있었고, 제리는 자고 있었다. 제리의 팔이 언니의 허벅지에 올라가 있었다. 언니는 나에게 들어오라고 하지 않았다. 하지만 나는 침대로 들어가 언니를 한쪽으로 밀어내고 가운데에 내 자리를 만들었다. 살에 닿은 시트는 부드럽고 따뜻했다. 제리는 잠든 채로 자세를 고쳤다. 제리의 한쪽 팔이 내 몸을 지나 눈처럼 하얀 언니의 복사뼈에 닿았다. 나는 언니의 어깨에 머리를 기댔다. 언니 머리칼에서는 달콤한 아이싱 냄새가 났고, 언니 살은 부드럽고 가벼웠다. 침대가 방 안을 떠다니며 계속 벽에 부딪혔다. 내 몸은 매트리스 안에 녹아 들어갔고, 내 머리는 달콤한 냄새를 풍기는 두 사람의 베개 안에 녹아 들어갔다. "너무 피곤해." 나는 언니에게 속삭였다. 언니는 손가락에 묻은 분홍색 아이싱을 핥은 다음 내 머리칼을 매만졌다.

"이제 그만 자." 언니가 말했다. 언니는 내 옆으로 파고 들어와 이불을 우리 머리 위로 끌어올렸다. 이불 속은 어두웠다. 내 어두운 꿈속에서 언니와 제리는 나를 사이에 두고 서로의 몸을 찾았다. 두 사람의 다리가 내 다리 사이에서 마주 닿았고, 두 사람의 손가락이 내 머리칼 사이에서 깍지를 끼었고, 두 사람의 팔이 내 어깨를 지나 하나가 되었다. 이윽고 우리 셋은 매듭처럼 뒤얽혔다. 어디까지가 나이고 어디까지가 두 사람인지 알 수 없었다.

12

　마술쇼 시즌이 끝났다. 노나 언니가 실라를 가르치는 방법도 바뀌었다. 언니는 할아범 중 하나를 잡아타고 실라와 함께 말을 몰았다. 진입로를 따라 도로로 나가 터벅터벅 시야에서 사라졌다. 언니는 은퇴 중이었지만 도로에서 폐마를 타는 것은 말 타는 것으로 칠수 없다고 언니는 말했다. 실라에게는 좋은 경험이 될 거라고 했다. 하지만 그렇게 말하면서도 그 말을 믿는 것 같지는 않았다. 아빠는 알아서 하라는 뜻으로 어깨를 으쓱해 보였고, 남는 시간에는 훈련장에서 패티 조 아줌마만 따로 봐주었다.

　매일 오후 언니와 실라는 말을 타고 시골길을 돌아다녔다. 한 시간도 좋고 세 시간도 좋았다. 한번은 운하 옆길에서 땄다면서 야생 아스파라거스를 잔뜩 안고 왔다. 밀크셰이크를 사온 날도 있었다.

　"제길." 말을 타고 나갔다 돌아온 어느 오후, 실라가 옐로캡을 축사에 넣으러 간 사이 언니가 말을 매는 기둥에 팔꿈치를 기대며 말했다. "저애 집이 좀 사는구나."

"얼마나 사는데?" 내가 물었다.

"이집트에 갔다 왔대." 언니가 말했다. "너도 알고 있었어? 젠장, 이집트에 말이야!"

"아빠가 교수야. 별을 구경하면서 돌아다닌대."

"좋겠다."

나는 무슨 말을 해야 할지 난감했다. 언니는 지난 일 년 동안 내가 못 가본 곳을 가보고 내가 못 본 것을 구경하면서 돌아다녔다. "좋겠지." 내가 말했다.

"그런 사람들은 사는 게 참 쉽지." 언니가 말을 이었다. "그런데 자기네가 쉽게 사는 줄도 몰라."

나는 언니한테 실라의 학교 친구들 이야기를 해줄까 생각했다. 실라는 그애들 때문에 밥도 혼자 먹었다. 그애들이 반 애들 모두에게 실라랑 말하지 말라는 쪽지를 돌렸다. 하지만 언니의 얼굴은 단단히 굳어 있었다. 그런 얘기로는 언니의 생각을 바꿀 수 없을 것 같았다. "언니도 많이 돌아다녔잖아." 내가 대답했다.

"이집트에 갈 일은 없을 거야, 앨리스."

"그걸 어떻게 알아?" 내가 대답했다. "인생은 길어."

"나는 알아." 언니가 말했다. "알아들어? 나는 안다구."

나는 내 앞에 펼쳐질 인생을 상상해보았다. 8학년. 고등학교. 그다음에는 길고 어두운 터널. 어디로 통할지 알 수 없는 길이었다. 내 인생은 아직 형체가 없었다. 뭐가 될지 알 수 없는 미스터리였다. 그런데 안다고? 대체 누가 뭘 아는데?

"너는 그 어린애랑 설렁설렁 돌아다녀주고 그애 엄마한테 얼마나 뜯어내나?" 제리가 물었다. 언니는 제리를 노려보았다.

"네 밥값 댈 만큼 뜯어낸다."

제리는 턱에 힘을 주며 눈을 가늘게 떴다. 하지만 실라가 축사 안쪽에서 깡충깡충 뛰어오자 두 사람은 서로 외면하며 표정을 풀었다.

실라가 눈앞에 나타나는 순간 온 세상이 예의를 차리는 것 같았다. 모두가 실라의 순수함과 깨끗함을 이해해주는 것 같았다. 실라의 순수함을 더럽히는 최초의 인간이 되는 것은 아무도 원하지 않았다.

"무슨 얘기 했어요?" 실라는 엉덩이를 한쪽으로 내밀며 물었다. 언니 옆에 서 있는 실라의 모습이 꼭 언니의 그림자 같았다.

"복잡한 세상에 대해서." 제리가 이렇게 말하자 언니가 제리의 뒤통수를 후려쳤다. 제리와 언니의 관계는 이런 식이었다. 교양 없는 관계. 손이 먼저 올라가는 관계. 내가 보기에 두 사람은 날이면 날마다 맹수처럼 서로에게 으르렁거리고, 송곳 같은 살벌한 눈으로 서로를 노려보았다.

"너희 언니 부부처럼 귀여운 애들은 처음 봤어." 비치 아줌마가 나한테 말했다. 메기 부대가 우르르 모여들었다.

"그렇게 사이가 좋지는 않아요." 내가 이렇게 말하자 아줌마들이 호호 웃었다.

"아," 패티 조 아줌마가 말했다. "그게 바로 청춘의 사랑이지."

"그게 뭔데요?" 내가 물었다.

"티격태격 싸우는 거. 그런 게 다 성적 에너지란다." 제이시 아줌마가 말했다.

"옳은 말씀." 비치 아줌마가 거들었다. "머리까지 차올라서 화산처럼 폭발하는 거야."

밤이 되어 말 먹이 주는 일이 끝나고 손님들이 모두 집으로 돌아가면, 아빠는 집 안으로 들어갔고 노나 언니는 축사에 있는 라디오 채널을 클래식에서 올드팝으로 돌렸다. 언니와 제리는 접이의자에 앉아 담배를 피우고 마구실 냉장고에 잔뜩 넣어놓은 맥주를 마셨다. 낮에 언니와 제리는 서로 남이었다. 그러나 축사 스피커에서 잡음 섞인 음악이 흘러나오고 여기저기서 말 울음소리가 들리는 밤이 되면 둘은 허물없는 친구로 변했다. 팔다리에 긴장이 풀리고 목소리가 가벼워졌다. 웃음이 섞여들었다.

나는 숙제를 마친 다음 어슬렁어슬렁 축사로 나가 두 사람 옆에 앉았다. 두 사람이 마시는 맥주를 한 모금씩 훔쳐 마시거나 귀뚜라미 소리에 귀를 기울였다. 낮에 제리는 거의 말이 없었다. 밤에 제리는 언니하고 내가 떠드는 소리에 귀를 기울였다.

"나 잘 있느냐고 누가 물어봤니?" 언니가 물었다. 나는 탁자 위로 슬쩍 손을 뻗어 언니의 맥주 한 모금을 홀짝였다.

"글쎄," 내가 말했다. "몇 명 있었는데."

"누구였어?" 언니가 다시 물었다. 언니는 미소를 짓고 있었고, 뺨은 빨갛게 달아올라 있었다. "이름이 뭐였어? 뭐랬어?" 제리는 접이의자에서 앉은 자세를 고쳤다. 언니를 바라보면서 혀끝으로 아랫입술을 적시고 있었다.

"밸러리 헤이스가 언니 어떻게 지내느냐고 물었어." 내가 말했다. "언니가 떠났을 때 스캔들이었다고 그러더라."

언니는 씩 웃으며 손뼉을 쳤다. "스캔들이었대." 언니는 이렇게 되뇌며 제리에게 눈을 찡긋했다. "흠, 대단하네."

제리의 입가가 살짝 들려 올라갔다. 나는 무슨 말을 더 해주고 싶었다. "정확히 말하면 완전 대박 스캔들이었다고 그랬어."

나의 말에 언니는 머리칼이 뒤로 넘어갈 정도로 고개를 젖히고 웃었다. 나는 다시 언니의 맥주로 손을 뻗었다. 이번에는 아무도 내 손을 때리지 않았다.

"진짜 웃긴다." 언니가 말했다. "또 없어?"

우리 둘 다 아는 사람이 누가 있나. 언니가 아는 사람 중에 나한테 말을 걸 가능성이 있는 사람이 생각나지 않았다. "언니는 잘 있느냐고 할머니가 물어봤어." 내가 한참 만에 입을 뗐다. "지난번에 할머니랑 할아버지랑 우리집에 왔었거든."

언니가 삐친 척하면서 아랫입술을 쭉 내밀었다. "뭐?" 언니가 말했다. "남자애들은 하나도 없었어?"

제리가 언니에게 시선을 보냈다. 그러고는 몸을 수그리고 카우보이부츠의 뒤축을 뻗었다. 부츠의 뒤축이 콘크리트 바닥을 쿵하고 내리쳤다. 언니가 킬킬거렸다. 뭔가 알 수 없는 일이 일어났다. 어느새 대화는 희뿌연 밤공기 속으로 사라진 후였다. 두 사람에게는 내 존재가 안중에 없었다.

제리는 손바닥을 펼치더니 검지를 구부려 언니를 불렀다. 자리에서 일어난 언니는 입가에 미소를 띠면서 제리 앞으로 갔다. 두 사람은 잠시 서로를 그냥 바라보았다. 이윽고 언니가 다리를 벌리고 제리의 무릎에 앉았다. 제리는 언니의 허리를 잡아서 좀더 가까이 당겼다. 제리의 손끝이 언니의 허리를 타고 내려갔다. 제리의 손바닥이 언니의 뒷주머니에서 멈추었다. 제리가 언니를 끌어안았다. 언니는 고개를 숙이고 제리에게 키스했다. 언니의 노란 머리칼이 커튼처럼 얼굴 위로 쏟아졌다. 나는 커튼 밖에 남겨졌다.

"엘비스 프레슬리가 쌍둥이였던 거 아세요?" 내가 물었다.

"제시 개런." 델마 선생님이 말했다. "사산됐어."

제리와 델마 선생님이 둘 다 그걸 알고 있다는 게 이상했다. 두 사람은 공통점이 하나도 없었다. 두 사람의 인생은 정반대였다. "선생님이 그걸 어떻게 알고 있어요?" 내가 물었다.

"일반적인 문화 상식이니까." 선생님이 대답했다. "너는 어떻게 알고 있니?"

나는 제리 이야기를 할까 생각했다. 제리 이야기, 언니 이야기, 두 사람이 집에 돌아와서 함께 살고 있다는 이야기, 지금 아마 섹스 중일 거라는 이야기. 하지만 선생님은 우리 아빠가 교수라고 알고 있다. 우리 언니의 남편이 의대에 다니는 것으로 알고 있다. 제리 이야기, 제리가 엘비스에 대해 많이 알고 있다는 이야기를 꺼내려면 모든 이야기를 털어놓을 수밖에 없을 것 같았다. "나는 알면 안 되나요?" 내가 말했다.

"네가 엘비스의 광팬인 줄은 몰랐구나."

"음," 나는 조심스럽게 말했다. "슈퍼스타였잖아요."

"슈퍼스타 중에서도 최고였지." 선생님이 말했다. "미국 최초의 위대한 섹스심벌."

나는 엘비스의 기름 바른 검은 머리와 실룩거리는 엉덩이, 하얀색 양말과 번쩍거리는 기타를 떠올렸다. 모든 것이 섹스와 연결되는 것 같았다.

"선생님은 섹스 많이 해봤어요?" 내가 묻자 술이 목에 걸리는 소리가 전화선을 타고 들려왔다.

"글쎄다." 기침이 가라앉은 다음 선생님이 말했다. "얼마나 해야 많이 한 거냐?"

"글쎄요." 내가 대답했다. "몇 번이나 해봤어요?"

"몇 번이나 했느냐고?"

"음, 몇 명이랑 해봤어요?"

"그건 젠틀맨(gentleman)이 입에 담을 말이 아니란다, 앨리스."

"선생님은 젠틀맨인가요?"

"나는 젠틀한(gentle) 남자(man)지." 선생님이 말했다. "비슷한 거 아니겠니?"

"그건 그렇다고 치고, 몇 살 때 처음 해봤어요?"

"낯 뜨거운 질문이구나, 앨리스."

"몇 살 때였냐고요!"

"나는 늦게 튼 아이였어."

"열다섯 살?" 내가 물었다.

"애야," 선생님이 흥분했다. "나는 미시간 사람이야!"

"열여덟 살?"

"그쯤 된다."

"열아홉 살?"

"스무 살 때였어." 선생님이 말했다. "이제 됐니?"

학교에서 우리는 섹스에 대한 모든 것을 배웠다. 임신에 대해 배웠고, 에이즈에 대해 배웠다. **섹스하지 말 것.** 성교육시간에 가정 선생님은 나팔관이 어디 있는지 가르쳐주었고, 우리가 태어날 때 평생의 난자를 갖고 태어난다는 것을 가르쳐주었다. "나는 결혼할 때까지 섹스 안 할 거야." 수업이 끝난 뒤에 재니스 리어던이 말했다. 애들은 못 들은 척하면서 다른 데로 시선을 돌렸다. "나는 좋은 대학에 들어갈 거니까."

"그게 그거하고 무슨 상관인데?" 내가 물었다. 재니스 리어던과 긴 말 하지 않는 것이 나의 규칙인데, 규칙을 떠올리기 전에 말이 먼저 나와버렸다.

"여자애들이 섹스를 하면 수학 점수가 떨어지거든." 재니스가 아는 체를 했다.

"헛소리 마." 내가 말했다.

"연구 결과가 있어, 앨리스 윈스턴." 재니스가 대꾸했다. "기록이 있다구."

나는 재니스가 했던 말을 점심시간에 치어리더 애들에게 들려주었다. 애들은 열심히 듣다가 핫도그에 대고 웃어댔다. 켈리랑 레이철은 둘 다 8학년 남자친구가 있었다. 선을 넘은 것은 아니었지만 키스마크와 애무 정도는 알고 있었다.

레이철은 웃음을 가라앉힌 다음, 같이 점심 먹던 애들한테 오럴 하는 법을 보여주겠다고 했다. 핫도그가 도구로 이용되었다. 가장 중요한 것은 목구멍을 활짝 열고 이를 입술로 감싸는 것이라고 레이철은 설명했다. 잘못하다 깨물 수가 있어. 나는 치어리더 애들과 함께 레이철의 연기를 구경했다. 애들은 손뼉을 치고 휘파람을 불고 난리였다. 하지만 그렇다고 해서 뭐가 달라지는지는 확실치 않았다. 오럴은 사실 섹스가 아니었다. 설사 그게 섹스라 해도, 치어리더 애들은 대부분 초급수학에서 분수랑 두 자릿수 나눗셈을 배우고 있었다. 심한 뇌손상을 당한다고 해도 수학 성적에는 별다른 영향이 없을 것 같았다.

"여자는 몇 살이었어요?" 내가 델마 선생님에게 물었다. "어렸어요?"

"동갑이었다."

"여자도 처음이었어요?"

"처음이라더라." 선생님이 대답했다.

"그 말 믿으세요?" 내가 물었다.

"그때는 믿었지."

"그런데 지금은 안 믿으세요?"

"지금은 내가 뭘 믿는지 모르겠어."

"왜 그런 것을 갖고 거짓말을 해야 하는데요?" 내가 묻자 선생님은 담배에 불을 붙이고 깊이 들이마셨다.

"모르겠구나." 선생님이 말했다. "왜 사람들은 거짓말을 해야 하는 거지?"

2학년 때 나는 선생님에게 엄마가 보트 사고로 죽었다고 했다. 그리 좋은 거짓말은 아니었다. 우리집은 보트가 없었고, 설사 있다고 해도 사막에 살면서 선박과 관련된 비극을 경험할 기회는 많지 않았다. 하지만 그때 선생님은 젊은 여자 선생님이었고, 아이들을 다루어본 경험이 없었다. 선생님은 내가 당했을 고통에 마음 아파했다. 선생님이 진실을 알아내기까지는 일주일쯤 걸렸는데, 그동안 선생님은 내가 엄마를 잃은 것을 보상해주느라 나만 특별하게 예뻐했다. 받아쓰기에서 만점을 받으면 황금 별을 하나 더 주었고, 쉬는 시간에는 내 머리를 땋아주었다. 이야기 시간에는 나를 선생님 무릎에 앉혀주었다. 반 아이들 중에 엄마가 보트 사고로 죽은 아이는 나밖에 없었다. 나는 선생님의 귀염둥이였다.

하지만 데저트밸리는 작은 마을이었다. 선생님은 오래지 않아 우리 엄마가 죽지 않았다는 것을 알게 됐다. 선생님은 집으로 전화를 걸어 아빠에게 이야기했고, 아빠는 선생님에게 내가 상상력이 풍부한 아이라고 했다. 최근에 텔레비전에서 나탈리 우드의 일대기를 보여주었는데 우리 애가 그걸 보고 뭔가 착각을 일으킨 것 같다고 아빠는 말했다.

충분한 설명이 되지는 못했다. 학교에 갔더니 선생님은 나에게 진실은 신성한 거라고, 거짓말은 나쁜 거라고 했다. 이 세상에 힘들게 사는 사람들이 얼마나 많은지 아느냐고 했다. 이 세상에는 형편이 어려워 학교에 못 다니는 애들, 입을 옷이 없는 애들, 먹을 것이 없는 애들이 있다고 했다. 이 세상에는 병에 걸린 부모들, 죽어가는 부모들, 자식들에게 화가 나면 자식 손을 붙잡아 뜨거운 난로에 갖다 대는 부모들이 있다고 했다. 중국에서는 여자애가 태어나면 남자애가 아니라는 이유만으로 통에 집어넣고 물에 빠뜨려 죽인다고 했다. 이 세상에 끔찍한 일들이 이렇게 많은데, 왜 너는 멀쩡하게 집에 계신 어머니를 죽었다고 했느냐고 했다. 그런 이야기를 지어내면 불행이 온다고 했다. 나쁜 카르마가 생긴다고 했다. 그런 말은 우주를 노하게 한다고 했다. 말이 씨가 된다고 했다.

그래서 나는 잘못했다고 했다. 애기들을 통에 넣고 물에 빠뜨려서 죽이는 줄 몰랐다고, 자식 손을 난로에 지지는 부모가 있는 줄 몰랐다고 했다. 우주를 노하게 할 생각은 전혀 없었다고 했다. 하지만 내가 무슨 말을 해도 소용없었다. 그때부터 선생님은 두 번 다시 내 머리를 땋아주지 않았다. 나를 자기 무릎에 앉혀주지도 않았다. 받아쓰기 시험에서 만점을 받아도 황금 별은 다른 애들처럼 하나밖에 받을 수 없었다. 그때 나는 선생님이 세상에서 제일 예쁘다고 생각했다. 빨강 머리, 녹색 눈동자, 호박색 주근깨. 선생님의 눈길을 받을 수만 있다면 이 세상에 못 할 게 없었다. 선생님이 내게 말을 걸게 만들 수만 있다면, 선생님이 나를 보고 미소 짓게 만들 수만 있다면, 이 세상에 못 할 게 없었다. 하지만 그런 마음을 제대로 설명하기란 불가능했다. 그리고 결국은 아무래도 상관없는 일이었다. 지금은 선생님 이름도 생각나지 않았다.

"얼마나 웃겼는지 몰라." 언니는 제리에게 그때 이야기를 해주면서 맥주병에 대고 킬킬댔다. "아빠가 전화를 받더니 이러더라. 보트요?"

제리는 접이의자에 앉아 나를 향해 고개를 저었다. "거짓말이 너무 괴상한데." 제리가 말했다. 나는 얼굴을 붉혔다. "너 왜 그런 말을 했니?"

나는 입술을 깨물며 대답을 생각해내려고 애썼다. 엄마는 죽은 사람이나 마찬가지니까. 옛날부터 죽은 사람이었으니까. 하지만 그건 해서는 안 될 말이었다. 아무도 듣고 싶어하지 않을 말이었다. 내가 좀더 나은 대답을 생각해내기 전에 언니가 담배를 흔들며 끼어들었다.

"앨리스는 옛날부터 괴상한 소리를 잘했어." 언니가 말했다. "애기였을 때도 우리 식구들은 애 입에서 과연 무슨 말이 나올지 몰랐어."

제리는 궁금하다는 듯 나를 향해 고개를 갸웃거렸다. 나는 제리의 시선을 외면하며 맥주병 라벨 벗기는 일에 몰두했다.

"애가 너무 똑똑해서 그랬겠지." 언니가 말했다. 알코올 때문에 발음이 분명치 않았다. "세상이 애 머리를 못 따라갔던 거야."

나는 나를 추어올리는 말에 미소를 지으려고 했다. 하지만 얼굴을 드니 제리가 아직 나를 가만히 쳐다보고 있었다. "아직 어려서 그랬던 거 아닐까." 제리가 말했다. "엄마가 왜 바깥에 나오지 않는지 알아내려고 했던 것 같아."

제리 말에 언니는 등을 꼿꼿이 펴면서 턱을 들어올렸다. 내 몸도 뻣뻣해지는 느낌이었다. 우리가 엄마 이야기를 하는 것은 괜찮았다. 우리는 엄마가 내뱉는 이상한 소리를 옮기기도 했다. 엄마는 이 세상 자체에 알레르기가 있는 것 같다는 말도 했다. 하지만 다른 사람이 엄마 이야기를 하는 것은 금기였다. 제리와 언니 사이의 침묵이 갑자기 불안하고 무겁게 느껴졌다. 그제야 나는 이해가 갔다. 제리와 언니가 부부라고 해도 제리는 우리집 식구가 아니었다. 우리 엄마 이야기를 하는 것은 금기였다.

"엄마가 옛날부터 그랬던 건 아니야." 언니가 한참 만에 입을 열었다. 조심스럽고 절제된 목소리로 신중하게 단어를 골랐다. "엄마도 옛날에는 정상이었어. 뭐, 어쨌든 정상에 가까웠어."

나는 언니의 얼굴을 바라보았다. 언니 말이 정말인지 아니면 제리가 자기 아내에게 미친 피가 흐른다고 생각하지 않게 거짓말을 하는 건지 궁금했다. 하지만 언니의 두 눈은 옛 기억으로 뿌옇게 흐려졌다. 언니가 무슨 생각을 하고 있는지 짐작이 가지 않았다. "엄마 아빠하고 같이 외출도 했었어." 언니가 말을 이었다. "일이 끝나면 둘이 같이 트럭으로 드라이브를 다녔어. 라디오를 듣기도 하고, 별을 보기도 하고, 땅을 둘러보기도 했어. 돈을 많이 벌면 땅을 사자면서. 집에 돌아올 때는 미소를 띠고 있었어. 집을 새로 짓자, 승마장을 새로 짓자, 둘만을 위한 승마장을 짓자, 그러면서 돌아왔어. 집에 와서 아빠는 엄마 손을 잡았고 엄마는 아빠 어깨에 기댔어. 거실 안을 빙글빙글 돌며 춤을 췄어. 가구, 얼룩진 카펫, 잭 할아버지가 지은 집을 가리키며 이런 건 다 버리자고 했어."

언니는 말을 멈추고 맥주를 한 모금 들이켰다. 언니의 두 눈에 눈물이 고이고, 언니의 미소가 떨렸다. "엄마랑 아빠랑 춤추던 거 기억나니?" 언니가 나를 바라보며 물었다. 언니의 표정이 흔들렸다. 나는 기억나지 않았다. 기억이 날 리가 없었다. 엄마와 아빠가 행복했던 순간들은 전부 내가 태어나기 전이었다. 언니는 고개를 돌렸다. 내 앞에서 자기의 행복한 기억을 자랑했으니 미안하겠지.

하지만 나는 언니의 동정 따위는 바라지 않았다. "이제 상관없어." 내가 말했다. "두 사람은 더이상 사랑하지 않아."

언니가 들고 있는 맥주병이 옆으로 기울었다. 나는 병을 쳐다보면서 맥주가 쏟아지기를 기다렸다. "왜 말을 그딴 식으로 하니?" 언니가 물었다.

나는 언니를 가만히 쳐다보았다. "아빠는 엄마를 거의 보지도 않아." 내가 말했다. "두 사람은 거의 말도 안 해."

언니는 고개를 저으며 말했다. "너는 이해 못 해." 나는 자리에서 일어났다.

"언니는 집을 나가 있었잖아." 누가 내 목을 조르고 있는 것처럼 딱딱한 목소리가 났다. 내 목소리 같지가 않았다.

"세상에는 변하지 않는 것도 있어. 일 년이 지나도 안 변해. 십 년이 지나도 안 변한다구." 언니가 말했다.

"그런데 무슨 일이 있었어?" 제리가 물었다. 언니가 제리를 노려보았다.

"일이 힘들어졌어." 언니가 속삭였다. "일이 꼬여버렸어."

"하룻밤 사이에 그렇게 되지는 않는데." 제리가 말했다. 언니는 고개를 저었다. 제리는 이해할 수 없는 일이었다.

"옛날에 우리집에 고양이 한 마리가 있었거든." 언니는 맥주를 한 모금 더 마시고 말했다. "털이 텁수룩한 늙은 고양이였는데 축사에 살았어. 이름은 햄이었고."

"기억 안 나." 내가 말했다. 우리 축사 고양이들은 항상 똑같았다. 그냥 축사 고양이들이었다. 우리는 축사 고양이들에게 이름을 지어주지 않았다.

"네가 태어나기 전이었어." 언니는 나를 비스듬히 쳐다보며 말했다. 말이 끊겨 짜증스러운 표정이었다. "내가 그때 다섯 살이었나. 어쨌든, 고양이가 병이 났어. 뼈만 앙상하고 눈동자는 시체처럼 흐리멍덩하고 온몸은 상처투성이고 정말 엉망이었어."

"죽었겠구나." 제리가 말하자 언니는 고개를 끄덕였다.

"그때 집에 돈이 하나도 없었어. 정말로 한 푼도 없었어. 그래서 아빠는 한 손으로 고양이 목덜미를 쥐고 한 손에는 가로 2인치 세로 4인치짜리 나무토막을 들고 축사 뒤로 갔어. 한 번 크게 딱 하는 소리가 들렸고, 그것으로 끝이었어. 햄은 세상에서 사라졌어."

"그래서 너, 충격받았어?" 제리가 물었다.

"나는 충격 안 받았어." 언니가 말했다. "그렇게 심하게 받지는 않았어. 하지만 엄마가……" 언니는 눈을 치켜뜨고 나와 눈을 마주쳤다. 언니와 나는 동시에 소름이 끼쳤다. 우리는 같은 생각을 하고 있었다. 우리 엄마.

"너희 엄마가 어쨌는데?" 제리가 물었다. 일순간 언니의 시선과 내 시선이 함께 움찔했다. 언니의 시선은 금방 제리에게 돌아갔다.

"정신이 나갔어. 소리를 지르고 울고 아빠에게 달려들었어. 얼굴을 할퀴고 가슴을 할퀴고 아빠가 밉다고 흐느껴 울었어." 언니가 다시 나와 눈을 마주쳤다. "그러고는 망가졌어."

"그때가 처음이었어?" 내가 물었다.

언니의 어깨가 축 처졌다. 맥 빠지고 허탈한 표정이었다.

"그럴걸." 언니가 말했다. "아닐지도 모르지만, 나는 기억 안 나."

제리는 언니의 담배를 가지러 일어나면서 말했다. "나는 이해가 잘 안 간다."

언니는 머리칼을 쓸어넘기면서 기억까지 같이 털어냈다. "상관없어." 언니가 제리의 담배에 성냥불을 붙이러 일어나면서 말했다. "아무짝에도 쓸모없는 그냥 옛날 얘기야."

아빠가 깁스를 푼 날, 집으로 돌아온 아빠는 바지를 올리고 다리를 보여주었다. 아빠의 다리는 국수 가락처럼 가늘었다. 근육은 다 없어졌고, 정강이뼈와 무릎은 피부가 축 처져 있었다.

그때까지 아빠는 깁스를 풀고 목발을 반납하고 나면 다친 데가 감쪽같이 나으리라 생각했다. 하지만 깁스와 목발이 없는 아빠는 오히려 움직임이 둔해진 것 같았다. 축사를 한 번에 통과하지도 못했다. 중간에 한 번은 벽을 집고 멈춰 서서 허리를 굽히고 무릎과 엉덩이를 문질러야 했다. 웅크리고 앉지도 못하니 발굽 뽑는 일이나 편자 고치는 일도 할 수 없었다. 균형을 잡지도 못하니 건초 옮기는 일이나 바퀴수레 미는 일도 할 수 없었다. 말에 탈 수도 없었다.

"지팡이 따위에 의지해야 하는 놈이 될 줄 몰랐는데." 패티 조 아줌마가 지팡이를 짚는 게 낫지 않겠느냐고 하자 아빠는 이렇게 말했다.

"차차 회복되겠죠." 아줌마가 아빠의 어깨를 지그시 누르며 말했다. "당분간만 짚고 다니세요. 근육이 회복될 때까지만요."

패티 조 아줌마는 전에 나를 데리고 새 옷을 사러 갔던 것처럼 이번에는 아빠를 데리고 지팡이를 사러 갔다. 단순하고 튀지 않는 세련된 것으로 사러 갔다. 아줌마의 차를 타고 나간 두 사람은 아주 늦게 돌아왔다. 패티 조 아줌마가 고른 지팡이는 너도밤나무 자루에 가죽 손잡이였다. 가죽에는 자수가 놓여 있었다.

"네가 보기에는 어떠냐?" 아빠는 식기장 유리에 비친 자기 모습을 한참 바라보다 나한테 들키자 이렇게 물었다. 내가 보기에 지팡이는 아빠의 물 빠진 청바지와 얼룩진 티셔츠에 전혀 어울리지 않았다. "패티 조 아줌마 말로는 내가 지팡이 덕분에 위엄 있어 보인다던데." 아빠가 덧붙였다.

"비싸 보여요." 내가 말했다.

"비싼 거야."

"더럽혀도 돼요?" 내가 물었다. 아빠는 자기 옆모습을 보려고 돌아섰다.

"안 될걸."

"그럼 소용없잖아요. 축사에서 쓰면 더러워질 텐데."

아빠는 어깨를 으쓱했다. "어쨌든 거기 일은 그렇게 많지 않아." 아빠가 대답했다. "제리가 알아서 하니까."

아빠가 축사에서 하는 일이 점점 줄면서 제리 일은 점점 늘었다. 마방을 청소하는 것도, 시합 나갈 말들을 훈련시키는 것도 제리 몫이었다. 제리는 일이 점점 늘어도 불평 한마디 없었다. 일이 없는 시간에도 가만히 있지를 못했다. 일이 다 끝나면, 또 할 일이 없나 하고 축사를 왔다 갔다 했다. 마구실 물품을 다시 배치하고, 바닥을 빗자루로 쓸고, 곡물 통을 닦고, 눈에 띄지 않는 곳을 청소했다.

"그냥 좀 쉬어." 언니가 제리에게 쏘아붙였다. "너 때문에 돌아 버리겠어."

하지만 제리는 그냥 좀 쉬지를 못했다. 제리가 고삐를 가지고 킹의 원형 우리로 나가던 날 나는 제리 뒤를 쫓아갔다. 그러고는 울타리에 걸터앉아 구경했다. 제리가 울타리 문을 열자 킹은 제리를 피해 달아났다. 제리는 울타리 안으로 들어가 꼼짝 않고 서 있었다. 팔을 늘어뜨리고 손가락 사이에 고삐를 걸친 채였다. 맞은편 원형 우리에서 달링이 귀를 쫑긋 세우고 쳐다보았다.

몇 분이 지나자 킹은 제리가 있는 곳으로 몇 걸음 옮겼다. 그러면서 콧구멍을 넓히고 허공 여기저기에 대고 킁킁거렸다. 킹의 발굽이 타가닥타가닥 흙바닥을 쳤다. 킹은 결국 제리가 팔만 뻗으면 닿을 만한 곳까지 왔다. 하지만 제리는 여전히 꼼짝도 하지 않았다. 킹은 목을 길게 빼고 제리의 어깨 가까이로 코를 들이댔다. 킹이 내쉬는 숨에 제리의 옷깃이 바스락거렸다. 제리는 천천히 손바닥을 들어 킹에게 자기의 냄새를 맡게 해주었다. 말은 펄쩍 뛰어 옆으로 갔다가 다시 슬슬 다가왔다. 울타리에 걸터앉은 나는 숨을 죽이고 지켜보았다. 킹은 춤을 추듯 앞으로 갔다 뒤로 가기를 반복하다 드디어 제리의 손을 건드렸다.

제리는 킹의 목과 가슴을 가볍게 쓸었다. 킹이 몸을 피하면 제리는 움직임을 멈추고 킹이 다시 다가올 때까지 기다렸다. 마침내 제리는 고삐를 킹의 얼굴 앞에 대고 킹이 고삐의 냄새를 맡게 했다. 그런 다음 천천히 원형 우리에서 나와 울타리 문을 닫았다.

"뭐하는 거예요?" 내가 물었다.

"너무 자라기 전에 훈련을 시작해야지." 제리가 대답했다. "안 그러면 아깝잖아."

"아빠가 좋아하지 않을 텐데." 내가 말했다. 제리는 나를 힐긋 보는가 싶더니 금세 축사 쪽으로 발길을 돌렸다.

"너희 아빠 요새 뜸하잖아. 우리한테는 잘된 일이지."

실라 올트먼은 〈사운드 오브 뮤직〉 지방 공연 오디션에서 루이자로 캐스팅되었다. 건방진 애 있잖아, 실라는 나한테 말했다. 실라는 리허설 일정이 빡빡할 것 같다면서 뮤지컬이 끝날 때까지는 승마장에 자주 못 나올 것 같다고 했다. 나는 아빠가 안 된다고 말할 줄 알았다. 꾸준한 연습이 얼마나 중요한지 아느냐고, 내년을 준비할 때라고 말할 줄 알았다. 하지만 아빠는 실라 말을 듣고 기분이 좋은 것 같았다. 아빠는 시즌이 끝났으니 당분간 쉬라고 했다. 공연할 때 우리 모두 보러 가겠다는 말도 했다.

아빠는 여유 있는 시간이 많아졌고, 패티 조 아줌마와 보내는 시간도 점점 많아졌다. 아줌마가 오면 장애물 넘기를 코치해주었고, 오후에는 아줌마랑 차를 타고 마구와 장비를 구하러 나갔다. 하지만 물건을 사온 적은 한 번도 없었다. 하지만 그 사실을 눈치챈 사람은 나밖에 없었다. 눈치챈 사람이 있는지는 모르지만, 어쨌든 입 밖에 낸 사람은 없었다. 실라의 레슨이 없어지자, 언니는 축사를 어슬렁거리며 메기 아줌마들과 수다를 떨었다. 제리가 말똥을 치우고 있으면 거들지 않고 그냥 구경만 했다. 매일 오후 제리는 원형 우리에서 킹을 훈련시켰다. 며칠 만에 제리는 킹에게 고삐를 매고, 끌 수 있었다. 곧이어 제리는 킹에게 런지라인을 맸다. 제리가 츳츳 소리를 내며 런지라인 손잡이로 허벅지를 톡톡 치면 킹이 원형 우리를 구보로 한 바퀴 돌았다.

"그 녀석 몸뚱어리에서 쓸모 있는 데는 고추밖에 없어." 언니가 말했다. "시간 낭비 하지 마."

"내 시간이니까 낭비하든 말든 상관 마." 제리가 대꾸했다.

언니는 제리를 향해 눈을 가늘게 떴다. 싸울 태세였다. 하지만 제리는 다시 킹에게 주의를 돌렸다. 언니는 잠시 기다리다 자리를 떴다. 그러고는 달링의 원형 우리 울타리에 기대 제리에게 험악한 시선을 보내면서 담배에 불을 붙였다.

"고삐 매는 훈련은 나쁠 거 없잖아." 내가 언니한테 말했다. "어차피 교배할 때 고삐를 매야 하니까."

언니는 바닥을 보면서 고개를 저었다. 나는 울타리에 올라가 언니 옆에 자리를 잡았다. "그걸 왜 제리가 하는데?" 언니가 코웃음을 쳤다. "제리가 상관할 일이 아니야. 왜 자기가 걱정하고 난리냐고."

하루하루 지날수록 언니 부부는 사이가 나빠졌다. 낮에는 서로 쳐다보기도 싫어하는 것 같았다. 하지만 밤이 되어 축사에서 둘이 같이 술을 마실 때면 곤두섰던 날이 가라앉고 몸과 몸이 맞닿았다. 무릎과 무릎을 마주 댔고, 손과 손을 맞잡았다. 춤을 추었고, 키스를 했다. 그러고는 언니 방 문 뒤로 사라졌다. 두 사람을 삼킨 어두운 소음이 벽을 뚫고 내 방으로 들어왔다. 하나가 된 두 몸에서 떨리는 신음과 미친 듯한 헐떡임이 솟아올랐다. 언니와 제리가 서로를 정말로 싫어하는 것은 아니었다. 전에 메기 아줌마들이 이야기했었다. 성적 에너지 때문이라고. 혈기왕성한 사랑 때문이라고.

"제리가 지루한가봐." 내가 말했다. "로데오를 하고 싶은가봐."

언니가 고개를 홱 돌리며 나를 노려보았다. "남의 일에 신경 끄셔."

전에는 이렇지 않았다. 노나 언니는 이렇게 아무 때나, 이렇게 아무한테나 화를 내는 사람이 아니었다. 물론 말다툼은 항상 있었다. 언니가 집을 나가기 전에 언니랑 아빠는 소리를 지르기도 하고 발을 쾅쾅 구르기도 하고 며칠씩 서로 말을 안 하기도 했다. 하지만 그때는 언제나 장난기가 있었고, 다정함이 있었다. 그때 나는 두 사람이 가끔씩 한바탕 싸워야 직성이 풀리는 사람들이라고 생각했다. 하지만 지금은 달랐다. 언니 안에 있는 무언가가 자기를 둘러싼 모든 것을 거부하는 것 같았다. 제리도 예외가 아니었다. 나도 예외가 아니었다.

달링이 울타리 너머로 머리를 내밀었다. 나는 달링의 귀 뒤를 긁어주면서 달링이 기분 좋게 눈을 감고 콧구멍을 벌름대는 것을 바라보았다. 축사에서는 메기 아줌마들의 새된 웃음소리가 터져나왔다. 언니는 고개를 숙이며 엄지로 관자놀이를 문질렀다. "저 인간들 때문에 돌아버리겠어." 언니가 말했다. "몇 푼이나 벌겠다고 우리 축사를 저런 인간들에게 갖다 바치니?"

"돈이 정말 없어서 그랬어." 내가 대꾸했다.

"그랬겠지." 언니는 이렇게 말하며 달링에게 고개를 끄덕였다. "장난감 살 돈밖에 없었겠지." 나는 그때는 이렇게 될 줄 몰랐다고 말하려고 했다. 아빠가 달링을 샀을 때만 해도 다리가 부러질 줄 몰랐었다. 실라가 슈퍼스타가 될 수도 있었다. 실라가 우리를 가난에서 벗어나게 해줄 가능성이 그래도 조금은 있었다. 하지만 언니의 어두운 눈빛을 보고 나는 그냥 이렇게 말했다. "어쨌든 돈이 없었어."

"그게 다 이런 **사람들** 때문이야." 언니가 말했다. "나는 이런 사람들이 싫어."

"이런 사람들이 어떤 사람들인데?" 내가 물었다. 언니는 또 담뱃불을 붙였다.

"돈지랄하는 사람들."

"원래 우리 승마장에 오는 사람들이 그런 사람들이잖아." 내가 대꾸했다.

"누가 아니래?" 언니가 말했다. "근데 이제 너무 싫어. 저 여자들을 봐. 부족한 것 하나 없이 전부 갖고 있어. 그러니까 세상 모든 일이 엄청 비극이지. 어머 어머 어머, 그 집이 올해에 그리스에 못 간다면서? 어머 어머 어머, 그 집 남편이 바람피운다면서?"

“누가?” 내가 물었다. “어느 집 남편이 바람피워?” 언니가 내 쪽을 힐긋 보았다. 내 존재를 잊고 있었던 듯했다. “올트먼 씨.” 언니가 억지웃음을 지으며 대답했다. “실라네 아빠.”

나는 울타리를 내려와 언니 앞에 섰다. “언니가 어떻게 알아?”

“패티 조 아줌마가 그러더라. 올트먼 씨가 다른 여자하고 있는 걸 봤대. 그래서 올트먼 씨가 여기 안 오는 거야.”

“올트먼 부인도 알아?” 내가 물었다.

“무슨 상관이야?” 언니가 말했다. “그렇다고 올트먼 부인의 인생이 끝나는 것도 아닌데. 그래도 올트먼 부인은 돈도 있고 집도 있고 거기다 완벽한 미모도 그대로잖아.”

“남편을 사랑하고 있을지도 모르잖아.”

언니는 담배를 천천히 빤 다음 꽁초를 바닥에 버렸다. “그럴지도 모르지. 하지만 그런 사람들은 따로 가진 게 많아. 그런 사람들한테는 사랑이 그렇게 중요한 게 아니야.”

나는 방금 들은 이야기를 정리해보려고 애쓰면서 한 발자국 물러섰다. “그런데 있잖아,” 언니가 울타리에서 뛰어내리면서 말했다. “패티 조 아줌마는 남들한테 관심받고 싶어 환장한 여자야. 그냥 지어낸 말일 수도 있어. 그러니까 지금 내가 한 말 잊어버려.”

반대쪽 울타리에서는 킹이 제리를 중심으로 천천히 달리고 있었다. 언니는 킹을 바라보며 턱을 움찔했다. “아빠는 바트를 싫어했었잖아. 그런데 지금 뭐 하자는 거야?” 언니가 말했다. “바트 대신 바트 2세를 데려다놨잖아.”

“할아버지가 그런 거야.” 내가 대꾸했다. 언니는 코웃음을 쳤다.

“어련하시겠어.”

"일도 많이 하셨어." 내가 말했다. "에어컨도 고치고. 펌프도 고치고. 망아지들 등록비도 내셨어."

언니는 나를 위아래로 쳐다보며 엉덩이를 한쪽으로 내밀었다. "에이스를 죽도록 팬 사람이 할아버지야." 언니가 말했다. 그 순간 내 뱃속에 들어 있던 내장이 밖으로 뽑혀 나오는 것 같았다. 사방의 공기가 지평선 끝으로 빨려들어갔다.

"거짓말하지 마." 내가 말했다.

"너도 이제 애기가 아니야." 언니가 대꾸했다. 얼음송곳 같은 목소리였다.

"너도 이제 진실을 알아야 해. 아빠가 어렸을 때였어. 할아버지는 에이스에게 굽을 박는 중이었지. 에이스가 발길질을 했고, 할아버지는 순간 화가 치밀어서 묶여 있는 에이스를 내려쳤어. 에이스는 죽다 살아났어."

양손으로 귀를 막고 싶었다. 하지만 너무 늦었다. 언니의 입에서 나온 말이 머릿속에 연기처럼 들어찼고, 눈 뒤에서 그림이 그려졌다. 할아버지의 넓적하고 거뭇거뭇한 손. 매끈하고 무거운 망치. 아직 어리고 완벽한 모습의 에이스. 망치질을 당해 웅크리는 모습. 콘크리트를 긁는 발굽. 피와 털. 살점이 떨어져나가는 낮고 축축한 소리. 부러지는 뼈. 그리고 그 모습을 지켜보는 어린 아빠.

토할 것 같았다. 목구멍 뒤쪽이 차갑고 미끌미끌했다. 믿을 필요가 없는 말이었다. 사실로 인정할 필요가 없는 말이었다. 기억은 사실과 달랐다. 언니가 직접 보고 하는 말도 아니었다. 언니 말이 진짜가 아니기를 바란다면, 언니 말이 진짜라고 생각할 필요가 없었다. 하지만 어쨌든 나는 언니 말을 들었다. 그 장면이 머릿속을 스쳐 지나갔고, 나는 머릿속에서 그 장면을 보았다. 사실이든 아니든 기억에서 지워지지 않을 것 같았다. 방금 전까지만 해도 완전무결했던 것에 흉터가 생긴 것 같았다. 흉터가 영원히 남을 것 같았다.

언니 눈을 들여다보았다. 너무 태평하고, 너무 공허한 눈이었다. 언니가 미웠다.

"언니는 아무것도 몰라." 나는 거칠게 씩씩거렸다. "집에 없었으면 아는 척하지 마. 언니는 그동안 없어서 몰라. 할아버지 할머니가 우리집에 와 있었어. 그때는 모든 게 전보다 좋았어. 망가졌던 것들이 제대로 돌아갔어. 모두 모여서 밥을 먹었고. 사람이 다가가면 무조건 도망가던 망아지들이, 할아버지가 나타나니까, 짠, 다 할아버지한테 몰려갔어."

"그랬겠지." 언니가 말했다. "잠깐 있는 동안 수호천사 행세를 했겠지. 하지만 할아버지는 한번 화가 나면 물불 안 가리는 사람이야. 에이스는 죽다 살아났어." 언니는 달링을 가리켰다. "그래서 아빠가 평생 미친 말이나 망가진 말 뒤치다꺼리를 하는 거야. 프레드가 이걸 보면 뭐라고 하겠니?"

"프레드?" 내가 물었다.

"있잖아." 언니가 대답했다. "그 정신과 의사인지 뭔지. 세상 모든 게 무슨 다른 걸 상징한다던가 뭐라던가."

언니는 학교 성적이 좋았던 적이 한 번도 없었다. 이름도 연도도 공식도 외울 줄 몰랐다. 공부를 전혀 안 했다. 공부에 신경도 쓰지 않았다. 책도 읽지 않았다. 내 몸이 한껏 펼쳐지면서 공중으로 날아오르는 느낌이 들었다. 마침내 언니를 높은 하늘에서 내려다보는 느낌이었다. 언니가 티끌처럼 느껴졌다. 언니가 말은 더 잘 타는지 모르지만, 더 똑똑한 건 나였다. "프로이트." 내가 대꾸했다.

"오, 몰라서 미안하구나, 앨리스." 언니가 날카롭게 내뱉었다. "나는 학자가 아냐. 네가 기억할지 모르지만, 나는 학교를 그만두고 결혼했어."

"기억해." 내가 말했다. "그래서 좋아?"

언니의 얼굴이 굳어졌다. 입꼬리가 당겨지는가 싶더니 두 눈에 눈물이 고였다. 그리고 갑자기, 언니가 늙어 보였다. 눈가가 처져 보였고, 광대뼈가 두드러져 보였다.

"언니는 집에 없어서 몰라." 한참 있다 내가 속삭였다. "할아버지 할머니는 좋은 사람들이야."

언니가 어깨를 수그렸다. "아니," 언니가 대꾸했다. "그저 그런 사람들이야. 너나 나나 다른 사람들과 마찬가지라구."

축사에서는 메기 아줌마들이 각자 말 털을 빗기고 있었다. 패티 조 아줌마도 아빠가 스쿨버스 운전을 끝내고 돌아오기를 기다리면서 토이보이의 갈기를 빗기고 있었다.

"안녕하세요." 내가 말했다.

"안녕. 그런데," 패티 조 아줌마는 내 볼에 손바닥을 대면서 말했다. "너 얼굴이 너무 빨갛구나, 앨리스. 무슨 문제 있니?"

문제가 아닌 것이 없었다. 세상이, 세상 사람들이 다 문제였다. 어느 하나 제대로 된 것이 없었다. 패티 조 아줌마의 손바닥이 시원하고 부드럽게 느껴졌다. 아줌마의 눈을 올려다보는데 내 눈 뒤쪽에서 눈물이 솟는 것이 느껴졌다. 양손이 덜덜 떨렸고, 아줌마가 사준 비싼 신발 속에서 양말이 얼어붙었다.

패티 조 아줌마는 언니에게 올트먼 씨 이야기를 했다. 그렇다면, 다른 메기 아줌마들에도 말했을 것이고, 아빠에게도 말했을 것이다. 언니는 잭 할아버지가 에이스를 망치로 팼던 일을 알고 있었다. 그렇다면 엄마도 알고 있을 것이다. 나는 엄마가 어두운 방에 앉아 있는 모습을 생각해보았다. 엄마는 자기 방의 작은 창문으로 얼마나 많은 것을 보았을까. 얇은 벽을 통해 얼마나 많은 이야기를 들었을까. 수년 동안 나는 우리가 엄마를 보호하고 있다고 생각했다. 우리가 엄마를 추한 세상으로부터 지키고 있다고 믿었다. 하지만 착각이었다. 나는 패티 조 아줌마의 완벽한 메이크업과 멋지게 말려 올라간 속눈썹과 희고 가지런한 이를 올려다보았다. 내가 누군가를 무언가로부터 보호하고 있다고 생각했었다니 이만저만한 착각이 아니었다. 세상은 뻔했다. 비밀은 없었다. 그저 말을 하지 않을 뿐이었다.

"너를 행복하게 해주려면 어떻게 해야 하는지 내가 알지." 패티 조 아줌마는 이렇게 속삭이며 마구실로 오라는 손짓을 했다. 마구실 안에서 아줌마는 불을 켜고 엉덩이로 문을 닫았다. "너 주려고 뭘 좀 가져왔어."

아줌마는 비닐 쇼핑백을 내밀었다. 안을 들여다보니 초록색 스웨이드 재킷이 있었다. 아줌마가 처음 토이보이를 데리고 승마장에 왔던 날 입고 있던 옷이었다. "이게 뭔지 아니?" 아줌마가 물었다. 나는 고개를 끄덕였다.

"아줌마 옷이요." 내가 말했다.

"너를 처음 만났을 때, 내가 입고 있던 옷이란다." 아줌마는 재킷을 꺼내며 말했다. 그러고는 재킷을 흔들어 구김살을 폈다.

"버리게요?" 내가 물었다.

"너 입으라고." 아줌마가 대답했다.

아줌마가 내게 재킷을 입히고 깃을 매만지는 동안 나는 양팔을 뻣뻣이 내리고 멀뚱하게 서 있었다. "멋있다." 아줌마가 낮게 속삭였다. "그 색깔을 입으니 눈동자가 반짝인다."

나는 재킷을 받았다. 받지 않는 것보다 쉬웠으니까. 내 눈동자 색이랑 어울렸으니까. 내가 멋져 보였으니까. 패티 조 아줌마의 냄새가 났으니까. 돈의 냄새, 가능성의 냄새가 났으니까. 내가 가보지 못한 곳들의 냄새, 내가 구경도 못 해본 것들의 냄새가 났으니까. 세상은 엉망이니까. 내 몸에 꼭 맞는 스웨이드 재킷을 받지 않는다고 해서 세상이 나아지는 것도 아니니까.

실라 올트먼은 〈사운드 오브 뮤직〉이 지금까지 데저트밸리에서 공연된 것 가운데 최고일 거라고 말했다. 실라가 옐로캡과 훈련하러 오는 날은 일주일에 이틀이나 사흘이었는데, 그때마다 내 앞에서 이것저것 노래들을 연습했다. 염소떼와 에델바이스가 나오는 노래를 부를 때는 양팔을 올리고 발을 뻗는 춤을 곁들였다. 연한 색 머리를 고리 모양으로 땋아 올리면서 실라가 물었다. "어때? 나 오스트리아 애 같아?"

"그냥 너 같은데." 나는 대답했다. "머리 땋은 너 같아."

실라는 인상을 쓰더니 손가락으로 머리를 빗었다. "의상을 입으면 비슷하게 보일 거야. 엄마가 만들어주기로 했으니까 똑같아 보일 거야."

올트먼 부인은 솜씨가 좋았다. 이때껏 실라가 입었던 핼러윈 의상이나 학예회 의상은 모두 올트먼 부인이 만들어주었을 것이다.

이번에도 멋지게 만들어줄 것이다. 얼마나 멋진 의상인지 사진으로 찍어 증거를 남길 것이다.

"너희 아빠도 도와주니?"

"아니," 실라가 말했다. "세트 만드는 것 정도는 도와줄 수 있을 텐데. 하지만 아빠는 일이 너무 바빠."

나는 실라의 표정을 살폈다. 실라는 아무런 의심도 없을까. 올트먼 씨에게 애인이 있다고 언니가 말한 적이 있었다. 올트먼 씨를 만난 적도 없는 사람이 알 정도면, 딸은 짐작은 하고 있을 것 같았다. 하지만 실라는 발끝을 세우고 옐로캡 둘레를 빙빙 돌며 노래를 부를 뿐이었다. 얼굴을 붉히고 눈을 반짝반짝 빛내면서 "미는 파란 미나리 파는 예쁜 파랑새……"

"너희 아빠, 일을 많이 하는구나." 내가 말했다.

실라는 춤을 추다 말고 걸음을 멈추었다. 그러고는 짜증스러운 듯 한쪽 입가를 찡그렸다. "너 때문에 틀렸잖아." 실라가 중얼거렸다.

"미안해."

"그래, 우리 아빠, 일 많이 해." 실라가 말했다. "그러니까 내가 좋은 집에 살고 예쁜 옷을 입고 옐로캡 같은 멋진 말을 가진 거야. 우리 아빠, 돈 잘 벌어."

나는 실라의 눈을 살폈다. 올트먼 씨네 돈이 어디서 났는지 패티 조 아줌마가 알 정도면 딸이 모를 리가 없었다. 하지만 실라는 내 시선을 무시하며 대화가 끝나고 노래를 계속할 수 있기만을 기다렸다. 실라는 부모와 한집에 살면서 부모의 사이가 어떤지를 목격하고 부모의 대화를 들었을 것이다. 그런데 부모에 대해서 아무것도 모르고 있었다.

"나는 그냥, 아빠가 그렇게 바쁘면, 네가 힘들 것 같아서." 잠시 후에 내가 입을 뗐다. 실라는 고개를 갸우뚱했다.

"안 힘들어."

나는 고개를 끄덕였고, 실라는 다시 발꿈치를 들어올렸다. "이제 시작할게." 실라가 목을 가다듬으며 말했다. "맨 처음에서 시작해요, 뭔가를 시작하는 데는 맨 처음이 아주 좋거든요……"

예전에 실라는 나더러 내가 자기랑 제일 친한 친구라고 했었다. 제일 친한 친구 사이에는 비밀이 없어야 한다고 나는 생각했다. 내 상상 속에서 나와 폴리 케인 사이에는 비밀이 없었다. 폴리 케인과 나는 복도에서 귓속말을 하는 사이, 수업시간에 쪽지를 주고받는 사이, 서로에 대해서 모든 것을 털어놓는 사이, 모든 얘기, 모든 소망, 모든 두려움을 하나도 남김없이 털어놓는 사이였다. 폴리 케인과 나는 하나였다. 폴리 케인과 나는 서로의 분신이었다. 폴리 케인과 나는 몸은 둘이지만 기억은 하나, 인생도 하나였다. 내가 살아보지 못한 그런 인생에서라면 나는 내 단짝 친구에게 말했을 것이다. 사람들이 네 아빠에 대해서 수군거린다고. 네 아빠한테 여자친구가 있다는 소문이 돈다고. 네 아빠가 네 엄마를 두고 바람을 피운다는 소문이 돈다고.

하지만 실라 올트먼이 춤을 추는 것을 구경하는 동안, 실라와 나 사이는 내가 상상했던 폴라와 나 사이 같은 그런 사이가 아니라는 생각이 들었다. 나는 실라에게 소문을 전해줄 의무가 없었다. 게다가 패티 조 아줌마가 언니에게 말한 것이 모두 사실이리라는 보장도 없었다. 도시 반대쪽에 존재하는 세상에는 초록 잔디밭이

있었고 꽃으로 장식된 보도가 있었다. 올트먼 씨가 여가시간에 무
슨 일을 하든 그건 전혀 중요한 문제가 아니었다. 중요한 건 실라
가 모든 것을 가졌다는 것이었다. 그리고 올트먼 부인이 실라를 가
졌다는 것이었다.

"실라처럼 버릇없이 자란 애는 처음 봤어." 그날 밤에 언니가 말
했다. 아빠와 패티 조 아줌마는 몇 시간 전에 박차를 산다고 나가
서 아직 돌아오지 않고 있었다. 하늘은 어둑어둑하고, 축사는 조용
했다. 언니와 제리는 스피커에서 흘러나오는 작은 음악 소리에 머
리를 까딱까딱하며 맥주를 마시고 있었다.

"흐음," 제리가 담배를 길게 빨면서 대답했다. "그만하면 착한
애 같던데."

언니는 제리를 노려보았다. "네가 어떻게 알아? 그애하고 일 분
이라도 말해봤어?"

"내가 그애하고 말할 일이 뭐가 있어." 제리가 대답했다. "내가
그애한테 레슨비를 받아먹는 것도 아닌데." 제리는 언니가 실라를
데리고 돌아다닐 뿐이라고 말하지 않았다. 언니가 실라한테 가르
치는 게 아무것도 없다고 말하지 않았다. 하지만 제리의 눈빛은 그
렇게 말하고 있었다.

"네가 그애하고 말해보면 알겠지만," 언니가 입을 뗐다. 제리는
카드테이블 너머로 언니를 쳐다보았지만, 언니는 제리의 시선을
무시했다. "그애는 평생 자기가 갖고 싶은 것을 못 가져본 적이 없
는 애야. 내 말 맞지, 앨리스?"

나는 제리와 언니를 번갈아 쳐다보았다. 두 사람의 뜨거운 분
노, 두 사람이 입 밖에 내지 않은 말들이 연기처럼 공기 중에 차올

랐다. "너는 그 꼬마에 대해 아무것도 몰라." 제리가 대꾸했다. "옐로캡이 이제 그애 것이 됐으니까 그애를 질투하는 것뿐이야."

언니의 티셔츠 밑에서 심장이 쿵쿵거리는 소리가 들렸고, 언니의 목에서 근육이 팽팽해지는 것이 보였다. "그애 엄마가 아빠한테 돈을 얼마나 줬는지 모르지만," 언니가 속삭였다. "옐로캡은 내 거야."

나는 제리가 언니에게 져주기를 기다렸다. 제리가 사과하기를, 제리가 화해를 청하기를 기다렸다. 하지만 제리는 언니의 시선을 꿈쩍하지 않고 받아냈다. "네 거 아냐."

언니는 담뱃불을 축사 바닥에 눌러 끄고 자리에서 일어났다. "못 믿겠으면, 내가 보여주지."

언니는 옐로캡 마방 앞에 가서 옐로캡을 향해 혀를 츳츳 찼다. 옐로캡의 머리가 마방 문 위로 불쑥 나타났다. 언니는 마방 문을 확 열었다. "자, 나와." 언니가 옐로캡에게 말했다.

"하지 마!" 내가 말했다. 하지만 언니는 그만두지 않았다.

옐로캡이 마방 밖으로 걸어 나왔다. 고삐도 아무것도 없는 상태였다. 나는 벌떡 일어나서 옐로캡이 나갈 수 없도록 통로를 막았다. 제리는 내 옆에 서서 양팔을 좌우로 넓게 폈다. "도대체 무슨 짓이야?" 제리가 물었다.

언니는 옐로캡의 머리 쪽에 서서 양손을 들어올렸다. 언니의 손에 보이지 않는 고삐가 있는 것 같았다. 언니가 걷기 시작하자 옐로캡이 따라서 움직였다. 옐로캡은 언니의 걸음에 보조를 맞추고 있었다.

"워." 언니가 나직하게 말하자 옐로캡은 걸음을 멈추었다. 언니는 혀끝으로 소리를 내면서 무슨 말인가를 속삭였다. 무슨 말인지는 들리지 않았다. 옐로캡은 귀를 실룩거리더니 발을 옮겨 자세를 고쳤다. 완벽한 쇼맨십 자세였다. 언니는 한발 물러서서 옐로캡을 우리에게 소개했고, 제리와 나는 양팔을 떨어뜨렸다.

"소개합니다!" 언니는 스스로의 실력에 박수를 치면서 말했다.

"정말 대단했다." 제리는 낮은 목소리로 말했다. "이제 말을 넣어둬."

다시 한번 언니가 고삐를 쥐고 있는 것처럼 양손을 들어올렸고, 옐로캡이 따라 움직였다. 언니가 옐로캡 앞으로 돌자 옐로캡은 방향을 틀더니 언니를 따라 축사 통로를 지나 자기 마방으로 들어갔다. 옐로캡이 마방 안으로 들어가자 언니는 마방 문을 닫고 우리를 향해 양손을 내밀었다. 언니는 옐로캡의 몸에 손가락 하나 대지 않았다.

"자," 언니가 침착하게 말했다. "이래도 내 게 아니라고 할래?"

제리는 의자에 털썩 주저앉아 새 맥주를 땄다. "너한테 그렇게 중요한 말이면 모르는 사람이 사가게 내버려두지 말았어야지."

언니의 얼굴이 굳어지고, 뺨과 목에 시뻘건 반점이 생겼다. "앨리스, 네가 제리한테 말해." 언니가 속삭였다. "옐로캡은 내 거라고."

실라 올트먼이 평생 연습해도 옐로캡을 언니처럼 다룰 수는 없을 것이다. 옐로캡은 실라를 무작정 따라가지는 않을 것이고, 실라가 시킨다고 해서 물 위를 걸어가지는 않을 것이다. 하지만 옐로캡의 마방에는 수놓인 고삐가 걸려 있었다. 올트먼 부부가 다른 데로 이사 가면 옐로캡도 같이 갈 것이다. 언니는 옐로캡을 두 번 다시 볼 수 없을 것이다. 옐로캡이 언니 말을 듣든 말든 그건 상관

없는 일이었다.

언니는 잠시 내가 입을 열기를 기다렸다. 내가 아무 말도 하지 않자 언니는 울음을 터뜨렸다. 어깨가 들썩였고 입은 크게 일그러졌다. 제리와 나는 서로 힐끔힐끔 쳐다보았다. 갑작스런 감정의 폭발에 둘 다 놀란 상태였다.

"둘 다 지옥에나 가버려." 언니는 딸꾹질을 하며 집 안으로 걸음을 옮겼다. "당장 가버려."

제리와 나는 잠시 말없이 앉아 있었다. 조금 전 일이 믿기지 않았다.

"언니한테 그러지 말지." 내가 한참 만에 입을 뗐다. 그러고는 맹세하듯 한 손을 올리고 덧붙였다. "이런 적이 없었는데. 하느님한테 맹세하는데, 정말 이런 적은 처음이야."

제리는 의자에 기댔다. "늦었어." 제리는 눈앞의 벽에 시선을 고정하고 말했다. "너 잘 시간 지났겠다."

나는 제리를 노려보았다. 하지만 쓸데없는 짓이었다. 제리는 내 쪽으로는 눈길 한 번 주지 않았다. "그럼," 나는 자리를 뜨면서 말했다. "혼자 지옥에나 가시든지."

"좋은 꿈 꿔라." 제리가 말했다. 나는 발을 쿵쿵거리면서 집 안으로 들어갔다.

언니와 제리는 그 뒤로 며칠 동안 서로 말을 하지 않고 지냈다. 밥도 다른 시간에 따로 먹었다. 부엌 싱크대에 서서 먹기도 했다. 저녁이면 제리는 축사에서 혼자 맥주를 마셨다. 그동안 언니는 옷장을 뒤져 이 옷 저 옷 꺼내 입고 거울 속에 비친 자기 모습을 멍하니 들여다보았다.

밤이 깊어지면 제리가 층계를 올라와 언니 방에 들어가는 소리가 들렸다. 나는 침대에 누워서 제리가 옷을 벗는 소리, 제리의 장화 두 쪽이 바닥으로 떨어지는 소리에 귀를 기울였다. 하지만 침대 스프링이 삐걱대는 소리는 더이상 들리지 않았다. 숨을 헐떡이는 소리, 가늘게 떨리는 한숨 소리도 없었다. 밤이면 밤마다 나는 어느 한쪽이 져주기를 기다렸다. 어느 한쪽이 미안하다고 하기를, 어느 한쪽이 잘못했다고 하기를 기다렸다. 하지만 밤이면 밤마다 침묵뿐이었다.

"요새는 좀 썰렁하네." 패티 조 아줌마가 나에게 말했다. 계절이 바뀌고 있었다. 공기는 차고 선선했다. 초록빛 경치가 걷히고 있었다. 하지만 패티 조 아줌마는 턱으로 집 쪽을 가리켰다. 나는 아줌마가 하는 말이 날씨 이야기가 아니라는 것을 잘 알고 있었다. 현관에서 담배를 피우던 언니는 제리가 계단을 올라가자 반대 방향으로 몸을 웅크렸다. 제리는 말 한마디 없이 집 안으로 들어가며 현관문을 쾅 닫았다.

"둘이 싸웠어요." 내가 말했다.

"그런 것 같더라."

아빠는 오후에 고등학교 레슬링팀을 시합장에 실어다주는 일이 있었다. 패티 조 아줌마는 아빠가 오기를 기다리며 축사 안을 어슬렁거렸다. 손끝으로 축사 벽을 쓸면서 걷다가 마방 문 위로 머리를 내미는 말들이 있으면 걸음을 멈추고 쓰다듬어주었다. 실라는 바닥에 앉아서 안장을 닦으며 콧노래를 부르고 있었다. 언니와 제리 사이의 일은 전혀 눈치채지 못하는 듯했다.

"서로 말도 안 하려고 해요." 내가 패티 조 아줌마에게 말했다.

아줌마는 한숨을 쉬었다. "저게 시작이야."

"무슨 시작이요?"

아줌마는 축사 벽에 기대 자기의 검은색 부츠의 뾰족한 앞굽을 내려다보았다. "앨리스?" 아줌마가 물었다. "만약에 모든 걸 새로 시작할 수 있다면, 내가 뭘 할 거 같니? 내가 하고 싶은 게 뭘 거 같니?"

아줌마의 목소리는 나직했다. 나는 우리 옆을 감도는 정적을 느꼈고, 아줌마가 하는 말의 무게를 느꼈다. 나는 실라를 힐긋 내려다보았다. 하지만 실라는 소리 없이 입술을 움직여 노랫말을 읊조리는 중이었다. 안녕히 계세요, 저희는 이만, 물러갑니다. 실라의 마음은 다른 세상에 있었다.

"뭔데요?" 내가 물었다.

"어디 그냥 작은 아파트를 구해서 세간살이 몇 개 놓고, 책도 읽고 하고 싶은 일도 하는 거야. 그냥 나로 사는 거야. 혼자."

"아줌마 남편은 어쩌고요?" 내가 물었다. 패티 조 아줌마는 눈을 치켜떴다.

"남편이 무슨 상관이니?"

대화가 갑자기 위험하게 느껴졌다. 이런 말을 하면 안 될 것 같았다. 나는 패티 조 아줌마의 눈을 들여다보면서 내가 누구인지 기억해주기를 기다렸다.

"결혼한 게 싫으세요?"

아줌마는 나를 마주 보았다. 눈빛은 차분하고 목소리는 진지했다. "결혼은," 아줌마가 나직하게 말했다. "종착역이 없는 비싼 차표 같은 거야."

"정말요?"

아줌마 눈썹이 완전한 아치가 되었다. "너희 언니 봐라. 어느 역에 와 있는지." 아줌마가 말했다. "너희 아빠를 봐."

차가운 두려움이 목구멍 뒤쪽을 타고 올라왔다. 갑자기 아줌마 앞에서 발가벗겨진 느낌이 들었다. 아줌마가 내가 갖고 있는 모든 비밀, 내가 했던 모든 거짓말을 꿰뚫어보는 것 같았다.

바닥에서 실라가 앞머리를 훅 불어 올렸다. "다들 해요, 결혼." 실라가 말했다.

패티 조 아줌마의 시선은 계속 나에게 맞춰져 있었다. 격렬한 시선, 단호한 시선이었다. "결혼은 해답이 아니야, 앨리스. 내 말 무슨 말인지 아니? 결혼은 출구가 아니야."

혀가 마비된 것 같았다. 입술이 얼어붙은 것 같았다. 하지만 나는 고개를 끄덕였다. 네. 무슨 말인지 알아요.

"결혼해서 행복한 사람도 있어요." 실라가 아는 척하면서 말했다. "우리 부모님 보세요. 결혼한 지 십오 년이 지났는데 지금까지 아주 행복하게 살잖아요."

패티 조 아줌마의 눈빛에 험악한 표정이 스쳐 지나갔다. 나는 한순간 아줌마의 얼굴에 심술이 번득이는 것을 보았다. 구역질이 치미는 얼굴이었다. 하지만 아줌마는 실라의 머리를 쓰다듬으면서 두 눈을 감았다. 그러고는 한껏 부드러운 목소리로 이렇게 말했다. "그럼 정말 운이 좋은 분들이로구나. 좋으시겠다."

"결혼하고 싶으세요?" 내가 물었다.

"일단은 고등학교에 들어가는 것이 좋지 않겠니?" 선생님이 말했다.

그랬다. 우리는 종종 선을 넘었다. 선생님의 말이 무슨 뜻인지는 몰랐지만 뱃속이 꿈틀꿈틀했다. 나는 전화기에 대고 얼굴을 붉혔다. "내 이야기가 아니잖아요."

"그래," 선생님이 말했다. "알아."

"그러면요?"

"모르겠다." 선생님이 말했다. "언젠가 하겠지." 칙 소리와 후 소리. 담배를 피우는구나. "약혼했었다. 깨졌지만."

"사진 속 여자랑요?" 내가 물었다. "책상에서 치운 사진."

"관찰력이 좋구나." 선생님이 말했다. "맞아. 그 여자."

"왜 결혼 안 했어요?"

선생님은 잠시 말을 끊고 담배를 들이마셨다. "그 여자는 미시간에서 고등학교 졸업반이었다. 나는 거기 선생님이었고. 그냥 너무 오래 떨어져 있었어."

"사랑했어요?" 나는 물었다. 답은 이미 알고 있었다. 그 여자 때문에 선생님이 밥도 못 먹고 머리가 이상해졌다는 걸, 그 여자가 선생님이 처음이었다고 말한 그 여자라는 걸.

"그래." 선생님은 말했다.

"어떻게 됐어요?"

"다른 남자를 만났어."

"선생님은 아직 사랑하는데요?"

"그래."

"깨졌을 때 어땠어요?" 내가 물었다. "죽을 것 같았어요?"

"죽을 것 같았지." 선생님은 말했다. "죽은 거나 마찬가지였어."

"그러다 어떻게 됐어요?"

"전화벨이 울렸지."

학교에서 재니스 리어던은 계속 나를 모르는 척했다. 나에게 같이 점심 먹자고 했다가 거절당한 다음부터였다. 그런데 고급영어 시간이 끝난 다음 재니스가 내 책상으로 왔다. 방금 돌려받은 시험지 점수를 보려고 왔는 줄 알았다. 내가 시험지 상단의 빨간색 B$^+$를 가리려고 시험지를 가슴으로 잡아당기는데, 재니스가 눈알을 굴렸다.

"됐거든. 숙제 베끼려고 온 거 아니야."

"내가 뭐." 나는 중얼거리면서 시험지를 노트에 끼웠다.

"B$^+$이네?" 제니스가 시험지 쪽으로 고개를 숙이며 말했다. "나는 A 받았는데."

"처음 받아봤겠구나." 내가 말했다. "용건이 뭐야?"

재니스는 분홍색 요정 날개를 달고 있었는데(보안대 파티에 달고 왔던 날개였다), 비뚤어진 날개를 똑바로 펴려고 배낭을 한쪽 어깨 위로 올리고 있었다. "모임이 있어." 재니스가 말했다. "다들 올 거야."

"캐런 카펜터가 오니?" 내가 말했다. 제니스는 눈을 가늘게 떴다.

"애비게일, 샤론, 콜린이 올 거야." 재니스가 대답했다. "그리고 또 누가 오는지는 알지?"

폴리.

"그애한테 물어볼 게 있어." 제니스가 자기 말을 강조하듯 눈썹을 치켜세우면서 말했다. "그날 일에 대해."

그애가 물에 빠져 죽은 날에 대해.

"어쩌다가 그랬는지."

실수였니? 일부러 그랬니?

교실 저쪽에서 델마 선생님이 칠판을 지우고 있었다. 선생님이 우리 쪽에 신경 쓰고 있는 것이 느껴졌다. 돌연 불길함이 내 머릿속을 쓸고 지나갔다. 폴리 케인은 우리 세계, 선생님과 나의 세계였다. 재니스 리어던 같은 애가 선생님 앞에서 그애의 이름을 큰 소리로 부른다면 주문이 깨질 것 같았다. 그 세계가 무너질 것 같았다. 그애는 나의 가장 친한 친구였다. 그애를 선생님한테 돌려줄 수 있는 사람은 나밖에 없었다.

"좋아." 내가 말했다.

"뭐가 좋아?" 재니스가 말했다.

"갈게."

물론 지긋지긋한 일이었다. 재니스 리어던은 명단과 날짜와 준비물을 궁리하며 노르망디 상륙 작전이라도 계획하는 듯 설레발을 쳤다. 유령을 만나는 데 유리한 시간이 있다고도 했다.

"너는 생화 가져오는 담당이야." 며칠 뒤 재니스가 나에게 말했다. 재니스는 얼굴이 빨갰다. 보아하니 자기가 스스로 떠맡은 자리의 압박에 시달려 히스테리를 일으키기 직전이었다.

"왜?" 내가 물었다.

"생화가 없으면 모임을 못 해."

"말도 안 돼." 내가 말했다.

“농담 아냐, 앨리스 윈스턴.” 재니스가 대답했다. “제대로 하려면 생화가 있어야 해.” 재니스는 누가 들을까봐 곁눈질을 하며 내게 귓속말을 했다. “영혼은 생화를 좋아해.”

가을 사막에서 나더러 어떻게 생화를 구하라는 건지 알 수가 없었다. 내가 그렇게 말하자 재니스는 너는 똑똑하고 상상력이 풍부한 애니까 임무를 완수할 수 있을 거라고 했다.

“꽃집에 가야 하는데.” 내가 패티 조 아줌마에게 말했다. “좀 태워주실래요?”

아줌마는 살짝 어깻짓을 하며 손뼉을 쳤다. “무슨 일 있니?”

“오늘밤에 유령을 불러내려고요.”

아줌마의 얼굴이 흐려지는 것을 보고 나는 말을 바꾸었다. “내일이 나랑 제일 친한 아이 생일인데, 학교에서 꽃을 주고 싶어서요. 태워주실래요?”

아줌마는 흥분했다. 여자친구 사이의 우정은 인생에서 제일 중요하다, 그렇게 우정을 지켜나간다면 결코 후회하지 않을 거다, 라고 아줌마는 나에게 말했다. 꽃을 사는 것은 멋진 일이다, 너랑 가장 친한 친구는 학교에서 가장 행복한 아이일 거다, 라는 말도 했다. 꽃집에 도착한 뒤 아줌마는 가게 안을 돌아다니면서 동물 인형이나 풍선이 끼워진 꽃다발은 모두 가리켜 보였다. “저거 어때?” 아줌마가 물었다. 나는 어깨를 으쓱했다. 꽃은 그냥 꽃이라고 나는 생각했다. 유령들이 동물 인형이나 풍선을 좋아할 것 같지는 않았다.

하얀 장미 한 다발이 은종이에 쌓여 있는 것이 눈에 띄었다. 나는 아줌마의 팔을 잡아당겼다. 나는 폴리에 대해 모르는 것투성이지만, 폴리의 엄마가 장례식에 하얀 장미 한 송이를 가져왔다는 것만은 알고 있었다. "저거요." 내가 말했다.

"아, 앨리스." 아줌마가 말했다. "멋지구나. 정말 멋져. 하지만, 별로, 음, 재미는 없구나. 이런 게 더 낫지 않니? 아줌마는 빨강 꽃과 보라 꽃을 가리켰다. 꽃다발이 꽂혀 있는 머그잔 위에는 테디 베어가 앉아 있었다. 곰 위에 달린 하트 모양의 말풍선에는, 아주 특별한 친구에게, 라고 쓰여 있었다. "나중에 꽃이 시들면," 아줌마가 나에게 말했다. "네 친구는 예쁜 머그컵을 영원히 간직할 수 있잖아." 나는 하얀 장미꽃 다발을 돌아보았다. "저거요." 내가 한 번 더 말했다.

아줌마는 긴가민가하는 표정이면서도 지갑을 꺼냈다. "네 친구니까." 아줌마는 미소를 지었다. "네가 제일 잘 알겠지."

집에 돌아왔다. 패티 조 아줌마는 허겁지겁 훈련장에 나가 아빠의 시선을 받으며 장애물 넘기를 연습했고, 나는 허겁지겁 위층으로 올라가 내 골방에 장미를 숨겼다. 밖에 나와 보니 언니가 메기 아줌마들과 맥주를 마시고 있었다. 실라는 한쪽 옆에 서 있었다. 고개를 숙이고 가슴 앞에 팔짱을 낀 자세였다. "패티 조 아줌마가 너 데리고 꽃을 사러 갔었다고 그러더라." 실라가 말했다. 맥이 없고 뚱한 목소리였다.

"근데?"

"너랑 단짝인 애 생일이라면서."

훈련장에서는 토이보이가 장애물을 부드럽게 뛰어넘었고, 메기 아줌마들은 축사에서 휘파람을 불며 환호했다. 패티 조 아줌마는 몸을 바로 세우면서 손을 흔들었고, 아빠는 지팡이를 고쳐 짚으면서 손뼉을 쳤다. 하지만 실라는 계속 나와 눈을 맞추면서 내 얼굴을 살폈다. 단짝은 제일 친한 친구라는 뜻이었다. 나한테 단짝이 있다는 건 나한테 자기보다 더 친한 친구가 있다는 뜻이었다.

나는 별거 아니라는 표시로 어깨를 으쓱한 뒤 메기 아줌마들에게로 걸음을 옮겼다. 실라는 슬픔을 삼키며 패티 조 아줌마의 장애물 넘기를 구경하는 척했다. 그러면 나를 쳐다보지 않아도 되니까. 그렇게 해서 우리는 모두 그 사건을 목격하게 된다.

훈련장에서 토이보이가 비틀거렸다. 살짝 발을 삐끗한 것뿐이었다. 하지만 깜짝 놀란 패티 조 아줌마가 눈을 뜨고 앞에 있는 장애물 쪽으로 고개를 돌렸다. 아줌마는 고삐를 당길까 계속 가게 할까 머뭇거렸다. 갈팡질팡하는 사이, 손은 고삐를 당기고 다리는 박차를 가했다. 아줌마의 몸은 장애물을 넘기 위해 앞쪽으로 기울었고 토이보이의 몸은 멈춰 서기 위해 뒤쪽으로 기울었다. 축사 입구에서 바라본 그 장면은 마치 물속의 한 장면 같았다. 아줌마는 앞으로 쏠렸고, 토이보이는 뒤로 쏠렸다. 토이보이의 머리가 아줌마의 얼굴로 다가갔다. 머리와 머리가 부딪쳤고 뼈와 뼈가 부딪쳤다. 접시가 콘크리트 바닥에 떨어져 깨지는 소리가 났다. 실라가 비명을 질렀다.

다음 장면들은 조각조각 기억난다. 제리가 유령처럼 나타났다 집 안으로 달려 들어가는 장면, 아빠가 절름거리면서 허둥지둥 아줌마에게 뛰어가는 장면, 아빠가 아줌마를 말에서 끌어내릴 때 아줌마의 셔츠 앞에 피가 배어드는 장면. 아줌마는 양팔로 아빠 목을 감싸면서 아빠의 얼굴과 목덜미에 피를 묻혔다. 피는 아줌마의 턱을 타고 바닥으로 흘러내렸다. 아빠가 아줌마를 반쯤 안고 반쯤 끌며 축사로 데려가는 동안 아줌마가 지나가는 길에 핏자국이 남았다.

아줌마가 다시 손을 입 쪽으로 가져가려는데, 제리가 다시 나타나 아줌마의 손목을 잡았다. "얼음이에요." 제리는 얼린 콩 자루를 건네며 말했다. 자루는 언니 티셔츠에 싸여 있었다.

"오, 이런." 패티 조 아줌마의 목에서 꾸르륵거리는 소리가 났다. 아줌마의 눈동자가 심하게 흔들렸고, 발은 자꾸 미끄러져 내려갔다. 아줌마가 쓰러지지 않도록 제리와 아빠가 아줌마의 몸을 붙잡아 세웠다.

들척지근하고 끈적끈적한 피 냄새가 축사 안에 가득 찼다. 피가 정확히 어디에서 나는지 확실치 않았다. 검고 진한 피가 쏟아졌다. 코와 눈가에서도 흘러나왔고, 입술과 턱 밑으로도 흘러내렸다. 피범벅이 된 아줌마의 얼굴은 이상해 보였다. 코가 비뚤어져 중간에서 비스듬히 휘었다. 아줌마가 입을 열었을 때, 산산조각 난 이 조각들과 이가 빠진 피투성이 구멍들이 눈에 들어왔다. 놀란 메기 아줌마들은 한데 모여 울었다. 눈물을 흘리며 손으로 얼굴을 가렸다. "왜 그래?" 패티 조 아줌마는 목이 멘 목소리였다. 메기 아줌마들은 고개를 돌리고 울었다. 차마 패티 조 아줌마를 쳐다보지 못하고 손바닥에 얼굴을 묻었다.

"왜 그래!" 패티 조 아줌마는 소리를 지르며 목 여기저기에 피가 묻은 아빠의 얼굴을 자기 얼굴 쪽으로 돌렸다. 아줌마의 코는 너무 높아졌고, 눈은 퉁퉁 부어 보이지 않았다.

제리는 어깨 너머로 제이시 아줌마를 돌아보았다. "병원이요." 제리가 말했다. 제이시 아줌마는 입을 벌린 채 멍하니 제리를 보았다. "자동차." 제리는 제이시 아줌마의 팔을 잡고 조금 흔들었다. "병원까지 운전해요." 제이시 아줌마의 몸이 홱 움직였다. 제이시 아줌마는 열쇠를 가지러 달려갔다.

"괜찮아요." 아빠가 말했다. 패티 조 아줌마는 양팔로 아빠의 머리 뒤를 감쌌다. 아빠 머리칼이 피범벅이 됐다.

"오, 이런, 이런."

실라가 고개를 숙이고 손바닥에 토했다.

"괜찮아요." 아빠가 한 번 더 말했다. 그러면서 자세를 고쳐 패티 조 아줌마를 부축했다.

"나 흉해요?" 아줌마가 흐느꼈다. "오, 이런, 나 흉해지나요?"

메기 아줌마들이 패티 조 아줌마의 어깨를 만졌다. 패티 조 아줌마를 달래고 토닥이면서도 아줌마의 얼굴에서 시선을 돌렸다.

제이시 아줌마가 축사 앞에 차를 댔고, 아빠가 패티 조 아줌마를 안아 앞좌석에 실었다. 비치 아줌마는 뒷좌석에 타고 문을 닫으려고 했다. 문이 안전벨트에 걸려 닫히지 않는데, 비치 아줌마는 왜 닫히지 않는지는 보지 않고 손잡이만 당기고 또 당겼다. 제리는 얼린 콩 주머니를 비치 아줌마의 손에 쥐여주고 안전벨트 버클을 차 안에 넣었다. 문이 닫히고 차가 떠났다.

아빠는 절뚝거리며 호스를 가져왔다. 그러고는 축사 바닥에서 피와 토사물을 씻어냈다. 마방 안에서는 말들이 왔다 갔다 하며 울어댔다. 남은 메기 아줌마들은 아빠 뒤를 졸졸 따라다니면서 지갑이랑 다른 사람들이 흘린 물건을 챙겼다. 시멘트 바닥이 물에 젖고 색깔이 빠졌다. 사고의 흔적은 축사 문을 흘러나와 흙에 웅덩이를 만들었고, 바닥으로 스며들어 흙을 핏빛으로 물들였다. 메기 아줌마들은 한 명씩 한 명씩 자기 얼굴 위에 손을 갖다 대고 입술과 이와 코뼈를 만졌다. 아까의 장면을 머릿속에 재생하는 것이었다. 공기가 달착지근하고 끈적끈적하게 느껴졌다.

메기 아줌마들은 차에 올라타고 병원으로 향하면서 다시 오겠다고, 소식을 알려주겠다고 웅얼댔다. 언니는 한 걸음 앞으로 나섰다. "아줌마한테 전해주세요……" 언니는 말끝을 흐리며 뒷말을 이어달라는 듯 우리 쪽을 쳐다보았다. 내가 말을 이으려고 입을 열었는데, 혀끝이 이에 닿았고 입천장 주변에서 가지런한 잇몸이 느껴졌다. 아빠는 이를 악물고 호스로 물을 뿌리고 있었다. 아빠가 호스로 실라의 손을 닦아주는 동안 아빠의 얼굴과 목에서 말라붙은 피딱지가 떨어졌다. 그렇게 언니의 인사는 끝이 났다. 우리는 전할 말이 없었다.

올트먼 부인이 실라를 데리러 왔을 무렵에는 냉기로 팽팽한 공기에 나무 타는 냄새가 스며 있었다. 올트먼 부인이 차에서 내리자 실라가 울음을 터뜨렸다. 실라의 입에서 처음으로 나온 소리였다. 패티 조 아줌마의 일을 올트먼 부인에게 설명해준 것은 제리였다. 제리의 설명은 감정이 들어가지 않은 간단명료한 것이었지만, 올트먼 부인은 눈물을 글썽이며 양손으로 입을 틀어막았다.

"세상에." 올트먼 부인이 속삭였다.

올트먼 모녀가 떠난 다음 나는 현관 계단에 앉았다. 언니가 내 옆에 앉았다. 해가 지기 시작했다. 축사 그림자가 길어졌다. 아빠와 제리는 말없이 토이보이의 안장을 내린 다음 훈련장으로 들어가 피가 고인 곳과 부러진 이 조각들이 반짝거리는 곳을 흙으로 가렸다. 기억이 물수제비처럼 튀었고, 머릿속이 시끄러워졌다. 유리

깨지는 소리, 피 쏟아지는 소리, 여자의 비명 소리, 흉해질까요? 내 뱃속이 갈라지는 모습, 내 얼굴이 산산조각 나는 모습이 떠올랐다. 내 얼굴이 장작처럼 쪼개지는 모습, 내 얼굴이 영원히 못쓰게 망가지는 모습이.

언니는 손끝으로 자기 입술을 만지작거리더니 고개를 저으며 자리에서 일어났다. "나갈래?" 언니가 물었다.

"좋아." 내가 말했다.

우리는 아무한테도 나간다고 말하지 않았다. 언니는 지갑과 제리의 트럭 열쇠를 그러쥐었다. 우리는 잠시 그냥 달렸다. 언니는 창밖으로 담배를 뿜었고, 나는 조수석 문에 기대 탁 트인 대지가 자주색 석양 속을 스쳐가는 것을 바라보았다. 오후의 일들이 머릿속에서 소용돌이쳤다. 꽃집 안의 시원하고 달콤한 공기, 축사 바닥에 고인 피 웅덩이, 패티 조 아줌마의 얼굴이 으깨지는 소리.

"그런 일이 생기다니 끔찍하다." 언니가 한참 만에 입을 열었다. "그래도 그런 일을 당한 게 그 여자라서 다행이야."

"언니가 싫어하는 여자라서?"

"돈이 있는 여자라서."

나는 언니가 한 말을 생각해보았다. 패티 조 아줌마 남편은 의사였다. 최고의 치료를 받게 될 것이다. "그런 일을 당한 게 너나 나였으면," 언니가 말했다. "우리는 어떻게 됐을 것 같니?"

"흉해졌겠지."

"인생 끝장나는 거야."

그래서 나는 다행이라고 혼잣말을 했다. 그런 일을 당한 것이 내가 아니라 아줌마라서 다행이라고. 아줌마는 좋은 치료를 받을 거라고. 모든 게 원래대로 돌아올 거라고.

"패티 조 아줌마가 다시 축사에 나올까?" 내가 물었다.

언니는 담배를 창밖으로 던진 다음 한 손으로 핸들을 붙잡고 다른 손으로 새 담배에 불을 붙였다. "이가 깨지면서 뇌도 깨졌으면 다시 나오겠지."

"언니는 다시 왔잖아." 내가 말했다.

"나야 다른 방법이 없었으니까."

트럭이 흙길에 덜컹덜컹했다. 둘둘 말린 담요 아래에서 제리의 총이 쿵쿵 소리를 냈다. 나는 한쪽 발을 앞으로 뻗어서 신발 코로 총신을 더듬었다. 하늘빛은 점점 깊어졌고, 마지막 햇빛 한 조각이 산 너머로 사라졌다. 지금쯤 제리는 언니와 트럭이 사라진 것을 알았을 것이다. 말 먹이를 주면서, 아니면 싱크대 앞에서 저녁밥을 먹으면서 걱정을 하고 있을 것이다. 이번에는 언니가 자기를 버리고 떠났다고 생각할 것이다.

"무슨 일 있었어?" 내가 물었다.

"어떤 애가 죽었어." 언니가 말했다. 나는 눈을 감았다. 트럭 밑 도로가 울퉁불퉁해서 총이 내 발을 따라 미끄러져 내려갔다. "그 애도 제리처럼 브롱코 기수였어. 제리랑 같은 소속이었어. 매일 보던 아이였어. 그런데 그렇게 죽었어."

나는 발바닥으로 총을 지그시 눌렀다. 신발이 총신 위에서 흔들흔들했다. "누가 죽었구나." 내가 속삭였다.

"말에서 떨어졌어." 언니가 대답했다. "바닥에 나동그라져서 목이 부러졌어. 사람들이 갔을 때는 이미 죽어 있었어."

나는 눈을 떴다. 제리와는 아무 상관 없는 얘기였다. 언니와도 상관없는 얘기였다. 돈이나 비밀 같은 것들과도 상관없는 얘기였다. "근데?" 내가 물었다.

"우리가 매일같이 보던 애가, 어느 날 그냥 없는 거야. 그게 어떤 느낌인지 알아?"

"알아." 내가 대답했다.

언니가 쥐고 있는 담배가 떨렸다. "제리가 죽을 수도 있었어." 언니가 속삭였다.

"하지만 안 죽었잖아." 내가 말했다.

"하지만 죽을 수도 있었어."

"그래서 제리가 그냥 그만뒀어?" 내가 물었다. "제리가 겁을 먹고 나왔어?" 내가 머릿속에 상상하던 제리의 모습과는 어울리지 않았다.

언니의 눈가가 붉어졌고 입술이 축축해졌다. "제리가 죽으면 어떡해?" 언니가 속삭였다. "어느 날 제리가 죽고 나만 혼자 남으면 어떡해?" 언니가 곁눈질을 했고, 우리 눈이 마주쳤다. "제리가 없으면 나는 못 살 거야." 언니가 말했다. "제리가 죽으면 나도 죽을 거야."

"언니가 그만두라고 했구나." 내가 말했다.

"제리가 떠나면 어떡하지?" 언니가 다시 말했다.

나는 침묵을 떠올렸고, 공백을 떠올렸다. "언니가 계속 그러면 정말 떠날 거야." 내가 대답했다. 언니의 눈에서 눈물이 흘러내렸다.

"나도 알아."

트럭이 우리집 진입로에 도착했을 때 언니는 시동을 끄고 몸을 틀어 나를 마주 보았다. "내가 제리를 처음 본 날," 언니가 말했다.

"제리가 나한테 곧장 다가와서 뭐랬는 줄 알아?"

나는 고개를 저었다.

"나더러 프리실라 프레슬리의 화신이라고 그랬어." 언니는 고개를 숙이고 소매로 눈가를 두드려 닦았다. 언니가 고개를 들었다. 언니의 얼굴은 부드럽게 변해 있었다. 언니의 두 눈은 제리를 처음 만났을 때의 기억에 빠져 있었다. 언니가 돌아온 이후 언니가 정말 행복해 보인 것은 그때가 처음이었다. 그래서 나는 언니에게 화신이 되려면 일단 죽어야 한다는 말을 하지 않았다. 프리실라 프레슬리는 아직 살아 있다는 말도 하지 않았다.

제리는 진입로에서 언니를 기다리고 있었다. 언니가 제리를 발견한 순간 언니 얼굴에서 미소가 사라졌고, 언니 눈빛에서 행복의 기억이 사라졌다. 제리는 언니의 팔을 잡아 흔들었다. "대체 어디 갔다 왔어?" 제리가 물었다.

언니는 팔을 홱 빼면서 반짝이는 머리카락 너머로 제리를 노려보았다. "친구한테." 언니가 말했다.

"어떤 친구?" 제리가 물었다.

"맙소사." 언니가 말했다. "그런 애 있어. 전에 알던 애야."

"거짓말 마." 제리가 대꾸했다.

언니는 발을 구르면서 축사로 들어갔고, 제리가 뒤따라갔다.

나는 뒤처진 채 두 사람이 싸우는 모습을 쳐다보며 왜 언니가 그냥 사실대로 말하지 않는지 궁금했다. 우리는 아무 데도 가지 않았다. 우리는 아무도 만나지 않았다. 거짓말할 이유가 없었다. 제리는 다시 언니 팔을 잡으려고 했다. 이번에는 다정한 손길이었는데, 언니는 제리의 손을 쳐서 물리쳤다. 두 사람을 따라갈 수 없다는 것은 나도 잘 알고 있었다. 나는 아무것도 아닌 일로 티격태격하는 두 사람을 뒤로하고 발길을 돌렸다.

집 안으로 들어가려는데 현관에 아빠가 보였다. 칠흑 같은 어둠 속에서 겨우 아빠의 실루엣을 알아볼 수 있었다. 아빠는 의자 옆에 지팡이를 세워놓고 앉아 축사를 바라보고 있었다. 한 손에는 맥주, 다른 손에는 불붙은 담배가 들려 있었다. 잠시 동안 나는 아빠가 언니와 제리를 바라보고 있는 줄 알았다. 하지만 어둠 속에서 나는 아빠가 두 사람에게 아무 관심이 없다는 것을 느낄 수 있었다.

"병원에서 전화 왔어요?" 내가 한참 만에 물었다. 아빠가 고개를 저었고, 아빠가 앉아 있는 의자가 삐걱거렸다.

축사에서 언니와 제리는 조명등 아래서 서로를 피하고 있었다. 무슨 말을 하는지 언성을 높였고, 잔뜩 굳은 몸을 서로에게 권총처럼 겨누었다.

나는 아빠 옆에 앉았다. 무릎을 가슴에 끌어안으면서 무슨 말을 해야 할까 궁리했다. 내가 아빠라면 무슨 말을 듣고 싶어할까.

"병원에 가보세요." 내가 아빠에게 말했다. "병문안 갔다 와요."

어둠 속에서 아빠는 헛기침을 했다. "아니."

"괜찮을 거예요." 내가 말했다. 아빠는 내 머리에 손을 올렸다. 나는 덧붙였다. "남편이 의사래요."

"알아." 아빠가 말했다. "실력 있는 의사들이 봐줄 거야."

축사에서 제리는 고개를 숙이고 항복했다. 제리가 언니에게 한 손을 내밀었고, 잠시 생각하던 언니는 한 걸음 다가서 제리가 내민

손을 잡았다. 싸움은 시작하자마자 끝났다. 아빠는 손바닥을 내 머리 위에 올려놓은 채 앉아 있었다. 우리는 언니와 제리의 몸이 조명등 아래서 이리저리 움직이는 것을 구경했다. 언니와 제리는 우리 귀에까지는 들리지 않는 음악에 맞추어 춤을 추고 있었다.

나는 아빠가 자러 들어가기를 기다렸다가 내 옷장에서 장미꽃 다발을 꺼내 은종이를 벗겨냈다. 꽃들은 내 신발 위에서 약간 시들어 있었다. 꽃잎 끝에 연한 갈색 빛이 돌았다. 하지만 어두웠다. 아무도 눈치챌 리 없었다. 나는 몰래 계단을 내려가 밖으로 나갔다. 신발이 자갈에 닿으며 자박자박 소리를 냈다. 몸이 움찔했다.

달은 구름 뒤에 가려져 있었다. 나는 어두운 도로를 걸어 내려갔다. 들고 있는 장미 줄기들은 차가웠고, 종이는 바람에 바스락거렸다. 운하에 이르자 물소리가 들려왔다. 물이 배수로 격자를 찔끔찔끔 통과하는 소리, 풀이 자라는 둑을 물이 때리는 소리. 수면은 낮고 조용했고, 날마다 더 낮아졌다. 땅은 말라 있었고, 풀은 추운 밤 날씨에 시들고 있었다. 곧 겨울이었다. 운하는 올 들어 두번째로 말라붙게 된다.

모임을 어디서 할 것인지를 놓고 재니스와 샤론 사이에 약간의 논쟁이 있었다. 샤론은 폴리의 배낭이 발견된 곳, 그러니까 학교와 좀더 가까운 쪽에서 모여야 한다고 주장했다. 하지만 재니스는 시체가 발견된 곳, 그러니까 우리집과 좀더 가까운 쪽에서 모이자고 했다. 누구 편도 들고 싶지 않았던 애비게일과 콜린은 가만히 있었다. 그래서 내가 모이는 장소를 결정하게 됐다.

모임 전날 애들이 점심시간에 나를 찾아왔다. 레이철이 하던 이야기가 중간에 끊겼다. 레이철은 엄마한테 여드름이 난 것을 숨기려고 터틀넥 스웨터를 입고 스카프를 맸다는 이야기를 하는 중이었다. "문제는," 재니스가 잔뜩 긴장해서 말했다. "사람이 물속에서 얼마나 오랫동안 살아 있느냐 하는 거야. 반드시 그애가 죽은 곳에서 모여야 해."

나는 대화를 최대한 빠르게 끝내기 위해서 중재안을 냈다. 두 장소의 중간으로 하는 것이 제일 좋겠다는 안이었다. 애들이 간 다음 레이철이 나를 보며 눈썹을 치켜세웠다. "숙제 때문이야." 내가 설명했다. "고급영어."

"세상에." 레이철이 말했다. "똑똑하면 저렇게 괴상한 애들하고 어울려야 하는 거야? 나 같으면 차라리 지진아가 되겠다."

나는 진심으로 동의를 표하고 변명을 늘어놓았다. 저애들이 무슨 말을 하는지 하나도 모르겠어. 아무래도 과목을 잘못 신청한 것 같아. 하지만 운하를 따라서 약속한 장소로 가는 지금, 나는 사람이 물에 빠진 다음 얼마나 오래 살아 있을 수 있는지를 생각했다. 수면은 잔잔했지만 물살은 빨랐다. 파이프와 배수로 근처에서는 물살이 더 빨랐다. 그애는 분명히 허우적거렸을 것이다. 물살과 싸웠을 것이다. 그애가 빠진 곳과 그애가 발견된 곳 사이의 거리는 반 마일 정도였다. 분명히 중간에 죽었을 것이다.

벌써 판이 벌어지는 중이었다. 운하 옆 평지에 촛불이 켜지고 담요가 깔렸다. "늦었구나." 재니스가 말했다. 샤론은 나를 의심스럽게 쳐다보았다. 나는 샤론의 시선을 못 본 척하면서 담요 한복판에 꽃다발을 내려놓았다.

재니스는 하얀 장미들을 내려다보더니 쭈그려 앉으며 고개를 끄덕였다. "그애가 좋아할 거야." 재니스가 나직이 말했다. 나는 다른 애들 쪽을 힐끗 쳐다보았다. 그애들이 재니스에게 한마디 하기를 기다렸다. 너는 폴리의 친구가 아니었잖아. 폴리가 뭘 좋아했을지 네가 어떻게 아니. 하지만 다른 애들은 아무 말도 없었다. 어찌 된 일인지 재니스가 그애들의 리더였다.

우리는 담요 위에 둘러앉아 사이사이에 장미를 깔아놓았다. 바람에 머리칼이 날리고 촛불이 꺼졌다. 재니스는 몸을 숙이고 다시 불을 붙였지만, 촛불은 또 꺼졌다. 재니스는 하늘을 올려다보더니 고개를 끄덕거렸다. 메시지를 받았다는 시늉이었다. "그애는 어두운 걸 좋아해." 재니스가 속삭였다. 그러고는 성냥을 배낭에 넣었다.

재니스는 우리더러 손을 잡고 눈을 감으라고 했다. 나는 샤론과 콜린 사이에 앉았다. 애들과 손바닥이 맞닿았다. 애들의 손가락이 차가웠다. "자, 모두 손을 잡자." 재니스가 속삭였다. "정말로 집중하는 거야. 그애를 생각하는 거야. 생각으로 그애한테 가는 거야."

공기가 차가워졌고, 우리 옆에서 물이 졸졸 흘렀다. 하지만 나는 집중하려고 안간힘을 썼다. 눈을 질끈 감고 온몸으로 집중했다. 폴리 케인, 폴리 케인, 폴리 케인. 나는 머릿속에 그애를 떠올렸다. 실과시간에 열심히 설명서를 읽는 모습, 눈을 가늘게 뜨고 부품들을 살피는 모습, 갈색 머리카락을 귀 뒤로 넘기는 모습. "폴리 케인." 재니스가 속삭였다. 재니스의 목소리에 온몸에 소름이 돋았다. "우리 왔어. 어서 오렴. 우리한테 와서 네가 하고 싶은 이야기를 들려주렴."

폴리 케인, 폴리 케인, 폴리 케인.

"왔어." 재니스가 속삭였다. "여기 있어."

침묵의 칼날이 온몸을 갈랐다. 나는 기다렸다. 물에서 올라오는 냉기와 한기 말고 다른 것이 느껴지기를 기다렸다. 옆에서 떨림이 느껴졌다. 작고 조용한 들썩임이었다. 콜린 머피가 울기 시작했다. 울음소리가 나지는 않았지만 내 팔에 닿은 콜린의 팔과 내 손에 잡힌 콜린의 손이 덜덜 떨렸다. 나는 콜린의 손목을 꼭 잡았다. 콜린의 손목에서 뼈가 튀어나온 곳이 느껴졌고, 손목 근처 정맥이 있는 부드러운 부분이 느껴졌다. 그리고 콜린의 작고 길쭉한 흉터가 느껴졌다. 눈에 보이지 않는 증거. 콜린이 죽으려고 했었다는 증거.

그날 밤 폴리 케인은 우리를 찾아오지 않았다. 무슨 말을 들려주지도 않았고, 시퍼런 입술이나 하루살이 시체들이 득실대는 머리칼을 보여주지도 않았다. 우리는 물건을 챙기고 담요를 접고 양초를 재니스의 배낭에 도로 집어넣었다. 입을 여는 사람은 아무도 없었다. 콜린이 울었다는 것을 아는 사람은 나밖에 없었다.

우리는 인사를 나누고 헤어졌다. 네 사람은 같이 밤을 새운다며 재니스의 집 쪽으로 갔다. 나는 반대쪽으로 갔다. 아이들 목소리가 어둠 속으로 사라질 때까지 기다렸다가 하얀 장미들을 운하에 던졌다. 바람이 얼굴을 때렸고, 머리칼이 눈앞을 가렸다. 구름이 갈라지며 한 줄기 달빛이 비쳤다. 꽃들이 낮은 운하 위를 떠내려가면서 이리저리 흔들렸고, 가느다란 달빛 한 줄기가 죽어가는 전구처럼 꽃잎을 비췄다. 꽃들이 물밑으로 가라앉아 사라질 때까지.

집에 돌아오니 축사 안은 어두웠다. 제리와 언니는 들어간 뒤였다. 검은 창문들이 눈동자처럼 나를 내려다보았다. 나는 조심조심

현관을 올라가 살짝 문을 열고 집 안으로 들어갔다. 그러고는 위층으로 올라가다 말고 걸음을 멈췄다. 계단 꼭대기에서 하얀색이 펄럭거렸다. 숨이 허파에서 얼어붙었다. 재니스 리어던은 그애가 왔다고 했었다. 그애가 아까 거기 있었구나. 이제는 여기에 있구나. 어둠 속에 어른거리고 있었다. 검은 머리칼을 늘어뜨리고 있었다. 나를 따라왔구나. 자기 것을 찾으러 왔구나.

"우리 애기."

"엄마?"

"어디 갔다 왔니?"

엄마가 잠옷 바람으로 난간을 붙잡고 있었다. 나는 엄마에게 올라갔다. "아니에요." 내가 대답했다. "그냥 앞에 나갔다 왔어요."

엄마는 팔을 뻗어 내 머리카락을 매만졌다. "너무 오래 나가 있었어." 엄마가 말했다. "걱정했다."

엄마의 등 뒤로 방문이 열려 있었다. 엄마의 조용한 텔레비전에서 푸른 빛이 어른어른했다. 엄마는 아랫입술을 덜덜 떨고 있었고, 나는 엄마의 팔꿈치를 잡고 방까지 부축했다. 엄마는 침대 옆에 서 있었고, 나는 이불을 끌어올리고 시트를 매만졌다. 그러고는 엄마가 침대로 들어갈 수 있게 한발 물러났다.

하지만 엄마는 침대로 들어가는 대신 두 손으로 내 팔목을 감쌌다. "네 아빠는 그 여자를 사랑했어." 엄마가 속삭였다.

나는 뒤로 물러나려고 했지만 엄마는 내 손을 더 꽉 쥐었다. "그게 무슨 말이에요?" 내가 말했다.

"알면서." 엄마가 대꾸했다.

그날 있었던 일들이 머릿속에서 소용돌이쳤다. 하얀 장미, 검붉은 피, 물, 권총, 콜린 머피의 손목 안쪽에 있던 봉긋한 흉터, 아빠의 힘없고 허탈한 목소리. 실력 있는 의사들이 봐줄 거야. 나는 눈을 감았다. 그리고 생각의 갈피를 잡으려고 안간힘을 썼다. 지금 내가 있는 곳이 어디인지 잊지 않으려고 안간힘을 썼다.

폴리 케인이 우리를 찾아오지 않았던 그날 밤, 나는 엄마를 푸른 텔레비전 불빛 속에 혼자 남겨두었다. 엄마는 무덤 옆에 서 있는 듯한 모습으로 침대 옆에 서 있었다.

내 방에 돌아와서 나는 내 인생의 조각들을 빙 둘러보았다. 옷, 책, 전화기, 구두, 머리핀이 저마다 작은 선반 위에 깔끔하게 정돈되어 있었다. 그것들에 관심을 두려고 해보았다. 내 거, 내 거, 내 거. 하지만 그것들은 그저 물건이었다. 누구의 것이라도 될 수 있는 것들. 나는 옷을 입은 채로 잠들면서 생각했다. 유령과 거짓말과 침묵에 대해서. 아무도 입 밖에 내지 않을 그 모든 진실에 대해서. 대답할 수 없는 그 모든 질문들에 대해서.

14

그건 사실이다. 남의 것은 손에 넣더라도 결코 내 것이 되지는 않는다. 남의 것은 아무리 붙잡고 있어도 결국은 손가락 사이로 빠져나간다. 애초에 내 것이 아니면, 영원히 내 것이 아니다. 아무리 갖고 있으려고 해도 결국 잃게 된다.

패티 조 아줌마가 사고를 당하고 며칠 뒤에 내 가죽 배낭에 포도 맛 소다수가 쏟아졌다. 물티슈로 두드려서 닦았지만 끈적끈적한 얼룩이 남았다. 내가 재니스의 모임에 갔다 온 뒤 재니스는 나를 자기 친구라고 생각하는 듯했다. 복도에서는 큰 소리로 내 이름을 불렀고, 점심시간에는 내 주위를 얼쩡거렸다. 치어리더 애들이 싫어하는 것이 느껴졌다. 그애들은 내가 왜 재니스 같은 애를 상대해주는지 이상하게 여겼다. 장난감 왕관을 쓰고 다니는 애, 요정 날개를 달고 다니는 애. 하지만 그애들 좋으라고 재니스를 냉대하는 것은 쓸데없는 짓이었다. 나는 치어리더가 될 수 없었다. 머리카락 끝이 벌써 텁수룩해지기 시작했다. 비싼 옷은 금방 작아질 것이고, 새 옷을 사줄 사람은 없었다. 예전의 내 모습으로 돌아갈 수밖에 없었다. 보통 아이, 보통 머리 모양의 보통 아이, 옆으로 재주넘기를 못하는 보통 머리 모양의 보통 아이.

메기 아줌마들은 축사에 나오지 않았고, 실라는 리허설이 있었다. 오후는 길고 조용했다. 아빠는 버스 일이 없을 때는 집 안에 있었다. 제리는 축사를 청소했고, 그런 다음에는 원형 우리에서 킹을 훈련시켰다. 그동안 언니와 나는 승마장을 어슬렁거리며 우리집이 어떻게 될지를 생각했다. 손님들이 모두 자기 말을 데려가버리면 우리는 어떻게 돈을 벌까. "일시적인 거야." 내가 언니에게 말했다. 메기 아줌마들은 돌아가면서 문병을 다니고 있을 거야. 일단 일이 수습되면 다시 나올 거야. 말을 사랑하는 사람들이니까. 오후의 승마와 수다를 좋아하는 사람들이니까.

하지만 며칠이 지나도 메기 아줌마들은 나오지 않았다. 오가는 사람이 아무도 없었다. 그랬으니 타이어가 자갈 위를 굴러오는 소리가 들렸을 때 축사에 있던 언니와 제리와 내가 누가 왔나 보러 나간 것은 당연한 일이었다.

차는 검은색이었고, 차창에 색깔이 있었다. 내 눈에는 운전대 뒤쪽에 사람이 있는 것만 어렴풋이 보였는데, 언니는 제리를 돌아보면서 말했다. "패티 조 박사야."

차에서 내린 남자는 잠시 서서 선글라스 너머로 눈을 껌뻑거렸다. 남자의 시선이 스쿨버스에 고정되었다. 남자는 머리를 갸우뚱하면서 입을 일자로 다물었다. "네 아빠한테 나오시지 말라고 하는 게 낫겠다." 제리가 나에게 말했다. 하지만 내가 집 쪽으로 몸을 돌렸을 때, 아빠는 이미 현관 계단을 내려오고 있었다.

아빠는 지팡이에 몸무게를 싣고, 악수를 하려고 한쪽 팔을 내밀었다. 하지만 의사는 아빠에게 기다리라는 표시로 손가락 하나를 세워 보였다. 그러고는 눈을 가늘게 뜨고 하늘을 올려다보더니 고개를 비틀며 재채기를 했다. "그러니까 여기가 집에서 도망친 여자들이 오는 데로구먼." 의사가 말했다. 아빠는 내밀었던 손을 떨어뜨렸다. "말 때문에 왔소."

나는 아빠가 입을 열기를 기다렸다. 그건 패티 조 아줌마 말이다, 패티 조 아줌마한테 직접 가져가라고 해라, 패티 조 아줌마가 오면 얘기하겠다, 라고 말하기를 기다렸다. 하지만 아빠는 바닥을 내려다보면서 고개를 주억거렸다. "말은 축사 안에 있습니다."

"아줌마는 좀 어떠세요?" 언니가 물었다. 의사는 손목시계를 힐긋 쳐다보았다.

"얼굴이 박살 났는데, 어떨 것 같니?" 의사가 말했다.

"뭐든 필요하시면, 저희가 해드리겠습니다." 아빠가 말했다.

"지금까지 했던 걸로 됐소." 의사가 대답했다.

아빠는 얼굴이 시뻘게지면서 숨을 몰아쉬었다. 영화에서라면 권총을 뽑아야 할 순간이었다. 한 방 날릴 순간이었다. 나는 두 사람을 번갈아 쳐다보면서, 두 사람이 싸우면 누가 이길까 생각해보았다. 아빠는 한쪽 다리가 불편하지만, 의사의 손은 부드럽고 매끄러웠다. 무거운 물건을 들어본 적도 없을 것 같았다. 땀 냄새를 풍긴 적도 없을 것 같았다. 싸움을 해본 적도 없을 것 같았다. 하지만 의사가 아빠를 한참 노려보는데, 의사 옆에 있는 우리들이 모두 작고 보잘것없는 존재로 졸아드는 느낌이었다. 의사는 누구와 싸워도 이길 것 같았다.

"토이보이는 어떻게 되나요?" 내가 물었다.

의사는 곁눈질로 힐긋 내 쪽을 보았다. 의사의 선글라스 렌즈에 내 모습이 두 개로 비쳤다. 괴상하게 일그러진 모습이었다. "새 가족을 찾을 거다." 의사가 말했다. "주인이 두 번 다시 보고 싶지 않다고 하니까."

아빠는 지팡이를 짚고 절뚝거리면서 한 걸음 앞으로 나왔다. "아직 충격이 커서 그런 건데," 아빠가 말했다. "시간이 지나면 극복할 겁니다."

의사는 한 손을 들어올렸고, 아빠는 입을 다물었다. "아내가 여기 와서 무슨 짓을 했든, 이제 다 끝났소. 그건 그냥 취미였소, 윈스턴 씨. 이제 다 끝났소." 의사가 말했다.

의사는 지갑에서 지폐 몇 장을 꺼내 아빠 손에 쥐여주었다.

"말을 살 사람이 나타날 때까지 이거면 되겠지요." 아빠는 얼마인지 확인하지도 않고 주머니에 구겨 넣었다.

의사는 돌아서다가 걸음을 멈추었다. 그러고는 선글라스를 콧등으로 살짝 내리고 렌즈 너머로 나를 쳐다보았다. "네가 입고 있는 재킷, 진짜 좋은 거다, 꼬마야. 조심해서 입어라."

그날 이후 토이보이는 마방 안에 혼자 남겨졌다. 토이보이를 타거나 토이보이에게 빗질을 해주거나 특별히 관심을 가져주는 사람은 아무도 없었다. 톱밥이 떨어졌지만 아빠는 더이상 톱밥을 사오지 않았다. 그래서 제리가 토이보이의 마방에 짚을 넣어주었다. 여느 말과 다름 없는 취급이었다.

실라의 공연이 있던 날 밤, 나는 아빠와 언니가 현관 계단에서 말없이 담배 피우는 것을 초조하게 바라보았다. "실라 하는 거 보러 안 가요?" 내가 물었다. "연극 보러 안 가요?" 아빠도 언니도 대답이 없었다. 나는 발을 질질 끌며 축사로 향했다.

제리는 원형 우리에 있었다. 킹의 등에 안장을 올리고, 킹이 안장을 내동댕이치지 못하도록 붙잡고 있었다. "갈 데가 있는데." 내가 제리에게 말했다. "연극에 실라가 나와요. 오늘밤에 하는데, 가겠다고 말을 해놨는데, 태워다줄 사람이 없어요."

제리는 나를 잠시 쳐다보더니 옆으로 침을 뱉었다. "노래는 안 나오지?"

"안 나와요." 나는 거짓말을 했다. "아마 그럴 거예요."

"내가 태워다줄게."

우리가 주차장에 차를 세우는데 올트먼 부부가 차에서 내리고 있었다. 올트먼 부인이 우리에게 손을 흔들었다. 올트먼 부인의 얼굴에 그림자가 스쳐 지나갔고, 부인은 손끝으로 입술을 매만졌다.

"패티 조 아줌마 소식은 좀 들었니?" 올트먼 부인이 물었다. 옆에 있는 올트먼 씨는 몸이 잔뜩 굳어 있었다.

나는 고개를 저었다. 올트먼 부인은 손을 뻗어 내 머리칼을 매만졌다. "네가 온 걸 보면 실라가 아주 좋아할 거야." 올트먼 부인이 말했다. "우리랑 같이 앉자." 제리는 자세를 고치며 자기의 더러운 청바지와 닳아빠진 장화를 힐긋 내려다보았다. 올트먼 씨는 넥타이에 스포츠 재킷 차림이었다. 올트먼 부인은 하이힐을 신고 있었다.

강당에서 나는 제리와 올트먼 씨 사이에 앉았다. 무대 앞에서 오케스트라가 튜닝을 하고 있었고, 제리는 나에게 힐긋 곁눈질을 했다. "노래는 안 나온다면서?"

공연 내내 제리는 계속 자세를 고쳤고, 올트먼 씨는 계속 시계를 보았다. 공연이 끝난 후 우리는 모두 기립박수를 쳤다. 극장 안에 불이 들어올 때 올트먼 부인은 남편 위로 상체를 숙이고 내 쪽을 보았다. 두 뺨이 눈물로 얼룩진 올트먼 부인은 손을 뻗어 내 손을 꼭 쥐었다. "어땠니?"

"정말 좋았어요." 내가 대답했다. 올트먼 부인은 기쁨의 미소를 지었다.

"그러네요." 제리가 거들었다. "저 노래들을 다 외우려면 엄청 고생했겠어요."

"정말 그랬어요." 올트먼 부인이 고개를 끄덕였다. "우리 실라, 연습을 얼마나 했는지 나중에는 제정신이 아닐 정도였죠."

"자, 이제 끝이네." 올트먼 씨는 이렇게 말하며 문 쪽으로 걸음을 옮겼다. 서로 눈이 마주치자 올트먼 부인은 얼굴이 어두워졌고 올트먼 씨는 양손을 들어올렸다. "실라도 화장실 다녀올 시간은 있어야 할 것 같아서." 올트먼 씨가 급히 덧붙였다.

우리는 올트먼 부부와 함께 로비에서 기다렸다. 한참 만에 실라가 나왔는데, 실라의 얼굴은 분장으로 정말 화려했다. 두 뺨은 빨갛게 칠해져 있었고, 눈가에는 굵은 검은색 라인이 그려져 있었다. 실라는 양팔로 나를 감쌌다. 나는 실라의 축축한 의상 너머로 심장이 두근두근 뛰는 것을 느낄 수 있었다.

"무대 뒤는 난리 났어." 실라가 숨을 헐떡였다. "마리아하고 수녀들하고 술 마시고 있어!"

"세상에." 올트먼 부인이 말했다.

트럭에 탄 제리는 시동을 걸어놓고 운전대에 손을 올리더니 한 동안 가만히 있었다. 그러고는 나를 돌아보며 말없이 고개를 저었다. "나는 이제 맥주 좀 마셔야겠다." 제리가 말했다.

"그래요." 내가 대꾸했다.

제리는 주유소에서 맥주 여섯 개들이 한 팩을 산 다음 갓길에 차를 세웠다. 어느새 공기가 차가웠다. 제리는 뒷좌석에서 담요 하나를 꺼냈다. 우리는 트럭 위로 올라갔고, 제리는 담요를 내 어깨에 덮어주었다. "내가 평생 본 것 중에 제일 이상한 것 같아." 제리가 입을 열었다.

"정말 아주 이상했어요." 내가 맞장구를 쳤다. "수녀들 있잖아요. 너무 이상했어요."

"엘비스의 영화들도 뮤지컬이었어." 제리는 캔을 따서 내게 건네주며 말했다. "하지만 이런 건 아니었어."

"정말요?" 내가 물었다. "수녀들 안 나와요?" 나는 제리가 웃어주기를 기다렸지만, 제리의 표정은 심각했다.

"수녀들 나오는 영화가 하나 있었는데." 제리가 대답했다. "수녀 하나가 엘비스와 사랑에 빠졌어. 끝에 가면 수녀로 남든가 사랑을 하든가 선택하는 거야."

맥주가 목에 걸린 나는 창밖으로 고개를 내밀고 맥주를 뱉었다. "예수님이랑 엘비스 중에서 하나를 선택해요?"

"그래." 제리가 미소를 지었다. "힘들겠지?"

"그래서 누구를 선택하는데요?"

"영화는 거기까지 안 나오고 그냥 끝나."

"아." 나는 별들이 빛나는 맑고 차가운 밤하늘을 올려다보면서,

죽은 카우보이를 생각했다. 그 사람이 죽는 바람에 제리는 로데오를 그만뒀다. "로데오 하고 싶어요?" 내가 말했다.

"열다섯 살 때부터 했어." 제리가 말했다. 나는 고개를 돌리고 진짜 대답을 기다렸다. "그래." 제리가 한참 만에 입을 뗐다. "하고 싶어."

"하지만 그만뒀잖아요." 내가 제리에게 말했다. "언니 때문에."

"영원한 건 없어." 제리가 말했다. 제리는 잠시 말없이 맥주를 마셨다.

"프리실라가 어떻게 됐는지 아니?" 제리가 물었다.

"아직 살아 있는 건 아는데요." 내가 말했다.

"엘비스를 떠났어." 제리가 대답했다. "엘비스가 사랑했던 여자는 프리실라밖에 없었는데. 떠났어."

"나, 사랑하는 사람이 있는데요." 내가 나직이 말했다. 나는 제리가 너는 너무 어리다고 말하기를 기다렸다. 자기가 노나한테 느끼는 그런 것을 너 같은 어린애가 어떻게 느낄 수 있겠느냐고 말하기를 기다렸다. 하지만 제리는 자기의 맥주를 내려다보았다. 제리가 쥐고 있는 캔에 서리가 맺혀 있었다.

"머리가 뒤죽박죽이지?"

델마 선생님을 떠올렸다. 폭포 옆의 여자를 다른 남자한테 빼앗기고, 밥도 못 먹고, 대학에서 쫓겨나는 선생님을. 선생님은 말했다. 죽을 것 같았지, 죽은 거나 마찬가지였어. 엄마를 떠올렸다. 평생을 자기 방에 틀어박혀 기다리고, 아빠가 다른 사람을 사랑하는 것을 창문으로 지켜보는 엄마를. "프리실라는 왜 떠났어요?" 내가 물었다.

제리는 말이 없었다. 제리가 머릿속에서 대답을 찾고 있는 것을 느낄 수 있었다. 제리는 자기가 읽은 모든 책과 자기가 본 모든 영화와 자기가 열두 번씩 찾아갔던 엘비스의 집을 떠올리는 중이었다. "모든 것은 끝이 있어." 제리는 한참 만에 말했다. "왜 끝나는지 전혀 모를 때도 있어."

다음 날 고급영어 교실에는 델마 선생님이 있어야 할 곳에 신경과민의 금발 여자가 있었다. 손톱을 빨갛게 칠하고 립스틱을 진하게 바른 여자였다. 출석을 부르는 목소리는 찢어질 듯 높았고, 출석부를 쥔 손은 덜덜 떨렸다. "델마 선생님은 어디 계신가요?" 나는 손을 들지 않고 물었다. 여자는 마스카라를 덕지덕지 바른 눈을 가늘게 뜨고 나를 보았다.

"안 오셨어?" 여자가 말했다. 나는 눈을 가늘게 떴다. 물어보는 건지 대답하는 건지 알 수가 없었다. "오늘은, 음, 못 오셔? 그래서 내가 왔어?" 여자는 반 애들을 둘러보고 입꼬리를 올리면서 괴로운 미소를 지었다. "우리 같이 재미있게 지내보자꾸나."

수업이 끝나자마자 나는 아래층 공중전화로 달려가 선생님의 번호를 돌렸다. 전화벨이 울리고 또 울렸다. 아픈가. 독감에 걸렸나. 자고 있나. 그러면 전화를 못 받겠지. 나는 점심시간에 다시 전화를 걸었고, 방과 후에 다시 전화를 걸었다. 그러고는 운하를 따라서 집으로 달려가 내 방에서 전화를 걸었다. 3:00. 4:00. 5:00. 전화벨은 울리고, 울리고, 울렸다. 나는 밤새 뒤척이며 어둠 속으로 팔을 뻗어 다이얼을 돌렸다. 자다 깨서 전화하고 자다 깨서 전화했다. 밤새도록 전화벨 소리가 귓가에 울렸다.

나흘이 지났다. 나는 선생님의 고향에 급한 일이 생겼을 거라고 생각했다. 집안의 누가 많이 아프거나 죽었을 거라고. 오촌이나 육촌 같은 먼 친척이 죽었는데, 아주 친했던 사이는 아니지만 어쨌든 가봐야 했을 거라고. 미시간으로 불려갔을 거라고. 당연히 나에게 연락할 수 없었을 거라고. 선생님은 내 번호를 몰랐다. 전화하는 사람은 항상 나였다.

닷새째 되던 날, 교장 선생님이 고급영어 교실에 들어와 대리교사 옆에 섰다. 그러고는 주목하라면서 헛기침을 했다. "리 선생님께서 잠시 반을 맡아주실 거다." 교장 선생님이 말했다. "델마 선생님은 올해에는 못 나오신다." 심장이 오그라들었다.

"왜요?" 재니스 리어던이 물었다.

"일이 생겨서," 교장 선생님이 말했다. "델마 선생님은 다시 미시간으로 가신다."

그 여자. 폭포 옆의 여자. 그 여자가 전화를 걸어서 오라고 했구나. 선생님은 전화벨 소리를 들으며 나라고 생각했을 텐데. 그런데 그 여자가 울기 시작했구나. 그 여자가 이랬구나. 내 인생 최대의 실수였어. 그 여자가 그랬나. 당신밖에 없어. 지금껏 당신밖에 없었어. 그래서 이제 그 여자한테 돌아가는구나. 지금은 집에서 짐을 싸고 있겠구나. 대학교 때 선생님은 그 여자 때문에 밥도 못 먹었다. 그리고 이제는 다니던 직장을 버리려고 한다. 살던 집을 버리려고 한다. 살아온 인생을 버리려고 한다. 나를 떠나려고 한다.

집에 돌아온 나는 밖에 나가 아빠가 운전을 마치고 오기를 기다렸다. 공기가 차가웠고, 하늘은 얻어맞아 멍든 색이었다. 나는 스웨이드 재킷 차림으로 덜덜 떨며 손끝을 소매 속에 넣었다. "좀 태워주세요." 아빠의 버스가 진입로로 들어설 때 내가 아빠에게 말했다. 아빠는 잠시 나를 쳐다보더니 팔을 뻗어 버스 문을 열어주었다. 나는 아빠 옆에 앉았다. 아빠가 버스 운전을 시작한 이래 아빠의 버스에 타는 것은 처음이었다.

선생님 집까지 가는 길은 외우고 있었다. 태어나서 지금까지 하루도 빠짐없이 그 길을 걸었던 것처럼 느껴질 때까지 나는 전화번호부에 나와 있는 지도 위에 손가락을 대고 그 길을 외우고 또 외웠으니까. 아빠는 선생님 집 앞에 버스를 세웠고, 나는 길 건너로 가서 창문을 들여다보았다. 커튼은 내려져 있었지만, 진입로에는 차가 세워져 있었다. 오래되어 녹슨 작은 차였다. 재니스 리어던은 선생님이 이 차에서 울고 있는 것을 보았다고 했다. "그냥 가도 돼요." 내가 말했다. 하지만 아빠는 시동을 껐다.

문을 두드렸지만 기척이 없었다. 나는 더욱 세게 두드렸다. 문이 열렸고, 내 앞에 델마 선생님이 서 있었다. 창백하고 야윈 모습이었다. 머리칼은 감지 않아 번들거렸고, 셔츠 단은 밖으로 삐져나와 있었다. 선생님은 들어오라고 하지 않았지만, 나는 그냥 들어갔다.

집 안은 어두침침했고, 벽에는 아무것도 없었다. 복도는 반쯤 비어 있는 상자들로 가득했다. 나는 물끄러미 둘러보며 잠시 서 있었다. 나는 선생님이 어떤 집에 살까 수백 번은 상상해보았다. 선생님이 전화로 나에게 이야기를 하는 동안 나는 선생님을 둘러싸고 있는 세계는 어떤 모습일까 수천 번은 그려보았다. 책장마다 책이 가득하고, 벽에는 예술작품들이 가득 걸려 있고, 어두운 색상의 세련된 가구가 그득할 줄 알았다. 하지만 델마 선생님의 소파는 가

운데가 주저앉은 낡은 소파였고, 선생님의 카펫은 얼룩 투성이의
지저분한 카펫이었다. 나는 신발 속에 있는 발가락을 오므리며 바
닥을 물끄러미 내려다보았다.

"네가 와서 반갑구나." 선생님이 말했다. "너한테 작별인사 하
고 싶었는데."

"전화를 받으면 되잖아요." 내가 대꾸했다. "전화했었는데." 선
생님은 전화가 있는 곳을 가리켰다. 전화기는 벽에서 뽑혀나와 코
드에 돌돌 말려 있었다. 내 안 가장 깊은 곳이 한없이 추락하는 느
낌이었다. 선생님이 정말 가는구나. 내 생각은 하지도 않았구나.

"떠나면서," 내가 속삭였다. "아무 말도 안 해주고."

"미안하다." 선생님이 말했다.

내 입술이 떨리기 시작했다. 나는 손으로 입을 가리고 손가락
사이로 말을 했다. "우리 대리교사 끔찍해요. 『호밀밭의 파수꾼』을
너무 많이 읽으면 연쇄살인범이 된대요." 선생님은 미소를 지었
다. 나는 한 가닥 희망을 느꼈다. 아직 기회가 있어. 늦지 않게 왔
어. 선생님이 하려는 일을 그만두게 할 수 있어. 선생님이 버리려
는 인생을 구할 수 있어. 폭포 옆의 금발 여자는 죽었다 깨어나도
나만큼 선생님을 사랑할 수 없어. 그 여자는 선생님의 진짜 모습을
몰라. 나는 선생님이 죽도록 필요해. 그 여자는 그렇지 않아. 그 여
자는 그럴 리가 없어.

"지금 실수하시는 거예요." 내가 속삭였다. "그건 제가 잘 알아요."

"이제 끝났어." 선생님이 대답했다. "짐도 다 쌌어. 나는 떠나.
이제 끝났어."

"짐은 풀면 되잖아요." 내가 말했다. 눈 뒤에서 뜨거운 눈물이

차올랐다.

"앨리스." 선생님이 나직이 말했다.

"다시 생각해보시지."

"안 돼." 선생님이 대답했다. "못 해."

흐느낌이 가슴에서 파도처럼 솟아올라오는 것이 느껴졌다. 벽이 멀리 물러나고 온 세상에 물이 들어찼다. "선생님을 사랑한단 말이에요." 내가 속삭였다. 선생님은 고개를 푹 숙였다.

"아니야." 선생님이 눈을 떴다. 친절하고, 부드럽고, 더없이 다정한 눈이었다. "앨리스, 이건 절대 그런 게 아니야."

역시 그랬구나. 이번에도 내가 잘못 생각했구나.

가슴이 조여들고 눈앞이 희미해졌다. "앞으로 너한테는 좋은 일이 많이 생길 거야." 선생님이 말했다. "세상이 네 거야." 선생님이 손을 뻗어 내 머리에 갖다 댔다. 그러고는 손끝으로 머리를 쓸어내리다가 머리카락 끝을 잡았다 놓았다. 선생님의 손이 내 얼굴 바로 옆에 있었다. 선생님의 살 냄새를 맡을 수 있었다. 젖은 풀 냄새. 담배 연기 냄새. 내가 그때 고개를 옆으로 기울였다면 우리는 닿을 수 있었을 것이다.

하지만 나는 돌아섰다. 갑자기 온몸이 기체로 변한 듯 정수리가 텅 빈 느낌이었다. 여기에는 내가 있을 자리가 없었다. 내 자리가 있었던 적도 없었다.

나는 스웨이드 재킷 소매로 눈물을 닦으며 문 쪽으로 갔다. "저거 스쿨버스니?" 선생님이 물었다.

"우리 아빠예요. 스쿨버스 운전기사예요."

남은 이야기도 마저 해버릴 수 있었을 것이다. 나는 폴리의 단

짝 친구가 아니었어요. 그냥 친구도 아니었어요. 폴리에 대해서는
아무것도 몰라요. 전부 거짓말이었어요. 처음부터 거짓말이었어요. 하
지만 진실은 이미 차고 넘쳤다. 진실이 사방에서 소용돌이치며 내
머릿속에까지 차올랐다. 진실이 더 흘러나왔다면 나는 진실에 빠
져 죽었을 것이다.

　며칠 뒤 델마 선생님이 떠났다. 작별인사도 없었다. 나는 선생
님을 두 번 다시 만나지 못했다.

　날이 추워졌다. 땅은 온통 서리로 덮였고, 하늘은 거대한 회색
석판으로 변했다. 선생님은 떠났고, 나는 붙잡을 수도 따라갈 수도
없었다. 할 수 있는 일이 하나도 없었다. 얘기할 사람이 아무도 없
었다. 아픔이 내 안 구석구석에서 비명을 질렀다. 아픔이 이빨과
발톱을 세우고 나를 안에서부터 찢어발겼다. 하지만 내 몸은 찢어
지지도 피를 흘리지도 않았다. 멍든 곳도, 저는 곳도, 흉터가 남은
곳도 없었다. 하루하루, 아침 점심 저녁, 나는 꾸역꾸역 살아갔다.
상처 입고 찢겨나간 속을 안고. 상처투성이가 되어버린 몸을 안고.
그런데 알아보는 사람이 아무도 없었다.

　"이만큼 추운 적이 있었나? 내 기억에는 없는데." 언니가 거실
온도계를 만지작거리며 나에게 말했다. "너는 기억나니?" 나는
어깨를 으쓱했다. 날씨가 뭐 대수라고. 기억을 하니 마니 난리야.

　"제리랑 나랑 작년에 일리노이에서 얼음 폭풍 봤다." 내가 대답
이 없자 언니가 말을 이었다. "온 세상이 은색 빙판으로 변하더라.
길거리랑 보도블록이랑 나무까지. 멋졌어."

탁자 위에 숙제가 펼쳐져 있었다. 나는 숙제를 멀뚱히 내려다보며 앉아 있었다. 하고 싶은 마음도 해야 한다는 생각도 들지 않았다. "그렇게나 멋졌으면, 그냥 거기 살지." 내가 말했다.

언니는 나를 휙 돌아보았다. "너 대체 왜 그래, 앨리스? 싸우고 싶어서 몸이 근질근질하니?" 언니는 눈에 힘을 주며 입을 일그러뜨렸다. 내 뱃속 깊은 곳에서 얼음 같은 전율이 느껴졌다. 싸움이다! 소리를 지르고 싶었다. 때리고 싶었다. 깨물고 싶었다. 언니가 비명을 지르게 만들고 싶었다. 언니가 고함을 지르게 만들고 싶었다. 머리 꼭대기까지 화가 나게 만들고 싶었다. 그러면 나를 때릴지도 모르니까. 그러면 나를 죽일지도 모르니까.

"언니 인생이 되게 힘든 것처럼 그러지 마." 내가 말했다. "자기가 불행한 것처럼 그러지 말라고. 언니는 되게 쉽게 살았어. 옛날부터 쭉 그랬어."

언니는 나를 보며 눈을 깜빡거렸다. "너 진짜 그렇게 생각해?"

"제리는 자기 삶을 버렸잖아." 내가 말했다. "언니가 버리라고 하니까 버렸잖아. 아빠는 언니를 여왕처럼 떠받들어주고. 언니는 갖고 싶은 게 있으면 다 가지면서 살았잖아. 그런데도 만날 투덜거리기나 하고."

언니의 얼굴이 백지장처럼 하얘졌다. 그리고 양손을 둥글게 말았다. 잠깐 동안 나는 언니가 나에게 달려들 거라고 생각했다. 내 어깨를 붙잡아 마구 흔들고, 양손으로 내 목을 조를 것 같았다. 그러면 내 몸에서 마지막 숨까지 빠져나가겠지. 덤벼. 당해줄 테니까. 하지만 언니는 돌아서서 거실 반대쪽으로 걸어갔다. 아빠가 하얀 봉투들을 넣어두는 작은 서랍 쪽이었다. 언니는 허리를 숙이고 봉투들을 뒤졌다. 언니는 자기가 찾아낸 봉투를 내 앞으로 내밀며 다가왔다. 봉투 뒤에 아빠가 갈겨쓴 글자가 보였다. 앨리스—대학.

"내 것도 있을 것 같니?" 언니가 물었다. "내 이름이 적힌 봉투가 하나라도 있었을 것 같니?"

나는 봉투를 물끄러미 바라보며 뭔가 느껴지길 기다렸다. 행복한 느낌이든, 놀라운 느낌이든, 흥분되는 느낌이든. 그런데 아빠가 수도 없이 접었다 폈다 했을 그 낡은 봉투를 쳐다보아도 아무런 느낌이 없었다. "안에 얼마나 있어?" 내가 물었다. 언니가 한 장 한 장 말없이 셌다.

"사백."

"한참 멀었네." 내가 대꾸했다. "그걸로는 후진 대학교도 못 가."

언니가 고개를 떨어뜨렸다. 잠시 나는 언니가 웃고 있는 줄 알았다. 하지만 언니가 눈을 들고 나를 쳐다보았을 때 언니의 얼굴은 눈물로 번들거렸다. "용서해줄게." 언니가 속삭였다. "내 동생이니까, 몰라서 그러는 거니까, 다 용서해줄게."

언니는 위층에 올라가 방문을 잠그고 나오지 않았고, 그동안 나는 혼자 식탁에 앉아 있었다. 아빠는 버스를 모는 중이었고, 제리는 트럭을 몰고 건초를 사러 나가고 없었다. 실라 올트먼이 레슨을 받으러 왔을 때 실라를 맞아줄 사람은 나밖에 없었다. 실라는 천도복숭아를 먹으면서 자기 엄마 차에서 내렸다. 실라의 노란 머리칼이 바람에 날렸다. 실라는 한 손을 목 뒤로 넘겨서 머리칼을 모으더니, 복숭아를 입에 문 채 다른 한 손으로 대충 둥그렇게 말아 고정했다. "다들 어디 갔어?" 실라가 물었다.

"나갔어." 내가 대답했다. "지금 우리밖에 없어."

실라는 옐로캡에 안장을 올렸고, 나는 달링에 안장을 올렸다. "노나 언니 기다려야 하지 않아?" 내가 달링 위에 올라타고 도로로 향하자 실라가 물었다.

"마음대로 해." 내가 말했다. "언니는 안 와."

달링은 도로에서 불안해했다. 달링이 옆으로 뛰어오르는 바람에 내 무릎이 울타리 가로대와 우편함에 부딪혔다. 실라는 옐로캡이 달링 뒤를 너무 바짝 따라가지 못하게 하면서 차가 오지 않나 뒤를 돌아보았다. "돌아가야겠어." 달링이 멈칫거리거나 뒷걸음칠 때마다 실라는 말했다.

우리는 운하까지 왔다. 말라붙은 바닥은 부드러운 모래였다. 나는 달링을 살짝 건드려서 운하 둑을 내려갔다. 실라는 내 뒤에서 헉 하고 숨을 쉬었다. "물이 불어나면 어떡하려고?"

"물이 왜 불어나?" 내가 물었다. "지금은 겨울인데."

실라는 긴가민가하는 표정을 지으면서도 옐로캡을 살짝 건드려 나를 따라왔다. 그러면서 한 손으로 안장 뿔을 단단히 잡았다.

"시합하자." 내가 실라에게 말했다.

"싫어." 실라가 말했다.

"준비됐어?"

"나는 싫다고 했어."

나는 달링에 박차를 가했다. 달링이 달려 나갔다. 실라가 좋아하든 싫어하든 그건 아무 의미도 없었다. 실라는 절대로 나를 이길 수 없었다. 온 세상이 모래와 잿빛으로 우리 옆을 스쳐갔다. 운하 위로 칙칙한 겨울 그림자가 이어졌다. 나는 고삐를 슬슬 늦추고 달링이 마음껏 달리게 내버려두었다. 달링의 몸통이 나의 다리 사이에서 점점 팽창하는 것이 느껴졌다. 순수한 욕망, 고동치는 욕망, 질주에 대한 욕망이었다. 말라붙은 운하의 모랫길이 발밑으로 굽이굽이 스쳐갔다.

나는 고삐를 어깨로 잡아당기면서 몸을 뒤로 젖히려고 안간힘을 썼다. 달링이 자세를 고치며 모래 바닥 위를 미끄러졌다. 세미 트럭 한 대가 머리 위 고속도로에서 엄청난 소음을 내며 지나갔고, 달링은 무릎을 비틀며 터널에서 뒷걸음쳤다. 운하가 도시를 뒤로 하고 강과 산과 세상으로 흘러가는 곳이었다. 올해가 아니었다면 우리는 물에 빠졌을 것이다. 죽었을 것이다.

"아, 하느님 맙소사." 실라가 말했다. 나는 안장에 앉아서 방향을 틀었다. 실라는 옐로캡을 천천히 몰아 내 옆으로 왔다. 그리고 옆으로 손을 뻗어 내 어깨에 손을 댔다. "너 괜찮아?"

"우리가 이겼어." 내가 말했다.

실라는 녹슨 터널 안을 들여다보다가 뒤쪽 고속도로를 올려다보았다. "나는 이제 갈래." 실라가 말했다. "너는 오든 말든 맘대로 해."

우리는 말없이 운하를 따라 천천히 말을 몰았다. 달링의 털에는 땀방울이 송골송골했고, 나는 가쁜 숨을 몰아쉬었다. 나는 계속 실라를 곁눈질하면서 실라가 웃거나 미소를 짓거나 괜찮아지기를 기다렸다. 하지만 실라는 턱에 잔뜩 힘을 주고 바닥만 내려다보았다. "너희 아빠한테 이를 거야." 실라가 말했다.

우리가 집에 도착했을 때 아빠는 없었다. 실라와 나는 진입로 위에서 안장을 내렸다. 실라는 잠시 그냥 서서 기다렸다. 누가 축사에서 나오기를. 어디 갔었느냐고 물어봐주기를. "여기 사람들은 다 제정신이 아냐." 실라가 한참 만에 입을 뗐다.

"날씨 때문이야." 내가 대꾸했다.

"패티 조 아줌마 때문이야." 실라가 말했다.

"아줌마는 분명 괜찮아질 거야." 내가 말했다. "실력 있는 의사들이랬어."

"그런 말이 아냐." 실라가 어깨를 쫙 폈다.

"너희 아빠하고 아줌마하고 너무 가까웠어." 실라가 말했다. 새침하고 아는 체하는 목소리였다. "선을 넘은 거야. 그래서 여기가 망해가는 거야. 다들 그럴 줄 알았어."

"나도 할 말 있어." 내가 말했다. 실라는 나를 보며 눈을 깜빡거렸다. "너희 아빠 야간 실험 일주일에 몇 번 하니?"

멍청하게 반쯤 미소 짓던 실라의 얼굴이 얼음처럼 굳어졌다. "대체 무슨 소리야?" 실라가 물었다.

다른 곳에 있는 내가 내 모습을 보고 있었고, 내가 뱉으려고 하는 말을 듣고 있었다. 나는 멈추고 싶었다. 정말 멈추고 싶었다. 하지만 말하고 말았다. "너희 아빠는 너희 엄마를 사랑하지 않아. 너희 아빠, 바람피워."

"거짓말 마."

실라의 목소리는 가늘었다. 들릴락 말락 한 소리였다. 실라는 물끄러미 바닥을 내려다보았다. 턱은 살짝 들려 있고 이마는 주름져 있었다. 실라는 눈을 들고 나를 마주보며 목에 뻣뻣하게 힘을 주고 입을 실룩거렸다. 실라는 머릿속으로 내가 보지 못한 것들, 내가 모르는 것들을 하나하나 맞춰보는 중이었다. 그리고 바로 그 순간 나는 실라의 눈빛을 읽었다. 내가 했던 말은 사실이었다. 하지만 주워 담기에는 너무 늦었다.

실라의 몸이 뻣뻣해졌다. 나는 실라가 울거나 소리 지르기를 기다렸다. 내 따귀를 때리거나, 나를 깨물거나, 내 머리채를 쥐고 흔들기를 기다렸다. 하지만 실라의 두 눈에는 물기가 없었고, 실라의 얼굴에는 표정이 없었다. 실라는 몇 발자국 비틀비틀 뒷걸음쳤다. 그러고는 옐로캡의 고삐를 놓고 자리를 떴다.

나는 실라 뒤를 쫓아가다 옐로캡의 고삐를 잡았다. 실라는 축사 앞에 앉아 도로를 내다보고 있었다. 나는 옐로캡을 끌고 실라 옆을 지나 말뚝에 묶었다. 그러고는 안장을 내리고 담요를 덮으며 시간을 끌었다. 실라가 일어나기를 기다렸다. 실라가 나를 자기 말 옆에서 밀어내기를 기다렸다. 실라가 내 손에서 안장과 담요를 빼앗기를 기다렸다. 하지만 실라는 그냥 자리에 앉아서 멍하니 도로를 바라보았다. 나는 옐로캡을 축사 안에 들여다놓았다. 그러고는 밖으로 나와 실라 옆에 앉았다. 한 시간이 흐르고, 또 한 시간이 흘렀다. 하늘이 어두워졌고 공기가 차가워졌다. 하지만 실라는 꼼짝도 하지 않았다. 입을 열지도 않았다. 한 번도 내 쪽으로 고개를 돌리지 않았다. 실라 엄마의 미니밴이 진입로로 들어서자 실라는 앞좌석에 올라타고 안전벨트를 맸다. 그렇게 두 사람은 차를 타고 떠났다.

축사의 마방이 하나씩 하나씩 비어갔다. 메기 아줌마들은 직접 말을 찾으러 오는 대신 말 장수와 트레일러를 보냈다. 히스클리프가 가장 먼저 실려 갔다. 버몬트에 사는 사람한테 팔렸다고 했다.

말 장수가 잠시 서서 담뱃불을 붙이면서 해준 말이었다. "이 말 옆
에서 담배 피우면 안 돼요." 내가 말했다. "비강이 민감성이에요."
며칠 후에 다른 트레일러가 와서 시에라를 싣고 갔다. 이번에는 텍
사스에 팔렸다고 했다. 토이보이가 마지막으로 떠났다. 내가 학교
에 갔을 때 사람들이 왔고, 집에 왔을 때는 축사가 비어 있었다. 어
디로 갔는지 말해주는 사람은 아무도 없었다.

아빠가 집 안에서 보내는 시간이 점점 많아졌다. 폭풍우 직전의
매섭도록 추운 날씨였고, 아빠는 무릎 통증 때문에 한 걸음 내디딜
때마다 몸을 움찔했다. 값비싼 트레일러 행렬이 이어지고 말들이
축사를 빠져나가는데, 아빠는 아무것도 눈치채지 못하는 것 같았
다. 실라가 오지 않는 것도 눈치채지 못하는 것 같았다. 축사 안에
남아 있는 말은 옐로캡뿐이었다. 옐로캡은 축사 안을 왔다 갔다 하
며 히잉히잉 울어댔다. "아무도 너를 데리러 오지 않아." 내가 옐
로캡에게 말했다. "아무도 너를 사랑하지 않아."

말들이 나가자 제리는 달링과 킹을 축사로 옮겼다. "아빠한테
물어봤어?" 언니가 물었다. 제리는 하늘을 향해 고개를 끄덕였다.

"곧 눈이 오겠어."

"여긴 사막이야." 언니가 대꾸했다. "눈 안 와."

하지만 일을 하는 것은 제리였고, 따라서 결정하는 것도 제리였
다. 제리는 주인처럼 열심히 일했다. 매일 오후, 제리는 킹에게 훈
련을 시켰고, 나는 훈련장에서 달링을 타고 달렸다. 날이면 날마다
나는 훈련장에서 달링을 질주시켰다. 해방감을 찾고 싶었다. 두려
움을 찾고 싶었다.

"너 대체 거기서 뭐 하는 거야?" 제리가 물었다.

"연습." 내가 대답했다.

"그냥 막 타잖아." 제리가 말했다. "그러다 다쳐."

달링이 달리면 나는 눈을 감고 등자를 내리고 박차를 가하고 울타리를 향해 달려갔다. 하지만 달링은 한 번도 충돌하지 않았고, 나는 한 번도 떨어지지 않았다. 다치려고 안간힘을 써도 다칠 수가 없었다.

"진짜 다친다고!" 내가 훈련장을 빠져나왔을 때 제리는 내 팔을 쥐고 흔들면서 말했다. "너 참 말 안 듣는구나."

하지만 나는 말을 들을 생각이 없었다. 아무 생각이 없었다.

"말이 망가지고, 제대로 훈련이 안 돼." 제리가 말했다. "안 팔린다고."

"그래서 뭐?"

"말이 안 팔리면 어떻게 되겠니? 짐이나 나르는 짐승이 되는 거야. 좋은 주인을 만나는 말도 있지만, 못 만나는 말이 훨씬 많아. 말이 좋은 주인을 못 만나면 어떻게 되겠니?"

나는 오한을 느꼈다. 만 마리쯤 되는 곤충들이 내 살갗에서 날갯짓을 하는 것 같았다. 나도 어둠과 잔인함을 알고 있다는 것, 고통을 알고 있다는 것을 제리에게 보여주고 싶었다. 제리는 나에게 겁을 주었지만, 나는 무서움을 느낄 수 없었다. 나는 대꾸했다. "굶어 죽든지, 죽도록 얻어맞든지, 개밥이 되든지, 사막에 버려져 혼자 죽겠지."

제리가 내 어깨를 붙잡았다. 내 얼굴에서 제리의 뜨거운 입김이 느껴졌다. 제리의 아래턱이 떨렸고, 제리의 시선이 분노로 굳었다. 하지만 나는 제리의 시선을 피하지 않았다. 제리에게 알려주고 싶었다. 나는 순진한 바보가 아니야. 나는 그저 그런 어린애가 아니야. 나는 제리를 할퀴고 싶었다. 손톱을 세우고 제리의 살점을 파내고 싶었다. 피를 흘리게 하고 싶었다. 상처를 주고 싶었다. 하지만 그 대신 나는 제리에게 키스했다.

내 입을 제리 입에 갖다 대고, 제리의 입술 사이로 혀를 밀어넣었다. 내 혀끝이 제리의 혀끝에 닿았다. 제리의 손이 내 어깨에서 떨어졌고 제리의 몸이 성큼 뒤로 물러났다. 제리는 넘어질 뻔하면서 내 몸에서 멀어졌다. "왜 그랬어?" 제리는 손끝으로 자기의 입술을 만졌다. 어두워지는 하늘을 뒤로한 제리의 얼굴이 백지장 같았다.

"내 맘이야."

제리는 언니에게 말하지 않았다. 실수였다고 제리는 말했다. 그냥 실수였다고. 누구나 실수를 한다고. 하지만 자리를 뜨기 전에 제리는 나에게 검지를 겨누며 목소리를 낮추었다. "다시는 안 봐줘." 제리가 나에게 말했다. "절대 안 봐줘."

그날 이후 제리가 언니를 축사로 불러내는 시간이 많아졌다. 언니에게 먹이와 마구에 대해서 이것저것 조언을 구했고, 언니가 집 안으로 들어가려고 하면 번번이 불러 세웠다. 제리가 처음으로 킹에게 안장을 올리던 날, 제리는 언니에게 이것은 중요한 일이니까 언니가 옆에서 봐주면 좋겠다고 했다.

제리는 킹을 훈련장 안으로 끌고 왔다. 나는 달링을 훈련장 중앙에 세웠다. 언니는 울타리에 올라앉아 담뱃불을 붙였다. "후우, 그럼 시작해보든지." 언니가 말했다.

제리는 지난 며칠 동안 킹과 연습을 했다. 킹의 등에 안장과 깔개를 올려 무게를 느끼게 하면서 뱃대끈은 느슨하게 그대로 두었다. 하지만 이제는 킹의 배 밑으로 손을 집어넣고 끈을 잡아당겨 단단히 조였다. 킹은 귀를 팔락거리며 콧구멍을 넓혔지만, 몸을 피하지는 않았다. 제리가 목덜미를 쓰다듬는 동안 킹은 그냥 가만히 있었다.

"어때?" 제리가 언니 쪽에 대고 소리쳤다.

"대단하다." 언니가 말했다. 그러고는 울타리를 뛰어내려 축사로 걸음을 옮겼다.

"잠깐만." 제리가 언니에게 말했다. "타볼래?"

언니가 하하 웃었다. "바보야, 너무 작잖아."

"진짜 타라는 게 아니라 그냥 앉아 있으라고." 제리가 말했다. "사람을 태우는 느낌이 어떤지 알려주게. 나는 너무 무겁지만, 너라면 괜찮을 거야."

언니가 고개를 저었다. "어림없어."

"내가 탈래." 내가 말했다. 둘 다 나를 쳐다보았다.

"앨리스, 그만둬." 언니가 말했다.

나는 달링의 등에서 내렸다. 그러고는 달링을 끌고 제리 쪽으로 갔다. 그사이 언니가 울타리를 넘어 들어와 제리와 나 사이에 끼어들었다. "아빠한테 이를 거야." 언니가 말했다.

"아빠한테 이를 거야." 내가 언니 말을 흉내 냈다. 언니는 불안하게 제리를 쳐다보았다.

"제리, 못 타게 해." 언니가 속삭였다.

"제리, 못 타게 해."

언니는 별안간 나를 돌아보았다. "그래, 좋아." 언니는 양팔을 내밀며 말했다. "앨리스, 모가지 부러지고 싶으면 마음대로 해봐. 안 말릴 테니까."

제리는 절대로 나를 말에 태우지 않았을 것이다. 아직 그럴 때가 아니라고, 자기가 잘못 생각했다고, 타면 안 된다고 말했을 것이다. 하지만 제리가 미처 입을 열기 전에 우리 귀에 훈련장 울타리 문이 삐걱하며 열리는 소리가 들렸다. 뒤를 돌아보니 아빠가 서 있었다.

"도대체 무슨 일이야?" 아빠의 얼굴이 종잇장처럼 하얬다. 지팡이를 움켜쥔 손마디가 눈에 들어왔다. "아빠." 아빠의 등장에 안심한 언니가 말을 시작했다.

아빠는 절룩거리며 제리 쪽으로 갔다. "우리 딸을 그 말 등에 태우려고?" 아빠가 물었다.

"아니에요." 제리가 대답했다. 하지만 아빠는 듣고 있지 않았다. 아빠는 제리의 고삐를 낚아채서 킹을 제리 반대쪽으로 잡아당겼다.

"내가 종마 규칙 얘기했을 텐데?" 아빠가 말했다. 아빠의 얼굴이 점점 벌게졌다.

"그냥 안장만 올린 거예요." 제리가 말했다. "누구를 태우려던 건 아니에요."

"내가 타려고 했어!" 내가 말하자 아빠가 나를 쳐다보았다.

나는 아빠가 화를 냈으면 했다. 아빠가 나한테 소리를 질렀으면 했다. 모두 내 잘못이라는 것을 아빠가 알았으면 했다.

"너 미쳤어?" 아빠는 언니한테 소리를 질렀다. "예전에는 동생한테 잘하더니."

"나는 잘못 없어." 언니가 말했다. "앨리스가 미친 짓을 하는 거야. 학교에 좋아하는 애가 생겼대. 그래서 머리가 어떻게 됐나봐."

"애 아니야." 내가 말했다. "선생님이야. 상관없어. 이제 떠나버렸으니까."

사방이 조용해졌고, 셋 다 나를 돌아보았다. 하늘이 어두워지고 있었다. 낮게 드리우는 먹구름이었다.

"무슨 짓을 하고 다닌 거냐, 앨리스?" 아빠가 물었다. 아빠의 입에서 하얀 김이 연기처럼 피어올랐다.

"아무 짓도 안 했어요." 내가 말했다.

"영어 선생이냐?" 아빠가 물었다. "내가 데려다준 데가 거기였냐? 그 미친놈 집이었냐?"

언니의 눈이 빨갰다. 언니는 손등으로 코를 닦으면서 귀를 기울였다. "좋은 선생님이었어요." 내가 속삭였다.

"주정뱅이였어." 아빠가 말했다. "차로 전신주를 들이받고, 경찰이 오니까 뺑소니치려고 했다더라. 보안대에 있는 행크한테 다 들었다. 그놈 책상 서랍에서 스카치 쿼트 병이 나왔대. 그놈, 해고당한 거야."

온 세상이 와르르 무너졌다. 뼈마디가 밀랍처럼 녹고, 발밑이 산산조각 났다. "아빠가 뭘 알아." 내가 말했다. "스쿨버스 운전사가 뭘 알아."

"앨리스." 제리가 급히 말했다. 하지만 너무 늦었다. 뭔가가 터져나왔다. 어딘가 구멍이 뚫렸다. 내가 막을 수 없는 구멍이었다.

"돈도 못 벌면서."

아빠가 나를 때린 적은 한 번도 없었다. 언젠가 노나 언니의 뺨을 때린 적은 있었다. 아빠의 표정이 그때하고 똑같았다. 광기. 폭발. 아빠의 몸통이 점점 부풀어오르는 것 같았다. 아빠 몸이 실제보다 커 보였다. 내 몸은 차갑게 식었다. 내 몸은 텅 비었다. 때려.

아빠는 정말로 때리려고 했다. 그런데 아빠가 내 쪽으로 걸음을 옮기려는 찰나, 킹이 코를 들이밀고 아빠의 어깨를 깨물었다. 세게 깨문 것은 아니었다. 장난삼아 살짝 깨문 것이었다. 망아지가 각설탕 하나만 달라면서 재롱을 부리는 것이었다. 언니가 깜짝 놀라서 웃어버렸다. 세상이 무너지기 직전에, 언니는 두 손으로 입을 틀어막고, 흘러나온 것을 다시 집어넣으려고 했다.

하지만 너무 늦었다. 아빠가 몸을 돌렸다. 아빠 손이 번개처럼 움직였다. 아빠 지팡이가 킹의 가슴팍을 내리쳤다. 딱 하는 소리가 대기를 갈랐다. 손바닥이 불에 타서 찢어지는 느낌이 들었다. 딱 소리에 달링이 뒷걸음치며 내가 쥐고 있던 고삐를 당기는 바람에 손바닥이 쓸린 것이었다. 킹의 두 앞발이 교차했다. 마치 절을 하는 듯 우아한 동작이었다. 하지만 킹이 바닥에 쓰러질 때 우리들은 모두 두번째 딱 소리를 들었다. 앞다리의 뼈가 부러지는 소리였다. 킹이 털썩 쓰러졌고, 땅이 흔들렸다. 죽어가는 세상 구석구석에서 비명 소리가 났다. 언니의 입에서. 나의 뱃속에서.

킹은 넘어지지 않으려고 안간힘을 썼다. 하지만 다리가 이상한 각도로 후들거리더니 앞으로 고꾸라졌다. 어깨가 땅에 닿고, 얼굴이 바닥에 박히고, 뒷다리가 땅을 후벼 팠다. 일어나려고 미친 듯이 몸부림쳤다. 아빠는 고삐를 내리고 뒤로 물러났다. 하지만 말은 계속 일어서겠다고 안간힘을 썼다. 어깨뼈가 관절에서 빠져 툭 튀어나왔고, 무릎뼈가 살을 찢고 드러났다. 아빠는 가만히 서 있었다. 공기가 비명을 지르고 있었다. 그리고 제리가 총을 들었다.

언니는 제리를 막으려고 달려갔다. 제리 팔에 매달려서 총부리를 옆으로 돌렸다. 잠시, 제리는 언니를 막지 않았다. 하지만 바로 그때 망아지가 비명을 질렀다. 유리가 금속을 긁는 소리였다. 몸통이 바닥에 질질 끌리면서 주둥이가 뒤틀리고 콧구멍에 흙이 들어찼다. 몸에 깔린 앞다리가 지푸라기처럼 꺾였다. 제리는 언니를 밀어냈고, 언니는 바닥에 주저앉아 양손으로 얼굴을 가렸다. 눈송이가 처음 흩날리기 시작했던 것은 제리가 권총을 들었을 때였다. 제리의 발밑에서 망아지가 몸부림을 쳤다. 입에서 내뿜는 거품이 흙으로 범벅이 되었고, 송알송알 맺힌 땀이 차가운 공기 속으로 모락모락 김을 뿜어냈다. 제리는 총을 겨눴다. 망아지는 머리를 쳐들었다. 마지막 생명을 모아서, 일어서겠다고 몸부림을 쳤다.

방아쇠가 당겨지는 순간 나는 고개를 돌리지 않았다. 탕 소리가 세상을 찢는 순간 망아지의 몸이 마지막 경련을 일으켰다. 격렬하게, 솟구치듯. 세상이 고요해졌을 때 망아지 머리 밑에서 피가 쏟아졌다. 그러자 발밑이 무너져내렸다. 그리고 아무것도 없었다.

15

그리고 눈이 내렸다. 눈은 동쪽 푸른 산과 서쪽 붉은 산을 덮었다. 나중에는 모든 것이 눈에 덮여, 도시 이쪽과 도시 저쪽을 분간할 수 없었다. 온 세상이 하얀 고요 속에 파묻혔다.

그날 밤 전화한 사람은 제리였다. 제리가 전화기에 대고 우리집 위치를 알려주며 대강의 상황을 설명했다. 사고, 부상, 권총. 제리는 전화를 끊은 다음, 전화로 들은 말을 전했다. 지금은 밤이 너무 늦었다. 내일 아침 시체를 가지러 가겠다.

그리고 눈이 내렸다.

진입로가 막혔다. 지붕이 내려앉았다. 데저트밸리는 폭설에 대한 대비가 없었다. 눈가래도 없고, 제설기도 없었다. 눈을 푸는 삽 하나 있는 집이 없었다. 다음 날 아침, 도로가 막혔고, 학교는 휴교했다. 아무도 녀석을 치우러 오지 않았다. 아무도 녀석을 치우러 올 수 없었다. 녀석의 시체는 우리집 훈련장에 팔 일 동안 널브러져 있었지만, 오가는 사람은 아무도 없었다.

몇 년이 흐른 뒤에도, 언니는 고칠 수 있었을 거라고 말했다. 어쨌든 어린 망아지였으니까. 뼈가 튼튼하고 탄력이 있었으니까. 어떻게든 고칠 수 있었을 거라고. 고칠 수 없었다고 해도, 의학적 결단 따위는 수의사에게 맡겼으면 좋았을 거라고. 결정하고 실행하는 일은 모르는 사람한테 맡겼으면 좋았을 거라고.

언니 말이 맞아, 라고 나는 대답했다. 맞는 말이었으니까.

제리가 방아쇠를 당긴 다음부터 언니는 제리와 한 침대를 쓰지 않았다. 제리의 몸이 닿는 것도 참지 못했고, 침대 시트에서 제리의 살 냄새가 나는 것도 참지 못했고, 제리의 낮은 잠꼬대도 참지 못했다. 언니는 제리를 쳐다보지도 못했다. 망아지가 죽던 날 밤 언니는 내 침대에서 잤다. 그다음 날 밤에도. 그리고 그다음 날 밤에도.

삼 주 뒤 제리는 떠났다. 해가 나서 눈이 점점 사라지고 얼음들만 군데군데 남았을 때였다. 얼음 밑으로는 땅이 축축했다. 제리가 상자들을 트럭에 싣는 동안, 나는 이번에도 진입로에 멀거니 서 있었다. 제리가 차를 몰고 떠나갈 때, 나는 이번에도 지켜보고 서 있었다. 그러나 이번에 제리는 자기 짐만 싣고 갔다. 그리고 두 번 다시 돌아오지 않았다.

시간이 약이라고 사람들은 말한다. 용서하고 잊으라고. 엎질러진 물이라고. 하지만 날이 가고 달이 가고 해가 가도, 사람들은 그때 그 눈보라 이야기를 한다. "하느님 맙소사," 사람들은 조합에 모여서 말했다. "내가 평생 여기 사막에서 살았지만, 그런 눈은 처음이었어." 사람들은 별일이었다고 했다. 이변이었다고. 기적이었다고. 어린아이들이 삐뚤빼뚤 눈사람을 만들고, 쓰레기봉투를 썰매처럼 타고 놀았다고.

아빠는 그때 이야기를 두 번 다시 꺼내지 않았다. 그때 그 폭풍에 대해서도, 그때 그 추위에 대해서도, 그날 밤에 대해서도. 죽음이 하늘에서 쏟아지던 밤, 온 세상이 죽음에 뒤덮인 밤. 언니와 내가 그때 이야기를 꺼낸 것은 한참 뒤의 일이었다. 우리는 이변이었다느니 기적이었다느니 하는 말은 하지 않는다. 하느님 어쩌고 하지도 않는다. 대신에 우리는 겨울 이야기를 한다. 나뭇가지들이 쌓인 눈의 무게를 견디지 못하고 부러졌던 이야기, 수도관이 얼어 터졌던 이야기. 우리는 말한다. 시간이 지나서 기억이 가물가물하다고, 무슨 일이 있었는지 정확하게 기억나지 않는다고, 뭐가 먼저였고 뭐가 나중이었는지 헷갈린다고, 누가 무슨 말을 했었는지 생각나지 않는다고. 나는 언니에게, 언니는 나에게 그렇게 말한다. 잘잘못을 따질 일이 아니라고. 엎질러진 물이라고.

그러나 한 번만이라도 솔직하게 말해보자. 나는 정확하게 기억한다. 무슨 일이 있었는지 가물가물하지 않다. 때린 것은 아빠였다. 총을 쏜 것은 제리였다. 그러나 죽인 것은 나였다. 하나의 생명이, 온전한 생명이 눈앞에서 스러졌다. 잘잘못을 따진다고 해도 이미 엎질러진 물이지만. 그렇지만.

킹이 죽던 날 밤 나는 침대에 누워 언니의 체온을 느꼈다. 어둠 속에 놓인 손바닥이 얼얼하게 고동쳤고, 나는 왜 아픈지 이상하게 여기면서 시트 위로 팔을 뻗다. 서서히, 기억이 되살아났다. 막대기가 뼈를 후려치던 기억, 킹이 쓰러지던 기억, 바닥으로 주저앉으면서 날씬한 다리를 좌우로 교차시키던 기억. 그러자 손바닥의 상처가 기억났다. 손바닥이 가죽에 쓸려서 벗겨지던 기억, 달링이 딱 소리에 놀라 뒷걸음치던 기억, 고삐가 손바닥에서 미끄러지던 기억. 그때까지 나는 달링을 잊고 있었다. 우리 모두 달링을 잊고 있었다. 우리는 달링을 밖에 내버려두었다. 킹 옆에.

밖은 밤 같지가 않았다. 낮 같지도 않았다. 이 세상의 시간이 아닌 것 같았다. 눈은 솜 덩어리처럼 펑펑 쏟아지면서 내 발자국을 지워버렸다. 하늘에는 오렌지빛이 감돌았다. 내가 훈련장에 들어섰을 때, 망아지가 있던 자리에는 하얀 눈 더미뿐이었다.

달링은 순환로 구석에 있었다. 무릎을 조이고 고개를 숙인 채. 달링의 짝눈을 들여다본 순간, 냉기가 온몸을 바람처럼 훑고 지나갔다. 달링은 몇날 며칠 동안 몸을 묶인 채 혹독한 햇볕을 견뎌낸 말이었다. 몇 주 동안 어미 말 무리의 발길질을 견뎌낸 말이었다. 하지만 어떤 사람, 어떤 짐승도 하지 못한 일을 달링이 밤과 눈 속에서 보낸 불과 몇 시간이 해냈다.

그로부터 몇 달이 채 지나지 않아 달링은 단란한 가정에 팔렸다. 두 아이가 있는 가정이었다. 아이들 부모는 아빠가 달링을 샀던 값의 세 배를 내면서 아빠에게 경의를 표했다. 말이 참 잘 훈련되어 있고 성질도 온순하다면서. "이 말은 바위처럼 단단해요." 아빠는 대답했다. "바로 귀 옆에서 대포를 쏴도 눈 하나 깜짝 안 해요." 그렇게 달링은 우리 곁을 떠나 새로운 삶을 시작했다. 소중한 존재, 완벽한 존재로 살아갈 것이다. 달링이 한때 질주를 즐기던 말이었다는 것은 아무도 모를 것이다. 달링이 한때 길들일 수 없는 말이었다는 것은 아무도 모를 것이다.

미안하다는 건 뭘까? 후회한다는 건 뭘까? 나는 달링을 찾으러

나갔다. 하지만 너무 늦었다. 밤새 달링은 킹이 흘린 피 냄새와 킹이 느낀 공포의 냄새를 맡았다. 킹이 몸을 일으키려고 안간힘을 쓸 때 차가운 공기 사이로 모락모락 올라오던 끈적끈적하고 들척지근한 냄새를 맡았다. 달링은 뼈가 부러지는 소리, 살이 찢어지는 소리를 들었다. 킹이 입을 쩍 벌리고 외치던 미친 듯한 금속성의 비명 소리도 들었다. 그리고 달링은 우리가 킹의 부서진 몸뚱이를 밤과 함께 남겨두고 가버리는 것을 보았다. 땅은 눈에 덮여 사라지고, 달링은 차가운 침묵, 깊고 알 수 없는 침묵 속에 홀로 남겨졌다. 내가 달링을 찾으러 나갔을 때 달링의 눈에는 초점이 없었고 호흡은 느렸다. 내가 고삐를 쥐려고 손을 내밀자, 달링은 고분고분 따라왔다. 완벽한 애완견이었다.

그리고 눈이 내렸다.

꿈을 꿀 때처럼 눈은 만물의 형태와 색깔을 바꾸어놓았다. 익숙한 것들이 모두 가려지고, 엄연히 존재하는 것들이 모두 파묻혔다. 저 멀리 축사가 있고, 집이 있고, 내 어린 날의 세계가 있었다. 하지만 눈이 백만 마리 하얀 곤충처럼 사방에서 소용돌이쳤고, 축사도 집도 보이지 않았다.

그런데 눈보라 사이로, 열린 훈련장 울타리 문에, 뭔가 어른어른 움직였다. 쏟아지는 눈 사이로 하얀 그림자가, 훈련장 중앙을 향해서 미끄러져 들어왔다. 하얀 그림자는 점점 다가오며 실루엣을 드러냈다. 좁은 어깨, 가는 팔, 하얀 눈이 쌓인 검은 머리. 나는 그 자리에서 얼어붙었고, 말은 내 옆에서 걸음을 멈추었다. 곱은 손으로 고삐를 쥐고, 눈을 감았다. 이건 꿈이야. 전부 꿈이야. 전에 내 방에 차오르던 홍수처럼, 지금 쏟아지는 폭설도 내가 눈을 뜨면 사라질 거야. 해가 날 거야. 꿈이었으니까 괜찮아.

하지만 꿈을 꿀 때와는 다르게, 느낌이 있었다. 사방에서 차가운 공기가 움직이는 느낌, 눈이 뺨에 떨어지는 느낌, 눈이 장화 속에 스며드는 느낌, 눈이 양말을 적시는 느낌, 발이 마비되는 느낌. 그리고 눈을 떴는데, 그애가 아직 있었다. 빙글빙글 도는 하얀색 사이에 하얀색 속옷이 보였다. 그애는 망아지 시체 앞에서 걸음을 멈추고 은색 눈 더미를 내려다보았다. 우리가 불과 한 달 전에 그애의 유령을 부르려고 모였을 때 그애는 응답이 없었다. 나는 그애가 갔을 길로 숨어들어갔고, 거짓말을 해서 그애의 기억 속에 숨어 들어갔고, 그애의 인생을 훔쳤다. 나는 애초에 내 것이 아니었던 세상 속에 덜컥 들어갔고, 이제 그 세상이 무너졌다. 그러니 그애가 오는 것도 당연했다. 그애의 유령이 킹을 지켜주는 것도 당연했다.

그애는 내 쪽을 보지 않았다. 내가 자기 옆에 있는 줄도 모르는 것 같았다. 내가 한 짓인 줄도 모르는 것 같았다. 나한테 신경 쓰지 않는 것 같았다. 나는 그애에게 말하고 싶었다. 잘못했다고 빌고 싶었다. 상황을 설명해주고 싶었다. 하지만 막상 말을 하려니까 목구멍에서 맴돌던 말들이 사라져버렸다. 미안하다는 건 뭘까? 후회한다는 건 뭘까? 킹은 죽었는데. 말로는 설명이 안 되는데.

그런데 바로 그때, 거세게 몰아치는 눈보라 속에서 속삭임이 들려왔다. "메리언."

하얀 그림자가 아빠 목소리를 듣고 고개를 들었다. 이름이 불린 순간, 내게 걸려 있던 주문이 풀렸다. 하얀 그림자가 그제야 제대로 보였다. 죽은 애가 아니었다. 처음부터 그애가 아니었다.

아빠는 추위 탓에 더 절뚝거리는 걸음으로 천천히 조금씩 훈련장 가운데로 갔다. 아빠가 망아지의 가슴을 후려친 뒤 땅바닥에 내동댕이쳤던 지팡이는 지금 다른 모든 것들처럼 눈 담요에 덮여 보이지 않았다. 잠시 두 사람은 그렇게 있었다. 서로 약간 떨어져서. 말없이. 아빠는 고개를 숙이고 눈을 감았고, 엄마는 쏟아지는 눈송이 사이로 아빠의 옆모습을 올려다보았다. 엄마는 아빠 이마 위로 흘러내린 머리칼을 손가락으로 쓸어올렸다. 아빠는 눈을 떴고 엄마는 아빠에게 기댔다. 엄마는 양팔로 아빠 목을 끌어안았고 아빠는 엄마를 안아올렸다. 엄마의 맨발은 빨갛게 얼어 있었고, 엄마의 잠옷은 축축하게 젖어 있었다. 잠옷에 감싸인 막대 같은 몸이 드러났다. 엉덩이, 가슴, 어깨, 갈비뼈. 아빠는 훈련장 입구로 발길을 돌렸다. 느리고 불안한 걸음으로, 엄마를 안은 채, 시체를 피해서, 죽음과 추위를 피해서, 훈련장을 가로질러, 엄마를 집으로 옮겨다 주었다.

나는 이 이야기를 언니에게 하지 않았다. 아무에게도 하지 않았다. 나는 이 이야기를 나만의 이야기로 간직했다. 두 사람은 시체를 내려다보면서, 말로 설명할 수 없는 커다란 슬픔을 함께 나누었다. 죽어버린 모든 것들, 저질러진 모든 일들, 말로 하지 못한 모든 얘기들을 함께 슬퍼했다. 그 순간 나의 눈에 비친 두 사람은 나의 부모님이 아니라, 오랜 세월 서로 얽힌 삶을 살아오는 동안 서로에게 맞게 변해버린 두 사람, 영원히 어린아이인 한 여자와 영원히 그 여자를 보살피는 한 남자였다.

제리가 떠난 뒤 아빠는 다시 축사에 나왔다. 말들은 먹이와 훈련이 필요했고, 망가진 것들은 수리가 필요했다. 일은 늘 있었다. 누군가는 해야 하는 일이었다.

실라 올트먼도 다시 나왔다. 아빠는 계속 레슨을 했고, 계속 친구들을 데려와도 되겠다고 했다. 실라가 폭설 이후 처음으로 승마장에 나온 날, 나는 실라가 물건을 챙기러 온 줄 알았다. 하지만 미니밴에서 내린 실라는 여느 날과 다름없이 옐로캡이 있는 축사로 향했다. "다시 나왔구나." 내가 말했다.

"시합이 얼마 안 남았잖아." 안장을 올리던 실라가 얼굴에 흘러내린 머리칼을 쓸어올리면서 말했다. "나, 실력이 느는 것 같아."

"맞아." 내가 대답했다.

실라를 못 본 것은 불과 두어 주였지만, 실라는 지난번 보았을 때보다 어른스러워진 것 같았고, 다리가 길어진 것 같았고, 옷차림에 여유가 생긴 것 같았다. 실라가 안장의 무게를 한쪽 엉덩이에 싣는 순간, 실라는 여느 베테랑 기수와 똑같아 보였다. 처음부터 선수였던 그런 애들이랑 비슷해 보였다. "게다가," 실라가 말했다. "옐로캡은 나 없으면 안 되잖아?" 실라는 나를 보고 애매한 미소를 지으며 천장을 올려다보았다. 자기가 웃긴 말을 했다는 뜻이었다.

"네가 없으면 옐로캡은 정말 외로워할 거야."

실라는 승마장 전체를 둘러보았다. 눈이 녹아 깨끗하고 축축했다. "여기는 조용하구나." 실라가 말했다.

"제리가 떠났어."

실라는 고개를 끄덕였다. 슬퍼하지도 놀라지도 않았다. "무슨 일이 있었나봐."

"있었어."

우리는 아주 잠시 서로를 쳐다보았다. 가슴속에 슬픔이 북받쳤다. 실라에게 하고 싶은 말이 너무 많았다. 하지만 내가 무슨 말을 해야 할까 허둥대는 사이 실라가 한 발을 스윽 내밀었다. 실라의 장화 코가 내 장화 코에 닿았다. "말 안 해도 돼." 부드러운 목소리였고, 깊이 이해하는 눈빛이었다. "우리가 사랑하는 사람들이니까."

"응?" 내가 속삭였다.

"비밀을 지켜줘야지."

내가 실라에게 했던 짓은 내가 지금껏 살면서 했던 짓 가운데 가장 나쁜 짓이었다. 오로지 잔인함 때문에 했던 짓은 그것뿐이었다. 그런데 실라는 나를 용서했다. 별일 아니라는 듯이. 실라는 계속 우리 승마장에 다녔다. 파자마 파티 때마다 계속 나를 초대했다. 제리에 대해서는 한마디도 묻지 않았다. 원형 우리 안에 있던 진저의 새끼에 대해서도 묻지 않았다. 나도 실라의 아빠에 대해서 한마디도 묻지 않았다. 삼 년 뒤 실라네 모녀는 다시 캘리포니아로 이사 갔다. 옐로캡도 데려갔다. 한동안 실라는 우리에게 편지를 보내서 새 집과 새 학교 이야기를 전해주고, 자기가 옐로캡을 타고 해변에 서 있는 사진들을 보내주었다. "세상에." 노나 언니는 사진을 보면서 말했다. "말 팔자가 내 팔자보다 낫네."

예전에 언니는 제리가 없으면 못 산다고 말했다. 하지만 나중에는 다른 남자들을 만났다. 언니가 포프네 쌍둥이랑 같이 잔 날 밤에 언니는 내 침대로 와서 무슨 일이 있었는지 자세히 얘기해주었다.

"한꺼번에?" 내가 물었다.

"미쳤니?" 언니가 대답했다. "사이에 시간이, 꽤, 많이 흘렀어. 둘 중 하나는 숫총각이었나봐."

"누가?"

"나는 둘이 도통 분간이 안 되더라." 언니가 말했다. "앞니 빠진 애가 누구니?"

"잭."

"그래, 그애." 언니가 말했다. "어쨌거나, 대단했어. 둘 다 내내 나를 상사병 난 개새끼들처럼 쳐다보는 거야. 고마워서 어쩔 줄을 모르더라. 이제부터 연하랑만 자야겠어."

두번째 남편감을 만난 언니는 제리하고 이혼을 하려고 했는데, 알고 보니 이혼할 필요가 없었다. 언니가 결혼할 때 열일곱 살이었는데, 캔자스 주에서는 결혼할 수 없는 나이였다. 그래서 언니는 자기가 열아홉 살이라고 거짓말을 하고 결혼했다. 애초에 효력이 없는 결혼이었다.

두번째 남편은 해병대원이었는데, 언니는 그 남자에게 프러포즈 받은 날 양손을 쳐들고 승마장을 빙글빙글 돌며 춤을 췄다. 그 남자는 안 살아본 곳이 없어. 언니가 우리에게 말했다. 자기를 데리고 캘리포니아로, 하와이로, 뉴욕으로 갈 거라고 했다. "이번에는 잘 살까요?" 내가 아빠에게 물었다.

"너한테 이런 말 하기는 싫다만," 아빠가 말했다 "네 언니는 머리가 좀 나빠." 아빠의 입매가 쓴웃음으로 비틀어졌다. 하지만 아빠는 나를 돌아보며 부드러운 표정을 지었다. "잘 살 거다." 아빠가 말했다. "잘 살면 좋겠어."

나는 열일곱 살이었다. 로데오에서 제리가 처음 언니에게 다가와서 프리실라 프레슬리의 환생이라고 했을 때 언니의 나이가 열일곱 살이었다. 언니는 해병대원이랑 집을 나서면서 나의 양쪽 뺨에 입을 맞추었다. 그러면서 포기하지 말라고 말했다. 나에게도 기회가 올 거라고. 언젠가, 나를 데려가줄 남자가 나타날 거라고. "너무 까칠하게 굴지 마." 언니는 충고했다. "그리고, 머리는 올려봐."

나에게 기회가 온 것은 언니가 떠나고 두어 주가 지났을 때였다. 그런데 내게 온 기회는 남자가 아니라 아빠 앞으로 온 편지봉투였다. 아빠는 봉투를 열더니 한참을 들여다보았다. 입을 여는 듯싶더니 다시 그냥 다물었다. "네 거다." 아빠가 한참 만에 입을 뗐다. 엄지와 검지로 내가 볼 수 있게 종이를 들고 있었다.

내 이름이 적힌 수표였다. 내가 동그라미 개수를 세는데, 바닥이 액체로 변하는 것 같았다. "뭐가 잘못됐나봐요." 내가 속삭였다.

"아닐 거다." 아빠는 이렇게 말한 다음 서명을 가리켰다. 퍼트리샤 조핸슨.

"패티 조 아줌마요?" 내가 묻자 아빠는 고개를 끄덕였다. "이걸 왜요?"

아빠는 수표의 금액과 서명을 손끝으로 만진 다음 수표를 내 손에 쥐여주었다. "너라면 쓸 수 있겠다고 생각했나보다."

"편지도 있어요?" 내가 물었다. 아빠는 양손을 주머니에 찔러 넣으면서 창밖을 보려고 돌아섰다.

"아니."

나는 아빠 옆에 서서 축사 앞 울타리를 내다보았다. 지난 몇 년간 우리집 어미 말들은 나이를 먹으며 한 마리 두 마리 죽어갔다. 망아지가 죽은 다음 새 종마를 사오지도 않았으니, 어미 말을 새로 사올 돈이 있었다고 해도 새로 사올 필요가 없었다. 이제 울타리 안에는 아무것도 없었다. 무성한 잔디와 잡초뿐이었다. 나는 접혀 있는 수표를 지그시 쥐면서, 재가 되어 손가락 틈으로 빠져나가기를 기다렸다.

"그 아줌마 생각 아직도 해요?" 내가 속삭였다. 아빠의 울대뼈가 가늘게 떨렸다.

"가끔."

옛날에 아빠는 아줌마가 식탁 맞은편에 앉아 자기 말에 웃어줄 때마다 얼굴을 붉혔고, 아줌마가 장애물을 통과할 때마다 기쁨의 미소를 지었다. 아빠가 아줌마에게 준 것은 뭔가 값진 것이었다. 하늘을 나는 기분. 자유. "아줌마는 절대 아빠에게 상처줄 생각이 아니었어요." 내가 말했다. 아빠는 옆에서 미소를 지었다.

"다들 상처받아. 누가 일부러 상처를 줘서 받는 게 아니야."

나는 수표를 내려다보면서 패티 조 아줌마가 수표의 액수를 적는 모습, 수표 끝에 서명하는 모습을 떠올려보았다. 아줌마는 저기 넓은 세상 어딘가에 가 있었다. 아줌마는 우리를 떠났지만, 잊은 것은 아니었다. "큰돈이에요, 아빠." 내가 말했다.

"너한테는 큰돈이지." 아빠가 말했다. "그 여자한테는 그저 말 한 필 값이야."

"축사를 새로 칠할까요?" 내가 말했다. "경매장에 가볼까요?"

하지만 아빠는 나를 외면하며 절름절름 문 쪽으로 갔다. "너한테 준 돈이다. 네 돈이야."

패티 조 아줌마는 자기의 인생에 우리의 인생을 끌어들여놓고 작별인사 한마디 없이 떠나버렸다. 그래서 이렇게라도 사과하려는 것 같았다. 이렇게라도 보상하려는 것 같았다. 아줌마는 아빠를 정말 사랑했던 것 같다. 아빠는 아줌마에게 내 이름이 적힌 하얀 봉투 이야기를 했던 것 같다. 봉투를 채우기에 한참 모자라는 돈 이야기를 했던 것 같다. 아줌마는 아빠를 구해줄 수 없었지만, 적어도 나를 구해줄 수는 있겠다고 생각했던 것 같다.

그래서 나는 돈을 받았다. 당연히 받았다. 돈을 받고, 집을 떠났다.

내가 집에 갈 때마다 도시는 내가 기억하던 모습에서 점점 멀어졌다. 돈이 동쪽에서 서쪽으로 흘러 들어갔고, 우리집 주변에 비싼 주택, 스프링클러 시스템, 레스토랑, 쇼핑몰이 들어차기 시작했다. 마침내 아빠는 싸움을 포기하고 승마장을 팔았다. 다리의 통증이 매년 심해졌고, 일이 너무 고됐다고 아빠는 말했다. 땅값으로 주겠다는 돈이 너무 커서 거절할 수 없었다고 했다. 아빠는 평생 일만 하며 살았는데, 모든 것이 물거품이 되는 것을 지켜볼 수밖에 없었다. 은퇴하는 것은 항복하는 것과 다르다고 아빠는 말했다. 약한 것이 아니라고 했다. 현실을 인정한 것뿐이라고 했다.

유년기는 결코 끝나지 않는다. 어른이 된다고 끝나는 게 아니다. 새 집주인이 옛집을 헐고 승마장을 갈아엎고 땅을 조각낸다. 하지만 우리가 옛집을 떠나도, 옛집은 우리 곁에 남아 있다. 사막은 돈을 주고 살 수 있는 땅이 아니다. 마음대로 할 수 있는 땅이 아니다. 잊을 수 있는 곳이 아니다. 세상에 둘도 없는 곳이다. 그래서, 그토록 여러 해가 흘렀지만, 아직 나는 이따금씩 사막으로 빨려 들어가는 느낌이다.

저녁 바람 한 줄기가 산들 불어온다. 가을 사막처럼 부드럽고 따뜻하다. 그러면 한순간, 모든 것이 바로 어제 일인 것만 같다. 저녁이면 승마장이 장밋빛 노을에 타오르고, 아빠와 나는 말들을 돌아본다. 말들에게 건초를 던져주고, 구유에 낟알을 채운다. 할아범들은 아빠가 오는 소리에 고개를 쳐든다. 삐걱삐걱하는 발목으로 타가닥타가닥 아빠에게 다가온다. 아빠 옆에 모여든다. 아빠가 귀와 목을 긁어주면 눈을 감고 행복에 겨운 듯 낮은 숨소리를 낸다. 아빠는 말들에게 귓속말을 한다. 아빠가 나를 자기 일부라고 생각하던 시절, 아빠는 이따금 나를 옆에 세워놓고 말들의 사연을 얘기해주었다. 어떤 말에게 어떤 재능이 있는지 하나하나 설명해주었다. 저 말은 마술쇼에 딱이었을 텐데. 저 말은 배럴 레이싱에 딱이었을 텐데. 저 말은 커팅호스에 딱이었을 텐데. 저 말은 장애물 경기에 딱이었을 텐데. 내 기억 속에 남아 있는 아빠는 바로 그런 아빠였다. 나는 똑똑하게 기억한다. 말들의 이름을 말할 때 아빠 목소리가 어땠는지, 아빠의 손길이 얼마나 부드러웠는지, 아빠가 말들을 얼마나 사랑했는지. 빛을 보지 못한 재능들, 이루지 못한 꿈들을 아빠가 얼마나 사랑했는지.

내가 이 책을 쓰는 동안 지도자와 조력자가 되어준 몬태나 대학
교, 로나 재프 재단, 밀레이 예술 마을, 맥도월 마을, C. 마이클 커
티스 그리고 〈월간 애틀랜틱〉에 진심으로 감사한다. 또한 나의 책
이 데니스 섀넌, 세라 맥그레이스, 낸 그레이엄의 손에 맡겨진 것
은 대단한 행운이었다. 세 사람은 각각 다른 단계에서 나의 책에
엄청난 정성을 기울여주었다. 끝으로, 내가 가장 마음 깊이 감사해
야 할 사람들은 오랜 세월 우리 가족들을 응원해주면서 친구가 되
어준 젠 코허와 다이애나 스페츨러 그리고 케빈이다. 케빈이 없었
다면 이 책은 아마 존재하지 못했을 것이다.

거짓말 나라의 앨리스

두려움이 들고 자꾸만 눈물이 납니다.
내 굳은 마음이 여자처럼 나약해져……
내가 갖고 있는 것들은 나와 상관없는 것만 같고
이미 사라진 것들이 진실하게 느껴집니다.
—괴테, 『파우스트』

솔직히 어떻게 솔직할 수 있겠어

"우리는 어찌해야 할지 잘 모를 때가 자주 있어. 뭐가 옳고 뭐가 그른지를 결정하는 것은 쉬운 일이 아니거든. 어찌해야 할지 모를 때는 한 가지만 기억하렴. 도움이 될 테니까. 몰래 해야 하는 일이나 감추고 싶은 일은 절대 하지 말 것. 감추고 싶다는 마음에는 두려움이 들어 있어. 두려움은 나쁜 거야. 너에게는 어울리지 않아. 용기가 있으면, 나머지는 저절로 따라오지."

자와할랄 네루가 옥중에 있을 때 사랑하는 딸을 위해 편지 형식으로 썼던 『세계사 편력』에 나오는 말이다. 삶의 교훈이요, 옳은 말씀이다. 하지만 세상 모든 어린 딸들이 네루 같은 아버지를 둔 것은 아니다. 아버지가 옳은 일을 일러주지 않는다면? 내 인생이 이미 비밀로 가득 차 있다면? 세상이 거대한 거짓임을 일찌감치 알아버렸다면? 거짓말을 계속할 수밖에 없어, 라고 어린 앨리스는 생각한다.

앨리스 윈스턴은 열두 살이다. 앨리스네 아빠는 미국 콜로라도 주 데저트밸리라는 작은 도시에서 말 조련장을 운영한다. 아빠는 하루 종일 일하지만 조련장은 항상 경영난에 시달린다. 앨리스는 아빠를 도와서 말먹이를 주고 말똥을 치운다. 그리고 아빠를 도와서 조련장 손님들에게 거짓말을 한다. 앨리스가 거짓말을 하면, 아빠는 미소를 짓는다.

앨리스의 엄마가 방에 틀어박혀 나오지 않는 이유도 거짓 세상에서 거짓말을 하며 살아가는 것이 지긋지긋하기 때문일 것이다. 하지만 앨리스는 그런 엄마 때문에 또 거짓말을 해야 한다. 네 엄마는 왜 방에만 있느냐고 사람들이 물어보면 앨리스는 대답한다. 엄마는 햇빛 알레르기가 있어요. 엄마는 암에 걸렸어요. 엄마는 죽었어요.

그래서 앨리스는 거짓말을 한다. 진실을 말하지 않는 법을 안다. 사막 같은 세상에서 모래처럼 씹히는 현실을 견디는 데 진실 따윈 아무 소용 없으니까.

슬퍼할 수 없으니까 슬픈 거 아닐까

비밀 속에 사는 앨리스는 고독하다. 같은 반 아이였던 폴리가 죽었을 때, 앨리스는 장례식에 가고 싶어 몸이 단다. 슬퍼할 수 있다면, 더이상 외롭지 않을 것만 같다. 하지만 슬픔마저도 앨리스를 따돌린다. 죽은 아이는 죽었다는 것만으로 스타가 되어버렸고, 죽은 아이와 친했던 아이들을 중심으로 슬픔의 위계가 생긴다. 앨리스는 끝내 슬퍼할 자격도 얻지 못한다. 매일 혼자 점심을 먹으며 죽음에 대해 생각해보는 것이 고작이다.

외로움이 거짓말을 하는 이유가 될 수도 있다. 엘리스가 델마 선생님에게 하는 거짓말이 그런 거짓말이다. 폴리하고 나는 단짝이었어요. 폴리가 죽어서 얼마나 슬픈지 몰라요. 그날부터 델마 선생님과 엘리스의 야간 전화 데이트가 시작된다. 초등학생 엘리스에게 델마 선생님은 세상에서 제일 똑똑한 남자다. 안 본 책, 안 본 영화가 없는 남자, 모르는 노래가 없는 남자. 델마 선생님도 그저 그런 어른일 뿐인데, 엘리스는 그걸 나중에야 알게 된다.

엘리스는 언니의 남편 제리에게서도 이런저런 것을 배운다. 제리는 엘비스 프레슬리에 대해 알려줄 수 있는 엘비스의 열성팬이자 말 타는 법을 알려줄 수 있는 로데오 기수다. 엘리스의 슬픔을 이해해준 남자는 델마 선생님이 아니라 제리였다. "내가 알던 애가 죽었어요. 폴리라는 애였어요. 작년에, 운하에 빠져 죽었어요." 제리가 묻는다. "너랑 친구였어?" 엘리스가 대답한다. "같은 학교 다녔어요. 같은 유치원에도 다녔구요. 매일 같은 길로 걸어다녔어요. 아니요. 친구는 아니었어요." 그러자 제리는 말한다. "그래서 더 슬픈 거 같아. 그치?"

엘리스가 느낀 슬픔이 바로 그런 슬픔이다. 감히 친구라고 하기 힘든 애가 죽었을 때 더 슬프다는 것을 제리는 어떻게 그렇게 정확하게 알고 있었을까. 제리는 그것을 경험으로 알고 있었다. 엘비스가 죽었을 때 제리가 느낀 슬픔이 바로 그런 슬픔이었다.

정말 그게 거짓말인 걸까

앨리스는 진실이 현실을 사는 데 아무 소용 없는 것이라고 생각했다. 하지만 언젠가 진실이 밝혀지리라고 생각한 것 같다. 가뭄 끝에 홍수가 나듯이, 영원히 거짓의 나날이 계속될 것 같던 어느 날 진실은 비처럼 쏟아지고 말리라고 생각한 것 같다. 하지만 진실이 밝혀진 후 앨리스는 깨닫는다. 자기가 감추고 있다고 생각한 비밀을 실은 모든 사람들이 알고 있었다는 것을. 다들 알면서도 말을 안 할 뿐이라는 것을.

진실이 오점이고 상처일 뿐이라면, 사랑하는 사람들의 진실을 밝히는 것만큼 나쁜 짓도 없으리라. 그래서 우리는 알지만 말하지 않는다. 궁금하지만 묻지 않는다. 앨리스는 실라에게 올트먼 집안의 스캔들에 대해 말하지 않는다. 실라는 앨리스에게 킹과 제리에 대해 묻지 않는다. 앨리스가 말하려고 하는 것을 실라는 듣지 않으려고 한다. "말 안 해도 돼. 우리가 사랑하는 사람들이니까. 비밀을 지켜줘야지."

사랑하는 것에 대해 거짓말을 하게 되는 것은 불가피한 일인지도 모르겠다. 사랑하는 것에 대해서는 사실보다 가능성을 보게 되고, 섣불리 나쁘게 말해서 나쁜 면을 사실로 만들게 될까봐 두렵다. 사실보다 좋게 말을 하면 정말 좋아질지 누가 알겠는가. "일단 말로 얘기해놓으면 언젠가 현실이 될지도 모른다"고 앨리스는 생각한다.

그렇다면 거짓말은 현실을 가리는 속임수라기보다는 현실에 이르지 못한 소망이라고 해야 할까. 적어도 앨리스는 아빠의 거짓말을 그렇게 이해한다. "내 기억 속에 남아 있는 아빠는 바로 그런 아빠였다. 나는 똑똑하게 기억한다. 말들의 이름을 말할 때 아빠 목소리가 어땠는지, 아빠의 손길이 얼마나 부드러웠는지, 아빠가 말들을 얼마나 사랑했는지. 빛을 보지 못한 재능들, 이루지 못한 꿈들을 아빠가 얼마나 사랑했는지."

기억나지 않아도 기억할래

앨리스가 아빠의 인생을 변호하는 마지막 장면은 물론 감동적이지만, 여기서 감동과 진위는 다른 차원이다. 앨리스가 기억하는 아빠의 모습은 앨리스의 소망의 소산일지도 모른다. 사실 앨리스는 기억 그 자체를 특이하게 규정하고 있다.

앨리스는 가족들이 행복하게 살던 시절을 기억하지 못한다. 엄마는 묻는다. "노나를 임신했을 때였는데, 기억나니, 앨리스?" 언니도 묻는다. "엄마랑 아빠가 춤추던 거 기억나니?" 하지만 언니가 어렸을 때의 일, 엄마가 언니를 임신했을 때의 일을 앨리스가 무슨 수로 기억하겠는가. 앨리스는 너무 늦게 태어났고, 기억마저 앨리스를 따돌린다.

그들의 기억을 그냥 믿고 받아들일 수 있으면 좋을 텐데, 앨리스는 그럴 수가 없다. 그들의 기억은 서로 엇갈리는 데다, 그들의 기억들 중에는 믿고 싶지 않은 것도 있다. 그들의 기억을 나의 기억으로 삼으려면, 그들의 상처도 나의 상처로 받아들여야 한다. 앨리스는 엇갈린 기억들 사이에서 판단을 내리거나 아픈 기억들을 인정하는 대신 또다른 기억을 만든다. 그것은 행복한 기억, 가능성의 기억이며, 따라서 앨리스 혼자만의 기억이다.

가능성을 기억하는 것이 가능할까. 나 혼자만의 기억이 상상과

구분될 수 있을까? 앨리스에게는 이런 질문들이 무의미하다. 앨리스가 기억하고 싶어하는 것은 현실이 아니며("갑자기 엄마를 기억에 남기고 싶었다. 지금 이 순간의 엄마의 모습을. (……) 몇 년이 흘러도 떠올릴 수 있게. 엄마가 어떤 사람이었는지 기억할 수 있게. 엄마가 이런 세상 말고 다른 세상에서 살았다면 어떤 사람이었을지 기억할 수 있게"), 자신의 기억이 사실인지 상상인지 앨리스자신도 잘 모르기 때문이다("오랜 시간이 흐른 지금, 정말 그런 일이 있었는지 아니면 내가 만들어낸 기억인지 나도 잘 모르겠다. 하지만 어쨌든 나는 이 장면을 실제라고 기억하고 있다. 그러니까 이 장면은 아빠가 아무 불편 없이 걸었던 마지막 순간이었다").

그래도 눈물이 나는걸……

앨리스가 살아간 거짓말 나라는 사회적 이상이 흐려지고 문화적 활력이 소진되던 1980년대 중반의 미국이다. 비밀과 거짓이 횡행하는 사회. 빈부를 가르는 데저트밸리가 깊어지고, 가족의 해체가 터퍼웨어와 시스템키친으로 봉합되는 사회. 내 고통에 직면하는 대신 정치가나 연예인의 죽음을 애도하는 사회. 지금의 여기와 별다르지 않은 사회.

폴리의 장례식에서 6학년생들이 합창하는 노래는 〈Candle in the Wind〉이다. 마릴린 먼로의 죽음을 애도하기 위해 만들어졌고 다이애나 황태자비가 죽었을 때 리메이크되기도 했던 노래다. 제니스는 쉬는 시간에 교실 뒤에서 반 아이들에게 카펜터스의 〈Close to You〉를 같이 부르자고 한다. 그러면 캐런 카펜터의 유령이 나타나 우리를 데리고 천국을 구경시켜줄 거라면서. 술에 취한 앨리

스 부녀와 패티 조 아줌마가 트럭에서 합창하는 노래는 닐 다이아
몬드의 〈Sweet Caroline〉. 미국사회의 비밀과 음모를 상징하는
대사건을 떠올리게 하는 노래이자 그후로 미국을 뒤덮은 거대한
애도의 물결을 상징하는 노래.*

대중사회의 애도를 값싸다고 생각할 수도 있다. 좀더 수준 높게
애도하는 것도 불가능하지는 않다. 애도의 방법으로 미국의 대중
문화 대신 유럽의 고급문화를 선택한 델마 선생님은 앨리스를 위
해 올드팝 대신 릴케의 「오르페우스에게 바치는 소네트」나 T. S.
엘리엇의 「프루프록의 연가」 같은 명시를 읊는다. 나아가 문학의
애도에 대한 전면적 비판도 가능하다. 예컨대, 히스테릭한 대리교
사처럼 델마 선생님이 읽으라고 하는 『호밀밭의 파수꾼』의 이데올
로기를 비판하는 것도.

만약 우리에게 네루의 기백이 있다면, 앨리스의 삶을 비판하는
것도 가능할 것이다. 그럴 수 있다면 『동물들의 신』 같은 책은 안
읽어도 괜찮을 것이다. 그렇지만 네루 같은 아버지를 두지 못한 우
리는 앨리스와 함께 애도의 물결에 합류할 수밖에 없지 않나. 대통
령의 죽음과 스타의 죽음을 애도하는 것 말고는, 문학 말고는, 더
불어 슬퍼하는 법을 잘 모르니까.

MH와 마이클 잭슨을 추모하며

김정아

---

* 〈Sweet Caroline〉은 암살당한 케네디 대통령의 딸인 캐럴라인 케네디를 가리
킨다.

옮긴이 **김정아**
연세대학교 영문학과를 졸업하고 동대학원 영문학과에서 석사를, 비교문학과에서 박사를 마쳤다. 현재 영문학과 비교문학을 강의하고 있다. 옮긴 책으로 『발터 벤야민과 아케이드 프로젝트』 『동화의 정체』 『코끼리에게 물을』 『오만과 편견』 『눈과 마음』 『죽은 신을 위하여』 『슬럼, 지구를 뒤덮다』 『아나키즘, 대안의 상상력』 『세계화와 싸운다』 『프리다 칼로』 『걷기의 역사』 『날고양이들』 『붉은 죽음의 가면』 등이 있고, 지은 책으로는 『학교엔 귀신이 산다』(공저) 등이 있다.

문학동네 세계문학

동물들의 신

초판인쇄 2011년 6월 23일 | 초판발행 2011년 6월 30일

지은이 아이린 카일 | 옮긴이 김정아 | 펴낸이 강병선
기획 이현자 | 책임편집 이현자 | 편집 오영나 | 독자 모니터 유부만두
디자인 송윤형 이원경 | 저작권 김미정 한문숙
마케팅 정민호 김도윤 박보람 정진아 | 온라인 마케팅 이상혁 한민아 장선아
제작 안정숙 서동관 김애진 | 제작처 (주)상지사P&B

펴낸곳 (주)문학동네
출판등록 1993년 10월 22일 제406-2003-000045호
주소 413-756 경기도 파주시 교하읍 문발리 파주출판도시 513-8
전자우편 editor@munhak.com | 대표전화 031) 955-8888 | 팩스 031) 955-8855
문의전화 031) 955-3576(마케팅) 031) 955-8859(편집)
문학동네카페 http://cafe.naver.com/mhdn

ISBN 978-89-546-1518-1 03840

www.munhak.com